Le Voya

Avec sa houppelande, so[...] yeux ardents, il avait l'all[...] ou d'un Chaplin filmé pa[...] lier étique, échappée du si[...] cohue et à la plèbe ». Isa[...] était arrivé à Paris, à l'Eco[...] huit ans, ayant découvert Wagner a dix, analysé [...] déchiffré des centaines de partitions, lu tous les livres, trouvé la chair triste, la sienne peu ragoûtante. Mais il restait bien décidé à créer sa légende. Il commença par donner un gage de ferveur aux décadents. Il se rendit à une convocation militaire avec une partition de *Parsifal* sous le bras droit et, selon les versions, des lis ou un flacon de parfum dans la main gauche. Il aurait pu ressembler à Des Esseintes, se consacrer à faire l'inventaire de sa culture. Mais il voulut voyager. Écrire. Publier des poèmes (*Poème du temps qui meurt*), des tragédies (*Les Pèlerins d'Emmaüs*), des essais (*Voici l'homme*). Il se disait *condottiere*, soldat mercenaire, venu pour conquérir et régner. Seulement, l' « universelle nullitude » ne fit pas grand cas de la pathétique voix du pèlerin. Il se reconnaissait en Michel-Ange, qui avait la « folie de la domination » et « rencontrait partout la défaite, la trouvant d'abord dans ses propres contradictions ». Il ne voulait *pas un mot* sur sa personne, « ni l'âge, ni la naissance, ni la vie ». Si l'on veut aller à la rencontre de Suarès et non de sa légende, c'est dans ses contradictions qu'il faut le débusquer.

Il avait toujours su brouiller les pistes, être l'amoureux *bifrons*, le voyageur insaisissable, l'écrivain protée. On se le représente misérable, « saoulé de privations », grelottant dans une chambre d'hôtel, deux gros in-folio ouverts sur les jambes en guise de couvre-pied. Mais le pèlerin avait des mécènes : le couturier Jacques Doucet, qui mit son hôtel particulier à sa disposition pour ses amours clandestines, et Gabriel Cognacq, l'héritier de *La Samaritaine*, grâce à qui le pauvre hère put finir ses jours dans un autre hôtel particulier, rue Cerisaie.

Il vomissait la « chiennerie du mariage », il aimait les jeunes filles graciles, entre ascèse et extase. Il rencontra à trente ans Betty, charnue et pleine d'appétits. Il l'épousa un quart de siècle plus tard : « On reste avec une femme tant qu'on a été son amant et on finit sa vie avec elle parce qu'on a cessé de l'être. »

Il aimait Pascal, la solitude de la chambre, le « commerce familier avec le sépulcre », mais il ne sut jamais prendre parti « pour le monde contre soi, ou pour soi contre le monde[1] ». Il resta au milieu du gué, à ressasser sa haine contre ces cliques littéraires et à maudire sa vie parmi ces « braves singes et ces bonnes vipères ». Il avait des amis : Romain Rolland, Brancusi, Bourdelle. Des admirateurs : Zweig, D'Annunzio, Unamuno. Mais ses livres suscitaient si peu d'écho. Et celui qui avait grandi avec un « appétit insatiable de grandeur et de domination », se sentait abreuvé

(Suite au verso.)

d'amertume. « On me lira en 1969 », dit-il, après Stendhal, son modèle. Le beylisme l'avait déjà conduit à remplacer son prénom double, Isaac-Félix, par le viril André. Par la suite, il adopta des pseudonymes : André de Seipse, puis Scantrel et Caërdal, deux noms d'origine celtique. Ce qui est pour le moins ambigu, chez ce fils d'un Juif d'Espagne et qui avait écrit sur Montaigne quelques pages intitulées *Demi-Juif* : « Il y a quelque temps, on a découvert que la mère de Montaigne était juive, d'une famille venue autrefois d'Espagne. Montaigne n'est plus Montaigne... C'est le " Demi-Juif ". »

Orgueil et haine de soi mêlés qui, dans les années trente, devaient engendrer, dans les textes de Suarès sur la barbarie nazie, des réflexions telles que : « Est-ce que les Juifs allemands ne méritent pas les outrages dont on les accable ? Se révoltent-ils ? Ne font-ils pas les morts sous les ordures dont on les couvre ? »

Les années trente, pour Suarès, furent marquées par la parution, retardée, des *Vues sur l'Europe*, recueil de textes politiques virulents, et par la publication de la fin du *Voyage du Condottiere*, qui contient en fait trois livres : le premier, *Vers Venise*, était paru en 1910. Vingt-deux ans plus tard, Emile-Paul publia, à deux mois d'intervalle, le deuxième et le troisième livre, *Fiorenza* et *Sienne la bien-aimée*.

Suarès avait fait plusieurs voyages en Italie. Le premier eut lieu en 1895. Il avait vingt-sept ans. Son père venait de mourir. Il partit pour Rome, avec peu d'argent et quelques carnets en poche. En novembre 1902, il séjourna à Florence et dans les environs. En 1909, il visita pendant trois mois Pise et Sienne. Il fuyait la foule des touristes faits *en série*, nés *en série*, aimant l'art *en série*, mais il se gardait aussi de copier la manière de vivre des Byron et Shelley, le clan des poètes anglais établis en Italie : « Ils veulent être simples et ne le sont jamais... Ils sont toujours un peu en scène. »

Bien qu'il convoquât l'ombre tutélaire de Stendhal, le Condottiere s'était délesté de toute autorité. Son *Voyage* a ceci d'unique qu'il traite les villes comme des caractères : Rimini est « maussade comme un attentat mal réussi », Gênes banale « comme la pensée d'un boutiquier d'Amérique ». Chaque ville a non seulement son tableau, sa pièce musicale, son église, son grand homme, mais aussi son visage, ses verrues, ses rides, sa mauvaise haleine, son sourire (Sienne l'ardente est un « baiser dans un sourire mystique »). Chaque recoin visité donne naissance à un poème en prose, où parfois surgit la vision d'un couple uni dans la béatitude. Claire, la patricienne d'Assise, voyant saint François hué, honni, ne veut d'autre fiancé que ce « fou de Petit Pauvre ». Catherine de Sienne console un condamné à mort, lui promet les noces éternelles, le mène à l'échafaud et reçoit sa tête dans ses mains.

Linda Lê

1. *Âmes et visages*, 2 tomes, Gallimard. Sur Suarès : *André Suarès, l'insurgé*, de Robert Parienté, François Bourin.

ANDRÉ SUARÈS

Voyage du Condottière

POSTFACE D'YVES-ALAIN FAVRE

GRANIT

LIVRE PREMIER

VERS VENISE

LE VOYAGE DU CONDOTTIÈRE

LE CONDOTTIÈRE

Le voyageur est encore ce qui importe le plus dans un voyage. Quoi qu'on pense, tant vaut l'homme, tant vaut l'objet. Car enfin qu'est-ce que l'objet, sans l'homme ? Voir n'est point commun. La vision est la conquête de la vie. On voit toujours, plus ou moins, comme on est. Le monde est plein d'aveugles aux yeux ouverts sous une taie ; en tout spectacle, c'est leur cornée qu'ils contemplent, et leur taie grise qu'ils saisissent.

Les idées ne sont rien, si l'on n'y trouve une peinture des sentiments, et les médailles que toutes les sensations ont frappées dans un homme.

Comme tout ce qui compte dans la vie, un beau voyage est une œuvre d'art : une création. De la plus humble à la plus haute, la création porte témoignage d'un créateur. Les pays ne sont que ce qu'il est. Ils varient avec ceux qui les parcourent. Il n'est de véritable connaissance que dans une œuvre d'art. Toute l'histoire est sujette au doute. La vérité des historiens est une erreur infaillible. Qui voyage pour prouver des idées, ne fait point d'autre preuve que d'être sans vie, et sans vertu à la susciter.

Un homme voyage pour sentir et pour vivre. A mesure qu'il voit du pays, c'est lui-même qui vaut mieux la peine d'être vu. Il se fait chaque jour plus riche de tout ce qu'il découvre. Voilà pourquoi le voyage est si beau, quand on l'a derrière soi : il n'est plus, et l'on demeure ! C'est le moment où il se dépouille. Le souvenir le décante de toute médiocrité. Et le voyageur, penché sur sa toison d'or, oublie toutes les ruses de la route, tous les ennuis et peut-être même qu'il a épousé Médée.

Je ferai donc le portrait de Jan-Félix Caërdal, le Condottière, dont c'est ici le voyage. Je dirai quel était ce chevalier errant, que je vis partir de Bretagne pour conquérir l'Italie. Car désormais, dans un monde en proie à la cohue et à la plèbe, la plus haute conquête est l'œuvre d'art.

Caërdal a trente-trois ans. Des années d'océan et de brume donnent de l'espace à l'âme. C'est un homme qui a toujours été en passion. Et c'est par là qu'on l'a si peu compris.

Parce qu'il était en passion, soit qu'il aimât une créature mortelle, soit qu'il fût tout entier à une forme de l'art ou de la vie, il a paru toujours absent de l'ordre commun, sans règle, ou un tyran pour autrui. Mais, au contraire, il n'eût pas entrepris sur le droit des autres, s'ils ne s'étaient pas mêlés hargneusement de jeter leurs limites à la traverse de son droit, à lui. Il ne séparait pas la pensée de l'action. On agit comme on peut, et selon les armes que le siècle nous prête. Pour ce Breton, un livre n'a jamais été qu'une tragédie qu'il a dû vivre. Et toute la nature est entrée dans sa mélancolie. Or, quel acte, en sa jeunesse, ou quel drame de sa saison plus mûre, lui parut jamais digne d'un regard, qui ne l'était pas d'être élevé à la beauté d'une œuvre ? C'est la raison qui le rend si sévère aux livres et aux hommes, et pourquoi il aime si fortement ceux qu'il a choisis. Il n'a rien aimé moins que lui. Il n'a vécu que pour l'action : c'est vivre pour la poésie. Caërdal a coutume de dire que l'art poétique est la loi de tout homme vraiment né pour ne pas mourir : c'est l'art de créer, et de se faire objet à soi-même, dans le bel ordre des puissances. La nature est création, et maîtresse éternelle d'œuvre. Tel il était, ce Caërdal, tel il sera : dévoré par le besoin du règne, qui est le libre jeu de l'ardeur créatrice. Artiste enfin, dans un temps où personne ne l'est, et puisqu'il n'est plus d'autre moyen de dominer sur le chaos, où s'avilit l'action.

Avec une soif immortelle de l'objet, là est la véritable aspiration au calme. La force qui a trouvé le lieu de son désir, se possède enfin elle-même. Et dût-elle s'y consumer, son feu brûle dans la sérénité. Il est lumière, ce feu qui cherche le lieu pur. Caërdal disait que la plus haute passion réside dans le calme. Qu'il est ardu, le chemin qui mène à ce sommet ! Peu y touchent. Mais c'est la vie d'un héros, que d'y conduire ses pas et ses chutes, et de ne jamais renoncer à y atteindre. Sur la route en lacets aux flancs de la vertigineuse montagne, quel profond regard descend sur le désordre des circonstances, sur les précipices de la laideur et l'avalanche des événements !

Caërdal est pâle, et la peau mate. Il a les cheveux noirs et lisses comme un Celte. Ses grandes dents sont d'un fauve, saines et blanches : il broie les os ; et carnassier de nature, il s'est longtemps interdit de goûter à la viande ; il finira peut-être par s'en passer. Le jeûne lui plaît. Il ne mange qu'une fois le jour ; et il a vécu d'un repas toutes les trente heures, quand il était pauvre. Il dort peu, et n'aime pas le sommeil. Il a le goût du vin, et s'y connaît. A tout, il préfère le bon vin et le pain blanc. Il peut se priver à l'infini ; mais il est l'homme le plus difficile sur la qualité et la fraîcheur des mets.

Il est laid. Pourtant, son crâne est beau ; mais l'air de son visage est trop ancien : il n'est pas de son temps ; et comme il surprend, il déplaît. Il est celui à qui lui-même désespère le plus de jamais plaire. Il a les traits d'une bête sourcilleuse et nocturne. Souvent, on l'appelle la chouette ou le hibou. Toute sa vie est dans ses yeux. S'il touche au grand âge, il fera un beau vieillard. Rien en lui qui n'ait son contraire : il a la main forte et fine : il est peuple par la paume, et prince par les doigts.

Il a le pas beaucoup plus long que sa taille ne le comporte. Son allure est ardente. Tout en lui parle d'une force presque cruelle. Même s'il prie, on le trouve impérieux. Et quand il marche humblement, à l'écart, effaçant ses coudes, on le juge orgueilleux. Il ne baisse jamais la tête. Il ferme souvent les yeux.

Quoique l'homme le plus vif, on remarque en lui une sorte d'hésitation : on dirait qu'il manque de rapidité. La puissance, chez lui, va avec un peu de retard : une certaine lenteur qui précède le bond. Toutes ses actions sont, en effet, d'un rythme vaste. L'amplitude fait croire à la lenteur.

Il a été dans chaque moment de la vie comme s'il avait dû toujours durer. On dirait que cet homme croit tenir l'éternité. Quand il perd l'illusion de la durée, son désespoir ne connaît plus de bornes. De là que toutes ses émotions sont si intenses.

Elles sont uniques et totales au moment où elles sont, et il est total en chacune. Voilà encore où la lenteur s'accorde avec la puissance : les musiciens le savent.

Il a de la femme, si homme qu'il soit. Parfois les douces fureurs de la femelle se hérissent en lui. Il est plein de mystère. Il cache dans le silence un repaire de crimes et de violences inexpiables : il les a murés, il ne les a pas vaincus.

Bourreau d'argent, incapable d'en jamais gagner, prodiguant ce qu'il en a, le perdant même, et s'en passant, quand il n'en a pas, jusqu'au prodige ; épris pourtant de tout ce qui pare la terre ; amateur de toute séduction ; avide surtout de donner, y prenant un plaisir que personne n'a pu savourer davantage ; l'homme enfin le plus capable de se priver, sans aucun goût pour la privation. Toujours pauvre, et parfois mendiant, si l'on pouvait l'être sans mendier. Parce qu'il est né pour ne jamais faire le moindre gain, il joue à la loterie son dernier écu : on croirait qu'il veut le perdre. Caërdal ne sait pas de plus digne moyen ni plus juste de faire fortune.

Il n'a jamais senti par raison, qui est le propre de l'homme moderne. Sujet à la colère, comme un fiévreux à la fièvre, il y tient presque toujours la bride ; mais s'il rend les rênes, sa colère éclatant en extrême fureur, il se regarde faire. C'est un homme qui a toujours assisté, comme un témoin scrupuleux, aux excès de sa vie.

Il en a dit, avec un sens profond, que plus il allait au spectacle de ses passions, moins il pouvait résister aux tragédies qu'elles trament. Les passions se lèvent en moi, dit-il, comme les lames de fond.

Il paraît étranger partout, et ne l'est pas, pourtant. Il a dû s'y faire, à sa vive souffrance. Autour de lui, il crée la solitude. Il ne s'épargne pas lui-même : parfois, Caërdal isole Caërdal.

Combien de fois ne l'a-t-il pas remarqué, pour sa plus grande peine ? Partout où il est, il fait contre lui, et lui seul, l'union des volontés les plus diverses et des pensées contraires.

Et de même, quand il sort, le soir, on s'écarte de lui. On le craint, sans le connaître. Dans la rue, on a l'air de le redouter. Et les gens, pour se rassurer, se liguant aussitôt, cherchent en lui le ridicule où s'attacher, avec bassesse : car l'animal à deux pieds, qui porte le front en haut, veut rire d'abord de celui qui le trouble.

On l'a cru anarchiste ; et il est la hiérarchie faite homme. Mais il est vrai qu'il ne se place pas au pied de l'échelle. Et s'il est toute hiérarchie, c'est qu'il est près de la nature.

Avec un amour de la création, que rien n'égale, il passe pour avide de détruire : c'est qu'il pénètre. Il peut aimer même ce qu'il n'estime pas. Tel est le prix de la variété du monde, à ses yeux, qu'il voudrait sauver jusqu'à ce qu'il déteste. Il a l'horreur de toutes les idoles, et la passion de tous les dieux. Ainsi il a paru dur et sévère, quand il était le plus absent de soi.

Nourri des Grecs et des Anciens, de la Bible et des chants populaires, je ne dirai point quels étaient ses dieux. On les verra bien.

Avant tout, il a été musicien : la musique est la femme dans le poète, la nature en amour. Pour Caërdal, la mort c'est la fin du chant. Il n'a jamais été un instant qu'un chant ne retentît dans son âme. La musique est aussi l'action du rêve.

Il n'est jamais entré dans une cathédrale, sans prendre part à la messe. Il n'a jamais eu une pensée pour la politique, sans frémir de ne pas tenir l'empire. Il a toujours été partagé entre la passion des héros et celle des saints C'est pourquoi il était artiste. A son sens, une noble vie doit se vouer à la création, et finir par la sainteté. On ne se détache de soi qu'en s'immolant. Il faut vivre pour son Dieu et mourir à soi-même.

Tel était cet homme, qui n'avait pas moins faim d'amour que de puissance. Ou plutôt, pour qui la plus haute puissance n'a jamais été que la possession et l'exercice du plus bel amour.

Voilà comment Caërdal s'est croisé pour servir l'art véritable et la cause de la grande action, vrai Condottière de la beauté.

I. BALE

Tête dure et ventre chaud, Bâle est une ville singulière, capitale de bourgeois. Elle est chimérique et grasse, religieuse et charnelle. Le plus souvent, elle a la mine maussade. Elle est venteuse : dans le couloir de la vallée, souffle le grand vent des montagnes, qui pousse en fer de lance un baiser aigre.

Sous la neige d'hiver, Bâle a la gaîté forte. Les fumées bleues, sur les maisons de bois, parlent de larges cuisines et de festins bourgeois, d'oies qui rôtissent, de poêles en faïence, de meubles bien cirés et d'horloges qui rougeoient contre les murs sombres. Là, on fait une chère dense et savoureuse, et l'on mange d'excellent poisson. S'il pleut, la pluie brille en reflets luisants sur les verrières et les culs de bouteilles sertis dans le plomb. Et l'on pense à la chambre chaude, par les grands froids, derrière les vitres épaisses, quand le poêle ronfle, que le serpent de fonte rougit, et quand, au crépuscule qui tombe, une sourde lueur d'olive traîne languissamment sur les cuivres suspendus, et la tranche d'or des livres. Alors la ville bien nourrie semble posée au bord du fleuve pour servir d'hôtellerie aux Rois Mages en voyage vers l'arbre de Noël.

Ici, le Rhin n'est pas encore le père.

Il roule, violent et glauque. Il est vert comme la feuille de saule ; et quand un nuage en toison traverse le ciel, il est laiteux comme l'herbe tendre. Qu'il est hardi, pressé, froid et vif ! Ce n'est pas le père, mais le jeune homme en son premier élan. Il se précipite. Il est égoïste, et tout à soi. Il court à grand bruit. Tantôt gai, tantôt triste, toujours frénétique et jeune : il est torrent.

Il est chaste aussi. Je l'appelle Siegfried dans la forêt et
dans la forge. Il ne connaît pas la peur ; il ne craint pas
l'arrêt. Il tombe en criant de joie par-dessus les rocs et les
montagnes. Il écume dans ses chutes, et pas une ne le
retient. Plus il roule de haut, et plus haut il bondit. Rien ne
le brise. Rien ne l'entrave.

Cette nuit, dans mon lit, je l'entends. Sa clameur me
soulève. Et j'écoute. La forte voix appelle. Elle a le murmure
grondeur des lions, et de l'action. Elle appelle, elle appelle.
Elle invite, elle commande. A l'œuvre, en route, et toujours
plus avant ! Il est plus violent, il a plus de force agissante
dans cette ombre nocturne, que dans le plein midi de ses
chutes. Là-bas, il rompt les barrières. Ici, il est maître, et sa
marche est irrésistible. O la bête magnifique ! Quelle promesse de labeur en sa puissance ! Voilà le héros et l'Hercule
du Nord.

En forme de congres et de saumons, les longs nuages gris
à la queue noire se hâtent vers l'ouest. Ils vont vite et ne se
battent pas. Ils fuient le fleuve.

Au pont de Wettstein, le matin rose décore les rives. La
fraîche lumière rit sur de larges tilleuls, à tête ronde, dans le
jardin des Chevaliers, je crois.

Il est des villes où le bois se fait passer pour de la pierre.
La pierre, ici, joue le bois, surtout parmi les arbres. Bâle
chauffe au soleil son ventre peint. Tout bâtiment semble de
bois peint, même la cathédrale. Elle est au contraire de ce
beau grès rouge, qui vient des Vosges, et que la beauté de
Strasbourg a sanctifié. Je tâte cette grosse pierre, je touche
avec volupté son grain rude, qui a la chair de poule. Devant
l'église, des enfants aux cheveux d'argent, l'œil honnête et
clair, se poursuivent sans cris. Ils sont brusques et patauds,
brillants et robustes. Bâle marchande, en son opulence
bourgeoise, sent encore les champs. La santé fleurit son
teint. Elle a les joues d'une paysanne. Sa cathédrale est
coiffée d'une toiture en rubans.

Elle a l'orgueil d'être solide et riche. Elle est fière de ses
bonnes mœurs, et rit en dedans de sa débauche. Elle lit la

Bible d'une main, et de l'autre, derrière un rideau d'exégèse et de raison austère, elle flatte largement ses passions et tend son verre à la bouteille. Bâle est une ville qui boit à l'enseigne de la tempérance.

Elle est pleine de riches et de mendiants. Ses trois cents millionnaires y font des dynasties, comme ailleurs les nobles ; et on y compte un pauvre, nourri aux frais de la ville, par sept habitants.

Je hèle le passeur du bac. Un vieux birbe taciturne, qui sent l'eau-de-vie, me fait signe. Il est vêtu d'une laine verte, qui fleure la marée. Il a la joue longue et rouge, plus ridée qu'un toit de tuiles. Il a du poil partout ; et une boucle rousse tourne en anneau de cuivre à son oreille. Est-ce qu'il chique ? Un jus un peu jaune coule au coin de ses lèvres droites et minces, comme deux bouts de filin ; en mâchant, il prépare peut-être une épissure. Il fait de l'écume. Il a l'air d'un antique matelot à Caron. Il prend l'obole sans rien dire. Il a les yeux de son fleuve. Qu'il nous donne de l'aviron sur la tête, et qu'il nous jette au courant ! N'en a-t-il jamais envie ? Il ne m'en chaut. Je ne me défie pas ; j'aime sa figure de marin.

Sur le Vieux Pont, des femmes vont et viennent, la taille ronde et la jambe gaillarde sous la jupe. Hautaine et vive, une belle jeune fille riait avec ses amies, jetant en aumône un regard distant aux hommes. Les femmes du peuple elles-mêmes, au marché, m'ont semblé, ce matin, balançant leur grosse croupe, de celles qui ont plus d'ardeur au plaisir qu'elles n'en font voir, et dont la chair cachée est plus plaisante sous le linge que ce qu'elles en montrent.

Que j'aime les ponts de bois ! Ils ont le charme de la marine. Ce sont des bateaux à l'ancre. Ah, soudain, s'ils pouvaient larguer l'amarre.

Le ciel se brouille et prend une couleur fielleuse. Un furieux coup de vent cingle le pont. Les passants se hâtent et tiennent leur chapeau, la main collée à l'oreille. La charmante fille à la taille souple quitte ses compagnes. Elle s'avance avec peine, la tête un peu baissée, faisant profil de tout son corps contre le vent, qui lui moule aux flancs ses jupes. Ses hanches fines et ses cuisses rondes se dessinent sous l'étoffe légère. Elle est étroitement chaussée de cuir blond, et ses cheveux de vermeil brillent sur sa nuque neigeuse. Un coup de vent lui découvre le genou : elle l'a fin, un œuf, et je saisis au passage un coin de peau, un fuseau de chair, couleur de la rose thé. Elle rougit, la belle Bâloise. Je la vois toute nue, enveloppée de ses cheveux et de pampres. Elle a l'air sensuel et hardi, la mine gaie, la chair saine et close. Je me penche sur elle ; et ses yeux pers me bravent. Elle file en flèche au bout du pont.

Et je regarde cet autre passionné, aux yeux glauques, le Rhin ardent et froid qui précipite ses eaux dangereuses, où le vert-de-gris se mêle au bleu de givre.

Sous la Pfalz, des baigneurs soufflent. Les corps blancs sont rouges sous l'eau verte. Ceux qui plongent font d'étranges saumons, qui reparaissent en crachant. Ils ont la tête carrée, les épaules carrées, les pieds carrés. Ils sont tous blonds et roux. Ceux qui les admirent, on a fort envie de les jeter par-dessus la rampe : au milieu du Vieux Pont, on montre une chapelle narquoise, d'où l'on lançait jadis les condamnés dans le fleuve : un joli jeu en cas de doute ; car le doute profite à l'accusé, comme on dit. Lui faisant quitter la terre par la voie la plus haute, quel inculpé n'est pas coupable ? Et c'est un bon moyen pour des juges : lier ses scrupules aux pieds des accusés : ils en descendent mieux.

Ville qui nargue et qui jouit d'être secrète, franche et brutale dans la vertu, doctorale dans le vice et peut-être hypocrite, Bâle cache beaucoup d'ironie et de sarcasme sous le masque bourgeois. Mais le flux grondant du Rhin emporte tout vers la mer salubre. Je le contemple au Vieux Pont, une dernière fois. Je l'aime fortement. Avec Bâle, c'est le Rhin que l'on quitte, le frère Rhin. Je ne verrai plus de fleuve. Parce qu'il est la marche mouvante de l'Occident, sa ligne vivante et passionnée, le profil de son visage vers la terre, le Rhin est le fleuve des fleuves. Et parce qu'il coule toujours incliné vers le couchant, sans que jamais le nord le captive, il est celui qui doit unir aussi bien que celui qui sépare. Par la vertu du fleuve, Bâle peut plaire même à qui ne l'aime pas.

II. HOLBEIN

Au musée de Bâle.

Le plus impassible des peintres : sa conscience, c'est son œil. Jeune homme, il est déjà mûr. Sérieux, froid, sa solidité fait peur. Homme mûr, il n'a point d'âge, sinon l'âge de la force. Tout est carré en lui. Il a une tête de bourreau, d'âpre marchand, de maître sans pitié qui commande au logis ou à la guerre. La barbe des porteurs d'eau lui élargit encore le visage. Je reconnais celui qui ricane, sans desserrer les dents, à la Danse des Morts.

C'est bien l'homme du fait et de la matière. On ne sait s'il aime la nature : il la regarde de près, en tout cas ; il est pour elle un témoin sagace, un silencieux confident. Il a l'instinct de l'apparence, et il nourrit le sentiment de la destruction. Holbein, homme qu'on ne trompe pas.

Il analyse avec sûreté, avec force, avec beaucoup d'esprit. Après avoir admiré les portraits du bourgmestre Meyer et de sa femme, si l'on s'arrête à celui de la fille, on a lu tout un roman. La femme du bourgmestre est d'une exquise élégance, en ses atours de simple bourgeoise. Jeune fille, elle respire le charme le plus sévère et le plus délicat. Femme, et toujours jeune, mariée à l'homme le plus considérable de la ville, quelle figure impénétrable que la sienne ! A Bâle, elle est toujours la plus belle. Sa parure est somptueuse ; elle peut recevoir les princes et les rois, de passage dans la ville impériale. Mais ses traits si muets et si purs ne sont point ceux d'une femme heureuse. Elle est calme, et s'ennuie. Elle n'a point d'amour. Elle ne l'attend plus de ce gros homme placide, son mari, qui, décidé partisan de la Réforme, ne pense plus qu'aux intérêts de la religion, politique, paterne, sans vice et sans malice, un gros nez, qui rougit en hiver, une grosse bouche au rire épais et aux gros repas. Or, leur fille boude, ses nattes dans le dos. Elle est sotte et rusée. Elle est déjà piétiste. Entre sa mère et elle, il y a tout un siècle : la Réforme. Elle a le gros nez de son père, sans en avoir la bonhomie. Comme toutes ces femmes, dont Holbein a dessiné les costumes, elle étouffe de pesants appétits sous ses lourdes cottes. Leurs modes ne sont pas si loin des nôtres. Seules diffèrent les jupes trop amples. Elles font bastions et redans : c'est là derrière que la volupté se retranche, elle aussi sournoise et circonspecte : elle a besoin de ces remparts d'étoffe pour ne pas se livrer.

Holbein a un goût délicieux dans ses dessins. Il dessine à la pointe comme on grave. Son trait est d'une délicatesse et d'une précision uniques. Il est d'argent fin sur de beaux papiers qui font ombre. Un peu de charbon, une touche légère de couleur, et la feuille s'anime, vivante et d'une rare élégance en sa teinte indécise. Holbein n'invente point, et il n'a pas de fantaisie. Le portrait de Dorothée Kanengiesser montre ce qu'il peut faire en quelques coups de crayon : la coiffe rabattue jusqu'aux pâles sourcils ; le col de linge serrant tout le bas du visage, jusqu'à la lèvre, qu'il couvre en partie : rien ne se voit plus que le haut de la bouche virginale, les joues pures et l'œil triste. C'est le dessin le plus blanc et le plus frais.

La figure d'Holbein est d'une brutalité redoutable. Il tient aussi du changeur, et de l'usurier de village. Son obstination devait être sourde à tout sentiment. Il a la mâchoire qui convient à une humeur de dogue. La rage d'être libre et de vivre sans dépendre d'aucun lien est un appétit qu'on lui devine. Taciturne à la maison, ivrogne et querelleur à la taverne. Le sang lourd, l'entêtement d'un théologien, toutes les forces et toute la masse d'un barbare allemand. Mais ses yeux sans bonté sont admirables. On ne peut avoir l'œil plus collé à l'objet, ni plus décidé à en sucer le contour, ni plus sérieux, ni une paupière plus patiente ou plus riche de réflexion.

Quand cet homme regarde la figure humaine, il cesse de vivre pour son propre compte : il n'est plus que l'objet ; et sans feu, sans ardeur visible, sans passion, il s'y attache, il le conquiert, il le tire à lui jusqu'à ce qu'il le possède. Et sa main docile, prodige de labeur, obéit à cette profonde patience. Il ne cache rien. Il ne flatte rien. Il n'aime peut-être rien. Il se trahit, il s'accuse lui-même, s'il faut. On ne le connaît que par ses propres images. Le portrait de sa femme est la sanglante confession du malheur en ménage ;

tout le drame quotidien du mariage y est conté. Un jour, cet homme dur s'est laissé gagner par l'émotion de la nature : comme un grand poète se livre entièrement aux passions de ses héros, Holbein s'est abandonné à son modèle ; et il a osé peindre ce portrait de sa femme, qui est le trésor de Bâle.

Une harmonie somptueuse et sourde, les tons ardents de la douleur et du reproche, les flammes sous la cendre, le rouge éteint du velours, la couleur égale l'infaillible dessin. Que cette chair est triste, battue, trempée de pleurs ! Quelle désolation dans ces yeux rougis ! Quelle peine, quelle déception sans retour, et même que de crainte dans ces replis que les larmes ont soufflés, comme des brûlures, sous la peau encore jeune ! Et ses beaux enfants ne la consolent pas. Elle est vieille à trente ans ; et, en dépit de sa gorge toujours fraîche, comme un fruit qui vient seulement de mûrir, elle a les siècles que les plaintes jettent sur une femme, les querelles, l'air humilié et l'affliction hargneuse. Tel est ce portrait, image sans prix de l'infortune conjugale.

Sait-on jamais pourquoi une femme est malheureuse ? D'abord, sans doute, parce qu'elle est femme. Puis, s'il y a bien des raisons pour n'être pas heureuse, il n'en est qu'une au désespoir : elle n'est pas aimée, ou pense ne pas l'être. Celle dont la chair est contente, c'est son âme qui souffre ; et si l'âme est satisfaite, c'est la chair qui ne l'est pas. L'homme et la femme ne sont pas faits pour se comprendre, ni même pour vivre ensemble. Dans le fond, la nature ne leur demande que de s'unir un moment. Il ne s'agit pas d'eux, mais d'une tierce créature, qui est encore à venir et qui leur est inconnue.

Holbein allait et venait, dit-on, entre Bâle et Londres. Passant cinq ans en Angleterre, il a fort bien laissé sa femme veuve, en Suisse, pendant cinq ans. J'espère qu'il exigeait d'elle la fidélité, la patience, la mémoire et toute sorte de vertus. S'il n'y tenait pas, c'était plus de mépris et plus de tyrannie encore. Lui-même avait son ménage anglais à Westminster. Il pensait à sa maison de Bâle, quand il faisait mauvais temps.

Le *Christ mort* est une œuvre terrible.

C'est le cadavre en sa froide horreur, et rien de plus. Il est

seul. Ni amis, ni parents, ni disciples. Il est seul, abandonné
au peuple immonde qui déjà grouille en lui, qui l'assiège et
le goûte, invisible.

Il est des Crucifiés lamentables, hideux et repoussants.
Celui de Grunwaldt, à Colmar, pourrit sur la croix ; mais il
est droit, couché haut sur l'espace qu'il sépare d'un signe
sublime, ce signe qui évoque à lui seul l'amour et la pitié du
genre humain. Et il n'est pas dans l'abandon : à ses pieds, on
le pleure ; on croit en lui. Son horreur même n'est pas
sensible pour tant d'amour qui la veille. Sa putréfaction
n'est pas sentie. On adore son supplice, on vénère ses
souffrances. On ne lamente pas sa déchéance et sa décomposition.

Le Christ d'Holbein est sans espoir. Il est couché à même
la pierre et le tombeau. Il attend l'injure de la terre. La
prison suprême l'écrase. Il ne pourrait pas se dresser. Il ne
saurait même pas lever la main ni la tête : la paroi le
rejetterait. Il est dans la mort de tout son long. Il se putréfie.
C'est un supplicié, et rien de plus, vous dis-je. Il n'est pas
seulement soumis à la loi de la nature, comme tous : il n'est
livré qu'à elle. Et s'il y a eu une âme dans ce corps, la mort
l'insulte.

Je cherche à lire dans la pensée de ce dur Holbein. Qu'il
ait été le peintre des Réformés, on le sait, depuis l'aimable
Mélanchton jusqu'à Henri VIII, le monstrueux Trimalcion
de la théologie et de la royauté. Certes, Holbein tient pour
Luther plus que pour Rome. Mais en secret il est contre
toute église. Le profil aigu d'Erasme, ce scalpel à tailler les
croyances en minces lanières, ne doit pas lui suffire. L'idée
d'Holbein est bien plus forte, d'une violence assurée et
cruelle. Point d'ironie, mais un sarcasme meurtrier : la
négation glacée, et non le doute.

Holbein me donne à croire qu'il est un athée accompli. Ils
sont très rares. Le Christ de Bâle me le prouve : il n'y a là ni
amour, ni un reste de respect. Cette œuvre robuste et nue
respire une dérision calme : voilà ce que c'est que votre
Dieu, quelques heures après sa mort, dans le caveau ! voilà
celui qui ressuscite les morts !

L'âme insolente d'Holbein, sa pensée impassible, son
instinct de négation, il les montre aussi dans sa Danse des

Morts. Œuvre de jeunesse, elle n'en est que plus lugubre. Elle n'a point l'espèce de gaîté que le peuple du moyen âge a mise dans les jeux macabres. Holbein ne rit guère. Il bouffonne en nihiliste. De ces dessins, le plus frappant est le dernier, où il imagine le blason de la Mort : il en donne une vision grimaçante : Nihil. La mort partout. Et très seule, et bien saoule. Quoique femme, et par dérogation aux règles de l'héraldique, la mort a des tenants : et c'est Adam et Eve, la femelle et le mâle. La tête de mort tient tout le champ de l'écu. Elle ricane : elle a des vers et des serpents entre les dents. L'écu est timbré du casque, taré de front ; et certes le heaume a onze grilles. Un manteau impérial l'entoure ; les plis en descendent, comme deux serres de rapace pour étreindre la terre. Et, en guise de cimier, un morne sablier que les deux bras du squelette encadrent d'un losange décharné, se dresse : les mains réunies au plus haut brandissent une pierre énorme, qu'elles vont lâcher, pour l'écraser comme tous les autres, sur quiconque passe.

A quarante-six ans, Holbein est mort de la peste.

III. *HÆC EST ITALIA*

De Faido à Côme, en septembre.

J'ai laissé les Alpes dans la nuit. J'ai descendu les degrés d'une nature grise et noire. J'ai quitté un espace morne, hérissé de forêts malheureuses, pour une autre contrée, qui s'abaisse aimablement, qui s'offre et qui s'étale. Et le ciel n'est plus le même. Le gai matin a le réveil du coq. La lumière ne se lève pas : elle sort, comme si elle s'était cachée ; elle arrive d'un bond, rayonnante et chaude. L'air vif appelle au jeu la matinée bleue et blonde.

Tout était dur, roide et vertical. A présent, les formes prennent la molle aisance des courbes ; toutes les lignes cherchent, avec une sorte de tendre désir, à épouser l'horizon. Les monts même n'ont plus rien d'austère ; et sur les sommets, les ruines sont joyeuses : on les regarde, sans croire au temps ni à la guerre ; elles ne sont là que pour orner le paysage.

Ce ne sont plus les pignons qui cherchent noise aux nuages, ou qui les piquent, coinçant la brume. Les toits sont plats ; des piliers les portent, comme une tente ouverte sur la maison. Les coteaux de la vallée sont des jardins. La vigne y court en arcs, en festons de fête. Les villes ont des noms qui chantent comme des oiseaux : Bellinzona gazouille, et fait rire ; Lugano roucoule ; Porlezza bat de l'aile, et Bellagio fait la roue.

La lumière, surtout, la lumière est un nouvel espace, où l'on baigne. Les corps en sont pénétrés. Elle caresse les surfaces comme une peau, elle les imprègne. J'y nage, et mes yeux ravis n'ont pas besoin de se fermer dans ce fluide. En vérité, quand là-haut, sur la terrasse, au-dessus de la ville, je découvre Lugano et le lac, la lumière a déjà trop d'éclat. Voici l'Italie.

C'est elle, c'est elle ! Que la vie semble légère ! Et léger, c'est trop peu dire : tout le pays a l'air liquide dans la clarté. La vie y flotte comme une eau, qui épouse tous les bords de la durée.

Les femmes ont les yeux ardents, pleins d'un feu caressant et sombre. Elles portent aux oreilles de larges anneaux d'or ; et le bout du lobe fait chaton de rubis à la bague jaune qui brille.

La démarche de ces créatures est leur premier charme. Elle promet le bonheur dans un noble abandon, et la volupté dans le rythme. Elle ne se jette pas grossièrement dans l'amour ; mais elle le fuit moins encore. Elle fait une promesse qui sera tenue aux hommes de la race.

Elles vont, souples et lentes, sur un rythme royal et fauve, à la joie qu'elles annoncent et qu'elles attendent. Beaucoup ne sont que de belles bêtes. Leur grâce est trop pétillante, pour des femmes. Leur corps est trop court, ou trop rude dans la maigreur. Elles semblent violentes et passives : elles ont trop de feu noir, d'un bois qu'il faut allumer pour qu'il s'enflamme. Enfin, elles ne sont point dangereuses : on ne sent pas en elles ces ardentes ennemies qu'il faut réduire.

Qu'on est loin du Nord, à Lugano ! La petite ville sur le lac est un nid de félicité. L'air est suave, doux et câlin comme la plume. L'ombre brille, elle est trempée de soleil liquide. La clarté joue autour des piliers, dans les rues à arcades. Au-dessus des chapiteaux informes, la barre d'appui est tendue, corde grossière de l'arc. Et les ruelles étroites, de coude en coude, fuient entre des maisons trop hautes ; la chaussée de granit luit comme une eau œillée d'huile au fond d'un puits. Il fait frais dans ces venelles profondes.

Sur le dos, les femmes et les jeunes garçons chargent de vastes hottes en forme de ruches renversées. Le marché en plein vent éclate des mêmes couleurs que les corsages et les jupes : le rouge et le jaune crus, le vert et le caca d'oie. Les fruits sont trop gros, et d'une senteur si lourde qu'ils ont un goût de musc : les raisins en olives ont la taille des mirabelles ; et sous la peau noire, la chair molle est verte comme l'algue. Les gourdes violettes des aubergines frôlent les fesses des melons. Et les pommes d'amour en tas sont si rouges, et d'un si beau feu qu'elles triomphent dans ce parterre de légumes, telles les roses parmi les fleurs.

Une vieille, au profil aigu de sibylle, vend des œillets à l'odeur enivrante : ils sentent la peau brune et le piment. De l'eau bleue coule dans une vasque moussue. Une jeune fille, la cruche sur l'épaule, va à la fontaine, comme Rachel ou l'esclave de Nausicaa. Sa gorge immobile est serrée dans une guimpe blanche, et ses hanches ondulent sous la jupe écarlate. Elle a le pas d'une prêtresse. Ses gestes sont hiératiques, tous ses mouvements sûrs et larges. Elle est simple avec noblesse ; et sans être ni éteinte ni triste, elle est grave.

Devant les portes, sous les tentes qui enferment une ombre presque violette, les vieilles gens se saluent en causant : ils ont des traits terribles et des manières puériles. A Sainte-Marie, on sonne pour un mort ; mais personne ne s'attriste : chacun prend son parti de la mort pour les autres. Dans l'église, claire, laide et dorée, les femmes prosternées remuent ardemment les lèvres, et des enfants courent ; il y a même un chien. La vapeur d'encens est piquée par les flammes des cierges. Les hommes attendent sous le porche. Ils sont solennels et ridicules. Ils ont par moments une ombre héroïque, et parfois une réalité absurde : je les admire, si je veux ; et si je ne veux plus, ils me donnent à rire. On en rencontre qui feraient de magnifiques assassins : on leur suppose le couteau dans la manche, et la même férocité dans l'âme que sur le visage ; ils ont le front boucané, le nez en coin, le menton en serpe et la peau trois fois cuite. On se raille de soupçonner en eux le crime ; puis, on se rappelle que les meilleurs régicides sortent de ces cantons, ceux dont le poignard, bien poussé de bas en haut, ne manque ni sa reine, ni son homme.

Toute vie, pourtant, paraît heureuse sur les bords de ce lac, que le ciel dédie à l'idylle. Qu'est-ce que le bonheur, pour la plupart des êtres mortels, sinon la certitude de l'amour ? Cette terre est une terre d'amour. Ils ne sont même pas vêtus comme des gens qui pourraient porter le deuil. On dirait qu'ils figurent dans une comédie amoureuse : culottes et guêtres aux jambes, le feutre vert sur la tête, la veste d'ocre aux tons de rouille ou de morille, ils vont monter à l'échelle de corde ; ils sont équipés pour la vengeance et le rapt. Au bout du compte, ils flânent en espérant l'heure de la soupe. Ils sont trop vifs, hors de propos : mimes, de la tête aux pieds, et tout visage, et toujours au bout de l'expression. En voilà un qui choisit un concombre : il y met un sérieux fatal : il mangera cette petite courge en cannibale. D'autres, un mouvement d'envie leur prête, autour des lèvres vertes, l'amertume d'Iago. Dans un geste de refus ou d'ennui, ils ont l'allure de l'homme qui veut se jeter à l'eau pour en finir avec le monde. Qu'ils sont souples et félins !

Une certaine joie de vivre leur tient lieu de pensée. Quand ils se mettent à rire, ils rient à torrents. Ils ne semblent ni bons, ni méchants, pouvant être à l'excès l'un et l'autre. Cette aisance à vivre tout entier dans le moment, comme elle étonne l'homme de l'Occident, et comme elle le délasse ! Et qu'est-elle donc, après tout ? Une lumière qui vient de la nature aux hommes et qui les persuade : et le visage de l'homme la rend ensuite à la nature. Comme la suavité de l'air et la douceur du climat invitent à ne plus porter que des étoffes transparentes, on ne pense plus à déguiser sa volonté ; et elle montre que tout est volupté pour elle, du moins tout ce qu'elle cherche.

Et dans une église, sur le quai, au bord du lac, une grande fresque de Luini, blonde, confuse, légère, une vision que les yeux recueillent, qui les flatte, mais que le cœur ne désire point garder, et dont l'esprit ne s'émeut pas : on passe, et la belle image est déjà loin. Et, y pensant, l'on doute que demain elle soit encore là : elle se sera évanouie avec tout le reste du prestige.

Il n'importe. Tout est fête, ce soir ; et même le crépuscule est sans mélancolie. Un excès de gaîté pétille, et d'impertinente ivresse. Je ne résiste plus. Une certaine et chaude sérénité, comme un sommeil de la conscience, peu à peu me gagne : un désir animal de goûter toute sensation, presque sans choix ; ou, pour le moins, de laisser la chair choisir entre tous les plaisirs, à sa guise. Et la nuit vient. On chante sur le lac ; on chante le long des quais et des jardins ; on chante dans la ville. Sous les arbres, dans leur robe de noces tissue par la lune, les tierces justes s'éparpillent. C'est l'Italie, la terre de Catulle et de Virgile. La divine Italie est cette ivresse et ce premier parfum. Peut-être n'est-il point d'Italie que pour les hommes de vingt ans, et les femmes amoureuses : car les femmes n'ont jamais que vingt ans, quand elles aiment. Et c'est bien le pays qui a toujours vingt ans : c'est l'Italie ! C'est l'Italie !

IV. PANDARA

A Bellagio.

C'est la journée des odeurs.

Je suis environné de parfums. L'air sent comme un fruit mûr. La terre a son odeur forte de matrice, de chair chaude et de sueur.

Les fleurs se cherchent de tous leurs yeux. Les fleurs dans

la lumière sont des rétines colorées, qui ne vivent que de voir et d'être vues.

Là-haut, Serbelloni, la villa dans les arbres, est le sommet végétal de Bellagio, coiffé de lumière. Elle porte le ciel comme un pétase bleu. Serbelloni, Bellagio, noms légers, pleins d'ailes et de mirages, ils ont presque du bellâtre, tant ils tournent autour de la voyelle et de la belle. Tout est calme, parfum, faste et volupté.

La senteur cuisante des lauriers me poursuit. Les lourdes ombelles en bouquets blancs ou roses sortent des branches et viennent à la rencontre du passant, qui s'élève sur la colline, parmi les fleurs et les fruits. La brise tempère l'ardeur du soleil. Et la clarté aussi frappe comme un parfum : l'anis, le santal et l'ambre flottent sur la pente dorée des allées.

Par touffes folles, le jasmin et le chèvrefeuille pendent échevelés ; les chênes enlacés de lierre se joignent les mains au-dessus des aloès ; l'encens cruel des tubéreuses monte à la tête ; et de monstrueuses fleurs en œuf, pareilles à des ananas livides, jaunissent au cœur des magnolias. Elles répandent un baume si épais, d'une fadeur si dense qu'on le goûte sur les lèvres, et qu'on est tenté de le mâcher : toutes les odeurs y entrent et s'y confondent : l'oranger et le melon, le citron et l'amande.

Tout est blanc, tout est jaune de soleil, le blanc et le jaune, sources des parfums.

Je ferme les yeux, dans un léger vertige. Je revois le chemin de Porlezza au lac de Côme, comme un sentier tracé, pour des fées encore enfants, dans une forêt puérile. Ici, plus d'horreur sacrée sous l'ombre des chênes, au fond des antres humides où la mousse n'a jamais séché. Puis, les feuilles s'écartent, et le lac paraît si bleu, si câlin, caressant comme l'œil d'un chat. Et toutes ces colombes, les maisons blanches. Les jardins et les terrasses s'étagent sur les hauteurs comme une gamme. La vigne et les pâles oliviers portent l'accord en sourdine, jusqu'à la forêt verte et les masses noires des noyers sur les cimes. Les palais blancs et les villas laiteuses se penchent sur l'eau qui les mire. La moire du lac est ridée de colonnes et de frontons. Les barques gaies, les voiles latines glissent sur le miroir. On accoste la rive heureuse, et l'on est à terre avant d'être au port. On rêve d'une vie calme et fastueuse, que traverse l'orage d'une seule passion.

On monte, on monte. Les ruelles pierreuses, rouges au soleil, sont violettes dans l'ombre. Un ruisseau coule au milieu. L'ordure même a son air de béatitude ; les mouches ronflent contre les bornes. Il y a encore des figues noires aux branches des figuiers, par-dessus les murs.

A Serbelloni, partout des bancs. Les peupliers d'Italie font la pyramide, et les chênes en dôme s'arrondissent entre les clochetons aigus des cyprès. Les bosquets, les retraites se cachent derrière les chevelures complices du lierre. L'invitation aux baisers passe dans la brise ; les feuilles se caressent comme des chattes. L'air est si fin, si tiède et si tendre, il a des touches si subtiles et si lentes qu'on le sent comme une main, comme un baiser entre les cheveux et la nuque. Et telles des lèvres timides, il glisse sur la fraîcheur des seins ; les jeunes femmes lui abandonnent leur gorge sous la guimpe. Je frôle une nymphe blonde, qui a l'odeur de l'abricot.

A Bellagio sur le lac, et à Serbelloni sur Bellagio, on est à la fourche des eaux. La vue de Serbelloni ne laisse rien échapper : elle offre tout le pays sur un plateau de vermeil. Bellagio, c'est Belle aise. Vers le Ponant, la Tremezzina se dessine, le jardin dans le parc des voluptés lombardes : une colonnade de marbre sur une main de terre se profile dans l'eau. La villa Carlotta, la villa Poldi, les noms de Milan chers à Stendhal : mais les Milanais n'y sont plus, il me semble. Même un village s'appelle Dongo, comme Fabrice. Des ruines riantes, de vieux châteaux, d'antiques tours, des torrents lointains, pareils à un fil de lait sur la montagne, tout est plaisir dans la lumière. Point de deuil. Et si j'ai cheminé le long d'un cimetière, je n'y crois pas.

Je descends vers le lac. Des oranges mûres pendent sous la feuille longue. Et comme des éclairs brillants, qui sortent de la terre, les lézards filent sur les cailloux d'argent. Belle comme un sentier royal, une allée de grands cyprès s'abaisse, toujours plus large, vers la marine. Autour d'un clocher carré, plein de ciel et de soleil, les pointes des cyprès piquent l'espace de lances pacifiques ; et l'odeur rayonne du bois incorruptible. Dans le clocher, un rayon d'or fait corde à la cloche. L'allée finit sur l'eau éblouissante : au-delà, sur l'autre rive, dans les forêts de la montagne, les demeures blanches dorment, repues de clarté, comme des brebis sur une pente.

Une barque est amarrée dans les fleurs. Tandis que les flots du lac multiplient languissamment son sourire, des femmes étendues sourient vaguement à leur propre langueur. Elles sont toutes en blanc, comme des fleurs. On dirait qu'elles attendent aussi qu'on les cueille. Une pensée plane entre le ciel et l'eau, comme un oiseau invisible : c'est que tous les voiles, ici, ne sont que d'un moment, un écran fragile entre la volupté et le désir. La grâce du lac est ainsi faite d'aménité et de complaisance. Ce n'est pas la mer, ni ses tragédies brusques ; ce n'est pas le fleuve et son éternel renouvellement. Le lac est le miroir du séjour. Tout y fait scène et tableau dans un cadre juste. Et partout la montagne y enferme un monde clos sur son bonheur.

Le devoir n'a plus de sens ; la durée n'a plus de plans ; tout est dans l'instant, et le plaisir est le seul espace. Ces jeunes femmes aux bras nus, ces têtes ployées, cette langueur que le rythme de la gorge soulève si doucement, comme un autre flot où l'on ne résiste pas, quelles plages voluptueuses ! Les regards et les paroles roucoulent. Toutes les colombes ne sont pas borromées.

O terre complaisante ! Assurément, c'est ici que Pandarus a pris femme, après la chute de Troie.

V. ÇA ET LA, DANS MILAN

Comme la vie des hommes sert de vêtement à leur âme, les villes ont une figure, un regard, une voix. Et comme l'effet de leur visage est inconnu à la plupart des gens, les villes ignorent leur figure. Mais l'étranger, qui n'est là que pour voir, la considère et la pénètre. L'étranger est l'ennemi, même quand il aime : c'est qu'il ouvre les yeux, d'abord, et qu'il voit.

Qui arrive à Milan, un soir d'été, à l'heure où la ville sent son ventre, et où il grouille de faim, tombe dans une roue de lumière crue et de bruit. Comme les wagons que l'on vient de laisser sur les plaques tournantes, dans cette ville tout tourne et fait un tintamarre de ferraille. La gare est un tunnel de verre, éclatant de clarté blanche. En tous sens, la cohue se précipite ; un immense troupeau piétine sous une voûte, le dos patient ; les têtes sont ployées ; on ne voit point les bouches ; on n'entend que le brouhaha de ce bétail noir ; et tous, bientôt, se pressent dans un passage souterrain ; on monte des escaliers, on en descend ; l'odeur du poisson pourri, des onguents et du cuir ; les pieds roulent la charge d'une âpre lutte ; et partout, dans le caveau, sur les degrés ou sur le pavé de la rue, la même lumière crue, éclatante et factice.

Toute la ville n'est qu'une gare. Le tumulte, le mouvement sec des quais court les rues ; et ce Dôme fameux est une gare de marbre. Qui put jamais prier dans cet entrepôt de statues et d'ornements, ayant fait ses premières prières à Chartres, ou, seulement, à l'ombre du Kreiz-Ker ? A Milan, la rue même du plaisir, et des livres, là où l'on va boire et chercher chacun sa pâture, n'est qu'une galerie vitrée, une gare dans une gare. Et la foule se hâte, portant des paquets, tous la tête inclinée, les yeux fixés sur les mains, le pas rapide, comme on court au buffet, entre deux haltes, comme on va prendre le train.

Où qu'on lève le front, on reçoit, comme un jet, le regard brutal de ces moroses yeux blancs, de ces yeux ronds qui font haïr la parodie de la lumière. Nul ne verra plus le clair de lune dans Milan. Et si l'on baisse les yeux, soudain l'on se croit pris au piège : de toutes parts, à perte de vue, les mailles plates d'un filet de fer : le réseau des rails parle de la vieille terre dans les chaînes. Là-dessus, roule éternellement un tas de longues boîtes, les unes bleues, les autres jaunes, où sagement rangées, posées de biais, sont enfermées des formes humaines ; et quand la boîte disparaît dans une rue, elle semble une voiture pleine de fourmis monstrueuses. Je crois reconnaître dans Milan, fourmilière ronde, la ville la plus chinoise de l'Europe, telle que sera la Chine, lorsque la science en aura fait le plus pullulant fromage à automates de la planète. Nuit et jour, en tous sens, tourne cette rose des vents misérable, avec une clameur de fer et de supplices : toutes les boîtes se succèdent sur les rails en grinçant, et une cloche de fer-blanc, un gong au timbre de casserole, tintant dix fois par minute, marque le pas de ces bêtes sans pattes.

Peu de mendiants : sans doute, on ne les admet pas dans les gares, ou on les écrase. Mais une foule d'esclaves : chaque homme porte un signe qui fait aussitôt savoir s'il voyage en wagon-lit, ou en troisième classe. Ils ne mendient pas, non : ils ont la dignité des malheureux qui meurent d'un salaire ; et il suffit de voir ces visages flétris, ces peaux vertes, cet air de hâte et de crainte, ces haillons décents, pour admirer combien le droit de voyager en dernière classe ajoute de bonheur et de noblesse au sort de l'homme.

En plaine, ouverte à tous les vents, inerte et clouée sous la canicule, étouffante et glaciale, basse et prospère, riche et nulle, cette ville en forme de roue, avec un dôme pour essieu au moyeu d'une place, Milan tourne à la croix des routes, et tous les rais de l'industrie ou du commerce convergent à ce centre de l'Italie. Londres est le poulpe géant, qui cache sa tête sous le fleuve, à Tower Bridge ; et ses mille bras, tous les jours, collent à la terre une nouvelle ventouse, un lichen de maisons basses qui soufflent de la fumée au ciel, et qui pompent les sucs de l'univers ; Londres a la voix sous-marine, et les rauques sirènes parlent pour elle ; et peu à peu, toute l'Angleterre s'est faite pieuvre autour de Londres, la gueule où, langue sans repos, la Tamise goûte, avale, crache et salive. Les tentacules cherchent le sang de tout le globe ; et l'Angleterre meurt si l'on retourne sur sa tête le capuchon des mers, ou si l'on tranche les bras du monstre. Je pourrais dire la figure de Rome, cette idole aux sept mamelles, nourrice dont on a décollé la tête ; et le visage de Paris, ce triple cerveau concentrique à un ravissant sexe de femme, où sinue la Seine : et tantôt la France est sage de cette pensée, tantôt elle est folle de cette folie. Milan tourne, absorbe et n'invente point ; à peine si Milan digère ; tout y est factice, comme le foyer dans une auberge. C'est le luxe, le tumulte et la richesse d'une hôtellerie.

Mais qui voudrait passer sa vie dans une gare ou un marché ? Milan est la ville carrefour.

L'épreuve du Dôme est la première du voyage en Italie. Il resplendit au milieu de l'enfer, une montagne de marbre blanc. Il est énorme et mièvre. On l'appelle dôme, et il n'est fait que d'aiguilles. Eglise immense, il semble n'être qu'une châsse ou un reliquaire. Il fait penser à l'orfèvre, et non à l'architecte. Prodige de richesse et de faux goût, c'est la vierge du Nord costumée en épousée de Naples : la masse de marbre est taillée en statues, évidée en fenêtres, en rinceaux, en dentelles à jour. Le travail est innombrable et médiocre. On fait pitié aux esprits fins, si on vante le Dôme ; et faute de le vanter, on fait rire les autres. Le fin du fin est tout de même qu'on l'admire, sous prétexte que les artistes font semblant de ne l'admirer pas.

J'accepte que l'art du Nord ait pris cette forme pompeuse et le faste trop éloquent du marbre. Je sens le poids d'une telle fabrique. Je serai sensible aux chiffres qu'on me donne ; et d'ailleurs, cette architecture a du nombre. Mais enfin un tel art est le triomphe de la matière, et par là du mensonge. Le Dôme de Milan, je l'appelle une merveille pour des Allemands et des Suisses. Ils n'ont pas mieux chez eux : c'est le pain blanc de leur pain noir. Qui sait même si le souvenir des neiges alpestres et de la glace en aiguilles n'a pas dirigé obscurément le travail de tout ce marbre ? Tant de pointes, de clochetons, et une pauvre flèche. Tant d'espace, et point de grandeur. Par un jour clair, en plein midi, je fuis cette église. Aux heures de cohue, quand le ciel se couvre, le Dôme blême tourne à la pièce montée, en sucre, sur la place : l'allégorie n'a plus qu'à l'y prendre et à le servir sur la table des érudits allemands, ces géants aveugles. Jamais on ne vit mieux qu'avec du sucre on doit faire du marbre, et qu'avec du marbre, la science aidant, grâce à Dieu, bientôt on fera du sucre.

Au soleil cru, la laideur du Dôme est éclatante : il ne veut pas fondre, et pourtant, cube hérissé de piquants, il vacille pour l'œil dans toutes les perspectives : pas une ligne

solide ; toutes semblent ridées et trembler sous un voile
d'eau. C'est pourquoi il n'est jamais si beau que sous la
brume ou par la pluie : tout le détail s'efface ; et l'apparition
se fait magique, comme un château de brouillard, dans les
montagnes.

Au-dedans, le marbre a le ton de l'os. Les nefs latérales se
replient sur le grand vaisseau, comme les plans des côtes.
On marche au creux d'une bête colossale, au centre du
squelette, dans une forêt de vertèbres. La richesse du
rythme rappelle le génie des cathédrales. Sylve de rêve,
basilique de givre, les fûts des piliers, pressés comme des
frênes, s'élancent pour porter les voûtes des cinq nefs. Et
quand l'ombre du soir descend, le mystère baigne enfin les
allées de cette église ample, froide et grandiose. Que ne
s'allume alors le candélabre à sept branches, le plus bel
objet qui soit dans la cathédrale : à peine s'il le cède au
candélabre de Reims : français d'ailleurs comme l'autre, et
du même temps, tous deux sont fils de Saint-Louis. Quelle
vie dans la matière ! Ce n'est plus de l'ornement : c'est de la
nature qui veut durer. Ce bronze a la beauté d'un arbre
éternel. Un goût exquis dans la puissance.

Je le sens trop : je voyage d'abord en architecte, et je
n'aime que les chefs-d'œuvre.

L'Hôpital Majeur est un magnifique palais de briques :
les fenêtres sont les plus belles de Milan. Les ogives ornées
de fruits, et d'enfants rieurs, dans un cadre d'oves et de
feuillages ; les charmantes colonnettes qui divisent la baie ;
les bustes en ronde bosse au partage des lobes ; c'est tout le
charme rustique et fort de la terre cuite ; non pas une
architecture paysanne, mais la matière de la jeunesse
robuste, qui montre sa peau ; avec combien de grâce et de
mesure ! La matière a ses vertus. La brique est vivante à
souhait. Le marbre est solennel ou funèbre ; il est le derme
des rois, il représente les pouvoirs de l'Etat. Quant à la
pierre, elle est l'individu, ce qu'il y a de plus beau et ce qu'il
y a de pire, le grand homme ou le sot ; et moins encore : le
médiocre.

Ils ont un jardin où, les jours d'été, on voudrait se piquer
à la veine, pour donner une goutte de sang aux fleurs
mourantes. Pas un arbre n'y fait de l'ombre. On ne voit

point de la poussière sur les lauriers, mais des lauriers qui
servent de mannequins à la poussière.

Je ne sache pas de ville, où l'on rencontre tant d'hommes
en culottes. Une partie de ce peuple semble ainsi marcher
sur des jambes de bois.

A Milan, on boit du lait délicieux, épais et parfumé. Mais
partout on vend de la bière : ce pays est plein d'Allemands.
On a cru les y aimer ; puis on les a subis : ils y sont, à
présent, moqués, haïs et redoutés.

*
* *

Le ventre de l'Italie moderne est ici, et peut-être le cœur
s'y noie. Sous un ciel sans nuances, la vie y est violente et
lourde, chaude et criarde, trapue et frénétique. Plus de
richesse, plus de force, plus de brutalité qu'ailleurs. Des
maisons plus hautes et plus sombres, ou plus blanches et
plus cossues, la misère et la fortune plus séparées que dans
le reste de l'Italie. Tout ce qui dure encore de vieilles pierres,
palais et églises, se cache dans les coins. L'ingénieur les
relègue, comme des parents pauvres, dans l'exil des quartiers sordides. L'Hôpital Majeur fuit les regards sous les
rues vermineuses d'un quartier qu'empestent les légumes
pourris et les trognons de choux. Et le charmant petit palais
Visconti di Modrone montre sa jolie façade aux berges
moisies du canal : elle se laisse deviner entre les branches
d'acacia, comme un visage derrière les doigts écartés et les
cheveux répandus. La plaisante et mélancolique demeure !
la seule de Milan, où l'on voulût lire, dormir et aimer. Elle
semble faite pour donner asile à des amours secrètes, et
peut-être coupables. Une terrasse, plantée de vieux arbres,
de jasmins et de roses, tombe à pic sur le miroir des eaux
mortes ; elle est bordée d'un balcon sculpté, balustrade de
pierre pompeuse et un peu lourde, mais pourtant élégante :
par les jours de la rampe, la verdure et les fleurs animent le
silence, et leur présence passionnée est une fête dans ce
canton misérable de la ville. Des amours portent un écusson ; les cornes d'abondance se vident de leurs pêches et de
leurs raisins délicatement modelés ; la vigne vierge et les
branches caressent chaque volute, chaque rinceau de cette

balustrade. A travers les feuilles, une loge à six arcs se dessine entre deux ailes ; un double rang de colonnes est fleuri de roses. Le doux jardin voilé, la charmante retraite ! Un jet d'eau lance sa poussière changeante dans le soleil. Le canal mire les rameaux, et retient les feuilles sur l'eau morose. Dans Milan, il n'est point d'autre refuge au rêve, à l'amour et à la mélancolie.

Milan grouille de peuple. Dans les faubourgs, les maisons sont pareilles à des ruches coupées par le milieu : sur la façade peinte en couleurs crapuleuses, toutes fenêtres ouvertes, les alvéoles gorgés de gens, on dirait des cages à mouches. Et la poussière, que le vent fouette, saupoudre ces gaufriers.

Les haillons flottent. Des linges abjects et la lessive de la veille sont tendus sur des cordes : les chemises et les jupons rouges, les maillots verts, les serviettes tachées de vin, les langes souillés, les traversins, les draps pisseux sèchent à l'air ; et il me semble qu'ils fument. Des femmes à l'œil sombre, et la tignasse noire, lancent un regard entre les manches d'une camisole pendue, ou les deux jambes d'un pantalon blanc que le vent du sud agite.

La misère au soleil a la beauté du crime : elle n'est pas comme dans le Nord, où l'horreur de la dégradation paraît toujours la suivre. A la laideur même, elle emprunte une sorte d'énergie, et parfois une gaîté cynique : ainsi les plaies empruntent une espèce d'éloquence à la couleur. Dans le Nord, tout parle d'une chute ignoble au fond de la boue et de l'ignominie ; tel un vieillard paralytique qu'on fourre à l'hôpital : il sait bien qu'il n'en sortira plus, et qu'il mûrit, les pieds en avant, pour l'auberge de sous terre. Le pittoresque de la misère, au Midi, n'est pas une illusion : le soleil est une fortune. Il y a de la beauté partout où les yeux rencontrent la nature dans la lumière.

Sur la place où Léonard de Vinci fait figure d'un convalescent qui va au bain, une dispute m'attire. Les injures volent comme des copeaux ; le rabot de la haine court dans tous les gestes. Parmi les étrangers, deux Anglais regardent indifférents ; deux autres affectent un mépris altier et sans âme : sinon du poing, ils voudraient bien que les adversaires jouent du couteau. Un gros d'Allemands roulent des yeux ronds : les uns s'esclaffent ; ils vomissent de la gorge une épaisse gaîté. Les autres, sérieux comme leurs besicles d'or, prétendent se jeter dans la mêlée et imposer leur paix raisonnable ; ils n'ont peut-être rien vu : mais ils savent qu'ils ont raison : ils doivent avoir un texte là-dessus. Quant aux quelques Français, présents sur la place, déjà ils se divisent : ils sont prêts à prendre parti dans l'un des camps, avec passion, avec excès, et par jeu. Deux pourtant sont là, comme s'ils n'y étaient pas, même celui qui observe et à qui rien n'échappe : je reconnais en eux le Celte, qui ne cède jamais à la fatalité, qui est toujours avide de connaître, et qui oppose au destin un inlassable et silencieux dédain, pour toute révolte.

Je monte à la Tour une autre fois. Toute lourde, et compacte, et grasse qu'elle soit, Milan a une forme. Elle est bien le fromage d'hommes, ocellé de rues et de places, que j'ai vu. Le vieux Milan boucle sa ceinture de canaux maigres au Castello. Un autre fromage, concentrique au premier, et d'un rayon presque double, s'est fait une croûte de boule-vards et de bastions. Sans doute, le pâté humain s'étendra encore. Milan est le type de la fourmilière. Telle est donc sa ressemblance aux villes de la Chine ; et ce n'est pas sans raison, j'imagine, qu'elle est l'entrepôt des cocons et le marché de la soie.

VI. L'ENCHANTEUR MERLIN

C'est Léonard. Il s'est mis en quête de Viviane, dans la forêt de l'Occident. Il a réveillé la fée endormie, le sourire de l'Intelligence.

Telle est sa magie, si l'on veut que Léonard soit un mage. Ce grand esprit est pourtant sans passion. Il rêve de poésie. Il est partagé entre l'art et la science. Il semble ne vivre que pour connaître : beaucoup moins pour créer. Il est de son temps par l'inquiétude, et encore plus du nôtre. Il a toutefois la certitude de la recherche et pour lui, qui cherche, trouve. Par mille points, il touche aux âges de la foi.

Ce qu'il a ne lui suffit point. Son esprit poursuit partout l'objet : il le saisit souvent, et souvent il le manque. Sa curiosité est patiente, et son action se lasse vite. Son âme rêve d'un monde idéal, qu'il n'arrive pas à former.

Tant qu'il étudie et qu'il observe, il est l'esclave de la nature. Dès qu'il invente, il est l'esclave de ses idées ; la théorie étouffe en lui le jet ardent de la création. Nées de la flamme, la plupart de ses figures sont tièdes, et quelques-unes glacées.

Il n'y a point de réalité dans ce qu'il fait. Rien ne vaut ses dessins, ses essais, ses ébauches. Il n'est pas l'homme de l'œuvre accomplie : or, c'est la seule qu'il prise.

Il s'efface dans la recherche ; mais dans ses œuvres, il est toujours là. Toutes ses figures se ressemblent : toutes, elles ont le même doigt, la même main, le même sourire. Toutes ses femmes sont jumelles ; et ses hommes sont des bessons aussi. Il finit par se tenir à une créature charmante et ambiguë, qui n'est ni la femme, ni l'homme.

Il met du dogme jusque dans ses couleurs ; et par là ses tableaux sont perdus. Holbein ni Van Eyck n'avaient point de ces raffinements, et leur œuvre dure. L'esprit de finesse est l'ennemi de Léonard. Prince des curieux, il ne parvient pas à se centrer : c'est que la grandeur humaine ne se centre bien que sur le cœur.

L'enchanteur s'est pris au miroir des idées. J'irai contre le culte de la proportion, en ce qu'elle prétend substituer l'intelligence à la vie, dès qu'elle ne se borne plus à soumettre l'instinct à l'intelligence.

La suprême beauté n'est pas dans ce qu'on invente par proportions, n'étant pas une géométrie. Elle est dans les proportions idéales que l'on révèle, et que l'on donne à ce qu'on observe du sens même de la vie. Car rien ne peut être supérieur à la vie, en sa courbe variable. Tel dessin de gueux en haillons passe la richesse des marbres : je sais des eaux-fortes, où un visage souffrant laisse infiniment derrière lui la beauté des Bacchus, que Léonard combine.

L'ordre le plus haut est dans la vie, et le plus bel effort de l'imagination consiste à le comprendre. La nature, où cet ordre se révèle par miettes et parcelles, est l'ordre qui passe toute imagination.

C'est une imagination faible, celle qui embellit. Qui veut ajouter à la nature, ne montre que sa faiblesse à l'égard de la nature. On pense à corriger la nature, quand on échoue à la révéler. Où l'on croit mettre de la beauté, on ôte de la vie. La plus haute beauté n'est qu'une révélation de la nature. Dans le sentiment seul est tout le rêve. En art, la mesure du sentiment est l'émotion. Au lieu de baisser les yeux, et de faire la grimace, il faudrait que le visage divin de l'homme se contemplât enfin, et fraternel à toute forme, que l'homme osât se dire : O prends en pitié, prends en amour la splendide merveille de ton corps.

A Léonard tout est symbole : de là qu'il a tant besoin de la nature, et qu'il en est si avide. Mais si soumis qu'il y soit, il s'en fait l'interprète au lieu d'en être le confident. Toute son œuvre est une rêverie sur les origines. Aristote a mis dans ses carnets toute la science du monde grec. Léonard, dans les siens, a mis toute la pensée de la Renaissance latine. Il n'a point la science universelle, ni l'art souverain : laissons ces mots de parade aux esprits bateleurs, montés sur les tréteaux. Mais il sert l'esprit qui domine toute matière : il a le sens de la connaissance, et par là, le sens du mystère. Lui seul, de son temps, a voulu pénétrer le mystère, et seul il en a caressé l'âme subtile. C'est pourquoi il eut la passion de la grâce et du sourire : la grâce qui sourit, voilà une forme du mystère, et la propre mélodie des visages. Il ne lui a manqué que les larmes, la musique d'amour.

Il faut toujours faire l'unité en soi. Ou plutôt l'unité est faite par la force. La simplicité en art est du même ordre que l'unité dans le caractère.

Il est trop certain que l'objet le plus simple est d'une complexité infinie. Rien n'est simple à nos yeux qu'en fonction de notre aveuglement ou de notre ignorance. C'est l'émotion qui fait l'unité de l'œuvre. La simplicité, ici, est l'équilibre des parties. Plus le poète est riche en vision et en conscience, plus il lui faut de puissance pour agencer les éléments qu'il trouve dans la nature. On dit toujours qu'il faut, en art, faire des sacrifices : sans doute ; mais un artiste tout-puissant n'aurait pas besoin de sacrifier un détail à un autre : il ferait comme la nature qui les accorde tous. Une force divine est nécessaire, pour ne se point perdre dans la passion des nuances. L'art suprême est celui de la variation : Beethoven, Rembrandt et Shakspeare. Avec tout son esprit, Léonard ne varie que ses propres thèmes : il n'a pas la puissance qu'il faut pour varier les thèmes de la vie.

Ce n'est donc pas au nombre des parties, ni aux éléments d'une œuvre qu'on mesure justement si elle est simple ou non ; mais à l'équilibre qui la porte d'ensemble, à la certitude qu'elle donne, bref à l'émotion qu'elle inspire et qu'elle impose.

Vis superba formae, le mot souverain de Jean Second, comme il hante Léonard ! Et sinon le même mot, l'idée. Il sent que la forme seule confère l'être. Il voudrait être sculpteur, d'abord. Avec toute l'ardeur dont il soit capable, il part à la recherche de la forme : il est la victime de son temps, en ce qu'il croit la saisir dans l'art de peindre. Il s'épuise en ratiocinations sur la précellence de la peinture. Il aurait dû naître quelque cent cinquante ans plus tard : il aurait vu qu'un seul homme, entre tous les peintres, a mis la puissance de l'être et de la pensée dans la peinture ; et c'est au sentiment qu'il l'a dû, à une passion universelle. Léonard est un grand poète dont nous n'avons pas les livres. De là, sans doute, qu'il est l'artiste préféré par tous les faiseurs de livres. C'est à Paris qu'on pense le mieux à lui. J'aime l'idée que je me fais de Léonard plus que tout ce que l'Italie m'en montre.

On conte qu'il était de haute taille, la mine noble, aimable et brillant, athlète et beau cavalier. Sa beauté n'a jamais plu sans doute aux femmes : avec toute sa douceur, il se faisait craindre : elles ont peur de la pensée. Et lui-même ne paraît pas les avoir aimées, sinon pour les disséquer et les peindre. Il n'en voulait pas embarrasser sa vie. Il s'était marié à la science. Qu'il ait été le beau jeune homme qu'on dit, je ne m'en soucie guère. Je ne veux le voir que sous les traits d'un magnifique et saint vieillard, d'un Hermès Trismégiste. Tel il est dans l'admirable sanguine de Turin. On ne veut plus, à

présent, que ce soit lui : à cette image de vieux lion, on
préfère le dessin de Windsor fade, fat et sans accent.

La plus haute ironie est dans le sourire de l'intelligence.
Léonard sourit de cette sorte. Après tout, celui qui comprend, celui-là aime aussi. Il a l'âme égale, et douce à tout ce
qui respire. Tout étant comme il doit être, la pensée qui se
possède ne saurait pas être méchante. Même si elle n'espère
rien, et ne peut prendre ce monde au sérieux, elle peut
pardonner au rêve de n'être qu'un rêve. Cependant, il me
semble éprouver que Léonard est très religieux.

Tout son dédain est pour la vanité des hommes, et pour
leur méchanceté absurde. Ses yeux ne sont pas cachés dans
les orbites, il ne fronce pas les sourcils pour ne plus les voir :
mais au contraire, parce qu'il est tout abîmé dans la vision,
ses paupières plissées sont la bourse où ce sublime avare
thésaurise depuis cinquante ans, amasse, entasse les signes
de la vie et les moments de la forme, les courbes du monde.
Magnifique et saint vieil homme ! Le Loire gaulois méritait
bien qu'il mourût sur ses bords. A peine s'il était de son pays
un peu plus que des autres : Léonard est le fils de la mer
latine, par essence : c'est l'antique devenu chrétien : l'Oriental, que l'Occident a conquis, le poète de l'intelligence. On
ne peut s'empêcher de le chérir : mais jamais il ne comble le
cœur ni même ne le contente. Tout est à Léonard ; mais il
n'a pas la passion : il n'est pas tragique.

VII. LA GALERIE

A Milan.

La Galerie de Milan est la plus célèbre de l'Italie, et elle a
servi de modèle, je pense, à toutes les autres. Car chaque
ville veut avoir la sienne, comme elle a sa statue équestre de
Victor-Emmanuel ou son monument à Garibaldi.

Elle ouvre une bouche énorme sur la place du Dôme, où elle paraît vouloir avaler un vaste chanteau de cathédrale. Elle n'y arrive pas ; et certes, si l'on ne goûte pas l'immense gâteau de marbre qu'est le Dôme, il suffit de le comparer à la Galerie pour s'en donner un peu le goût.

Jour et nuit, la gueule de la Galerie crache et aspire le flot des passants. Que ne se ferme-t-elle sur l'enfer des voitures rouges, qui tournent en grinçant autour du Dôme, suivant les divers cercles des rails, dans le vacarme de la damnation ? Elle dévorerait, peut-être, le tonnerre de cette place, où le métal, l'appel des timbres et des cornes, le cri du fer et le grondement des roues font une clameur vraiment infernale.

Masse d'une laideur insigne, c'est un dé trop haut pour la largeur, percé d'un trou en diapason ou en U renversé. On ne sait, d'abord, ce que veut dire ce portail qui monte jusqu'aux combles. Ce n'est pas une maison, en dépit des fenêtres qui l'encadrent ; ni un arc de triomphe : le ciel ni la lumière ne l'habitent. Ce n'est qu'une porte, une arche maigre qui prend toute la hauteur de la façade. Et de quelles pauvres colonnes elle est flanquée, lourdes et étiques, plates et vulgaires, en deux ordres, l'un sur l'autre juché.

Rien qui dissimule la laideur de l'ouvrage. La disgrâce s'étend jusqu'à la matière qui, à tout édifice sagement conçu, donne du prix et un poids de respect. Le treillis de fer et de verre blesse les yeux dans toutes les perspectives ; la matière même a l'air de mentir : est-ce de la pierre ? Est-ce du marbre, ou du carton peint ? Toute la lourdeur de ce cube évidé ne fait pas que le monument paraisse bien assis, ni durable. Sous la voûte de verre, l'énorme baie, en gueule de requin, porte la place du Dôme à la place voisine : la Galerie est le tube où Jonas se promène, une gare sans rails, ni voies, ni trains. Voici une bâtisse démesurée qui se borne à servir de passage. Or, la foule y piétine.

Elle grouille de peuple, à toute heure. Il y règne un luxe épais. La Galerie est pleine de magasins, de boutiques, de cafés. Les pas des promeneurs, le talon de ceux qui se hâtent, la voix de ceux qui demeurent, les appels, le cliquetis des verres et des cuillères dans les tasses, tous ces rayons sonores engendrent une sphère de bruit, où l'on reste assourdi. Un peu partout, des échos retentissent. Le luxe vulgaire de la Galerie répond au faste de la façade : la pierre de taille est sale ; les membres de l'édifice semblent de vieux papier. Sous le berceau des vitres, il fait une chaleur de serre. La lumière est aussi laide, aussi crue, que dans un atelier de chimiste. Par les temps de pluie, rien de faux et de pesant comme ce jour lugubre, qui traîne en linge gris. Mais l'odeur, surtout, est à donner le frisson : l'air humide sent le chien crevé, les socques, le caoutchouc, le poil, le cadavre et la chique. Dans la saison chaude, la poussière pétille : les atomes dansent dans le soleil ; chaque grain a son poivre qui se mêle à la puanteur profonde des chambres correctionnelles, au remugle de la fiente humaine, à la note écœurante des mauvais savons et aux nuages du tabac noir percé d'une paille.

On ne verrait pas de tels hangars, élevés à tant de frais, partout où l'on peut, en Italie, s'ils ne répondaient à quelque besoin de la nation. Ils tiennent du marché et de la vieille basilique. La Galerie est le forum des bourgeois. Et ils y sont à l'abri de la pluie, que l'Italien fuit comme la peste. Telle est la coûteuse halle aux propos, aux pots-de-vin, aux intrigues, une bourse aux vanités. Autrefois, le Cours était le lieu de réunion, ou la loge au théâtre. Mais les rues ne sont plus assez sûres. La plèbe est trop nombreuse, et menace d'être puissante. J'ai vu Milan sortir d'une émeute, où le peuple tint tête à une armée : mise à feu et à sang, la plèbe a fait connaître sa force. Elle est désormais une ville dans la ville. La haine entoure la richesse, comme un fleuve baigne une citadelle.

Ici, dans la Galerie, la classe qui tient la fortune et le pouvoir peut se croire à couvert. Le peuple y entre et y passe, peu importe : il n'est pas chez lui. Le peuple n'est pas à l'aise dans les espaces clos. Il ne se sent le maître que sous le toit de Jupiter, en plein air. Pris entre les murailles, il ne sait où mettre ses coudes. La voûte de verre, où crépite la pluie, où la lumière se brise, les vitres qui tiennent chaud, rassurent les plants bourgeois. La Galerie est le monument d'une société qui campe, et qui veut faire croire à un solide établissement. La mesure et le goût y font également défaut. Et le grand bruit qu'on y mène, au milieu d'un luxe grossier, retentit sur le vide intérieur.

VIII. ROMANS ET PORTRAITS

Dans les musées de Milan.

Une nouvelle espèce d'huissiers porte-chaînes garde les musées, à présent : ils sont pleins de docteurs, qui ne permettent pas aux passants de rêver devant les œuvres : ils ont pris l'habitude de croire qu'elles leur appartiennent. Parce qu'ils n'en sauraient jamais imaginer aucun, ils se donnent l'air de mépriser nos romans et nos poèmes. Mais on rit de la défense. Et je me permets tout ce qui ne leur sera jamais permis.

A chacun son métier. Je ne parcours pas le monde pour leur plaire, ni pour tenir registre de leurs erreurs. Un musée n'est qu'un catalogue pour les maîtres d'école et les critiques. Pour les poètes, c'est une allée des Champs-Elysées, où chacun réveille les ombres heureuses de sa dilection, où il s'entretient avec les beautés de son choix. Paix aux érudits dans leurs catacombes : mais qu'ils nous la laissent. Je ne voyage pas pour vérifier leurs dates : je me suis mis en route pour délivrer les Andromèdes captives, pour faire jaillir les sources, et prendre au vol les images. Je veux ouvrir les palais dormants avec ma clef. Je suis oiseleur et chevalier errant.

MONNA VELENA

A Poldi Pezzoli, Pollajuolo nous tend le piège d'une figure étrange et séduisante. Dans une salle dorée, non loin d'un tapis persan, qui tient pour l'œil un accord somptueux et magnifique, une jeune femme fait le guet : elle est en relief, de profil, collée à la muraille. C'est presque une jeune fille, mais sans gaieté : elle ne médite pas : elle laisse le hasard méditer sur elle, et lui abandonne, pour ce qu'il voudra faire, avec ce corps fragile, ce visage pensif et mutin. Je l'appelle Bianca Velena.

Elle est si froide, et pourtant si vive dans son corsage. L'œil un peu étonné, la bouche avide, dans un retrait naïf et triste. Elle est pâle et n'a presque pas de gorge. Son col est trop long : on ne voit que lui, nu, plein de force, et de santé sensuelle. Qu'il est tentant, ce col ! Il tentera le fer peut-être ; il appelle le baiser de la hache.

Nice, mais le feu n'est pas allumé en elle. Celui qui fera roucouler cette colombe, donnera le vol à des ardeurs redoutables. Ce petit nez frémit déjà à la promesse : quelles narines curieuses, et comme elles s'ouvrent à des parfums lointains, peut-être sanglants ! Dans cet œil, trop tranquille pour n'être pas mélancolique, la flamme jettera de durs éclairs. La petite fille a une figure de vierge empoisonneuse.

Un jour, cette petite tête sera tranchée.

La Béatrice de Léonard[1] n'est pas si redoutable : tout le monde connaît cette belle petite amoureuse, un peu lente, un peu surprise, et si jeune. Elle a la bouche gonflée des baisers qu'elle reçoit et de ceux qu'elle donne. Elle en attend. Le bout de son nez est gourmand. Elle est neuve, et se plaît à toutes caresses. On devine qu'elle est gaie, qu'elle a l'humeur plaisante et un rire d'enfant. A la naissance de sa gorge frêle, la nudité a une saveur exquise. On sent la tiédeur des seins menus à travers le corsage. Tout le portrait respire une chaleur délicieuse. Léonard de Vinci est le seul Italien qui pût donner tant d'esprit, de charme, de finesse aimable à une figure, avec un dessin si fluide et tant de goût dans la couleur.

LA SAINTE CATHERINE DE LUINI

Luini est le seul peintre lombard. Je ne sais s'il a tant pris de Léonard qu'on veut le dire. Je le vois aussi prodigue d'œuvres que le Vinci en est avare. Sa couleur est aussi claire que celle de Léonard l'est peu. Et quant au sourire de ses femmes, il semble qu'il fut propre aux Milanaises de la Renaissance : le sourire de Florence est plus aigu.

1. *A l'Ambrosienne.*

Luini est une femme. Il est doux, amoureux, faible, coquet, élégant, comme elles sont, quand elles veulent plaire. Il a une sorte de poésie romanesque. Il aime d'aimer. Comme il est abondant, on le croit facile ; mais il a toujours le goût délicat. C'est une femme qui chante, comme le Schumann de la peinture : un peu monotone, un peu mignon ; mais la voix italienne est mieux en chair, plus solide et plus heureuse que la voix allemande.

La Sainte de Luini n'est plus Catherine, la fille du roi Coste, qui fut instruite dans tous les arts libéraux. Grâce au ciel, ce n'est point la terrible vierge qui discute avec l'empereur Maxence, « conformément aux divers modes du syllogisme, par métaphore et par allégorie » ; celle que cinquante docteurs de Sorbonne n'ont pu réfuter, en Egypte ; et qu'elle confond, au contraire, par des raisons si bien déduites, que réduits au désespoir et au silence, dans la douleur de ne pouvoir plus braire, ils s'en vont pendre incontinent. Il est dit de cette vierge formidable, qui provoqua d'innombrables massacres, qu'ayant eu la tête tranchée, de son col jaillit du lait au lieu de sang. Les anges recueillirent alors ce corps sacré, et le transportèrent sur le Mont Sinaï, pour l'y ensevelir[1].

Le gentil Luini ignore les fureurs de la martyre, et de l'absurde Maxence, cet ours enragé qui n'ouvre la bouche que pour mordre, déchirer, et ordonner des supplices.

Comme il se promenait sur les rives natales, au bord du lac, entre Luino et Laveno, à Lugano peut-être, il a trouvé la jeune fille sur un lit de fleurs. C'était la propre nymphe de l'idylle, qui venait de quitter les fraîches demeures du Roi Lugano, son père. Il la voulait marier à un fleuve, riche et beau comme l'été. Mais la vocation de la nymphe était de rester vierge, et de n'épouser que le ciel. Elle est montée sur le flot ; elle a posé le pied sur la prairie. Et l'air de la terre l'a tuée.

Trois anges, alors, trois anges au visage de femme, qui sont des fées, volent d'en haut, comme l'alouette descend ; ils viennent quérir la fillette pour la mettre dans un beau lit de marbre, orné d'hippocampes, où quand la lune sera

1. *A la Brera.*

levée, elle se réveillera afin de monter au ciel qui l'attend, légère comme un de ses cheveux dorés, sur un rayon de lumière laiteuse. Les trois fées sourient avec piété à leur sœur endormie. Elles la tiennent sur leurs mains, par la ceinture et les jambes. L'une soutient la tête, et l'autre les pieds chastement joints. La rêveuse est étendue, bien serrée dans son manteau. L'air est tout ému des ailes battantes. Ces beaux oiseaux palpitent, et sentent à peine le poids de la morte charmante.

Que de goût dans la libration légère de ces figures, suspendues comme une belle accolade au-dessus du sépulcre rigide. La ligne droite du marbre les fait paraître encore plus aériennes. Voilà le rythme, et la poésie.

GASTON DE FOIX

Que sait-on de cet Augustin Serabaglio, dit le Bambaja ? Il vivait au temps du Vinci ; il était lombard, et il a laissé une statue admirable : Gaston de Foix, couché sur son tombeau[1]. Francois Ier lui commanda de la faire, et il s'y mit trois ans après la mort du fameux capitaine. Elle reste seule d'un monument qui, par bonheur, n'a pas été achevé.

Plus qu'un héros, il semble l'archange de la guerre. Ni dieu, ni déesse : il a la pureté des vierges et la force de l'éclair mâle. Sa figure est d'une Pallas guerrière, laquelle est issue de Jupiter par le front, et n'a point connu la faiblesse d'un sexe ni la violence passionnée de l'autre. Il faut que l'artiste ait vu Gaston de Foix, qu'il en ait eu le portrait sous les yeux. Ou il ne s'en fût pas tenu là dans l'invention créatrice.

Une pureté éclatante, c'est le trait dominant de cette figure. Elle n'est même pas froide : elle a le coupant des cimes neigeuses et, comme la glace, elle illumine. Enfin, ce corps magnifique de guerrier est une épée, qui porte à la garde une tête sublime.

Elle est ceinte du laurier. Et tel est le goût de l'ornement, que la couronne semble un rinceau naturel de la coiffure, comme les cheveux, taillés droit sur le front et pendants sur

1. *Au musée du château Sforza.*

les côtés, sont la parure naturelle de la tête. La chevelure entoure le crâne comme un casque, le heaume ouvert.

Il ne dort pas. Il rêve, il médite ; il tient le mot de la victoire. La plus violente énergie ne lui coûte pas : elle est en lui comme l'odeur ou la blancheur du lys est au lys odorant et candide.

La divine vertu de ne rien craindre, voilà ce que ce corps exprime. Et, selon la loi, celui que n'atteint pas la crainte, est celui que n'a jamais visité ni le péché ni le crime. Le courage sans fard et sans limite est la face de la pureté parfaite, tournée vers l'action. Si Gaston de Foix eut cette innocence légendaire, qui le sait ? Son image funèbre ferait croire à une perte que rien n'a pu compenser.

Le corps du héros est immense. Gaston de Foix était un géant, long, élégant, maigre du bas, large du torse, la taille mince et les épaules vastes. Cette statue se dédie elle-même à tous les princes de la guerre.

La chasteté virile comporte une pureté où la plus vierge des jeunes filles n'atteint jamais. La vierge échappe à son destin : tandis que le pur héros le fait.

L'artiste a couché le corps sur un brancard de pierre, drapé de linge virginal. Il lui a croisé les mains sur la grande épée brisée par le milieu ; et la ceinture fait les quillons à la fusée. Les mains, l'une sur l'autre posées, sont allongées avec douceur, formant un beau triangle dont la pointe est au giron. Comme des ailes, les manches et les brassards sont gonflés d'un souffle.

Le col est nu. Sur la poitrine, le collier de Saint-Michel est une dentelle d'honneur souverain et de chevalerie. Et la belle tête repose sur un double coussin de marbre, brodé d'une guipure charmante. Que cette tête est pure, pâle, fière, mélancolique et calme ! Elle est longue comme la fleur héraldique. Le grand nez tourne court à la pointe et reste comme un roc abrupt, comme un cap au milieu du visage. La bouche est d'un enfant, mais dans un monde où l'enfant a la force des dieux : sincère, et chaste, et naïve. La lèvre supérieure en cerise avance un peu sur l'autre : bouche admirable, si grave, et qui dut être rieuse aussi. Le menton puissant fait une saillie vaillante, une borne ronde à l'ovale. Pour moi, je crois voir saint Louis à vingt ans.

L'œuvre d'art est accomplie, quand, au bonheur que la beauté donne, de prime abord, ne manque pas non plus le rêve qu'elle propose, le poème qu'elle inspire au passant et à l'artiste.

IX. TEMPLE DES BOUFFONS

Milan, hors la porte Volta.

De tous les lieux où rampe la fourmi humaine, il n'en est pas beaucoup où l'on puisse froncer le sourcil avec plus de dégoût, que dans le faubourg où je me mis à errer, ce jour-là.

Il est, aux portes de Milan, un théâtre monumental qui donne, soir et matin, les émotions du drame au peuple ; et d'ailleurs, quand c'est son tour d'y paraître, chacun joue son rôle dans la tragédie, et plus d'un devance le temps, parfois.

Une réunion de gens, comme à la foire, et où ne manquent même pas les bêtes, frappe d'abord la vue. Cette assemblée gesticulait étrangement ; la mimique était solennelle. Tous ces pauvres acteurs avaient endossé leurs habits du dimanche. Comme il y avait des vieillards en grand nombre, et beaucoup de petits enfants, toutes les modes se coudoyaient sur l'immense scène. Les arbres semblaient grimés ; un haut cyprès, taillé en cierge, faisait croire à un cierge noir taillé en cyprès ; mais après tout, ce n'était sans doute qu'un portant, et s'il tenait droit, c'est qu'on le dressait à force de câbles, dans la coulisse.

Comme les paysages sont à l'image de notre âme, quand ils la séduisent, la foule dans les allées de ce jardin avait les traits du faux arbre. Tous étaient ridicules, à cause de leur costume roide, et d'un air solennel, qu'ils avaient pris en entrant. Une famille était à table, mangeant des poires ; une autre entourait un fauteuil à oreilles, où un vieillard croupissait. Ils avaient tous leur air de cérémonie, empesé comme leur linge ; et les bourgeois eux-mêmes, le frac sur le dos, étaient gênés aux entournures. Ils faisaient le bras

rond, comme dans les bals le jeune ouvrier offre son coude
à celle qu'il préfère ; car, ici ou là-bas, tout finit de la bonne
manière, et par des mariages. Une femme en mantille se
promenait dans une robe à cinq volants entre deux hommes
blêmes, l'un grand et maigre, l'autre court et gras, mais tous
les deux d'une dignité inaltérable, et vêtus d'un long manteau, précaution contre l'hiver : tous les trois allaient d'un
pas si sérieux qu'on avait peine à les croire à la promenade :
cependant, comme la femme tenait un gros bouquet de
dahlias stupides, l'homme maigre un parapluie, et le gras
une canne à bec de canard, on ne pouvait douter qu'ils ne
fussent dans cette campagne pour leur plaisir.

La foule était cossue, éloquente en ses mines, silencieuse
toutefois. Les enfants eux-mêmes paraissaient soucieux ;
ils veillaient à ne point salir leurs petites robes, leurs beaux
souliers à lacets, ni leurs guimpes. Ils concouraient pour le
prix de sagesse, sous les yeux attendris et moroses de leurs
parents. Le vent ne jouait point dans les nattes des petites
filles. Un marmot pourtant faisait des pâtés dans le sable,
d'une bêche prudente ; il pétrissait la terre ; un autre la
coiffait de son seau. Un garçon en culottes, la veste tournée
en queue de poule, poussait un étrange cerceau, épais et
blanc comme la pierre.

Que l'air était lourd et moqueur dans ce jardin ! On
pouvait compter les mailles des dentelles sur la tête des
femmes, et la brodeuse eût reconnu le point. Voici venir un
vieux birbe, dont la houppelande est scellée de sept boutons
d'or, sans en omettre deux à la taille, et deux autres à la
pointe des basques, tel l'œil sur la plume du paon ; on
reconnaît sur les boutons l'effigie du prince Eugène, et l'on
admire jusqu'où un assidu des ventes a poussé l'amour de la
Révolution.

Une vieille dame au nez creux, qui fit fortune dans le
commerce des fruits secs, porte un collier de noisettes et
trois bracelets d'avelines. Un chien suivait son maître, en
tirant la langue ; un diplomate pressait un carlin sur son
gilet, tandis qu'une marquise tenait un éventail et un man-
chon. Nombre d'hommes, le bras tendu, montraient le
poing aux nuages ; quelques femmes baissaient les yeux et

comptaient les boutons de leurs bottines ; une mariée, empêtrée dans son voile, ployait un front chargé de fleurs pesantes et sans parfum.

Tout ce peuple avait froid, sous la lumière jaune de l'été, en dépit des manteaux et des fourrures. Ils allaient, la plupart tête nue ; mais beaucoup aussi coiffaient le chapeau blanc, des plumes et des écharpes. Ils avaient l'air de parler haut, chacun pour son compte ; un grand nombre criaient ; quelques-uns chantaient : pas un ne semblait seulement entendre la voix de son voisin. Le geste obstiné, ils déclamaient insupportablement. Nul en fatuité ne le cédait aux autres. Ils proclamaient leurs noms et leurs qualités, avec une emphase atroce. Certes, on ne vit jamais une troupe si outrée ni si morne de comédiens.

Je m'aperçus alors que ces pauvres gens jouaient en farce la plus illustre et la plus antique tragédie du monde. Car ce théâtre, ce monument de laideur et de vanité, cette scène éhontée où la parodie de la douleur s'étale, j'en dis enfin le nom : c'est le cimetière de Milan.

X. LA MÉLANCOLIE DE CRÉMONE

En juin.

C'était l'heure où le soleil se met à l'affût de la journée et tire sur les tours des flèches biaises, qui font saigner les briques.

La vieille ville a pris son air d'ardente tragédie.

La lumière immobile a eu le frisson. Le jour a cessé de brûler comme un cierge dans la clarté tranquille. Et la chaleur de juin n'était plus ce drap d'or blanc, que les clochers paraissaient tendre sur l'après-midi.

Des nuées noires surgirent du levant, et coururent à la rencontre de l'autre horizon. Un souffle de vent brusque passait, parfois, entre ciel et terre, comme pour balayer les maisons, et le calme régnait ensuite. Le soleil n'était jamais loin. Toute la fin du jour fut un long crépuscule, plein de feu et de violence. L'orage éclata soudain, vif et bref : il vint sur les tours et sur les dômes comme une bande de grands rapaces, aux ailes larges, aux plumes de pourpre et d'or noir.

Quelques vastes éclairs, dégainés en cimeterres, enveloppèrent les toits et les corniches. Les sillons de la foudre déchiraient le ciel vers le sud. Et cinq coups de tonnerre formidables ponctuèrent ces traits aveuglants.

La pluie violente et courte, oblique comme une lanière de fouet, donna les verges aux murailles. Elle tombait en balles sur les dalles torrides. Elle cessa bientôt. Tout le monde avait fui la Grand ! Place. Le milieu du ciel restait sombre, et le soleil rouge reparut.

Je m'enivrais de ces ombres sanglantes. Je ne pouvais quitter la base de la Tour, et ce magnifique plateau où Crémone est servie, le Champ des Morts à côté du Baptistère, le Dôme à côté du Beffroi, et les palais de la Commune l'un contre l'autre. Que cette place est belle ! Qu'elle est grande et variée, mélancolique et forte ! L'énorme tour n'écrase point le sol. La puissance a raison de la lourdeur. Elle finit en pointe. On envie de ne point rester en bas, et de monter les cinq cents marches. Au Dôme, la façade de marbre blanc et rouge m'émeut ; sous le soleil, elle ruisselle de sang, sombre et violente. Je ne vois que la couleur. C'est un visage qui s'empourpre de colère et qui se plombe de honte. Et face aux églises, les palais mâles, cruels et taciturnes, sont des fauves, des tigres prêts à bondir.

La place de Crémone est une tragédie lyrique du style le plus fort et le plus sévère : toute l'âme de la ville y chante. Rien n'y manque qu'une chapelle aux violons.

Voilà un as de ville, comme je n'en ai point vu encore : plutôt une suite de places qu'une place, un cœur à quatre lobes, avec les gros vaisseaux du sang, au rythme puissant et large. La vie de l'antique commune y bat, je l'entends qui se soulève. Un vieux peuple libre, plein de foi et de patience. Il a tout souffert, et même des princes plus féroces que des loups enragés, pour ne point recevoir la loi d'autrui. Enfin, quand il s'est donné à Venise, nul n'a été plus fidèle à la cause de la sage République, et à la dévotion de saint Marc. Au Campo Santo, dans le coin le plus retiré, une vieille mosaïque exprime le sentiment de la foule chrétienne, la prière des cœurs pacifiques dans les temps de toute violence, quand la guerre civile n'avait de relâche que sous le talon des bandes étrangères, au milieu du sac et de l'incendie. La Piété est blessée au flanc par la Cruauté furieuse ; et la Foi arrache la langue à la Discorde.

Cette Crémone a du cœur et des larmes. Elle est sérieuse et chaude. Quel passant, de ceux qui ne cherchent que le plaisir, ne la trouvera pas sombre et triste ? Ses arbres même, perdus entre les murailles qu'ils caressent d'ombre, ne l'égaient pas. Mais elle a le charme de la mélancolie ; et certes, à la voir, on l'entend : on sent bien qu'elle était faite pour la musique.

Une pensive gravité réside sur les façades de brique ; ces figures hâlées, qui méditent, se regardent avec ardeur, et ne s'imitent pas. Elles ne sont point mornes ni maussades. De fortes arêtes varient le jet du Torrazzo, qui enfonce sa flèche conique, comme une pointe de cactus dans le ciel rouge. Par les galeries ouvertes, aux deux étages les plus hauts, les martinets aux longues ailes passent, aigus, et repassent.

Quel goût hardi et sévère a élevé le Palais Public sur de légères arcades, à côté du Palais des Capitaines, masse si puissante qu'elle n'a peut-être pas sa pareille dans l'Italie du Nord. Il serait monstrueux, ce Palais des Gonfaloniers, s'il ne respirait une énergie redoutable : c'est la maison du glaive. Sur le ciel sanglant, elle porte la couronne d'admirables créneaux. Et sa corniche est vraiment le diadème d'une puissance crénelée et royale.

Je n'oublierai jamais l'ardeur de Crémone.

XI. POUR LA MUSIQUE

A Crémone.

O musique qu'on ne peut trop aimer ! Je suis venu à Crémone pour la musique. La Crémone des basses et des archets, des violons et des violes est un lieu unique au monde.

Musique, qu'on ne peut trop aimer ! Amour, le premier et le dernier ! Charme du cœur, aile de la chair, sensualité qui se dépouille ; vraie province de l'âme, quand elle s'abandonne à son propre mouvement et cherche la pure volupté.

Ici est né, voilà trois siècles et demi, le plus grand musicien de l'Italie, le seul Pier Luigi excepté. Monteverde a été nourri dans la vieille Crémone, où rien ne le rappelle[1]. Il l'aimait pourtant, et fut empêché d'y vivre, étant musicien des Gonzague, à Mantoue.

Un malheureux homme de génie, s'il en fut. Plein d'amour et de souffrance ; passionné pour la vie, et toujours frappé par elle ; violent et doux, sans repos, sans loisir ; longtemps méconnu, tantôt dédaigné, tantôt haï ; et à la fin glorieux, mais non compris. Il a le sentiment de sa force, et son art le console. Mais le malheur redouble ses coups. A quarante ans, il perd une femme chérie : malade et dévoré par la fièvre, il rentre dans sa chère Crémone, avec deux petits enfants sur les bras. Il s'épuise de travail et de tristesse. Il connaît même, tout comme nous, le plus noir tourment : il est toujours contrarié dans ses goûts. Né pour la tragédie lyrique, il lui faut contenter ses princes, perdre son temps et sa verve à écrire de la musique pour les fêtes de cour. Cependant, dans *Orphée*, dans *Ariane*, dans *Poppée*, il a laissé le chant de son âme ardente, voluptueuse, agitée de passion brève et de longue mélancolie. Son harmonie a découvert un monde. Tous les musiciens de son temps lui ont rendu les armes ; il n'y a guère eu que les critiques pour lui disputer son rang. En tout siècle, les sourds sont les

---

1. *Monteverde est né en mai 1567, à Crémone, et mort à Venise en 1643.*

juges rigoureux de la musique, de celle qui est légale et de celle qui ne l'est pas.

Lui aussi, Monteverde, a souffert, toute sa vie, de la gêne et des sots. Lui aussi, une religion profonde l'a seule soutenu : il était catholique à la façon de ce siècle fort, où les voluptueux ont un pied à la Trappe. D'ailleurs, un bon Italien sans morgue et sans vanité, tendrement attaché à sa famille, capable d'endurer beaucoup pour son vieux père et ses petits. L'amour de la musique lui rend encore des forces, quand il croit n'en avoir plus à perdre. Sa vie intérieure n'est jamais tarie. Son œuvre la plus originale, peut-être, est la dernière d'une vie longue ; il l'achève à soixante-quinze ans. Et ce n'est pas à dire qu'il n'y ait en lui que la puissance de l'instinct : tout au contraire, avec plus de don naturel, pas un artiste n'a eu plus conscience de son art que Monteverde. En vérité, Monteverde est l'un des plus nobles fils que la vieille Italie ait donnés au monde. Et plus je le connais, plus je l'admire. Dans une médiocre estampe, sans goût et sans accent, on le voit qui médite, vers la cinquantaine : il ressemble à saint Vincent de Paul et au bon marquis de Peiresc, ce vaste esprit. Qu'il est triste et pensif ! Certes, il a le front brûlant. Une lueur de fièvre modèle ses traits, et les lime. Il a l'air égaré et calme ; sa rêverie tient du délire.

A Saint-Augustin ou à San Pietro, il ne me souvient plus, dans la ruelle chaude et noire où je cherche en vain un peu d'ombre, j'entends le sanglot de Poppée. La mélopée chante à mon oreille : elle est suave, elle est cruelle.

Il fait un ciel de plomb et de cuivre. Le soleil brûle sous la cendre. Les dômes et les clochers cuisent au four de la méridienne. Les rues et les toits sont des pains qui charbonnent.

Ha ! derrière cette porte et ces murailles denses, que des feuilles caressent, un jardin, une salle fraîche devant un jet d'eau étincelant et silencieux, un orchestre caché dans les arbres, des voix sans clavecin, et l'amoureuse douleur de Poppée qui chante ! C'est ici que je voudrais l'entendre, ou la plainte d'Orphée. Mais non, plutôt encore l'adieu de Poppée, d'une langueur si voluptueuse, d'une grâce si séduisante. Elle s'attarde, cette mélodie ; elle tourne la tête, elle tend les bras. Elle est prête à pâmer d'amour, pour peu qu'on la retienne, ou qu'un seul soupir la rappelle. Quelle caresse elle aura dans les larmes. L'âme des amants se révèle à leurs pleurs.

Ici, pour la première fois, peut-être, la force de l'amour et sa volupté même se reconnaissent plus ardentes et plus intenses dans la douleur. L'amour n'est plus dans le seul plaisir qu'on prend et que l'on donne. Il est enfin plus profond que sa propre joie. Il est fait d'une vie qui ne se sent jamais si pleine, que lorsqu'elle s'abandonne, ni si comblée que d'ardemment souffrir.

Les yeux dans les yeux, et la promesse des lèvres aux lèvres : voilà la lumière de cette mélodie et son contour. La nudité qui contemple le mortel désir. Et le désir qui contemple la nudité. Un baiser trempé d'angoisse monte doucement vers le ciel, qui brûle au crépuscule. Telle est la mélancolie amoureuse de Monteverde, et jusqu'où elle me touche. Sa lassitude est un constant aveu d'amour. Et par-delà les grâces de la volupté, quel parti de fuir, dans le seul amour, toute la vanité du monde. Monteverde est l'Italien le moins superficiel qu'il y ait eu depuis Michel-Ange.

C'est pour avoir fait de si beaux instruments, à Crémone, qu'ils ont eu Monteverde. Le Crémonois a renouvelé la musique, comme après tout devait le lui permettre le parfait quatuor des cordes. Il a fait chanter la voix sur la ligne de la passion humaine. Et, au bel arbre d'harmonie, il a cueilli la fleur d'un nouvel accord. Déjà, il tente la féerie des timbres.

Sort de la musique ! Elle m'a longtemps été toute Crémone, et à Crémone, elle n'est plus rien. Ni les luthiers, ni Monteverde n'y vivent plus.

Chaque grand musicien passe pour le dernier. Et l'art, dit-on, ne peut aller au-delà. Monteverde fut le Wagner de son temps ; il a été le magicien de la tendre septième, cette fée. Mais toute musique est pauvre d'émotion, et paraît vide après quelque cent ans. Pourtant, l'idée n'est qu'endormie sous la poussière. Car enfin tout art, quel qu'il soit, n'est qu'un moyen pour l'homme d'exprimer sa pensée et sa passion. Où sont-elles, si l'expression ne nous en émeut plus ? Et ne cesse-t-on pas d'y être sensible ? Trop de chair en cet art : il périt avec la chair. Tant de passion s'épuise et se refroidit avec ceux que passionna la même idole. Rien ne demeure qu'un accord, une note, un souvenir. Ce qui fut une conquête enivrante, devient une habitude. Les musiciens s'en vont, et la musique reste.

XII. LA PAGE DES VIOLONS

Juin, à Crémone.

Monteverde regrettait le doux air de Crémone, dans son exil de Mantoue, ce bouge somptueux, cette capitale de remords et de rares opprobres. Au milieu de la nuit, avec la lune lente, se lève une brise presque fraîche. On ne m'a pas trompé : à Crémone, c'est le meilleur air de Lombardie : il est égal, il porte bien le son ; il est pur : j'en crois la foule des martinets sur la tour. Il le fallait bien pour que les divins instruments donnent toute leur voix sous l'archet.

Ah ! peuple ingrat de Crémone ! ils ne savent pas ce que c'est qu'un violon. Sans quoi, eux qui sont ici plus de trente mille, ils n'auraient point de repos, se mettant eux-mêmes à la dîme, s'imposant un jour de jeûne chaque mois, qu'ils n'eussent réuni la rançon et ramené dans leur ville un Stradivarius et un Guarneri. On irait à Crémone par piété pour les violons.

Combien de peintres, en Italie, ont valu les luthiers ? Combien d'églises ou de toiles valent les violons ?

Dans le violon, l'orchestre a trouvé sa voix, plus qu'humaine. De l'humble boîte à une corde, inventée par les Celtes, jusqu'aux violons, que de lents progrès, que de recherches, et quelle longue suite de générations ! Mais ici on s'arrête : c'est la perfection.

Le violon est le roi du chant. Il a tous les tons et une portée immense : de la joie à la douleur, de l'ivresse à la méditation : de la profonde gravité à la légèreté angélique, il parcourt tout l'espace du sentiment. L'allégresse sereine ne lui est pas plus étrangère que la brûlante volupté ; le râle du cœur et le babil des sources, tout lui est propre ; et il passe sans effort de la langueur des rêves à la vive action de la danse.

Notre violon n'a plus changé depuis tantôt quatre siècles. Il est tel que l'ont légué à la musique les luthiers de Crémone, vers 1550, avec les quatre cordes accordées en quintes, le manche étroit, et l'ardente volute qui fait chapiteau au bout du cheviller.

Qu'il est beau, ce violon, de couleur et de forme.

Ses lignes sont un poème de grâce : elles tiennent de la femme et de l'amphore ; elles sont courbes, comme la vie. Et tant de grâce exprime l'équilibre de toutes les parties, la fleur de la force.

Dans un violon, tout est vivant. Si je prends un violon dans mes mains, je crois tenir une vie. Tout est d'un bois vibrant et plastique, aux ondes pressées : ainsi l'arbre, le violon brut de la forêt, rend en vibrations tous les souffles du ciel et toutes les harmonies de l'eau. C'est pourquoi il ne faut qu'un rien pour changer la sonorité du violon : le chevalet un peu plus haut ou un peu plus bas, plus étroit ou plus large, et le son maigrit ou s'étouffe, s'altère et pâlit. Le grand Stradivarius en a réglé la forme et la place pour toujours. Les luthiers de Crémone voyageaient dans le Tyrol, pour y choisir les bois les plus purs, les plus belles fibres, et l'érable le plus sonore.

Tout est beau dans le violon, tout a du prix. Aux moindres détails, on reconnaît l'accord de l'instinct musical et d'une raison, d'une étude séculaires. Les tables sont voûtées selon un calcul exquis. L'évidement des côtés est d'une grâce comparable aux plus suaves inflexions de la chair qui sinue de la gorge aux hanches : cette scotie d'un galbe si ferme et si tendre n'est pas d'un trait moins sûr que la nacelle des plus pures corolles. Et les ouïes sont les plus belles intégrales.

Dans le violon visible, je suis toujours tenté de reconnaître le corps divin du son en croix : le chant sur le saint bois du sacrifice. Et le grand violoniste, quand il va donner le premier coup d'archet, semble toujours le grand prêtre d'un

culte voué aux enchantements. Son geste est une incantation.

Au-dedans de ce corps sensible, sont logés les organes les
plus délicats, qui font le mystère du timbre : les tasseaux et
les coins, le ruban des contre-éclisses ; la barre, qui est le
système nerveux du violon, et l'âme qui en est vraiment le
cœur très véridique : en déplaçant l'âme, on déplace le son.
Voilà la merveille de vie sonore, avec les quatre-vingt-trois
pièces qui la composent, que les luthiers de Crémone ont
portée à la perfection.

Les luthiers sont venus comme Crémone se fermait au
monde. La Commune est morte. Crémone n'est plus qu'un
champ de bataille pour les armées du Nord. Les soldats de
Charles Quint y mènent un train d'enfer. Le sac et les
sacrilèges, la pillerie et les meurtres, les églises à feu, les
couvents violés ; les hérétiques allemands cirent leurs bottes avec les saintes huiles : Crémone a subi toutes les formes
de la violence et de l'outrage. Depuis, toute la ville dort ;
mais elle fait de la musique. Toute la force de la race se
replie alors dans les luthiers, et réside en eux.

Ce furent de fameux hommes. Ils conduisaient jusqu'à
l'extrême limite une vie harmonieuse, enthousiaste et pure.
Ils sont magnifiques comme des patriarches, et vénérables
par la longévité. Trois Amati, de père en fils, suffisent à
remplir deux siècles. André Amati, le chef de l'illustre
famille, est né en 1500 : son petit-fils Nicolo est mort en
1689, à quatre-vingt-huit ans. Il est lui-même le bon maître
d'Antoine Stradivari, son gendre, le luthier immortel ; et
celui-ci, ayant vécu plein de sagesse et d'amour pour son
art, s'en est allé presque centenaire[1].

Ils sont de très bonne souche. Un Amati, homme noble, a
joué un rôle à Crémone cinq siècles plus tôt ; et son nom est
dans les chroniques de l'an mille. Chez tous ces artistes, on
sent la plus forte tradition de métier, et la plus belle discipline. Leur passion pour le bel instrument n'est jamais
satisfaite. Tantôt, comme Jean-Paul Maggini, ils font de très
grands violons, qu'ils voûtent dès les bords ; tantôt ils

---

1. *Antoine Stradivari, Stradivarius le Grand, est mort en effet à 94 ans en*
1737.

cherchent un modèle plus petit. Le génie de chacun se marque à la couleur de la pâte. Le vieil Amati aime le vernis un peu clair, et la douceur d'un ton apaisé. Maggini se plaît au jaune brun ; les deux Guadagnini, au rouge ambré ; Guarneri, au rouge sourd. Quant au grand Stradivarius, que son vernis soit rouge ou jaune, il est toujours trempé de lumière et nourri d'or.

Les Amati sont les Mozart ; les Stradivarius, les Beethoven.

On ne peut les échanger. Il faut n'y rien entendre pour le croire. L'Amati est charmant, fin, délicat et fort, mais toujours plein d'élégance. Parfois exquis, parfois même d'une sensibilité extrême ; mais cette voix n'est pas faite pour l'orage : elle a du soprano et du beau monde. Racine enfin. Ton d'argent. Le matin.

Le Stradivarius est géant, la passion même. Un son si puissant, si ardent qu'il vous brûle et vous emplit. L'élégance s'efface sous la force : le feu est ce qu'il y a de plus élégant ; mais qui y pense, tandis qu'il dévore ? C'est le mâle, le ton d'or : le crépuscule de juin.

Et Guarneri del Gésu, entre les deux. Il est parfois d'un charme inimitable. Il touche au Stradivarius, avec on ne sait quoi de plus rare : un timbre d'une profondeur merveilleuse. C'est le vieil or vert, la nuit d'été sous la lune, Yseult au désespoir.

Certes, ils sont sacrés aux musiciens, ces héros de Crémone. Ils devraient l'être aux peintres, également. La forme de quelques instruments est d'une beauté parfaite. Et quant aux tons du vernis, les luthiers de Crémone sont les plus grands coloristes de l'Italie, hormis le seul Titien.

O divins violons, bruns enfants de Crémone,
Plus beaux que l'or du soir, vous êtes faits de sang
Et de chair, et d'amour et de tout ce qui sent
La passion qui chante et follement raisonne.

Votre voix est une âme, un feu d'ardeur naissant,
Le baiser de l'Aurore aux vergers de Pomone,
Le soupir de Didon, le cri de Desdémone,
Un grand désir blessé, un grand désir blessant.

Pétales d'harmonie, ô claires chanterelles,
L'archet vous fait gémir comme des tourterelles,
Et vous penchez le col, violettes des pleurs.

Vous êtes l'accent pur, le parfum des paroles,
Et dans les prés du ciel, c'est vous qui chantez, fleurs,
Oiseaux du paradis, violons et violes !

XIII. LA DÉROUTE DE PAVIE

On sort de Milan par une triste route. Sous un ciel pesant, le chien du sud aboie, le vent souffle, et la matinée est déjà chaude. Les faubourgs accroupis sont couchés les uns contre les autres, comme une bande de porcs, laids, teigneux, rogneux et sordides : sous la crasse, toujours perce un coin de muraille rose. Des fumées lourdes restent à mi-chemin dans l'air gris. Un peuple criard, une canaille lasse se meut sous la poussière, comme de gros vers noirs dans la farine du pays. Et la sale marmaille est une poussière aussi : beaucoup d'enfants, hâves et mal nourris, lèvent un museau pointu sous des cheveux frisés.

Ce pays est plein d'ennui. On ne voit rien, de longtemps. Tout est plat, mais ce n'est pas la vaste plaine. La vue est partout coupée par de petits bois, en forme de haies basses. La maigreur de ces bosquets poudreux ne promet pas beaucoup d'ombre à la canicule. Il y a de l'eau pourtant, dans les bas-fonds. La rizière verdoie, et les mûriers ronds tiennent tête au vent sur leur base trapue.

Cependant, la contrée se découvre. Elle est aride, ou le paraît ; elle est forte et triste. On touche à Chiaravalle : c'est le grand nom de saint Bernard ; le géant est venu dans cette solitude ; mais ce n'est pas Clairvaux. Il est dix autres Chiaravalle en Italie : pour un Italien, c'est toujours Clairvaux qui est la traduction, et même pour quelques imbéciles, à Paris. L'Italien se persuade volontiers que l'Italie a tout donné au monde : saint Bernard est lombard, à l'entendre, comme il croit de Padoue saint Antoine. J'imagine que Dante y est pour beaucoup : c'est à saint Bernard qu'il confie le chant sublime qui met fin à la Divine Comédie. Le paysage est assez digne du puissant moine. La culture à perte de vue, sous le soleil qu'évente la poussière, prend la gravité du désert. Pourquoi la grandeur a-t-elle si souvent l'air stérile ?

Plus de chartreux à la Chartreuse. On n'en prend pas son parti. Les cloîtres sont faits pour les moines. La vigne rampait amoureusement sur les arcs, au-devant de chaque cellule. *Pax multa in cella*. La mort n'est point la paix. Portée sur des colonnes, une treille est charmante. Les arcades du petit cloître sont exquises : comme à Milan, la décoration en terre cuite est d'un goût qui console de tout le reste. La Chartreuse de Pavie étale un luxe accablant. Tant d'opulence rebute et déconcerte. L'église elle-même est un musée de la richesse. Le faste continu est misère pour l'esprit. A cette profusion somptueuse, je préfère la mesure ornée des deux cloîtres.

La façade est un prodige de vaine splendeur. Le rythme des lignes, la raison du monument, tout est immolé à la manie du décorateur. L'emphase de la magnificence m'importune entre toutes. L'excès de l'éloquence lasse la conviction et ne persuade plus. L'art du rhéteur tue l'émotion. Telle est l'œuvre de ces sculpteurs incontinents. Rien ne les arrête ; rien ne leur coûte. Ils sculptent pour sculpter, tant qu'ils ont un pan de marbre. Cette immense façade n'est faite que de morceaux : elle ressemble à une espèce d'autel, hors de toute proportion, ou à la cheminée d'un château démesuré, demeure des géants.

Il faudrait accepter cet art pour ce qu'il est : c'est là comprendre. Mais on ne peut se borner à comprendre : vivre va bien au-delà. Ni philosophe, ni historien, je suis homme. J'aime ou n'aime pas. L'art est une passion ; et l'on vit en art, comme on vit en passion : le goût est le tact délicat de ce qui nous flatte ou de ce qui nous blesse. Peut-être le goût est-il le sens le plus subtil de la vie. On me prend le cœur, si on l'émeut ; et faute de l'émouvoir, on le dégoûte.

Qui a goûté de l'émotion, ne se plaît plus à rien, sinon à être ému. En art, l'émotion c'est l'amour.

Est-ce beau ? N'est-ce pas beau ? Je voudrais admirer, et je ne puis.

Un travail infini. Mille détails achevés ou charmants ; mais point d'œuvre : l'unité manque. Les lignes n'ont point de sens. Sur la vaste étendue, pas un espace libre. L'œil qui contemple ne rencontre pas le rythme qu'il cherche ; la pensée qui analyse ne trouve pas non plus les raisons cachées du monument : la symétrie seule répond à tout, parce que la symétrie est l'ordre des rhéteurs et de l'apparence. La croix là-dessus est presque ridicule. Le soubassement est un musée de médailles et de portraits. La surface parlante ne dit rien de l'église dont elle parle. Les deux ailes ne coïncident même plus aux chapelles. Les fenêtres à candélabre n'éclairent rien et n'ouvrent sur rien.

Hélas, que de marbre ! Le marbre est trop commun en Italie. Il ne leur coûte pas assez cher. Faits au marbre avant de l'être à la terre, les ouvriers du marbre sont trop habiles : ils ne se rendent pas dignes d'être architectes. Comme les Visconti et les Sforza ont mis leur orgueil à faire de la Chartreuse l'enseigne de leur faste, le bon principe de l'économie n'a pas suscité, une seule fois, le respect de la mesure : on ne manque jamais tant à cette sainte loi, que si l'on gâche la matière. La prodigalité sans frein est la grossièreté des riches.

Révélation de la façade est faite ici, et des lois profondes qui la régissent : ils n'en ont pas le sens, en Italie. Tout pour la façade, ou rien : tels sont les excès de leur goût. Et tantôt la façade ne vit que pour elle-même ; tantôt elle n'a pas commencé de naître. Partout, en Italie, on se heurte à l'un ou l'autre obstacle : ou le mur de moellons, ou l'écran de marbre innombrable. La façade, pour eux, est une mosaïque d'ornements, un centon de couplets. Ainsi les ouvertures de leurs œuvres musicales : dix motifs, vingt ne leur suffisent pas : il n'y en a jamais assez. Le problème n'est pas, pour eux, d'ordonner des lignes : c'est de les effacer. Jamais ils ne sentent la raison secrète de la façade, qui est de répondre à la vie organique du vaisseau intérieur. Leur

amour du formel leur fait oublier la forme. Ils sont virtuoses, dès leur âge d'or.

La façade qui ne révèle pas le monde intérieur est un
masque. Les façades sont des visages. Celle-ci est un meuble. La richesse est ruineuse. Elle tue jusqu'à l'idée de la
ligne, cette vertu de l'architecture, entre toutes noble et
héroïque. Je veux dire, en architecte, que l'ascète et le héros
se tiennent comme l'index et le pouce.

Soudain, regardant la Chartreuse une dernière fois, il me
souvient d'une vieille estampe où Bramante a taillé l'image
de la ville idéale, telle qu'il rêvait de l'édifier. Ce ne sont que
portiques, arcs, colonnes et pilastres. Un péristyle corin-
thien fait face à un péristyle dorique, si l'on peut laisser ce
nom divin, que porte le Parthénon, à d'indigentes colonnes,
au profil maigre et sec de mornes chapiteaux. Des piliers
carrés soulèvent un étage de fenêtres : mais de maison,
point. Partout, des coupoles, des frontons, et ces hideuses
accolades que le Florentin Alberti légua si fâcheusement
aux Italiens, pour relier les divers plans d'une façade. La
Chartreuse de Pavie est bien l'église où mène la grand'rue de
Bramante. Sans doute, Bramante n'y est pour rien ; mais
son esprit plane sur cette œuvre théâtrale. Car enfin le mot
est dit : on n'est point dans une ville, ni dans la vie chaude,
comme au moyen âge : désormais, l'architecture s'est plantée sur le théâtre.

La grande beauté surprend ; mais elle nous contente.

La beauté des traits seuls ne me touche point : elle est
sotte ; elle est bête, et souvent même sans bonhomie. C'est
le caractère qui fait la beauté. Du moins, pour nous. En
d'autres termes, c'est l'expression de la vie.

De là, que tant de beautés vantées, dans la nature et dans
l'art, nous ennuient. On les appelle classiques, pour ne pas
dire qu'elles sont mortes. J'entends rire les Grecs de ce
classique-là.

Ce qui ne m'émeut point, ou ne fait pas penser, m'ennuie.

Je n'ai point encore vu en Italie une femme vraiment
séduisante, je dis une Italienne. Beaucoup de beautés bêtes,
ou très charnelles : pas une qui induise en passion. Pas une
femme longue, souple, aux seins menus, au teint de fleur,

aux cheveux d'herbe solaire et d'or changeant. Une foule de dahlias et de fortes roses rouges : pas un narcisse, pas un grand iris féminin, ou l'un de ces œillets qui mettent du délire dans les rêves et qui, je crois, rendent folles les roses elles-mêmes.

La défaite de Pavie, ce n'est pas la bataille où Francois Ier fut pris, et où il a sauvé l'honneur, mais le champ de la Chartreuse, où l'architecture est en déroute. La façade de Pavie est un masque sur une œuvre non faite pour vivre, le masque de la Renaissance. Elle ne répond à rien qu'à un désastre. Mais il faut l'avoir vue.

Je rentre à Milan.

XIV. LÉONARD A MILAN

La Cène, à Sainte-Marie-des-Grâces.

Qui n'a point grandi dans le culte de Léonard, n'a pas subi la séduction de l'intelligence. Mais qui s'en contente, n'eut pas la force d'aller au-delà. Plus d'un s'arrête sur la route, et ne finit pas sa croissance.

L'intelligence est la passion des jeunes gens. Mais la vie est la passion de l'homme. C'est le cœur seul qui fait vivre. Trois fois, j'ai rendu visite à Léonard : où j'avais cru, d'abord, trouver un dieu, je ne vois plus qu'un prince des esprits ; c'est à lui désormais que je fais des questions, et ce n'est pas à lui que je dois toutes les réponses.

Je fus à Sainte-Marie-des-Grâces, que je ne me souciais pas encore d'être à Milan, tant j'étais porté par le désir. J'y volais, au printemps. Le soleil de Pâques riait comme une petite fille, sur la douce église qui a la couleur de la chair, et dont les pâles briques ressemblent aux pétales des roses, plus qu'aux carreaux de l'argile. La piété me conduit. Un grave couloir à la porte d'une sacristie ; un cloître aux arcades longues ; enfin le réfectoire où un tel aliment est servi pour les siècles : sur le mur du fond, bas et large, la fresque. Une lumière bleue flotte sous la voûte, et la muraille peinte n'en paraît que plus sombre et plus lointaine. Mais chacun y retrouve ce qu'il connaît déjà, et l'image la plus illustre de l'Italie.

Que d'autres se plaignent de n'y plus rien voir. La beauté de cette fresque est surtout qu'elle s'efface. Elle n'est point sur le mur ; elle est un rêve de l'ombre sur ma propre muraille : une tapisserie que le songe intérieur a tissue. Quand un nuage voile la lumière du jour, la Cène de Léonard n'est plus elle-même qu'un voile, tendu par le crépuscule, sur le fond de la nuit. Tout ce qu'on montre dans cette salle, les cartons du Vinci, les copies anciennes, tout ce qui prétend aider l'esprit à ressusciter l'œuvre à demi morte, m'indispose et me blesse. Mais quoi ? les maîtres de la pensée ne sont plus faits, dorénavant, que pour enseigner les passants et leur servir d'école. Voici l'un des lieux du monde où l'on apprend le dégoût de la gloire. On est puni de l'avoir obtenue, voyant à qui elle vous livre en proie. Presque toujours, on reçoit de ceux à qui l'on plaît le juste châtiment d'avoir pu leur plaire. L'admiration de cette foule me pèse. Bavards, et faisant voile de gestes vers le port de l'enthousiasme, ils s'extasient à ce qu'ils déplorent de ne point voir. J'aime pourtant cette salle étroite et longue, sa voûte aiguë garde bien l'ombre. Je chasse enfin de ma pensée, je chasse de mes yeux la cohue qui l'importune. Je me rends sourd à ce guilleri de moineaux voyageurs ; et je prête l'oreille à la confidence mystérieuse du Vinci.

Heureuse donc, la fresque où Léonard donnait chaque jour un coup de pinceau médité pendant une semaine, heureuse de s'être si tôt évanouie et, peu à peu, de disparaître avec pudeur. La couleur, pour nous, n'en eût pas été belle ; toutes les œuvres de Léonard ont perdu à ce qu'il les achève : elles sont noires, et le noir est le deuil de la vie. Il y a mis trop de science : c'était y insinuer la mort. Si elle ne dure, qu'est-ce que la lumière ? Plus que personne, en Italie, Léonard a poursuivi la lumière ; plus que personne, il a cru la saisir ; et pensant l'avoir prise entre ses mains, elle s'est évanouie.

Léonard a voulu peindre la scène suprême, et capitale, en vérité, dans la tragédie d'un dieu. Il fallait qu'une telle heure vînt pour le Sauveur du monde ; et il fallait que la pleine intelligence d'un homme choisît cette heure, entre toutes les autres, afin de s'y mesurer. Mais l'intelligence tente en vain une action divine ; elle fait la preuve de sa force en y échouant, sans doute : car jamais elle n'y suffit.

Autour de la table, le grand Léonard a donc assis Jésus et les apôtres. Pour la dernière fois, celui qui s'offre en sacrifice à tous les hommes rompt le pain avec ses disciples : ils sont tous les Douze, ceux qui l'ont aimé, et l'autre qui n'a point de nom, puisqu'on veut qu'un peuple entier le nomme, et qui n'a point désobéi à son Maître en le trahissant, puisqu'il fallait enfin qu'il le trahît. Or Jésus vient de leur révéler l'horrible secret de sa mort, qui est le prix de leur vie. « *En vérité, l'un de vous va me trahir.* » Et c'est comme si Jésus disait qu' « *il le doit* ». Tous alors, qui ne doivent leur salut qu'à ce crime des crimes, s'agitent devant Jésus. Ils s'indignent : tous, ils font des gestes ; ils lèvent tous la main, parfois les deux ; ils montrent, chacun, son âme du doigt, et chacun y met son honnête rhétorique. Mais pas un d'eux n'a peur. Pas un n'a seulement l'air de se douter que Jésus connaît leur innocence, mieux qu'ils ne la connaissent ; et que leur Dieu, l'ayant faite, n'a pas besoin d'en être averti par ceux qu'il en a doués. A pas un de ces heureux le soupçon ne semble poindre que le bonheur de leur innocence a pour rançon la misère inexprimable du crime. Et lui-même, l'épouvantable Judas, n'a que le geste de l'avare démasqué ; le recul ignoble du scélérat pris la main sur le sac. Pas un, pas même lui, ne montre la stupeur du précipice : ils ne connaissent pas le vertige ni même la séduction de l'abîme ; pas un d'eux ne s'étonne de n'avoir pas été choisi pour victime ; ils n'ont pas l'épouvante du danger éternel où ils échappent ; et chacun d'eux, ne pensant qu'à soi, ne désigne pauvrement que soit.

Je vois pourquoi Léonard de Vinci, pendant des journées entières, et des années durant, épiait les coquins et les fourbes aux carrefours, je dis aussi les honnêtes gens : il y cherchait Judas et les apôtres. Mais il ne les y a pas plus trouvés que le Christ : c'était en lui qu'il fallait les prendre ;

et ils n'y étaient pas. Aux faubourgs, il ne rencontrait que des hommes, et médiocres, même les scélérats. Tous les hommes ne sont point propres à une pièce divine. C'est pourquoi Léonard a forcé le trait, pour qu'ils eussent du style. Ils jouent ce qu'ils doivent être : ils ne le sont pas.

Ils gesticulent ; ils n'ont d'âme que le mouvement que le peintre leur donne. Un jeu de deux fois douze mains supplée à la grande tragédie. On dirait de muets assemblés, qui parlent avec leurs doigts et qui grimacent : la caricature perce sous les visages. L'admirable intelligence de Léonard n'a pas su le défendre d'outrer son propre sentiment ; il cède au goût de sa nation pour le spectacle. La ravissante qualité de son jugement le garde des fausses notes, mais non d'enfler la note juste. Non, ces gens-ci ne sont point les simples héros d'une tragédie divine ; ils y figurent en comparses ; et si beaux soient-ils quelques-uns, ils font du bruit : ils n'ont pas le frémissement silencieux de la passion et de la vie. La scène exigeait un calme sublime, que cette œuvre n'a pas. Elle n'a que des sens, et manque la profondeur, n'ayant pas le silence. La seule œuvre où Léonard ait mis beaucoup d'action, est la seule dont le drame intérieur répugnait à tous les gestes. Ainsi le plus intelligent des artistes ne touche pas le point suprême ni la suprême convenance de l'esprit.

Tout est possible à Léonard, hormis de faire croire qu'il croit. L'amour qui a la force de créer, lui seul en accepte la peine. Le goût, la pensée, la science du Vinci vont parfois au-delà de ce que l'art réclame ; mais l'amoureuse énergie qui donne l'être, à l'instar de la nature et des mères, dans la douleur et la simplicité, Léonard ne l'a pas. Toujours maître de ce qu'il médite, Léonard se regarde faire ; il calcule tout ; il a tout essayé. Il assiste au spectacle du monde ; je crains qu'il ne s'y joue. Serait-ce qu'il le domine ? On ne domine sur l'univers qu'en s'y confondant. C'est plutôt que ce grand curieux jouit royalement de ce que la vie lui donne ; mais il n'y ajoute pas ; il ne la soulève point ; il ne la sauve pas. Il contemple l'univers ; il y fait ses choix, il l'orne et le dispose suivant un ordre raffiné ; il s'y promène, comme un prince exquis au milieu de sa cour. Mais la vie languit sous son règne ; et dans le néant qu'il y découvre peut-être, son souffle ne ranime pas ces fleurs suaves du feu, les plus belles, que la nuit éteint et couche. La puissance des puissances fait défaut à ce puissant. C'est le Goethe de Florence, et d'un goût infini ; mais Goethe savait lui-même sa distance à Shakspeare.

Que ce Christ est pauvre ! Que sa beauté est nulle, doucereuse et vraiment faite pour enlever tous les suffrages ! Ni homme ni dieu, il n'est que fade. Léonard de Vinci y fait la confession d'une grandeur et d'une défaite égales : un amour de la perfection beau comme elle ; mais il reste en deçà de la victoire : et c'est, non pas qu'il faut être parfait, mais qu'il faut atteindre la vie.

Léonard était doux, généreux et si noble ! Il se retirait de toutes luttes. Le brutal Michel-Ange, son cadet de vingt ans, l'a fait fuir de Rome. Le combat contre la passion lui répugnait ; et sa raison était assez fine pour qu'il ne se souciât pas de l'imposer : c'est bien assez d'avoir raison. Il faisait fi même du succès ; il n'y goûtait sans doute que les moyens d'une vie voluptueuse. On ne lui sait point de femme : il écarte de lui toutes les occasions de trouble ; il n'est à l'aise, en prince, qu'à la cour des princes. En vrai dédaigneux, il était pacifique. La paix du monde et de la ville est nécessaire à ceux qui s'entretiennent avec la nature et qui pensent. Il avait l'indulgence silencieuse, qui est parfois la forme souveraine de l'intelligence, et parfois le manteau impérial du mépris. Mais le Vinci, je le sais, méprisait peu : il y a trop de passion encore dans le mépris. Il ne vivait qu'avec ses amis qui, tous beaucoup plus jeunes, furent plutôt les fils soumis d'un père si magnanime et si admirable. Un grand homme vaut toujours mieux que ce qu'il fait ; mais comme Léonard, je n'en sais pas un autre : je l'aime infiniment plus que son œuvre.

Nul en son temps ne s'est rendu plus libre. Nul ne fut plus exempt de tout zèle fanatique. Rien ne lui était donc moins aisé que la passion d'un dieu. Il lui était plus naturel de la concevoir que d'y entrer, et d'y penser que d'y croire. Supérieur ou égal à tout ce qui s'analyse, il ne l'était pas à une telle action : là, comprendre c'est prendre sa part, et vouloir c'est déjà entreprendre. Mais il devait manquer le cœur de l'entreprise, parce qu'il ne devait seulement pas sentir la nécessité de le chercher. La Cène de Léonard a peu de vie intérieure ; tous y ont trop d'esprit ; ils se donnent trop de mal ; ils parlent à l'intelligence, comme les témoins d'une histoire qui n'a plus rien d'obscur. L'action est dans les gestes, et n'est pas dans les cœurs. De là, l'apprêt de cette œuvre illustre. De là aussi, qu'entre toutes les figures, celle de Jésus est la moins belle. Quant à Judas, c'est une idée commune d'en avoir fait, par la laideur, l'étalon invariable de la scélératesse. Mais cette idée n'est pas digne d'un grand cœur, ni d'une telle tragédie, ni d'un tel poète.

La seule passion trouve les mots que tout l'art de penser ne trouve pas. Plus les passions sont puissantes, et moins, en un certain degré, elles sont accessibles au seul esprit. La peinture, qui ne connaît que les formes, n'en rend presque jamais que l'apparence. Est-ce donc que la peinture ne peut produire au jour les profondeurs de l'âme ? Elle y a pourtant réussi une fois, dans un homme unique à qui nul autre ne se compare. Et Rembrandt[1], ayant fait un dessin, d'après une gravure de la Cène, en quelques coups de plume, y a mis plus de vie et plus de vérité que le grand Léonard en dix ans d'études. La vérité profonde, c'est l'émotion.

XV. DÉCEPTIONS DE PARME

J'arrive. Et tout me déçoit. De tout ce que je cherche à Parme, ne trouvant rien, c'est à peine si je m'y retrouve.

J'erre en vain dans la chaleur sèche qui crie. Je tourne sous un soleil dur et fixe. Le jour est blanc comme l'acier. Le pavé brûle. — Où est la Chartreuse ? On me rit au nez : — Quelle Chartreuse ? On ne connaît pas de Chartreuse ; les ordres religieux sont dispersés. — Hé, il s'agit bien de moines ! Je sais que ma Chartreuse n'est point ici ; mais la

---

1. *Le dessin à la plume de Berlin, et la sanguine du prince Georges de Saxe.*

Tour, où est la Tour ? — Il n'y a point de tour ; point de palais Contarini. — Au diable ! il n'y a donc plus de Parme ? *Via !*

La ville est chaude, large, l'air solide et riche. Les gens sont bruyants, lourds, le geste épais, le ton grossier ; ils rient fort ; ils parlent en bâfrant l'air ; ils doivent manger goulûment. Beaucoup d'hommes à la figure rouge, les cheveux drus, de grosses moustaches. Les femmes n'ont pas l'allure vive, moins longues que fortes et carrées. La race n'est pas fine. Ah ! je n'ai point suivi les sœurs de la blonde Clelia, dans les rues. Car la Clelia Conti est blonde : Clelia avait les cheveux blond cendré ; elle était un peu pâle, et son front de la forme la plus noble.

Sur la place de l'Hôtel de Ville, le soleil me jette du rouge dans les yeux et me sèche la langue dans la bouche. J'ai couru à la Steccata, comme si elle pouvait encore sonner l'angélus de l'amour. C'est l'heure de midi, où les églises sont fermées. Je désespère, et je tiens bon contre la rage du ciel chauffé à blanc. Je ne veux rien voir qu'une rue droite, qui traverse la place, et qui va d'un bout à l'autre de la ville. Or, elle mène aussi à Rome, n'étant rien moins que la Via Æmilia. Dans Parme, elle a bien deux milles, et deux mille ans. Je la salue avec révérence, et le nom qu'elle porte, de ces fameux Emile. Elle me fait oublier un détestable palais et deux statues bouffonnes, Garibaldi et Corrège. Ce Garibaldi, que n'a-t-il vécu éternellement, pour ne point se survivre dans une postérité de bronze et de pierre, plus nombreuse que les sables de la mer ou la famille d'Abraham. Et ce n'est rien du bon Garibaldi, près des deux rois à pied et à cheval, casqués, toujours à l'assaut de leurs propres moustaches, le nez féroce, humant à perpétuité les pétarades de leur rosse, la queue verticale, pour mieux laisser cuire, où il sied, le poivre de la victoire.

J'entre enfin à la Steccata. Je cherche Clelia et Fabrice, et ne les y trouve point. Dans cette église pompeuse, je marche avec amour. Pas une belle chapelle ; pas un beau pilier dans la nuit d'une nef, pour se baiser aux lèvres. Pas une ombre où se tenir les mains. Les orages de la passion seraient glacés sous l'œil froid de cette coupole.

La ville est d'hier. Les rues sont larges et cuisent au soleil. Le Baptistère est sans doute le seul édifice qui ait quelque agrément, et d'ailleurs le plus vieux : c'est une bizarre volière octogonale et gothique ; les fausses loges du dernier étage sont de pur style français. Parme n'est pas du tout la ville qu'on imagine d'après Stendhal. Du reste, Stendhal n'en dit presque rien. Il ne décrit jamais. Il est tout à ses vivantes épures d'âme : c'est son génie.

Et pourtant, à la réflexion, la cour de Parme en vaut bien une autre, pour y montrer en liberté ces fauves adorables, Fabrice et Clelia, Mosca et la Sanséverine.

Beaucoup de petites capitales sont à l'image de Versailles, par la folie de roitelets qui ont rêvé d'une cour ; et les satellites ont suivi le soleil, leur modèle et leur monarque. A Parme, on évoque un premier empire de province. On dirait d'un grand duc qui a voulu imiter Napoléon, lequel eût fait, selon le Mémorial, les plans de la ville la plus laide, la mieux réglée, la plus utile et fastidieuse de l'univers : une métropole tenant le milieu entre la caserne, l'hôpital, l'entrepôt de toutes denrées, la prison et les bureaux de la guerre. Les Farnèse ont été les Napoléon d'un gros village. Voilà pourquoi Stendhal a mis dans Parme sa chartreuse d'amour, comme une fleur de passion dans un préau d'ennui, d'intrigue et de bassesse féroce. Les Farnèse évanouis, rien ne reste à Parme que Corrège.

DE CORRÈGE

Corrège passe pour grand peintre, et peintre incomparable de coupoles. Je ne puis souffrir les coupoles ni Corrège. Il n'y a pas de grands peintres, ni de grands poètes : il n'y a que de grands hommes. J'appelle grands l'œuvre et l'homme qui me prennent le cœur, qui le nourrissent, qui me révèlent un trésor de la nature, qui m'enrichissent. Ce n'est pas assez de nous plaire, ni de me faire sourire. Corrège ne séduit même pas. Quelle idée, quel plaisir même reste-t-il de toutes ces peintures ?

Il semble un Pérugin virtuose, un Léonard sans pensée. Sa grâce est presque niaise, tant elle est continue, tant elle manque de force. Toutes ces figures m'ennuient avec leur éternel sourire mou, leur feu d'ébriété factice. Elles ne sont pas heureuses ; elles font semblant ; elles miment le bonheur. Il faut qu'elles sourient et qu'elles semblent ivres de plaisir ; mais elles ne sont ivres que de sucre.

Ces formes même ne sont pas si belles. Jésus dans sa coupole fait un saut de grenouille. La beauté de Corrège est une gageure contre le caractère. Toutes les femmes sont rondes ; tous les hommes font valoir leurs fesses. Des rondeurs, des rondeurs, et des faunes trois fois saints : ils n'ont plus de pointe. L'extase de ces visages est sotte. Les femmes sont bêtes et molles. A ce prix, les plus belles sont laides pour mon goût.

En tant que surface à peindre, la coupole est un système absurde. Rien n'est fâcheux comme une voûte peinte. Ou trop de jour ; ou pas assez. Ou l'ombre, ou la lumière, la coupole fait toujours une grande victime.

Le ridicule est fatal, parce qu'on ne peut croire à ces figures. Que font-elles là-haut ? Qu'ont-ils donc, les uns à lire, les autres à méditer, tous à se poursuivre, tous gymnastes, qui posés sur un talon, qui sur un doigt, sur le coude, tous à faux et de guingois ? Dans la coupole, le mouvement grimace.

Pour peindre une coupole, il faudrait lancer dans les airs un monde surhumain ; et, surtout, dans un esprit d'un ordre et d'une sobriété sublimes. Il faudrait créer les héros de la solitude et de l'espace. Et d'abord, créer cet espace.

On touche, avec Corrège, à l'un des préjugés les plus cruels qui règnent sur la peinture : la belle nudité. En peinture, la nudité est presque toujours laide ; pauvre, du moins. Les corps ont leur caractère, comme les visages. Les nudités manquent de beauté, quand le caractère manque. Les sculpteurs, eux, dans le nu cherchent le caractère.

Chez les peintres, la beauté du nu est fade, le plus souvent. Un homme comme Corrège invente des corps : il ne les tire pas de la nature ; il ne les y aime pas jusqu'à les rendre avec vérité. Il est déjà infiniment loin de la nature. L'art n'est pas la copie de la nature ; mais il en est encore moins la rhétorique. L'art est le drame de la nature, le caractère rendu par le sentiment du poète qui reçoit la vie et la crée.

L'abondante nudité fatigue, parce qu'elle ne peut être que l'exception. Prodiguée, elle dégoûte ; elle est monotone, et n'est plus vraisemblable. L'homme est un animal habillé. Les Grecs l'ont si bien compris, que, vivant sans doute beaucoup moins vêtus que nous, tout leur art, dans la plus belle époque, fuit la nudité. Depuis lors, en tout cas, le monde du caractère a succédé au monde des corps et des lignes générales.

Corrège n'est même pas voluptueux. La volupté n'est point nue, d'habitude, ni à toute main. La nudité n'est qu'un moment de la Vénus charnelle. Sa collection de courbes et de chairs rondes fait penser à une Académie de peinture : là, point de héros, ni de saints, ni de dieux ; mais un tas de modèles : l'un pose pour le col, l'autre pour le torse ; telle pour la gorge et telle pour l'épaule.

Tant de gloire pour avoir fait tourner en l'air des dos et des jambes, pour avoir pendu des grappes de corps aux treilles d'une voûte ! L'homme est toujours un enfant au cirque : dans l'art, il est d'abord sensible au tour de force ; et plus il le croit difficile, plus il l'admire. On voit bien que Corrège est le dieu des Carraches. Or, grattez l'amateur de peinture, vous trouvez l'élève ou le dévot des Carraches. Le public n'aime que le virtuose et l'anecdote. Les Carraches sont les peintres de tout le monde, comme en musique tout le monde préfère le chanteur de bravoure à Wagner et Gounod à Bach.

La forme est un grand mystère, puisqu'elle est le contour de la vie. Et ce divin mystère, je dirai qu'elle en est à la fois l'ombre et l'enveloppe. Le nu est la forme des formes, directe et terrible. Un vrai poète n'aborde le nu qu'avec tremblement.

La forme, en art, est le langage de la parole intérieure. Le modèle révèle le sentiment du bel objet qui veut vivre, et ses passions muettes. Les volumes en expriment l'énergie.

L'habileté, le suprême talent, l'honneur du virtuose ne se discutent même pas dans Corrège. Mais il est si facile, qu'il est victime de ses dons. Il fait ce qu'il veut de son violon ; il cesse de penser à l'air qu'il joue, tant il est sûr de jouer à miracle. Il peut manquer étrangement de goût, et c'est alors d'intelligence ; ou pour mieux dire, de rythme : car le goût est un mode du rythme.

Dans ses meilleures œuvres, il n'a point égard à son sujet plus que dans les moindres. Un tableau fameux, au musée de la Pilotta, c'est la Madone de saint Jérôme : la Madeleine tant admirée est une actrice en habits de cour, pas même pécheresse ; saint Jérôme est une espèce de berger Daphnis, un faune galant ; et le grand anachorète tient en laisse un lion de théâtre, en carton jaune. Au Dôme, dans les pendentifs de la coupole, sur des nuages en forme de manteaux où il vente, des enfants, ni filles, ni garçons, ni amours, ni anges, d'un âge indécis entre l'enfance et la puberté, portent de robustes vieillards aux lèvres ivres et aux regards mouillés : ce sont les Quatre Evangélistes, du plus étrange effet. Quelques-uns de ces androgynes sont charmants, comme on dit, pris à part ; mais d'ensemble, l'œuvre ne laisse point d'être équivoque : elle répugne à l'imagination, bien plus qu'elle ne la trouble.

A San Giovanni, une troupe d'Aristotes frisés a quitté l'Ecole d'Athènes pour danser le menuet au plafond. Ce type d'homme règne insupportablement dans Corrège, lequel Aristote est lui-même une image bellâtre du Jupiter antique. Tous, ils ouvrent sur le ciel des yeux énormes, pour ne rien voir. Tous, pour ne rien dire, ils ouvrent la bouche. Ils ont des pectoraux doubles, et double bande de muscles aux bras ; mais ils sont mous. Ils crient : ce qui ne vaut pas la peine d'être dit, se chante jusqu'à l'ut de poitrine. Les crânes sont pleins du vent qui gonfle ces chevelures bouclées. Pas ombre de pensée au front de ces agneaux olympiens. Etant nus, ils nagent dans le coton des nuages. Ils montrent on ne sait quoi avec leurs doigts tendus, aux phalanges expressives : ils jouent à la mourre, peut-être ? Et toujours, partout, des enfants nus et fort bien faits leur grimpent entre les jambes, leur pincent le dos, leur grattent les épaules. Ce gueux de Méphistophélès, passant par là, finit par leur crier : « Hé, un peu plus bas ! descendez ! Laissez-vous faire ! Ils sont par trop appétissants, ces petits fripons[1] ! »

Il faut nommer toutes ces œuvres le sublime du joli.

O Parme, où sont tes violettes ? Nulle part, je n'en trouve. Sont-elles toutes de Toulouse ? Il n'y en a point, de ces violettes funéraires, dans les guirlandes de Corrège.

Où est la petite église de la Visitation, précisément en face du palais Crescenzi ? Où la petite porte sur la rue Saint-Paul ? C'est là que « Fabrice, à son inexprimable joie, entendit une voix bien connue, dire d'un ton très bas : *Entre ici, ami de mon cœur*, et : *C'est moi qui suis venue pour te dire que je t'aime*. » L'heure bénie de la rencontre ne sonne plus, minuit à la Steccata.

Parme n'est point à Parme, dit Stendhal ; elle est toute où je suis.

XVI. TERRE DE VIRGILE

Printemps, en Lombardie.

La plaine

De toutes parts, la plaine et les eaux molles au cours flexible. La plaine, aussi loin que l'on voit ; et l'on s'étonne de ne pas voir jusqu'à la mer. Au bord du ciel qui se courbe, vers le nord, les grandes montagnes se font de plus en plus humbles et lointaines. Ce n'est plus enfin qu'un trait bleu de vapeurs, une écharpe indécise, une fumée d'argent vert ; plus qu'une ligne d'eau, comme sur l'océan la crête écumeuse d'une vague. Puis, le flot même s'efface ; et rien ne reste plus des roides géants, qui montent la garde à la barrière de deux mondes : les Alpes ont disparu.

On dirait, par endroits, qu'une haleine s'élève de la plaine humide, et qu'elle a une respiration. Bien qu'elle prenne

1. *Goethe*, Second Faust, *acte V, scène 6.*

tout l'espace, elle est sans grandeur. Ni un désert de sables, ni une mer verte d'herbes : entre des bouquets d'arbres, la Lombardie est une suite interminable de vergers. Les mûriers ronds bordent les champs ; ils divisent l'étendue en longues bandes, et la vue ne va pas au-delà de ces lignes monotones. Ils sont courts de taille, ou on leur a coupé la tête ; et chaque mûrier sert d'appui à un pied de vigne. Ils s'enlacent sans nombre ; ils font couple ; et la vigne porte son sarment soulevé sur trois ou quatre racines tortueuses, comme un candélabre à trois griffes, ou comme une patte d'oiseau pelée. Le pays est chaud et gras. Bien vert, le blé de mars est déjà haut. Et déjà, au soleil, les feuilles des mûriers font une ombre. La prairie et les arbres à fruits, en files innombrables, croisent un treillis de verdure sur le ciel. Çà et là, une silhouette au dessin fort et grave annonce un chêne. L'herbe pousse, fraîche et juvénile, sur les talus semés de jaunes violiers et de blanches marguerites, en tapis au petit point, étendu entre les arbres pour la danse des vignes. On s'engraisse bientôt de ce pays, où l'on ne pense qu'à la richesse de la terre. Il faut que la céréale, en épis d'or, rende au soleil la lumière qu'elle lui a prise.

Soudain, le rideau des arbres s'écarte. Une allée de hauts peupliers court le long d'une rivière : les bourgeons voluptueux tremblent sur les fins rameaux. Une vaste prairie se déroule à fleur d'eau ; partout, le charme de l'eau, le charme fluide ; et les sourires changeants du jour sur les canaux. Comme au mirage des lacs, les rayons traînent sur les rigoles au reflet bleu. Toutes ces bandes d'eau qui brille semblent les longs éclats, les minces lamelles d'un miroir brisé sous le gazon. Puis, l'infinité verte se peuple de fantômes légers : comme des nuages passant sous l'herbe, l'eau réfléchit le vif azur du ciel.

Un bourg s'annonce, un son de cloche. Quelques vieilles masures, gaies et sordides, peintes en jaune cru. Des fenêtres largement ouvertes où, au bout d'un bâton, des haillons rouges sèchent au soleil, comme de grands coquelicots qui perdent leurs pétales. Un buisson d'épines rouges fleurit jusque sur le toit d'un hangar qui croule. Partout des fleurs qui clignent puérilement, tout contre terre, leurs petits yeux d'or. Superbe et droit sur une poutre comme sur un clocher, le coq regarde de haut les poules picorant dans les cendres. Derrière la volaille, au fond de la basse-cour, un terme barbouillé de poussière et de pluie, branlant dans sa gaine, rit toujours enivré, ou Priape ou Silène. Et voici enfin, au coin d'une place, à l'angle d'une ruelle en pente, une maison rouge que précèdent deux belles colonnes de marbre roux.

La treille est suspendue en portique, devant l'entrée. La vigne étend ses cent bras aux veines brunes, tel un monstre tutélaire, la pieuvre pacifique de la terre au printemps. Elle pétille de bourgeons ; le soleil joue aux billes avec ces têtes jaunes. Dans le mur d'angle, une petite niche en pleine lumière, où la Madone sourit, l'Enfant sur la main : un bouquet de fleurs courtes est placé contre ses pieds, avec une petite lampe à huile, dans un vase de cuivre. Le bambin bleu touche du doigt le sein de sa mère ; et la Vierge en robe rose porte une couronne d'or sur l'oreille.

Les feuilles poussent à vue d'œil entre les heureuses colonnes, cannelées de soleil. Une odeur de myrte et de citron passe dans l'air, en dépit du purin et des choux aigres. N'est-ce pas les bourgeons que l'on entend s'ouvrir, et qui crépitent ? Certes, ces tendres feuilles ne faisaient pas l'étoile, tout à l'heure, sur la colonne, quand je passai pour la première fois. La ruine, si c'en est une, donne à ces pauvres maisons une dignité de temple et une sorte d'apprêt. La nature au soleil parle de bonheur, et les paisibles colonnes y répondent par une affirmation. Sans beauté, sans ordre même, pareil à tous les autres, cet humble village dans la plaine s'enveloppe de sérénité.

Un accordéon nasillard scande les temps d'une mélodie immuable. On entend un chant rythmé et fort, aux lentes voyelles qui planent, deux voix de femme, et une voix d'homme aiguë. Dans le loin, par la campagne, vont et viennent des hommes blancs, un large chapeau sur la nuque, des femmes jaunes et rouges, comme des giroflées. Ils se meuvent sans hâte ; et lentement, à l'horizon, sur le canal une barque glisse, comme si elle suivait le chant. Des laboureurs grattent la terre. Passent quelques paysans de bronze, aux cheveux bouclés, les yeux luisants dans la face brune. Ils rient en parlant. Ils n'ont pas les traits morts, et leur visage n'est pas farouche. Un d'eux cueille une rose au buisson. Un enfant presque nu court à la rencontre de son père : il a la joue chaude, comme une mûre à midi sur la haie ; et ses petites jambes ont l'élégance d'un fuseau de buis. Le parfum des roses au soleil se mêle à l'odeur de l'ail et de l'huile. Les sereines colonnes se profilent sur le ciel, et les entablements ont la rigueur de l'évidence. On chante. Et si je me demande avec une sorte d'envie amoureuse : Est-ce bien elle ? tout répond une fois encore : Oui, c'est elle ; c'est la terre de Virgile. *Tantus amor terrae !*

Et sur la plaine et le canal, sur les lignes de saules et les rives herbeuses, pareil à la paix immuable d'un œil de cristal, c'est le ciel de l'églogue à l'infini, une lumière si égale, si adamantine et si pure que, pour l'œil atlantique, elle est sans nuances et qu'on se persuade, aux lieux où elle règne, qu'il n'y a pas de nuit.

XVII. LA COUPABLE MANTOUE

Tout était mort, ce matin-là, dans la coupable ville. Mais le cadavre de Mantoue avait de longs frémissements ; et deux heures après midi, il se mit à grouiller avec violence.

C'était un jour de grève, par une chaleur accablante. Et tantôt Mantoue gardait le silence du désert ; tantôt elle retentissait d'une foule criante. Ville qui pourrit, et qui pue la mort ; mais bien plus encore le péché, sinon le crime. Elle a l'odeur de la mauvaise conscience. J'y ai vu le soleil d'aplomb et la pluie de midi, puis le soir sanglant. Ainsi, le ciel fut à l'image des passions, dans cette cité souffrante. On arrive sur les marais. On est pris dans le marais ; et l'on sent partout le marécage. La poussière même est fangeuse. Le pavé bave. On croit, en frappant fort du pied, que le pas doit s'enfoncer dans la vase. Et quand le soleil a dardé plus d'une heure, toute la boue se dessèche en poudre implacable. Il pleut de la poussière, comme il a plu, d'abord, de l'eau.

Ennui et cruauté, c'est l'air de Mantoue. Ce visage morose, comme celui de qui a son secret et ne veut pas

qu'on l'épie, porte une empreinte de fausseté. Or, la fausseté
a la mine cruelle. Tout est faux, dans ce repaire : faux
comme la mauvaise eau. Les palais sont les temples du faux
goût ; et les églises, de faux palais ouverts à la prière. Le
marbre est du stuc ; la pierre, du plâtre ; le bronze, de la
brique moisie. L'infâme Jules Romain a corrompu cette
ville : tout y semble être de lui. Jusque dans l'agonie et le
délabrement, les bâtisses du vieux temps sauvent l'honneur
de Mantoue : farouches et méchants, les palais gothiques
des Bonnacolsi ont gardé du caractère : ces vieilles briques
s'écaillent, mais elles respirent encore l'énergie de vouloir et
de vivre.

Le coucher du soleil, au milieu des vapeurs rougeoyantes,
fut d'une tristesse terrible, et une admirable horreur ouvrit
la porte des ténèbres. Je la peindrai plus tard ; mais d'abord
je veux dire un mot du fléau qui dévore Mantoue. Au
crépuscule, les moustiques se sont levés comme une armée,
une invasion irrésistible, sortant des murs, des arbres, des
arcades, des piliers, du sol, des toits, en haut, en bas, de
toutes parts. La horde innombrable se ruait, sûre de vaincre, sonnant la charge, la pompe droite, infaillible à tortu-
rer. Ils sont atroces, à devenir fou. On ne sait où fuir, où
mettre ses mains, son visage, sa peau : ils piquent de la
lance, à travers les gants et le linge. Ils collent à la nuque ; ils
enfoncent le dard au cou, à la cheville, au pli du genou ; ils
pompent sur la veine et sur l'artère. Ils savent l'anatomie. Ils
ont la ruse de l'enfer. Une nuit d'été à Mantoue est un
affreux supplice. Pas un Mantouan n'y échappe. Cette ville
doit vivre dans une lamentable insomnie. Voilà pourquoi, le
matin, l'on voit tant de visages défaits, bouffis, enflés de
boutons : une pâleur livide, tigrée de pustules.

L'implacable claquette des grenouilles scande tous les
temps de la veille peineuse. Une formidable clameur
s'empare du silence. Les trois marais, les fossés, les joncs,
élèvent les chœurs coassants de la symphonie barbare. Et
tantôt ils alternent, tantôt ils poussent l'unisson. Ils beu-
glent : c'est le peuple de la raine vache et des raines tau-
reaux. L'aboîment de la vase ne lâche plus le ciel nocturne.
La clangueur est si large, si haute, si constante qu'à la

longue elle déferle comme une cascade. De sa chute gutturale elle bat les berges de l'ombre. Elle tombe en marteau
sur les frissons du sommeil ; et Mantoue tout entière est
écrasée sur cette enclume de vacarme.

On ne dort pas la nuit, à Mantoue ; et le jour, on y bâille.
Les maisons même se grattent ; les façades s'écaillent ; la
chair calcaire se délite. Les églises s'affaissent et se liqué-
fient ; les palais vont en miettes. Saint-André est étayé sur
des béquilles, et sa façade fétide, parodie de l'antique,
médite de s'écrouler. Les salles, à l'intérieur des palais, sont
des boîtes à momies. Tout y est en poussière. Au palais du
Té, la pourriture de l'esprit achève la dissolution de la
matière et l'explique : Giulio Pipi, dit Jules Romain pour
qu'on en rie, porte à mes yeux tous les péchés de Mantoue,
princes et peuple. Il n'a pensé, il n'a vécu que pour l'effet.
C'est le royaume de la dérision, où règne un perpétuel
mensonge. La fausse grandeur, la fausse matière, le faux
travail, il n'est pas une fausseté où ce Bandinelli de la
peinture ne soit passé maître. On touche enfin du doigt ce
qui reste du virtuose le plus redoutable. S'il peint des
chevaux, il les juche au-dessus des portes : comme des
chiens savants dressés sur des bouteilles, ils posent des
quatre fers sur les chambranles. Une autre salle grouille de
géants injurieux, colosses hauts de cinq mètres, qui outra-
gent le bon sens sur les murailles où ils étalent leurs chairs
rouges, où ils tordent les câbles de leurs muscles. Une salle
encore est toute faite de miroirs, et l'on ne peut y rester sans
horreur et sans honte, pour peu qu'on ait le sens du mystère
fatal qui dort sous l'eau réfléchissante des glaces. Les nus
que ce peintre infâme prodigue font dégoût à la luxure
même : ce ne sont que des ivrognes au teint de betterave,
des corps rougis par l'herpès, par l'exanthème et toutes les
maladies de la peau : le poète qui inspire ce Pipi est Fracas-
tor, et ne saurait être que lui.

D'ailleurs, les pierres ont aussi la maladie. Les fresques
sont rongées par la teigne. La pelade n'a rien laissé de
Mantegna, au château des Gonzague. Les restes de couleur
sur les plafonds sont les affections secrètes du plâtre et de la
brique. La lèpre rongeante a mutilé les statues : l'une a
perdu son bras, l'autre ses mains ; celle-ci a le genou érodé ;

la voisine souffre d'un ulcère au sein ; à celle-là tombe un doigt, ou un os, ou le nez.

Quelques longues voies bien pavées, où l'on glisse, trompent sur le tas des rues désertes, sales, étroites, qu'elles doivent cacher. Une tripaille de ruelles torses remplit le ventre de Mantoue. Et les entrailles, farcies de vermine, crèvent au milieu de la cité morte, entre le Rio et l'église Saint-André, sur deux places que parcourt une rue recourbée comme une crosse : elle pousse les chenilles de ses arcades jusqu'à la cathédrale ; et ce double forum résonne de paroles. Tout le mouvement de la ville tient dans cet espace. Au-delà, le vide et la torpeur. Dans les maisons humides et délabrées, on soupçonne des débauches tristes ; et derrière les murs décrépits, qui s'inclinent, des stupres sans joie, des opprobres amers et compliqués.

Mantoue est tortueuse et morne. De la Darse au Château, que ce quartier est vieux, vieux ! Mais il n'est que vieux, et rien ne parle au désir de la beauté. Méchantes et déchues, des tours poussent entre les toits, des tours épaisses, des tours sombres, pareilles à d'énormes chicots cariés. A l'une, comme un panier, une cage de fer est pendue : on y cherche le supplicié, ou les têtes coupées, comme aux portes fécales des villes chinoises. Non pas une fourmilière, mais les arcades, les longs passages voûtés de place en place, les couloirs puants, étouffants, obscurs, les briques évidées, les chéneaux penchants, les corniches branlantes, Mantoue est un trou à rats, une garenne à rongeurs.

Je vois un hideux boyau de rue, un cul-de-sac, vers le pont qui sépare les lacs. Certes, c'est la rue aux poisons ; une odeur écœurante sort des portes en soupirail de hutte ; deux masures flairent la boue de si près, qu'elles y vont choir ; et les fenêtres louchent, d'un œil sinistre. Deux hommes maigres sortent de chez eux avec précaution ; ils ont la prunelle mobile et le profil effrayé des rats. Ils vont au-devant d'étranges croque-morts en bicorne et en culottes, qui portent un cercueil ouvert : il est trop court pour le cadavre, s'ils ne l'y ont plié en deux ; mais quoi ? ont-ils saigné le cochon ? la cuve est pleine de sang rose et pâle, où mousse encore l'écume. J'odore le liquide en passant ; il ne sent que le raisin. C'est du vin. A Mantoue, le cortège de Silène est funèbre.

La place du château est un oratoire d'odieuse rêverie. La poussière des murs pleut sur la poussière du sol. Elle est bordée d'arcades vulgaires ; d'affreuses colonnes et d'affreux piliers portent un étage affreux. La place est un désert. Le soleil est solide : on dirait que la lumière est chargée d'atomes terreux. On a la langue sèche de traverser seulement cette misère dormante, et l'on se secoue, comme si l'on se sentait la peau poudreuse. Il faut fuir cette cadavéreuse cour. Et fuir aussi le port aride, où je me suis assis. Un sépulcre de vase, cette darse creusée entre digue et sable. Trois chalands à sec et quatre péniches ; deux ou trois bélandres, des voiles trouées ; et sous le dur soleil, les quais vides, le port vide, les maisons muettes. Là, j'ai pensé vomir devant une flaque d'ordure, ruche immonde de mouches bleues. Et toujours le dôme, par là-dessus, et ces spatules, les gros ongles en deuil aux doigts carrés des tours.

La coupable Mantoue se décompose. Je lève en vain les yeux sur les vieux palais de la place Sordello, où les créneaux font belle fleur contre le ciel, au front des façades gothiques. C'est trop peu d'une fleur. Une bordure d'iris ne peut sauver de la fièvre cette capitale de la croupissure. Elle a la paix sinistre du péché, qui se recueille. Elle est punie de submersion ; mais pour quel crime, je ne sais. Mantoue est la Ravenne de la Renaissance.

XVIII. *MISERA PLEBS*

A Mantoue, en temps de grève.

Quelle ville pour la guerre et les sièges ! pour les pestes qui suivent les assauts, et les blocus où l'on meurt de faim au fond des caves !

Aujourd'hui, la paix a ses victimes. Le paysan et l'ouvrier agricole font, sur ces terres inondées, une classe de prolé-

taires, parmi les plus misérables de l'Europe. Ils l'igno-
raient hier ; ils ne l'ignorent plus ; ils ont cessé de se résigner : ils sont sortis de geôle. La grande propriété règne
absolument sur le pays : elle condamne à mort, elle bloque
l'ouvrier de la terre : elle l'enferme dans les prisons de la
famine et de la fièvre. Les paysans ne sont plus que des
ouvriers, serfs de la glèbe. Ils ne possèdent rien, et la tenure
les tient à la gorge.

Ce pauvre peuple ! Des plus durs à la peine et des plus mal
menés qu'il y ait au monde. Ces paysans défrichent dans les
marais, ils bêchent dans l'eau ; terrassiers d'un sol inondé
qu'ils drainent en même temps qu'ils le retournent, ils
respirent la vase et ils irriguent la boue. A demi artisans,
laboureurs du maïs et du riz, ils crèvent de jeûne, ils se
consument de privations. Ils sont chargés de famille. Les
enfants naissent dans la fièvre et croissent dans la fièvre. Et
ceux qui ne sont pas malades ont toujours faim. La pellagre
les épuise. Tous, patients à miracle. Tous, pleins de respect
jusqu'ici pour les maîtres de la terre et la race divine des
riches, qui se nourrit de viandes et de pain blanc. Puis,
quand ce peuple si soumis, si prodigue de sa sueur, si docile
au destin, quand ce peuple perd patience, alors ils perdent
aussi le sens. Ils deviennent fous, soudain. Ils ne voient plus
que l'objet de leur rage et celui de leur désir. Ils se ruent à la
guerre sociale, à l'incendie, au meurtre. Ils sont les mêmes
qui ont suivi Spartacus et toutes les révoltes d'esclaves.
Mais on ne domptera plus les serfs avec les légions, parce
que dans les légions, il n'y a que les serfs qui servent. La
force du maître, c'est la volonté de servir dans l'esclave. La
force de l'esclave, c'est la haine du service. En un sens, la
haine délivre : elle enchaîne les maîtres, et délie les oppri-
més.

Le pays est soumis aux lois les plus rudes, et les plus
propres à engendrer la haine dans le ventre goulu de la
misère. Toute la terre est aux mains de quelques grands
possesseurs, qui font gérer d'immenses domaines par des
régisseurs durs et âpres. Le travail est fourni par la plèbe
agraire, au salaire strict de la faim. Ils donnent leur vie,
pour recevoir la pâtée qui les empêche seule de la perdre.

Les prêtres sont nombreux et puissants dans la province,

servis étroitement par les riches qu'ils servent. Haïs depuis peu, redoutés et moqués de la plèbe, qu'ils ont seuls tenue en bride, et qui, leur échappant, doit se soustraire à toute contrainte, désormais. Rien, jamais, n'encapuchonne plus la force révélée du nombre : le faucon est décoiffé.

Le vieux levain de la haine agraire est aussi ancien que la propriété en Italie. Ici, ils n'attendaient que les Gracques, pour faire fermenter la pâte dont ils se pourrissent le sang. Comme le droit féodal a pour rempart l'Eglise, la plèbe socialiste se fonde sur la morale antique ; à Mantoue, on est païen ; les mâles paganisent : dix fois, je reconnais l'esclave romain.

Ce matin, j'ai cru la ville morte. Tout le peuple se pressait autour des tribuns socialistes. Puis, ayant tenu leurs comices, ils se sont répandus sur les places.

Comme d'un pâté trop cuit, noir et jaune, en bandes frémissantes de rats, les hommes, une foule, sortent d'une maison aux murailles de grasse croûte, où ils viennent d'entendre l'orateur de la révolte et de l'espoir, la parole selon leur cœur, celle qui connaît leur misère, et qui en sait le remède. Avec une sorte de joie, je m'effraie de saisir ces visages : les plus pâles, les plus verts de jeûne ont une lueur. Ils sont ardents, pleins de foi. Ils discutent, ils répètent des mots ; ils font des gestes vifs : ils vivent. Ils sentent fort le tabac, les hardes et le bouc. La fureur même de l'envie avait illuminé leur regard. Une étincelle brillait à leurs tempes sèches, et leurs os de bêtes de somme semblaient cirés par la sueur. La vie, enfin, qui est l'espérance même et la volonté de ne point faire naufrage, allumait des charbons dans ces yeux : prunelles naïves, pleines de violence et d'élan au bonheur. Tel devait être le peuple de l'an mille, au sortir de l'église, quand on lui avait parlé du ciel, de la vie heureuse en paradis, devant Dieu et ses saints. Ceux-là brûlent aussi. Ils ont besoin qu'on les délivre. Ils ont soif de bien : car, en vérité, ils souffrent de grands maux.

Lentement, rongés par la maladie, ils vont à la file, dans la rue. Les deux maladies du pays sont tares de pauvres. L'une est le mal air, venu des marais ; et l'autre, la pellagre qu'on appelle là-bas le mal de misère, qui vient du maïs gâté, fond

de leur nourriture. Je ne puis distinguer, d'abord, les pella-
greux des mallarins. Tous, ils portent le masque de la fièvre
et les stigmates de l'anémie profonde. Ils sont hâves, verts,
défaits. Les lèvres jaunes, les plis du visage marqués d'ocre
et de gris, comme au pouce frotté dans la mine de plomb, ils
ont la peau de l'argile qui sèche. Beaucoup, qui semblent
plus malades et plus ruinés encore, ont du feu sur les joues,
au front, aux mains, partout où la peau est nue, des plaques
rouges. Je crois voir qu'ils ont perdu leur poil : deux ou trois
ont les sourcils pelés ; et plusieurs, un air égaré, comme des
fous qui courent après leur rêve.

C'est un peuple souffrant. Dans les rues, longeant les
arcades, il coudoie une autre nation rebelle, une tribu aux
longs nez fins, transparents, en arête. Là aussi, le ferment
juif précipite l'action, levure ardente. Beaucoup d'Israélites
sont fixés à Mantoue, depuis des siècles. Et d'abord, on ne
les sépare pas des autres Mantouans : dans toute famille
peut-être, il y en eut ou il y en a. Je sais qu'ils sont entrés
dans la maison la plus illustre du pays.

On les reconnaît de plus près, on les discerne. Ils ont plus
de laideur, et plus de caractère : en sombres fenêtres, des
yeux qui frappent ou qui effraient sur des faces jaunes.
Mieux nourris, ils ne semblent pas fiévreux comme les
autres : la fièvre en eux est des idées plutôt que du mal être.
Race étrange et malheureuse, qui oppose l'orgueil au
mépris, et qui ne vit encore que d'avoir partout à défendre
sa vie. Là comme ailleurs, je vis bien qu'elle est condamnée
à périr, si on ne l'aide pas à se survivre, en la maintenant
dans ses bandelettes.

Des enfants hardis et loqueteux, arrogants et blêmes,
m'envisagèrent droit sous le nez. Deux étaient très beaux,
des frères sans doute, l'œil bleu pétillant d'esprit. Mais les
autres, laids, sales, suant la vanité à pleins pores, trop faits,
l'air de savoir la vie, me dégoûtèrent, obstinés à suivre mes
pas, gluants, avides de plaire et, s'ils ne plaisent pas, prêts à
se venger par une amère raillerie.

Et leurs parents, sur le pas des portes, au coin des ruelles,
les baisent avec transport. Ces pauvres en guenilles cachent
la révolte dans leurs manches. Leurs bras maigres annon-

cent, avec force, les temps nouveaux ; et les temps sont toujours proches, pour ceux qui veulent croire. L'esprit d'anarchie, qui empêche la plèbe de ronfler dans l'église socialiste, souffle la flamme sur Mantoue. Ces paysans italiens ont l'éloquence que le Nord ne connaîtra jamais : ils ont le sang qui ose ; et s'ils s'endorment, l'ironie juive les réveille, cette ironie si riche de sens humain.

Ainsi, le peuple se grouille, comme les germes et les insectes, le soir, dans toutes les moyères hérissées de roseaux tristes. J'ai lu leur journal : il mérite la victoire. Seul, il a une valeur morale dans ce pays rongé par les mauvais riches et qui porte le capuchon hypocrite de la doctrine. Qu'est-ce que la vertu, sinon ce qu'on vaut pour la vie ? Les marécages du Mincio n'ont pas détrempé toute l'ardeur de cette ville. Mantoue me semble à souhait pour la rébellion et la bataille des rues : elle ne revivra que dans l'incendie et dans le sang ; ou bien, sans combat, l'ancien ordre tombera en miettes avec les maisons. La ville s'enfonce, et le peuple se lève.

XIX. LE SOIR SUR MANTOUE

Mantua me genuit.

La journée pluvieuse s'achève dans les fumées d'un incendie sanglant.

J'ai erré sur les digues. J'ai longé des prés fangeux, où de longs peupliers lèvent le doigt, où des buissons en troupeaux, à l'odeur fade de taupe, baissent l'échine. L'eau croupie jaunissait sous le soleil pesant, et partout s'exhalait une haleine de truffe et de champignon moisi. Je n'ai pas vu souvent la mort de plus près, ni plus universelle, ni d'un souffle plus perfide.

Quoi ? tu cherches ici Virgile ? Est-ce là Mantoue, la cité des cygnes, et du prince entre les cygnes ? Quelle ironie. Et certes, ce n'est pas non plus Crémone qui, dans Virgile, va toujours avec Mantoue, toujours avec l'eau rêveuse et les glauques roseaux, toujours avec les oiseaux blancs. Tu songes d'une prairie qui donne sur les Champs-Elysées de l'harmonie ; et un pin sonore est planté près de la fontaine, que visitent les Muses. Tu rêves d'une ville sacrée et pure, pacifique comme les rythmes les plus savants qui furent jamais ; une ville de marbre, comme le temple chanté par le parfait poète : des portiques l'entourent, et des roses ; elle trempe un pied blanc au milieu des lacs bleus, où les bosquets de fleurs se penchent sur le sillage des cygnes :

Et viridi in campo templum de marmore ponam
Propter aquam.

La beauté de l'horreur m'environne. Une telle émotion ronge le cœur, et ne laisse pas de regrets.

Le ciel d'or rose se mit soudain à fleurir ; et de plus en plus rouge, plein de fumée jaune et de nuages embrasés, il s'épanouit. Telles traînées de pourpre s'effeuillaient comme des pétales ; et telles autres s'effilaient comme les brins du grenadier, dans la saison où ces rameaux vermillons portent la fleur de grenade. Les clochers, les tours, la coupole grandirent. Ce n'étaient plus, silhouettes de deuil, que fantômes démesurés, des lances et des casques, que dressaient des géants couchés entre les digues. La forme s'évanouit. Le détail s'éclipse. Le masse seule demeure, du noir le plus dense et le plus gras, en écran sur la lumière occidentale.

Et la ville semble descendre dans le mirage des eaux versicolores, à mesure que l'ombre monte et l'enveloppe.

Je ne sais plus où je suis. La chaleur moite dissout le jugement et fait vaciller le rêve. Tout a cessé d'être réel, sauf le deuil de Mantoue.

Mantoue est un catafalque posé sur un miroir, dans l'incendie d'un ciel piqué de sang. Certes, le corps ne vit plus, qu'enferme cette caisse longue de la ville ; et il attend qu'on allume le brasier sur les tréteaux des ténèbres.

Alors, le soleil a disparu sous l'horizon. Tout le pays des mares a fumé une angoisse rouge. Les eaux dormantes ont frémi. Voici la grandeur, enfin ; et elle naît de la tristesse.

L'heure est terrible. L'aspect de la terre est inouï, et cette terre elle-même n'a plus de solidité, n'a plus de nom. La lagune entre en décomposition : tous les tons de l'abricot qui se gâte, du raisin qui coule, de l'orange qui pourrit.

Le réseau des buissons et des haies basses tremble, frissonne. Je vois vivre le remords : il s'éveille. Tous les roseaux ont un soupir. Les flouves gémissent une plainte. L'herbe des marais supplie. Les peupliers retiennent le sanglot que réclame la brise. C'est le crime de Mantoue, peut-être, d'avoir trahi Virgile.

Les vapeurs solennelles du lointain semblent tendues sur la porte interdite de quelque Terre Promise, d'un royaume inaccessible, que ces eaux de mélancolie divisent d'avec Mantoue en exil.

La coupole et deux clochers en épine collent de plus près au ciel leurs ombres de funérailles. Les tours carrées, brutes, pareilles à des mâts et des tournisses fichés dans le tas des maisons, croissent dans l'ombre et se gonflent de leur propre noirceur. La vue est infinie sur l'horizon de tristesse morose, qui a la douleur d'une infaillible mémoire, et le poids du plus redoutable pressentiment.

D'énormes nuées pèsent sur le cimier du Dôme.

Tout descend, tout descend. Le feu du ciel coule lui-même sur les eaux perfides. Elles sont trop sûres, chaque soir, de tout prendre au filet et d'y tout retenir. Le ciel sanglant se lave de gris, et se bande de charpie. Et la submersion s'achève. Et telle la horde des souvenirs et d'éternels remords, les moustiques qui se ruent à la curée, s'élèvent et ronflent de toutes parts : ils filent, ils piquent, ils fuient, ils fusent par essaims, atroces, cruels, trompettes de folie, implacables, sans nombre. Déjà, les bassons des grenouilles donnent le *la* de la clameur palustre. Et les molles chauves-souris, se détachant des ruines, tentent leur vol feutré et poilu.

O soir sur la digue, entre les deux marais, la citadelle au bout de la longe, les piquets de l'ombre, et le couchant de pourpre sur les briques ! Des feux verts rampent le long de l'eau mourante jusqu'aux pleines ténèbres. Les regards de la fièvre, la féerie triste de l'eau malade, tout finit aussi par s'éteindre. Et Mantoue n'est plus qu'un cercueil sur un radeau échoué dans les mares, entre les vases purulentes et un reflet de ciel sanglant.

XX. STENDHAL EN LOMBARDIE

Dans la montueuse Brianza, riche en vergers, et sur les lacs, de Bellagio à Bologne, et de Venise à Parme, Stendhal est partout en Lombardie. Et partout, il porte l'amour de sa chère Milan. L'Italie de Stendhal, pourtant, n'est plus que dans ses livres.

Il a voulu qu'on le crût Italien ; il se dit Milanais sur sa tombe mais la tombe est à Paris. Et à Milan, qui le connaît ? Personne, hier encore.

C'est un homme qu'on se figure toujours dans l'âge mûr, fort pour la vie et déjà usé, non pas vieux, mais se défendant un peu contre la vieillesse. Il a trop d'étoffe pour un homme jeune ; et il n'a jamais eu la gravité silencieuse des grands vieillards. Je le vois à quarante-cinq ans, un peu gros, trapu, brun, le visage rouge. Il est tiré à quatre épingles ; mais, par disgrâce, l'une des quatre toujours tombe, comme il monte l'escalier de la Scala ; et l'élégant devient un tantet ridicule. Il se donne des airs cavaliers, et il est timide. Il fait le libertin, et il n'a de goût que pour les longues amours. Il enseigne qu'on doit prendre les femmes à la dragonne et un regard railleur le met au supplice. Il se moque de la chasteté, et il avoue que ses plus belles passions ont été pour des femmes qu'il n'a pas eues. Il semble ne viser que le fait solide ; et il connaît tous les retards et toutes les tortures de l'imagination.

L'homme le plus libre, et, comme Montaigne, un homme de tous les temps. Païen de raison, et de sens catholique, il ne souffre aucune contrainte. Telle est la règle de ce Moi parfait : tout ce qui fait obstacle au libre jeu du héros, il le déteste ; il tient pour bon tout ce qui aide l'homme à réaliser sa propre nature. L'homme enfin et le héros ne se séparent point à ses yeux. Le héros d'amour est celui qu'il préfère. Pour Stendhal, un homme incapable de passion, ou sans énergie à s'y livrer, n'est rien du tout.

Il vit pour vivre. C'est pour être lui-même qu'il aime et qu'il écrit. L'Italie est son climat, lui ayant paru que l'Italie est le climat le plus favorable à la vie.

Tous les jougs lui sont odieux. Il les brise, à mesure qu'il les rencontre. Dans la religion, il exècre premièrement le joug de la raison. Il juge la famille, l'Etat, la province, le monde et les siècles. Il se fait une époque, et un lieu de ce qu'il rencontre de plus passionné et de plus libre dans tous les pays et dans tous les âges. Dupe de rien, il veut l'être de la passion.

Il a donc le sens profond de l'art : il sait que l'art est, d'abord, une ivresse de la vie. Il sait que, dans la douleur même, l'art cherche une volupté ; et que l'artiste est le héros de la jouissance. Ce monde-ci veut qu'on en jouisse à l'infini.

Il a ses fortes tristesses, qu'il montre à ses amis ; et qu'il cache dans ses livres. L'esprit chez lui est le masque des passions. Il fait des bons mots pour qu'on le laisse en paix à ses grands sentiments.

Profond analyste de l'automate, il n'est pas homme de lettres, grâce au ciel. Il ne pense pas pour plaire à ceux qu'il méprise. L'automate est son sujet et son ennemi, l'homme civilisé, bien engrené à sa place dans l'Etat. Combien souvent, par là, Stendhal a montré qu'il est un véritable idéaliste : la machine intérieure modèle toute la vie.

Stendhal est fort supérieur à tout ce qu'il fait. Il est très capable, pour se plaire à soi-même, de perdre deux ou trois fois les plus beaux hasards de sa carrière et les maîtresses cartes de la fortune. Ambitieux, il est au-dessus de toute ambition : voilà la bonne manière, et non pas de dédaigner l'ambition, sans en connaître l'appétit mordant. Il était parti pour faire un bon général : son courage, son insouciance, son regard prompt, la faveur du comte Daru l'eussent assez servi. Il était homme de cheval ; il avait le goût de la bête admirable. Il pouvait aussi réussir au Conseil d'Etat. Mais il entend ne pas avoir d'autre maître que son plaisir. Napoléon tyran le dégoûte du Premier Consul. Il ne veut pas servir les Bourbons, pour qui il sent un inaltérable mépris.

Etant si fort constitué en soi-même, il a la manie de se dédoubler. Appétit irrésistible, que connaissent les hommes au « moi » puissant et combattu. Par là, se trahit l'âme du vrai poète. Stendhal ne change pas cent fois de nom et de titre, par défiance ; mais par jeu. Il veut être plus d'un homme. Il est, en nom, tous les hommes qu'il veut.

Quand il est en Italie, surtout à la fin, il ne peut se passer de Paris et de l'esprit français, quelque mal qu'il en dise. Quand il est à Paris, il ne peut se passer de Milan, ni de l'amour à l'italienne, tel qu'il le rêve, et d'où il sort constamment déçu. Se disant à demi italien, il ne l'était qu'en France. Mais il voulait l'être ; et il l'est, à la manière qu'il l'a voulu, qui n'est pas de Milan, non plus que de Paris. La volonté ne s'impose pas à la nature ; mais dans les choix de la volonté, c'est la nature aussi qui parle.

Il est donc toujours libre. Il est pour Shakspeare contre les classiques ; et pour Montesquieu contre Chateaubriand. On ne l'enferme pas dans une école, comme les gens de métier.

Il a créé l'objet de son rêve et de sa préférence.

Ce « moi » unique rejette toutes les entraves, celles même de la naissance, au sens où l'entendent les registres des paroisses. Il ne vit que pour comprendre : son courage intellectuel est sans bornes. D'ailleurs, les idées ne lui sont rien, que les traces de l'action et du sentiment. Stendhal est avide de comprendre, parce qu'il est insatiable d'être.

Stendhal est le premier grand Européen, depuis Montaigne. Et comme il fallait s'y attendre, c'est un Français. Goethe est européen, sans doute : mais son Europe est allemande.

Quelle en serait la cause, sinon que Stendhal est le grand homme de la Révolution, je veux dire le poète ? Il l'est si pleinement, dans un esprit si fort, que seul, après tout, il vit et il pense en bon Européen. Il finit même par être européen contre la France. Là encore, il a prévu les temps, et il se moque des théories qu'on devait faire sur lui. Cet homme de la Révolution, le plus opposé par l'esprit qui se puisse à Bossuet, écrit la langue la plus nette et la moins nouvelle. Plaidant contre Racine pour Shakspeare, il est plus classique que personne. Il détruit l'ancienne société avec les armes mêmes, qui sont rouillées aux mains des royalistes : elles sont neuves entre les siennes. Il n'est pas un écrivain qui ne soit emphatique près de Stendhal.

On dit parfois qu'il n'a point de style, le prenant au mot quand il se donne pour maîtres les juristes du Code civil. Mais d'abord, la langue du droit est belle, quand elle est pure, et Portalis en a le sens. Puis Stendhal n'aime pas faire ses confidences d'auteur, étant si au-dessus du métier. Stendhal, c'est le dessin le plus aigu presque sans ombre et sans couleur. Son style est d'acier, de la pointe la plus acérée et la plus fine. Ni images, ni périodes. Ni la lyre, ni l'éloquence. Il est nu comme la ligne. Il me rappelle Lysias et l'orateur attique, si les Athéniens, au lieu de plaider, faisaient l'analyse de l'homme. Pour tout dire, il est Grec. Chaque phrase de Stendhal est pleine de sens, et d'un feu clair, qui fait de la lumière, sans chaleur. Toutes ces phrases ensemble tombent comme des étincelles : ceux qui ne sont pas sensibles à ce feu d'intelligence, diront qu'elles tombent comme la pluie.

L'excès d'esprit a perdu Stendhal. Il empêche de voir sa passion. De deux vertus que l'on a, quand elles passent de beaucoup l'ordre commun, l'une sert de masque à l'autre. Le monde vous en veut autant du visage que vous lui montrez, que du visage caché qu'il devine.

On l'a cru affecté, parce qu'il ne se laissait pas surprendre ; et méchant, parce qu'il se défendait. Il brave la vieillesse et la pauvreté. Rien ne le diminue, de son propre gré. Il tient bon contre tout ce qui l'humilie. Il connaît sa valeur, et ne la connaît pas toute. Le silence, le peu de cas qu'on fait de lui, il n'en est pas abaissé, ni vaincu. Son génie résiste même à la louange médiocre.

Supérieur à la fortune, il l'est au ridicule. Il a souffert ce qu'il y a de pis : n'être entendu de personne, et la conscience de sa laideur physique. La fatuité, en lui, n'est qu'une armure. Que n'eût-il pas donné pour être beau ? La beauté, c'est le bonheur, étant la santé avec l'amour. Il n'y a de beauté virile qu'à plaire aux femmes. J'imagine que Stendhal, toute sa vie, a envié un bellâtre italien ; et moi aussi, je l'appelle bellâtre par envie. La gloire de la beauté virile éclate en ces jeunes hommes, qu'on rencontre partout de

Milan à Florence, et de Venise à Rome, lèvres rouges, l'œil
brillant, le teint frais, l'air du bonheur, le corps bien nourri,
respirant l'aise et le contentement de soi : tel est le bel
amoureux, l'étalon de la société humaine, qui inspire de la
fureur ou du dépit aux autres hommes. Nulle part, peut-
être, plus qu'en Italie, l'homme de pensée ne paie si cher,
par sa laideur ou par l'étrange caractère, le crime d'avoir
quelque chose dans la tête.

Un homme qui veut la vie : voilà Stendhal. En tout temps,
il cherche la voie où le plus vivre : ou soldat, ou poète, et
toujours amant. Pour un tel homme, quelle douleur que la
laideur du corps ! Quel désastre que la vieillesse ! Entraves
détestées, chaînes sans évasion, prison perpétuelle que l'on
traîne avec soi ! Il fera donc son pays de la terre qui a
toujours vingt ans. Milan, où il a aimé d'abord, où il eut sa
première maîtresse, sera pour lui la capitale d'amour, le
jardin béni de la jeunesse. Jamais il ne s'en lassera. Et,
quand il lui faudra quitter cette ville de sa prédilection,
quittant la joie d'être jeune, la joie d'être amoureux, la joie
même des amours douloureuses, il croira dire adieu à son
bonheur.

Il adore la passion, parce qu'il adore la vie. Il croit au
bonheur comme un Ancien. Le plaisir est exquis d'ôter à ce
visage son masque de prétention avantageuse ; il ne tient
pas de plus près à Stendhal que ce toupet de faux cheveux,
qu'il se collait au front, après 1830.

Héros de la vie, comme Bonaparte, prince des héros, il
veut toujours agir. Il regarde l'état de passion, comme le
seul où l'on vive. C'est pourquoi il n'envie que d'être toujours en passion. Qu'il est sagement prodigue ! Comme il se
donne libéralement à nos heures si brèves ! Vivre de toutes
ses forces, il n'est pas d'autre volonté pour l'homme bien
né ; et c'est le seul moyen d'être heureux. L'homme n'a
point d'autre bonheur que de posséder la vie, point d'autre
devoir que de lui faire rendre tout ce qui est en elle, point
d'autre vertu que de s'y faire héroïque. Beaucoup qui ne le
seraient en rien, sont des héros en aimant.

Avant tout, la force du caractère. Le caractère, c'est-à-dire
la passion d'être soi, à tout prix. Stendhal la suppose chez
tous les Italiens, comme il l'a vue dans leurs chroniques. De

là, qu'il a créé une Italie plus italienne cent fois que celle que
nous avons sous les yeux. Chaque poète cherche une
matière conforme à son génie. Il la demande à la nature ; il
croit l'avoir trouvée, quand la nature lui livre une terre qui
se laisse modeler. Mieux elle s'y prête, plus l'artiste en chérit
la complaisance ductile et, caressant son modèle, se flatte
d'être fait pour lui. Stendhal nous a donné l'Italie que nous
aimons : depuis, entre les Alpes et la Sicile, c'est toujours
l'Italie de Stendhal que l'on cherche. Souvent, elle empêche
de voir l'autre, un pays nouveau qui ne ressemble guère à
l'idée qu'on s'en est faite. Ce peuple est bien vivant, mais
non pas de la vie tragique qu'on lui suppose.

On court après elle, de Milan à Palerme. On la reconnaît
de loin en loin ; et jamais elle ne m'enveloppe ni ne me fixe,
moi qui veux y être fixé. Entre l'Italien de 1900 et celui du
XIIIᵉ siècle, il y a presque aussi loin que du Guelfe chrétien
au Romain de la République. L'Italie de Dante n'est plus.
Les pierres en parlent seules, avec beauté ; mais on commence d'y porter le pic et la bêche. Et l'or barbare souille les
murailles sacrées. Il en est de l'Italie légendaire comme des
palais toscans : chargés de six ou sept cents ans, ils demeurent ; mais où sont les architectes qui les conçurent, et les
maçons qui les bâtirent ? où, les princes, sobres et forts,
dignes d'y vivre ? La présence des Barbares achève de les
dégrader : sous le ciel classique, leur morale est la pire
insolence, le plus noir outrage à ces grands corps héroïques.
Dès la Renaissance, quel abîme entre Dante et le Tasse,
entre saint François et Philippe de Néri. Ni les tyrans, ni les
peuples verts du moyen âge, tantôt sublimes et tantôt
exécrables, ni les saints témoins de Dieu, ni la foule mystique ne seront ressuscités.

L'étonnant mystère de Stendhal, c'est que, voyant tout en
passion, il écrit toujours en prose. Avec l'amour de la
musique, il ne lui a manqué que d'être musicien, pour
s'égaler aux sommets de la poésie.

On prétend se défaire de lui, disant : point de cœur, point
de bonté. La bonté n'est point en cause ; il n'a pas voulu en
montrer : il semble n'en pas avoir besoin. Il est le peintre
des hommes et des femmes, dans la jeunesse de l'amour et

des actions héroïques. Entre les amants, la bonté ne parle
que si la passion est muette. Rien ne fait défaut à Stendhal
que le génie lyrique. Cependant, il s'efface de ses héros ; il ne
leur prête pas tous ses goûts ; il se donne les leurs. Il est
capable d'aimer en eux ce qu'il déteste pour son compte. Cet
homme de la Révolution, qui n'a pas eu de haine plus
durable que celle de la religion et des prêtres, sait peindre
des femmes pieuses et des clercs accomplis. Lui, qui dans la
vie ordinaire flairait un hypocrite en tout dévot, il ajoute à
ses femmes le sentiment religieux comme une grâce
suprême. Toutes, elles sont chrétiennes ou profondément
catholiques, plutôt. Il semble, pour Stendhal, que l'amour,
dans une femme, ne peut porter tout son fruit de passion, si
elle ne va pas à l'église. Entre tous, ce sentiment est italien,
avec tous les caprices, avec toutes les démarches et les folles
variantes qu'il suppose.

D'ailleurs, mieux que personne, Stendhal admire dans
l'Eglise de Rome un empire, une politique et une suite
incomparables. Les papes, pour lui, sont des princes pleins
de force et de talent. Il est donc romain, au sens le plus
catholique.

La magnifique Italie du moyen âge, voilà le don passionné de Stendhal au monde.

Goethe et quelques autres ont pensé que « le spirituel
Stendhal » leur avait beaucoup pris, sans le dire. Ils n'ont
pas soupçonné la grandeur de ce bel esprit. Ils n'ont pas
même vu que, pour l'intelligence, si on égale Stendhal,
personne ne le passe. Stendhal est un inventeur de caractères, comme il s'en rencontre un ou deux tous les cent ans.
Il a créé le roman d'un peuple et d'une race entière.

Pour preuve, je n'en veux que les œuvres du grand Goethe
lui-même. On y voit un Allemand qui se plaît à la conquête
de Rome, soigneux de noter toutes les étapes. Son Italie est
celle de tout le monde, avec cette part d'extrême fausseté
qu'il faut attendre d'un homme pour qui le moyen âge latin
ne vaut pas un regard, et qui a la répulsion de la vie
catholique. Telle est l'illusion du retour à l'antique et la
manie des modernes. Stendhal, infiniment plus passionné,
prend l'Italie à tous ses âges ; il ne sépare pas en elle

l'antique du féodal, ni une époque d'aucune autre. Avec Goethe à Rome, il n'y a que Goethe et la petite Mignon, rendue à ses orangers et aux palais de Vicence. Dans Stendhal, on voit vivre et durer, comme du feu, le génie d'une race, son histoire et ses passions.

Un vieillard, qui l'avait vu en 1840, me parlait de Stendhal, voilà quinze ans, et le peignait ainsi : gros et court, un homme aux gestes trop vifs pour sa corpulence ; l'air avantageux, le torse en avant, ne voulant pas perdre un pouce de sa taille ; attentif par-dessus tout au ridicule de paraître vieux et de ne point consentir à l'être ; hardi par timidité ; franc railleur et d'humeur souvent chagrine ; inquiet d'être à la mode, de faire belle figure, et préoccupé de sa laideur jusqu'au tourment. Il était laid pour la plupart des gens, et prêtait à sourire aux femmes. Il portait perruque et un toupet de cheveux bouclés, fort noirs. Il se vantait d'avoir toujours eu les cheveux d'encre, comme un Italien. Le sang près de la peau, un visage rouge. Le front et les yeux admirables, étincelants d'esprit ou, dans la mélancolie, pleins d'ombre. Il avait de belles mains, brunes et fines. Un rien d'accent, une légère pointe, un goût d'ail dans les voyelles, qu'il faisait un peu brèves, à la façon du Midi. La voix mordante, vive sur les R. Sa famille venait, pour une part, d'Avignon. En son âge mûr, Stendhal est tout pareil aux Provençaux de son temps ; et son portrait rappelle maint Provençal, comme j'en ai connu dans mon enfance. A soixante ans, il eût donné toute la gloire du monde pour l'amour d'une jeune femme. Est-ce une faiblesse d'y prétendre, en dépit d'elles et de soi ? Ou n'est-ce pas plutôt le signe d'une force qui dure ? Et pourtant, sans l'avoir beaucoup avoué, Stendhal jeune homme a chèrement aimé la gloire. Mais certes, il a conquis une immortelle maîtresse, qui ne l'a point trahi, et qu'il nous a laissée : l'Italie tragique.

XXI. GAVOTS ET BERGAMASQUES

En Provence, on donne le nom de « gavots » aux gens du haut pays. Ils ont une sorte de verdeur un peu brusque, une verve franche, une naïveté rude ; beaucoup d'action et de ruse paysanne, l'amour du gain et plus encore de l'épargne. C'est un peuple à longs calculs et à petites dépenses, patient, têtu et qui ne plaint pas sa peine. Bergame et Brescia m'ont paru deux sœurs gavottes, comme Digne et Gap, si ces deux bonnes vieilles provençales, dans leur belle jeunesse, avaient fait un brillant mariage.

Ils passent pour rustres et d'accent lourd. On se moque d'eux dans les chroniques. Ils tiennent de l'Auvergnat et du porteur d'eau. Ils sont les maris de vocation, que Bandello propose à la risée. Avec leurs grossiers appétits, ils sont toujours dupes des Florentins et des femmes. Chacun d'eux est un hircocerf, à qui le front boisé démange, et qui polit ses cornes en les frottant à l'astuce féminine. Ils aiment la bouteille ; on les bonde de gros vin, et leur ivresse d'ours hilares fait crever de rire les Vénitiens. Ils sont nés pour écouter le chant du coucou, en ronflant sur une botte de paille. Le rentier Gorgibus et le tuteur Pantalon, son voisin, ont vu le jour dans Bergame. Ils ont de bonnes joues et un échiquier de grosse étoffe sur le dos ; et on les fait toujours mat au bas des reins. Ils se couchent sur leur sac, si on veut leur prendre un écu, en même temps qu'on leur ravit leur femme ; et tout du long étendus sur les dalles, ils tendent à l'ennemi une ronde figure, qui appelle la lunette à Purgon plutôt que les coups.

Je laisse donc mon casque, mon cheval et mes armes dans la vallée. Comme le jeune Harry, je vais voir à rire dans une auberge, et à me donner le jeu de la farce, persuadant à mon ombre d'enfourcher une batte. Ainsi soit-il. Entrons.

C'est un heureux pays, dans l'abondance et l'éclat de la fertilité. Ceinte de remparts bruns, Bergame se dresse dans le soleil jaune, et la ville neuve, à ses pieds, est lâchement éparse sur la plaine. Entre deux vallées, les torrents de poussière lèvent au vent du sud. Le ronflement des machines retentit longuement sur la terre sonore. On prend pied dans la ville basse. Fort roide et longue, la montée à la ville haute, sous de larges châtaigniers qui, eux aussi, s'appellent Victor-Emmanuel. Toujours monter ? Jamais assez. Qu'on est bien là-haut, dans la vieille haute ville ! Qu'on est mal en bas ! La ville neuve est toujours la basse. La nature commande ; et le caractère suit.

Des murs, on découvre la plaine et les monts. La lumière est laide, ce soir, un flot de groseille sur des linges bleus ; et la poussière jaune va et vient dans le vent. Au cœur de la vieille ville, je marche sur l'herbe ; et devant un portail pluvieux, je rencontre deux lions ridés et chenus, qui, à minuit, broutent le foin de la place. J'irai souper avec eux, cette nuit, si je suis encore dans l'antique cité, morne, déserte, vide et calme. Je respire à l'aise, loin de la cohue. Tout, d'ailleurs, est étroit et petit à faire beaucoup penser. Car enfin, Bergame est le berceau du grand Colleone. Son tombeau est le joyau de la ville. Je hais une statue équestre, perchée comme un cimier sur un casque. Celle de Colleone est dorée : ce luxe tue toute grandeur. L'idée de richesse, partout, est contraire à la sensation héroïque. J'aime tant mon vieux Colleone, que je veux le voir dans sa maison, le superbe guerrier. Elle est à deux pas de sa chapelle funéraire, rue du Coude. On en a fait une école pie, ayant été léguée par Colleone lui-même à cet effet. Il était homme de foi, dévot et fort austère. Là aussi, il est peint à cheval, fresque misérable, où rien ne rappelle la tête sublime de Verrocchio. Non, Colleone n'habite plus sur la terre natale.

A Bergame, Arlequin a résolu le problème de la façade par le damier. La chapelle des Colleoni est une espèce de manteau bigarré à carreaux blancs, noirs et rouges, tout de marbre. Le Broletto, leur palais de ville, n'est qu'une halle gothique, mais du moins un beau trou d'ombre. Je donnerais toutes leurs chapelles à la lombarde pour ce hangar fier, noir et noble. Les piliers portent de l'histoire et nombre de faits sanglants. Il faut un fond tragique à toute beauté, même sur la scène de la farce.

Je l'ai laissée, en ce qu'elle a de plus bouffon, au mitan de la ville basse. Le théâtre de la foire est bergamasque, et le sinistre Donizetti l'est aussi : lui, c'est la diarrhée de la musique. Mais quoi, tout plutôt que de reconnaître à ce flux un sens musical ; et que serait-ce, sinon la mélodie que le roi Dagobert, ce tyran sans vergogne, reproche au grand saint Eloi ? Il paraît que Donizetti était fort lubrique : on ne le dirait pas, l'animal. Sa volupté est du dernier ordre, au-dessous de Franklin et de la mandoline. Il se mettait tout nu, pour trouver ses motifs, d'une si laide forme : on me raconte qu'il lui fallait faire l'amour, pour avoir une idée : à côté de l'encrier, il avait une bonne fille sur sa table. Epaisse et charnue, forte au nez, elle était nue comme la peau sous l'œil du croque-notes. Sa verve, alors, lui dictait ces airs d'une si égale platitude, qu'ils semblent nés d'une cuvette et d'un robinet. Et rien n'y manque, pas même l'enthousiasme de la mise en train. Il a donc sa statue, qui eût été bien plus curieuse si on l'avait osé faire justement parlante. Il est assis sur une chaise percée ; mais il est vêtu et sans verve. La Muse qui l'inspire n'est pas non plus placée comme il faut. Tous les deux s'ennuient. Le misérable ne compose plus sa musique : il l'entend.

XXII. MAISONS DE JULIETTE

A Vérone, fin juin.

En vérité, rien ne m'attend, il me semble, à Vérone, sinon Dante et Shakspeare. Mais le Grand Florentin n'est qu'un souvenir : Shakspeare est une présence. Il n'y eut jamais ni Capulets ni Montaigus dans Vérone : ils y sont pourtant, parce que le poète l'a voulu.

Je laisse le dur Toscan, cette flamme de bronze, monter l'escalier des Scaliger, et promener de conseil en conseil son âme irritée, si altière et si ardente. Mon Shakspeare me prend par la main ; il veut que j'aille avec lui où les noces éternelles de l'amour et de la mort se sont enfin consommées.

Je cherchais Juliette, et la trouvai bientôt. La maison des

Capulets est dans une rue à leur nom, au cœur de la vieille ville. Si Juliette n'y a pas dormi, elle aurait pu y veiller : seule, la maison des Scaliger est plus chenue, et d'air plus antique. Ce n'est pas un palais : une haute case, étroite, dure ; un âpre colombier ; un dé noir et rouge ; presque aveugle, la face percée d'yeux rares aux prunelles divergentes, quelques fenêtres cintrées de grandeur inégale et de forme diverse, rangées sans ordre. Elle est roidie en son armure de pierre, cette maison ; elle ne regarde pas dans la rue ; elle écoute les bruits de la vieille place ; elle tend l'oreille aux clameurs voisines, là derrière, qui courent, chaque soir, avec les torches, sur la place des Seigneurs.

Le ciel sulfureux et les nuages bas coulent dans la rue Capello. Ils l'étouffent ; ils en voilent la laideur banale et les étages médiocres. Comme l'illustre demeure, la rue est noire, sordide, étroite et haute. Je respire le bonheur d'y être par cet après-midi d'orage, tiède et sombre. Je bois un air chaud, que je compare au lait de la tigresse. Or, prise entre les cages toutes semblables entre elles où les hommes gîtent aujourd'hui, la maison de Juliette se dresse, toujours la plus haute. Elle a la couleur du vieux cuir ; et, çà et là, la peau est tachée de sang. Un nuage d'encre rase les toits et rature les cheminées. D'un arc aigu, le haut portail mord un long morceau d'ombre. L'ovale cintré des fenêtres ouvre des golfes à l'obscurité : les deux plus grandes portent sur une tablette de pierre ; et les deux moindres sont creusées en niches, comme si elle attendaient la visite de la mélancolie. Des créneaux ruinés, de larges molaires, cariées à la pointe, déchirent là-haut le vide, et retiennent un pan de la nuée funèbre. Et des briques saignent, de loin en loin. C'est bien la maison du moyen âge, avec sa grâce tragique. Elle est sans art, et faite pour l'artiste, parce qu'elle a du caractère. Elle parle du temps où Vérone avait quarante-huit ou trois cents tours. Et l'inscription rappelle à tout homme les rêves de l'adolescent : « Ici ont vécu les Capulets, d'où est issue la Juliette, pour qui les cœurs bien nés ont versé tant de larmes, et tant chanté de vers les poètes. » Juliette, chaude et brune comme une mûre, au soleil de midi, sur la haie, Juliette, précoce comme l'invitation de l'amour aux baisers et aux larmes.

Assez loin de la rue Capello, Juliette a une autre maison, dans Vérone ; et celle-là a toujours son jardin. On sonne à la porte rouge du bourreau, dans la ruelle où fut, dit-on, le couvent des Franciscains. D'un pas, on entre au secret d'un petit cloître. Paix, paix ! D'ici pourtant, les jours de crue, on doit entendre l'Adige verte, qui roule au pont Aleardi. C'est le midi de la ville, où le flot se précipite. O Juliette, on ne remonte pas le fleuve. Le courant est trop rapide.

Une loge à cinq arcs, doublement ouverte sur l'entrée et sur les arbres lointains, accueille la lumière. Des glycines pendent aux colonnes, et rampent sur le mur. Dans la cour, de sages lauriers et des fleurs immobiles. Au milieu de la loge, une couche très basse fait un lit très profond : c'est un sarcophage, la bouche de pierre rouge qui mange la forme de l'homme, et qui dévore la femme la plus aimée.

La petite fille, là, fut mise et couchée. Elle n'avait pas quatorze ans.

Elle est baignée d'air. Elle voit le ciel, les arbres et les saisons. Je n'évoque pas votre amoureuse de théâtre, une vieille femme au cou de taureau, qui pousse ses roulades comme si elle était assise, infirme, et qu'elle ne pût avancer que sous ce vent en poupe : car il vous les faut d'au moins cinquante ans, vos héroïnes. Ni la jeune femme qu'elle est aussi quelquefois, pleine de son, je dis de sciure, une poupée d'Amérique, qui n'a d'yeux, de ventre et de voix que pour elle-même : de là son luxe charnel, et sa santé ; et ses perles dans le chignon, et ce caillou si lourd sous la gorge.

Non, je vois la fillette au teint jaune, la petite de treize ans, qu'un tel amour a prise qu'elle est folle, qu'elle doit vivre toute sa vie en quelques jours ; et il faut qu'elle meure : car elle ne pourrait pas même enfanter.

Je la vois, la joue longue, l'haleine qui brûle, comme le narcisse. Elle rit en fronçant le sourcil, et presque en mourant. Quand elle grince des dents, elle se mord la langue.

Son ventre étroit est de feu. Et sa gorge est pareille à deux boutons de pavot. Au jour, si elle pâlit, elle est verte. Et le soir, aux lumières, elle est comme une tubéreuse : sa pâleur est éclatante. Elle sent l'herbe verte. Son parfum est d'eau qui bouge sur la prairie, fraîchement fauchée. Elle brûle, elle brûle.

Ses yeux font mal, tant ils se consument. Tant ils veulent vivre, ils meurent, d'amour. Au nom seul de Roméo, elle tend sa bouche. L'arc de son corps sourit. Ses lèvres ardentes crient ; elles meurent, si elle ne reçoit le vin de la langue, dans le fruit des baisers. Tout son corps tremble. Et ses cuisses se serrent. Et elle sent l'odeur de l'encens, que son sang fume. Et le reste du temps, elle veut dormir, et se retourne sur son lit, accablée.

Voilà comme elle sort de sa maison, pour venir à son tombeau. Et c'est son amour qui la porte. Elle n'a fait qu'une promenade. Juliette n'est sortie seule qu'une fois. L'amour l'a tenue par le bras. Elle a brûlé : elle est morte. Parce qu'on meurt d'aimer et qu'on n'en saurait pas vivre.

XXIII. RUES GIBELINES

En juin et en décembre.

Vérone sous la neige et Vérone dévorée par le soleil, j'ai deux images de cette guerrière ; et toujours, ou rouge, ou blanchement funèbre, Vérone est noire.

Le lieu de la vieille ville, le plan bâti où toute pierre et toute brique satisfait aux conditions de la vie meurtrière, est un cimetière dans un champ de vieux palais. Le cimetière est en plein vent, et les morts illustres, non contents d'être couchés sur leurs tombeaux, les surmontent à cheval. Ils veulent être princes de la ville, même après la descente aux enfers. Ils ont des chevaux diaboliques, qui dansent au-dessus des piétons, en dardant un œil trop large.

Tout est plein de meurtres et de sépulcres. La vieille Vérone est une ville de cavaliers farouches et goguenards, perchés sur les toits : ils vont l'amble au-dessus des portes, et ils trottent sur les pignons. L'architecture est militaire,

ou trop ornée : l'excès de l'ornement, c'est toujours la lourdeur du sens.

Guerrière et conjugale, Vérone est fleurie de balcons
sculptés. Ils font corbeille de fer ou de marbre, en saillie sur
les façades : les uns en courbes sveltes, les autres pansus, ou
tels, à la rue Saint-Alexis, des mamelles sous une résille. Des
fleurs et des plantes vertes illuminent toutes ces ferrures : la
vigne y fait treille, et les plants d'oranger poussent leurs
feuilles vernies entre les barreaux.

La place aux Herbes, avec la place de la Seigneurie, c'est
un beau paysage de ville. L'une peuplée, l'autre déserte. La
place aux Herbes, largement ouverte, de toutes parts, en
marché, sert de forum à la plèbe ; la place des Seigneurs est
totalement fermée par des voûtes : le coin des tombeaux,
qui la prolonge, en achève le caractère. Elle mériterait
qu'on la nommât, en anglais, la place des Lords : elle est
dure, sombre, séparée : c'est le lieu d'une caste.

Vérone est hantée d'Allemands. On les moque, et on ne les
aime pas. Les Barbares ont toujours eu un pied sur cette
terre mais toujours haïs du menu peuple, la race les a
mangés. Ils n'ont duré que chez les Grands. Dans la cité que
l'Adige enlace d'un baudrier vert, la guerre ne finit jamais :
elle est entre les cellules profondes, dans le sang des
familles. Au secret des noces, il faut qu'un sang dévore
l'autre. Le peuple latin a toujours pris le dessus ; et même
conquise, Vérone a digéré les conquérants. Ville à souhait
pour y rentrer vainqueur, poussant devant soi un immense
convoi de prisonniers roux, aux yeux myopes, et d'épaisses
captives. Je me sens guelfe, à Vérone.

Sur les pavés, je flaire la trace et l'odeur de tous les
maudits Barbares, de ces brutes insolentes et si vaines, qui
viennent meurtrir du poing et percer de la lance ce qu'ils
mettront ensuite mille ans à ressusciter, les chiens. Au pont
du Château Vieux, c'est la force qui tient la route et qui
enchaîne les deux rives. Le maître du pont ouvre ou ferme
la porte d'Allemagne. Garde-la bien, fils de Rome. Avec ses
tours carrées sur chaque pile, et l'ombre rouge des briques
dans l'eau grise, le vieux pont crénelé respire la menace. Et
le dé monstrueux du château est mouillé dans le fleuve

comme un môle, comme une borne dure. Les maisons à pic
sur le flot clignent un œil rare, un noir regard. Tout est
carré, massif, fermé, hostile. La couleur des briques est de
sang caillé. Les créneaux à meurtrières laissent passer la
ville, Saint-Pierre, les forts sur les hauteurs et les tours de la
Grand'Place. Vérone est comme une langue, allongée sur
l'Adige verte. Les sombres collines montent en amphithéâtre, du fleuve même. Rome, ici, a donné le mot d'ordre et
pris la garde sacrée : il faut que les Barbares soient chassés
ou conquis.

Un bon peuple latin, sobre de mœurs et abondant en
paroles, vit au large entre les lèvres de l'Adige. Il est gai et
alerte. Les yeux sont amoureux de la vie : les yeux éloquents
sont la victoire de Rome sur l'épaisseur du Nord. Ce peuple
rit fort dans une ville triste. Gaieté joviale à longs éclats.
Comme ils disent, « à Vérone souffle l'air de Montebaldo »,
entendant par là un vent de demi-folie.

Via Mazzanti et Volto Barbaro, les deux rues finissent en
cul-de-sac, l'une dans l'autre. Et une voûte donne sur la
place des Seigneurs. Quel coupe-gorge magnifique entre le
marché du peuple, ce bétail herbivore, et le repaire des
carnassiers. C'est là que les Scaliger règnent, et le plus
souvent qu'ils meurent. Ils vivent ailleurs. Ils tiennent leur
cour, ils ont leur table, ils couchent dans la forteresse du
Château, sous la garde du pont et la ligne de la rivière. Dans
ces deux rues, qui ferment la place, et qu'elles peuvent
forclore de la ville, ils sont morts au milieu du crime, sous
l'hallali de la Trahison, la plupart de ces dogues. Le Mâtin
Second y poignarde, de sa main, son cousin l'évêque. Can
Signorio, pour être prince, plonge son épée jusqu'à la garde
dans le dos de son frère aîné ; et lui-même, plus tard, ruiné
par la luxure et par le vin, se voyant mourir, il console son
agonie en faisant étrangler son cadet, qui pourrissait en
prison. Ils meurent tous avant quarante ans. Leur vie est
effrénée, insolente, pleine de désordre convulsif et de violences calculées. Ils ne jouissent que d'éblouir et d'effrayer.
Faste et cruauté, ils tiennent tous de Néron, ce modèle des
princes. Et d'ailleurs, Néron est un héros national de l'Italie,
une forme romaine de la puissance. Tout vrai roi, plus ou

moins, tient de lui. Comme Néron, dans la plénitude du pouvoir, ils s'ennuient s'ils ne tentent la voie solitaire du mépris, où la force brave l'humanité. Il est des points par où la cruauté touche à l'art du règne. Néron n'est pas un bouffon, seulement : il a le goût de l'exquis, la passion de l'unique, et la fureur de l'ignoble.

Au sortir du conseil, Mastino fut poignardé dans cette rue, magistralement. Le fer l'a décousu de la gorge au bas-ventre : il a reçu, sur la joue, le soufflet de ses tripes. L'arcade est là, toujours la même ; ruelle admirable dans la fureur écarlate de midi. On échappe enfin aux singeries des deux places, où les maçons du jour ont parodié le moyen âge. La rue atroce flambe au soleil. Elle est tournée pour le guet-apens. Etroite et torse, à cause des bâtiments qui avancent et de ceux qui font retraite, elle est percée de portes sombres, d'arcs au dos sournois, de trous carrés, si bien ouverts pour cacher un traître, pour lui prêter la fuite, et si propres à recueillir les flots de sang. La pente y est, et tel soupirail aspire le secret du meurtre, comme une infernale custode. Ces baies ombreuses louchent sur des couloirs en trappes ; elles bâillent, ces bouches, pour l'entrée du bétail à l'abattoir. Trop de fenêtres sur ces murs sourcilleux, mais ajoutées après coup. En cicatrice, le long des façades, jusqu'aux balcons du second étage, rampent des escaliers bizarres. La Tour de Ville jaillit très haut dans le ciel blanc, au-dessus des maisons. Et un puits sévère a cet air de tombeau qu'ils ont tous, quand les femmes ne puisent point l'eau, autour de la margelle, un puits morne pour laver des dalles sanglantes.

Après l'été, l'hiver. Je vais chez les Scaliger. La nuit, sous la lune, la place aux tombeaux est déjà un désert, où l'on s'arrête en rêve. Or, ce soir, il neige.

Avec leurs noms de chiens, ces Scaliger ont régné par la vertu de la rage. Ils sont trois dans cet enclos, à cheval, planant sur un entassement de chapelles, de clochetons, de dais, de statues. Là-haut perchés, foulant leurs propres catafalques, ils dominent, posés sur les frontons, comme des rapaces lâchés par la nuit des âges. Sous l'hermine de la neige, ces épouvantails sont les ombres méchantes de la souveraineté. Et la méchanceté va jusqu'au ridicule.

Il a fallu les hisser au-dessus des pinacles, pour qu'ils soient supérieurs au vulgaire. La rue est profondément déserte, ce soir. Sinistre et blême, elle n'est même pas éclairée. Elle a cette lumière crépusculaire qui sort de terre, quand le sol est couvert de neige, et qui est la clarté glaciale des ténèbres. Il doit y avoir, quelque part, en enfer, un lieu semblable pour les maudits de l'orgueil et de la violence, où les seules lueurs sont le feu de la neige, ces rayons funéraires qui éteignent toute couleur, qui révèlent la noirceur à elle-même, lumière qui transit l'espoir et ne réchauffe pas. Dans le puits de la place et de la rue aux Arches, ils continuent, juchés sur leurs étalons, de faire les gestes de la force insolente ; ils menacent le firmament de leur lance et ce long pieu de fer pousse une pointe burlesque contre le ciel gris et noir, qui lâche les flocons de son mépris. Ils ricanent de haut contre la terre ; mais à qui font-ils peur ? Pas un passant. Mes propres pas sont ceux du juge le plus sévère, qui arrive sur le tapis de la neige sourde, nuitamment.

La neige peint sur l'air livide le relief des grilles, qui entourent ce cimetière de Grands Chiens. Les lévriers en fer forgé veillent sur le repos de leurs maîtres, prêts à aboyer pour une chasse nocturne. L'échelle des Scaliger est semée parmi les jours de la fonte. Les grilles sont découpées en étrange feuillage, feuillage lugubre, pareil à son propre reflet : où est l'arbre de ces feuilles roides ? Voilà bien la verdure des morts, cruelle comme ils furent. Le plus beau de ces cavaliers au sépulcre, dur et hautain dans son armure, se cambre sur le cheval caparaçonné. Tous les deux, la monture et l'homme, la tête tournée vers la ville, ils ont le même rire sinistre, le même mépris. C'est Can Grande, le meilleur de sa race. Un oiseau chien lui sert de capuchon, qu'il a rejeté dans le dos, parce qu'il fait beau temps pour la curée. La bête héraldique, renversée en arrière, fait bosse et besace aux épaules du seigneur. Est-ce un chien ? J'y vois plutôt un aigle aux ailes repliées : il étreint le Scaliger et Vérone : l'oiseau impérial ne les lâchera pas.

Et lente, pressée, sans fin, la neige s'est remise à tomber. Elle est jetée d'en haut, implacablement, comme les pelle-

tées du ciel sur les tombes. Elle ensevelit même l'ensevelis-
sement de la pierre. Je frémis. Dans un crépuscule sépul-
cral, par une neige qui ne finirait jamais, ainsi devrait finir
le monde.

XXIV. JARDINS D'AMOUR

Lark's garden.

Puis, quittant son tombeau rouge et noir, j'ai fini la
journée dans les jardins de Juliette.

Le crépuscule est délicieux aux Jardins d'Amour, qu'à
présent on appelle Giusti. On passe le fleuve ; au-delà du
pont, on monte, et l'on tourne derrière une église. Une
grille, et l'on ne se doute pas du paradis qu'elle défend.

Une petite cour, qui a la couleur d'un cœur de rose au
soleil, me sépare d'abord, avec une exquise complaisance,
de la ville et du siècle. La brique rose y a ces tons de vieil air
et de drap très ancien, qu'elle prend avec la pluie séculaire
des ans, sous un ciel qui tantôt pleut, et tantôt brûle. La
vigne vierge s'enlace à une couronne de créneaux roses, et,
déjà dorée, elle mêle aux fleurons de brique ses tendres
pampres. Et certes, ce courtil féodal est bien digne des
Montaigus et d'une amour ducale.

Et voici des allées merveilleuses, bordées de cyprès sublimes. Ils ont cinq cents ans. Ils sont plus hauts que des
clochers avec la flèche. Ils montent en austères avenues ; ils
creusent un long chemin, plein d'ombre et de mystère, une
voie étroite et profonde, en hypogées tragiques. Et le ruban
du sol déroule un ruisseau d'or froid, clair entre les
murailles noires. Divins cyprès, arbres de la Hauteur, à
l'odeur incorruptible et très amère, si vraiment nés pour la
passion, dans leur jet ardent et taciturne, dans leur roideur
sévère. Ils sont avides du ciel ; ils le désignent et ils y
montent !

O jardins de Juliette ! Allées dont le front rougeoie au soir qui vient. La tragédie est proche. La nuit s'apprête. *Odi et Amo*, Vérone sait aimer.

Une sage maison se cache dans les roses. Elle respire l'ardeur muette, et garde son secret. Elle aussi parle d'amour, pour vivre et pour mourir. Que je voudrais m'y fixer !

Terrasses sur terrasses. Partout des fleurs en corbeilles, des roses, des œillets, de suaves fleurs simples, prodigues de parfum. Partout, cet accord ravissant des statues avec le feuillage, qui rend l'art à la nature, et qui élève la nature à la beauté de l'art. Les branches caressent les balustres de marbre. Trois feuilles languissantes baisent une épaule nue. Une gorge de pierre, comme à des doigts, s'offre aux ramures d'un érable. Le murmure d'une fontaine rappelle, à toute cette ardeur, les délices de l'eau. Elle s'écoule plus bas que les cyprès, il me semble, comme une femme pleure de mélancolie, à genoux, la tête cachée.

De l'eau verte sourit étrangement, comme un faune, dans une vasque. Trois dauphins, vêtus de mousse, lancent haut le fil d'eau frais et pur. Et la fraîcheur humide se répand, comme un son, dans le crépuscule.

Terrasses sur terrasses. On tourne sur une tourelle. Tout d'un coup, au plus haut, une petite loge s'ouvre sur une vue admirable, pareille à un triomphant accord : Vérone entière, soudain offerte entre les cyprès, n'est plus une ville, mais un rêve humain que l'on a quitté, éloigné, éloigné, sans bords, pour des amants qui s'enlacent et qui veulent, reculant tous les souvenirs, ne rien perdre de la vie et la toute oublier.

La petite terrasse du sommet est posée comme un linge sur une tête colossale qu'elle coiffe, un monstre sculpté qui grimace au haut de la rampe, et qui se profile, sur la colline, entre les escaliers. Caliban est dompté. Il porte les amants et cette beauté rare.

Tout le royaume de Venise, entre les Alpes et l'Apennin ! La plaine et les champs sans fin ; les tours cruelles de Mantoue, et le guet de Solférino, un pays gras de sang français, qui a levé en épis de liberté et de gloire pour une nation latine. Ces ombres bleues, là-bas, là-bas, sont les cimes lointaines, les monts qui veillent le long des lacs. On me l'a dit ; et que m'importe ? Je puis croire aussi bien que ces touches bleuâtres, qui rougissent, sont les approches de la France ou les frontières du Japon. L'instant est plein de beauté : et une beauté pleine contient tout ce qu'une âme d'homme veut y mettre.

Ici, au sortir des allées sépulcrales, le ciel est de feu ; l'espace est une orbite frémissante, un creuset au jour d'or. La forge du soleil couchant flambe dans une paix de pourpre. Et au lit de l'incendie, le fleuve fume par places, comme un glaive tiré de la chair ennemie. On se penche, on se penche au bord de la terrasse. Comme sur le rocher tenté de l'océan, on n'est jamais trop près du flot, on voudrait plonger dans le ciel rouge, et nager dans la chaleur de cette heure splendide. Vérone brûle comme un bûcher de désirs. Les cloches se sont tues. Les flammes de l'astre lèchent les toits de briques. La ville est un torrent de lumière, qui vient mourir entre les doigts des cyprès. Elle se recueille dans le silence de la joie et d'une vocation bienheureuse,

L'alouette qui chante à la mort, c'est le soleil qui empourpre l'Adige. Les violentes hirondelles tirent l'alène sur l'air mauve ; et au fil de leurs cris stridents, elles cousent le ciel au fleuve. Quel linceul pour les amants !

L'adorable jardin est tout amour au soleil sanglant. Et, peut-être, n'est-ce plus l'heure de l'alouette ? Nous ne regardons plus à l'orient ; et notre passion, souvent, redoute l'aube. L'heure du crépuscule, un noir jardin suspendu au-dessus d'une ville et d'un torrent, dans le silence des cyprès sublimes, voilà l'heure et le lieu pour les amants. Que la mort vienne !

Et plût au ciel que je visse se lever la lune, tandis qu'ils sont aux bras l'un de l'autre, se baisant les lèvres très amoureusement.

XXV. LA VILLE DU BŒUF

A Padoue, en été.

L'été, j'aime arriver dans une ville inconnue, deux ou trois heures avant la fin du jour. Alors, la plus charnelle a sa poésie : elle est parée de lumière, et dans sa grâce épanouie, elle semble la fleur de son propre génie.

A l'heure où la terre est une Danaé qui reçoit la pluie d'or, largement accroupie sur la plaine, Padoue, jaune et noire, est une tête de bœuf bien cuite dans un pâté en croûte. De la gare à la ville, on fait route longtemps ; la marche est dure sur la terre battue, comme à travers les sillons ; des ornières roides et des trous rident la planure chaude. L'air poudroie dans le soleil, et le soleil poudroie sur les remparts trapus. Une poussière dorée vibre sous le ciel rose.

Lentement, des ouvriers se croisent sur le chemin blanc, la veste pendue au coude. Des enfants aux couleurs violentes se roulent en criant. Aux toits, de pâles fumées montent en plumes et en aigrettes minces. Les fossés, les murailles basses, les jardins, tout est poudré à blanc par l'été. La poussière lève sous le pied, à chaque pas. L'air a son odeur de sécheresse et de paille. On voit venir Padoue, comme une ville d'il y a deux cents ans, au temps de Louis XIV et de Villars. Je m'attends à la rencontre de médecins en robe et d'apothicaires à rabat. Une troupe de paysans, chargés de sacs et de besaces vides, forme un gros bataillon de pèlerins : quelque part, derrière ces murs rousseaux, le tombeau de saint Antoine fait la gloire d'une église.

PATAVIA

Lourde et balourde, Badoue plus que Padoue, et les Patavins ont peut-être du Batave, Padoue est à l'enseigne du Bœuf ; l'Université a nom « il Bô ». Comme on doit manger ici ! Le cheval de Gattamelata lui-même est une bête de boucherie. Padoue dévote et grasse s'enroule en turban de lard autour de son bœuf bouilli.

Bordées d'arcades basses, les rues marchent pesamment sur des jambes courtes ; et quand une masure penche, elle

se traîne sur les genoux. Plus d'une grogne et s'accroche au
coude de la voisine. Les portiques ont un air de cache-nez ;
là-dessous, les gens sont sujets au rhume. Chaque maison
porte sur de gros piliers, au profil obtus ; les dalles de
marbre usé s'enfoncent sous la voûte ; et chaque arche,
ainsi, a l'apparence d'une chapelle grossière, au culte
délaissé. On a passé toute la ville à la chaux, comme si elle
avait eu la peste ; tout est couvert d'un crépi jaune, où les
crins du balai ont fait, dans le mortier, autant de rides. Ce
n'est point l'idée de la trahison ni des discordes qui
débrouille cet écheveau de ruelles torses. Doctorale et
monastique, Padoue est un cloître à professeurs et à cha-
noines, ordres bourgeois qui étudient et qui mangent : en
robe ou non, ils ne marchent point ; ils sortent peu ; ils ne
vont jamais à pied, tant le pavé aigu montre les dents : la
chaussée hargneuse est garnie de cailloux pointus, insidieux et bossus comme des arguments.

Epaisseur sans élégance, mais non sans une sorte de
bonhomie. Tous les monuments, bas sur pattes, sont largement étalés sur la ligne horizontale. Les minarets des
saints, au-dessus des églises, portent tout l'idéal de la race.
Encore émergent-ils d'entre les fesses des coupoles. L'on
comprend enfin ce que peut être la patavinité de Tite-Live :
un certain accent lent, pâteux, solennel et solide, du muscle
et peu de nerfs ; de fortes raisons pour la vie, sans agrément.
Padoue est quinquagénaire, ennuyeuse comme la chair ;
mais l'ennui est la première peau de la solidité, paterne et
cossue. On pense à une ville de paysans, tous établis marchands de drap et de farine. On la sent pleine de boutiquiers, et farcie de docteurs, dévots la plupart et liseurs de
livres.

Tout est épais, trapu, fait pour durer un long temps. Les
rues puent. Après l'ennui, on trouve un peu à rire. Les
docteurs ne vont jamais sans la farce : c'est leur toge naturelle. Au Pré du Val, désert comme un livre de science après
mille ans, planté de statues, et non d'arbres, ils sont
soixante-dix-huit professeurs en pierre, qui montent la
garde autour d'un stade, riche en foin. Entre les feuilles
rôties par l'ardeur du midi, s'avance la mosquée de Sainte-
Justine. Une idée de violente raillerie saisit l'imagination,

qu'excède la laideur pompeuse de cette église, coiffée de
minarets et de turbans. On y voit M. de Sade opéré en
gardien du sérail, par Napoléon lui-même : il fait son entrée
dans cette salle de bains aux clartés aveuglantes, à la tête
des ulémas noirs, salué par la confrérie des eunuques
blancs. C'est pourquoi l'orgue, en proie au démon de la
facétie, ne se lasse pas de jouer la marche turque.

Il fait si chaud et si pesant, qu'à tout prix il faut braver le
soleil et sa doctrine atroce. Les dômes d'étain sont de feu
blanc, ils brûlent les regards. Un coffre de pierre, scellé dans
la muraille, au coin de deux rues, c'est le tombeau d'Anténor, sur la foi de Virgile : il cuit au four, depuis trois mille
ans. Que ce bel Anténor a un beau nom ! Que fait-il là ?
n'est-ce pas assez de Tite-Live et de son os iliaque dans une
vitrine ? Peuple à reliques : ils ont aussi l'épine dorsale de
Galilée, à l'Académie, en rien différente d'une autre épine,
un os à moelle pour le pot-au-feu du dimanche. Il faudrait
mettre le tout dans un tronc à la Sainte Science ou à saint
Antoine.

Un distique sur la porte de l'Observatoire, non loin de la
rivière morte, quoique en latin est plus vieux que la Grèce et
que Rome. Cette tour reste seule du palais d'Eccelino, où il
avait pratiqué d'affreuses geôles, oubliettes, chambres de
torture et autres salles, propres au gouvernement d'un bel
esprit féodal et allemand. Au XVIIIe siècle, l'Observatoire s'y
installe ; et le bon Boscovitch, jésuite et fameux astronome,
tourne son distique :

> *Quae quondam inferni turris ducebat ad umbras*
> *Nunc Venetum auspiciis pandit ad astra viam*[1].

Qu'on se sent loin ! Voilà la bonne vie, niaise et sûre, de la
province dormante, où deux vers latins firent les délices et
l'entretien de toute la ville. Et les uns trouvent trop de
spondées dans l'hexamètre, les envieux ; et les autres louent
sans réserve : à leur gré, toute l'histoire de Padoue tient
dans le distique. On la lit encore au célèbre Salon du Palais,

---

1. *La tour menait jadis à la nuit de l'enfer :*
   Ores, grâce à Venise, elle mène aux étoiles.

en forme de berceau retourné, palais de justice, qu'on nomme en italien Palais de la Raison. Si elle était nue, cette vaste salle serait belle ; mais elle est plus ornée qu'un vieil astrolabe : les signes du zodiaque, les thèmes d'horoscope, tous les emblèmes de la magie enlacés aux symboles du droit. Avec son plafond de bois, le grand Salon de la Raison est un navire la quille en l'air : telle est la navigation du juste. Suspendue aux astres par un fil invisible, la nef de la raison n'a d'excuse que dans la féerie du naufrage.

Padoue s'est beaucoup laissé faire, à l'ordinaire des bourgeois et des marchands, qui aiment toujours mieux céder aux gens de guerre que de leur tenir tête : ils ont trop à perdre, surtout quand ils ont raison. Mais enfin, Eccelino l'a rendue rebelle. Un jour, elle s'est révoltée contre le plus féroce des tyrans, une espèce de Teuton, fou de son pouvoir et ivre de meurtre. Eccelin est le podestat, le lieutenant de l'Empereur en Italie. Rien ne se compare à l'Allemand épanoui sous le ciel italien : alors se révèle toute la brutalité de la force : parce que l'Italie délie les liens de la morale. Ainsi la France sépare tous les éléments de la pensée, et dissout les bandelettes des mots, ces momies.

La gloire d'Antoine, Franciscain, fut de braver la bête. Il a toujours fait des miracles, ayant fait celui-là. Il était de Lisbonne, mais d'un temps où le moine catholique fut partout chez lui en pays latin. Il s'en faut bien qu'il parût alors le saint, bon à tout faire, qu'on charge, aujourd'hui, de chercher les objets perdus et de ranger le ménage. Loin de là, cet ascète indomptable, à la volonté terrible, fut le grand chrétien, comme le moyen âge l'a connu et l'a subi : le prophète du droit contre les puissances, l'homme de la révolution contre la force qui abuse. Tendre aux doux, implacable aux violents, ce guerrier moral, hardi à ne reculer devant rien ni personne, est mort à la peine, dans le feu des œuvres et des austérités, âgé de trente-six ans. Il n'a pas moins traqué les mauvais riches que tenu tête au mauvais prince. Le saint du moyen âge est le héros de la conscience humaine. Sa sainteté ne fait point de doute aux plus proches témoins. N'ayant vécu que deux ans à Padoue, telle fut l'action de saint Antoine, qu'il fut canonisé moins de deux ans après sa mort. Saint pour tous ceux qui le virent, depuis il est devenu fétiche. Il sert à tout. Au Santo, les fidèles vont appuyer leurs membres malades contre son tombeau ; ils font baiser les grilles à leurs pensées les plus malsaines, à des vœux si bas, à de si sales requêtes que toute la misère de l'homme est peinte sur les visages par la honte, comme, au temple d'Epidaure, les inscriptions en lettres rouges faisaient l'offrande des ulcères à Esculape.

Sortant de cette église, bourrée d'or et d'argent, je salue, à l'autre bout de la cité, la Tour du Ponte Molino, bonne porte de ville, à cause d'un magnifique souvenir. C'est là, entrant dans Padoue pour la première fois, que le redoutable Eccelin fit l'un des plus beaux gestes que la possession ait jamais inspirés au vainqueur, touchant enfin l'objet de son désir. Il était à cheval, ses barons et son armée derrière lui. Rejetant son casque contre la nuque, il se pencha sur la selle et, plantant ses lèvres sur les clous de fer, il baisa la porte qui s'ouvrait. Terrible baiser, riche de toute convoitise et de toutes les morsures : il s'enfonce au cœur de la proie ; il caresse et il déchire. Or, sans plus attendre, dès le même soir, le tyran commence de sévir, de tuer et d'aimer. Il y a tant d'ardeur en ce baiser, qu'après tout je me demande si le farouche Eccelin n'avait pas aussi son droit de maître et ses vertus. Car enfin on ne le connaît que par ses ennemis. Et quand même il eût été en haine à tout le monde, qu'importe ? Jugés par nos ennemis, nous ne le sommes que par des comédiens, à qui nous avons daigné donner un rôle. Tandis qu'ils le jouent, ils se prennent pour le roi ou le prince qu'ils font ; et vivant même de la pièce, les malheureux, ils calomnient le poète. Mes ennemis sont les bouffons de ma tragédie.

DONATELLO

Que Padoue soit sacrée à l'homme qui vient du Nord, parce qu'elle lui ménage sa première rencontre avec Donatello. Le génie de cet homme est si beau, il est si grand dans son art, la puissance de son instinct est si rare, que son nom seul le vante assez dans le cœur de ceux qui l'ont compris. Il semble simple comme la nature même, et comme elle il est plein de pensées. Il a toute la grâce avec toute la force. Et son don unique est de les confondre à tel point dans la vie, qu'on ne saisit pleinement l'une qu'à la condition d'être conquis par l'autre.

Dans l'église du Santo, qui resplendit d'une richesse outrageuse, Donatello vieillard a laissé les plus beaux bas-reliefs du monde. L'art ne peut aller au-delà. Œuvre sans pareille dans toute la sculpture, par où le modeleur suprême a fait voir quel peintre il pouvait être dans le bronze ou la pierre. C'est une peinture solide, qui a toutes les dimensions qu'elle veut. La foule, l'action, les passions, les caractères, tout est vu par le modelé ; tout est retenu avec les gestes ; le mystère intérieur est révélé par le mouvement ; tout enfin est incarné à la matière. Ou plutôt, il n'est plus de matière, tant l'énergie de la vie a de lumière et de naïveté. La sculpture, ici, est la reine de l'esprit qui ne se cache plus, qui se laisse approcher. Antique et chrétien, classique et toujours passionné, Donatello est le Rembrandt de l'art sensuel et sévère, qui enferme l'âme dans les corps, pour la mieux faire toucher. O vieux Donatello, le plus jeune des artistes jusque dans l'extrême vieillesse, quelle source intarissable de vie tu as captée dans les divins filets de la forme !

Sur une place, au flanc de la même basilique, Donatello a dressé le monument équestre du condottière Gattamelata, capitaine de Venise. Lourd comme un percheron, le cheval est bien padouan, une bête de trait. L'homme, qu'on voit mal d'en bas, frappe pourtant l'esprit par sa force calme et sa simplicité. Mais la tête vaut la peine qu'on la regarde de plus près. On débarbouillait le bronze, ce jour-là. Au grand soleil, dans ce lieu désert, je me hissai sur l'échafaud. Et je connus, face à face, le poème magnifique de ce visage. Donatello est le dieu du caractère : telle est, pour lui, la raison de ma passion.

De Gattamelata, il a fait le vieux général romain sans génie, comme il a vécu dans tous les siècles, Vespasian ou le Cunctator, Crassus ou Sforza. Et d'abord, il a voulu qu'il fût de race paysanne : un vieux laboureur à cheval, dans l'âge de soixante ans, où l'homme d'ambition n'a plus d'entrailles. Une grosse tête carrée, aux os épais, aux oreilles vulgaires, sans doute velues de chiendent : ni l'intelligence, ni la fierté ne règnent sur cette figure, mais une invincible obstination. Les joues tombent sur les maxillaires ; les chairs d'un homme qui boit : elles font de gros plis sous le menton que godronnent encore les rides de l'âge. Il lui manque des dents. Un col épais et court. Sur le front gros et sans grandeur, chauve au-dessus des tempes, les cheveux sont tassés en mèches, et le crâne se montre à nu, par plaques. Les sourcils très relevés sont aussi un peu collés à la peau, avec cet air de poil malade qu'ils ont alors. Gras, tombant du bout et pincé vers les narines, le nez est sensuel, gourmand, sans bonté. La bouche, surtout, est équivoque, une bouche à axiomes et à blasphèmes. La lèvre supérieure est brève ; l'autre, plus épaisse, s'abaisse, comme le bord ourlé d'un pot. C'est le vieux dur à cuire, meneur de bandes. Il regarde droit devant soi, non sans voir des deux côtés. Il attend l'événement avec lenteur. Son air est de qui feint de s'étonner, pour mieux tourner le dos au parti qu'il ne veut pas prendre. Et dans son entêtement immuable, il ne s'étonne, au fond, de rien. Bien ou mal, il comprend ce qu'il doit faire, et le fait. Il en a tant vu, que ni la peur ne l'arrête, ni le scrupule. Il est las et fort comme un vieux roc, longtemps battu de la marée. Il n'a pas de pitié. Il n'a pas de cruauté. Il fait ses comptes, efface ou apure, et va droit à l'addition. Dans les cris et les flammes du carnage, au soir d'un sac, il boit double pinte de vin vieux. Il est implacable et doucereux. Et c'est la raison, peut-être, qui fit donner à Erasme de Narni ce nom de Gattamelata, qui signifie Chatte-au-miel.

Voilà le soldat que Donatello me fait connaître. Quoi de plus ? Donatello est si grand que je n'en veux rien dire davantage, sinon qu'avec Dante, il est l'artiste souverain de l'Italie.

ADIEU A LA DUÈGNE

Le long du Bacchiglione, étroit comme un canal, des quais languissent à la lumière du soir. Les ponts bas, d'une seule arche, font l'anneau avec l'eau courbe qui les mire.

Vert-de-gris et purée de pois, cette eau nourrissante a trop cuit dans le cuivre. Avec précaution, telles des vaches sur une berge, les maisons à pic descendent lentement dans la trouble liqueur du fleuve. On ne peut faire que quelques pas au bord de cette eau végétale ; la levée de terre disparaît bientôt. Sales et branlantes, les bâtisses serrent le canal, s'en écartent, le resserrent. Tous ces murs sont caducs, et marqués à l'ongle noir du temps. Tout est posé de côté, comme sur une hanche, ou va de travers, usé, affaissé, maussade. Une mousse d'ennui pousse sur la rivière verte, pareille à un vin de Toscane qu'on appelle la verdée. Que ne donnerais-je pas pour une odeur de filin et de goudron ? Le Bacchiglione sent la grosse mouche écrasée, le guano de poule et la queue de chien. Vieille, très vieille ville, aux jupons sales. Oui, et l'on pense, cependant, à toutes les générations d'hommes qui se sont succédé entre ces eaux moroses, le palais de justice et l'université. La paix grave n'est pas si loin de la décrépitude, que celle-ci ne mérite aussi le respect.

Que ces bords sont mornes au soleil couchant ! Au détour d'une ruelle, on entend tinter des sonnailles. Je me gare. Je vois venir un carrosse de paille, à caisse jaune. Un docteur y doit ronfler sous les besicles, le nez et le chapeau pointus sur une tête de concombre, enveloppée d'hermine.

Et la nuit semble sortir du canal, comme on tire un chalut entre deux rives. Personne. Parfois, au flanc d'une large et antique demeure, un arbre se penche sur l'eau ; et de côté, sournoisement, le long d'un mur triangulaire, descend un escalier étroit et complaisant, à vingt marches, pavoisé de linges humides. Ah ! si celui qui vit dans ces chambres vient le soir, au couchant d'une journée malade, se traîner le long du quai, et s'il est homme à se sentir une âme, une force humiliée, celui-là, en vérité, peut se dire qu'il a tout sous la main, l'escalier pour couler à la rivière, et pour se pendre le figuier. Et même, s'il se pend, avant l'aube prochaine, le figuier le détachera dans le canal comme une vieille figue.

Un bruit, en crécelle de bois, réveille le silence. Un gros jeune homme, accroupi sur la berge, pêchait les moustiques, ou dormait, une ligne à la main. Une vieille dame au nez crochu, avec trois plumes sur la tête, parut au balcon,

un vase à bout de bras, et le vidant sur le rêveur, cria :
« Porc, c'est l'heure ! entends-tu, gros porc ? » Le lourd
jeune homme ne se tourna même pas ; sa bonne figure
grasse, aux yeux endormis, bien ronde sous la lune, ne
marquait ni surprise ni colère. S'étant un peu secoué, il
répondit à pleins poumons, mais d'un ton tranquille :
« Laide bête, tu vas voir ! » Et, fort mal à propos : « Tu me
fais sécher », dit-il, ce qui, en italien, a le sens de : « Tu
m'ennuies. » Cependant, il dégouttait d'un sale liquide, qui
l'avait atteint au bras : il le regardait comme un poisson, le
seul qu'il eût pris, ce soir-là, à la pêche. Et, ayant flairé sa
manche, il renifla. J'éclatai de rire. Adieu, Padoue ! Adieu,
la vieille !

XXVI. ENTRÉE A VENISE

NUIT DE JUIN.
This is Venice...
SHAKSPEARE.

Ah ! ne fuis plus, Venise !

Venise désirée, quelle amoureuse tu dois être, pour te
cacher ainsi sous tes voiles de soie et de vapeur légère, pour
mettre ainsi en passion l'homme qui te poursuit. Tu le fais
haleter d'impatience. Tu irrites son envie jusqu'à la peur de
ne plus te trouver. Es-tu si sûre de tes caresses ? L'es-tu de
combler l'ardeur que les promesses de ta beauté enivrent ?
et ne crains-tu pas de décevoir une si longue convoitise ?

On arrive à Venise comme, après tous les méandres de
l'insomnie, on finit par descendre sur la plage d'un songe.

On vole vers Venise comme à un rendez-vous d'amour. La
hâte du désir fait compter les minutes lentes. On désespère
de toucher au bonheur. La ville ne paraît pas. Rien ne
l'annonce. On la cherche au levant. On s'attend à en voir
quelque signe, et sur le ciel flotter les pavillons de la chi-

mère. L'horizon, où elle se dérobe, est un infini muet, miroitant et désert. Parfois, on a cru découvrir une tour, un clocher sur la plaine marine ; mais on doute du mirage salin. Est-ce la mer ? est-ce la terre ferme ? ou plutôt, quel mélange fluide, quel transparent accord des deux pâtes sur la palette ?

Tout est ciel. C'est le ciel immense des salines, une vasque de rose et d'azur tendre, un océan de nacre, qu'irise, çà et là, quelque perle de nuage. On appelle la mer, et on l'a au-dessus de soi, ce firmament tranquille. Puis, le crépuscule rougit. Une tache de sang coule sur la voûte et s'étend vers la terre. Venise n'apparaît toujours pas. Elle est là-bas, pourtant, dans l'ombre lucide, d'un violet si délicat et si languissant qu'on pense au sourire de la volupté douloureuse.

Je ne voyais encore ni ville, ni village, ni voitures, ni bateaux. Mais le ciel portait des voiles, et les nefs y volaient à présent, dorées à l'étrave.

Il me semble que tout bruit a cessé. Je glisse sur un lac, comme sur un bassin le martin-pêcheur. Et voici la mer, la mer, la mer ! Je la sens, je la devine. Je suis enivré, dès lors !

J'ai connu la sirène, pour la première fois, aux jours du plus long crépuscule.

Je trempais dans un prisme liquide, toutes les couleurs et toutes les nuances, depuis la pourpre jusqu'au reflet de la soie verte la plus pâle, quand elle est comme l'ambre ou comme la liqueur d'absinthe, à peine battue d'eau. L'œillet rouge du ciel s'éparpillait en pétales sans nombre. Une caresse de l'air me touchait tendrement au front et aux tempes. L'odeur enivrante de la mer me vint aux narines, le souffle suave et salé qui lève des flots. Enfin, des clochers pointus sortirent de la lagune, comme les épines d'une rose ; et ils étaient safran, du bout.

J'arrivais. On rêve de Venise, avant d'y être. Et sans le savoir, soudain, on y est en rêve. Ce fut ainsi, à la fin du jour, que j'entrai chez la Reine des Sirènes.

Le vacarme du train, le grondement de la ferraille et des machines tomba comme une pierre dans un puits. Je sortais de la gare, comme je me vis sur l'eau, dans un fleuve de fleurs. Le ciel, sur les étages en dentelle, était une lèvre de sang vermillon. Puis, l'adorable silence. La gondole me prit, et, de la nuit entière, je ne la quittai plus. Je me roidissais de joie sur les profonds coussins. Je n'avais rien avec moi que moi-même. Bonsoir à la cohue !

Je ne pensais à rien. J'avais fini de me suivre, et je m'étais retiré dans la lumière du couchant, comme il m'arrive. Je fais don de ma vie à cette heure ; j'y suis corail et madrépore, bracelet pour la Reine. Je me sentais plus libre que le goéland sur les roches d'entre le Raz et Sein. J'allais dans la légèreté du dernier rayon, qui transperce.

La gondole file sur les flots d'émeraude et de pollen rouge. Je suis flèche et fleur moi-même, dans cet air, sur cette eau verte, parmi toutes ces pierres qui fleurissent. Habile, toujours aux aguets, prompt et docile, penché à l'avant sur sa rame noire, le souple gondolier est bon à voir, comme l'ouvrier qui aime son travail. Et il tourne le dos à son maître, pour qu'il soit roi de son plaisir. Le sang doré de la lumière ruisselle des façades, en effusion nuptiale. Je croyais voir Iseult, jusque-là ensevelie aux vagues de Cornouailles, surgir doucement de la mer orientale, reine bayadère, damnée peut-être, mais dans la joie d'un éternel plaisir. Ces dômes, ces pointes, ces seins, ces doigts, ces ongles de Venise, tout n'était que caresse pour le ciel brûlant et pour l'eau caressante, Les flots, éblouis de la poupe, la baisent et la suivent, battant des cils. Au Rialto, j'ai rangé des chalands pleins de fruits. L'odeur des fraises parfumait la rive.

Sur le Grand Canal, il pleut des violettes. La nuit vient, avec ses cœurs de pavot et ses mauves. Les hautes cheminées s'évasent en calices ; et sur les palais, maintenant, elles dressent, plus grises, les stèles en turban des tombes turques.

Amarrées au ponton, les gondoles se balancent ; elles se touchent au rythme d'une respiration lente et tranquille. Et l'amarre sèche pousse son petit cri. Croisant leurs routes, d'autres barques vont et viennent, plus brusques que des ombres et non moins silencieuses. On les frôle ; elles glissent ; elles s'évanouissent, fantômes de noir velours, à l'œil

rouge au bout d'une antenne. Et le fanal n'est déjà plus
qu'une goutte. On devine les passants, assis sur les coussins
de cuir. Et tous, on les tient pour des amants ; on est sûr
qu'ils s'enlacent ; que la femme est jeune, belle, suave, toute
chaude d'un feu doux ; que l'homme est ardent, fort et
noble.

Quelle ville pour les marins ! Tout flotte, et rien ne roule.
Un silence divin. L'odeur de la marine, partout. Même
ignoble, aux carrefours de l'ordure croupie, des choux
pourris, des épluchures et de la vase, l'odeur salée se
retrouve encore ; et toujours montent la douceur sucrée du
filin, et l'arôme guerrier du goudron, cet Othello des parfums. C'est un bonheur d'aller grand'erre sur les eaux
dociles : le charme de Venise contente tout caprice. Et
moins l'on sait où l'on est, moins l'on sait où l'on va, plus
l'issue a de grâce, le plaisir s'y parant de la surprise. Il n'est
canal qui ne mène à la lumière.

Nous volions. Le rameur me sourit. Comme nous tournions lentement dans une ruelle, il me demanda si j'étais
grec, ou de Paris. « Je ne suis pas d'ici, lui dis-je ; mais je
suis en amour dans ta ville. Qu'importe d'où je viens ? Ta
ville me fait pâmer. » L'homme comprit.

Parfois, on entend des cris dans le grand silence. Est-ce
un appel ? un adieu ? la cime d'un chant, ou un rêve ? Je n'ai
pas ouï les bateliers se répondre en tercets de Dante. Ils
n'ont pas lancé, pour moi, comme des balles sonores, les
rimes du Tasse. Mais j'ai perçu les rythmes de la volupté, les
rires des femmes sur l'eau, et de légers sanglots, dans un
coin d'ombre veloutée, à San Trovaso.

La nuit s'est faite. Les palais du Grand Canal sont des
torches qui brûlent dans une flamme heureuse. Ils se dressent, soudain ; ils flambent, ils éblouissent ; ils sont de feu et
d'écume ; on passe : ils sont éteints. La ville enchantée est
riche ainsi en apparitions sous les étoiles.

Telles des veines, prenant du Grand Canal qui brille, les
ruelles de poix sinuent dans les ténèbres. Au creux de ces
hypogées, la profondeur est sombre comme un cœur
jaloux. Les maisons sont des fantômes. Les formes
vacillent. Toute lueur pend sur l'eau comme un linge carré ;

et de loin en loin, dans les murailles aveugles, veille une lampe funèbre.

En vérité, la gondole est faite au pied de Venise. Nées de l'onde, l'une et l'autre, avec Vénus. Et ton nom aussi, Venise, le veut dire.

La sandale marine glisse sur la lagune, sans bruit et presque sans mouvement. Elle longe le bord ombreux du Canal ; et l'autre rive rit dans la lumière. Je ne m'endors point, je n'ai point d'appui sur cette paix frémissante. La gondole, tout de même, n'est qu'un petit cercueil sur la mer. J'ai la sécurité d'un danger que je souhaite : la certitude enfin d'avoir quitté le monde. La séduction la plus puissante de Venise se révèle : loin d'être le calme, c'est l'indifférence à tout ce qui n'est pas un grand sentiment. Les plus pauvres d'amour comptent au moins sur le plaisir, à Venise. Les autres s'y offrent aux orages du feu. On espère la beauté de l'incendie, et le bonheur dans la passion. Et tel est le génie de la Sirène : qu'on y attend la passion comme sur un lit : on ne la cherche, on ne l'appelle pas. L'obscurité et le silence n'invitent pas mon âme au sommeil ; mais je me tends, dans une ombre conjugale, chargée des parfums et de tout le délire que la chair désire parfois, comme par vocation. Ce noir canal où je tourne, dont l'eau fascine par un regard bleu de folle, ne semble-t-il pas trembler entre deux places aux lumières prochaines, l'une d'enchantement et l'autre de mélancolie ?

Une ivresse d'amour était en moi. Le nom de Venise passait sur mes lèvres comme une violette, et j'en suçais le miel de volupté. J'étais presque seul. La fureur de posséder la ville me dévorait. Je trempais ma main dans l'eau câline et fraîche, aux franges d'argent. La nuit s'avançait, poussant les troupeaux des étoiles. L'Ourse, déjà, était renversée, et le Chariot roulait sur la roue droite.

Des gondoles chantèrent, toutes pavoisées de lanternes, pareilles à un verger de clartés. Et les oranges lumineuses étaient multipliées par l'eau, et les pêches, et les fruits verts, et les fruits bleus. Toutes ces lumières en cage répandaient une gaieté exquise. Leur prison de papier était-elle de soie ? Rien n'a plus de douceur. Que les belles sont belles, aux lanternes, la gorge nue, et la nuque ployée sur leurs cheveux défaits ! Un sillage enchanté de rubans tient le canal en laisse. La lumière, sur l'eau, est fée. Ces barques nocturnes ne sauraient promener que des amants avec leurs épousées. Transparente et cachée, cette joie est nuptiale. Tandis que les musiciens égratignent les cordes grêles, et que les mandolines égouttent leurs menues perles de métal, les chants n'endorment pas les amants enlacés, mais dissimulent les baisers qu'ils bercent.

Tout s'est tu, bientôt. Le murmure amoureux de la ville a soulevé ma vie, a soufflé sur les feux de mon âme. Ma solitude a vacillé d'angoisse. Dur moment, où j'ai coulé mon bronze. Je me suis roidi à la fonte. J'ai fait d'autres flammes, avec toutes ces flammes et ces brasiers. Et j'ai su que je pourrai ne pas céder.

J'aime cette ville. Elle est mon désir. C'est pourquoi elle ne saurait me vaincre. Cléopâtre, Cléopâtre, tu ne me retiendras pas ! Avec tous les arts de Balchis et de Circé, tu n'auras pas raison de moi. Je ne suis pas venu de si loin, pour tomber sur un lit de délices, au fond d'une chambre courtisane.

Nous avons bu aux Esclavons un vin roux de Chypre ; et, plus tard, dans un bouge, aux Zattere, avec deux jeunes filles ; et l'une pleurait, sous une lanterne rouge. Quand l'étoile du matin s'est levée sur le Lido et les îles, le batelier m'a enveloppé d'une couverture noire. Il m'a supplié de dormir : il avait peur pour moi. Et c'est lui qui a dormi une heure. Que cette heure fut féconde ! Au milieu de toute cette volupté, je prends ma force à deux mains, comme une hache. Je fends l'espace obscur qui me séparait encore de mon vœu le plus profond et de ma volonté. Dans cette gondole, je finis la tragédie de la mort et du désespoir le plus sombre que je portais depuis dix ans. Je connais un amour plus fort que les délices, plus vrai que les baisers, un amour qui peut vaincre le désir, et qui ne doit pas être rassasié.

Le jour va naître. Le soleil rouge s'élève dans les cyprès de Saint-Lazare. Et telle fut mon entrée au rêve de la ville sans pareille, de la ville adorable.

XXVII. MIRACLE DE SAINT-MARC

Ni Venise matinale, d'argent et de myosotis ; ni le soir, de sang et d'or rouge ; ni le soleil levant sur la Salute, quand ce palais de la Vierge a l'air d'une perle sur un cristal de lait ; ni le soleil couchant sur la rive des Esclavons, quand le Palais Ducal s'allume en lanterne, à tribord d'une galère de carmin : ici et là, Venise glorieuse n'est point encore sans pareille dans la gloire de la lumière. Mais une église est la châsse de son triomphe, l'écrin de la Sirène. Il est un vaisseau où toute sa splendeur est captive. L'Orient et le soleil du crépuscule sur la lagune, ils l'ont enfermé dans une basilique ronde, où le Seigneur est sur l'autel, et la dédicace au voyageur saint Marc.

L'or, le dieu temporel à la solde des insulaires, ne les trahira plus. Il est à Saint-Marc ; ils en ont fait le cœur magnifique de Venise : non pas un or inerte, un lingot avare dans un coffre ; mais l'or le plus vivant, qui bat, qui se nourrit de lumière, qui suit toutes les heures du jour, qui chante dans l'ombre, et qui est, en vérité, l'espèce solaire du sang. Et ainsi, la Pala d'Oro brille au tabernacle, dans Saint-Marc d'Or. Et le nom même de Marc pèse tout poids d'or.

Saint-Marc est l'église sublime. Par la vertu de l'harmonie, elle atteint la perfection du style. La richesse inouïe de la matière n'est qu'un moyen sonore, qui sert docilement le génie musical. Comme la fugue de Bach, avec ses nefs conjuguées et ses coupoles, elle est une et multiple. La plénitude de Saint-Marc est divine.

Byzance y triomphe avec une ardeur splendide ; mais Byzance asservie aux rythmes de la couleur. Toute la richesse antique se consomme dans Saint-Marc, depuis Crésus jusqu'aux oratoires des satrapes ; mais au lieu d'y être une charge charnelle, elle y est toute vive, en mystère et en esprit.

Saint-Marc est l'office de Balthazar, le mage d'Asie.

Un quadruple cœur d'or, quatre puits de rêve sous quatre coupoles.

L'église la plus intérieure qui soit au monde s'est creusée au flanc de la ville, où tout est décor changeant, sensation éphémère, mobile jeu des apparences.

Le contraste est sans égal entre la façade confuse et l'ordre du vaisseau intérieur. Cinq siècles ont épuisé le luxe et le faste sur le visage de Saint-Marc, pour ne réussir qu'à un chaos de dômes, de portiques, de bulbes affrontés. D'ailleurs, pas un beau chapiteau, pas un arc, pas une moulure qui vaille le regard. Dans la profusion sans choix, la façade n'arrive pas à s'accorder avec elle-même : elle étale la recherche somptueuse ; mais elle cache ses membres et trompe sur les proportions. Elle est claire, criarde et ne paraît pas faite pour durer. Ornée de mosaïques blanches et bleues, on dirait d'une église en plâtre peint, pour le temps d'une foire universelle, ou bien de quelque Kremlin barbare en Moscovie. Elle en a la pauvreté fastueuse, moins une porte admirable, qui semble de vieux cuir guilloché d'or, et qui annonce seule la merveille retirée derrière les vestibules.

Blanche et bleue aussi comme une épousée, on quitte la place tant vantée, les couples roides du Nord, l'élégance banale et le rire des noces en voyage, les pas durs de l'étranger sur les dalles, et l'exemple des pigeons au nez de tous ces nouveaux mariés qui bâillent. On pousse, sur le côté, un lourd rideau de peau grasse, ouatée et très sombre.

Et l'on entre dans le miracle.

O sainte féerie ! L'encens fait-il lever les rêves, comme un vol d'alouettes mystiques vers la voûte ? On passe du monde haï au monde désiré, où tout est splendeur, calcul juste, contentement pour l'âme et vérité révélée dans l'harmonie.

Comme on irait du clairon puant au chant des chanterelles les plus suaves, on s'élève d'un accord vulgaire à une symphonie aussi pleine qu'elle est profonde et rare. Saint-Marc s'épanouit dans la profondeur, cantique du Paradis.

Dès la porte franchie, et deux ou trois degrés descendus vers les douces ténèbres, je vacille dans une nuit dorée, au seuil de la féerie très sainte. Tant de beauté m'enivre ; une telle et si riche consonance, où entrent tant de sons, tant de timbres, me saoule et me nourrit. Je mords à l'œuvre incomparable dans la ville sans pareille ; et cet îlot d'émotion, au centre de la cité insulaire, j'en éprouve d'emblée la vertu. Saint-Marc m'isole de tout aussitôt et me rend à mes dieux.

Et d'abord, l'église paraît immense, dix fois plus grande qu'on ne l'espérait dans le coin d'une place, entre la mer et un étroit canal. Tel est le caractère de l'œuvre sublime : à quelque échelle qu'on la mît, on est sûr qu'elle ne pourrait pas être plus grande qu'elle n'est. Le sublime implique sa propre mesure. De la sorte, si le sublime a toujours la mesure qu'il comporte, il n'y a pas de sublime modéré.

Je flotte dans le rêve de l'or. Je suis pris aux rets de l'or, je pose sur l'or et je nage dans l'or. J'ai de l'or sous les pieds. J'ai de l'or sur la tête. Un air d'or me touche et me flatte. Et l'encens est une vapeur de l'or. Les profondes et lointaines fenêtres filtrent de l'or, à travers un vitrail de corne jaune ; et l'or s'insinue, comme une onde subtile, entre les nefs, baignant chaque pilier. Et qui ne serait ému de marcher sur les dalles rousses, courbes et gonflées, tortues, comme si elles épousaient la vague souterraine qui les porte ? Les pilotis de Saint-Marc doivent être d'or, forêt de lingots plantés dans la lagune.

Un quadruple cœur d'or, quatre puits de rêve sous quatre coupoles.

L'espace central, que dominent les arcs du haut avec tant de sereine majesté, ce plan inouï du feu le plus dense et le plus pur, voilà le sanctuaire unique au monde ; et, sinon le plus beau, le plus brûlant. D'autant mieux qu'il est vide, et qu'il se dilate ainsi dans une grandeur sans limites : il est le lieu où se coupent et se rencontrent tous les cercles engendrés par la rotation des coupoles. Et ce volume des volumes est tout lumière.

Comme l'or du soleil en fusion, par le bord où il touche, à l'horizon de mer, les nuées grises, blêmit soudain et prend la couleur des lèvres gercées, le long des courbes idéales, aux points où les coupoles de Saint-Marc se croisent, la lumière pensivement se plombe, et les boucliers d'or, suspendus dans l'espace, sont cousus à la voûte par un ruban de platine et d'acier. Le songe de l'Orient, à Venise, est enfin passé à l'acte. L'œuvre n'est plus une fumée. Ces perspectives balancées appellent la musique ; elles font un concert si sonnant pour l'esprit, que j'entends le chœur des voix dans la vapeur des parfums mouvants. Et pour peu qu'une mélodie suave se répandît sous ces voûtes d'or, le ravissement m'en étourdirait à défaillir.

La puissance même ne se fait plus sentir, tant l'harmonie l'emporte, et si profonde résonne ici l'unité de la musique. C'est l'église des sphères. Elles sont en mouvement : ce sont elles, comme des planètes autour du soleil fixe, qui révèlent le chant des nombres. Elles tournent pour l'office sacré. Saint-Marc est un temple cosmique, une église solaire. Et comme il fallait s'y attendre, pas une œuvre de l'homme n'atteint à une si parfaite unité. Sous le calcul de celle-ci, je pressens le secret des siècles, une gnose millénaire.

Le rythme des coupoles est d'une beauté céleste. Elles se contre-pèsent deux par deux, étant inscrites dans le plan carré de la croix. Et le nombre impair est entre elles, signe de la différence, repère de la connaissance accomplie. Et cet équilibre crucial, ces dômes qui se compensent au-dessus de ma tête, faisant penser avec délices aux révolutions des sphères dans l'espace infini, m'incarnent à la certitude éternelle du chiffre, et font pleurer de la plus haute émotion l'esprit qui entend ces belles strophes du Créateur qui, selon son ordre, lance les mondes.

Un quadruple cœur d'or, quatre puits de rêve sous quatre coupoles.

Quel peintre n'a pas envié le tableau qui fût, pour l'œil rassasié de plaisir, un beau tapis de Perse ? L'architecte de Saint-Marc a tendu les tapis persans sur les murailles. Les marbres de couleur mêlent les écheveaux de la soie aux veines de l'or. Il y a des piliers pareils à du velours ; des parois ont l'ardeur changeante des flammes ; des arcs fauves caressent le regard à l'égal des profondes peluches ; tel angle tiède, telle rampe, telles niches ne sont point d'onyx ni de porphyre, mais de fourrures aplanies, où le pelage du lion est cousu à la peau du tigre. Les plans de pierre ont la chaude inflexion des étoffes, que gonfle l'incendie. Toute église est froide, près de cette église.

Le tissu de Saint-Marc est une mosaïque de tisons sur fond d'or. Ni l'or, ni les couleurs ne sont plus des parures à une idole, ni des ornements dus au caprice, ni un trésor égoïste qui vit pour soi et se goûte soi-même. Tout est offrande à une splendeur plus haute, comme, dans une magnifique symphonie, les instruments divers et les timbres s'immolent à l'harmonie d'un chant unique.

Qui pense à la richesse de l'accord, si l'accord est sublime ? Le sublime, comme le divin, écarte tout calcul, parce qu'il le réalise. Comme on l'éprouve, on s'y livre, et l'on est de plain-pied dans un ordre supérieur. Là, il est juste qu'à la pierre se substitue le plus beau marbre, que les murailles soient d'or, et les voûtes de vermeil, que le pavé soit de topaze, et les ombres de diamant noir.

Tant de beauté, enfin, ne peut être qu'un rythme de soleil et de nuit, d'ombre et de lumière. Jamais, en effet, plus beau poème de l'ombre et de la lumière n'est éclos sous le ciel : Rembrandt, toute sa vie, a eu Saint-Marc devant les yeux, le grand rêveur. Chaque travée est un transept pour la travée perpendiculaire. Les coupoles doublent et triplent toutes les avenues de la clarté. Selon les heures, les demi-cercles du jour et les cercles de la nuit se coupent deux par deux, ou trois par trois, balançant un monde de contrastes, que je compare à quelque scherzo prodigieux des sphères dans l'éther. Les marbres ont pris le poli des miroirs ; ou plutôt, les piliers, les murailles, les dalles, toutes les surfaces planes sont pareilles à ce cristal que les eaux dormantes présentent au soleil dans la pénombre, et où la lumière tombe en feuillage d'or roux. Les voûtes et le pavé, les coins les plus obscurs et le foyer du centre, toute pierre à Saint-Marc recèle de l'or et du soleil, comme toute voix humaine recèle de la parole et de la prière. Un quadruple cœur d'or, quatre puits de rêve sous quatre coupoles.

J'appelle Saint-Marc l'église du Gral. L'or est racheté par le divin sacrifice. Il n'est plus ni pécheur, ni maudit. Rendu à sa pureté première, l'or est la couleur du rayon, et la matière du soleil, le sang du Père. Le quadruple cœur d'or

brûle pour la consécration mystique. Ici, la lumière est
offerte en aliment, dans la coupe d'une beauté sublime.

XXVIII. BEAUTÉS DE LA REINE

A Venise, en été.

Sans Campanile, il n'est point de Venise. Le clou d'or roux
du clocher en aiguille, lui seul, fixe la sirène changeante. Il
pique l'heure pour la folle oublieuse. Dès l'aube, il rive la
flottante Venise au matin bleu ; et le soir, le Campanile est le
mât de brocart rose et d'or à la barque amarrée pour Vénus,
sur la lagune.

De là-haut, la forme de Venise était parlante. Comme une
main gantée, et l'Arsenal est au poignet, la puissante main
de l'Orient sur l'eau prend possession de la terre ; elle bénit
la bête couchée qu'elle tient, le chien de l'Ouest à genoux ; et
entre deux, le beau serpent de la volupté, la guivre d'azur, le
Grand Canal ondule.

Dans le premier feu du désir, on ne reproche rien à la
femme qu'on aime. On ne juge point Venise : on la caresse,
on la baise, on s'y laisse vaincre et tenter ; car toujours elle
tente. Dans un abandon exquis de toute volonté, on y oublie
son plan et sa règle. J'abdique, pour une heure, mon art et
mon dessein. Je me mets aux pieds nus de la Reine. J'épouse
le style de l'amour voluptueuse, du plaisir et de la fantaisie.

Je veux camper dans la beauté qui se touche et l'ardeur
sensuelle. Il ne pleut pas à Venise ; le ciel jamais n'y est gris ;
jamais on n'y vit la neige. Et certes, il n'est plus de Venise,
quand la lumière est éteinte, sous les nuages et la pluie.

Que toute confiance soit faite aux fées, en ce lieu de féerie.
Venise n'est point bâtie. Ce ne sont que des tentes soyeuses
sur l'onde, des voiles versicolores sur des pontons fleuris. Et
de quelles royales gumènes de pourpre et d'or, les rais du

soleil mouillent l'ancre de la nef souveraine, dans la lagune, au couchant.

Le Grand Canal est une prairie liquide, aux Champs-Elysées de Neptune, une jonchée d'hyacinthes et de roses, de myosotis, d'émeraudes et de bleuets ; et parfois, une des fées, touchant les fleurs, les habille toutes de nacre. Les façades ne sont que drapeaux tendus, pavillons de soie, tapis persans, dentelles déployées pour la procession diurne du Soleil Roi ; et, la nuit, pour la Reine Lune. Ville de la féerie, rien n'y est sûr et rien n'y semble solide. La terre y est un prestige. Le plus doux mensonge règne sur les palais de l'eau. Toutes les fées sourient et n'obéissent qu'à la volupté du moment.

Que peut-il y avoir derrière ces murailles, légères comme un voile ? Rien, sans doute. Et à quoi bon déchirer le tissu d'illusion ? On sait bien ce que c'est : la toile lumineuse nous sépare de la réalité. Vois : c'est la misère et la mort, quand l'or tombe : le soleil n'y est plus. Ferme donc les yeux à l'ombre.

D'où vient le doute absolu de la volupté à l'égard de tout ce qui n'est pas elle ? sinon qu'elle est toute dans le moment, et qu'elle le crée ? Ainsi, la sensation est une façade de Venise, sur le Grand Canal. Et silence, je vous prie, sur le sommeil qui fait la toile de fond, avec les mendiantes accroupies au bord du précipice, le dégoût, le souci, la décrépitude et le retrait amer de la vie.

Il faudrait que Venise, qui s'effondre si lentement, s'en fût dans les baisers et la musique. Quelle fin heureuse pour une telle reine, Cléopâtre et Impéria entre toutes les villes. Si les Barbares n'y avaient pas mis la main, courbant la belle mourante sous leur sale force, la tenant par la taille et par la nuque, lui volant le miel de ses lèvres, qui sentaient déjà le narcisse, Venise eût trouvé, pour le monde, les lois de l'exquise euthanasie. On ne peut pas trop haïr les Barbares, et leur victoire grossière. A Venise surtout, qui en est farcie, le plus sain des Saxons n'est qu'un pan de cercueil, une planche de bois que je voudrais fouler du talon et pousser à la mer, l'ayant rompue, d'un pied roide.

C'est l'architecture qui dit d'où les hommes viennent. A Venise, comme à Saint-Marc, partout l'Orient. Mais il y est soumis à la joie, aux règles, à l'action d'une adorable comédie. Il fait vitrail entre le ciel et la terre ; il est musique. Il est conquis dans le royaume de féerie par des magiciens, amis de l'homme libre. Et l'Orient, qui parfois me rebute, me conquiert à Venise, parce que je n'ai plus à m'en défendre.

Le palais des Doges est le désespoir du style, et le triomphe de la plus forte fantaisie. Pareil au tabernacle de Sion, il est l'Arche Sainte portée d'outre-mer, depuis le Levant fabuleux, jusques aux lagunes, et laissée sur la rive, par les anges, pour les Romains des îles. Sur deux étages de colonnes pèse la masse colossale, le cube de marbre rose, image de Venise montée sur pilotis. Et tant de grandeur, tant de puissance gracieuse sur des bases si fragiles, voilà qui me touche.

Que ce mur géant, les deux faces du dé sur la mer et sur la place, a de beauté ! C'est un titan plein de grâce. Une des plus belles surfaces qu'il y ait au monde ; et comme elle est vivante, en sa nudité énorme et rose, semblable à de la chair ! Les losanges qui l'incrustent et, sur chaque bord, les fenêtres ravissantes l'animent d'un rythme grave et charmant. Elles créent, ces fenêtres, des proportions merveilleuses. Le caprice a les effets d'un goût souverain. On dit de ce mur immense qu'il écrase les galeries inférieures, et qu'il les enfonce en terre. Telle est la folie des critiques : ils reprochent à une œuvre sans pareille ce qui la rend unique ; ils sont prêts à l'admettre telle qu'elle est, pourvu qu'elle ne soit pas ce qu'il fallait nécessairement qu'elle fût. Le ravissant étage de la galerie supérieure ne saurait être accablé par le dé qu'il élève, fût- il plus colossal encore : car il ne porte pas sur les colonnes ni sur la galerie ; il flotte sur le ciel. La galerie est si pénétrée d'azur, d'air courant et de lumière, que le vaisseau rose du palais n'a plus de pesanteur, pas plus qu'un navire sur l'eau, quelque léviathan qu'il paraisse : la nef de pierre flotte, en souriant.

L'architecture des Vénitiens est unique, comme leur ville. Quelle autre eût mieux convenu à la cité fluide ? Elle est faite pour le mirage d'eau, et elle est née de la marine, comme Aphrodite.

Ils ont fait pour le mieux qu'on pût faire. Ils ont bâti contre la pesanteur. Leurs murs ne sont pas des écrans, mais des filets pour la lumière. Leurs façades sont des mailles à prendre les couleurs et les reflets du jour. Il en est de Venise comme d'une amoureuse en fête : la toilette d'une femme se justifie par la chair, par la grâce et le charme de celle qui la porte. La toilette est l'annonce et le voile du plaisir. L'architecture de Venise est le manteau de soie, la robe de volupté, le vêtement du bonheur que les Vénitiens ont eu d'y vivre. Ville tentatrice, sa loi est l'illusion. Or, l'illusion est l'amour toujours jeune que nous avons pour les choses, la jeunesse que la vie garde pour elle-même. Toute architecture, à Venise, est dans la lumière. C'est la lumière qui peint pour l'architecte, et lui choisit ses ordres.

Comme la dentelle est un tissu en elle-même, et non une broderie sur une trame de fond, l'architecture de Venise est un miroir ouvert au ciel et à la lumière. Ce ne sont point les espaces, ici, qui définissent les façades, mais les fenêtres. Les murailles sont à jours, comme la dentelle se tisse à points clairs. Le fond, non moins que le dessin, tout est dû au travail de la fantaisie qui orne. L'ornement ni le jour ne s'ajoutent point à la trame : ils la constituent. Et comme le dessin de la dentelle a des limites que la broderie ne connaît pas, l'architecture vénitienne est bornée en tous sens par l'espace et par le plan d'eau mouvante, où l'architecte pose ses assises et ses étages. Il n'est libre qu'à l'égard du ciel, qu'il invite à pénétrer la muraille. Et c'est dans la hauteur qu'il se donne carrière, jusqu'à la limite de la solidité.

La légèreté et la grâce sont les éléments de l'harmonie, à Venise. Beaucoup de petits palais ne plaisent que par le rythme délicieux des vides et des pleins, à la façon des dentelles. Les bords, comme des bandes, font cadre à l'ensemble. La dentelle est venue d'Asie. A Venise, je pense aux Persans. Les rinceaux, les rosaces, les mufles de lion, les feuillages, autant de points coupés. Le point de rose fleurit, tour à tour, chaque rive éclairée du Grand Canal. La façade est un reposoir d'heureuse rêverie, où l'on appelle la présence de beaux couples à la fenêtre.

Toute architecture régulière est de manque, au miroir de ces eaux. Elle est en défaut, parce qu'elle ne joue pas assez dans les jeux de la lumière changeante. Ici, l'architecture va et vient entre deux eaux, l'eau diaprée de la lagune et l'eau du ciel solaire. Les ordres ordinaires y sont lourds, grossiers, d'une froideur sépulcrale et compassée ; ils fixent, à contre-sens, tout ce qui est nuance et mouvement. La Salute est un paradoxe de docteur. Les pires façades, au contraire, les plus bouffonnes même, font plaisir, çà et là, à de certaines heures, pourvu qu'elles accordent une souple fantaisie aux caprices de la lumière. Elles ne sont pas elles-mêmes : elles sont leur propre reflet qui tremble. Elles aussi participent de l'eau ; et elles voguent sur l'eau, elles se balancent.

Elles sont néréides et aquatiques : on ne doit pas être curieux de leurs bases, ni de leurs fondations. Elles sortent, pour plaire, du mirage marin. Elles se gréent de voiles, telles les flottes à l'horizon du golfe, les quatres-mâts chargés de toile ou les barques. Saint-Moïse, qui semble de crème à la frangipane et de sucre neigeux, tremblote au crépuscule ; et, quoique sur une place en terre, semble d'eau ridée par le vent. Il ne faut point se disputer à son plaisir, dans la conque de Vénus voluptueuse. Il ne faut qu'en jouir.

Cà d'Oro, merveille de poésie, voilà le plus charmant palais pour Miranda.

La maison en fleur de pierre est faite pour épouser la vie, et non pour s'en défendre. Elle n'est pas l'asile où l'on s'abrite, le lieu où l'on rentre pour manger et dormir ; mais le palais de fête, qu'on a choisi en sa forme et son ornement, pour y vivre avec bonheur et goûter les voluptés qu'on préfère.

Séjour d'un prince insulaire, palais sans lourdeur et même sans gravité, la Cà d'Oro n'évoque ni la crainte, ni la force, ni le souci jaloux de la retraite : son ordre est celui des fleurs, qui ne semblent si charmantes que pour se plaire à elles-mêmes. Les pierres à jour font penser à une treille de roses, portées sur des iris, dans un cadre de glaïeuls et de lys rouges. La hauteur délicieuse de cette façade sans assises apparentes efface de l'esprit le sens de la pesanteur.

La massive idée du luxe tombe aussi devant la richesse exquise. La Cà d'Oro est un sourire de femme, la maison de la princesse amoureuse. Elle a la gloire de la jeune épouse. Le visage respire la sérénité du bonheur ; et le Grand Canal mire cette douceur sereine. Une gaieté tranquille, la certitude d'être belle, une sorte d'ardeur coquette à séduire, la figure de Miranda est celle de sa maison.

Une grâce aérienne soulève la demeure en dentelles et fait frissonner ses ogives au point de rose, ses rosaces et ses trèfles. La façade respire avec la vague courte ; elle sommeille avec le canal, dans la sieste de midi. Au couchant, la galerie des fenêtres paires s'enflamme d'or incarnat ; et c'est vraiment alors le cœur de la roseraie, en sa douceur brûlante, sous les lèvres du crépuscule. Miranda peut venir au balcon, soit que son amant la tienne par la taille, soit qu'elle le guette pour le repas du soir. Mais surtout, la tendre mélancolie de Prospero est sans pareille, qui regarde le palais d'or et contemple de loin, sur le canal, la maison des fées qu'a suscitée son art magique.

TOMBEAUX A S. ZANIPOLO

Les doges ont leur palais d'hiver à San Zanipolo. Et nul n'est sorti de la saison froide, après y être entré.

Tous les beaux noms de la République dorment dans cette église, de Contarini à Malipiero, et de Morosini à Candiani. Vingt tombeaux en arcs de triomphe, pareils à des apothéoses, chantent avec emphase la richesse, le bruit, la vanité du sang, tout ce qu'il faut qu'on quitte, tout ce qui diminue la mort, si on n'accepte pas de le quitter. Lombardi et les autres sont de fameux marbriers, sans doute ; ils ont inventé le lit de parade, l'échafaud éternel où tous les riches et les puissants ont voulu, désormais, qu'on les expose. Ils ont mis le mort à pourrir sur un théâtre. Une scène lui est dressée, un pilori. Le deuil a tendu un rideau d'éloquence devant l'abîme. O les vaines funérailles !

C'est alors qu'on découvre et qu'on adore ces écrins de grave mortalité, les tombeaux gothiques. On ne sait de qui ils sont ; ou le nom du sculpteur n'est qu'un son neutre, qui n'évoque point une vie ni un homme, Massègne. Ils ont cinq cents ans. Ils ne pèsent point sur la terre. Et pourtant, avec quelle gravité ils sont suspendus aux parois de la nef, sous le dais de l'ombre. Comme ils regardent de haut les dalles de marbre rose, et les passants, plus vite effacés que de l'eau sur la pierre.

Gothiques, d'une mesure, d'une forme admirables et d'une suprême élégance, le galbe de ces tombeaux est celui de la fleur la plus héroïque. La pierre très dure est d'un ton bleuâtre que relève, en de rares ornements, un jet d'or, une feuille, un rinceau de vermillon, ou une acanthe d'azur pâle. Un goût puissant et sobre, une grâce âpre et sévère.

Point de géants en cariatides ; point d'athlètes nus, montant la garde, par six et par douze, autour du cadavre. Point de lourde allégorie aux lieux communs de la morale ; et plus elle est somptueuse, plus elle ment. Rien qui dissimule la mort, ni la forme fatale du cercueil ; mais, au contraire, ces tombes sont à la taille de l'homme, et le berceau de son immortalité.

Le sarcophage antique n'est plus lié à la terre ; l'urne lourde de la grande misère humaine est soulevée par un souffle invisible ; elle est affranchie de son poids. Elle ravit, en le cachant, le double couché de l'hôte, au-dessus du coffre où fut comptée, tout d'une fois, la somme pitoyable des jours, et versé le morne trésor.

Il n'était que l'amour, la passion de l'esprit qui espère pour donner l'essor à la cellule de granit, où l'homme opère sa dernière prise d'habit. Une chrysalide étonnante se dissimule dans ce marbre, qui a la forme d'une nef close, du ber immortel. L'énergie qui la soulève, avec ce faix d'humanité dormante, c'est les ailes qui poussent à la nymphe spirituelle : certes, elle commence de se mouvoir.

Ces arches admirables n'ont point d'égales en spiritualité. Elles présentent le nouveau-né de la mort à un dieu géomètre. Ainsi, la matière se sublime dans un sublime esprit.

Vers le soir, aux rayons obliques du jour, l'un de ces tombeaux semble trembler dans une vapeur lunaire, comme une grande fleur funèbre, aux rigides pétales ; et la momie cachée est le pistil du calice terrible. Et l'autre paraît un encens de pierre ; il en a la couleur de fumée bleue ; et l'on ne croit plus à la chair, mais seulement au mystère des cendres purifiées.

COLLEONE

Et voici Colleone, la tragédie du grand Verrocchio. Je savais bien qu'il n'était pas à Bergame. Il domine sur Venise même ; c'est par prudence qu'on l'a banni dans l'exil de cette petite place, au bord d'un canal croupi sans avenue ni perspective. Colleone est la puissance.

Qu'il est beau dans la grandeur, mon Colleone. Et combien la grandeur porte toute vérité et toute beauté virile. Un peu moins de grandeur, et l'œuvre serait seulement terrible : elle ne donnerait que de l'effroi.

Colleone à cheval marche dans les airs. S'il fait un pas de plus, il ne tombera pas. Il ne peut choir. Il mène sa terre avec lui. Son socle le suit. Qu'il avance, s'il veut : il ira jusqu'au bout de sa ligne, par-dessus le canal et les toits, par-dessus Cannaregio et Dorsoduro, par-delà toute la ville. Il ne fera jamais retraite. Il va, irrésistible et sûr.

Il a toute la force et tout le calme. Marc-Aurèle, à Rome, est trop paisible. Il parle et ne commande pas. Colleone est l'ordre de la force, à cheval. La force est juste ; l'homme est accompli. Il va un amble magnifique. Sa forte bête, à la tête fine, est un cheval de bataille ; il ne court pas ; mais ni lent ni hâtif, ce pas nerveux ignore la fatigue. Le condottière fait corps avec le glorieux animal : c'est le héros en armes.

Il est grand, de jambes longues, le torse puissant, maigre à la taille, en corset de fer, en amphore de bronze qui s'évase aux épaules. Presque sans y toucher, l'anse du bras gauche tient la bride ; et le ciel est plus bleu, le ciel est plus pur dans l'espace qui sépare le gantelet de la cuirasse. L'autre bras est plus impérial encore. Colleone est un peu tourné vers la droite, comme un homme qui regarde devant soi, sans quitter totalement des yeux l'horizon qu'il laisse sur un bord. Et de la sorte, son bras écarté ramène à lui, surveille et pousse comme un prisonnier cet horizon qu'il maîtrise. Elle serre, cette droite redoutable, le bâton ducal, pareil à une épée ronde ; et si le cheval marche, elle entrera dans le plein des ennemis, ou du ciel, ou des nuages, comme une lance maniée par l'éclair, et plantée par le dieu même de la victoire. Voilà le rythme du maître, chef de la guerre, patron de la paix.

Or, la tête de ce guerrier est belle à effacer tout le reste. Sous le casque à trois pièces, qui coiffe les deux bords du visage comme une chevelure longue, taillée à l'écuelle, c'est la tête terrible de Mars chevalier, ou saint Michel blanchi dans la bataille, commandant la vieille garde des anges. La tête longue, les grandes joues carrées aux muscles carnassiers, toute la face rayonne une énergie inexorable. Le col épais est gonflé de trois plis, comme le cou des aigles ; et ces plis bien ourlés répètent trois fois la ligne du menton vaste. Tout le bas de la figure est animé par la houle de ces vagues, comme par une marée de triple volonté. Assez court et violent, le nez descend un peu sur la bouche étonnante, une grande bouche, amère, circonflexe, qui s'abaisse en deux pentes de formidable mépris. Et la lèvre basse, qui porte le poids du cri intérieur ou la volonté du silence, est large, forte, loyale, sans souci de cacher rien, hardie à épancher toute violence, s'il faut, toute amitié ou une menace inextinguible.

Pour tes yeux, Colleone, ils sont bien ceux de César, énormes, ronds, enchâssés au double anneau des paupières et des rides. Et la double bague renfle aussi le sommet du nez, formant avec les sourcils cette paire de besicles furieuses qu'on voit aux grands oiseaux de proie ainsi qu'aux vieux lions.

Cette œuvre sublime est posée sur un socle digne d'elle, et de la dresser au-dessus des temps. Le piédestal est un monument du goût le plus sobre. Tout en hauteur, il n'a pas plus d'épaisseur que le corps du cheval qu'il soulève. Il participe ainsi de la souveraine allure, qui donne un caractère de vie si intense au cavalier et à la monture. Ce socle marche sur six colonnes. En retour, le cheval et le guerrier empruntent au piédestal sa hauteur, qui est le double de la figure équestre. De là vient que, sans être beaucoup au-dessus de la dimension naturelle, le Colleone a l'air d'un colosse. Jamais la vertu des proportions n'eut un effet plus admirable. C'est la beauté des proportions qui fait l'œuvre colossale, à quelque échelle qu'on la mette. Ce socle, unique dans l'art de la Renaissance, a la pureté d'une œuvre grecque.

Chaque jour, je rends visite à Colleone ; et je ne me lasse pas de lui parler. Il ne pouvait souffrir le mensonge, et méprisait la ruse. Désintéressé comme pas un en son siècle, le dédain était, je pense, sa faiblesse. Un grand homme dans les affaires d'un petit Etat, plus grand pourtant que sa province, et qui l'eût été partout. Aujourd'hui, ce sont de grandes affaires et des empires ; mais les hommes sont petits.

Je le soupçonne d'avoir mesuré l'incertitude du pouvoir et de la tyrannie. Les princes de la bonne époque sont toujours en danger. S'ils meurent dans leur lit, leurs fils peuvent être spoliés ou égorgés. Voilà ce qui fait l'immense intérêt de la vie : tout, toujours, recommence ; tout est toujours en question. La force ruine la force. La seconde génération de la force, c'est la loi, comme la famille est l'âge second de l'amour. Faute de quoi, tout s'écroule. Mais ce que la force a fait, la force peut le défaire.

Colleone est amer. Il a l'air du mépris, qui est le plus impitoyable des sentiments. Il tourne le dos, avec une violence roide et tranchante comme le Z de l'éclair ; il fend le siècle, repoussant la foule d'un terrible coup de coude. On a bien fait de le mettre sur une place solitaire. Sa bouche d'homme insomnieux, qui a l'odeur de la fièvre, ses lèvres sèches que gerce l'haleine des longues veilles, et où le dégoût a jeté ses glacis, ne pourraient s'ouvrir que pour laisser tomber de hautains sarcasmes. Il n'y a rien de commun entre ce héros passionné, fier, croyant, d'une grâce aiguë dans la violence, et le troupeau médiocre qui bavarde à ses pieds, ni les Barbares qui lèvent leur nez pointu en sa présence. Il est seul de son espèce. Personne ne le vaut, et il ne s'en flatte pas. Il jette par-dessus l'épaule un regard de faucon à tout ce qui l'entoure, un regard qui tournoie en cercle sur la tête de ces pauvres gens, comme l'épervier d'aplomb sur les poules. Qu'ils tournent, eux, autour de son socle, ou passent sans le voir seulement. Lui, il a vécu et il vit.

Cependant, l'ombre fauve arrive comme un chat. La panthère noire, qui bondit et qu'on n'entend pas, glisse à pas de velours et dévore le canal. La place roule dans la gueule de la nuit. Et seul, là-haut, sur le piédestal, le sublime cavalier défie encore les ténèbres ; et une flamme rouge fait cimier à son casque.

XXIX. POUSSIÈRES

Entre Padoue et Este.

Non loin de la lourde Padoue, c'était la campagne au flanc des collines : elles sont posées isolément dans le plat pays que dore l'été, comme sur une table de portor, que varie le tapis des céréales. Et la solitude les fait paraître grandes. On les appelle les Monts Euganéens ; et, nobles de nom, ces collines ont l'air de noblesse. S'il y a des troupeaux, la laine doit être fine. Cônes boisés, cônes tronqués, mitres, Ormuz et Ahriman ont laissé ici leurs tiares. Où la roche se montre, chaude et tigrée, on dirait du porphyre. Là est Abano, où, peut-être, Tite-Live est né, pour ouvrir à Rome une voie toute faite d'arcs de triomphe. Et là, Arqua, un bourg où Pétrarque est mort désabusé, dans une telle paix que l'horizon en semble méditer, depuis, la résignation pieuse et la religieuse sérénité.

J'ai fui la ville poudreuse, que le soleil dessèche. Depuis que j'ai quitté l'Occident, je n'ai plus vu d'arbres. Je crains l'ivresse de la lumière : elle fait le désert en moi, et me rend désert à tout le reste. Mon âme devient trop dure au soleil. Pour un jour, je veux purger mes yeux, que brûle la sécheresse des pierres. Il est des heures, à Venise, où la mer même est minérale.

De vrais arbres ! Des arbres qui ne soient point passés à la farine, des arbres qui font frais à la joue, et, quand on en presse la feuille, qui rafraîchissent la paume des mains. L'arbre, c'est l'eau chevelue qui se condense : l'eau qui s'est faite corps et qui, délivrée de la pesanteur, libre enfin de se fixer et de laisser sa pente, s'élève vers la lumière. L'arbre est un essai de l'homme vers le ciel ; mais il reste prisonnier de la terre. Il est tenu par les pieds ; il ne peut se mouvoir ; il paie ainsi rançon de la solidité ; il faut que sa tête, si haut qu'il la porte, sente toujours l'esclavage des racines. L'arbre est une espérance ; l'arbre est vert et ne doit pas être blanc. Dans le frémissement de la feuillée, que le murmure de l'eau m'accueille ! Je veux boire aux branches.

La douce nuit ! Je ne sais plus le nom de ce village ; et si je l'avais su, je ne le dirais pas. Il est trop pur et trop paisible. Le crépuscule vient de s'effacer dans une ombre plus redoutable, insensiblement, comme un ruisseau se perd dans la prairie. Des peupliers tremblent le long d'une route molle et jaune. Le fin vent de l'ombre me caresse le menton ; il a l'odeur de l'herbe sous les faucilles ; il est tiède, comme le souffle d'un bel enfant qui a couru et qui, de retour, donne à sa mère un baiser humide.

La lune fleurit les poiriers et tous les arbres courts font un verger sous la garde noire des ormes. Ils portent le fruit avec la robe de mariée. Ils frissonnent à peine dans l'obscurité ; et toute cette blancheur sur les branches fait croire à un peuple de papillons. Toutes les feuilles, d'un côté, sont de lait.

Sur un bord de la route, il y a des maisons heureuses, et des lumières aux fenêtres. Dans les jardins, chantent les roses et le jasmin. L'air a une odeur de miel et de femme. Un chien aboie, qui daigne aussitôt se taire. Un oiseau amoureux siffle un thème ravissant de quatre notes, si pures, si rondes, si joyeuses, qu'il faut sourire à cette joie, ou lui donner la tierce. Et j'entends son bruit souple d'ailes.

Au bas du talus, court la voie de fer. Loin d'ici, qui sait où ? le tremblement électrique de l'aiguille pique le silence : une source qui s'éperle dans les hautes régions de l'air ? ou les pas nocturnes de l'herbe ? Et deux crapauds jouent de la flûte ; interminablement, ils poussent leur note d'une telle mélancolie ; ils se parlent : sol ! souffle l'un, et l'autre répond : sol dièse !

Cependant, la lune basse a presque disparu. Les étoiles,

convoquées à la naissance de juin, font une assemblée sublime. Vénus descend et le rouge vainqueur, Mars enthousiaste, monte. Mais rien n'est tel, sur l'horizon du Sud, que le Chasseur avec ses chiens stellaires. Procyon tremble à l'affût ; et Sirius m'effraie, le cœur du ciel, tant il palpite. A quelle chasse vont-ils donc ? et pourquoi Orion laisse-t-il pendre son baudrier, si défait qu'il traîne parmi les arbres ? Je regarde, sous les branches noires, des formes blanches qui se dressent avec roideur ; si massives, si carrées et si dures, ce ne sont plus des arbres en fleurs de lune.

Ah ! je sais. Silence ! Voici, voici des tombes. Je longe un cimetière. Paix au repos des bons laboureurs ! Au pied d'une colonne, entre ces deux pierres neigeuses, que ce soient des feux follets ou des étoiles, ce ne sont toujours que des vers. Et qu'importe à Sirius cette poussière d'hommes ?

La poussière des astres tombe.

COUPE-GORGE

A Rimini, en été.

Quiconque voudra haïr, qu'il vienne à Rimini, quand le vent du sud souffle d'un ciel étouffé sous les nuages, d'où le soleil plombe comme une poche à fiel : la vésicule trop mûre va crever, à moins qu'elle ne perce sa gaine de graisse, et soudain ne s'en détache. Ce vent est pour me rendre fou ; il est épais, il est solide ; il a un corps de poudre sèche qui pique la peau de mille pointes ardentes. Il brûle ; il me creuse les yeux et me casse la nuque. Les mouches collent à la sueur. Les insectes, par essaims d'ailes blanches, tourbillonnent sur le front, aux oreilles, au creux de la main, dans les narines. Je tremble de rage à l'idée d'en avoir dans la bouche. Il fait une chaleur à mettre le feu aux barques, sur le sable ; et le sable bout : il vole.

Le soleil blanc fond dans le ciel jaune. Il coule sur le gril des nuées jaunes et noires, pareilles à l'arête des soles. Les arbres haletants sont malades de poussière ; couverts de cette sale écume, on dirait des oliviers fiévreux. L'horizon est vert de peste, sous les nuages bas. La terre s'efface dans l'air qui poudroie ; et le ciel se couvre d'une croûte. Les poules, grinçant de faim, font tourner la crécelle de leur sirène ridicule. Les hommes ont l'air mauvais ; les femmes ont la joue rouge et la voix rauque ; les enfants griffent et grognent.

Un lacis de ruelles entre de mornes places ; un quartier neuf, où les noms antiques grimacent hargneusement ; de tristes façades, qui réverbèrent la lumière dure, et qui, frappées par la poussière, la renvoient comme en crachant. Une puanteur de poissonnerie, et des pêcheurs hâves, aux pieds nus, dont les orteils velus se recourbent : ils courent sur les pavés en dents de scie. Une large et haute voûte, qu'abaissent de maigres frontons, c'est l'Arc d'Auguste : Jupiter et Vénus regardent avec ennui une eau oblique, l'Ausa lourde et sordide. Au bord de ce canal morose, où l'eau moisie a les reflets du laiteron qui passe, saint Antoine a prêché aux poissons, désespérant de se faire écouter des hommes. Et le vent brûlant fait voler le sable.

Tout ce pays, de Ferrare à Rimini et de Ravenne à Bologne, est riche de moissons et de paysans républicains. Le froment fait l'homme libre. La campagne est pleine de fiers laboureurs à l'œil chaud et hardi, où je reconnais les vétérans des légions. Mais les villes ont la mauvaise odeur des petites gens, des idées basses et des sentiments médiocres. Sentines à boutiquiers, qui tournent dans la cage des préjugés et de la paresse.

Corps de garde romain sur la Voie Flaminienne, Rimini sue la honte bâtarde des soldats devenus brigands ou petits rentiers. Ils se sont endormis dans leurs casernes, depuis le temps où ils veillaient aux portes de la conquête. Le subtil Auguste les a fixés dans le sol, où ils campèrent ; et ils enfoncent jusqu'au cou dans les pavés. En chaque figure, je vois un colon cauteleux, un fils gras de la louve. Une boucle de trois eaux chaudes rive Rimini à la terre, l'Ausa, la Marecchia et le front de mer. D'une morne rivière à l'autre, et d'un arc triomphal à un pont d'Auguste, la voie militaire est tendue, rigide et large. Le nom cruel d'Auguste prête à tout une espèce de sournoise dignité. Une fois de plus, le vent m'en jette le sable au visage. Sur ce pont, d'où pourtant les montagnes se découvrent, l'odeur de la Marecchia empeste. L'air aussi tient moins de la mer que du marécage. Il vente de plus en plus bas et chaud. Le soleil pend entre deux matelas de laine grise ; demi-mort, il souffle une haleine cuisante : quel Othello, quels prétoriens barbares, étouffent donc là-haut ce malade impérial ?

Puis, tournant le dos aux antiques, on cherche la trace de la douce Françoise, qui fut de Ravenne, et qui est morte ici. Heureuse de n'y plus être, mais ayant vécu dans ce tombeau, de dormir embaumée pour les siècles dans les vingt plus belles rimes de l'Italie. Ravissante victime, que Dante lui-même n'ose point damner, puisque, femme, elle a cherché la mort d'amour, et de la sorte fut sauvée. Mais ses bourreaux sont partout, et le boiteux Gianciotto n'a pas été le plus meurtrier de sa maison. On ne peut faire un pas dans Rimini, sans marcher sur les Malatesta. C'est une race d'assassins. La méchanceté leur est aussi naturelle que le nez cassé et le menton fuyant. Pour l'amour de Françoise, je ne veux plus donner dans le travers d'admirer l'énergie où il n'y a que la violence. Il n'est de grands meurtres, que si les meurtriers sont grands. La grandeur de tuer est un peu moins rare en Italie qu'ailleurs ; mais cet art n'y compte pas que des chefs-d'œuvre.

Je ferai perdre aussi son lustre au meurtre. L'énergie que l'on met à tuer n'est pas si légitime dans le prince qu'en ses moindres sujets. Il faut au moins courir un beau risque. Le succès, ici, est la vertu, si tant est qu'il ne la soit pas en toute politique. La beauté de l'effet compte seule, non le nombre ou la ruse des crimes. Quel qu'en fût l'amas et la noirceur, ils sont médiocres, si l'auteur échoue à rien produire : médiocres comme lui. Lequel, du reste, s'est vanté de ses crimes, pour quoi on le vante ? Pas un ne s'est assis sur le trône, dans sa capitale de cent feux, une Rome de carrefour, qui n'ait aussitôt prétendu s'asseoir dans le respect. Quand ils ont la force, ceux qui sont les plus forts savent la nécessité de la vertu. A tout le moins, de leurs actions les plus noires ils voudraient tirer une morale qui les blanchît. La plupart, il semble que le crime dût leur assurer l'estime, et qu'ils l'y aient cherchée. Plaisant moyen : à une certaine profondeur, l'ingénuité et le calcul se confondent dans l'humaine nature ; l'hypocrisie du désir le cède à la candeur. Il y a de la naïveté dans toute action.

Le tyran fonde une dynastie, et c'est sa meilleure excuse : il dure. Dans l'Italie du couteau et du poison, pour un héros qui élève sa fortune sur le guet-apens et la guerre civile, ils sont cent coquins sans grandeur, sinon sans gloire. Le plus grand nombre, s'ils fussent nés dans le commun peuple, on les eût pendus. Ils ne méritent que la corde. Le fort Sforza est bien digne de la couronne ; mais les misérables, qui l'héritèrent, étaient dignes du bourreau.

C'est un outrage à l'énergie de confondre dans la même estime ceux qui furent grands, malgré qu'ils tuèrent, et ceux qui n'eussent rien été ni capables de rien, s'ils n'avaient pas tué. L'assassinat et la violence ne sont pas la mesure de la force. S'il faut de la force pour tuer, seul, obscur et contraint à l'immense effort de se tirer au-dessus de la foule, en se faisant un marchepied d'actions violentes, de fourbes et de crimes, il en faut bien autant pour ne pas abuser du pouvoir, quand on l'a. Les princes scélérats n'ont pas même si bon goût : la vile affinité, qui apparente les comédiens et les meurtriers, ne parut jamais plus manifeste qu'entre tous ces Visconti, ces Este et ces Malatesta. Ils ont une vanité d'histrions en possession de la faveur publique. Ils se griment en Césars romains, ils engraissent leur joue de tous les fards qui imitent la puissance. Les comédiens, utiles au poète, sont en horreur au poète. Ainsi le poète sublime de l'action, le Destin, se sert avec mépris des princes histrions.

Assurez-vous que les princes fripons de Rimini ont entassé le meurtre, le vol, l'adultère et les incestes, comme les méchants acteurs, qui se croient tout permis, redoublent leurs pires effets, quand on ne les chasse pas de la scène. Les bouffons sont tragiques, s'ils règnent et qu'on ne les siffle. A l'occasion de leurs moindres désirs, ces petits misérables ont joué la grande passion. Du magnifique Néron, ils n'ont jamais eu que l'œil fuyant et l'insolence. N'est pas Néron qui veut : l'empereur avait été formé par un philosophe double, étant stoïcien ; il fut instruit dans son rôle par un grand prêtre de la raison, ce Sénèque si plein d'esprit, et le plus grave danseur de morale qu'il y ait eu avant ce siècle-ci. Il se peut que les princes italiens n'imitent point Néron, le voulant ; mais il y a peut-être, à son insu, un Néron dans tout Italien qui se propose la gloire. Qu'il ne se trompe donc pas sur l'heure ni sur le lieu : car enfin, il faut être Néron à Rome et non pas au village.

Les tyrans de Rimini ont néronisé sans vergogne. Le plus fameux, Gismondo Malatesta, comme on engraisse dans un vase les vers immondes avec de la crème, n'a-t-il pas prétendu, dans sa ville close, nourrir d'art sa méchanceté ? La laideur de ce prince me frappe, gravée dans une médaille admirable : une fierté dégradée, une solennelle impudence, une fermeté complaisante à soi-même, une cruauté en quête de louange ; il fait collection de beaux manuscrits, et il tue une femme pour la violer morte ; il lit le fade Térence ; il a l'amour du grec qu'il n'entend pas ; et pour un mot railleur, il poignarde un de ses amis, en se levant de table. Il est rusé comme un nomade ; et il croit aimer à la Platon, en serviteur fidèle, une sotte femme, laide, un peu chauve, au long nez. Il a les grâces d'un scribe, et une âme d'assassin. On doit penser au comédien, pour accorder de si étranges contrariétés. La vanité seule fait l'accord entre ces délires qui se heurtent ; et la preuve, qu'il veut toujours être original : sa devise est celle de la contradiction : « *Quod vis, nolo ; quod nolis, volo. Si tu dis oui, non ; si tu dis non, oui* ». Il est bon que Dante donne au Christ les noms de Jupiter : on sent bien pourquoi, et qu'il exalte le Créateur par tous les cultes de la créature. Mais je n'admire pas que Malatesta installe la religion de sa vieille maîtresse sur l'autel de la Vierge, même s'il se flatte d'y établir la sienne. Il n'est pas même athée. Dédié en tous cas à ce double orgueil, le monument dont il voulait faire un temple chrétien ou une église païenne, n'est ni l'un ni l'autre. Le chiffre de Gismondo et celui de son Isotta entrelacés, ce sépulcre les garde, avec l'éléphant et la rose. Alberti, le premier professeur d'architecture à la façon des Modernes, s'est en vain chargé d'accommoder une église chrétienne au goût des Anciens : le long de ces murailles lugubres, je ne rends

grâce qu'à la suave imploration de quelques fenêtres ogivales. Malatesta ne peut rien fonder. L'ire est le fond de son
être. Il porte malheur à Rimini, et à son tombeau même. Et
qu'y est donc venu faire, avec ses tendres bas-reliefs, le
charmant Agostino di Duccio, le plus gracieux, et le plus
femme entre les enfants de Donatello ?

Rimini, coupe-gorge à la croix des routes, auberge équivoque où la race des Maleteste ouvre un asile aux concilia-
bules de la meurtrière Hécate, sèche au vent du sud la trace
de ses vieux forfaits. Elle est maussade comme un attentat
mal réussi. Elle sent le gibet. Elle a la couleur du cadavre
macéré et refroidi. Qui se plaît à Rimini, je l'envoie s'y faire
pendre.

Comme un homme juge de l'énergie, il mérite qu'on le
juge. Le miroir de la scélératesse est ici. Un autan qui donne
la nausée, et un sable qui aveugle. A Rimini, la saveur de la
haine est longue, comme sur la langue celle du bonbon à la
potasse, qui ne veut pas fondre, « *Rimini, crimini* » : en
italien, du moins, à ce coupe-gorge de Rimini, la plus belle
des rimes, c'est crimes.

XXX. HEURES SUR L'EAU

De canal en canal, à Venise.

Je languis après Venise. J'en voudrais sortir, quand j'y
suis. Et quand je n'y suis plus, je brûle d'y être. Venise est
dangereuse, Venise est enchanteresse. Avec les barques de
Chioggia, aux voiles immenses, d'azur, de soufre et de
pourpre, plus bleues, plus rouges, plus triomphantes que
les galères pavoisées, au retour de Don Juan, après la
victoire de Lépante, je suis rentré par le vent du sud, qui a le
souffle ardent de la nostalgie.

Je touche à la Piazzetta. Les lions rient sur les colonnes,
avec leurs moustaches de la Chine. Ils sont si bien du

Levant, et peut-être de Ninive, qu'ils se donnent l'air d'être nés au fond de l'Extrême Asie, dans le Fo-Kien ou l'un des Kiangs.

Venise est pleine de lions en pierre, et de chats paisiblement assis, au seuil des maisons, dans l'orbe de leur queue. Les chats font des yeux heureux dans la voluptueuse Venise, et leur fourrure brille.

La Piazzetta s'offre au baiser de l'aube, étalée sur le quai trempé d'ombre, comme les princesses de Babylone dans la nuit sacrée. Et le Palais Ducal frémit de joie, au lever du soleil. La première clarté est une eau transparente, qui enveloppe la merveille : la tente de marbre oriental est alors de peau vivante. Il est de chair blonde, le tabernacle posé là, pour la visite de l'aurore, comme l'arche du désert dans l'île de l'arrêt.

Même si on y a déjà vécu, les premières heures à Venise sont un temps d'amour. Un plaisir sans raison et sans dessein me lance, comme une balle, d'objet en objet ; mais la balle est sur l'eau : elle vole et elle glisse. Le clapotis des vagues, le pas de la gondole, l'appel du gondolier sur la lagune, le silence et la fleur de clarté, tout concourt au mirage nuptial : c'est la joie d'amour elle-même, de l'amour sans jugement, que rien ne déçoit et qui se croit sans limite.

Au matin, tout est bleu de lait, bleu de lin, et pétales de rose. Il n'est point de ville plus fleur que celle-ci. La lagune rose est couleur de truite devant les palais. Si le pêcheur Glaucus passe par là, il l'enlèvera peut-être dans son filet.

Les pieux, où l'on amarre les gondoles, sortent comme des doigts en bouquet, de la marine. La façade de la Cà d'Oro est un sourire ; ses fenêtres envoient des baisers ; tant de grâce est un fruit pour la vue. Tout est invite.

O folle ville sans terre. Les plus beaux palais y sont un reflet de la fantaisie, fleurs sur la prairie fluide : à de certaines heures et sous de certains ciels, ils penchent, ils se fanent. Toutes racines sont coupées de l'homme à ce qui dure. Si jamais la sensation a créé le temps, c'est à Venise. Les morts sont cachés dans une île lointaine, encadrée de murs rouges, pareille à un coffre. Point de fondations : le plaisir est le moment. Le moment porte tout. Venise conseille l'ivresse : vivre dans un baiser, et aussi bien y mourir.

Le point à la rose des balcons sur l'eau s'effeuille, peut-être, chaque soir au couchant. Les façades s'évanouissent dans un reflet ; et un rayon, à l'aube, les ressuscite. Les escaliers de la Salute attendent des cortèges illusoires qui montent de la vague, et ne peuvent quitter ces degrés que pour descendre dans le changeant abîme. O folle ville sans terre. Cent mille pieux portent une église, comme un prestige de jongleur. Les clochers, les minarets sont-ils plus denses dans l'air où ils piquent leur pointe, ou dans la lagune qui les mire ? Tant de légèreté, tant de sage folie me force à rire, moi qui ne crois qu'au granit.

Le mirage de la lumière, dans l'ordre de la vie, que serait-ce sinon l'illusion du bonheur ? On ne conçoit pas le deuil, à Venise. Quel palais passera pour un lieu lugubre où l'on meurt, où l'on souffre, où l'on juge, où l'on couche des hommes sur le billot ? Le Pont des Soupirs est un sarcophage qui s'envole. Les tragédies des doges sont les jeux de la gloire et de l'amour. La fin de l'or et des plus chaudes lèvres est dans le sang : seul, il les fixe. On ne saurait conclure une belle histoire dans la salle du festin. Voilà le charme profond de Venise : on y porte sa mélancolie dans un lieu de fête ; on offre sa tristesse aux bras d'une reine enivrée, qui l'accepte.

Je rêve devant la Cà d'Oro à ces beaux et puissants Contarini. Marseille évoque l'énorme Orient des échelles, depuis la crapule de Port-Saïd jusqu'aux saints pirates de Phocée. Mais l'Orient de Venise est pourtant féodal et chrétien. C'est l'Asie touchée par la fée gothique, qui est une fée de la mer, sous un ciel qui se souvient des brumes. Le rêve de la fête sur l'eau ne fut pas un rêve attique. Mais on reconnaît la joie de la vie antique dans l'or du songe chrétien. Pour nous, qui venons de la grève occidentale, où tout est infini, où la vie n'est qu'une bruyère ardente et triste entre les pages de l'Océan et du ciel atlantique, Venise est la Grecque d'Asie, la folle reine de tout prestige, la dame de

Trébizonde et d'Ispahan, la Vénus de Byzance, la magicienne Armide.

Elle est faite pour les mélancoliques. Elle les flatte si doucement ; elle les pelote : s'ils se livrent à ses caresses, ils sont consolés ; et si elle ne les console pas, ils y jouissent de leur peine. Elle berce toutes les déceptions : car Venise est aussi la ville des noces. Sur la place Saint-Marc, cette plaine de marbre, entre les Procuraties, au sourire de Venise il me semble parfois reconnaître le sourire de tant de femmes blessées. Secrète cependant, pleine de détours et de masques, humide et brûlante, combien Venise est propice aux amants. (Un pont et un canal au bout d'une ruelle, c'est un masque sur l'eau.) Elle leur offre le silence, où tout amour aspire ; elle leur donne l'ombre fuyante, l'oreiller le plus mol aux caresses ; elle leur prodigue, surtout, le charme de la nuit : dans la lumière même des longs jours, pourquoi Venise est-elle nocturne ? C'est qu'on y glisse, qu'on n'y est point coude à coude avec les réalités fatales, et qu'à loisir enfin on y rêve sur soi.

Midi, l'heure de nacre. La lagune est une coquille courbe, que le soleil, voilé de vapeurs blanches, irise. Au loin, les îlots ne sont plus que des ombres grises, des fantômes blancs qui semblent se dissoudre dans une prairie de sel mauve et de sable rose. Tel est sans doute l'horizon du désert. Et le clocher, là-bas, de Torcello peut-être, est un ibis droit sur sa patte grêle.

Quel bon peuple bavarde sur le campiello, autour du puits, ou à la porte d'une église. L'air un peu mol, un peu las, les femmes causent avec les enfants et discutent avec les vieux. Elles sont gaies et disertes. Ils sont doux entre eux, et parlent avec agrément. Même dans la colère, ils ont purgé l'humeur brutale. Ils sont polis et câlins. Parce qu'ils veulent plaire, ils ont passé pour fourbes aux yeux des violents. Ils ont le ton naturel et le geste aimable. Ils sont pleins de gentillesse. Jusque dans la misère, on sent qu'ils aiment fort la vie. Ils sont rieurs et spirituels. Ils goûtent le mot qui peint, le trait comique plutôt que le bouffon. Ils ont de la mélancolie sans noirceur. Ils sont ironiques avec indulgence : ils n'ont rien de l'âpreté romaine et marseillaise. Leur journal populaire est riche en facéties ; et même contre les riches, il est sans venin.

Ils sont sociables, et à tout propos se forment en confréries. Ce peuple fin est encore raffiné par la fièvre. Le sang des seigneurs a fait le reste. Ils ont vécu de longs siècles soumis aux patriciens. Leurs filles n'ont pas de gros os. Ils ont le sourire voluptueux. Je leur vois moins de passion que de fougue au plaisir et de tendresse. Ils préfèrent les baisers tranquilles à la frénésie. Ils ont la parole et l'intention tendres. Ils se donnent une quantité de surnoms, tous plaisants et qui moquent, dans ce joli dialecte zézayant, qui multiplie les « X », et qui semble l'italien de folles petites filles.

Gourmands de poisson, comme tous les gens de mer, ils font des soupes qui sentent fort la marine. Ils aiment l'anisette, comme ceux d'Espagne ; et même, à présent qu'ils se sont mis à penser sur leur misère, ils ont pris goût pour la boisson. Ils ont des bouges et des assommoirs, qu'une lueur rouge annonce au fond des ruelles ; et ils se saoulent de grappe et d'anis, comme dans les ports du Nord.

Ils sont plus graves dans leurs plaisirs qu'en leurs idées. Leurs sentiments sont moins fins que leurs sensations. Ils font crédit au hasard, ils sont joueurs comme tous les marins. Il leur arrive, surtout les femmes, de compter sur le gros lot, sans y aller de leur mise. Elles vivent dans le roman, il me semble, plus que les autres Italiennes. Qu'elles sont patientes, tant qu'il leur reste une tasse de café et l'espoir de l'amour. Seul, le malheur de vieillir les accable.

La Vénitienne n'est fauve que dans les livres : ainsi le Bucentaure n'est une galère d'or que sur le papier. Les blondes sont rares à Venise, et le furent : on lit, dans les vieux auteurs, que les jeunes femmes se teignent les cheveux, et les exposent longuement au soleil, sur les terrasses, pour leur donner l'ardente couleur de la lumière. Quelle idée de chercher au Grand Canal les filles d'Impéria et la parfaite courtisane. On en voit de bien humbles et qui ont même honte de rire. Celles qu'on rencontre dans les tableaux n'ont rien pour ravir l'imagination ou charmer le désir. Que ce soit la grosse Barbe de Palma le Vieux, ou les dogaresses de Véronèse, ou même la maîtresse du Giorgion, on ferait bien deux ou trois femmes amoureuses avec chacune d'elles. Leurs épaules sont trop larges ; leurs flancs trop vastes. En vérité, elles ont trop de poids. La volupté moderne ne tient pas à la masse. Hormis la Belle du Titien, que ces femmes sont peu séduisantes ! Nulle folie ne viendra d'elles. Leurs bras sont gros et ronds comme des jambes. La graisse gonfle leurs mains. Elles portent une petite tête qui rumine sur un col épais, et le menton fait des plis qui luisent. Elles respirent l'appétit, plus qu'elles ne l'excitent. Elles réclament l'aliment, avec abondance et tranquillité. Elles n'ont pas l'air fort attentives au bonheur qu'elles pourraient donner, et seulement occupées de celui qu'elles comptent prendre ; sans fièvre et jusque dans le baiser, leurs lèvres ne laissent pas oublier qu'avec la bouche on mange. Elles sont mieux faites pour paître l'herbe dans un pré, que pour cueillir aux branches la pêche et le raisin de tout délire. A ces bonnes laitières, je préfère les jeunes filles sans force et sans éclat, un peu languissantes même, pâles quelquefois dans le grand châle triste qui les serre aux coudes, mais les yeux chauds, le regard vif, un cerne aux paupières, et les lèvres douces, qui s'envolent par bandes, au crépuscule, entre la Mercerie et le Rialto.

Le canal est ocellé de jaune, de vert et de rouge : dans l'ombre, quelle peau de tigre, les pelures d'orange et les rondelles de tomate sur l'encre luisante de l'eau. Les rognures de légumes flottent ; et l'odeur de la pourriture crève, de place en place, comme une bulle à la surface du flot.

Une ruelle s'ouvre comme une fente liquide entre les hautes maisons noires. Sur les toits, le ciel adorable est un oiseau posé, une longue plume bleue. Un pinceau de lumière promène la liqueur du soleil sur un côté du canal ; et toutes les façades d'un bord baignent dans l'or ; et de l'autre, elles trempent dans un voile de laque. La poudre d'or entre comme un ange dans les fenêtres rousses. La ruelle d'eau, à tous les étages, est pavoisée de loques humides. Les jupons, les chemises, rouges, verts, blancs, jaunes, les hardes d'enfants dansent à la brise, drapeaux de menu peuple, toute une vie qui sèche au soleil. L'odeur, la forme, l'âge des corps y est encore. Et les chemises de femmes, les dentelles grossières de la jeune fille ont aussi leur pudeur : elles sont pendues au ras de la fenêtre ; elles se cachent derrière le linge des mâles.

Une bonne petite vie, des mœurs paresseuses et naïves, riches de bonhomie et parées de ce luxe sans prix que tout l'or des Barbares ne leur assure pas : l'habitude de la beauté. Quand ils entasseraient dans leurs ports d'Amérique et d'Allemagne tous les biens de la terre, et les lingots par milliards, ils n'auraient de la richesse que la matière brute. Le roi des porcs est étranger aux merveilles qu'il vole, son couteau d'argent à la main : parce que pas un chef-d'œuvre ne lui doit rien, pas un ne l'attend, pas un ne s'abandonne à lui ni à ses femelles ; il n'est toile des maîtres, il n'est bronze ni marbre qui ne se refuse à la possession de ces tas d'or à face humaine. Mais le plus pauvre mendiant de Venise a droit sur le Palais Ducal, sur Saint-Marc et sur Titien. Il a part aux miracles de sa ville. Il dort dans un taudis ; mais quand il sort de sa cave, le puits sculpté sur la petite place, la charmante margelle, les bas-reliefs, sont à lui, comme le ciel et les couleurs ravissantes de la lagune. Plus même qu'ils ne lui appartiennent, ils tiennent beaucoup de lui, le pauvre hère. La beauté et ces beaux peuples s'engendrent, les uns l'autre, étant si naturellement unis. Depuis deux et trois mille ans, elle a vécu par eux, comme ils ont vécu en elle. Une œuvre d'art n'est pas si profanée par les mains d'un gueux latin, qu'elle est souillée par les yeux profanes de tous vos rois d'Amérique.

On se parle d'une maison à l'autre ; ni morgue ni laideur dans l'accent. Non seulement ils pensent à plaire : ils y ont plaisir. En tous leurs gestes, on reconnaît le sens humain. C'est pourquoi ils mettent de l'esprit à ce qu'ils disent. Les femmes prennent le café au balcon, et la dixième tasse annonce la vingtième qui doit venir : elles n'ont jamais fini de verser l'eau chaude sur le marc ; et tantôt elles sucrent le café qui reste, tantôt elles ajoutent du café à un reste de sucre.

Au bout d'une corde, les paniers descendent des fenêtres, chaque étage a le sien ; et le marchand qui passe, à chaque corbillon, confie le pain, ou le lait, ou le journal du matin. Que toutes ces femmes ont encore de douceur pour l'homme ! Qu'on est loin des idoles cruelles que les Peaux-Rouges envoient depuis peu à l'Europe, et dont le rire impudent défie, nuit et jour, la lune sur la place Saint-Marc ! Seule parfois, la jalousie jette son ombre verte sur ces visages fins, aux traits affables. Je m'assure que l'envie est la plus âpre passion des Vénitiennes.

Et souvent, amarrée aux dalles d'une rive, plus usées et plus lisses qu'une semelle de marbre, la barque au soleil est un berceau de mélancolie. Les gros coussins de la gondole gardent les formes de la jeune femme qui visite, à deux pas, un palais ou une église. Le bois noir luit d'une chaleur vivante ; et les mains de cuivre font un signe secret, que le miroir du canal interprète d'un sourire, et, mystérieux, comprend.

Peu de peinture, selon mon goût, à Venise. Pourtant, la ville en est couverte : cent lieues carrées de toile peinte, de Chioggia à Murano, ou mille, ou dix mille, que sais-je ?

Le grand Titien, qui passe de si loin tous les autres peintres du pays, n'y a point ses plus belles œuvres, ni pas une même que l'on puisse comparer à la jeune Vénus de la Tribune, ou à la Belle du Louvre, ou à la merveille de Naples, le pape Farnèse et ses neveux. Carpaccio est charmant ; et le Giorgion du palais Giovanelli, plein de poésie, est une œuvre délicieuse aux yeux, comme il sied que soit, d'abord, une peinture. Aux docteurs allemands, de goûter les tableaux et les statues, premièrement, sur l'idée, comme ils l'appellent : là, les aveugles sont les meilleurs juges. *Prosit*.

Je ne puis me faire à Tintoret. Ce qu'on appelle sa puissance, n'est à mes yeux que l'abondance du désordre. Il n'est ni vrai, ni au-dessus de l'image vulgaire. Il est romantique jusqu'à la frénésie.

La puissance de l'artiste, je ne la reconnais qu'à la profondeur du coup qu'il frappe ; et de même, à la beauté de la mélodie, qu'il révèle une fois pour toutes ; à l'intensité de l'harmonie qu'il est capable de produire. Un petit tableau y suffit, sur un chevalet. Mille lieues de peinture y peuvent échouer. La couleur de Tintoret est noire, lourde, monotone. Son style, plus que l'éloquence, est l'emphase continue. On n'est pas puissant parce qu'on lance cinq cents figures sur une muraille : un seul visage qui ne s'oublie plus, telle est la force.

Cet homme est à l'art ce que l'athlète est à la beauté divine. Avec ses pectoraux semblables à des mamelles en fer, avec son mufle, ses muscles pareils à des tumeurs, l'athlète au front bas, aux narines camuses, le visage cousu de cicatrices et renflé de bosses, est un géant peut-être, mais aussi une brute. L'athlète a beau passer sa vie dans l'arène et dans l'exercice de ses forces : toujours, il improvise. Ainsi, Tintoret est l'Improvisateur de peinture. Il vient à bout de toute surface. Il abat toute besogne. Il est virtuose prodigieux. Qu'on lui donne la Grande Muraille : il la peindra depuis la Corée jusqu'au désert de Gobi ; il y décrira toute l'histoire de la Chine.

Ce talent est énorme ; mais il est laid. Il est outré. Il n'est jamais à l'échelle, non pas de la grandeur, mais de sa propre éloquence. Il dit si fort ce qu'il veut dire, qu'on ne l'entend plus. Il a plus de pensée qu'il n'en faut pour nourrir tous les peintres de Venise ; et tant il est habile, il semble ne pas penser.

N'ose-t-on pas le mettre au rang des grands tragiques ? et qui ne parle de sa vertu pour le drame ? Telle est l'illusion du vulgaire : le geste passe pour l'action ; le tumulte, pour la tragédie ; le bruit, pour la force sonore. Mais l'éternelle agitation de Tintoret est l'aveu qu'il n'est point tragique. La véritable tragédie sera toujours dans le cœur des héros, et de leurs passions. Voilà ce qui décide souverainement de leur sort, et même des paroles capitales qu'ils disent, celles où l'homme suscite son destin, où le destin se rend visible et descend. Or, ces paroles fatales, le silence qui précède et le silence qui les suit, en font seuls tout le prix.

Le vulgaire croit voir la tragédie dans la mêlée des personnages ; et plus ils sont, plus on se flatte de plonger dans le drame. On s'en éloigne, au contraire ; on l'oublie. La bataille n'est pas tragique, non plus que l'inondation ou le tremblement de terre. Ce ne sont que des convulsions confuses. Il n'y a de drame qu'entre un petit nombre de héros. Tout le reste est inutile ; ou pour mieux dire, tout le reste est cortège, jeu de scène et comparses. Si l'on veut que Tintoret soit tragique, il ne le fut jamais qu'à la manière de Dumas le père, et des autres énergumènes, qu'un demi-siècle a ruinés sans retour, tant ils sont vains et puérils. Tintoret, lui, a du style ; il se sauve par là, comme tous. Trop de force, en lui, trop d'éloquence, trop de chaleur pour ne point faire penser à un maître. Et, en effet, de tous les hommes, Tintoret me semble le plus voisin de Victor Hugo.

Son drame sans émotion et sans âme, n'y ayant d'émotion que de la vérité profonde, quand le cœur et les passions sont à nu ; son style formidable, et toujours un peu creux ; son éloquence qui ne saurait tarir ; son goût du contraste, jusqu'à la grossièreté ; sa manie des ombres compactes ; sa faculté de répéter cent fois ce qui ne vaut souvent pas la peine d'être dit ; sa puissance plastique et sa pauvreté intérieure : tous les dons de Tintoret me font voir en lui le Victor Hugo de la peinture.

Quand le soleil couchant, dans un ciel sans nuages, plus suave en son ardeur transparente que la pure topaze, illumine la lagune, Venise en cheveux d'or vêt sa robe de pourpre. Le soleil suspend à toutes les façades les tentures roses et les tapis rouges de la joie. L'heureux incendie s'embrase de fenêtre en fenêtre, bondit de vitre en vitre.

Un coup de canon lance l'appel pour la fête de nuit, qui est la fête des amants. C'est lui qui éclate dans le ciel, rouge de sang amoureux, où rien ne rappelle la douleur ni la guerre. Et les vers luisants des gondoles s'allument dans les buissons d'eau, au ras des rives. Alors, l'on sait pourquoi la volupté et l'amour se rencontrent ici, y courant de tous les points du monde.

Je hume, avec une dévotion perverse, les odeurs de la vase chaude, la puanteur crépusculaire de la Reine, l'aigre relent de la journée, des écorces, des zestes, de la saumure, tout ce qui flotte entre les murailles. On aspire la vie cachée du canal, avec une certaine horreur de s'y plaire, comme on soulève les linges secrets de la chair qui nous tente : et parce qu'elle est vivante, nous voulons la connaître jusque dans son infamie.

Je me figure cette Venise, déjà pleine d'or et de banquiers

en 1200, au beau temps de son faste et de sa puissance. Je n'envie pas de l'avoir vue en son âge de noces, toute de soie et de brocart. Qui pourrait durer dans un éternel festin ? Venise est bien plus belle d'être à demi déchue. Et certes, elle n'est pas assez déserte, ni silencieuse encore. A présent, du moins, elle est le plus rouge corail de la fantaisie, le plus captivant madrépore qu'ait poussé, peu à peu, à fleur d'eau, l'industrie des hommes.

C'est dans la ville la plus morte qu'on se sent le plus vivre, quand on est un homme vivant. De là, que Wagner m'est si cher à Venise. Je n'y peux voir que lui. Le reste ne compte guère, non pas même Goethe, patient et sage, qui ne se lasse jamais de marquer ses pas, fût-ce dans l'onde fugitive. Wagner n'y vient pas bercer ses vapeurs et promener en gondole ses entorses sentimentales. Mais pliant un grand amour sous lui comme une monture rétive, il choisit le brasier de Venise pour y enfermer les amants tragiques, pour les abîmer sur eux-mêmes, pour qu'ils y portent leurs fureurs au comble de la vie, où il faut que le délire tue et que Tristan s'anéantisse. La mort n'est pas l'excuse de la passion : elle en est aussi la fin. A Venise, Wagner immole ses héros ; et lui-même redouble de puissance et de vie.

L'heure du soir, déjà, talonne l'heure de pourpre. Le Lido s'ensevelit sur la lagune violette. Venise amoureuse se couche pour la nuit ; sur la soie des eaux, quelques fils d'or s'éteignent. Un à un, les feux de la Giudecca piquent l'air ; et les mâts sont plus noirs sur le ciel profond et tendre, comme la fleur de bruyère, au crépuscule, dans la lande. Ils lèvent le doigt au-dessus des lampes vertes et des feux rouges. Ils appellent la lune, et font le signe du silence pour la nuit d'amour.

Doucement, doucement, le mystère de l'ombre rend plus ardent le mystère des eaux. Sur les turbans des grosses cheminées, la lune pose enfin le croissant de Byzance.

Des barques passèrent, venant de Saint-Georges Majeur. On se jetait des roses. Les gondoles se cherchaient comme des mains. On riait ; et les femmes avaient ce rire, qui fait fléchir les genoux du mâle, qui lui est comme un chant. Des musiques tintaient, comme un appel, les grillons de Venise.

O sons, paroles, sillages dans la nuit claire, tout était amour, chair de femme, odeur nuptiale, folie et volupté à défaillir. Certes, ce qu'ils appellent la mort de Venise, c'est qu'ils n'ont point de vie.

En vain, je me possède ici moi-même, plus qu'ailleurs. Il y faut trop de combats ; et ce n'est pas assez, si l'on ne s'y rend pas aussi maître des autres. J'ai à conquérir un monde, dit le Condottière, et non à jouir d'une heure. Je reviendrai à Venise, quand j'y pourrai dormir.

XXXI. LUMIÈRE AU CŒUR DE LA GEMME

Sous la pluie de novembre, ou par le soleil enragé d'août, l'atroce Ravenne est toujours admirable ; et je ne sais plus si j'en préfère le marais silent, ou si l'ardente fièvre m'en séduit davantage. Dans la mélancolie d'automne et dans le four de la canicule, c'est la même reine à l'agonie, que le rêve dévore ; et tantôt, se souvenant qu'elle fut courtisane, Théodora s'abandonne aux songes de la volupté, insatiable en ses recherches, et avide des plus rares autant que dégoûtée ; tantôt, prise de tremblement, gagnée par la terreur à l'amour la moins trompeuse, celle qui ne se contente pas, l'impératrice de la luxure s'enfonce dans les rêveries de la mort, hésitant entre les chers supplices de la damnation et les visions du purgatoire. Ravenne en été est la chambre des pierreries qui mène à l'enfer. Et sous la paupière de l'automne, Ravenne est l'église violette où le péché fait pénitence, où la chair pécheresse cherche les délices de l'expiation, et n'ayant pas encore lavé les parfums de ses crimes, les mêle à l'encens d'une perverse contrition.

Au tard d'une journée humide et chaude, j'entrai dans l'étuve de Ravenne, sous un ciel ouaté d'orage. Le vent pluvieux, mol et doux comme les lèvres sans dents d'un enfant à la mamelle, pressait les nuages rouges. La planure infinie des champs et des marécages, la plaine de l'Adriatique et le firmament vaste, trois espaces immenses dérobent les abords de la métropole ensevelie. Quand il pleut, l'eau tiède tombe sur cette terre, comme un marais sur un marais. Le sol trempé se jalonne d'arbres mouillés ; les saules blancs ruissellent comme des noyés, et les peupliers gris font une herse, fichés entre deux mares pensives. Mais trois rayons de soleil parent, soudain, de flammes les rizières qui scintillent.

La ville brûlante et sombre retient les tisons du couchant entre ses dômes bas et ses tours rousses, comme aux mailles de plomb croupit le sang rouge d'un vitrail. Les clochers noirs sortent à peine de la terre morte, où la cité s'enfonce. Voilà une ville selon le cœur des solitaires.

Ravenne la taciturne m'accueille avec une générosité farouche, comme au retour de l'exil. Elle me fait présent d'un soleil plus ardent de passer à travers les averses. Quelle capitale pour la méditation.

Rues désertes, pavées de cailloux qui s'étoilent de flaques noires. L'herbe pousse entre les dalles. Les murs ont la lèpre verte. Aux carrefours, des cercueils en guise de bornes, et des sarcophages. Ravenne est vide. Des murailles sans fin, des couvents sans moines, des palais sans joie qui sont, peut-être, des prisons. Beaucoup d'arcs aveuglés dans les ruelles tortueuses ; et ces portiques ont l'air infirme. Hauts et ronds, les clochers veillent au flanc des églises, en cierges funèbres. Sous le poids de leur plein cintre, les édifices entrent dans la terre cancéreuse jusqu'aux genoux. Les vieilles tours branlent, comme les bras d'un prêtre centenaire au lever-Dieu, sous la ruée de l'averse oblique. Un désert règne entre les quartiers habités et les remparts. Telle la mort glace d'abord les extrémités, la vie s'est retirée peu à peu vers le centre ; mais le cœur aussi semble à demi gâté. La taciturne est ensablée. Je me rappelle la Darse étroite et longue, et sept barques moroses sur l'eau pourrie. Au loin, une barre sur le ciel, comme de la fumée noire. On se promène dans Ravenne, avec une sorte d'ombre, l'idée qu'on marche sur une autre Ravenne engloutie.

Basse entre les peupliers, la rotonde de Théodoric moisit dans la maremme. L'eau bourbeuse monte autour des piliers ; elle les suce et les mine par la base. La coupole est fendue ; les portes sont craquelées, et la mousse y a logé ses fourmilières endormies. Les blocs de la bâtisse sont creusés comme le bois mangé aux vers, ou comme les rides au visage d'une vieille grêlée de la petite vérole. On dirait qu'un tremblement de terre a descellé ce misérable, cet énorme tombeau, vide même des os que les Barbares y couchèrent.

Dans cette métropole de la fatalité, la basilique est une chambre des morts. Un souffle putride tombe des voûtes. La lumière aux portes est malsaine. Les éléments sont dissous. La terre se liquéfie, la pierre se couvre d'écume et le marbre s'émiette. Ha ! qui peut s'attendre à l'étincelante féerie de ces églises, quand on parcourt la ville muette et morte ? On croit entrer dans une cave ; l'eau qui suinte de ces cryptes semble l'épanchement horrible des sépulcres ; et ce tombeau est la sphère de Golconde, un tabernacle de pierres précieuses, un sanctuaire d'éblouissante magie.

A Saint-Vital, à Galla Placidia, aux deux Apollinaires, l'étonnante Ravenne est tout intérieure. L'or brille sous un voile d'azur sombre. Les métaux des mosaïques laissent errer de longues lueurs entre les colonnes qui fuient. Profonde, diaprée, c'est la couleur de l'émail et de la soie, la roue du paon. Violette et irisée, d'algue glauque et d'indigo, la splendeur de Ravenne est sous-marine.

O révélation du monde intérieur. Au-delà de la pourriture, au-delà du sépulcre, voici le trésor de l'âme, la toison d'or chrétien, le rêve : la couleur. Passé les murs moroses, Ravenne est un prisme dansant une ronde sacrée, d'un mouvement si lent qu'elle semble immobile. Cette nonne, enfoncée dans la boue, prie en cachant ses monceaux de pierreries : voluptueuse, extatique, son sourire ambigu a presque le dessin de la souffrance.

Tout ce qui était extérieur dans la basilique romaine est intérieur dans la chrétienne. Tout le dehors se replie au-dedans. Le monde se ramasse et se ferme sur son secret ; et tel est le mirage de Ravenne, telle est son apocalypse. Non, les Anciens n'ont connu ni la musique, ni la couleur.

Ravenne est une impasse de l'histoire. Elle a le feu noir de la défaite. Ville née pour la mort, on l'aime et on aime d'y mourir. Certes, la mort y a pris une étrange séduction. A Ravenne, meurent les derniers Césars, qui la préfèrent à Rome. Les dominations et les empires finissent à Ravenne, après Rome les Goths, et les Byzantins sur les Barbares. L'air de Ravenne est sain à toute agonie. On meurt, on meurt avec abandon, ici. Et le fort Dante y rend l'âme, avant le temps. Terre fatale, chaude cellule, féconde en deuils et en spasmes ardents. Elle est grasse de morts illustres et de douleurs, de tragédies et de songes. Sa magnificence est un cri dans un profond recueillement.

Théodoric, le barbare conquis et perdu par sa conquête, a subi le charme de Ravenne. On voit son palais dans les mosaïques de Saint-Apollinaire. Et déjà, c'est le monde moderne : on discerne le sens nouveau de la vie à l'abri des murailles. Les tentures sur les portes séparent le souverain de ses sujets. La maison ne donne plus sur la vie publique des Anciens ; elle respire un luxe qui leur fut inconnu, un élément de retraite : un désir triste, que la satisfaction ne contente pas ; un besoin, qui n'est pas l'appétit, quelque chose d'inquiet, de mystérieux et d'intime. Théodoric est l'Allemand qui tourne le dos au Nord. Il est touchant, dans sa force qui s'humilie. Il se roidit contre sa race ; il est fin et maladroit ; son œuvre est vaine comme son tombeau : la foudre le frappa, et le sépulcre est vide.

A Saint-Vital s'allume le songe de l'Orient, les perspectives étincelantes sur la vie intérieure. L'ordre clair des Anciens, qui est toujours direct, qui aime la ligne droite et la simple géométrie, le cède à un ordre nouveau qui recherche les courbes, les contrastes de la lumière et de l'ombre, toute la profondeur que la courbe engendre et qu'elle implique. Or, la courbe c'est la couleur, et la couleur c'est la musique. La couleur est l'espèce visuelle de la musique.

Des escaliers mêlent les plans et divisent l'espace. Des chapelles rondes varient le jet des murailles ; de longues niches les évident, invitant le regard à la méditation et aux idées verticales de l'attente.

Les mosaïques sont un incendie supérieur. Elles expliquent, comme un livre de gemmes, toute une théologie subtile en flammes colorées, en images immobiles, en symboles taciturnes. Tout le mouvement, toute l'éloquence,

toute la vie est désormais dans la couleur. Jamais la mosaïque ne retrouvera l'éclat de cette fleur première. Les légendes du sang et du sacrifice, les héros les plus mystérieux de
l'Ancienne Loi étincellent avec des figures tristes. C'est Abel
et l'Agneau ; Abraham et son fils sous le couteau ; le roi
Melchissédec offre le pain et le vin de son office magique, la
plus grave énigme de la Bible. Jéthro fait fumer l'encens.
Jephté immole sa fille. Comme on rêve, dans cet incendie
d'or violet et d'outre-mer ! L'or pétille dans la muraille. Les
éclairs de la pourpre déchirent les sombres vêtements.
L'émail blanc a les reflets de la cire et du gui. Les parois
semblent frémir, comme si le feu des murs et toutes les
flammes de la mosaïque brûlaient sous une pellicule de lin
ou quelque laiteuse vitre.

Et la cour de Byzance resplendit à Saint-Apollinaire,
Théodora avec ses femmes suivantes, Justinien avec ses
ministres et ses prêtres. La vie prend une forme étrange ;
elle a les attitudes de l'angoisse qui précède l'épilepsie, une
roideur trempée de larmes, une tranquillité que taraude la
peur. Hommes et femmes, les saintes et les saints, l'empereur et la cruelle impératrice, tous en rang, le visage exsangue, les yeux blancs, la prunelle énorme et ronde, comme
s'ils avaient pris de la belladone, tous, sans flancs et sans
épaules, les bras tombants, les orbites caves, ils ont l'air
rigide d'une attente dans l'antichambre du sépulcre. Et
d'abord, on leur trouve la mine de ceux qui vont mourir et
qui attendent leur tour en costumes de cérémonie. Pour un
peu, on préférerait qu'ils fussent couchés dans la nudité
dernière, comme les infortunés qu'on écorche sur les tables
de l'hôpital. Mais on sent bien qu'ils vivent : une cruelle
sainteté, un songe triste ; des têtes sans pensée ? Non,
saturées plutôt d'une pensée unique. Des corps sans chair,
et des lèvres minces ; mais sur ces bouches résident les
morsures d'un impitoyable désir ; et ces corps sans os sont
un réceptacle de voluptés. Un monde de bêtes bizarres
accueille ce cortège de momies redressées sur leurs pieds :
des biches hagardes, des oiseaux à long bec de squales, des
chiens velus d'écailles, des paons griffus ; les rosaces clignent des yeux mornes ; les palmes sont crochues et tirent

des dents en scie ; et les urnes aussi ont des ongles et des griffes. Cependant, une harmonie enveloppe toutes ces formes, ardente et lugubre, comme un parfum trop violent où la peau se macère dans le spasme, jusqu'à la mort.

Justinien et ses acolytes, si perfides qu'ils soient, si méchants qu'ils puissent être, si amers ou si dégoûtés, tous, ils sont les serfs de leurs femmes. Ils ne vivent que pour des voluptés qu'ils goûtent à peine, qui les lassent à mesure qu'ils rêvent en vain de les épuiser. Ils sont polis, sournois ; l'étiquette raffine en eux la cruauté. Et sous leur digne maintien, ils engraissent les larves de tous les stupres.

Théodora est bien la reine de ce monde frémissant et muet. Derrière elle et ses femmes étroitement drapées, j'entends les cris de la folie dans les chambres lointaines, les appels de l'hystérie au milieu des odeurs, les bonds dans la soie et le velours des orgies secrètes. Théodora taciturne gémit, menace et sanglote comme une possédée. Théodora, serrée dans sa robe, déchire ses vêtements et se roule toute nue sur les fourrures. Le linge le plus fin lui est une chape de soufre ; et sa peau glacée est un supplice pour le feu qui la brûle au-dedans. Elle est haute, maigre, rongée. Elle n'a ni gorge, ni hanches. Dans sa figure longue, elle ouvre des yeux de chouette. Elle est nocturne, et marinée dans les charmes de la nuit. Elle est pleine de fureur voilée, et rêve d'un opprobre éclatant. Elle contemple un désir, qu'elle désespère de rencontrer ailleurs qu'en elle. Plus elle élargit les yeux, moins elle reconnaît ce qu'elle semble voir. Elle a le manteau de l'eau qui dort, sur une âme nue comme la vipère, chaude comme la panthère, pareille à un repaire de péchés.

Elle et ses femmes, toutes yeux, toutes lèvres, telles de longues fleurs pâles, qui se fanent déjà, et déjà elles corrompent l'eau du vase, se dressent sur l'ombre dorée, comme des fantômes ; elles ont le port de flamme triste, la longueur vénéneuse des apparitions ; rêvant, elles ont les formes du rêve. Et l'on sait que leur voix est un enchantement, soit qu'elle roucoule, soit qu'elle haïsse. Leur chair se dévore ; en elles, il est un chant ; et si mortelles au bonheur puissent-elles être, qui les approche n'a plus un regard pour toutes les Glycères et toutes les Rhodopes de l'Antiquité.

Blêmes, crépusculaires, décharnés, que veulent-ils pourtant, ces personnages, suspendus entre le ciel et la terre ? Ils ne se roidissent point sous le coup de la Loi. Ils s'abandonnent, plutôt. Ils ne sont plus soumis au destin, ni en lutte héroïque. Leur destin est en eux. La vie intérieure a commencé, et les absorbe. Les formes sont déchues. L'art ne suit plus la nature. La joie n'est plus dans le mouvement, mais dans une certaine émotion cachée. L'immobile symétrie se substitue au rythme des membres et des groupes. L'analyse des gestes semble vaine. La vie n'est plus une onde qui circule dans les muscles. La plante naturelle, si belle en ses moindres traits, est dédaignée. Sous les robes, il n'est plus de jambes ; les bras sont de bois ; les vêtements ne sont plus le miroir du corps qu'ils enveloppent ; mais ils ont de très beaux plis. La statuaire est morte. Et morte l'action. Mais Psyché dans les limbes est au berceau de Ravenne.

A quoi répondent les mouvements, si ce n'est plus aux actes ? Ils traduisent les états de l'âme qui s'éveille : l'extase, la vision, le remords, l'amoureux espoir du miracle, les surprises de la conscience et ses cruels ennuis. Ce qui est du corps est tombé en enfance ou en décrépitude, peut-être en mépris. Les mains ne sont plus faites pour rien tenir ni rien prendre : étroites, diaphanes, ce sont de tièdes tubéreuses, fleurs de serre, outils de péché et d'oraison.

Ils sont maigres, à l'ordinaire des mystiques. Ils s'entourent de lys et de roses. Les pampres, les lauriers, les rameaux d'or leur font de douces chaînes ; et ils sont indifférents aux fruits. Ils passent, avec dilection, du baiser à la prière. Leurs lèvres murmurent l'imploration dans les caresses ; ils sont pleins de tremblement.

La conscience et le cœur, la folie de la croix et les délires de la luxure, tous retours sur soi-même : combien l'homme s'est approfondi, en se resserrant ! Vous dites qu'il ne pense plus ? qu'il s'hébète dans une idée unique ? Mais attendre, se fixer sur une pensée, c'est la forer jusqu'au sentiment ; et tout y entre. On croit à l'universelle décadence ; et au contraire, la vie muette, dans la profondeur close, engendre la musique et l'amour. Les femmes se font plus belles de l'âme qu'on leur donne ; la Vierge veille derrière les folles passions. Ce n'est pas Rome seulement qui survit au milieu du silence magique : entre les mains du Christ, deux mondes se joignent, l'Italie et l'Orient.

Quel mépris devaient avoir ces fins Ravennates, amateurs de parfums et de belles étoffes, pour les grossiers Barbares, vains et lourds ; le même que nous avons pour d'autres Barbares à nos portes. Et les nôtres sont armés de la science, comme l'étaient de la hache ceux de la Germanie. Eux aussi, parce qu'ils hurlent, qu'ils se vantent et s'agitent, qu'ils nous dégoûtent de toutes façons et nous forcent à la retraite, ils se flattent d'avoir l'avantage et de vivre fortement. Comme s'il n'y avait pas plus de vie dans un sentiment passionné qui se cache et s'exprime à voix basse, que dans cent mille brutes qui votent et qui boxent, mais grâce au ciel, qui ne sortent pas du champ sans une oreille déchirée et le nez en compote. Et quand l'un de ces animaux casse la tête à l'autre, ou s'ils se la rompent tous les deux, il ne paraît pas qu'il manque rien à l'un ni à l'autre. Je mesure la force de la vie à la beauté qu'elle porte.

Je vis ici avec les hommes que nous serons dans deux ou trois cents ans, peut-être. Il faudra fuir au fond de nouveaux monastères, dans une Ravenne nouvelle. Là, tandis que les brutes rempliront l'univers de leur fracas, la passion véritable battra les heures de l'homme, dans le silence. Un musicien au mystère d'une chambre, une femme amoureuse, qui offre à l'amour toutes les merveilles d'une culture vingt fois séculaire, un chant, une ardente harmonie, voilà la vie puissante, et non pas vos ignobles ébats dans vos rues frénétiques.

Le sentiment fait naître la couleur. C'est du cœur que l'harmonie s'élance : le cœur, cette puissance médiatrice entre la chair et l'esprit. La couleur est d'abord matérielle. Elle est plastique, elle a un corps et un volume en pâtes de verre : la mosaïque est une couleur qui se laisse manier, et qui tient encore à l'antique. Elle est lourde comme le métal et la pierre précieuse. Elle mêle les cubes d'or, les disques de nacre, les lunes d'argent. Mais avec toute cette épaisseur, elle joue la lumière : elle sert de matrice à Psyché. Il ne faut point s'attarder aux détails : comme toute musique, l'art de Ravenne est un ensemble.

L'art classique paraît froid près de cet incendie et de ce rêve. Où l'âme se montre, on ne veut plus voir qu'elle. Psyché était morte chez les Anciens, n'ayant pu vivre avec l'Amour. Psyché, conçue dans la couleur, fait ses premiers mouvements : elle s'éveille à Ravenne. De là, ces yeux immenses, tournés sur un monde inconnu.

O solitude des absides. Elles sont huit dans le sépulcre circulaire, où triomphe Théodora. Le seul jour luit d'en haut, tombant comme dans une cloche au fond de la paix marine. L'étrange église, faite de dômes mous portant sur des piliers lourds, semble une plante sans nom des profondeurs, une méduse de pierre, dont les tentacules cherchent le sol, et dont les oignons, les racines bulbeuses flottent en l'air. Le calme de ce vaisseau enveloppe un mystère. Le grand silence est un cri qu'on étouffe. Tout, à S. Vital, est en hélices et en spirales ; tout y a des retours et des repentirs jaloux. Seule, la lumière confesse son secret magique. On ne pense plus à la Bible ni à l'Evangile, ni aux anges, ni à la majesté impériale. Le désir de savoir et de comprendre s'éteint. J'ai pris de l'opium. Il pleut de l'or, avec douceur, dans l'Orient triste... Les visions se déroulent sur une trame d'ombre. Le bleu est le ciel du crépuscule, sombre velours ; le vert est de mousse et d'émeraude. L'orange chante à l'octave de l'or ; le blanc pur des voiles est doux comme les plumes du cygne. Et le violet tient tout l'accord. Le goût profond de l'harmonie, la vertu musicale, voilà le don qu'offrent au monde les hymnes de Ravenne.

L'heure est venue de plonger les yeux dans les yeux du Christ, à Saint-Apollinaire Neuf. On ne le saurait voir de trop près.

Des yeux, il est tout yeux ; les paupières et les sourcils les triplent. Le corps entier a le jet d'une longue pupille. La figure ovale, les joues maigres, la barbe pointue, toutes les lignes vont aux yeux ; et ce grand espace, entre les lèvres et

le front, où les analystes du visage humain se plaisent à
reconnaître la correspondance du cœur. Le nez droit est
d'une très belle et fine arête. Les oreilles sont cachées sous
les cheveux. Au front bas et large, feuille une merveilleuse
chevelure, séparée par le milieu, qui coiffe le crâne d'une
admirable forme. Et quelle bouche ! elle aussi, le dessin des
lèvres, et le pli des narines en triple l'expression. Une beauté
inouïe s'annonce dans la douleur et la maladie même.

Telle est la grandeur de cette invention : le Christ de
Ravenne révèle la beauté dans la douleur, et à quelle profondeur inconnue peut aller la tristesse. Le nouvel homme
est né : il sera douloureux, et n'aura pas honte de l'être ; il
sera dans les pleurs, sans être avili ; il pourra souffrir, et n'en
sera pas accablé. La beauté demeure et se renouvelle. Un
monde sépare le Christ ravennate des dieux romains. Avec
tant de douceur, la divine figure est sans faiblesse. Que ce
Christ est près de nous. Combien sa triste gravité me
touche. Il nous ressemble par la méditation sur soi-même,
et par les pensées qu'il endure. Il est bien loin de tous les
jeux. Voilà l'homme en qui s'est faite la conscience d'être
homme entre les hommes. La tristesse mortelle est en lui
d'avoir la vie, d'être né pour la mort, de le savoir, et enfin,
dis-je, la douleur d'être un homme.

Les hommes ont toujours vécu pour jouir du monde et
d'eux-mêmes, quoi que l'on pense. Ravenne et son peuple
voilé, descendant la pente, ne se souciaient pas des siècles à
venir. L'humanité passe pour usée jusqu'à la corde, et elle
invente un art, dès qu'elle y trouve une source de plaisir.
Là-dessus, les professeurs de le condamner comme malsain ; mais rien n'est malsain, que d'être professeur.

Que les forces de la dissolution sont patientes ! comme
elles sont sûres, et qu'elles peuvent être belles aussi ! Dans
la couleur, en ses accords brûlants, réside la volupté. La
couleur est toujours un doux délire. L'harmonie des tons a
sa chaleur spirituelle, et une ivresse que les fibres vulgaires
ne sentent pas. Le dégoût sans borne de la couleur pour la
ligne droite est un mystère ; et ce dégoût n'est pas froid. La
froideur seule est haïssable. Plus d'une fête pompeuse de
l'art, en tous les temps, est pauvre, si on la compare à la

tristesse, à l'agonie ardentes de celle-ci. Mais c'est une ruineuse magnificence.

J'ai fini la journée, cherchant la mer, à travers la forêt.

La mer là-bas, la mer, toujours plus loin, toujours plus près. Enfin, c'est elle, l'Adriatique verte. O flot tragique.

Plus personne, ici. Pas même un berger malade. Nulle présence, si ce n'est celle de la vivante Italie ; et je sens sa blessure. Des voiles latines vont contre le vent. J'épouse la querelle de Rome contre les Barbares. Je revendique cette mer pour la grande Rome, avec elle et contre eux. Flot tragique, et surtout d'avoir laissé derrière soi la dernière capitale, morte, invisible et muette. Une frange d'écume ourle les vagues glauques. Un long nuage noir coupe le ciel par le travers, du nord au sud.

Je suis tenté par la négation. Un rire amer me prend, qui moque l'espoir de toute la terre. Un rire contre leur vaine antiquité, et même contre Rome. Où donc est-elle plus qu'ici enfoncée jusqu'aux cheveux ? En tous leurs triomphes, ils n'oublient que la fin. Ici donc, ont fini les consuls, les légions, le Sénat, les Augustes. Ils ont reculé devant le roi de la cendre et l'empereur de la poussière : une éminente dignité, s'il en fut, et qui brave les révolutions. Une ville vue de haut, un empire, tout un monde, qu'est-ce après tout ? Ce n'est qu'un homme, un rien, un peu de fièvre, le souffle d'une ombre, une mousse sur un pan de décombres. On est toujours assez haut, sur le bord désert de la mer. N'ont-ils pas cru noyer la mort, aussi, en la faisant chrétienne ? La mer, la pleine eau de l'oubli, son règne est bien à l'horizon de Ravenne. L'écume meurt sur le sable hagard ; les serpents endormis des algues roulent paresseusement de la grève à la vague.

Mais je ne ferai pas séjour dans la pensée qui nie. Le plus vaste et le plus désolé des espaces, même aux portes de Ravenne, et sur le seuil visible de la mort, ce n'est pas pour me livrer au flot que je retrouve la mer. Sublime, elle n'est pas sans espoir. Car l'heure, non plus que l'action, ne s'arrête pas. Voici que l'ombre se charge d'écarlate : la mer attend le soleil ; et pour le moment prescrit, infaillible, le soleil viendra.

XXXII. DANS LA PINÈDE

De Ravenne à l'Adriatique.

Vers l'orient, Ravenne ne finit pas ni ne commence. Elle vient de la mer qui la fuit, et se retire sans elle. Ses ports sont dans la poussière ; et parmi les canaux, une forêt merveilleuse a pris la place des flottes romaines.

Les tours et les clochers, sur le ciel de l'ouest, dévorent la lumière. Ravenne descend, exténuée. Le grand désir de la mer la persuade de la rejoindre sous le sable. Elle s'enfonce dans le marais poudreux qui l'en sépare. Ravenne est veuve, elle est en deuil de l'Adriatique, cette épouse perdue, si chère à tout cœur italien, si cruelle et si douce au fils de Rome.

Sous les portiques des pins, route rêveuse qui mire les verts péristyles, le canal suit le canal, longue, longue et pure ligne d'eau, tantôt bleue, tantôt verte jusqu'à la noirceur la plus noire, sombre cristal. Et comme tous les pins s'inclinent vers l'occident, où le vent marin les penche, toutes les eaux coulent vers l'orient ; toutes les molles herbes, les nénuphars, les lentilles, les algues sveltes des nymphées s'étendent, se couchent dans le sillage de l'eau tranquille ; et le canal, les feuillages humides, les ruisseaux, toute la vie végétale et toutes les eaux cherchent l'Adriatique, la passionnée et soucieuse Adriatique, très amère au cœur italien. Et parce que le fils de Rome a droit sur la mer, que les Barbares lui refusent, les herbes et les eaux, le canal, les rivières, le courant, tout y va d'une pente insensible et mystérieuse, avec la lenteur d'un amour qui se réserve, mais qui arrachera, quelque jour, d'un bond, la victoire promise.

Ravenne s'efface enfin, dans la terre où elle est ensevelie. Solitude admirable, qui réveille tous mes accords avec la nature, et dans chacun toutes les notes de la vie. Cette forêt de pins est le sanctuaire de la méditation, l'église d'une beauté divine qui se connaît et se contemple. Rien n'est plus à Dante qu'elle, et c'est Dante qui l'emplit, chantre à l'autel, prêtre sombre et magnifique. Voici la forêt du Purgatoire, aux confins du Paradis : le Purgatoire, le plus beau des poèmes, parce que le purgatoire est le plus propre à l'homme ; il contient tout, la faute et la justification, la cause et les effets, le péché qui est la fin du plaisir, et l'ardeur au salut qui purifie le désir en cendres, lieu sûr où la vie et la mort se confrontent.

Un frémissement courait entre les branches. Le ciel sanglant rougeoyait dans les pins et sur le miroir bronzé des eaux. Une voile rouge glissait au loin, sans qu'on vît le bord ni la barque, telle une aile sans l'oiseau.

Au bout de la hampe écailleuse et purpurine, qu'inonde la clarté du couchant, les pins de Ravenne s'étalent, ces beaux poumons de feuilles sur une artère qui jaillit de la terre violette, et qui se courbe en crosse vers l'occident.

Ce n'est point le soleil, ce n'est point l'ombre : comme à travers le vitrail de la solitude, le jour descend à travers le réseau des pins qui se touchent par la cime. Le sol est d'émeraude et de violettes, velouté d'aiguilles rousses et de profondes mousses. Entre les colonnes de la mystérieuse église règne une lumière sans pareille, plus calme que le matin sur la mer, et plus égale, plus égale que le sourire. Le canal, à perte de vue, reflète les nefs de la forêt, les genévriers, les buissons, une voile.

Toute la main des branches, en son duvet d'aiguilles innombrables, s'offre en miroir au firmament. Et quand l'heure du soir s'avance, le ciel est sur le dos de ces mains vertes ; et par-dessous, la paume voûtée retient le feu du soleil rouge.

Et ce n'est pas, non plus, la fureur du vent qui gronde dans la forêt mystique ; mais plutôt, la respiration lente et profonde de la brise, une haleine légère, pleine de douceur et de caresse, unie, égale et paisible comme la lumière même. Tel est le rythme des pins, la pulsation de leur cœur végétal et de leur plane rêverie, qu'elle laisse couler avec les plus purs rayons du soleil, la plus suave essence du son.

Au-dessus de ma tête, les pins résonnent comme le sol des violons, sous un archet qui trémole à l'infini, avec une force contenue et une égalité sans pareille. Dans le lointain, plus graves que violons, ce sont les orgues aériennes de la forêt, le bourdon des basses et des violoncelles. La calme pédale porte toute la mélodie des oiseaux, des couleurs et de l'heure sereine. Et si c'est l'archet du vent sur les cordes des pins, ou le chant de la lumière, je ne le sais point. O mélancolie divine, non plus dans le brouillard, mais dans la clarté la plus pure et la plus égale.

J'errais dans la forêt sublime, que les canaux prolongent d'un triple et quintuple miroir. Je me retrouvais dans cette tristesse sans limites, comme aux bords de l'Océan ; mais ici, le calme ne venait pas d'une volonté plus forte que le trouble, ni d'une douleur accomplie ; il naissait et renaissait de la lumière irrésistible qui, pénétrant les corps, finit aussi par pénétrer le cœur.

Pensif, entre les pins, je vis un homme jeune et beau, qui levait les mains vers le soleil, et les contemplait, pleurant de les trouver sanglantes. Vêtu de soie et de velours, à la mode des anciens temps, il semblait un de ceux que le grand Alighieri rencontre en son voyage, au séjour de la purification. Il était douloureux comme la conscience ; et son visage, pourtant, s'illuminait de cette pâleur ardente qui est l'innocence du malheur.

J'allai vers lui, plein de la sévère compassion qui m'est propre ; et je l'interpellai : — Qui es-tu ? Réponds-moi, homme beau et si triste. Il me semble te reconnaître, ne t'ayant jamais connu. Mais, parce que tu es fier et que je le suis peut-être, ne parle pas, si ma présence te blesse et si tu te refuses aux questions.

Il me dit : — Si je suis une ombre qui poursuit une forme éternellement vivante, ou si je suis un vivant, dont la douleur immortelle poursuit une chimère à jamais, je ne puis pas le dire. Tout est confus pour moi, depuis que je commençai d'aimer. J'ignore où je suis. J'ignore où je vais. Je ne sais plus rien, sinon que j'aime, que la douleur est en moi, et que me recréant sans cesse, cette douleur, sans cesse je la crée.

Moi, Nastasio degli Onesti, l'adorable infortune d'aimer m'a pris, un soir d'avril, dans Ravenne ; et depuis, ce tourment, qu'on préfère à toutes délices, ne m'a plus quitté. Amour est sans pardon, Amour est sans pitié, Amour est sans retour ni relâche.

Comme j'ai été la proie d'Amour et dois toujours l'être,

Amour fait aussi sa proie de ceux qu'on aime et qui ne veulent pas aimer. Ainsi, le malheur d'aimer s'étend au-delà de l'amant, à tout ce qu'il aime. Qui en fit l'épreuve plus que moi, qui suis immortel pour désespérer ?

Ecoute. Elle m'a dédaigné. Elle ne m'a pas accordé un regard ; elle ne me fit pas l'aumône d'un mensonge ni d'un sourire. Alors, je suis venu dans la forêt, pour oublier. Car il n'est que de fuir : du moins, je le croyais.

Mais plus j'ai vécu dans la solitude, plus mon cœur fut tout à son amour. Un grand amour a toute la nature pour complice. La vie de plaisir ne me fut jamais rien.

J'ai été visité des courtisanes : mais la plus jeune est vieille comme le lit de Salomé, et leurs rires sont un trésor d'ennui. Et la femme adultère est une pêche pleine de vers, sur un noyau pourri. Dans les voluptés d'emprunt, un amant malheureux se déchire. Tout plaisir est dégoût, pour celui qui est privé du seul amour qu'il désire.

Je promenais mon mal dans la forêt ; et tous les pins me connurent ; les vipères ont su tous mes pas. J'avais dressé des tentes en soie d'or sous les ombrages. Et comme d'autres courtisanes, des amis, des parents me visitèrent. Mais je les fuyais, dans le même moment que je me forçais à leur faire l'accueil le plus digne. Je les saluais. Je les invitais à prendre place. Ma maison, mes chevaux, mes écuyers et mes pages, je leur quittais l'usage de tous mes biens. Je ne leur demandais, en retour, que de me laisser mon silence. On leur servait les mets les plus rares et les vins les plus vivants. Mais au milieu d'eux, et de leur rires autant que de leur condoléance, moi seul j'étais absent de ces festins.

Taciturne, sans regard pour les plus belles jeunes femmes, sans ouïe à leurs plus suaves propos, rien n'a pu me donner l'oubli de ma torture ni de l'heure, rien n'a charmé ma misère, que parfois la musique. Car la musique est amour, et l'amour tel que chacun le forme en soi-même. Et ce n'est pas que la musique console la peine ; mais au contraire, elle l'accroît, elle la rend si profonde qu'on s'ensevelit en elle, et qu'on se confond enfin dans sa profondeur.

Or, un jour, au déclin du soleil, je vis soudain, avec terreur, la fille des Traversari, celle dont l'amour fait mon tourment. C'était elle, elle-même, dans sa forme ineffable et telle que je n'aurais jamais dû la voir, dans sa jeune nudité.

Elle était nue, et fuyait. Ses pieds blancs frappaient la terre au vol, comme ceux de l'Atalante ; ses talons d'ivoire rose couraient sur les aiguilles dorées des pins. Elle ne criait pas ; mais ses yeux ruisselaient d'une insondable tristesse ; ses regards étaient pareils aux sanglots de la vision, pareils aux larmes sans secours, à ces pleurs qui n'ont plus de cause, parce que tout y entre et que la cause en est dans tout.

Trois chiens blancs au museau rouge galopaient sur ses chevilles, la pressant de leurs crocs, happant tantôt la jambe, tantôt les flancs. D'un bond, le lévrier enfonça sa tête de furet dans la poitrine chaude ; et les dogues du Nord mordant la jeune fille, l'un au plus tendre des cuisses, l'autre au parvis du ventre, ils lapaient le sang à même la chair charmante en ses courbes de fleur. Le dogue gris fouillait sous la ravissante ogive du sexe, où le temple virginal se retire, comme une source et son pelage d'acier était teint d'écarlate en trois rubans ; et sur son crâne et ses oreilles, frémissait une résille de rubis.

L'épouvante secouait la blonde chevelure sur les seins de la jeune fille ; et les pointes mordues de la gorge étaient pareilles à deux cerises sous les feuilles, que le vent agite. Tandis que les chiens la déchiraient, elle murmura dans les sanglots : « O grief de l'amour, ô coulpe si grave que rien ne l'allège, ô malheureuse, malheureuse qui fus désignée, plus qu'à la flèche, à la vengeance d'Amour ! » Les dogues, en grognant, ne s'arrêtèrent pas de mâcher la gorge et le ventre ; et, comme ils mangeaient le cœur pantelant, les cors sonnèrent dans la forêt, jusqu'à la mer ; les échos retentirent d'une mélodie sauvage et douloureuse ; et de toutes parts, le même chant se fit entendre, que le nord renvoyait au midi, et l'ouest à l'orient : « Voilà, voilà l'Amour, et voilà ses vengeances. »

Et les pins, au son des cors, frémirent de toutes leurs branches, depuis la tour sanglante de Classe dans le soleil couchant, jusqu'à la mer. Et elle, alors, dit en pleurant : — O cruel, cruel amour, plus cruel cent fois que ne fut jamais la haine ou mon indifférence, que t'avais-je fait pour être aimée ainsi de toi ? et faut-il, chaque soir, déchirée, que je meure de la sorte ?

Et moi : — Que t'avais-je donc fait, dis-le, pour que je t'aime ? et quel fut mon crime contre toi, que tu te fisses tant aimer ?

— N'avais-je pas le droit de me garder pour quelque autre qui me plût ? fit-elle ; n'étais-je pas libre, étant née sans entraves, de me réserver à moi-même ?

Je compris soudain qu'elle mourrait, si je ne l'aimais pas ; qu'elle ne vit éternellement pour sa torture que grâce à mon amour ; et que son châtiment de n'avoir pas aimé enfin, c'est que je l'aime. Elle était tombée dans son sang, et se releva bientôt toute couverte de cette pourpre, comme une vierge dont l'hymen serait le cœur, ce cœur qui lui est arraché sans cesse de la poitrine, pour lui être sans cesse restitué, à seule fin qu'un nouvel arrachement l'en tire et la déchire. Et je compris alors qu'elle ne pouvait pas obtenir la grâce du repos ni le baume de la mort, parce que je l'aimais toujours et que, ne devant jamais finir de l'aimer, mon amour la garde, pour jamais, au châtiment de la vie, et au retour sans fin de la douleur.

Dans la basilique des pins, où chaque arbre est une colonne de porphyre, l'or du couchant, à présent, chante complies. L'immobile incendie sommeille encore sous les ombrelles. Et tous les oiseaux s'étaient tus. A peine si, de loin en loin, un cri léger, la dernière note d'un trille, tombait, comme une goutte, dans l'effusion de la lumière. Le silence du soir accomplissait la mélancolie du crépuscule. Pour suave, pour enchanteur qu'il pût être, quel chant de rossignol n'eût pas troublé l'immense rêverie de ce désert, à l'heure suprême ? La perfection s'achève dans le silence.

Tout est rêve, tout est silence.

La tête des pins est déjà dans la nuit bleue. Et sous les arbres, l'ombre est presque noire ; mais les colonnes sylvestres sont rouges encore, et leurs pieds baignent dans le sang. Tout est silence, sauf un murmure lointain, comme la respiration de l'eau, et peut-être, là-bas, dans quelque taillis mouillé, la flûte lente d'une bête nocturne.

Et par l'espace ardent, le bruissement des pins frémissait en cadence, pareil sous le vent du soir à une mer plus haute, qu'un souffle du large eût poussée sur les sables célestes. Dans le calme et la mélancolie, je m'abîmai, comme la sainte forêt, sur moi-même, retenant le feu de l'occident dans mes paupières, et me laissant bercer à la paix sans fin de·la grande harmonie.

XXXIII. LE MILLIAIRE D'OR

Entre Cesena et Savignano.

Quel che fù, poi ch' egli usci di Ravenna
E saltô 'l Rubicon.

Or, tel il fut, après avoir laissé Ravenne
Et fait le saut du Rubicon.

Midi éblouissant. Il faut mettre pied à terre, ici, où nul ne vient. Mais que nul ne le tente, s'il ne porte à ce lieu désert une passion égale au feu qu'il garde jalousement.

A chacune de ses flèches, le sagittaire d'or fait cible dans mes yeux. Je suis noir et rouge à moi-même, dans la clarté. Je marche dans la flamme de la volonté et dans les tisons de la force solaire. Noms sacrés ! Il est des noms qui ont la vertu d'un acte.

Entre les montagnes grises, où poudroie l'olivier, et la mer proche, une plaine brûle, creusée d'étroits vallons, pareils aux douves d'une citadelle abîmée dans le sol. La terre est de cuivre et d'argent ; et les ombres, de bronze. Le lit des torrents est fait de lingots jaunes, fendillés par la chaleur. Une poussière éclatante dort sur la route, une farine de clarté torride, blanche comme le fer rougi à blanc, et, quand on lève les yeux, bleue comme l'irradiation de la masse incandescente.

Voici l'heure que le soleil fait un manteau royal à l'homme marchant. Il vêt de pourpre celui qui ose. César n'est plus un nom que les princes d'occasion portent comme un masque. O César, tu es l'homme, et mon homme.

Que cette terre dure, que craquèle la canicule, est bonne au talon d'un conquérant ! Comme elle le frappe, coup pour coup ! comme elle le repousse ! comme elle le fait bondir, lentement, sûrement, lui refusant les attaches puériles du plaisir ! Il faut avancer sous ce soleil. Il n'est que de suivre la ligne la plus droite. Je bats du pied les sillons rouges. Bonne terre, qui fait la sueur du héros, qui le force à rendre jusqu'au dernier atome de sa graisse, cet amour pour la paix qui finit par barder les plus forts d'indifférence.

L'air tremble d'ardeur et de joie. La vibration de la lumière semble sonore, comme si le soleil, filant son cocon d'or, là-haut dans le ciel, bourdonnait au plafond de l'univers. Celui qui s'avance seul, entre les deux torrents, à l'heure de ce midi magnifique et solitaire, tremble aussi d'ardeur et de joie.

Plus sec que le talc, le sol est ridé de plis bruns qui brillent ; et de toutes les rides, le soleil fait des pépites. L'herbe calcinée jaunit sur la pierre à fusil, qui lance d'obliques étincelles. Comme les vertèbres éparses d'une échine fendue par le milieu, les débris de silex sont semés sur les deux pentes du torrent, dans son lit tari de sève et de moelle.

Le terre exhale une odeur de bête, une senteur forte de peau, de pavot et d'amande, un goût amer de lauriers. L'air salin passe sur des buissons, où se dessèchent la menthe et la chaude lavande. Les têtes noires de l'ivraie luisent sous un duvet d'argent. Quelques fleurs courtes, aux lobes charnus, plissent les lèvres au pied des lauriers maigres, dont la lance écarte la foudre. Comme sur un bouclier, le soleil frappe sur la plaque du ciel : ce n'est pas un coup brutal ; il ne heurte pas le disque d'un mail trop fort ; mais au contraire, il frôle le métal, comme fait le timbalier habile ; et c'est à l'infini un frémissement d'or, puissant et doux, qui suscite en moi les pensées du triomphe : ainsi le cheval de guerre dresse les oreilles au premier choc des cymbales.

Que ce soit l'un ou l'autre de ces fossés pierreux, et si l'Uso ou l'Urgone, qu'importe ? C'est ici le Rubicon, et nul fleuve n'a la grandeur de celui que César a passé.

Ici, le grand César, déjà quinquagénaire, a froncé le sourcil ; et pesant son destin d'une main, et dans l'autre celui du monde, il a dit, pour toujours : « Je veux ». Mais plus haut encore dans la pensée que dans l'action, et bien plus prince, il n'a pas déclaré sa volonté sans rendre la part, qui lui est due, à la force fatale, qui est plus puissante que tous les puissants ; il a donné la forme du jeu à l'acte d'une volonté pourtant irrévocable ; et forçant le monde à la loi qu'il suit encore, le grand César en a jeté les dés, dans la partie de la fortune.

J'ai pris de ces cailloux, et je les ai baisés. Il y en avait un, d'une forme parfaite, un galet roux, pareil à un pétale de genêt : je l'ai vu poli par les siècles ; et là, depuis César. Je l'ai mis dans ma bouche, pour avoir le goût de la victoire. Mes trente ans, alors, ont tressailli d'espoir : un empire illimité est devant moi : voici la vie, et l'horizon du règne.

Rien de plus enivrant, sur ces bords d'orgueil, que le désert et l'incertitude même du lieu.

Toi, tu l'as vu, nature, l'homme unique, qui pensait en agissant, qui agissait en pensant, toujours prêt à rompre ses amarres, dans un suprême détachement de ce qui l'attache le plus, l'homme de toutes les passions, de toutes les forces et de tous les oublis, l'artiste souverain de l'action. Et si l'Urgone ou l'Uso, qu'importe ?

Tel pas, qu'il a fait ce jour-là, retentit encore par toute la planète.

Je m'enivre de cette présence au soleil, de ce coup, de ce nom. Je respire plus fort à cette place sacrée. Hier, il était là : il n'a rien vu de plus que ce que je vois ; il a pensé clair comme le ciel que j'ai sur la tête ; il a pris son parti ; et il a donné l'ordre.

Il avait cinquante et un ans ; et c'est en lui la beauté que je ne sais à aucun autre. Quoi ? la soif de dominer ne le rongeait-elle pas depuis un quart de siècle ? Mais ce n'est pas assez dire : depuis cinquante ans, depuis cinquante siècles.

Et moi aussi, j'ai droit sur cette Italie, dans mon amour sévère. Je n'admirerai pas la laideur, ni ailleurs, ni en elle.

Le soleil me tient par la nuque ; il me mord au cou, comme le lion d'Assyrie enfonce ses crocs dans la nuque du roi. Je n'ai pas mangé depuis trente heures. La lumière nourrit.

Que la vie est belle, sur les cailloux de ce torrent. Entre la Voie Emilienne et la route de Rimini, c'est la borne de la grandeur ; et la volonté d'un seul en a fait le milliaire d'or, le départ de la conquête, pour tous les temps.

Je me promène dans le feu, allant de l'horizon marin à l'horizon de terre. L'enchantement des collines, c'est aujourd'hui, pour moi, que là s'ouvre le chemin de Rome ; et l'enchantement de la mer, qu'au-delà c'est Pharsale, la rébellion écrasée et Cléopâtre captive.

Ce lieu brûle mes pieds, comme une flamme solide. Et sur ces pierres rousses, je laboure tous les pensers de la puissance.

Ce n'est qu'un petit ruisseau à enjamber, une écuelle à sec de terre rouge. Mais il s'agit toujours d'une action capitale, d'une tragédie où il va de la vie, d'un empire à conquérir. Il faut mesurer le pas, et le sauter. En avant !

Le ciel bleu à bandes jaunes est un signal pour la gloire de l'homme. Le galop du sang fait dans mes oreilles le tumulte des armées en marche. J'entends le marteau des sandales guerrières, les étendards au vent qui claquent, la cloche des armes qui sonnent, le rythme des cavaliers et des chariots qui roulent. Et César solitaire, à deux longueurs de cheval, précède la chevauchée.

Pousse avant, mon César. Entre dans la terre défendue, et qui t'est promise, comme la proie est due à qui peut la prendre et la garder.

Que le soleil est beau sur ton front chauve ! Que la lumière est juste entre tes tempes modelées par la souveraine mesure. Tu n'as pas la tête d'une idole ni le crâne épais comme les grandes brutes du Nord, qui ne connaissent la force que dans l'excès, qui ne sentent la grandeur que dans la lourdeur du colosse. Tu es le plus puissant, et tu as la grâce de ta puissance. Tu commandes à la guerre, et tu séduis la paix, œil noir qui griffes et qui contemples.

Va ! Jusqu'ici, comme les terrassiers, quand on fonde une ville, déblaient d'abord le sable et la terre meuble, puis ils enfoncent le pic dans les gros os de la mère, ils décousent la craie, le grès, et la roche la plus dure, jusqu'ici tu n'as réduit que les Barbares, et l'Italie même que tu t'es soumise sent encore les boues du Septentrion. Pousse à présent dans le granit romain. Va, entre au cœur de la puissance. La veine du Tibre est ouverte pour toi ; et c'est toi, mon César, qui dois la remplir de sang.

Entre. Va faire le bonheur de la plèbe, malgré elle. Va lui rendre son seul droit, qui est d'être heureuse et de se taire. Ni la plèbe ni les femmes n'ont la parole. C'est l'homme qui doit parler pour elles ; c'est lui, le maître, qui leur fait le fils souhaité, le mâle avenir.

Descends de cheval ; passe sur l'autre rive. Il faut prendre possession de la terre avec toute la largeur du pied. Va fermer le Sénat, et le rouvrir quand il aura salué ta présence.

Parais. Et que le silence se fasse parmi les rhéteurs du pouvoir et les philosophes de la République. Et d'abord, tu fermeras la bouche à ceux de ton parti : entre tous, ils te dégoûtent ; tu es le petit-neveu de Vénus, tout de même ; et ces gens-là, quand ils parlent pour les rois et pour les dieux, ont l'accent des affranchis. La vermine des auteurs ne te manquera pas, du reste ; ils travaillent déjà à leurs épigrammes, ils liment leurs bons mots, dans un coin de Suburre, et ils débouchent leurs sifflets qu'encrasse leur bel esprit de rebut. Ils te guettent ; ils sauront bien dire si tu as perdu une dent, ou si ta mèche n'est plus à la mode : ils ont compté tes poils, et leurs cheveux. En avant !

En avant !

Puissé-je franchir de même la frontière de toute laideur, la limite interdite par les vaincus, insolents aux cœurs qui veulent vaincre. Non pas bondir comme un enfant, puissé-je marcher du pas qui possède la terre, au-delà du terme que fixe la médiocrité et que maçonne la petitesse de la vie.

Puissé-je ne rien garder à mes semelles de tout ce que je quitte, et ne rien emporter que mes belles douleurs, mes belles conquêtes, toutes mes victoires sur moi-même en tant de combats où j'ai été vaincu selon le monde, défait par la laideur et révolté par le bruit.

Que les trompettes du soleil sonnent dans la solitude ! L'armée des siècles est derrière moi, nourrie de moelle, droite en sa cuirasse, et taciturne. Le monde qui nous est promis, et que nous voulons épouser dans la conquête, est toujours au-delà. Adieu, tout ce qui reste en arrière. Ne tournons plus la tête.

En avant !

FIN DU PREMIER LIVRE

LIVRE DEUXIÈME

FIORENZA

A MON CHER
GABRIEL COGNACQ
LE PLUS VRAI DES AMIS

LE CONDOTTIÈRE

On ne voyage que pour faire une conquête ou pour être conquis. Nous sommes tout action. La pensée, source des actions, est aussi la reine de toutes. Le point est de ne pas prendre l'agitation et la mobilité vaines pour le rythme profond et le principe du poème. Le Condottière rêve d'être conquis en conquérant. Ce qu'il a fait jusqu'ici ne peut donner l'idée de ce qu'il va faire. Il ne sait jamais lui-même où sa passion le mène, mais toujours où il refuse d'aller : il est celui qui ne se laisse pas mettre en prison : être captif, plutôt cent fois ne pas vivre. Le caprice est la fraîche candeur, le souffle de l'esprit : ainsi la liberté se fonde. Le Condottière y voit trop clair pour répondre à ce qu'on attend de lui. La fantaisie est sa loi, en apparence. Son premier instinct est de contredire. Mais, dans le fond, il n'obéit qu'au désir de vaincre ; et il n'a d'autre loi que la grandeur. Il est donc toujours seul. Ceux qui l'aiment le plus sont plus près de le trahir que les autres. Rien jamais ne le bride : ce qu'il chérit le plus au monde n'est pas à l'abri de sa rigueur ; et plus l'âme est tendre, moins elle est dupe. Nul n'est si peu lié à lui-même. Il met une sorte de hâte perverse à couper le cordon entre lui et chacune de ses actions ou de ses œuvres, bonne ou mauvaise. Il sait trop que rien ne compte que l'œuvre ; et que rien n'est réel, pour l'artiste, sinon de l'accomplir. L'œuvre seule reste. De là, que tout disparaît. On le sent bien dans les musées ; plus ils sont riches, plus on y marche dans le sable : que d'ennui, que de cendres dans ces nobles déserts. La vie qui n'est rien prend sa revanche sur l'art, qui nous fait croire que nous sommes. Ainsi le Condottière a son quart d'heure d'ironie en chacun de ses grands jours, lancés à l'assaut de l'œuvre. Ce qu'il a voulu n'est jamais le gage de ce qu'il veut ou pourra vouloir encore. Telle est sa force intérieure qu'aucune contradiction ne lui coûte ; et même il s'y plaît. Il fait l'unité de tous ses caprices. Toute vêtue de mousse glissante, et de vagues profondes ou fuyantes, cette île est de granit.

Il a parcouru l'Italie à travers les siècles. Des Alpes à l'éperon de la Sicile, tourné contre l'Afrique obtuse qui écume et se cabre, en vingt-cinq ans il a pu voir tous les visages de l'Italie, ou peu s'en faut ; les voix de cette terre, qu'en sa jeunesse on désire comme une maîtresse, lui sont connues et toutes ses parodies.

Aujourd'hui, il ne dira pas tout.

Il a hâte d'aborder et de ne plus courir la mer. Tentation de l'amour et non pas du repos. La mer, c'est toujours le combat et la découverte. Jusqu'à l'heure du règne et de la possession, il faut courir la mer. Les jeunes gens sont des marins qui s'ignorent : au sortir de l'enfance, tous devraient l'être, pendant quelques saisons. Prenez passage et faites voile. Quelle belle vie serait la leur, s'ils commençaient tous par la marine. La terre alors a du prix. A toujours courir la mer, on court toujours le risque du naufrage. Il est bon, il est juste de faire naufrage jusqu'à trente ans. Et même au-delà. Le naufrage est l'étalon de la jeunesse. On fait une colonie du roc où l'on échoue et une principauté de son île déserte. La force de Napoléon, je l'admire à l'île d'Elbe : quand il perd l'empire de l'Europe, il se console en faisant de son îlot un vrai royaume. Il n'est pas mort à Sainte-Hélène d'un cancer au pylore, mais de n'avoir pas pu se tailler un empire sur ce misérable rocher.

Hâte, hâte de vivre dans la seule réalité qui dure, voilà ce qui aiguillonne le Condottière et le pousse de ville en ville. Ou grandeur ou sainteté, son vœu est toujours de créer un monde. Il n'est point né pour vivre, mais pour cette œuvre, à la mesure d'un univers.

Il dira plus tard toutes ses routes. A travers l'Italie, la plupart ont été vaines. Comme ailleurs. Que je donne ici une idée de ses entreprises. Il a été un peu partout et n'a pu se fixer nulle part. Trop vrai pour se duper lui-même, trop poète pour ne pas rêver de se soumettre à quelque forme idéale de l'amour ou de la beauté. Il n'est force oratoire ni préjugé ni culte propre au troupeau qui puisse enchaîner la pensée du Condottière : ce serait la corrompre. Sa pensée n'est pas une de ces prisons mortes où la logique étouffe, peu à peu, le sentiment. Il faut sentir puissamment pour penser avec puissance. La connaissance est faite de ces deux composantes. Le Condottière ne vit pas dans les livres : il y étudie. Cet esprit libre ne l'est pas à la mode des journaux et des Eglises : là, tout est plein d'esclaves triomphants : ils ne sont pas moins serfs des académies, des écoles, de l'université et des partis que de leur vanité propre. On n'observe pas assez que le journal est l'université de tout le monde.

Le Condottière ne fait que passer dans les lieux les plus illustres. Ils sont au premier venu, et non pas au seul conquérant. Toute succession est un peu vile. L'héritier du trône est un objet de mépris autant que d'envie pour l'âme du tyran.

Avant de se fixer, pourtant, il fait comme le grand coureur de l'air, l'oiseau qui tourne dans le ciel. Il décrit des cercles immenses, qu'il rapproche du centre peu à peu, serrant son vol de plus en plus. La conquête est le contraire de l'onde frappée qui s'espace à l'infini pour s'y perdre. A l'opposé, sinon de l'infini, elle vient du plus loin où elle se forme ; elle se condense de proche en proche ; elle laisse derrière elle tout ce qui l'embarrasse et qui peut la retenir, ou qu'elle repousse en même temps qu'elle l'explore. Elle se charge de l'essentiel ; et, quand elle a trouvé son centre, le point de son désir, elle s'y absorbe, elle s'y confond ; elle y coïncide par tous ses éléments et de toutes ses forces. Du reste, elle ne méprise rien des routes parcourues. Pourquoi mépriser, quand on peut passer, bien plus quand on peut rire ? L'intelligence est son cheval de course, son véhicule et son bagage. On emporte ce qu'on a bien compris. Ce moi puissant ne se complaît pas en soi-même ; il n'y aurait aucun plaisir. Il est avide même de ce qu'il néglige. Il est bon, là-dessus, de laisser parler le Condottière.

Partout, dit-il, autant du moins que je le peux, je me fais objet ou miroir à ce que je regarde et qui en vaut la peine. Cependant, l'amour décide et engendre la durée. On ravit à soi ce que l'on comprend : on ne possède que ce qu'on aime. C'est

*pourquoi, dans ce livre, je vais d'abord à ce que j'aime assez
pour y être toujours. Il est le troisième et dernier Chant du
Condottière. Le second, riche en toute sorte de cruautés et de
négations, ne sera connu qu'après les deux autres : le premier,
où la passion engage le Condottière à son voyage ; et celui-ci,
où elle est satisfaite, dans son amour, par la beauté. Il est fait
des routes et des expériences, ou des batailles les plus proches
de ma chère conquête. A mesure que j'en étais moins loin,
comme si la ville de ma prédilection eût été déjà visible, la
séduction de l'Italie se faisait mieux sentir et reprenait sur
mon âme son charme et son empire. Le style oratoire de
Rome, tous ces tonnerres d'éloquence et de lieux communs
cessaient de retentir : l'horizon se purifiait, délicieuse aurore ;
je n'entendais bientôt plus ce tumulte assommant de menaces et de vaines armes. Tant d'orgueil proclamé à tout propos
est un tambour, qui roule sottement sans se faire prendre
pour la musique de la foudre. Nous savons un peu ce que
c'est, et pour chanter la même mélodie notre goût préfère la
voix du violon à celle de la caisse et du clairon. Toutes ces
rengaines de puissance sentent le cirque. Non, le Colisée n'est
pas le plus beau temple du monde. Les refrains guerriers,
épouvantails à pierrots, font grelotter au soleil les oripeaux
d'un comique triste. On veut nous faire trembler, on ne nous
fait même plus rire. Le pas des légions, nous l'entendons dans
les catacombes. Qu'il y reste, à égayer des os verdis. On bat sur
son cœur le rappel de la gloire en poussant des cris farouches ;
si j'y vais regarder d'un peu près, je vois des sabres de bois qui
frappent des boucliers de fer-blanc. Il faut laisser, désormais,
cette symphonie aux Barbares. Il y a des lieux où la barbarie
donne la nausée. Rome se fait triste, à présent, parce qu' elle
n'est plus elle-même, dans la manie auguste de redevenir ce
qu'elle a été. Elle veut être césarienne et papale, impériale et
catholique, antique et prolétaire ; elle prétend tout être à la
fois, en même temps qu'elle s'ouvre de tous côtés à l'horreur
américaine : elle n'a jamais eu tant d'ambitions qu'à l'heure
où elle perd sa poésie. Le souffle de l'Amérique va corrompre
le ciel même. Les grandeurs de chair sont mortelles. Si la
Campagne est assainie en usines et en port de commerce, la
lumière ne sera plus si merveilleuse, d'une pourpre si pensive,
d'un or si ardent et si rêveur, au-dessus des eaux lentes, des*

aqueducs inutiles, et des grandes ondes de la terre, ces labours
inféconds, sans semailles et sans moissons, qui prolongent la
mer, en vagues silencieuses, jusqu'aux portes de la Rome
éternelle. Mais la ville n'est éternelle que si elle se survit : elle
ne le doit qu'à notre amour. Gare à elle s'il lui manque.

Avant d'arriver à la ville de mon élection, en Ombrie, en
Toscane, il se trouve mille objets encore qui ne m'arrêtent
qu'un moment, comme le plaisir, où je ne me livre qu'à la
volée et que je rejette en passant. Mais, dans les lieux même où
je ne me fusse jamais fixé, si rien ne me retient tout à fait, que
de beauté me sollicite, que de charme encore. Voilà le plaisant
pays que j'explore, pour une brève possession. Quel voyage
fera-t-on, si l'on ne se propose de conquérir la beauté qui est
tout ce qu'on aime ? J'en suis à croire qu'il n'est point de
connaissance, sinon de la beauté ; et s'il n'est un objet de
beauté, il n'est pas d'objet, à mes yeux, qui soit objet de
connaissance. Je ne me soucie pas de connaître ce qui me fait
horreur ou dégoût : ce qui m'ennuie, m'abaisse ou me répugne puisse-t-il ne rien être.

J'ai donc voulu aller au plus pressé, qui est de tout être à ce
que j'admire et que j'aime. J'ai la terreur de nier, et ma douleur
est de ne pouvoir m'y soustraire, d'en subir la contrainte.
Dans le combat, la nécessité de vaincre fait écran à la destruction. La critique est une œuvre de guerre où l'on ne
saurait se borner. On n'affirme que soi dans ce qu'on nie, et il
est déjà bien beau d'y réussir. Le bonheur de l'esprit consiste
enfin à résider dans le temple pur d'où la pensée amoureuse,
en le créant pour soi, contemple avec délices le reste du
monde.

Plus tard, je dirai les campagnes où j'ai dû me défaire de
tout ce que répudie le seul souci de la beauté : ce n'est pas
assez qu'elle le néglige. Nous n'avons pas de temps ni d'amour
à perdre avec d'indignes objets. Ce qui a comblé le désir de
l'enfant, ce qui a trompé la faim ou la prompte ivresse du
jeune homme, le Condottière dans sa pleine force ne s'y laisse
plus prendre. S'il y consent parfois encore, il sait bien qu'il se
prête et ne se donne pas. Nous pouvons laisser la vie sauve à
nos ennemis, et les admettre dans notre demeure ; mais après
les avoir vaincus, les uns par le fer, les autres par le rire.

L'ironie dans la passion me semble la plus belle coupe à vider,
le soir de la victoire.

Dans le premier livre du *Condottière*, j'ai été jusqu'au
Rubicon. Le livre se ferme au moment où il passe cette
frontière fatidique. Ce triomphe sur soi-même est le gage et la
condition de tous les autres. Le ruisseau du destin est franchi,
où coule la puissance entre deux berges dures, brûlées par le
soleil ; et l'audacieux fait ses premiers pas sur l'autre rive.

Dans le second livre, qu'on verra l'an prochain, j'espère, je
conte mes Campagnes en Italie. Les plus décisives sont les
plus brèves. D'ailleurs, pour une victoire qu'on remporte en
un jour, on s'est préparé vingt ans à vaincre. Je ne m'attarde
pas au-delà de Rome ; je cours sur Naples et la Sicile. Tout me
ramène entre Rome et Venise ; et d'Ostie à Ravenne. L'inves-
titure de César n'est pas ailleurs, ni celle de tous ces grands,
Léonard et Monteverde, Michel-Ange et Galilée ; et les deux
plus hautes cimes de l'Italie, Dante et saint François d'Assise.

Dans le tiers livre et dernier, qui est celui-ci, j'achève mes
entreprises. J'aborde au lieu de mon désir. Je mets un terme
aux recherches. La découverte d'une grandeur et d'une beauté
rebelle ne tente plus une ardeur qui croit avoir atteint à sa
félicité. Grandeur et beauté diverses, vous m'êtes étrangères ;
car vous ne sauriez être miennes aussi pleinement que celle-
ci, que j'ai tant désirée, où j'ai l'illusion de m'établir. Il n'y a ni
orgueil ni délire dans cet adieu au voyage, qui n'est peut-être
pas pour toujours, ni cette étroite dureté si commune aux
soldats de métier, dans l'ordre de l'esprit comme en tout autre,
qui s'assurent d'avoir toujours raison. Au berceau de la rade
où je m'imagine avoir mouillé les ancres du bonheur et du
sourire, tout est fait de ce rêve qui est le plan d'une vie
harmonieuse et qui n'aspire pas en vain à la plénitude. Et je
n'oublie pas l'humilité triomphante de la conscience désespérée qui, ne cessant jamais de comparer le sort de l'homme à
l'aveugle mécanique de la matière comme au destin fatal de la
nature, met dans la lumière de l'esprit toute la réalité divine.

Campagnes plus sévères parfois, plus cruelles même que
celles où l'on pousse des soldats, où le sauvage tumulte des
armes et des cris enveloppe les torrents de sang. Campagnes
contre les siècles : victoires pour moi-même, ou défaites,

qu'importe ? toutes sont des délivrances. Je veux me débar-
rasser même de ce qui a pu me séduire. Je ne vis que pour ce
qui dure. Le moment vient de dompter l'ivresse du jeune âge
et de roidir la bonne volonté du conquérant. C'en est fait de
toute complaisance pour soi-même. Le poète reste toujours
un enfant, toujours prêt à jouer avec ce qui le trouble ou qui
le charme, ne fût-ce qu'un instant. Du moins, qu'il le sache et
qu'il prenne garde. A mesure qu'il entend mieux l'ironie et
qu'il entre plus avant dans la sérénité des dieux, il se sépare
même de ses goûts, pour n'être vraiment tout entier lui-même
que dans ses plus belles préférences. Fi du pittoresque, fi : il
gâte tout. Il faut s'ébrancher de tout ce qui altère le jet pur de
l'arbre ; il faut émonder les gourmands parasites. A force
d'élaguer, rien ne demeure que la plus belle forme, la seule qui
soit digne de rester. Que la vie ne peut-elle se réduire à
l'infaillible fusée de la lumière ? La dure sérénité des dieux est
leur foi, et la seule. Pénètre et pèse, si tu peux, quel cœur bat
là-dessous.

I. FORCE ET SUPERBE

Gênes.

Homme de la mer avant tout, c'est par mer que je veux arriver à Gênes. Je n'en aurai jamais une plus belle vision. La petite houle de l'aube frise sous la brise. Laiteuse et grise, chaque vaguelette est une caresse et une invite. Toutes les histoires, les siècles et les aventures d'une cité se déroulent sur les ondes, inquiètes ou tranquilles, qui, du large, portent le marin vers le port. Presque toujours, sur le fond montagneux de Gênes, j'ai senti un air d'orage. Un écran de vapeurs rejette la lumière sur la ville et sur la rade. La croix rouge de Gênes est moins sur champ d'azur que sur un voile noir. Le soleil le tire. L'heure pleine de la clarté éclate comme un obus. Le voile sombre s'efface : mais on sait bien qu'il est dans la coulisse et qu'il sera retendu. Assez proche, enfin distincte, quand Gênes paraît à l'aurore, elle se dresse, elle s'éploie en grand oiseau concave, une étrange et magnifique échelle d'innombrables façades, visages de pierres multicolores, troués d'yeux qui brillent et de fenêtres. Yeux de verre, escarboucles, reflets de métal en fusion, rouges, jaunes, roses, vertes, noires même, toutes les maisons sont peintes. L'immense drapeau solide s'élargit en amphithéâtre ; et l'on attend qu'il frissonne. Mais il reste rigide. Gênes superbe fronce le sourcil et ne sourit pas. Le mouvement est dans les plis.

Gênes est une ruche fendue par le milieu, évidée en croissant. Enorme et bondissante sur un espace étroit, elle escalade le ciel bleu et or, le matin ; et le soir, noir et rouge. Comme il convient, le cimetière est à la cime. Les deux pinces du crabe marin, pétrifié sur la côte, le Môle au ponant et Bisagno au levant, ferment la conque. Avant même d'avoir mis le pied sur le quai, on se croit au milieu de la foule : les maisons grouillent jusque dans l'eau. Ici, la ruche est pleine de fourmis plutôt que d'abeilles. A peine le dos tourné au port, la vieille ville se jette sur le passant. Je suis une rue en galerie de termitière, toute bouillante de boutiques et d'éventaires posés sur des X et de légères tables. L'étal touche l'étal, les mangeailles fumantes près de la verroterie et de la chaussure, le linge contre les coquillages : on vend de tout, du neuf et du vieux, des mets à l'huile qui grésille encore, des journaux, des sacs, des chemises, des bijoux, tout ce qui sert aux matelots, qui les nourrit, qui les contente ou les amuse. Et au creux de cette rue en tunnel de termites, confluent des ruelles à pic qui dévalent d'en haut, plus rapides que des torrents.

Que je me suis amusé, jadis, à errer dans les pâtés pourris de la vieille Gênes. On part de San Lorenzo, la cathédrale du saint mis sur le gril ; et qu'on grimpe à gauche ou qu'on se hisse à droite, on plonge dans la plèbe à la voix rauque, à l'odeur forte, au gros sexe poilu qui marine dans la saumure des pantalons et sous les jupes. Les bras étendus, on touche les deux bords de la rue Mère-de-Dieu ou des Embriaci. Je frissonne toujours quand je fais cette expérience. Il me semble soudain que je suis plèbe et faim, soif et fille. Je viole et je suis violée. Je sens le ventre, la vulve et le gros vin. Je pue et je jouis fortement de la vie, en bête chaude. Que la fille est forte en nous, par cette heure noire et rouge. Que la plèbe marine est violente, comme elle se dresse étrangement dans la chair stupéfaite. Ma racine millénaire se révèle par la révolte : car nul n'est moins bourgeois ni moins peuple que moi. En août, la via Chiabrera, rue aux Chèvres, étroite à étouffer, pousse un souffle de sentine assez lourd pour tomber à la renverse. Et pourtant, un lion sculpté sur une porte me fait un noble signe. La maison est pourrie de siècles. Toutes les misères se sont transmises dans ces chambres obscures ; les escaliers humides ont vu descendre les minces bières des poitrinaires et de l'avarie. Là-dedans, on voyage en enfer. Les arcs purs font sourcil

encore frais à des loges immondes, plus aveugles qu'Œdipe.
En d'autres temps, les ruelles, les plus sales carugi ont été
les logis des patriciens. Les riches, aujourd'hui, habitent les
maisons en carton et en frangipane, les pièces montées de la
ville neuve, banale comme la pensée d'un boutiquier d'Amérique. Mère de Dieu ou Carignan, cette misère et ce grouille-
ment ont la vie mouvante de la vermine. Si Jupiter ou
Apollon s'égare dans ces quartiers, il croira cheminer à
travers un fromage galopant. Là, on vit ; là, on aime. Ils
boivent, ils mangent, ils font l'amour ; ils jouissent et ils
souffrent ; ils dorment. Dans je ne sais plus quel boyau
escarpé, qui mène du quai à la via Balbi, le vico Tacconi, si
je ne me trompe, j'ai vu sortir d'une porte pareille à la
bouche d'un cadavre une jeune fille, qui semblait une
orange sur la tige d'un lys. On rencontre ainsi, de loin en
loin, une jeune femme marguerite et tournesol, ovale et
blanche, au teint de nacre et de lune : sans chapeau, ses
cheveux jaunes coiffent une tête à fleur dorée. J'en admirai
plus d'une, aux portes de Gênes, sur la route en corniche de
San Francesco d'Albaro à Castagne. Qui sont-elles ? d'où
viennent-ils, ces tournesols marguerites ? Des captives sans
doute, que les galères de Doria et les felouques de Saint-
Georges ont ravies aux barons du Caucase et aux Scythes.

Huile et basilic, l'odeur forte du poisson en friture se
marie à la senteur balsamique du minestrone. Ils font, dans
le peuple, une soupe puissante : des légumes où le haricot
domine cuisent dans une eau épaisse d'ail et de bonne huile,
parfumée de basilic ; on y trempe des pâtes, spaghetti
quand elles sont minces et rondes, lazagnes quand elles
sont en rubans larges. Soupe de marin, ce minestrone, et
qui fleure la marine. Tout de même, la morue aux pommes
d'amour, qu'ils appellent baccalà, et cette espèce vigoureuse, le stockfish, qui vient de Norvège, brûlante à la
langue, avec un goût de sapin et d'anchois. A Gênes,
d'ailleurs, le peuple sédentaire et l'ouvrier, tous ont du
marin. La mer fait, à tous, un second sang dans les veines.

Des chiffres noirs, des chiffres rouges marquent les maisons : les portes noires mènent peut-être aux hommes
morts, et les rouges aux femmes folles ? Le Saint Georges de
Gênes est sculpté sur maint portail de pierre : souillé d'ans

et de suie, il se tord comme une larve. Bien des portes bardées de fer ont les rides grimaçantes de la prison et du dépôt mortuaire. Ces fers forgés en lys ou en étoiles n'évoquent plus les torches ni les chevaux attachés par la bride : ils font penser aux crocs des bouchers : ils attendent la viande.

Déchu, l'art disparaît. L'art ne supporte pas la déchéance. Ni la plèbe, à mon sens toujours élégante.

Le peuple de Gênes est le plus énergique de l'Italie. Marins, ouvriers, pêcheurs, maraîchers du roc et de la pierre, vivant de peu, âpre au gain, joueur, il a une puissance punique. Dans le passé, on dirait des pirates qui ont fait un Etat de piraterie, une forte République de flibustiers. Ils ont vaincu les Barbaresques avec leurs propres armes. Ils ont boucané tous leurs ennemis : on voit les Pisans, doctes et ronds de phrases, écorchés vifs, dûment saignés, essorillés, tannés par ces diables de Génois, ricanants. Quand les temps sont devenus difficiles pour la piraterie à rame et à voile, dans la mer Latine, les Génois ont excellé à la banque, flibuste des flibustes. Ils se sont, de la sorte, à peu près maintenus libres, entre les royaumes et les empires. Ils ont joué d'un débiteur contre les autres, faisant croître ou diminuer le taux de leur usure avec les services. Ils sont querelleurs et opiniâtres. Ils amassent et ils dépensent avec une ténacité égale. Non pas avares, à la façon de ceux qui thésaurisent et se privent de tout plaisir, ils sont aussi volontiers avides que prodigues, et fastueux que rapaces. Ils aiment l'or massif, les pesantes argenteries, le marbre opulent, les lourds velours, les gros meubles à marqueterie, les peintures d'apparat : tous leurs palais sont pleins de Rubens et de Van Dyck. Ni grâce ni légèreté ; une volonté souvent hargneuse, une bonhomie un peu sournoise. Dans la plèbe comme dans les grandes familles, les tragédies génoises sont atroces : un sang noir y coule, épais à la façon des vins qui tournent à la liqueur. Ils sont plus cauteleux, à Venise ; plus féroces à Gênes, plus frénétiques ; ici, plus dogues ; et plus chats, là-bas. La parenté multiplie la haine, dans ces maisons éclatantes de luxe et de richesse intérieure, qui n'ont pas de visage et qu'on ne peut pas voir de

près, faute de recul dans des rues trop étroites. Ces demeures sont des coffres de marbre : Carrare est à deux pas : tout
y est jaune et noir ; le rouge se coagule en grenat et lie-de-
vin. Le peuple porte les mêmes couleurs, à sa manière. Il se
révolte peu contre ses maîtres ; et il est toujours prêt à la
rébellion contre une autorité étrangère. Plèbe jalouse, ran-
cunière, taciturne à ses heures, criarde le reste du temps et
violemment agitée, elle a, dans le sang, cette fausse anarchie qui ne rejette les lois que pour en changer, et qui est si
propre aux peuples de la mer.

Même si Christophe Colomb n'est pas de Gênes, les
Génois sont les meilleurs marins de l'Italie. Et s'ils n'ont
rien donné à l'art, les Génois ont fait l'histoire de l'Italie,
dans le siècle de sa résurrection. Tous les chefs de la révolte
et de la guerre sont nés de ce peuple : Mazzini est de Gênes ;
Garibaldi est Génois ; Mameli et son hymne, *Fratelli d'Ita-
lia*, sont de Gênes ; et Bixio et les Ruffini, et leur mère
spartiate, tous de Gênes. C'est de Gênes que l'expédition des
Mille est partie ; et du même rocher de Quarto que Gabriel
d'Annunzio s'est élancé sur Rome : ainsi, une fois de plus,
Gênes a mis l'Italie en marche. Il n'est pas jusqu'au plus
petit garçon Balilla, le Bara des Italiens, qui en donnant
l'exemple de la révolte contre l'Autriche, n'ait laissé un tel
souvenir qu'aujourd'hui tous les enfants de l'Italie, élevés
dans le culte de la guerre et de l'armée, garçons et petites
filles s'appellent les Balillas, se nommant tous de son nom.

Entre les Provençaux et les Toscans de ma lignée paternelle, deux ou trois, jadis, sont nés à Gênes, par hasard. Sur
le port, dans les rues fastueuses ou sordides, il m'a semblé,
parfois, reconnaître des lieux que j'ai fuis. Heureuse répulsion : elle m'a sauvé de moi-même, elle m'a rendu le goût de
la fuite, en m'arrachant à l'affreuse séduction d'un désespoir torride.

Jamais je ne fus plus près de me soustraire à la vie. C'était
l'après-midi d'un jour épouvantable. L'été couvait l'orage et
l'écrasait, de plus en plus noir, contre le sol brûlant. On eût
coupé la graisse de l'air dense avec la main. Le sel marin
lui-même était fade aux gencives. Sur les cailloux ardents et

durs, je croyais marcher sur les dents de chiens enragés.
Que faisais-je dans ce faubourg hideux, entre Belvédère et
Saint-Pierre d'Arena ? Je n'en pouvais plus de douleur et
d'ennui. Pour tromper les deux passions ruineuses de
l'amour méconnu et de la puissance déçue, j'avais quitté
Paris, presque sans ressources ; et je m'étais promis d'user
ma force inutile à refaire, n'importe comment, à pied, sur
les genoux, en mendiant, s'il le fallait, mon plus ancien
voyage, jusqu'à ce que j'eusse étouffé dans mon foie tous
mes tourments. Je comptais sur l'Italie pour me reprendre
à moi-même, pour dompter l'orgueil et la colère par la
contemplation, pour limer mon sens propre contre le granit
parlant des siècles et la pierre des temples. Que je parvienne
seulement à Syracuse, et j'aurai ma récompense : là, je sais
un horizon de dédain amoureux et de céleste oubli. Peut-
être, me disais-je, tant d'œuvres admirables, que j'ai fait
vœu si souvent de revoir, me rendront à l'œuvre d'art moi-
même. Le poème est le salut. L'art, profondément saisi dans
sa vertu infaillible, fait une œuvre d'art, à la fin, de la vie
même : fût-ce la plus déchirée et la plus combattue, celle-là
seule est innocente et généreuse. La sérénité couronne alors
tous les désastres.

Cette fois, je ne fus pas digne de cette auréole, le plus saint
des lauriers. Dans cette Gênes empestée d'une canicule
pareille à une lave, mon noir horizon ne s'est pas éclairci. La
lumière haletait sous la laine des nuages. Le jour d'août
titubait dans cette étuve ténébreuse. Avec ma pensée, le
port, la mer, la ville et le monde n'étaient plus qu'un malade
sans espoir, qui va se vomir dans une nausée. Je n'avais plus
le courage de rendre une forme réelle au rêve terrible où
nous sommes plongés, qui ne se peut soutenir si l'on ouvre
trop fixement les yeux. Tant de deuil couvrait de cendres ma
révolte même. Et la douleur enfin descendait, de tout son
poids, dans l'abîme et la pesanteur du néant. Non, ce
jour-là, je n'ai pas retrouvé l'innocence du poète. Une féroce
conscience avait étouffé la candide pureté de la foi. Et
quand ma torture a miré, dans une clarté sulfureuse, ce que
j'appelais mon indignité du salut, telle fut la souffrance que
je cessai de vivre. J'allais marcher, sur ces rails, à la rencontre de quelque machine, de la brute de fer qui est plus

franche, du moins, à nous broyer, et moins basse et moins vile que les hommes. Une venait, haut-le-pied. Déjà, je me livrais à cette plénitude de dédain qui est un lit de repos. Soudain, tournant la tête, dérobant à mes yeux la contemplation désastreuse du large, je vis les loques de Gênes pendues aux fenêtres ; les alvéoles de la fourmilière grasse, jaune et noire ; l'orage qui, du menton, touchait ces toits, ces rues, ces étages où grouille la misère humaine. D'une fenêtre, une chanson stupide tombait comme de la fiente de volaille ; l'accordéon pleurard bavait ses sales tierces sur cette vermine sentimentale. L'horreur me parcourut de confondre ma douleur dans la boue de cette misère-là. Je n'ai pas voulu d'un néant qui pousse l'impudence et la vilenie jusqu'à se faire complice de tout ce qui nous méconnaît et veut nous avilir. J'ai choisi de souffrir encore. J'ai tourné le dos à ce puant faubourg. Je dois un cierge à la laideur de San Pier d'Arena.

Aucune ville d'Italie n'a le sérieux de Gênes. Naples est ce qu'il y a de plus italien, au sens vulgaire du mot : pittoresque, soleil, heureux climat, foule bruyante, antique de comédie, mandolines, mœurs faciles, tarentelles, lazarons et le reste. Venise est déjà l'Orient : le contraire de ce qu'imagine un petit notaire de Lorraine, romantique malsain et bourgeois échauffé, espèce de ratier qui cherche partout des phrases dans les cimetières et qui prend pour un sépulcre le rendez-vous nuptial de tous les couples du Nord. Goethe en rirait : il ne pleurnichait pas sur le Grand Canal, celui-là, et même à Torcello il ne humait pas avec délices l'odeur de cadavre. Milan, pour une bonne part, est en Suisse. Milan donne l'idée d'une Allemagne établie sur la Méditerranée, une Bavière fourmillante, forcenée et bruyante à l'excès. Mais Gênes ? Je me promène à petits pas le long du port, après avoir été à la Bourse : le cœur et les membres des grandes villes de la mer. Les bateliers me guettent. Un d'eux vient à moi, un demi-vieux, sec, noir, rouge, le nez en bec, les joues de parchemin brûlé, les yeux luisants, collés à la racine du nez, les cheveux gris frisés. Son parler rauque, son accent âpre, sa cadence brève n'ont rien de la chantante Naples. Il m'importune avec rudesse ;

il me plaît sans m'amuser ; sa familiarité n'est pas joviale.
Roide, crispé, tenace, il n'est pas criard. Ligure, dit-on ?
Oui, Ligure. Ce nom ne peint pas ; il n'explique rien. Un
honnête forban, au regard un peu long, à la voix un peu
sourde, est-ce toujours un Ligure ? A la Bourse de Commerce, aux Banchi, où j'ai connu un vieil assassin, j'ai
observé d'autres hommes pareils à mon batelier, comme un
habit de soie à un habit en toile brune de la même taille et
de même coupe. Et près d'eux, en grand nombre, une
seconde espèce qui est la variété grasse de la première. Tout
d'un coup, la vision s'éclaire : celui-ci qui parle, une main
ronde et gélatineuse devant la bouche ; celui-là, qui laisse
tomber les mots d'une lèvre sensuelle, gloutonne, gonflée et
cruelle ; cet autre, maigre et dur, aigu et sombre comme un
fer rouillé, je reconnais ces négociants : leur nom me vient,
ou leur titre, sans que je le cherche : suffètes, ce sont des
suffètes. Je comprends Gênes, ces Barcas de Fieschi, ces
Giscons de Doria. Ils en ont la force sournoise, la volonté
masquée, l'astuce silencieuse et les éclats sanglants. Ligure
a peu de sens. Voici des Puniques, de grands Carthaginois
passés au crible par l'âge chrétien. Leur italien a le son
arabe : de tous les dialectes du Si, le génois est le moins
facile à saisir. Il est à l'image métallique de ceux qui le
parlent. J'ai rencontré leurs pareils en Corse et surtout en
Sardaigne : je n'ai pas visité Arbatax ; mais à Cagliari, à
Quartu, à Macomer, je croisai de sombres mâles taciturnes,
à l'œil de poix, au regard nostalgique, et ces femmes sardes
si voilées, si muettes, qui cachent une luxure effrénée sous
leurs jupes serrées, remparts de fortune contre la vengeance et le meurtre.

Nuit de pluie, à Gênes, des plus sinistres. Dans la journée,
une chaleur d'étuve, sous l'ouate plombée des nuages : ils
vont, ils viennent de la mer, et se dissipent pour se reformer,
comme s'ils crevaient sans eau. Le soleil est vainqueur
jusqu'au milieu du crépuscule. Sur les toits, il brûle en
bûcher. Jamais les palais de marbre, rouges ou blancs, ne
m'ont paru d'un luxe plus fastidieux. Tous vos royaumes
pour un jet d'eau, parmi les orangers et les roses, dans une
secrète et fraîche cour d'Espagne. Ils se valent à peu près
tous. Veut-on qu'ils soient admirables ? Soit, j'y consens.

Mais ils ne sont pas faits pour nous, ils sont publics, comme une église de la Renaissance ; la vie s'en est retirée. Partout, le même or ; le même velours ; le même escalier fastueux, les mêmes salles d'apparat. On prend ici Rubens, Van Dyck et Véronèse en horreur. Qui a vu un de ces palais, un de ces portraits, les voit tous. Du moindre au plus vaste, du plus massif en or au moins doré, de celui où l'architecte a tiré le plus savant parti de l'espace à ceux où il donne le moins l'illusion d'avoir résolu le problème, rien dans ces portraits ne marque une nature personnelle, rien dans ces palais, une force originale. Dès lors, à quoi bon ? Qui ressemble plus à un parvenu qu'un autre parvenu ? La richesse est uniforme. Les millions sont encore plus faits en série que la misère.

J'erre dans les vieilles rues de Prè et de Caricamento, telles ces fentes, ouvertes par l'incendie doré de la canicule, si étroites que les maisons alignées, et se chevauchant sur la pente, semblent hautes de dix étages. Le bord de la lumière est infernal ; le côté de l'ombre, dans une clarté, épaisse et obscure, de goudron. Les façades pourries étalent des lèpres avec complaisance ; elles n'ont pas l'air de souffrir ni de sentir leur mal. Au contraire, elles s'en pavoisent, les pauvres garces. On dirait, ces maisons, d'une flotte à l'ancre, où tout le monde aurait la peste et danserait dans un bal de pesteux. Les linges rouges, blancs, bleus, les hardes vertes, les guenilles jaunes, les draps, les serviettes, pendus à des cordes qui plient, flottent à toutes les fenêtres : sont-elles ou non tendues en travers de la ruelle, d'une masure à l'autre ? Est-ce un marché aux chiffons établi en l'air ? Un faible vent, brûlant et mou, gonfle parfois toute cette lessive. Au fond de la tranchée, ras de terre, les trous noirs des portes ouvertes, les unes en ogive, les autres en plein cintre ; des escaliers édentés se profilent, aux marches cariées ; des cours en sarcophages ; une obscurité sordide lâche au-dehors d'atroces puanteurs : le chou bouilli, l'huile de lampe, l'urine, la crasse, la friture, l'ail et tous les excréments entrent dans ce bouquet.

Et pourtant, le soleil fait tout chanter, les oripeaux et le tumulte, la lèpre des ombres, les odeurs et les ordures. On crie, on rit, on se dispute. Le vent du sud sème l'humeur hargneuse et les reproches. Des enfants se battent à coups d'écorces ruisselantes de pastèque : les morceaux du vert le plus éclatant, on les prendrait pour les débris d'une cruche. La lumière jette une sorte de pourpre sur la truandaille des hommes et de leurs repaires. Malgré le linge impur, la literie, les dix malheureux entassés dans chaque chambre, malgré tout, on surprend la vie, on reconnaît encore la joie dans ces tunnels à fourmis. Soudain, tout ce pittoresque est hideux : le soleil vient de disparaître. Voici qu'avec le soir proche, la pluie tombe.

Violente et lourde, la pluie roule en cascades sur les rues en pente et fusille la ville. Les passants fuient, d'un pas moins rapide pourtant qu'ailleurs en Italie. Et même deux amoureux se pressent, corps à corps, dans l'angle d'une porte : ce qui ne se voit jamais dans la rue italienne, depuis que la plus étrange hypocrisie règne sur les mœurs. Ces jeunes amants ont été le seul sourire d'une nuit sinistre. Les consuls de Rome s'abusent, s'ils se figurent qu'on va en Italie pour y voir dormir les sénateurs et leurs matrones sur l'oreiller de la morale. Quelques larges voies, bientôt désertes, de la ville neuve resplendissent seules de lumière crue, sous les nappes électriques. La vieille ville est des plus mal éclairées. Un lumignon çà et là, une lanterne fumeuse. Les rats en maraude rasent les murs, en sifflant. La pluie joue du tambour sur les toits et sur les dalles. L'averse brouille l'entrée des rues. Une nuit lugubre, une bonne nuit pour faire pleurer une femme adorable, pour couper la tête à un héros. L'idée me prend de tout ce qui se passe, en ce même moment, d'un bout de Gênes à l'autre. Etre seul, là, avec soi-même, dans ces ténèbres étrangères, au milieu de ces existences nues, que la nuit dépouille de leur apparence et de leur masque, la pensée découd les murailles et s'offre un spectacle étrange : ils dorment, par centaines de mille, ils se baisent, ils s'aiment ou se haïssent ; ils se tourmentent, ils s'enivrent ; ils naissent ou ils meurent, les deux seuls cris qui presque jamais ne mentent. On s'étreint, on se menace, on tue. Gênes, pleine d'émigrants, est pleine de faillites et de crimes. On passe inconnu au milieu de tous ces vivants ; on n'est pas admis à leur confidence : on les en dépouille ; on les viole, puisqu'on les imagine. Allons-nous-en : je n'ai plus rien à faire ici. Allons chercher le sommeil.

Vue d'en haut, pour celui qui s'en va et qui cherche à tout prendre d'un dernier regard, la figure de Gênes est incohérente et bizarre : un immense tas de maisons, jetées dans un creux de montagne au bord de la mer. Le golfe est comblé par la bâtisse. Comme on en ajoute toujours, les différences de niveau disparaissent : il n'y a plus ni haut ni bas : l'amoncellement couvre tout ; et tout dessin s'efface. Le port se bouche et s'empâte ; il perd sa courbe et l'harmonie de son antique forme. Gênes était admirable, dans les vieux portulans, pour les temps de la voile et du bois ; et plus encore, pour les galères. Toute la beauté de Gênes est sur la mer. Il faut la contempler du large. Cette conque bâtie en hauteur, sur des pentes qui la précipitent dans le flot bleu, on ne se lasse pas d'en considérer l'orgueilleuse gageure, le fastueux défi. Riche de marbre et de pierres multicolores, Gênes était une ruche en hémicycle, posée sur un pont de bateaux. Cette splendeur marine se dissout et s'éparpille dans une multitude confuse. Mais la force demeure, et l'assaut de la quantité n'a pas éteint l'éclat. L'action rayonne en tous sens et la robuste vie l'emporte. Toutes ces fumées, sur l'air qui scintille, ne disent plus la beauté, mais le mouvement. Vain peut-être, et plus propre à le rendre esclave qu'à le délivrer, le travail de l'homme trouble de ses vapeurs l'azur étincelant. Gênes est une belle proie. Ardeur active et magnificence, sur ce croissant de terre dorée, la vie se prodigue. Oui, une belle proie vive.

Via Balbi, les palais de marbre où s'entassent les meubles, les tableaux, les objets précieux, où l'on a réussi à planter des jardins sans terre et sans espace, ces repaires de la banque et des grands marchands parlent d'une richesse séculaire et de puissants oligarques. Or, ils reculent devant l'invasion du présent : la richesse sans passé et sans titres, les conquérants du jour les repoussent déjà dans les vieux quartiers sordides. Les siècles sont venus où ce qui fut semble près de ne plus être et promis à la ruine. Le faux luxe fait la basse qualité de la ville nouvelle. Gênes se vante de ses longues et larges rues, droites et planes, qui n'ont pas trente ans : elles sont l'enseigne de l'opulence vulgaire et font à l'art une banale injure. Tous ces bâtiments de crème fouettée, de galantine et de graisse blême sur des moules en

carton déshonorent la patience de la pierre. Pas une façade
simple ; pas un mur innocent et nu. Les moulures sont une
écume qui se rumine ; la pierre se vomit dans tous ces
ornements. Nulle paix sur ces visages ; nul repos pour l'œil
qui les regarde. Ces bâtisses portent sur elles-mêmes le plus
dur jugement, on les dirait faites pour six mois et pour la
pioche des démolisseurs, infirmiers des villes : pourquoi
sont-ils en retard ? Marseille, plus puissante et dix fois
moins superbe, moins férue de faste et moins sotte désormais, son avantage est encore d'être sans art.

II. PETITS PORTS DE VÉNUS

Riviera de Levant.

Porto Venere et Seno delle Grazie, les Grâces font vis-à-
vis à Vénus elle-même. Calme, calme baie ; calme dans
l'ardeur, chaude dans la paix, c'est le bain de Vénus qui
promet la volupté et qui la délasse. Tout flatte ici la nudité
du plaisir. Le désir est à l'abri : il n'a plus rien à craindre. Les
vieillards, l'hiver et les satyres sont retirés sous bois, dans
les collines. Suzanne peut entrer dans la vasque glauque
ocellée de perles et de doublons d'or. Le Cap et l'Ile de la
Palme ferment la douce rade bleue où l'impalpable oiseau,
où la lumière est prise. Le marbre noir veiné de jaune, le
« portoro » comme on l'appelle, affleure au soleil : ce marbre est bien fait pour le bain de la blonde comme de la
brune, l'or pour la brune, et pour la blonde le velours de la
nuit.

A Palmaria, la vieille Tour du Nord monte une garde
bizarre. Il ne me souvient plus si Auguste ou quelque autre
hypocrite empereur, atteint d'ictère moral, n'a pas relégué
ses sœurs, ses brus ou ses filles dans cette île. En tout cas,
elles ne furent pas à plaindre si, toutefois, elles n'ont pas
trop souffert de ne plus passer leurs soirées à Suburre.
Immense et paisible, la vue s'étend de Gênes à Pise, peut-

être : je reconnais Viareggio et Porto Fino. Le regard est la corde argentine de cet arc bleu. Qui supposerait que La Spezia voisine nourrit un port de guerre, des cuirassés et des canons au fond du golfe ? L'ombre de la mort et de la violence semble aussi peu réelle, au cœur de cette idylle, que la maladie entre deux baisers. La guerre est moins odieuse que l'enseigne d'une bêtise horrible.

Volupté de ces eaux marines. Aux ports de Vénus, tout n'est que volupté. Ce paysage rappelle les lacs fameux de Lombardie, miroirs des chambres nuptiales ; mais en tout la mer est plus intense et plus pure, plus vive et infiniment plus variée. O beauté de la mer, la plus diverse de toutes, la plus propre aux yeux de la rêverie comme à ceux de l'action. La mer fait penser aux amants ; la fadeur des lacs, à l'habitude conjugale. Ce n'est pas que tous ces havres de Vénus évoquent le moindre orage ni les tempêtes romantiques. Au contraire ils respirent les délices de la certitude amoureuse et de la contemplation. Si la profonde paix du cœur était possible, à moins de la prairie où sourit Béatrice, si la nuit de Pâris aux bras d'Hélène était à jamais durable, le palais du bonheur pourrait être ici. Mais il faut, sans doute, une béatitude moins heureuse et moins facile pour atteindre à la sérénité divine. Violent et sombre, toujours tendu, Michel-Ange le savait, qui vint souvent dans le pays et ne s'y fixa jamais, quand il allait choisir ses marbres dans les carrières voisines. Et les poètes anglais, qui hantèrent ce rivage, il y a cent ans, se payant presque toujours d'illusions à demi volontaires et de faux sentiments, l'ont assez ignoré pour en être victimes. Shelley, Leigh Hunt, Byron, ils portaient haut la rébellion. Ils étaient fiers de se donner pour les anges ou les démons de la révolte ; mais, pour le dire en manière de raillerie, ils sont tous restés sur l'autre rive : ils n'ont pas traversé le golfe ; ils n'ont point passé l'eau où l'esprit se délivre ; sinon pour se noyer au large, ils n'ont pas quitté Lerici. Ils n'ont pas vécu à Port-Vénus librement, ni dans l'Île.

A Lerici — est-ce à dire Les Mélèzes, et jadis ont-ils prospéré sur ces collines ? — règne un moyen âge de fantaisie, château fort de carton et cathédrale romane d'opérette. Le gentil petit port de pêche est un rubis à l'oreille de la baie, quand le soleil descend. La même pourpre s'abandonne au sommeil, en face, sur San Terenzo et les coteaux à pic. Là j'ai cherché la Casa Magni, où Shelley vivait depuis six mois, quand il est mort en mer : beau site, à mon gré, une maison de campagne à souhait pour le poète : elle est sur la hauteur, adossée à un bois ; une sorte de cloître prête aux proportions du bâtiment l'harmonie de ses arches. Et les fenêtres contemplent la mer à l'occident. Shelley a dû s'y plaire. C'est à Casa Magni qu'il invita l'admirable Keats mourant à s'évader de Londres, à venir boire le soleil et goûter la solitude lumineuse. Rien ne fait tant honneur à Shelley que son amitié pour Keats, et lui faisant écran devant la mort de lui avoir tendu une main généreuse.

Pêcheurs de petit engin, leurs femmes et leurs filles, et ces vagues de lait bleu, et cet air si câlin à chatouiller la joue, l'hiver, quand les preneurs de bains sont rentrés dans les villes, la plaisante contrée, d'heure en heure, renouvelle ses grâces rustiques. Tout rit au bord du golfe, tout semble chercher les caresses d'une ivresse sensuelle. Le baiser est dans l'air. Au printemps, ce papillon vole. Il se pose sur les bouches, à l'automne ; il les brûle, l'été. Ces anses, ces coupes d'eau, ces roches complaisantes, autant de berceaux pour les étreintes chaudes, répétées, un peu brèves. J'en juge ainsi sur les pêcheurs, leur simplesse avenante, leur façon naïve et familière. Lucques est proche. Déjà, le Ligure se teinte de Toscan. Quelle forte et belle fibre, la fibre étrusque : partout où elle entre dans le tissu de l'homme, on la reconnaît au sens pur de la ligne. Les femmes, non pas plus belles qu'ailleurs, ont parfois une sorte de séduction peu facile à saisir, qu'on peut comparer à une inflexion, au timbre d'une voix, à une invisible odeur. J'en vois s'avancer une, jeune mère peut-être ou jeune fille, les yeux brûlants et noirs, si sûre du désir, si pleine de son sexe, qu'elle semble en porter les lèvres et l'attrait sur toute sa personne : elle parle au baiser, du front jusqu'à la pointe des pieds. Plusieurs, qui rentrent dans la petite ville, font un chœur de sages bacchantes : elles vont, graves de la volupté récente ou prochaine ; leur démarche est un balancement de barque sur l'onde tiède et sans heurt de l'été ; le rythme anime d'une juste cadence leurs bras et le souffle qui leur gonfle les seins. Sans aucune impudeur, elles sont femelles à miracle ; et leur force même prête un tour d'élégance à leur rusticité.

Cette mer voluptueuse mène à Sarzane, où l'on entre dans le pays de la Lune. Car la Lune est le pays de Vénus, comme chacun sait : Lunigiana est son nom. Petits ports, petits bourgs, châteaux perchés au-dessus de la vallée heureuse ; laiteux azur entre les monts, marbre étincelant, en tranchées ouvertes devant la mer, lieux délicieux qui invitent à la paresse et à la rêverie amoureuse, le plus vrai des délices après la fatigue de l'amour. Tous les Barbares s'y précipitent : ils y trouvent le nid où faire fondre leurs neiges et attendrir enfin la glace du Nord.

La Voie Aurélienne passe en lisière de tous ces jolis fonds de coupe marine, de toutes ces Ithaques où l'on voit débarquer Télémaque et Ulysse. La forte et sérieuse route romaine borde les rocs à pic. Elle part du Vatican et va loin, bien au-delà de l'Italie : elle court vers l'ouest et le nord ; entre Arles et Avignon, le bourg d'Aureille porte son nom. Oliviers et pinèdes, le doux feuillage gris d'argent et l'ombrelle sombre qui vanne le soleil ; des cyprès porte-lances, la plus noble garde qu'on ait jamais montée sur les chemins ; et partout la vigne. Elle habille les collines et les coteaux ; elle se jette à la mer et va chercher les algues ; elle pousse en l'air, à l'italienne, enlacée aux arbres, ou cultivée en treille. Les ceps sont tenus par des fils de fer qui les élèvent ; les grappes de raisins noirs pendent au-dessus des cassis et des ruisseaux.

Le long de la côte, les grands filets bruns s'étalent, haut placés, en toiles d'araignée, en pièges à papillons immenses. Ils planent convexes vers le flot, portés par deux longs cordages qui se croisent en moitiés d'ellipse. Au crépuscule, on dirait, chacun, l'aile lourde d'une chauve-souris, vaste comme une nacelle ; ou bien, ils font rêver d'une vie lacustre et très antique, au hamac de Montézuma, à un lit de repos et de torture dans un jardin désert de Mexico.

De loin en loin, une fosse, un ravin sans profondeur coupe la route : ce serpent de pierre, tout en plis et replis, tout en cailloux, est un fleuve sans une goutte d'eau. Voilà bien ces joncs calcaires qui rident le sol, dans les contrées sèches, les torrents tordus, la Magra, la Vara, tant d'autres. Qui aime la fraîcheur humide, les déteste : il se rappelle avec angoisse le chuchotement des sources, les vapeurs de l'ouest, l'amicale présence et la voix du ru contre le chemin creux. Pour moi, je me plais aussi, étrangement, à ces rivières de terre dure, ces lits ardents où rien ne roule que la pierraille. L'eau est la vie enfantine. Elle s'est retirée de ces pays statuaires, modelés par des dieux sculpteurs. Ces cailloux ne sont si blancs que pour être les ossements de la terre. Ils n'ont rien de sinistre. Ils sont gais : point d'eau, et de toutes parts beaucoup de vin.

Aux Cinque Terre, qui sont une main de cinq villettes, égrenées de Vernazza à la Madone de Monte-Negro, un bois de citronniers vaut la peine de s'arrêter en route, quand les limons sont mûrs sous les feuilles vernies, de l'émail le plus vert. Quelle pâleur éclatante n'ont pas les fruits jaunes ! Serait-ce des oiseaux ? et ce feuillage de porcelaine lisse, des ailes de perroquet, des plumes ou des feuilles ? La vigne encore, toujours la vigne. Elle rampe sur l'échine du roc. Elle saute par-dessus les fossés et les clôtures. A la vendange, on voit les femmes qui grimpent sur des échelles pour cueillir le raisin. Les enfants le reçoivent avec mille pépiements de joie et le même air de piété qu'à chanter des hymnes. La moisson n'est pas si sainte que la vendange, en Italie. Ces bonnes paysannes font des lieues, avec leurs hommes, pour quelques grappes. Les petits et les vieux de la famille les suivent ; parfois l'âne et le chien. On les rencontre sur la route, dix, douze femmes et deux ou trois hommes, à la file, le large panier rond des poissonnières à bout de bras ou sur la tête. Ils viennent de faire leur récolte lointaine ; chacun a quelques ceps, souvent fort loin de chez soi. Vendange à une mode plus qu'antique, légendaire plutôt et fabuleuse, du temps où la peine de l'homme comptait pour moins que rien. Taylor n'a point passé par là, comme à Milan ou à Rome. Je n'admire pas ce travail, mais la patience du travailleur et cette aimable paresse. Elle est sage peut-être, et plus féconde qu'on ne croit. Ils ne se pressent pas ; ils n'ont pas l'envie de rien changer à la coutume. Ces paresseux, au pas si nonchalant, s'imposent pourtant une étonnante fatigue. Coutume, coutume, costumes. Ils tiennent à leurs étoffes et à leurs couleurs. Les contadines gardent des jupes, des guimpes, des atours touchants et ridicules. Mais on sent qu'une certitude vit encore dans ces pratiques, qu'une façon de bonheur est liée à cette simplicité-là. D'ailleurs, ces peuples sont propres à subir toute loi, et façonnés dès longtemps à la tyrannie. Deux cents ans avant Jésus-Christ, les bons, les justes Romains, illustres inventeurs de la loi, ont fait la guerre aux Apuans, indigènes de ce pays. Une fois vaincus, ils les ont enchaînés et transportés en masse dans le Samnium, à cent lieues de la terre natale. Voilà comme on fait les bonnes maisons et les Etats champions du droit.

NOCTURNE DE TOUTE HEURE

Belle, laisse-toi descendre dans ce cristal caressant de soie fluide et de sourire bleu. A votre chair charmante, l'eau de ce golfe est un appel du délicieux silence. Ses ondes, qui frissonnent à peine, sont des lèvres, le doux frémissement veut courir sur vos fraises et rafraîchir le doux lys de vos flancs. Limpide enlacement de la mer transparente, la convoitise de l'eau cherche vos seins et la fleur de votre ventre. Comme les baisers presque immobiles du calme de la mer désirent obstinément votre forme, ô ma chère beauté ! Ce lac virginal a soif de votre grâce, vierge, et de vos sources tièdes. Venez dans l'eau, venez, ô venez vous baigner. L'onde matinale vous appelle. Son sourire de feuille et d'aile veut vous voir et vous toucher de plus près. Dans ces miroirs murmurants et si tendres, on ne trempe pas, pour un seul instant, un corps languissant qui se retire : on passe tout le jour dans la claire fraîcheur de la marine, à Porto Venere. Coupe de Cythère, plus voluptueuse d'avoir été portée aux bords de l'Occident, Port de Vénus le bien nommé ! Viens t'y rendre à ta prime demeure, sirène. Réponds à toutes tes sœurs, les sirènes qui t'attendent la gorge ruisselante. Ici, vous allez redevenir vous-même, vous refaire

grand lys marin, nénuphar qui se réveille, anémone de la mer.
Et la nuit même est si tiède et si claire, que vous serez dans
cette eau délicieuse, où le ciel ne nous doit prêter que les
étoiles, l'arc même de la lune absente et son collier perlé.

III. CENT VILLES

Au Val di Magra,
non loin de Sarzana, un soir de l'été mûrissant.

Que ce peuple est aimable, et qu'il a de mérites. L'Italien
chez lui se fait aimer autant qu'il se fait dédaigner à l'étranger, et haïr dans ce qu'il écrit. Il gagne le cœur de qui le
pratique ; il gagne aussi l'estime. Presque tous, et partout,
ils sont complaisants, humains et polis. L'Italie est pleine
de beaux yeux et de courtoisie. Il n'y a d'insultes que dans
les journaux. Ils vous conduisent où vous cherchez d'aller et
se dérangent du leur pour vous mettre sur le chemin. Leur
tact est subtil, même quand l'approche de la main est un
peu rude : la plupart, ils sentent fort bien s'il faut se taire ou
parler, s'informer ou passer outre, être discret ou se confier.
Les premières relations, sans être familières, ont déjà
beaucoup d'agrément. Ils seraient plus hospitaliers, s'ils
n'avaient longtemps été pauvres. Entre eux, ils ne s'aident
pas autant que les Français du populaire ; ils sont écono-
mes, étant chargés de famille, et noblement sobres. Moins
d'esprit qu'à Paris et en Provence ; moins de goût : ils
aiment l'éclat et la surcharge ; mais ils sont plus riches de
poésie. Moins intelligents, ils sont assez souvent plus sensibles. Leurs sensations ne sont pas si fines ni si complexes,
à beaucoup près ; elles ne vont pas si loin ; mais, dans la
masse, elles sont plus fortes. Tout est plus rare et plus
profond en France, là où il y a de la puissance ; en Italie,
tout ce qui est de la chair et de l'imagination semble plus
abondant. L'ironie du Français le suspend et l'arrête. L'Italien se répand ; et s'il ne parle pas, il chante. Le Français est

né pour l'entretien ; tous les Italiens sont orateurs ; s'ils prétendent se taire, leur silence mime le discours. Ils ont le génie de la rue et du spectacle. Leurs assemblées, dans le deuil ou la joie, sont toujours plaisantes : de rien, ils font un théâtre et sans effort, bouffe ou sérieux, un opéra. En ce genre, s'ils disposent de quelques ressources, ils vont à la perfection. Ils sont nés décorateurs et toujours en scène. Dans la moindre villette, ils ordonnent des fêtes charmantes. Ils n'ont pas leurs pareils pour les guirlandes, les feux d'artifice, et les illuminations. Comme leurs voix sont fort chaudes et bien rondes, qu'ils ont l'oreille des plus justes et la manie du chant, toutes leurs réjouissances sont en musique. Ils font des chœurs aussi naturellement, qui chantent aussi juste et aussi en mesure, qu'il est naturel au Français de n'en point faire, de chanter faux, sans rythme et sans accord. Les Italiens, comme les Allemands, chantent d'ensemble. Chaque Français ou hurle, ou fredonne, ou arrive même à bien chanter, mais chacun pour soi ; et le chœur n'est toujours pas possible. Des Italiens aux Allemands, la différence est que les Allemands font admirablement à quatre parties, sans effort, et les Italiens à deux seulement. La tierce est la voix même de l'Italie. La véritable harmonie leur est si peu naturelle qu'ils s'accompagnent d'une éternelle rengaine, toujours la même, sur la mandoline ou l'accordéon.

Aux environs de Sarzana, un soir, je tombai au milieu d'un bal champêtre. Tout le pays dansait : bien moins une danse connue, valse, tango, ou bourrée paysanne, qu'une sorte de balancement et de rythme en promenade, geste de tout le corps à l'appui du chant. Car ils chantaient ces airs de Naples ou de Sicile qui ont une vertu si populaire, je ne sais quoi de sain et de fort, même dans la mélancolie et la clameur sentimentale, d'assez chaud pour n'être plus fade : cette chanson ne prend une odeur si atroce, un tour si vulgaire que dans la musique de théâtre. En sorte que l'art des musiciens, en Italie, loin d'élever le chant populaire, concourt seulement à l'avilir et à l'encanailler. Tout ce peuple chantait aux lumières. Les lanternes vénitiennes, les lampions de toutes couleurs étaient pendus aux guirlandes de fleurs. Quelques trophées de feuillages et d'étoffes for-

maient des arcs de la plus heureuse proportion. Plusieurs
jeunes filles se donnaient la main et tournaient ensemble ;
d'autres, se tenant par la taille, semblaient doucement ivres
de modeste allégresse. Les mille et mille gouttes de la
mandoline tombaient de tous côtés, en pluie sonore, les
sons de la lumière. Une image de la Vierge ou de la Sainte,
patronne du pays, palpitait sous un dais de feuilles, dans le
reflet des lampes, au fond d'une charmille. Des rires sans
violence, des cris sans laideur éclataient de loin en loin,
fusées de jeunesse et d'enfance. J'admirais le charme de
cette harmonie, les robes rouges, bleues et vertes, les voiles
jaunes et rouges, les rubans écarlates, les guimpes blanches, la mousseline orangée des femmes. Languissantes
délices de la fraîcheur, sous les étoiles, au soir d'une journée
si chaude qu'elle semblait ne plus pouvoir quitter la paume
moite de l'été. Jeunes frissons de la brise à peine née qui
essaie, incertaine et lente, ses premiers vols au bras des pins
et des yeuses. J'aurais voulu prendre mon violon et faire
palpiter le chant, sous les arbres : mon violon ou cette svelte
jeune fille, tiède viole de vie, qui doit avoir une âme aussi et
qui, sur les bras du musicien, livrant ses tendres cordes,
rendrait sans doute une si douce mélodie.

La musique, l'ondulation des danses, les lumières heureuses et tremblantes, c'était l'âme même du bonheur flot-
tant, ce soir, sur cette petite ville de l'Italie rustique, une
âme voluptueuse et tranquille, qui semble sans souci, tandis qu'elle s'épanouit dans les chants, et que sa musique,
simple comme la source, en s'élevant dans l'air caressant, se
marie à la musique des arbres et des feuilles baisés par la
brise.

Le peuple italien a le génie des fêtes.

DE LUNIGIANE EN TOSCANE

Pays des cent villes, c'est un nom que les Italiens donnent
volontiers à l'Italie. Et quand ils disent cent, ils sont modes-
tes : ils pourraient compter jusqu'à deux cents et au-delà.
La grande ville à la moderne, l'énorme capitale ne sont pas
dans le style de l'Italie : la cité d'étendue moyenne, bien
bâtie, bien peuplée mais sans excès, un juste équilibre entre

l'espace et le nombre des habitants, entre les ressources du terroir et ceux qui doivent y vivre, voilà presque partout, de Venise à Palerme, la grosse ville d'Italie. Elles sont bien dix ou vingt de cet ordre. Pour le reste, une foule de petites villes, entre cinq et trente mille âmes. Toutes sont plaisantes, toutes sont ornées. Presque toutes ont une histoire, de belles annales où se croisent la politique et les passions. Toutes aussi ont des titres à la mémoire des hommes : les moindres ont un nom. Elles sont antiques et chrétiennes à la fois. On y rencontre Dante et Virgile, deux des cinq ou six plus grands artistes qu'il y ait eu en poésie, et qui ont approché de plus près leur cœur au cœur de leur terre. Il ne faudrait pas demander à ces magnifiques Italiens s'il y a opposition ou divorce entre la poésie et la vie, voire la politique, d'une nation. Le plus noble honneur, peut-être, de Gabriel d'Annunzio est d'avoir accordé ses chants à cet esprit. Le héros et le poète s'unissent en lui, exactement. Les *Laudes* de Gabriel d'Annunzio sont dans la tradition millénaire du poète italien : elles veulent élever des hymnes à toutes les villes de l'Italie, à tous ses paysages, aux miracles conjugués de la nature et de l'histoire. Tel aussi Mistral.

En Italie, la passion nationale ne commence et ne finit jamais : elle est de tous les lieux et de tous les âges. Chacun a l'amour jaloux de sa ville, grande ou petite ; et tous s'adorent ensemble dans le culte de Rome. Les cent, les deux cents villes d'Italie sont aux Italiens une occasion inépuisable d'orgueil et de louanges. Avec quelle raison le fils de la petite cité toscane, ombrienne ou latine, pieusement ne se vante-t-il pas d'y être né, d'avoir prié au Dôme, la main dans la main de sa mère, d'avoir été élevé à l'ombre du Municipe, palais de la Commune, palais du Duc ou palais des Prieurs ?

Plus la ville est petite, plus le peuple, en général, y est aimable. Les citoyens des grands Etats sont loin d'avoir la gentillesse et la culture naturelle de ces petites gens-là. Et souvent, la villette de trois empans est plus belle, par la vertu d'un seul monument ou d'un seul objet, que toutes les capitales monstrueuses de l'Amérique. L'Italie n'est pas un pays de villages. Lui-même, le paysan, travaille dans les champs et n'y vit pas. Le matin, il fait des lieues pour aller à son labour, et des lieues, le soir, pour regagner sa bourgade. Elle est juchée, là-haut, sur le piton, sur la colline, à cinq, à dix, à quinze mille mètres de la voie ferrée ou de la grand' route. Peu importe : le pauvre pacant ne plaint pas sa peine. A la nuit, il rentre dans son municipe ; avec son taudis, il retrouve son palais de ville, ses églises et ses grands saints. Italie, pays de paysans citadins. A la fin du jour, le rustre campagnard redevient une espèce de citoyen. Même à l'étranger, je les reconnais tous à leur dévotion pour leur ville. En France, le culte natal est celui de la province. On est normand plus que de Rouen. On est provençal plus que de Marseille ou d'Arles. En Italie, on est de sa petite ville. Ils tiennent d'elle un certain sens de la splendeur, voire de la perfection. Laquelle de ces villettes n'a pas voulu, au moment le plus vif de son histoire, être plus belle, plus savante ou plus sainte, plus ville en un mot que sa voisine ? Les petites villes sont les grands villages de l'Italie, avec tout ce que la vie urbaine implique d'art, de droit civil, de coutume sociale et d'émulation. Quel bon petit peuple, aimable quand il veut, prompt à comprendre, non pas spirituel et rieur à la façon de France, mais content de peu, satisfait de vivre, vif et violent, sexuel et timide, docile à l'excès, réaliste et pieux. Le bourgeois est loin de le valoir : celui-là est avare, avide, jaloux, borné, fat de toutes les manières, moulant ses fesses dans les culottes en toute chose, étroit et pédant ; s'il fait métier de la vie intellectuelle, il y pratique une espèce d'usure dans l'ordre de la vanité ; serf des titres jusqu'au dernier ridicule ; il moisit dans les pensées les plus sordides et — *Illustrissimo Signor Professore, Illustrissimo Signor Dottore, Illustrissimo, Eminentissimo, Issimissimo Signor Coglione* — professeur, docteur, pharmacien, journaliste surtout, il prend chaque jour sa revanche sur l'univers en exigeant qu'on reconnaisse en lui un Romain, maître du monde, qu'il doit être s'il ne l'est pas, et la tête de l'Europe si seulement il est coiffeur.

Moins l'Italie a été romaine, plus elle a eu de vertus, dans tous les ordres. La ruine de l'Empire a fait la beauté des petites villes italiennes. La monnoie de Rome en deux cents belles cités l'emporte infiniment sur le lourd lingot du Tibre : le métal n'est pas tout : il y a les coins et la frappe, aussi. Quelle charmante Italie c'était alors, il en reste des traces. Qu'il était plaisant et doux d'y vivre. Qu'elle avait plus de génie qu'au siècle de Marc-Aurèle et qu'à présent. Combien plus de finesse, de gaîté et de grâce. Le poing n'est pas la force. Fra Beato Angelico l'emporte un peu sur le roi des boxeurs. Que l'on compare, je ne dis pas Monteverde, mais seulement Rossini à Leoncavallo. Le vrai peuple italien est celui-là et non pas, comme on veut le lui faire croire, à force de drogues oratoires, le peuple du glaive, gladius, — de l'empire, imperium, — et des légions. Gloire aux cent et cent municipes : ils sont la beauté de l'Italie et l'ont faite au cours des siècles.

J'aime ce peuple, je l'aime obstinément.

IV. SAPIENZA

Pise.

Comme ils arrivent du Nord, ils ont tous vingt ou trente heures de brume et de glace sur le dos. Parfois même cinquante, deux jours et deux nuits. Ils sont ivres de trépidation et de bruit. Ils ont de la suie dans tous les plis et l'odeur de la houille. Tous ces couples roux sont dans la lune de miel, en voyage de noces. Même s'ils vont à Rome, à Sorrente ou en Sicile, avant Florence c'est à Pise qu'ils reprennent terre. Pise est leur première escale : ce soir, ils dormiront en rade. Ils débarquent et ils sont éblouis. Le soleil les inonde. La molle brise de la mer toscane leur flatte les lèvres ; ils ont la nuque chaude et les joues fraîches. Couleuvre limoneuse, l'Arno jaune et vert roule en purée de pois bien épaisse, entre les quais déserts, qui semblent immenses : seul s'y promène le ciel du plus beau bleu. Les parapets, on les croirait de marbre et de cuivre : les nouveaux mariés ont envie de s'y coucher. Mais à quoi bon ? Tous les hôtels, en face, ouvrent à ces couples mille couches nuptiales. Ils ne se sont, peut-être, mariés que pour passer la nuit à Pise, et deux jours en outre. Ils boivent du vin toscan, déjà miraculeux pour les fils de la bière ; ils prennent l'Asti pour la cervoise des dieux ; ils en pétillent lentement, et ils ont l'illusion fugace d'avoir enfin de l'esprit. Ils ont presque laissé la morale avec leur valise aux mains des domestiques. Encore un verre d'Asti : il les console de la cuisine à l'huile. Ils rient et jargonnent. Par Jupiter, ils boivent au même verre. Ah, Pise, Pise, *mezzatrice Pisa*, apparieuse Pise : *Celestina fu la Pisa*. Qu'en dira Mme la Présidente de la Société de Tempérance de Coldbedforth ? Et si M. le Secrétaire de la Ligue Universelle des Femmes Supérieures pour la Domestication des Hommes Insoumis, *By Jove Doodle City, New York, U. S. A.*, pouvait voir de ses yeux une telle débauche, il en avalerait ses douze livres de gomme à mâcher et de sermons circulaires, et courrait prendre le train. Quoi qu'il en soit, les bienheureux naufragés de Pise vont au lit. C'est Hamlet lui-même qui leur crie : *Go to bed !* Au lit, au lit ! Il n'est ville d'Ombrie et de Toscane où l'on ne rencontre ces passants. Ils se dressent sur toutes les dalles : ils font partie du paysage ; ils y tiennent beaucoup de place ; et c'est pourquoi, dès le seuil, ils en ont une, ici.

Avec les canaux de Venise, le Vésuve sur le golfe de Naples et Saint-Pierre du Vatican, est-il rien de plus fameux en Italie que le plateau désert où les Pisans servent aux visiteurs leurs quatre plus beaux édifices ? Et pourquoi les ont-ils relégués comme en dehors de la ville ? Ils ont l'air d'avoir voulu s'en débarrasser. Pise a la séduction du bizarre, on ne sait quoi de fatal et de solide dans la fantaisie. Une étrange logique y régit le non-sens. La géométrie y danse aux bras du cocasse. Pise a le don de la réalité dans l'irréel. Ils bâtissent un clocher : quand ils sont au second étage, à dix mètres du sol, ils s'aperçoivent que leur campanile penche fortement et que son axe ne coïncide pas au centre de gravité. Au lieu d'y porter remède, ils s'en félicitent ; ils continuent de bâtir contre toute statique, et ils élèvent à soixante mètres et plus leurs six turbans de colonnes. Telle est la Tour Penchée, qu'ils appellent Pendante, gloire du pays et la trente-sixième merveille du monde. On l'admire sans la trouver belle. On est heureux de la voir, sans démêler pourquoi. Cet objet d'art est une curiosité.

La singulière place, en vérité, une des plus originales qu'on puisse voir et plaisante à ne jamais l'oublier. Elle a été conçue, non par le démon, mais par le génie rieur de l'absurde. Calme, impassible même, ce rire est grave toutefois. Ce long rectangle s'étire en champ de courses, où l'herbe pousse entre les dalles et les dalles entre les herbes courtes. Le côté long du rectangle, le plus éloigné de la ville, est fermé d'un mur en marbre : là derrière, le Campo Santo, le cimetière. Voilà donc la raison de cet extraordinaire éloignement : tous les monuments de Pise sont faits pour le cimetière, le Dôme, le Baptistère, la Tour qui penche ; et ils sont tous au ban de la ville vivante. Quoi ? même les fonts baptismaux ? Pise répond qu'on ne baptise les nouveau-nés que pour en faire des morts : il n'y a qu'un saut. Là, à deux pas.

Sur le côté parallèle et opposé s'ouvrent les rues qui mènent à l'Arno en traversant toute la ville. Face à la muraille mortuaire, les hôpitaux, les écoles, les séminaires et les cliniques. Voilà qui est fort étrusque et d'une sagesse funèbre. Peut-être les Pisans ont-ils plutôt voulu mettre leurs précieux édifices à l'abri des émeutes et des factions ? Le fait est qu'on ne peut avoir l'air plus neuf : les marbres font au soleil un deuil étincelant. Rien n'est plus froid, rien n'est plus inaltérablement sépulcre. D'ailleurs, sur ce champ de courses où, moins les étrangers, il ne passe personne, les trois fameux monuments se démènent et se courent après : le gros bébé rond, Baptistère, coiffé de son bourrelet, arrivera le premier ; la mère et le père Dôme suivent, si unis bras dessus, bras dessous qu'on ne les distingue pas. Quant à la grande sœur, Tour Penchée, elle fait trop de sport : elle a trop bondi dans les Alpes et la neige ; elle s'est blessée, elle bronche, elle boite ; à chaque pas, elle va tomber. C'est la famille Damier, de Carrare.

Tout ce marbre blanc et jauni a la couleur des vieux os. Vers le soir, le ciel est feuille de rose sur le mur crénelé de l'ouest, et vert-de-gris sur la Tour. Il s'ébouriffe en chevauchée de petits nuages qui galopent : les cavales viennent de la mer et leurs crinières roses s'éparpillent. Même le matin, par le temps le plus bleu, ce ciel paraît courir. (Si pourtant l'échiquier aux grandes pièces de marbre était au fond de la mer ?) Et parfois, entre la Tour et le Baptistère, je rêve de la Chine. Les remparts aux créneaux quadrangulaires, le vaste délaissement de cet espace vert et jaune où poussent ces énormes fruits de pierre, le silence et la paix pareille à l'absence, la musique de ce lieu, auguste à la fois, un peu comique et solennelle, bizarre et distinguée, tout enfin est chinois. Et la Chine porte aussi le deuil en blanc.

Contre la porte du Dôme, chacun dans son angle, deux spectres soudain tendent le bras à ma rencontre. Une robe noire, serrée d'une corde à la ceinture, descend jusqu'à leurs sandales. Une cagoule noire les masque ; de leur tête on ne voit que les yeux à travers deux trous. Je ne sais si je m'abuse, ils ont des tibias en croix de Saint-André sur la poitrine. Ces revenants me font horreur. Mais ils murmurent une prière ; et ils agitent, au bout de leurs doigts sales, des sous dans une sébile. Ce sont les Frères de la Miséricorde ; ils quêtent pour les morts et ils les enterrent ; ils quêtent aussi pour les hôpitaux et leur voix lugubre annonce l'agonie. Qu'ils sont bien à leur place dans ce pré de marbre, désert cruel, tout hérissé de colonnes murées qui ne laissent point passer le ciel, et si cadavre que la paix y est semblable à un visage sans yeux.

Tarquin, Porsenna, les Lucumons ; les tombeaux, l'obsession des funérailles ; et ces sarcophages trop courts, en forme de pot à tabac qui font penser aux boîtes où les morts du Japon sont assis ; sur le couvercle, l'image du défunt épaisse et naine, ce peuple doux et précis, obtus parfois et féroce, est hanté du sort fatal qui pèse sur tous les hommes. L'enfer l'obsède. Dante, le plus étrusque des Toscans, devait fixer pour jamais les visions infernales de l'Etrurie. Le blanc, le noir, le rouge sombre sont leurs couleurs favorites, l'albâtre blême, le marbre et l'argile. Ils donnent de la poésie aux idées macabres. Ils sont funèbres avec une sorte de tranquillité ; mais ce calme cache mal un obscur frémissement. Les Etrusques tiennent par là des Celtes. La mort est l'ombre qui partout les accompagne. Souvent elle est grotesque ; elle fait d'affreuses grimaces sur leurs vases et leurs objets d'art comme les monnoies de Populonia, où elle tire la langue de Gorgone. Leurs rois s'appellent Lars, et les premiers lares des maisons latines sont des larves étrusques. Comme les Egyptiens, ils ont le continuel souci de leur sépulcre. Leur nostalgie est encore plus près de la Bretagne : il y a de la pluie et des larmes dans leur climat. Je voudrais savoir si l'on a étudié, avec assez de persévérance, les rapports de l'étrusque encore inexpliqué avec le plus vieux langage gaélique. Le deuil de Pise vient de loin et sa contemplation morose persiste sous la clarté du ciel. Pise a mis dans un cimetière sa beauté et sa gloire.

RENCONTRE DE L'ART

Illustre moment, plein d'émotion et de surprise, pour l'homme de l'Ouest ou du Nord, qui ne s'est pas arrêté en route : Pise est la rencontre de l'art et la révélation de l'intelligence antique, en Italie. On en reste ivre de joie ou déçu, selon qu'on y arrive en état de grâce ou en héros conquérant. Le dilettante est toujours un peu femme : il veut être conquis. L'Argonaute, au contraire, cherche la Toison et ne l'a pas encore. Il est dans la lutte ; il y met de la passion, il peut être injuste comme elle. A Pise, comme souvent ailleurs, j'ai été l'un et l'autre. S'il me souvient trop fortement de Chartres ou de Vézelay, que m'importe le Dôme de Pise ? et le Baptistère, cette tiare de marbre posée sur un pré ? Je me lasse de ce luxe, si j'aime la ligne et la pierre. Mais il ne sied pas à une tête bien faite de chercher Vézelay à Pise, ni la statuaire de Chartres en Italie. Amusez-vous donc de cet art, mon héros sans mensonge, et d'autant plus cruel que vous êtes prompt au sourire. Cueillez l'heure à la fleur de l'objet : faites-vous un plaisir de tout ce qui plaît aux yeux du passant, et qui ne saurait vous retenir. Celui qui veut créer une œuvre, le conquérant véritable, a toute l'injustice du choix et de la passion : devant l'œuvre des autres, qu'il éteigne un peu sa mémoire, et qu'il apprenne à oublier.

Pise est impayable. On s'y trouve à merveille et toujours près de rire. Eux-mêmes, les Frères de la Miséricorde, quand ils ont envie de secouer la mélancolie de la cagoule, il ne leur faut qu'aller voir le roi Victor-Emmanuel, à l'entrée de la ville : ce babouin est, sans doute, la statue la plus bouffonne de l'Europe. Comme dans toute cette glorieuse Italie, l'art est partout, si l'on s'y prête ; et rare, sinon. De bien loin, le Campo Santo est le plus bel objet de Pise. La beauté est, ici, de l'ordre, du style et du site. Le Campo Santo est un très vaste cloître rectangulaire ; deux longues galeries alternent avec deux galeries près des deux tiers plus courtes. Les morts s'y promènent, assurément, la nuit ; pendant le jour, leurs six cents tombeaux, les bustes, les stèles et les sarcophages, prennent le soleil entre les larges arcs plein cintre, aux belles fenêtres à nervures d'une dentelle si ferme et si légère. Au milieu, un jardin où j'ai cueilli, en mai, plus d'une rose. Les proportions de ce cloître en font le singulier mérite. Il y règne un calme presque suave, une lumière si aimable et si vive dans la tranquillité, que ce cimetière a de la gaieté. On ne pense plus guère à tous les morts qui ont dissous leur forme et leur substance dans cette terre sainte ; mais plutôt au grand âge de leurs ombres, peut-être vivantes, qui hantent ces portiques sans y avoir perdu leur allégresse ni le plaisir de vieillir dans un si beau climat et de s'y promettre l'éternité, cette toile d'araignée suspendue à tous les angles de notre âme : mais qui la tend et qui la file ?

Quant aux fresques de l'Orcagna sur les murs et à celles de Benozzo Gozzoli, je ne peux plus leur donner un regard. Moisies, dégradées, elles ont l'effet d'un vieux papier peint, ou d'une toile en loques. Tout est gâté par l'humidité, et si l'on en juge sur ce qu'on répare, peut-être y gagne-t-on encore. Cette peinturlure, qui ne laisse pas un pouce de muraille sans ornement, sans couleurs, sans figures, est insupportable à mon goût. La décoration poussée à ce point est un vice. Des murs, bariolés de haut en bas et de bout en bout, ne sont plus des murs. Il me faut de l'architecture. Cet amas d'anecdotes tuent même tout l'intérêt que je prends à l'art de peindre. Il en est de la fresque continue, où les faits divers de la piété s'entassent les uns sur les autres et se chevauchent, comme d'un livre où tout serait image d'Epinal, où il n'y aurait plus un mot de texte. Un tel art ne convient qu'à l'enfance. La fresque récit est le ciné de la peinture ; elle est presque aussi niaise, aussi vaine et non moins sotte. De fort bonne heure, les peintres n'ont plus été des enfants ; ils n'ont pourtant pas cessé de peinturlurer à cette mode puérile. Pardi, je sais bien qu'on découvre, çà et là, quelque beau morceau, une forme élégante et noble, une façon forte ou spirituelle de rendre la nature et la vie. Mais on se dégoûte de ce qu'on aime le plus, quand il en faut subir l'indécente abondance. Le poète ou l'artiste, si le don de l'art se cultive en eux par la pensée, ne peut plus souffrir la manie décorative. Au seul tableau, qu'il soit peint comme on voudra, d'ailleurs, à l'œuf, à sec, à frais ou à l'huile, au tableau seul va notre amour, à ce petit monde clos, qui peut être si grand, où l'esprit enferme une émotion profonde, selon une règle supérieure et un rythme plastique.

Sous le soleil d'août à midi, ou sous la pluie d'automne, les quais immenses de Pise invitent à la songerie. La pluie est chez elle sur l'Arno, sur le limon jaune un limon gris ; le fleuve roule une dense amertume : il a du fiel ; peut-être, il se souvient, désespoir des eaux qui s'écoulent ; il tend un miroir huileux aux arcades des ponts et aux façades bilieuses de la rive. J'oublie tous les passants que j'y ai vus ; il me semble y avoir toujours été seul. Là pourtant, un soir ancien, j'ai eu un entretien frémissant sur la passion, la jeunesse et l'amour jusque bien avant dans la nuit. Les yeux baissés et l'âme bondissante, on fait les cent pas, on les refait mille fois le long du flot qui murmure en courant à sa fin. J'ai cru alors, je crois encore, mais ne le ferais plus croire, sans doute, que j'étais né pour ne jamais mourir, et que la douleur même pouvait être une occasion de grandeur et une raison de vivre. Etrange misère de l'espoir : la véritable espérance ne dépend pas de nous ; la vie n'a pas besoin d'espérer : elle tient, elle est sûre. La réalité de l'espoir nous vient des autres et de l'objet, la menteuse. Ce sont eux qui nous fuient ; et si fermes que nous soyons en nous-mêmes, en eux il nous faut bien mesurer la fuite. Les parapets sont bas sur le fleuve jaune : ils sont à merveille pour jeter les gens par-dessus bord ; mais ils ne sont jamais là : de quoi se plaint le courant hargneux, avec son clapotis de petite houle. Pise, ville qui sent le vide et qui fut une

capitale. Elle a été sur la mer, puissante et riche, pleine de
galères. On ne sait même plus où était le port, aujourd'hui.

Quand elle était forte et vivante, Pise tournait en vires de
spirale autour de l'Arno et de sa marine. Depuis que la vie
s'en est retirée avec la mer, l'Université est le centre de Pise.
C'est un vieux bâtiment, sans beauté, aux vastes proportions, rebâti pièce à pièce depuis la Renaissance ; les murs
et les façades ont mauvais teint, l'air noir et triste. L'abattoir aux idées montre un front morose et ridé ; il s'enfonce
derrière quelques vieux palais, au giron d'antiques églises.
Comme l'Université est au cœur de Pise, la bibliothèque est
au cœur de l'Université. Les lieux d'étude sont un peu semés
aux quatre coins de la ville : elle ne semble plus faite que
pour ces prisons du savoir : à main droite, en allant vers la
Tour Penchée, l'Ecole de l'Industrie, une école élémentaire,
une normale, qu'en domine une autre mal classée, qui est
sans doute l'Ecole des Faux Pélicans, puisque cette ruine
passe pour avoir été le Donjon de la Faim, où Ugolin apprit
à ses enfants la meilleure façon de conserver un père. Et
pour finir, au plus près de la Tour qui Branle, le Séminaire.
A main gauche, en se dirigeant sur le Dôme, la Chimie, la
Zoologie, la Médecine, les Vétérinaires, le Jardin botani-
que, la Chirurgie, l'Hôpital, les Cliniques, tout Molière. Les
robes noires y manquent seules et les chapeaux pointus. Je
me moque et ne m'en excuse pas ; car j'admire. L'enviable
séjour pour le travail de l'esprit ! Quelques-unes de ces
vacations ne sont pas ici à leur place, dans une ville sans
industrie et sans mouvement. Mais pour tout ce qui est de
l'étude érudite et spéculative, tout ce qui se peut faire dans
les laboratoires, sur les collections et les livres, où serait-on
mieux qu'à Pise, rue Solférine et rue Sainte-Marie ? Là
règne la lenteur tranquille des corps si nécessaire aux
heures toujours trop brèves de l'esprit, et le sage silence. Les
rues larges, bâties de belles maisons blanches et jaunes, les
murailles qui laissent passer une frise de feuillage et le front
de quelques arbres, invitent à méditer. Voire, à dormir :
pourquoi non ? De bonnes siestes valent mieux que de
mauvais ouvrages. Entre les barreaux des grilles, je salue
des lauriers : on ne les a donc pas tous cueillis pour orner la

tête bouillie des docteurs ? En vérité, je me plais à errer dans ces rues, asiles du calme : je n'y ai jamais rencontré personne qu'on pût prendre pour un étudiant. Ils sont tous, là-bas, dans les bruyants parages de l'Université ; elle voisine avec un marché et les boutiques du négoce. A Lucques, les femmes sont bien plus plaisantes que les hommes ; il semble, à Pise, que ce soit le contraire. Mais que sait-on d'une ville où l'on ne fait que passer, fût-ce six ou sept fois ? Peut-être une Hélène vit-elle derrière les fenêtres et les rideaux tirés d'une demeure sans éclat, d'une ruelle endormie. Maigre d'ardeur, pâle et brûlante, une Juliette lit, peut-être, un livre qui l'ennuie, assise près d'une table, où elle appuie son coude et retient un visage penché sur des lèvres frémissantes. Les yeux, desséchés de fièvre, percent la page d'une pointe noire, et bien au-delà des lignes et des mots cherchent un texte qui fait vivre et mourir. Tout enfant qu'elle soit, femme elle sait déjà qu'elle est née pour souffrir, pour espérer toujours dans le désespoir des journées égales, et comme toutes elle croit au bonheur. Juliette, dans les lacs de sa pensée et de son sang, n'ira pas tantôt suivre un cours de chimie.

Les étudiants de Pise sont-ils des sages ? Leur Université a nom « La Sapienza », qui n'est pas la Science. Ils font du bruit sans liesse, à la façon des séminaires. Tant mieux, s'ils s'amusent ; car ils semblent s'amuser de peu. Ils courent, ils lancent le ballon ; ils donnent de la voix et du geste : trop de voix, trop de gestes ; ils semblent s'écouter et se regarder dans une glace. Mais où sont les femmes ? Trois ou quatre jeunes filles passent ensemble qui n'ont pas un regard pour ces jeunes hommes, leurs camarades. Ces étudiantes ont l'air d'une extrême impudence, jusque dans la timidité : elles sont ainsi, un peu partout, de Stockholm à Sydney et de Shang-Haï à Baltimore. Leurs frères et cousins ne comptent pas pour elles. Coups de coude, rires insolents, œillades impertinentes, elles réservent leurs flèches à l'étranger en visite. Leur mine est des plus sottes ; leur gaîté, du plus triste goût. Elles savent la table de Pythagore, ce qui est sans doute prodigieux, mais non pas vivre, ce qui peut avoir son charme et son utilité. Il sera plus facile de leur donner trois diplômes qu'un peu d'intelligence. Toutes ces jeunes filles,

qu'elles fassent des études ou non, sont coiffées d'affreux
bérets, espèce de bourrelets à poupards enfoncés sur les
cheveux courts et sur la nuque ; ils sont teints aux couleurs
les plus vulgaires et les plus violentes, vert pomme, jaune
citron, violet d'évêque, rouge coquelicot et bleu de blanchis-
seuse. Elles-mêmes, la plupart, sont courtes, sans grâce,
sans teint, la peau trop brune, ocre ou bise, de trop grosses
jambes, de trop gros mollets. A coup sûr, l'usine aux légions,
l'espoir de l'Empire. Celles-là aussi, on en va faire des
Cornélies, mères des Gracques. Mais pourquoi pas des
Gracques mêmes, à grosses hanches et fesses basses, pendant qu'on y est ?

Puisque la mort est l'antique reine de Pise, il est bien
naturel que le professeur y règne. Les étudiants ne sont
d'ailleurs que des professeurs en herbe. Cette poignée de
rois consorts peuple la ville morte. La pauvre plèbe est au-
delà, dans les quartiers à l'entour. Sapienza, sapienza,
science apprise, celle qui ne saura jamais rien, l'idole des
automates : il faut plus de milliards à ce physicien pour
peser ses ions, que de sous à Newton pour fonder le calcul
des flexions et les lois de l'attraction universelle. En tout
cas, la cité de la Sapienza a la mine puissamment bourgeoise. Pise est belle et bonne au Borgo. J'aime son Port des
Gondoles, où il n'y a pas une barque, ce port étant une place
et tout à fait à sec. Près de la maison où est né Galilée, le
palais Scotti cache d'heureux jardins à l'abri de hautes
murailles. Que je voudrais, délassé de tous mes égarements,
me retrouver comme un chant sous ces clairs ombrages.
Des lauriers-roses épanouis en mille et mille langues amoureuses ; des pins où la brise fait un murmure d'eau et de
tourterelle ; des chênes toujours verts à l'écorce blessée, on
me dit qu'une princesse de Rome ou de Florence a fait
naître ces jardins au flanc de la vieille citadelle. Ils sont
l'Ariane couchée sur le sourire au fond d'un quartier
pouilleux et du labyrinthe populaire. Les allées descendent
avec douceur de degrés en degrés bordées de fleurs en de
grands vases. Dans l'ardent feuillage métallique chantent
les constellations des oranges et des citrons. Les étroites
terrasses en gradins donnent à ce lieu de plaisance on ne

sait quelle grâce de mystère rustique. Que je voudrais surprendre, caché derrière les pins et les buis, six ou sept jeunes princesses, tels des narcisses et des roses, devisant dans leurs robes transparentes de linon lilas brodé de vieil or fauve, et plus volontiers encore une seule, la plus fine et la plus belle, qui rêverait toujours de partir en restant là, et qui prêterait l'oreille à une suave musique. Les jardins sont faits pour l'amour et la rêverie. La musique est la voix des deux et le dialogue de l'une avec l'autre.

A propos, pense-t-on que Galilée, victime de l'école dans sa façon d'écrire, ne le soit pas encore sur la paille du Vatican, cette antichambre du bûcher ? L'Inquisition est l'université de la foi. La Sorbonne est le Saint-Office de la Science. Le bon Galilée n'aurait pas moins été rôti par les professeurs que par les cardinaux et les évêques. A présent, les érudits lui dérobent même la maison où il est né. Peut-être obtiendra-t-il, un jour, la permission de naître. *E pur son morto*, murmure-t-il, en baissant la tête. Les docteurs font l'histoire de Pise. Ils savent exactement en quelle année les Etrusques l'ont bâtie, eux qui n'ont pas encore réussi à déchiffrer un seul mot de la vieille Etrurie en sa mystérieuse langue. Ils savent tout, à l'ordinaire de ceux qui enseignent ce qu'ils n'ont jamais compris. Pise a cependant pour eux bien des énigmes qu'ils ne soupçonnent pas, et dont je m'amuse à remuer les dés en me promenant, au crépuscule, le long de l'Arno. Ainsi, j'ai découvert les jeux tant soit peu bouffons de Galilée avec la Tour Penchée. Cette tour a toujours eu des aventures. Elle a joué un bien autre rôle dans l'histoire du monde que d'avoir perdu sa gravité. Quand l'heure fatale de la science a sonné, Galilée architecte l'a reçue d'Ugolin en héritage : il l'a redressée sur la terre, un beau matin ; et pour la faire mieux tenir, il l'a frappée puissamment du poing, assenant les coups de haut, comme il est naturel à un si illustre physicien. Et faisant, de la sorte, entrer les étages les uns dans les autres, il a inventé, ce jour-là, par un prodige du génie, la lunette des astronomes.

Un dernier détail, méconnu des historiens : d'où la fameuse place, qui désigne Pise aux visites nuptiales de tous les couples du Nord, tire-t-elle son origine ? Les grands Etrusques, dégoûtés du monde à venir, quand ils ont quitté les bords de l'Arno, pour qui sait quelles terrasses d'Ys La Brume ou d'Ispahan, ont laissé tomber, en partant, leur jeu d'échecs taillé dans le marbre. Et la Tour Penchée, le Baptistère Fou, le Roi Dôme et la Reine, les Cavaliers cabrés un peu à l'écart dans le milieu de la ville, sont les pièces qu'ils ont abandonnées derrière eux, leurs grands joujoux.

V. GOMBO

Entre Pise et Viareggio.

Quelques pinèdes ouvrent leurs parasols sur le sable, entre les petits ports de Vénus et Pise la Délaissée. Moins des forêts que des clairières, elles chantent, éoliennes, au vent de la mer ; et les pins, tricotant le soleil, font un filet avec la lumière. Un de ces bois entoure San Rossore, une vieille ferme des Médicis, pavillon de chasse, aujourd'hui, du Roi d'Italie. On y élève des chevaux et des daims, des bœufs, des faisans et des chameaux. Au frais lilas d'un beau matin, j'ai vu de loin, entre la pinède et la mer, défiler en caravane une troupe de ces gondoles animales : gris, presque violets, ils tanguaient sur le ciel rose ; et la file lente se dirigeait vers les pins noirs. Une bosse ou deux ? des chameaux ou des dromadaires ? Je n'en saurais répondre. Ni l'Afrique, ni notre Asie, ce convoi m'a soudain fait voir un désert de caprice, une estampe du Japon.

Une route toute droite, une allée plutôt d'une bonne lieue, traverse le bois ; entre ces bouquets d'arbres et leurs belles strophes, la promenade matinale est pleine d'agrément. Et de là, en peu de temps, on va sur la plage du Gombo, illustre chez les poètes. Elle n'a ni charme ni beauté. Le prestige tragique résiste même à la platitude. C'est en vain que la nature est plate, si notre âme nourrit la tragédie. Les boîtes en forme de guérite, qui servent partout de cabines aux amateurs de bains, déparent ce sable qui fut désert. Il y a cent ans, quand le pays était encore parfaitement solitaire, Byron, un matin chaud de juillet, fit dresser ici un bûcher de pins et de résine, où l'on mit à brûler le corps de Shelley. Qui ne sait comment est mort, à trente ans, le fameux poète des Cenci et de la Révolution ?

De tous les héros littéraires, Shelley est le plus romantique. Si Byron est le soleil, Shelley est le clair de lune. Non pas seulement le barde, mais le Werther de la Révolte ; et sa Charlotte est la rébellion. Sa vie vaut cent fois mieux que ses œuvres. Il est vrai dans toutes ses affectations ; je le trouve généreux et pur dans toutes les erreurs ou tous les péchés que les Pharisiens lui reprochent. Nul ne fut jamais dupe de ses idées, plus que ce pâle jeune homme si épris de son rôle, si peu fait pour le jouer ; si ferme en ses dogmes politiques, si vague en sa philosophie, si diffus en ses vers, et qui a toujours également ignoré l'objet, la forme et la concision. Il est bien plus poète dans ses actions qu'en ses poèmes. Il a su, de tout temps, qu'il ne devait pas vivre : le monde admet les poèmes, parce qu'il peut toujours ne pas les lire ; mais il repousse avec horreur l'homme de poésie : il ne tend qu'à le détruire.

Shelley était parti de Livourne, douze jours plus tôt, avec son ami Williams, sur un petit cotre, l'*Ariel*, où il aimait naviguer ; ils devaient rentrer, tous deux, le soir même à Porto Venere, logeant dans les environs l'un et l'autre. Violente et soudaine, la tempête les prend ; une saute de vent, un cruel orage d'été, la mer en fureur, la houle démontée en crêtes de rage. Qui le croirait ? Shelley, né gentilhomme, élève d'Eton et d'Oxford, ne savait ni nager, ni prendre un ris, ni tenir la barre. Aussi peu adroit qu'un géomètre ou un musicien français, il n'a que son courage ; et le courage ne lui sert qu'à ne pas mesurer le danger. L'*Ariel* a capoté, et les deux amis ont péri dans la noyade. Les corps n'ont été retrouvés que deux semaines ensuite, quand la vague, douce et tranquille, les a portés en souriant sur la rive, près du lieu même où ils devaient aborder. En ce temps-là, Byron, fort ami de Shelley depuis deux ou trois ans, vivait à Pise avec deux autres poètes, Leigh Hunt et Trelawny. Je passe sur les recherches de ces jours tragiques, la femme de Shelley et celle de Williams dans les transes, leurs courses en tous sens, leur appel au secours, leurs visites nocturnes à Byron, leur attente désespérée, enfin les lugubres retrouvailles. Ce drame est trop connu. Il me touche à la fois et m'irrite. Que dire de Shelley, à l'heure de l'oraison funèbre ? Ce grand poète de son siècle n'en est pas un pour moi. Il faut être un nigaud comme Dante Gabriel Rossetti pour préférer le *Prométhée* de Shelley à celui d'Eschyle : *Prométhée enchaîné*, tout vivant, est tout sublime ; *Prométhée délivré*, tout mort et tout discours, est illisible. Il n'est pas un poète que je voulusse admirer davantage ; mais, comme dit Rohan, je ne puis. Je le laisse à qui l'aime, pour qui il est fait, et qui est fait pour lui. Pas de poète qui soit moins grec avec plus de prétention à l'être. Il est informe ; il est diffus, prolixe et de l'abondance la plus stérile, tout comme une femme. On ne peut pas être moins architecte ni moins concis. Son vers n'a pas plus de plan que sa strophe ; et sa strophe pas plus que son poème. Quand il commence, on ne sait jamais quand il finit ; il faut finir, pourtant ; et à la fin, on dirait qu'il commence. On le tenait pour un philosophe : il est le modèle de l'esprit qui entasse la morale sur les intentions et qui, épris de penser, jamais ne pense. Sa métaphysique n'est ni un rêve profond, ni une vue puissante de l'univers ; elle est plutôt une politique, et un prêche de prophète. On découvre dans cet athée le plus étrange retour de flamme protestante et de manie évangélique. Son irréligion est toute chrétienne. Du dieu Pan, il fait une espèce d'apôtre chez les fidèles de l'Eglise établie. Keats, l'admirable Keats, cent fois plus poète, et plus grand et plus beau que Byron, Shelley et tous les autres du même temps, Keats presque mourant, à vingt-cinq ans, avait la force d'écrire à Shelley : « Centrez-vous. Repliez-vous sur vous-même. L'artiste doit se faire égoïste. Prenez plus de peine. Soyez plus lent. Soyez plus artiste : *Slow dull care.* »

Ce clan de poètes anglais, établis en Italie pour y vivre libres, a beau former une petite société pleine de mérite ; on a beau les admirer pour leur ardeur, leur action généreuse, leur culte de la poésie, et même les services et les nobles sentiments qu'ils ont les uns pour les autres : tous, ils manquent de simplicité. Ils veulent être simples, et ne le sont jamais. Ils croient l'être et ne le sont pas, même quand ils le paraissent. Une sorte d'insincérité naturelle gâte les plus sincères. Ils sont toujours un peu en scène. Leur volonté est sans détour ; leur esprit se croit sans duplicité ; leur esprit s'en persuade ; leur conduite y tend : c'est leur nature, dans son fond, qui ne l'est pas, comme un miroir tant soit peu courbe aura toujours sa courbure et jamais ne sera plan. Leur cas est celui de tous les gens du Nord, peut-être, qui s'installent aux bords de la mer classique : leur enthousiasme a je ne sais quoi de factice ; leur chant à la gloire du Midi a je ne sais quelle résonance un peu fausse. Ils ne sont pas naturellement à Tolède, à Florence, à Rome, en Avignon ou sur l'Acropole : ils y sont trop ; ils jouent le rôle d'y être et ils en déclament la joie sur un ton outré, où se trahit l'accent d'une langue étrangère : bref, ils font profession. Qui regarde Shelley et son œuvre d'assez près, qui peut y jeter assez loin la sonde, sentira ce que je sens et n'aura pas de peine à me comprendre. L'affectation naturelle est, dans un autre sens, aussi propre à Byron et non moins irréparable. Seul, le pauvre Keats est aussi grand par l'esprit que par l'art, aussi pur dans sa nature que dans sa forme, aussi vrai, aussi fort dans son plan de pensée que dans son poème. Et quelle réserve passionnée que la sienne. Le timbre de cette voix un peu confidentielle et sourde est le plus brûlant du monde.

Tout jeune homme, j'admirais Shelley autant que personne. Ses portraits m'avaient paru ravissants : ce grand jeune Anglais de bonne maison, ce beau front, ces longs cheveux légers, ce col élancé, ces joues délicates, il me semblait l'image même de la jeunesse ardente, libre, noble, sans souillure, charmante et pleine de séduction. Depuis, j'ai dû me rendre à la vérité : tous ces portraits sont faux, pas un n'avoue l'imperfection du visage que Shelley lui-même confesse : où est ce ridicule petit nez un peu tordu, *Tip tilted, turn up nose* ?

Infortuné rêveur, rayon de lune dévoré par la tempête, le voici, au Gombo, déjà vert, rongé, à demi pourri. Byron veut lui donner la sépulture du phénix. Il faut encore que ce soit un spectacle. Le bûcher est dressé. On allume les torches.

Le feu prend aux branches où pleure la résine. Sur les flammes, Byron jette du thym et de l'encens ; il ne parle pas de la fumée. Il ne me souvient plus s'ils n'ont pas répandu quelques libations. Les cendres recueillies, l'urne, plus tard, a été confiée au calme cimetière des Anglais, à Rome, si mélodieux dans la lumière latine, où la pourpre et l'or du soleil font auréole à la terre. Là, Shelley rentre dans l'inaltérable ingénuité du néant. Et là, son repos est simple comme toute chose abolie, toute ombre effacée, toute onde évanouie. Mais sur la côte où son cadavre aborde, ses amis Byron et Trelawny n'ont pas même pu faire simplement le récit de ces funérailles à l'antique. Ils ont prétendu que le corps de Shelley consumé entièrement, son cœur, retrouvé intact, avait été respecté par les flammes. Que je hais ces mensonges, et d'autant plus si l'on y croit. Que je trouve de platitude à ces miracles. O la fausse merveille. *Cor cordium*, ont-ils osé dire de Shelley, en faisant ce conte. Et ils n'ont pas seulement réfléchi qu'il fallait qu'il fût de pierre ou de bronze pour résister au feu d'un bûcher. Or, à Lucques, j'ai eu la preuve que toute cette légende est un tissu de fastueuses menteries. On verra comment. Toute fumée se dissipe. Même au Gombo, sur ce théâtre comme ailleurs, le soleil est toujours le plus fort ; et les feux de la scène s'éteignent, d'autant plus dolents qu'ils ont été feux d'artifice.

VI. ZIBIBBI

Lucques.

Toscane, Touraine de l'Italie, avec la mer pour fleuve et lumineuse Loire. La plaine de Lucques, vallée du Serchio, est la plus grasse du pays toscan. Tout y est plus riche qu'ailleurs, plus abondant et de saveur plus campagnarde et plus franche. Ils ont la meilleure huile et le meilleur blé, les meilleurs fruits, la plus souple et plus tendre verdure. Florence l'emporte seulement par le nombre et le charme des fleurs. Il faut vivre un peu dans le pays de Lucques pour connaître la Toscane des champs, ces fermes heureuses, ces rustiques sans rudesse, cette gaîté aimable, une verve rurale et non grossière, une simplicité solide et fine ; du plaisir qui sait être spirituel à l'occasion ; une bonhomie prudente et qui a sa malice ; une intelligence champêtre, prompte, assez subtile, qui se satisfait dans son propre sens, peut-être un peu trop vite. En tout cas, même dans la demi-avarice, rien de la brute primitive, et une sorte de politesse jusque dans la façon de serrer les cordons de la bourse. Voilà des gens qui ne sont pas nés d'hier, qui possèdent leur terre, et que leur terre ne possède pas, comme le fumier ses germes et ses insectes. Ils savent qui est Dante et ils se rappellent tel ou tel de ses vers. En dépit de leur rauque accent, ils ont la voix ronde et chaude quand ils parlent, et bien heureuse quand ils chantent. Ils sont bien vêtus et soigneux de leurs habits.

BRIQUES ET BALUSTRES

Palais de briques et petites colonnes de marbre en portiques ou en galeries élevés sur les façades, Lucques est faite de ce brun-rouge compact et de ces blanches claires-voies. Leurs plus sombres palais me touchent, et je m'amuse de leurs églises. A Lucques, la brique est architecturale, et le marbre est sans style. Les façades en pur carrare sont des pièces montées ; les façades de brique ont de quoi durer au contraire. Sanglante et directe, couleur de blessure séchée, la brique sans faste a le sérieux de la passion : lucquoise, elle est pleine d'art, façonnée en fenêtres robustes ou plaisantes, en médaillons du goût le plus fin, en moulures vigoureuses ou délicates : figures et feuillages, les ornements rehaussent d'une couleur subtile la ligne des larges ouvertures, bilobées, trilobées, multifores, aux belles proportions. Toutes les fenêtres anciennes, à Lucques, ont de la beauté. Dans la fente des rues désertes, les palais de brique se recueillent et chantent en contralto une mélodie d'Espagne, une rêverie moresque, grâce aux verts jardins qui caressent leurs joues brunes. Par contre, le marbre n'a aucune honnêteté : il singe l'arc et la fenêtre ; mais l'arc est plein et les fenêtres sont fausses. Toutes ces façades à trois et quatre étages de colonnades superposées n'ont aucun sens. Pourquoi ces feintes galeries ? Les étages supérieurs sont suspendus en l'air : ils ne mènent à rien ; ils ne révèlent rien. Les Italiens se sont toujours crus les maîtres de l'art au moyen âge : ils ne sont même pas de bons écoliers, si l'on songe aux grands esprits qui ont conçu Chartres, Albi et Vézelay. Ils n'ont ni grandeur ni logique. Ils sacrifient tout au pittoresque. Leur architecture donne tout à l'effet, dès l'origine, comme plus tard leur musique à l'opéra. Ils veulent plaire ; ils sont sûrs de plaire ; ils triomphent de plaire et ils font la roue. Ils plaisent, on ne peut le nier. Leur pittoresque tourne à l'enchantement.

On ne peut être moins grec, en empruntant presque tout aux ordres de la Grèce. C'est le plus étrange système d'architecture. Il tient de l'Inde et de Delhi ; mais avec toute l'indigence de la sobriété occidentale, pour peu qu'on la compare à l'effrayante profusion, à la prodigalité démente de l'Orient indien. La façade est comprise d'abord comme un tableau de pierre, un ornement qui ne répond à rien, étranger même à l'édifice. Le principe du pittoresque est posé, une fois pour toutes, en Italie, comme le principe de l'ordre et de la musique monumentale l'a été, en France, dès le début, que ce soit l'ogival ou le roman. A Lucques et dans toute la Toscane, la façade des églises est une sorte de meuble et de reliquaire, la porte d'une châsse, où le marbre est traité à la manière du bois ou d'une orfèvrerie. Est-ce Pise qui enseigne Lucques ? ou Lucques qui enseigne Pise ? On en discute, et peu importe. Les deux belles vieilles villes sont à cinq ou six lieues l'une de l'autre, un quart d'heure en voiture aujourd'hui. Leurs fortunes peuvent être diverses, non leur style. Qui voit une de ces églises, les connaît à peu près toutes. Les galeries se superposent au-dessus du porche. Tantôt on en compte trois étages, tantôt quatre. Tantôt, dès le second, la galerie est moins large, pour finir au dernier en pignon, des deux tiers plus étroit que le reste de la fabrique ; tantôt, au contraire, sur deux étages ou trois, la largeur reste uniforme. Aux flancs de l'église, ou contre l'abside, le clocher presque toujours deux fois plus haut, carré en général, porte lui aussi dans l'air bleu ses cinq ou six rangs de blanches colonnes. Cette longue et svelte tour, aux angles un peu durs, aux fenêtres divisées par de minces colonnettes, cette haute antenne de pierre qui coupe la lumière et l'azur avec tant de netteté, fait le charme des églises pour le passant. Le campanile est la fleur du pittoresque. Parfois le campanile, collé au Dôme, lui sert d'arc-boutant.

Quand on rencontre la cathédrale et son clocher à jour, sur une petite place déserte, comme à Lucques, où dorment contre le sol un ou deux vieux palais de briques bien obscures et bien cuites, le plaisir de la fantaisie l'emporte sur tout jugement. On se donne congé. On ne prend plus la peine de peser et de mesurer. L'esprit de l'artiste se retire, discrètement : il laisse la place à l'allégresse de vivre, qui est le caprice. Légère, l'imagination va et vient de la façade au clocher, et du campanile au petit palais de vieilles briques. Il est charmant, en pleine ville, à deux pas de la foule et du mouvement, sans effort, sans recherche, de se retirer ainsi dans une place irrégulière, pareille à une cour, où le passé parle à voix basse, par la voix ancienne de ses monuments. Comme au vol d'un voile bleu brodé de soie noire et de lilas, la tour se balance dans les ailes des pigeons et des martinets qui se croisent. On n'est plus dans le temps. On vogue sur les élans d'une vie secrète, chaude et sage, où l'on suppose à la fois des jours simples et des heures passionnées.

San Frediano est la plus belle église de Lucques, unique du moins pour la songerie et le voyage dans le temps perdu. Elle n'a pas de façade. Sur le mur plan et nu, vénérable par les siècles, les tyrans et les princes n'ont pas trouvé le moyen de coller leurs colonnes rituelles : seule, une mosaïque byzantine orne ce dénûment, qu'un petit toit de bois en auvent relevé à la chinoise protège de la pluie. Le clocher est planté derrière l'église, contre le flanc gauche de l'abside : ce grand cierge triste à six étages se couronne de créneaux dentelés, mèches éteintes que le soleil rallume à l'aurore et qui rougeoient au couchant. Les six étages sont percés de fenêtres toujours plus larges et plus hautes. En bas, une seule et longue fente ; au second, la fenêtre est bifore ; trifore au troisième ; à quatre, cinq et six baies en montant jusqu'au plus haut. L'abside, où s'appuie cette longue chandelle toute percée de ciel, porte elle-même la moitié d'un petit temple rond à douze colonnettes grêles. La façade nue, la mosaïque sous l'auvent champêtre, la place herbeuse et solitaire, les briques chaudes et sombres, on ne sait quelle mélancolie répandue, une sorte de tristesse légère et caressante, où la douleur est moins présente que l'attente et le désir, tous ces thèmes se croisent et tissent une fugue de sentiments, riche de charme imparfait et d'insinuantes promesses.

Non loin de San Frediano, au-delà du marché, dans une rue étroite et sourcilleuse, le palais Guinigi montre les plus gracieuses fenêtres de Lucques et les mieux ornées, aux plus fins médaillons de terre cuite. J'aime ce palais qui a bien ses cinq cents ans, bâti par le bon tyran Paolo Guinigi qui a sagement gouverné et qui a régné avec honneur, ayant embelli sa capitale et sauvé son peuple de la servitude. Le palais est flanqué d'une vieille tour, que l'ombre taille en biseau sur le ciel, où elle lance une terrasse plantée d'arbres, un jardin suspendu, chêne vert et lauriers. Presque aussi jolies et non moins harmonieuses, on retrouve de ces fenêtres à l'Oratoire de Sainte-Marie-de-la-Rose, derrière le Dôme.

Palais italiens, ornements des villes, comme les châteaux sont la gloire charmante, en France, de toutes les provinces, et de toutes les campagnes. Chacun de ces palais est un roman muet : il parle par signes ; on le lit, de chambre en chambre, comme un livre, de chapitre en chapitre. Le siècle y est toujours présent, serait-ce l'an mille, ceux qui ont bâti la maison et ceux qui y vécurent. La cour de Guinigi, ce préau féodal, humide, sévère, sombre, où pèse l'ombre éternelle de la tour, et celle du palais Controni, faite pour un spectacle, avec son escalier de théâtre, et l'atrium voûté que termine au loin l'aimable perspective d'un frais et vert jardin, quoi de plus différent ? Je ne sais trop quel air pourrait avoir le palais Mansi ou le palais Controni au faubourg Saint-Germain, ni même s'ils auraient un sens. A Lucques, ils plaisent, ils amusent, ils vivent. Toutes les bâtisses colossales, tous les amas de marbre et de vulgaires magnificences, toutes les architectures de la nouvelle Italie, et cette horrible emphase, on les donnerait volontiers pour le plus petit de ces palais de briques aux lueurs mal éteintes, sur une place déserte où pousse l'herbe et personne ne passe.

A travers Lucques inondée de soleil, faisant les cent pas dans la compagnie des ombres, le Condottière ne pouvait manquer d'aller rendre ses devoirs au dernier neveu des tyrans qui ont régné sur la ville. Ils sont deux, à quelque cent ans d'intervalle, qui firent la pluie et le beau temps dans la cité du Serchio, toute ronde dans son corset d'arbres : l'un au quatorzième siècle, Castruccio Castracani ; l'autre au quinzième, Paolo Guinigi. Dante a dû voir Castruccio, qui s'est rendu maître de Lucques l'année même où le poète est mort. Machiavel a fait de ce Castruccio un petit roman, une histoire exemplaire : comment on devient tyran et comme on se gouverne pour le rester. Je ne fais pas fi de ce petit livre : il est moral comme la force et la ruse, moral comme la politique : bref, perfide avec candeur et cynique avec tranquillité. Le nom de Castruccio est assez agréable, comme qui dirait le Châtreur Coupe-Chiens, le Gros Châtreur même, Châtreur triple. Il n'en veut pas aux chats ; il réserve tout son art aux chiens. Sans nul doute, c'est à ses chers concitoyens, à ses fidèles sujets ensuite, qu'il donnait le doux nom de chiens. Il les connaissait à merveille : une fois châtrés, ils n'ont cessé de lui lécher tout ce qu'il a voulu, à commencer par ses mains criminelles. Castruccio est mort et le peuple est redevenu libre : un très riche marchand, Paolo Guinigi, se l'est fait vendre alors sous le manteau : enrichi par l'usure et la banque, il a payé comptant les magistrats et les officiers de la République. Quelques bons actes de violence ont fourni l'appoint. Et maître Paolo Guinigi a fait le bonheur de Lucques pendant trente ou quarante ans. Après lui, le peuple a restauré la République et l'a su garder en toute paix, sans histoire et sans émeutes, jusqu'à la Révolution. Les bons Lucquois, toujours industrieux, les meilleurs laboureurs de l'Italie, qui tirent de leur vallée jusqu'à deux récoltes par an, qui fournissent la Provence de larges nourrices et la Corse de moissonneurs, les bons Lucquois, républicains dans l'âme, ont salué de leurs acclamations la France de Quatre-vingt-neuf. Et ce qui devait arriver s'en est suivi : ce demi-Génois, ce quart de Lucquois et ce quintuple Castruccio de Napoléon les a mis dans sa poche. Il a changé la république en grand-duché et en a fait cadeau, comme d'une potiche, à Madame sa sœur, Elisa, la mariant au Corse Bacciochi. Moins les beaux monuments et le style, Lucques a pu se flatter de retrouver ses tyrans.

Aujourd'hui, qui oserait parler de banquiers despotes, de finance en armes, et de tyrans en Italie, en Europe ou ailleurs ? Les peuples sont libres, et tous les hommes comme tous les esprits. Cependant, Lucques garde un témoin du moyen âge et des ténèbres complices. Dans le coin le plus antique et le plus retiré de la cité, au fond de son palais rouge et violet de briques, reste un vieux seigneur, héritier à la fois des deux tigres. Le marquis Castracani Guinigi, ayant eu vent de mon séjour, m'a fait prier de lui rendre visite, s'excusant de ne pas m'y inviter lui-même sur ce que sa goutte le tenaillait cruellement depuis sept jours. Son majordome est venu à ma rencontre en culotte noire, bas de fil blancs, souliers à boucle, et un habit jaune à basques rouges du plus séduisant effet. Ce sage vieillard, bien plus digne de porter l'épée et la livrée de la vertu qu'un secrétaire perpétuel, fût-ce M. Guizot ou Royer-Collard, était rasé et coiffé de telle sorte que je n'ai pu savoir s'il avait accommodé une perruque poudrée sur ses cheveux blancs, frisés sur le front, ou si ses cheveux finissaient naturellement en queue de rat sur la nuque. Je le suivis dans la haute berline à deux chevaux pie, et nous fûmes bientôt au palais. Quelle heureuse fantaisie règne dans une telle ordonnance. Le moyen âge roman cherche un ordre dans les fastueuses symétries de la Renaissance et trouve la sagesse dans les larges espaces du dix-septième siècle et ses établissements solides. Les colonnes à l'antique et les piliers de marbre viennent en aide aux murs de terre cuite. La ligne et la couleur se prêtent secours. Un très noble escalier s'éploie comme une ode, d'ailleurs assez pompeuse. Une tour rouge aux angles de pourpre ; une galerie dorée par la lumière, un jardin riant qu'un fin jet d'eau amuse de ses mille et une

nuits, en gazouillant, Shéhérazade ; et ces feuillages charmants, là-bas, si je ne me trompe, sont les rameaux du
laurier-rose. Vanterai-je la courtoisie du marquis Castruccio Castracani Guinigi ? Je manquerais à ce que j'en puis
avoir, en le faisant. Rien n'était plus naturel à un Italien de
ce rang et de cet âge qu'une parfaite politesse. Elle est pleine
de prévenance. Le marquis salue, incline la tête, tend la
jambe, fait signe de la main, élève la voix, touche son nez
qu'il prend à témoin, met toute la vie en cadence à tout
moment. Son gros menton jaune fait talon sur sa cravate.
En dépit de sa goutte, il veut me montrer lui-même sa
galerie. Les siècles ont été les intendants de sa collection ;
six ou sept longues salles sont pleines de tableaux, tous
miracles de l'art, me dit-il, d'admirables chefs-d'œuvre :
vingt Rembrandt, dix Breughel, des Vélasquez, des Van
Dyck, des Murillo. Et, il va sans dire, des Rafaël à foison, des
Léonard peu connus, des Fra Bartolomeo surtout et des
André del Sarto, en tas, voire en averses, tant ils sont
pareils, pour l'agrément, à une éternelle pluie. Le marquis
m'écoute poliment louer tant de merveilles.

— On voit que vous êtes connaisseur, dit-il.

— Si loin qu'on fût de l'être, on le deviendrait chez vous.
On se persuade assez que vous tenez de vos aïeux un art de
réunir et d'aimer les chefs-d'œuvre égal au génie des maîtres à qui ils sont dus.

— J'en conviens, fait-il ; nous naissons tous dans les
traditions de notre nom et de notre race, comme dans les
chambres de ce palais.

— J'observe que votre goût n'a rien admis qui sente nos
temps malheureux.

— Non, pas même un songe, fait-il avec une calme
indifférence : on ne sait plus peindre, on ne sait plus sculpter, on ne sait plus dessiner ; on ne sait même plus faire un
cadre. On ne sait plus vivre, je crois.

— Grande vérité : je ne suis pas surpris qu'elle sorte de
votre bouche.

— L'art finit avec le dix-septième siècle.

— Sans doute, sans doute ; mais il ressuscitera, peut-
être, l'Italie replacée à la tête des nations, passées, présentes
et futures.

— L'homme de goût espère toujours ; et l'espérance est un devoir pour l'homme de bien. Que l'Europe se remette à l'école des Italiens, et elle pourra faire quelque chose.

— J'admire la délicatesse de vos sentiments, monsieur, la sûreté de votre critique et son extrême bienveillance. Il est certain que si Corot avait suivi la leçon de Salvator Rosa, Courbet celle de Carlo Dolci, Manet l'exemple d'Angelica Mercadante et Rodin celui de Canova, ces pauvres artistes auraient pu montrer quelque talent.

— Già.

Cependant, le parquet brille comme une glace, si bien ciré que le marquis glisse et trébuche. Je l'assiste de la main et du bras.

— Mà ! fait-il doucement, è la mia podagra, c'est ma goutte.

— Je m'en veux donc de vous donner la peine de me recevoir.

— En rien, rien : un plaisir et un honneur, monsieur le...
Des yeux, il me cherche un titre.

— Le duc, lui dis-je, tout court, tout bonnement.

— C'est vrai, c'est vrai, j'aurais dû le deviner.

— Je vais vous laisser à votre merveilleuse collection, elle est des plus extraordinaires.

— Assurément.

— Je m'étonne que vous n'en soyez pas plus enthousiaste et vous trouve un peu froid.

— Oh, je la connais trop.

— Elle ne vous est pas assez étrangère.

— Ecco, ecco, c'est cela. J'en ai encore deux fois autant dans ma villa de Montecatini. Ne viendrez-vous pas la voir ? Je suis au bonheur de vous avoir montré mes tableaux, monsieur le duc.

— Je suis dans la joie d'avoir admiré votre collection, monsieur le marquis.

— Vraiment ?

— En vérité.

— Ne connaîtriez-vous pas un Américain à qui je puisse la céder ?

Où sont les œuvres d'art, pourtant ? Et ne vient-on pas en Italie pour elles ? Je me reproche à moi-même de ne m'y plus vouer autant. Mes premières routes en sont pleines. J'y courais d'abord ; et toute ville me semblait un musée : à tout je voulais donner du prix, si tout n'était pas admirable. A présent, je ne cherche pas moins les chefs-d'œuvre, mais je ne les trouve plus. Les objets sont en foule ; les grandes œuvres sont rares. On ne se fait pas difficile : on devient clairvoyant, maître de soi et des autres. On sait mieux le monde. Français, on a vu la France. On a voyagé dans les Flandres. On a fait halte en Hollande. Sans avoir eu le bonheur d'y vivre, on a l'Attique et l'Ionie dans l'esprit, la Perse et l'Espagne. Les œuvres d'art ne m'intéressent pas plus que la vie, hors les chefs-d'œuvre. Il faut qu'un objet soit bien admirable pour valoir une grande passion. Combien d'œuvres peintes ou sculptées l'emportent sur l'approche directe d'un grand crime ? Pas un portrait de Béatrice Cenci et de son père, pas un poème ne s'égale à cette fille et aux hommes de sa maison. La foule des objets peints, bâtis, sculptés n'a pas plus de prix que la foule des êtres vivants, tous destinés à disparaître, et même beaucoup moins. Les vieux pays de l'art sont couverts de cette illustre lèpre. En Italie, la fresque est l'eczéma des murailles. On se lasse de cette perpétuelle imagerie. Le mur est le journal en couleurs des siècles qui ne savaient pas lire. Il est une beauté banale en art, et même une perfection sans intérêt. La Renaissance nous accable d'œuvres inutiles autant que notables, et nous dégoûte du talent. On se heurte partout à cet art héroïque sans héros, trop riche de matière, trop pauvre d'âme, trop habile et sans la vertu qui purifie l'habileté. Tant de ressources dans l'ornement et rien à orner, voilà ce qui nous offense. Il n'y a pas à dire : la Renaissance et l'Académie ne font qu'un. L'Ecole et l'art tout fait se confondent dès l'origine. Le dix-septième siècle est moins fort, moins athlète et moins virtuose que le seizième ; le dix-huitième, moins virtuose et moins fort que le dix-septième. C'est la seule différence. On dirait d'une ville où l'on rencontrerait cent mille prix de beauté aux bras de cent mille poètes lauréats. On pousserait un cri de joie et de délivrance à tomber, dans un coin, sur un homme d'esprit sans diplômes et sur une laideur originale. L'Académie est plus étrangère à la grâce que la rudesse animale elle-même. L'Académie est la disgrâce.

Ces vierges molles et fades, ces madones sans nombre et sans pensée, ces tas de saints avec leurs doigts parleurs et leurs bras levés, ces anges niais au trou de bouche canulaire et stupide ; ces draperies qui habillent des mannequins, ces ailes en écailles de graisse, en plumes à matelas ; ce vocabulaire à jamais fixé, cette langue plastique aux tours immuables et tous prévus, cette éloquence m'assomme. Un beau Fra Bartolomeo ne me touche pas plus qu'un bon Véronèse, et les deux me donnent la nostalgie de la fenêtre ouverte sur une fleur de jeune fille dans un heureux jardin. Ainsi, l'une au hasard des mille et mille sonates qu'un des musiciens accomplis du dix-huitième siècle nous a laissées, qu'a-t-elle pour nous émouvoir, si bien écrite soit-elle et développée selon tous les rites ? Il vient un temps où rien ne compte que le chef-d'œuvre. Et qu'est-ce donc qu'un chef-d'œuvre ? L'objet toujours vivant qui porte la marque d'un esprit non pareil à tous les autres, l'aveu d'une âme originale qui a trouvé sa forme. Tel est le seul ouvrage qui me parle d'assez près. A Lucques, je n'ai reçu de confidence que d'une poupée barbare et d'une gisante couchée sur un tombeau.

Matteo Civitali est le plus grand artiste de Lucques. Il a travaillé le marbre dans toute la ville : sépulcres, chapelles, retables, statues, groupes, figures isolées, on l'admire dans toutes les églises, et il fait la gloire des palais. Sculpteur de l'âge d'or, il en vaut bien d'autres, tels que Benedetto da Majano, Mino da Fiesole, et maints Florentins plus célèbres que lui. Au fond, il ne nous importe pas plus qu'eux. Ses œuvres et les leurs se perdent dans la même habileté et la même excellence. On pourrait aussi bien les prendre les unes pour les autres. Où est l'œuvre unique, la seule qui soit réellement, celle que personne, jamais, n'aurait pu faire moins celui qui l'a faite ? Degas avait raison : il faut décourager les arts. On n'a que trop aidé cette foule d'artistes qui, dans les bonnes époques, font tous à peu près la même œuvre habile et savante, non sans beauté parfois, mais qui n'est pas nécessaire, et ne l'a jamais été. Matteo Civitali,

Mino, Benedetto da Majano, dix autres, ils n'eussent pas
vécu, il ne manquerait rien ni à l'art, ni à la vie, ni à la cité.
C'est d'eux pourtant et de leurs œuvres, que l'art, la vie et la
cité regorgent, et que les musées sont pleins.

VOLTO SANTO

La très antique et très vénérable poupée des Lucquois est
l'image sacrée que l'on conserve au Dôme, dans un petit
temple à la chinoise, et qu'on adore sous le nom de Volto
Santo, la sainte Face. La fête nationale de Lucques est la
fête de cette image, le 13 septembre de chaque année. J'y
fus, voilà bien longtemps. Je m'étonnais, une fois de plus,
du talent que les Italiens ont pour les spectacles publics, du
goût du faste heureux qu'ils y mettent et de la joie qu'ils y
apportent. Ai-je bien vu ce morceau de bois sculpté, en
cèdre noir, brûlé comme au four, qui figure le Christ en
croix ? On le donne pour l'œuvre de saint Nicodème, patron
des bons nigauds, et sculpteur à ses moments perdus.
Certes, je ne voudrais pas manquer de révérence à ce bon
Jérusalémite, à qui Jésus dit de si belles paroles, qu'il
semble si peu comprendre. Selon saint Jean, Nicodème se
cache toujours : il n'avoue ni sa foi ni même sa présence. Il
a dissimulé tout de même qu'il fût sculpteur. Son crucifix
aurait tantôt deux mille ans : il doit avoir cinq ou six siècles,
sinon vingt, ce qui n'est déjà pas si mal. En tout cas, il est
bien plus réel que Nicodème. Il est laid à miracle, mais
somptueux à tromper sur la laideur. L'excellent Nicodème
n'a pas visité Lucques le moins du monde ; les plus fidèles à
ce saint patron ne le prétendent pas. Ils affirment seulement
qu'aux temps de Charlemagne, le Volto Santo, pris d'ennui
et peut-être de l'amour des voyages, s'est mis en route à
travers les airs et, en moins d'une nuit, a fait le trajet de
Jérusalem, souillée par la présence des Mahométans, à la
bonne ville du Serchio en Toscane. Il n'a pas dû passer
beaucoup plus de sept cents ans à la belle étoile, avant
d'avoir sa pagode dorée au Dôme. Il n'y a rien perdu.

Jésus, cloué sur le bois, penche une tête accablée de
pauvre Israélite à la torture, toutefois pleine de douceur.
Avec les mains, c'est tout ce qu'on en voit. L'image est

habillée magnifiquement : Jésus est vêtu en roi d'Asie ; il
porte une longue robe de velours brodé d'or, serrée à la
taille, comme un potentat de la Perse, fils des Darius et père
des Xerxès. Une énorme couronne à cabochons pèse sur
son front, et les bonnes gens croisent les mains de stupeur,
devant ces morceaux de verre, à évaluer des pierres fabu-
leuses. Cette idole est étrange. On ne pense pas à l'œuvre
d'art. On se demande plutôt de qui elle est le portrait, d'où
elle vient, et quelle vertu est en elle. Les pieds sont usés par
les baisers. Quelle mélancolie profonde me pénètre soudain, au souvenir de ces femmes et de ces hommes, de ces
malades, de ces vieillards, de ces fiancées, par milliers de
milliers, qui ont cru toucher des lèvres Jésus lui-même, qui
ont été rendus à l'espoir, à la patience, peut-être à la vie, et
qui ont senti Dieu en personne leur rendre le baiser.

ILARIA DEL CARRETTO

La toute jeune femme de Paolo Guinigi, tyran de Lucques, vient de mourir. On ne sait pas de quoi. Si le marbre
n'était toujours exsangue, je dirais qu'elle a perdu tout son
sang. Charmante créature, elle est longue, longue comme
une aiguille, mince, fine et svelte. Couchée bien sagement et
toute droite, sa robe et son manteau sont d'une étoffe trop
lourde pour elle ; ce poids la retient ; sans quoi, cette jeune
femme se relevant reprendrait sa démarche longue et
légère. Mais elle dort bien profondément et ne se réveillera
pas. La joue lisse et droite, le nez bref et droit, son long
visage maigre ne sourit guère ; ou plutôt il laisse transparaître le sourire intérieur, las d'être si loin peut-être, la
lumière sous la porcelaine de la veilleuse. Ilaria del Carretto
sourit en dedans à une douceur inconnue. L'arête de son
beau petit menton souffrant et volontaire est bien posée sur
le haut col, en forme de calice, du manteau fermé. Elle avait
froid. Les plis se confondent avec ceux de la robe ; et les
pieds cachés, appuyés sur un fidèle petit chien couché
contre la plante, relèvent la courbe de la vague à jamais
fixée. Robe de la jeune femme, crête d'écume au flot de la
vie, glycine palpitante de la chair heureuse, de la forme
chaude et parfumée : l'onde ici est arrêtée pour jamais de la

chair, de la forme et de la robe noblement ornée. Jacopo della Quercia, siennois, a taillé cette image, comme la jeune femme était à peine morte. Il avait alors vingt-sept ou vingt-huit ans. La grâce siennoise vivait encore en lui. Plus tard, il l'a perdue dans l'imitation de la fausse grandeur, à l'antique. Car l'âme du moyen âge, le plus souvent, n'abdique pas en faveur de la beauté grecque : la Renaissance n'a pas connu la véritable Antiquité. Le tombeau, où Ilaria del Carretto repose, quoique de belles proportions, est romain dans toutes ses parties. Cinq petits anges, plutôt pareils à de gras amours mous et dodus, se touchent par le bout des ailes et font ainsi une quintuple accolade. Ils tiennent d'énormes guirlandes, dans le goût des couronnes qui pèsent sur les arcs de triomphe : elles sont déjà faites de la même immortelle et des mêmes lauriers mortuaires. On s'extasie là devant. Dans cette œuvre, toute la beauté est de ce qui va disparaître : la noblesse et la pureté de la figure. L'esprit est inclus à la pierre et ne l'a pas désertée encore. Le reste annonce la pompe de la Renaissance et sa virtuosité. Plus ils seront habiles, et plus les artistes seront virtuoses. Moins ils auront à dire, et plus ils le diront avec éloquence : l'abondance et le faste leur seront une autre nature. L'ornement tue la simplicité ; il en est le bourreau, dès l'origine. Les passants admirent dans ce tombeau le premier des mille et mille monuments semés dans toute l'Europe, depuis cinq cents ans, et qu'on refait encore dans le même goût et le même esprit. Cependant, Ilaria del Carretto donne en silence son sourire intérieur et la fleur coupée de sa vie à une caresse inconnue.

ZIBIBBI

Comme j'étais à Lucques pour la seconde fois, et que ne retrouvant plus à San Frediano mon admiration d'un autre temps, je m'ennuyais de ces pierres et de ces briques, je cherchai un abri contre la chaleur d'août sans souffle et sans nuage, dans une rue rôtie à blanc par la canicule. Les corniches faisaient une ombre violette au bas des murs. Je glissais sur cette onde étroite, portant contre les pierres ma tête que le soleil trop nu martèle et où il fait sourdre, de pas en pas, un éclat de lumière jaune. Comme d'autres voient rouge, je vois d'or. Ainsi, je lézardais en hâte, le long des maisons. Enfin, j'en trouvai une qui pût servir de refuge. Par la porte brûlante, j'entrai chez un antiquaire. Avec sa petite tête fine et pointue, à la Mazarin, il était disert, aimable et docte à demi, comme un Italien de l'ancien temps. Parole aisée, façons polies, ce joli vieillard accompagnait d'un rire discret la bienveillance de ses cheveux blancs. Sympathie pour sympathie : je me fis tout à lui et à sa ville, comme si pas une cité au monde ne fût l'égale de sa chère Lucques. Les vieux siècles respiraient encore dans la simple et courtoise bonhomie de ce vieil homme. S'il vit toujours, il ne doit pas être moins étranger à l'Italie nouvelle que saint François et Léonard de Vinci.

Il m'a montré bien des objets, estampes, dessins, vieux bois taillés avant-hier, puis des livres. C'est alors que j'ai connu la vérité, qui n'a pas été révélée jusqu'ici, que je sache, sur le bûcher de Shelley, la scène à l'antique contée par Byron et Trelawny. Comment ne pas se défier de cette ode sur le mode funèbre, qui est le pseudo-lyrique, s'il faut tout dire ? Ces deux poètes, si graves dans leurs jeux et si comédiens dans la tragédie, se sont donné le lustre de brûler Shelley, au grand scandale des chrétiens indigènes : on sent qu'ils s'en flattent, et d'ailleurs sans ironie : cousins d'Eurydice, ils vont rendre au soleil Orphée lui-même, ses cendres confondues avec sa lyre. La vérité de l'événement n'est pas du tout dans le récit qu'en ont fait ces Anglais illustres, pleins de talents et nourris des bons auteurs. Elle est dans le procès-verbal signé par le gouverneur de Viareggio, général en chef des forces de Lucques et de la défense navale. Rien de moins, je vous prie. Dans cet acte funéraire, où figurent Byron, Trelawny et Leigh Hunt, premiers rôles et témoins de la tragédie, son nom m'attire comme le grelot de la fantaisie même : Zibibbi. Il a mis ses trois b, ses trois i et son paraphe sur le parchemin destiné à rendre ces obsèques authentiques jusqu'à la fin des siècles.

Zibibbi ? Qui est ce cher Zibibbi ? Qui diable peut-il être ? D'où sort-il ? Est-ce un homme ? Est-ce un mythe ? Zibibbi n'est pas le moins du monde le fils de Pantalon et de la mère Gorgibus, ni le frère d'Arlequin, ni le beau-père de

Léandre. Zibibbi est bel et bien le héros de Viareggio dans la guerre, le citoyen le plus illustre de Lucques dans l'âge moderne, et le plus aimable à mon gré. Pour la force du caractère, il le cède à Castruccio Castracani, mais non pour l'agrément. Zibibbi a vraiment vécu ; il a vraiment commandé les armées navales de Lucques, un ponton, un radeau, trois barques et vingt-sept loups de mer, terribles aux rougets dans la pêche au filet, voire aux dorades dans la pêche à la ligne. Sous la Restauration et le Premier Empire, il a fait régner l'ordre et la paix parmi les sables et cinq lieues de côtes. Il avait quelque trente ans au Dix-Huit Brumaire. Né avec Napoléon, il se désespéra plus tard de n'être pas mort avec lui. Quelle douleur pour un héros de survivre au dieu de la guerre. Zibibbi a servi avec enthousiasme sous Pascal Bacciochi, le beau-frère de l'Empereur, mari corse de la rude Elisa. Grand-duc en ce temps-là, le prince consort de cette femme altière avait pris le nom de Félix Ier ; et à l'exemple des souverains les mieux assis dans le respect des peuples, l'unique régiment d'artillerie du pays, trois couleuvrines et sept sarbacanes, s'appelait Royal Félix Artillerie. C'est bien cet heureux régiment que commandait le colonel-amiral Zibibbi. Nul alors ne s'est plus senti formé par la nature pour la grande guerre. Dans ce cœur impérial, Rome a ressuscité tout entière. Rome n'en fait jamais moins en Italie. Quelle affliction d'être retenu par le devoir sur les bords à sec du Serchio, quelle torture de ne pas vaincre l'Autriche à Wagram et l'hiver à Moscou. Zibibbi a poussé bien des soupirs dans son lit de Lucques, et sur son matelas de Viareggio, aux côtés de la bonne Mme Zibabba, si habile à préparer les pâtés de poisson et les tagliarini, si courageuse au feu, l'été, devant les fourneaux. Bon Zibibbi, charmant Zibibbi, il mérite bien une place dans la Légende du Siècle. On ne verra plus les années où il commandait à la foudre, pas plus que les armées où il fut colonel. Amiral en chef à Viareggio, en sa qualité d'artilleur, il disposait de toute l'armée active. Je ne puis nommer Ippolito Zibibbi, je ne peux penser à sa mission et à ses titres, à son rôle dans le drame de l'Europe, sans honorer en lui l'aimable génie de l'Italie. Voilà donc le Louvois méconnu et le Vauban de la Toscane. Quelle n'est pas sa supériorité sur le plan de la vie ? Qui vaut le mieux, l'affreux Octave, le plus hypocrite des Augustes dans le cirque de l'histoire, l'atroce Tibère, l'immonde Domitien, Vespasien patron de la finance, cette brute sournoise de Tite, bien digne de faire les délices de l'espèce, qui, ces trois douzaines de Césars ou Zibibbi ? Héros sans danger et sans massacre, sans haine et sans fiel, qui ne feras pas naître ta gloire du sang humain versé à flots ; grand maître de l'artillerie en boules de gomme et en pilules ; Trajan des Italiennes en Alger, foudre de guerre, tout pareil à ceux qui font la conquête du monde sur la scène de la Scala, cher Zibibbi, je n'ai pas fini de chanter ta geste.

Dans le fameux spectacle de Shelley au bûcher, l'amiral de Lucques ne l'emporte pas moins sur le faste oratoire de Byron et de ses amis : la simple vérité est la plus forte. Les poètes anglais n'ont pas fait un sacrifice à l'antique du nouvel Orphée, victime des Naïades : ils n'ont pas brûlé en offrande païenne, ils n'ont pas dissipé, encens digne des dieux, la dépouille d'un héros de la poésie. La loi de Lucques exigeait que tout cadavre, porté par le flot sur le rivage, fût enrobé de chaux et consumé par le feu. Ici règne l'hygiène et non la lyre. Zibibbi a fait exécuter la loi et respecter le règlement. Rien de plus, rien de moins. Tout le reste est mise en scène, conte grec et d'un seul mot, mensonge. Une fable sans mesure et sans goût n'a pas d'autre nom. Le procès-verbal en fait foi. Celui qui l'a rédigé l'a signé de son patronyme, désormais immortel, Zibibbi. On peut le lire aux Archives de Lucques, à la date du seize août mil huit cent vingt-deux.

Neuf ans plus tôt, à la fin des grandes guerres de l'Europe contre Napoléon, Zibibbi avait connu toutes les extrémités de la défaite et du triomphe. Elles sont venues, les heures mauvaises bientôt suivies des années fatales, Leipzig et la bataille des nations, la Gaule envahie : Zibibbi tient toujours pour la France. Zibibbi veut se battre. A tout prix, il veut verser son sang pour ses princes, Bacciochi et Napoléon ; il brûle de défendre l'Empire. D'un courage exalté, enflammé d'ardeur héroïque, il écrit à l'Inspecteur général des Armées, au Berthier de Lucques, qui a le nom sublime et délicieux de G.-B. Froussard. Sa lettre est digne de Thémistocle : « Les temps sont là ; l'heure a sonné de servir mes princes en homme de guerre. Je n'en veux fuir aucune occasion. Je vous prie de penser à moi en toute occurrence. Se peut-il que je ne me fasse pas tuer au service des souverains, quand la République nous en a offert, depuis douze ans, tant d'admirables raisons ? » Consolez-vous, brave Crillon, le moment souhaité est proche. Le neuf décembre mil huit cent treize, au soir, la flotte anglaise, sous les ordres de lord Bentinck, jette l'ancre devant Via reggio. Elle débarque mille écrevisses. Albion, la perfide, va tenter de réveiller la Toscane de son sommeil ; il s'agit de la soulever contre les Napoléon, et d'essayer un coup de main sur Lucques. Zibibbi, voici l'instant du destin, ton siège de Toulon. N'a-t-on pas osé dire que Zibibbi s'est rendu sur-le-champ, sans perdre une minute ? Indignes ennemis ! Loin de là, stratège comme pas un, Zibibbi a eu son plan de guerre. Il ordonne à la garnison du fort, à ses quatorze gendarmes de couvrir Montramito. Lui, pourtant, fera barrière à l'ennemi avec ses vieux artilleurs. Albion verra se dresser devant elle la poitrine de ces vaillants. Par malheur les écrevisses déjouent cette sage stratégie : les Anglais ont fini de débarquer au moment où Zibibbi, ayant achevé de méditer son plan, l'applique. Il fait tirer un petit boulet de canon sur l'écume de la mer, comme la fanfare anglaise claironne aigrelette sur la plage. Eperdu, Zibibbi, de la voix et du geste, sonne la charge. En tête de ses troupes, au premier rang, il n'a plus qu'une idée : mourir en héros avec son escouade. L'épée au poing, il tourne le nez vers ses soldats, pour leur souffler la résolution désespérée qui l'anime. O Dieu, plus personne. Pas un homme. Ils sont tous partis. Ils se sont tous évanouis comme, selon l'Ecriture, se dissipe la vapeur d'un minestrone fumant. Pauvre Zibibbi, que lui reste-t-il à faire ? Fuir aussi. Telle fut, en décembre de l'an mil huit cent treize, la troisième victoire de Viareggio. Il prit la poudre d'escampette, ce qui vaut bien prendre une place, après tout. Et depuis lors, un dicton est populaire dans tout le pays lucquois : quand on détale au plus vite, qu'on tourne le dos à un danger pressant, on dit du bien avisé : « Il fait Zibibbi, ha fatto come il Zibibbi. »

Cependant, les Anglais ont pris possession de Viareggio,

et porté un coup fatal à l'Empire. Ils enlèvent tout ce qu'ils trouvent de patates au marché ; ils font main basse sur le miel dans les celliers et violence à tous les pots de confitures. Puis, ces hérétiques saisis de remords vont faire un tour à Lucques et dédier une offrande de poireaux et de carottes à la grande poupée de Nicodème. La comédie de la vie est plus tragique, à l'occasion, que la guerre. La sœur de Napoléon se montre inexorable : il faut bien qu'elle donne la preuve qu'elle est de la famille et qu'elle a tout le génie nécessaire pour gouverner les hommes, au moins dans les fossés de Vincennes. Elle fait passer le pauvre Zibibbi en conseil de guerre, pour haute trahison. Il est condamné à mort, convaincu d'avoir rendu les bains de mer à l'ennemi : et la Bacciochi, la noire Elisa, entend bien qu'on le fusille. Son mari, moins digne du sceptre, trouve la peine un peu dure et sans mesure avec le crime. La mort est commuée en détention perpétuelle à Porto Ferrajo. Mais là, Zibibbi rencontre quelqu'un qui s'y connaît en fait d'abandon de poste : c'est Napoléon lui-même, qui règne à l'île d'Elbe. Et l'Empereur des Empereurs fait grâce à l'enthousiaste Zibibbi. Les temps se succèdent, ces dunes de sable, et la Restauration suit l'Empire. La grande-duchesse Marie-Louise de Bourbon, au gros nez gras, s'est de nouveau rassise sur le trône de Lucques ; et l'excellent Zibibbi rentre à Viareggio avec son grade et ses anciens honneurs. Il commande en chef comme devant. Sur l'estran de Viareggio, suçant sa chique, il rend justice à son propre passé, tandis qu'il contemple sa propre forteresse, l'étrange tour carrée, à trois étages en retrait l'un sur l'autre, de bas en haut, large, trapue et, moins les cornes, toute chinoise : Castruccio Castracani doit avoir épousé quelque fille de l'Empereur céleste, enlevée au Fils du Ciel jaune par Marco Polo.

Toujours vif et toujours en tenue, Zibibbi fait sa ronde. Un immense bicorne le coiffe, fendu par le milieu : la pointe arrière lui descend dans le dos, l'antérieure lui fait auvent jusqu'au bout du nez. Chapeau naval, qui tangue sur la tignasse ; mais la coque a capoté. Une bonne figure, là-dessous. encadrée d'épais cheveux blancs en larges tresses, sorte de toison, fourrure de mouton contre les épaules.

La grosse moustache et la barbiche en virgule se confondent dans ce poil frisé. On ne voit de lui que la chevelure, les épaulettes d'or, splendeur de l'uniforme, et l'énorme chapeau, plus large que le corps, deux fois plus haut que la tête. Sa redingote militaire est strictement boutonnée, gondolée de cent plis aux deux melons des fesses ; ses pantalons semblent matelassés sur ses courtes jambes ; les sous-pieds les retiennent à l'empeigne de souliers en jonque, à demi chinois. Au flanc, une épée dont le fourreau lui pend entre les jambes. Dans la main droite, une canne pointue, où il s'appuie, un peu courbé ; et les gants bien serrés dans la main gauche. Il est petit, un peu cube, et son corps tout entier ne fait guère que trois fois son bicorne. On n'a jamais vu un caniche savant mieux vêtu en général. Mais qu'il a bon visage ! Comme on le sent loin de toute violence et de la brutalité ! Il doit bouillir en paroles, en gestes, en cris de colère et d'indignation, pour éclater de rire aussitôt, et mettre fin à toute répression, à toute querelle, à Waterloo même, en allant jouer une partie de trictrac, tout en buvant un verre d'orgeat bien sucré. Quel brave homme, et point sot le moins du monde, fertile en reparties, en anecdotes bouffonnes. Bien digne, enfin, d'être le Napoléon de Lucques et le Nelson de Viareggio.

VII. AVE, FIORENZA

Fiorenza, Florence.

Sur le tard du plus long jour de mai, quand les heures nocturnes sont bleues, brodées de vieil argent, entrer à vingt ans pour la première fois à Florence, et se dire à chaque pas, avec un bond du cœur au-devant de l'esprit : « Florence, je suis à Florence ! » voilà de ces fêtes qu'on ne retrouve plus, et qu'on cherche à se rendre, toujours plus avidement, au cours de la vie. Qu'est-ce que vivre, sinon cette allégresse spirituelle, cet amour, et les harmonies

passionnées de quelque sublime détresse ? J'arrivai dans la
ville de la fleur au milieu de la plus courte nuit. Je venais de
Prato, dans la voiture d'un maraîcher qui me laissa sur le
quai, au pont de la Trinité. Et je m'égarai bientôt. Porté par
tant de rêves, corymbes épanouis d'autant de désirs, depuis
l'enfance où mon premier précepteur, le bon Lucchini,
m'apprit à lire le latin dans Virgile et l'italien dans LA DIVINE
COMÉDIE, je pénétrai avec délices, comme un amant à son
premier amour, dans les ruelles qui s'enlaçaient alors entre
le Lung'Arno Acciajoli et le Borgo Santi Apostoli. Je mar-
chais pieusement sur la pointe des pieds, je volais plutôt.
Tout feu, j'étais immatériel pour cette merveille endormie,
où déjà je sentais un esprit aigu et vif pénétrer toute
matière. Plus dénué de tout que l'antique pèlerin de Saint-
Jacques de Compostelle, armé de mon seul désir, à vingt
jours à peine de mes vingt ans, je ne me suis mis en quête ni
d'une auberge ni d'un lit. Je voulais baiser la fleur au plus
tôt, voir Michel-Ange sans tarder et parler à Dante. Florence, en ce temps-là, était encore silencieuse : cette grande
dame, si fine et si courtoise, était secrète aussi. A peine, au
loin, si une voix s'élevait, lançant le chant en jet d'eau,
parmi les gouttelettes de la guitare. Sur les dalles, qui font
honte à tous les pavés, les pas sonnaient clairs et durs,
pareils aux instants gonflant le pouls de la ravissante ville.
J'aurais pu me croire seul, tant les passants étaient rares,
tous Italiens sous leur chapeau de feutre et marchant de ce
pas balancé, un peu marin qui, alors, était le leur. Pour rien
au monde je n'eusse voulu demander mon chemin. Dès
longtemps, j'avais le plan de Florence dans la mémoire ;
mais ma joie l'avait égaré, et je ne me souciais pas de l'avoir
perdu : les jeunes filles savent ainsi l'amour, ou à peu près :
il leur reste à n'en pas ignorer la pratique. Çà et là, je
reconnaissais les pierres et le profil des édifices, ces visages
qui durent. Et de leur donner à chacun son nom, je les
trouvais plus beaux que tout ce que j'avais pu en entendre.
A la Seigneurie, soudain, quand j'ai vu, droit sur moi, la tour
du Palais Vieux, j'ai volé, j'ai été goéland, j'ai voulu porter
ma plume où nichent les martinets, les pigeons et les
hirondelles du Lys Rouge. La lune baignait la place illustre ;
les murs dans la lumière avaient le rire ondé, ce frisson

liquide et la couleur de duvet argentin qui court au revers des feuilles de la menthe. Etale et sans bruit, le flot du clair de lune enveloppait les dieux de marbre et de bronze qui vivent, en plein air, sous la Loge des Lances, seule digne de Palladio ; et les ombres de ces corps immortels étaient presque vertes dans la nuit palpitante de mai. Sur la place irrégulière, en fer de hache, j'allais et je venais, enivré. Riant de bonheur à son rire d'orgueil exalté, je la voyais pleine d'actes farouches, et je croyais glisser dans le sang : j'y jouais ma vie sur les dalles ; et que ce sang fût des Gibelins ou des Guelfes, de la plèbe ou des prieurs, il m'était aussi chaud, aussi intime aux veines, aussi limpide, aussi précieux. J'ai cherché la place où l'on brûla Savonarole ; et quoique je dusse me réjouir, plus tard, que Florence ait fait une torche de ce prêcheur, jardinier de bûchers, mon amour, cette nuit-là, ne distinguait pas entre les bourreaux et les victimes. Florence, j'étais à Florence ! Et Florentin, c'en était assez pour que je fusse épris de toute trace florentine. Puis ce fut le matin. De toutes parts, les fleurs se répandirent dans la ville. Les marchandes, paniers aux bras, venaient de tous côtés ; et toutes se dirigeaient encore vers le Marché Vieux, pourtant condamné et déjà en décombres. Les œillets et les roses, par monceaux, les anémones et les glaïeuls, je buvais des yeux ces agonies délicieuses. Et le cœur plein du sanglot parfumé de ces adorables victimes, tenté de me mettre à genoux, glissant sur les flèches de l'aurore purpurine, je baisai, en l'appelant Marzocco, le mufle du sanglier antique, au milieu des rires câlins et des cris effrontés. Il faut entrer dans Florence, à vingt ans, sur le tard de la nuit, et recevoir l'aube en fleurs, d'une lèvre amoureuse.

Une émotion de l'ordre le plus pur, celle qui se connaît elle-même à mesure qu'elle s'éprouve et qui s'épure de toute faiblesse sentimentale, telle est mon épreuve de Florence, même si je m'en suis détaché, après m'y tant être plu. Bien des fois, j'ai été l'hôte obscur de la Fleur. Toujours j'y ai vécu pauvre et solitaire. Rien, ici, ne m'a fait accueil, si ce n'est l'ancienne beauté même. J'ai donc été à Florence comme il faut être, comme le Gibelin qui rentre d'exil. Guelfe éternel chez les Gibelins, éternel Gibelin chez les Guelfes. Les Florentins antiques vivent de peu ; leurs délices ne sont pas sensuelles. La beauté de cette ville est, d'abord, une grâce assez austère, vêtue de charme, et une séduction qui pare d'un plaisir, ailleurs inconnu, un visage aux traits presque ascétiques. L'ancienne Florence a l'air d'une nonne sublime : il lui arrive d'être folle et courtisane. Ha, puissant et sage Dante, âme violente et cruelle, injuste dans la fureur de la justice, enragée de vengeance, et hardie à prendre mesure de toute valeur dans la haine comme dans l'amour, je ne sais si tu as voulu peindre dans Béatrice la Florence idéale ; mais Florence, entre toutes, a pour moi la figure de Béatrice au Purgatoire, et l'esprit qui peut comprendre, quand il se marie à la ville de la fleur, vit en amour avec la dame élue de Dante, ce lys noir.

L'air de Florence est vif et sec, aigu l'hiver plus que froid, très chaud l'été, mais alors moins lourd qu'ailleurs en Italie, sauf à Sienne. Le ciel est d'argent, pervenche et pierre bleue : il tient du torrent sans une goutte d'eau : il vibre si nettement dans l'azur des beaux jours qu'il semble parfois cligner des yeux, et qu'on en saisit les ondes. Les mille et mille nuances du ciel de Paris, le plus varié qui soit au monde, lui sont inconnues ; il n'a rien de cette tendresse humide qui vient de l'Océan et de la rêverie atlantique au sourire trempé de larmes : le sourire de Florence trempe dans le calcul et les bons mots. Son rêve est religieux. La passion n'est certes pas étrangère à cette atmosphère si nette, mais elle n'en fait pas le fond. On ne peut pas dire de l'admirable ville qu'elle est amoureuse ni dans l'extase : elle est fleurie. Nouée au ruban de l'Arno, entre les douces collines de San Miniato et de Fiesole, sa forme est d'une aiguière ciselée au milieu d'une longue corbeille. Sa gaîté n'est pas la grâce du cœur ; elle ne baigne pas dans le sentiment : elle est toujours spirituelle ; l'allégresse de la raillerie lui est surtout propre : elle a moins d'épices que de sel, du plus fin au plus gros. Cet air bondissant porte la moquerie et l'éclat de rire. On aime ici la farce jusqu'à la férocité ; on se plaît à la dérision. Sinon parfois d'elle-même, on dirait de Florence qu'elle n'est jamais dupe.

Pénétrant et subtil, cet air modèle tout ce qu'il touche ; il

cherche en tout la forme du dessin. Pour l'esprit florentin,
l'étendue est moins le lieu des plans, que celui où il dessine.
L'élan de Florence à la lumière sans ombre est la merveille
qui me ravit aux profondeurs où je suis le plus musique et
moi-même le plus. Il faut que je me laisse séduire. Florence
fait croire à la certitude et parfois même au bonheur de
l'intelligence. C'est vers le soleil intelligible que le Lys Rouge
s'oriente. Une teinte de sécheresse définit mieux la grâce
naturelle au paysage de Florence, aux Florentines, aux
Florentins, aux artistes de cette ville miraculeuse et à leurs
œuvres. En son noyau, elle est unique par la perfection. Il
faut donc qu'elle soit contenue en d'étroites limites. Elle est
la pensée de l'Italie, laquelle pense peu. Mais elle prête une
forme assez parfaite à tout ce qu'elle pense. La mesure de
Florence est presque partout exquise. Elle plaît par là où
elle plaît le moins. Elle est l'intelligence de la Toscane, qui
est le cerveau de l'Italie. Ils ont moins de goût que d'équilibre. Elle tourne tout à une sorte de beauté qui ne donne pas
à l'âme une nourriture très puissante, mais qui la distrait
d'en avoir envie et la dispense d'y satisfaire. Nulle part, on
ne sent la perfection d'un monde clos, comme à Florence.
Ce monde ne va guère au-delà de l'Italie : il tient entre
l'Adriatique et les bouches de l'Arno, à cheval sur l'Apennin.
Belle intelligence éprise de clarté, la forme la plus nette est
à quoi elle aspire. Tout ce qui est douteux, la pénombre, le
clair-obscur répugnent à Florence. L'enfer de Florence est
sans arrière-fond, et son purgatoire sans brume. Le
brouillard n'est, aux rives de l'Arno, qu'une vapeur, un
souffle expiré par la chaude poitrine de la terre, et que le
soleil dissipe. Ni trop intense ni affaiblie, la lumière est
d'une égalité presque parfaite. La forme florentine est avide
de concours précis ; elle est un peu avare ; et non sans
maigreur, elle ne craint pas les arêtes. Mais comme on lit le
désir dans les yeux de l'amour, on sent que la recherche de
la beauté fait la pure ardeur et le génie de cette ville. Ils ont
vécu pour la forme belle ; ils l'ont conçue et, tout au long
d'un labeur séculaire, ils en ont trouvé quelques expres-
sions immortelles. Voilà les titres de Florence au culte de
l'artiste, et même à la sainteté. Y a-t-il plus de trois villes
saintes en Italie, Rome pour l'action et Florence pour

l'esprit ? En est-il plus de trois ou quatre autres au monde ?
Que Florence nous soit sacrée : ce lieu respire l'intelligence.

Au cours des ans, et de mes routes, tout a changé pour
moi, dit le Condottière. Peu à peu, je me suis dépris de ce
que j'adorais enfant. Rares les œuvres et les grandeurs dont
mon âme reste amoureuse. Mais il est un élan presque divin
que je retrouve, chaque fois, à Florence ; et je ne renoncerai
peut-être jamais à faire le voyage pour obtenir encore cette
heure délicieuse : je pénètre dans Florence et j'y rejoins,
toujours fraîche, la fleur exquise de l'esprit. Une émotion,
toute faite de pensée, s'élève de mon désir et de ma chair
soudain docile et même insoucieuse. A Florence, l'amour
intellectuel me possède. Ici, la pensée est plus légère à
porter qu'ailleurs. Elle s'offre accomplie et sans mystère elle
a le port solide et svelte de la tour de la Seigneurie.
Orgueilleuse, elle n'est pas inaccessible ; et même dans le
songe, elle garde le lien et le sens du réel. A Florence, j'entre
dans la région la plus heureuse de l'intelligence. Tout est
clair, tout est couleur d'évidence chaude et limpide. Tout est
du blanc le plus suave, non pas celui de la neige, mais le
blanc du lys, qui fait au soleil une ombre veinée de bleu,
comme le tour du sein d'une jeune fille. Florence est toujours pour moi Fiorenza, la fleur des villes, encore plus que
la ville de la fleur. Ave, Fiorenza ; Ave, Béatrice.

VIII. LYS, ŒILLETS, NARCISSES

Campanile de Giotto.

Que cette place était chère aux amants de Florence, il y a
quelques années encore, quand elle était également vaste et
silencieuse, d'une gravité suave et retirée. Si déserte, à la
nuit faite, que j'y ai passé des heures entières, contemplant
ma propre méditation sans être jamais troublé, sinon par
quelque noctambule rentrant chez lui comme à l'insu de

lui-même, le chapeau sur l'oreille et fredonnant *La donna è mobile, Souvent femme varie*. Pas une voiture alors, point de lumière. L'herbe aurait pu ourler les dalles entre le Bigallo et Sainte-Marie-de-la-Fleur. Inutiles regrets, d'ailleurs : la vie est la vie, la vie est la reine : c'est elle qui fait les rois, Périclès ou un esclave nègre. C'est elle qui commande. Il n'est rose si belle et si pure qui n'ait eu ce fumier d'abord, et cette terre est la racine du paradis. En dépit du tumulte et du chaos de foule qui en fait aujourd'hui le même tambour de peuple que la place du Dôme à Milan, je veux voir celle-ci toujours noble et grande comme jadis je l'ai connue. La forme de cette place est admirable : elle figure le calice gonflé d'un narcisse en bouton, la cathédrale au col et à la pointe le petit plan de San Giovanni. Par-dessus Sainte-Marie-de-la-Fleur et le Bigallo, charmante loge, reposoir des jeunes filles, par-dessus le Baptistère très antique, le Campanile en marbres de toutes les couleurs est le mât de la cité à l'ancre. Sans lui, les monuments illustres qui l'entourent ne seraient pas ce qu'ils sont à nos cœurs. Il ne les accompagne pas : il les élève ; il leur prête des ailes. Ils lui doivent une allégresse délicieuse. Le noir et blanc du Dôme, le blanc et noir du Baptistère s'effacent : ils s'animent ; un sang frais s'insinue à leur derme de pierre. Tout prend un peu le rire rose de cette flèche, sa grâce folle et cette peau d'enfant ou d'amoureuse qu'au réveil lui rend l'aurore. Le Campanile de Giotto est la fantaisie de Florence, le caprice d'une ville où la beauté calcule, où la raison cherche toute sorte de règles, où la poésie va le céder à la rigueur des lignes. Il échappe à l'art de bâtir. Il a le charme de l'illusion et de l'imaginaire : il ne veut rien dire ; il ne sert à rien : ce clocher n'a peut-être pas de cloches : il n'est là que pour le plaisir. Est-ce vraiment la misaine d'une nef engloutie ? Est-ce une tour pour les jeunes filles du Roi ? En Italie, plus que le peintre, l'architecte a le génie de la couleur. Le pittoresque est admirable, qui se fait tout pardonner. Carré et non pas en aiguille, heureusement privé de la flèche qu'on aurait pu y aiguiser, l'extrême hauteur de cent mètres où il se dresse lui donne un jet de la plus rare élégance. Les fenêtres ogivales, l'élan de toutes les lignes rappellent Venise et même l'Orient. Les statues de Donatello, ces

merveilles d'un art qui trahit déjà la sculpture, les ornements, la matière même, ces marbres de toutes couleurs, on
oublie de quoi cette beauté est faite et si même elle est de la
beauté : elle a la grâce de la nature vivante ; on se contente
d'y être sensible. Le Campanile de Giotto est une fleur. Il a
tous les tons roses, jaunes et blancs du narcisse. Ou, s'il est
la tige du lys florentin, la cathédrale en est la corolle tombée
à terre. J'en ai fait les délices de ma rêverie, quand je
m'attardais jusqu'à l'aube sur le banc de marbre doré qui
passe pour avoir servi de siège à Dante. L'aigle noir de
la poésie se posait là, couvant des yeux, au Baptistère,
les destins de sa ville : O mon beau San Giovanni,
murmurait-il. O mon beau Campanile.

JEUNES FEMMES, JEUNES FILLES

Que de jeunes filles et de jeunes femmes dans la rue, à
présent. Naguère, la plupart étaient de blondes voyageuses,
étrangères du Nord. A Florence pas plus qu'ailleurs dans les
pays du soleil, les jeunes filles ne couraient seules par la
ville. Les voici qui vont à l'étude ou au travail, avec un petit
air de savoir, non pas ce qu'elles veulent, ce qu'elles font.
Plus d'une est délicieuse. Elles ne sont pas de fausses
jeunesses. Elles n'ont guère plus de vingt-trois ou vingt-
quatre ans. Presque toutes se fardent, non sans habileté : un
peu de rouge, un peu de noir au coin de l'œil, la poudre et la
houppe, tout le petit engin de peindre qu'elles ont partout.
Elles suivent la mode qui vient de Paris ; et on leur persuade
que ce sont elles qui la donnent à Paris, ou Milan, ou Rome.
Paris les imite en les devançant de six mois à peine.
Auguste, Numa Pompilius ou quelque autre législateur
suprême y mettra bon ordre.

Même le jour, elles sont nombreuses, au centre de la ville,
entre Pitti et Sainte-Marie Nouvelle. Il y a désormais quantité de femmes dans les magasins et les bureaux. Une mine
assez futée, beaucoup de rires sans trop d'éclats, une façon
hardie et parfois un peu timide encore, comme si leurs
mères, par éclairs, revivaient en elles. Après six heures, elles
vont et viennent dans la rue, à la promenade, en faisant
leurs emplettes. Elles sont le plus souvent ensemble.

Quelques-unes s'habillent avec beaucoup de goût. La plupart s'arrangent assez bien. Un rien de froideur s'accorde en elles avec un rien de laisser-aller : mais la roideur est factice : elle est la marque de l'importance qu'on se donne. Beaucoup de femmes, et peu de dames : j'en rencontre pourtant, qui descendent de voiture et deux ou trois ont grand air. Je ne sais qu'une ville au monde où la femme du commun puisse passer pour une dame, d'un peu loin.

Elles ont des jambes charmantes et des seins ravissants, petits, droits, fermes et doucement pointus, les plus jolies pêches sous ces tissus de chemise légère que sont les robes, en dépit du pape et de l'empereur, ces deux moitiés du sot. Le plus souvent, elles portent une de ces robes droites, d'une seule venue, qui découvre la gorge et les bras, et qu'une ceinture arrête un peu bas à la taille. Les couleurs vives et gaies de l'été, le rose, le jaune citron, le bleu pastel, les tons changeants. De beaucoup, les plus belles sont brunes. Un teint plaisant et délicat, d'ivoire ardent et rose, des yeux tendres, pleins de promesses qui ne seront pas tenues, des cheveux noirs comme le merle sous la pluie. Alors, les belles lèvres rient dans un air de volupté répandue. Je ne dis pas que ce soient les plus charmantes femmes du monde. Je connais une beauté bien plus rare et plus profonde, qui laisse bien plus au rêve, où toute l'âme s'intéresse et la vie éternelle. Ces petites filles sont vaines. Sous le feu de l'instant, je leur soupçonne une étrange froideur : leur charme même se donne moins qu'il ne se prête. Le courage de l'amour a d'autres couleurs. Il se moque du droit romain comme du droit canon, et n'en suit pas ténébreusement les cours. Elles n'ont trop rien dans la tête, grâce à Dieu ; mais quel joli oiseau dans la petite cage de ces corps, au nid de la jeunesse. Un type règne, qui n'est pas très florentin : le visage à la Luini. Elles ont, peut-être, un peu trop de quoi s'asseoir. Mais nous vivons debout, et il n'en faut d'autre preuve que cette jeune gorge. Les jambes à la grecque annoncent le galbe harmonieux des cuisses. Je les vois. Je les possède. Si mes pensées sont surprises, j'irai aux galères. Je ne me prive pas de lever les jupes qui collent à leurs flancs et de chercher leur raison d'être au plus chaud d'elles-mêmes. Elles sentent bon. Cruel aveu, combien de fois, plus vite encore, je rabaisse ces cottes.

En mai, au marché, sous le portique, les jeunes femmes et les jeunes filles achètent les roses et les œillets par monceaux, et même les grandes branches fleuries d'amandier ou de pêcher. O doux crime. Elles ont ces brassées délicieuses contre les seins. Les fleurs parfument les jeunes filles, et les jeunes filles embaument les fleurs de leur chaleur. Amour n'est pas si facile dans cette ville de fleurs et de filles amoureuses. La vanité et le calcul gâtent tout. Il faut faire sa cour, tout de bon. Le mariage est au bout, fatale épine.

Arrête, je t'en prie, ne fût-ce qu'un instant. Arrête, doux rire qui me ravit à moi-même. Laisse-moi te prendre et te tenir d'un seul regard, qui te chérit encore plus qu'il ne te désire. Les plus beaux monuments ne valent peut-être pas cette jeune fille, avec sa délicieuse fleur d'une heure. O vie, terrible vie, passion de l'éternel artiste.

DONATELLO AU BARGELLO

Si la statue n'est pas une ligne idéale et plus parlante de l'édifice, si la statuaire ne doit pas être un organe de l'architecture, Donatello est le maître de tous les sculpteurs. Dante et Michel-Ange sont des prodiges et des monstres à Florence comme partout ailleurs : ils sont moins florentins, qu'ils ne sont passionnément eux-mêmes jusque dans la discipline qu'ils s'imposent, ils sont en révolte contre tout ce qui n'est pas leur volonté. Ils sortent de la profondeur antique et de la sombre Etrurie, au fond des âges, plus que de la Toscane commune. Mais Donatello est la Florence même qui sculpte, et taille dans le marbre des images à sa ressemblance. Dans sa longue vie de quatre-vingt-cinq ans, il est aussi tout le quinzième siècle, Fiorenza heureuse et riche, qui triomphe dans la politique et les arts, républicaine encore et déjà soumise à l'ordre par le prince, toute chrétienne dans les mœurs et déjà un peu païenne en esprit. Jusqu'à Rodin, on n'a jamais été plus peintre dans la sculpture que Donatello. Il est le Vinci de la statuaire ; mais à la différence de Léonard, il ne s'encombre pas de doctrines et de théories, il multiplie les œuvres ; il ne se perd pas en

toute sorte de travaux et de soins ; il est du génie le plus
fécond et le plus prodigue. Il a tout essayé et de toutes les
formes sculptées il a laissé d'incomparables modèles à la
Renaissance, depuis le bas-relief le plus fin, à peine plus
sensible au toucher qu'un dessin sur la pierre, jusqu'au
puissant tombeau, monument dans un monument. Son
fort génie enveloppe et dissimule la force plus qu'il ne
l'affiche. Il cherche la grâce et l'harmonie. Dans l'ère
moderne, Donatello est le fils de la Victoire qui rattache sa
légère sandale. L'*Annonciation* de Santa Croce, le *Saint
Georges* d'Or San Michele, la *Sainte Cécile* sont dignes des
Panathénées et les seules œuvres attiques de l'Italie : par-
dessus tout, son petit *David* au Bargello, le plus charmant
des bronzes : son pied ailé sur la tête de Goliath, son torse
de fleur, sa grâce heureuse, tout en lui sourit aux plus beaux
sourires de Léonard. Toutes les femmes en devraient être
amoureuses : il est fait comme une jeune fille ; il a de petits
seins et les cônes moelleux de ses cuisses jouent à la
perfection dans les charnières de genoux délicieux.
D'ailleurs, sa force virile n'est ni voilée ni douteuse. Il coupe
la tête de Goliath comme on cueille une trop grosse pomme,
un melon, une citrouille. Il sourit, il est heureux et vif
comme le plaisir naissant. Son chapeau, d'une élégance
incomparable, est garni de fleurs ; coiffé de ce pétase ailé de
marguerites, la jeune lumière aux lèvres, il est bien fait pour
donner la main à la Primevère de Botticelli. Il doit avoir
quelque rendez-vous avec elle, chez Titania, dans le château
des fées aux environs d'Athènes. Avec ce sourire de Rosalinde et cette guirlande, c'est le Mercure de Shakspeare.

Un extrême amour de la vie emporte Donatello au-delà de
son art. Servi par l'œil le plus aigu et la main la plus habile,
il ne résiste pas à la tentation de lutter avec la nature, d'égal
à égale. Il n'interprète plus la vie : il l'imite et la copie ; il
veut qu'on s'y méprenne. Le premier, il cherche à fixer les
instants de la forme, à laisser dans la pierre l'image fuyante
de la nature, à être enfin plus éphémère qu'elle. Il faut toute
la furie de son style, pour le défendre de l'anecdote. Donatello, si capable du rêve et de tout transporter dans le monde
souverain de l'art, s'accorde souvent la licence d'être réaliste. Le *Zuccone*, le potiron, portrait de Niccolà Uzzano, en

terre cuite colorée, donne l'illusion de la chair même : le volume, l'ossature, le teint, la tête qui parle, tout y est. Certes, Donatello se trompe en abusant ainsi de ses dons ; mais on ne s'est jamais trompé avec plus de génie. Le sens de la vie ne peut guère aller plus loin, ni sa présence dans l'œuvre d'art. Par là, Donatello est un peu le Giotto de la sculpture. Plus sculpteur peut-être que Giotto n'est peintre, il est bien moins poète. Pour un grand artiste, il pense peu et ne se soucie pas de penser. Toujours au guet de l'expression et du mouvement, Donatello ouvre la porte à l'art moderne : toute l'Italie l'y a suivi jusqu'aujourd'hui où c'en est la caricature, où le sculpteur est devenu photographe de l'objet sur la pierre. Donatello n'est pas moins loin de Michel-Ange que des maîtres sublimes de Chartres. Ceux-là vivent leur art en Dieu et dans l'éternel. Michel-Ange toujours tendu, toujours roidi contre l'éphémère, est obligé de créer sans cesse son propre monde. C'en est assez, pour Donatello, de tout ce qui l'entoure. Mais le lien qu'il garde encore au moyen âge le sauve de la vulgarité. Il n'a pas la grandeur de Giotto, n'ayant pas cette foi religieuse qui préserve l'artiste d'oublier le monde supérieur : il n'en a pourtant pas perdu le contact et le souvenir. Le rêve de la forme n'est pas pour lui une espérance vide et son amour de la vie ne renonce pas à être un culte de la grâce ni la recherche de la beauté.

Donatello n'est guère sorti de Florence et de Toscane. Quelques voyages à Rome et à Padoue l'ont ramené sur les bords de l'Arno. On ne sait trop rien de cette longue vie, pleine d'ouvrages. Il est plus solitaire que Michel-Ange lui-même ; et il semble n'avoir pas été moins ascétique. En tout cas, bien moins avide d'apparent triomphe, moins jaloux de gloire, on le dirait étranger à tout ce qui n'est pas son art. A soixante-dix ans comme à quarante, j'aime de m'imaginer Donatello s'entretenant, à la fin du jour, dans son atelier blanc et nu, avec Paolo Uccello, le fou de perspective, son ami et camarade. L'un près de l'autre, ils ont leurs grandes mains laborieuses à plat sur leurs genoux. Ils parlent de plans et de volumes. Simples et purs, les intérêts de la vie commune ne leur sont de rien. Ils ont les yeux vifs,

ces forts vieillards, et de belles barbes d'or sous des lèvres
saines et des fronts têtus.

LA BADIA

Filippino Lippi n'est pas un grand artiste : ce terme n'a
plus de sens, s'il est trop prodigué. Filippino Lippi en sait
déjà trop pour ce qu'il a vraiment à dire, et il le dit trop bien.
Peut-on avoir un trop bon style ? Oui et non. Non, si on a le
sien et qui vaut ce qu'on vaut. Oui, si ayant en soi la musique
d'un aimable menuet ou d'une villanelle légère, on se donne
l'air de Bach, ou même de Frescobaldi, passant du prélude
à la fugue, et qui pis est sur le propre stradivarius de
Paganini. Toujours inquiet, poursuivi d'un trouble étrange,
en proie à une sorte d'angoisse, fils de moine qui a laissé le
froc aux vignes du chemin, né d'une nonne infidèle à ses
vœux, marqué pour mourir jeune, Filippino Lippi cherche
la grandeur et les hautes pensées. On le sent qui voudrait
être hardi et robuste à l'antique. L'art de la pleine Renaissance, encore à venir, le tente et il reste, en secret, un
homme du passé. Il se guinde aux symboles, et il fait
grimacer la légende. Très propre à conter une histoire
pieuse, il se hisse sur la pointe des pieds, et s'efforce de
prendre la grande voix du héros païen et du philosophe. Il a
toutefois laissé un tableau admirable et charmant à la
Badia du comte Ugo : coin illustre de l'ancienne Fiorenza,
la Badia fait presque face au Bargello. A deux pas de la
Seigneurie, à trois pas du Ponte Vecchio et du Dôme, entre
deux la maison des Alighieri, où Dante est né, croit-on, où il
a vécu.

Filippino Lippi a figuré l'apparition de la Vierge à saint
Bernard. C'est une des dernières œuvres où le métier
consommé de peindre n'empoisonne pas l'esprit et le sentiment de la féerie chrétienne, tout ce qui fut la vie ardente
et fraîche du moyen âge. Le dialogue de saint Bernard et de
la Vierge a la grâce angélique de l'amour sans péché. Marie
est une douce reine jeune fille. Elle se penche, elle écoute
son moine chevalier. Le saint de Filippino Lippi n'a presque
rien, si ce n'est l'ardeur ascétique, du grand, du terrible
religieux, prince de l'esprit et prince de l'action, don de la

France à la chrétienté. Saint Bernard a été le prince moine, comme saint Louis le roi, tous les deux très chrétiens. Avec deux ou trois dominateurs catholiques, d'ailleurs assez suspects d'hérésie, Bernard est le plus viril des saints et, peut-être, le plus puissant esprit. Saint François est le plus femme. Raymond Lulle et saint Dominique, hommes de la plus forte énergie, sont toujours au combat, celui-là dans la pensée, dans la mêlée humaine celui-ci. Saint François meurt d'amour pour Jésus, comme une grande sainte. Saint Bernard, homme de toute croisade et si chevalier, adore Marie et pense toujours à elle : *In rebus dubiis, Mariam cogita, Mariam invoca* : où tu perds pied, pense à Marie, appelle Marie. Dans le tableau de Lippi, Bernard est un ascète d'une propreté et même d'une coquetterie charmantes : ici, la sainteté est exquise. Nous sommes dans le monde assez facile de l'émotion choisie. L'haleine enflammée du souverain qui jeûne trois cent soixante jours par an, au pain sec et à l'eau coupée de vinaigre, qui s'exténue de privations sans faire baisser d'une ligne la tension de son âme, qui se tue dans l'action perpétuelle, aiguisée par la méditation ; qui mène une armée de moines, qui est le père de mille couvents, qui restaure les règles les plus sévères, qui morigène les papes et les dirige, comme un maître ses disciples et ses écoliers, ce terrible homme est absent d'une œuvre si aimable. Mais l'émotion de l'amour divin y est.

Comme je finis d'écouter saint Bernard et que je quitte l'éternelle, la douce et fraîche Vierge, il me souvient du cloître qui donna jadis son nom à l'Abbaye. Où sont les restes de ce moutier ? On m'ouvre une sorte d'oubliette au creux de la muraille. Une prise d'escalier en vis, comme pour monter dans une tour ; puis, un réduit morne, blanc de chaux, nu, sans meubles, et sur les murs quelques taches de couleur, l'empreinte de ce qui fut. Mais dans un coin, un débris de fresque l'emporte, à mes yeux, sur la plupart des peintures célèbres de la Renaissance. J'oublie cet art à grand spectacle, et je suis même tenté de ne plus donner la moindre attention au chef-d'œuvre de Filippino Lippi. Presque toute la fresque est ruinée par les siècles ; et peut-être la main des artistes célèbres de l'Age d'Or n'y est pas étrangère : ils ont haï ces vieilles images. Un Vasari, quand il passait par là, jugeait cet art barbare. Tintoret devait mépriser Giotto. Ni l'âme ni l'esprit n'y étaient plus.

Judas est pendu à son arbre. Il pèse vers la terre de tout son poids ; moins la corde, il tombe ; il gravite comme le plomb, vers le gouffre, d'une chute intolérable. Et plus que le plomb, le poids du crime contre l'amour est affreux. Son visage n'est pas horrible ; il n'est pas ignoble : il n'est qu'effrayant : il est damné ; et cadavre, il sait enfin ce que sa vie ignora et que son agonie dévore. La damnation est une agonie qui dure. L'orgueil est la corde de la damnation. Il est blond, il est presque lumineux. Son ventre et ses genoux le tirent vers la terre, le malheureux, moins que sa tête misérable : car c'est la tête, la boîte aux vers de viande, pour la pêche atroce de la malédiction. Ce Judas, qui tire la langue au bout du câble, est le saint même de la critique. Le gibet est l'œuvre insultée où il pend.

Quelle peinture ! Que ce reste, à peine un reflet de l'œuvre ancienne, est redoutable. Qu'il est fécond à faire penser et à blesser de clarté amère le fond de l'âme. On ne sait même pas à qui attribuer cette image puissante. On parle d'un certain Buffalmacco, peintre de mil trois cent cinquante, au nom bouffon. Mais ce Judas serait de Giotto ou même de Simon Memmi, je ne m'en étonnerais pas. Là, tandis que la lumière du matin est une onde aérienne, dans le triomphe de ce jour plein de bonheur et de jeunesse, les larmes d'admiration et les pleurs de la peine s'épousent au fond de mes yeux. Quoi de plus touchant ?

Mes lèvres amoureuses baisent le néant, comme dit Caërdal. Toute l'horreur de notre chaos monte en marée à mon cœur et le submerge. Voici une œuvre admirable, et déjà elle n'est plus qu'une tache sur un mur ; un homme de génie, et il n'est pas même un nom ; une grande pensée, un sentiment profond, et n'importe lequel des bouffons qui vivent a plus de droits que lui à l'amour et l'admiration des hommes : toujours le lion mort qui ne vaut pas le chien vivant. Mais ce n'est pas assez : le chien vivant, qui remue la queue en aboyant dans le ton, l'emporte toujours sur le lion en vie. A lire Boccace, le Buffalmacco, de son vrai nom Buonamico di Cristofano, n'est qu'un plaisant, une espèce de pitre, qui va de la farce au lit d'hôpital. Judas est au figuier, dans ce sépulcre de plâtre. Que la mort est forte, en tous sens. Désirer sans cesse pour mourir dans la chaux vive de son désir. Vouloir, toujours vouloir, pour être toujours déçu, même par la victoire. Boire pour avoir soif, avoir soif pour boire ; prendre pour rendre, rendre pour prendre, vivre et toujours pour mourir. L'homme est son propre fantôme : plus il se meut, plus il fuit. La chute est au bout ; la défaite est partout, dès que tu te penches sur toi-même et te regardes. Aimer pour être toujours trahi : si tu ne l'es pas par l'objet de ton amour, tu l'es par la vie. Et en effet, ton amour n'a d'objet qu'elle. Honorez le chef-d'œuvre, le suprême mirage : il n'en reste qu'une ombre après cinq cents ans, la demi-pulsation d'un millénaire, où trente générations d'hommes ont passé pour ne faire qu'un pouce de poussière sur la surface de la terre et ne pas laisser d'autre trace sur les labours de la boue. Je rêve dans le suaire de ce sépulcre blanchi. Voilà ce comble de misère : le dieu et son athée, l'infortuné qui ne l'a pas voulu connaître, se nient l'un l'autre, avec le poète qui les ressuscite tous les deux et le peintre qui les a rendus aux couleurs de la vie. Toutes les voix, et pas un son qui demeure : qu'est-ce que l'harmonie éphémère ? Tant d'élan, tant de vœux pour le feu qui dévore jusqu'aux cendres. A ce tumulte affreux, tu portes en vain l'ordre d'une musique souveraine et le chant le plus pur de la sérénité : le néant réclame ton ode d'Apollon, pour la jeter au chaos fatal et l'y perdre. Toute action est vouée à la ruine, toute beauté au désaveu. Toute rose divine est marquée pour la pourriture. La raison est une manie d'écureuil qui tourne dans sa cage et il s'imagine qu'il est le moteur de l'univers comme de sa prison. L'amour est un outrage à l'éphémère. Tout n'est que rien, et le rien est le tout. Où s'arrêter, où se fixer dans ces planes ténèbres où la vie tombe moins qu'elle ne s'efface ? Toute pensée se partage entre l'inutile adoration et l'horreur du mépris, comme toute action entre l'effort et la défaite. Une âme est bien vile qui ne se trouve pas trop grande pour un tel espace de négation. Allons, pourtant ! et que le rêve de la beauté s'impose au vain rêve de la vie.

FRA BEATO ANGELICO

Ce bienheureux est unique dans l'histoire de l'art. Peindre, pour lui, c'est faire oraison ; non point sèchement, mais si fort en extase qu'il touche l'objet de sa vision. Il n'y met pas la main ni les lèvres les : formes lui servent de paroles, et les couleurs sont sa musique. Fra Beato est le Célicole qui peint pour Jésus et la Vierge, comme les autres saints pensent à Dieu, chantent pour lui ou lui parlent. Jamais frère prêcheur ne fut plus à saint François. Son âme n'est pas d'un enfant, mais d'une femme innocente. Il aime Jésus comme font les saintes. Ses yeux sont toujours brillants de larmes, même quand il rit. Car il n'est pas triste. La Croix lui est un spectacle d'adorable douleur, où la souffrance le cède de loin à l'adoration. Il rêve, en tout, du paradis ; et dès ici : son paradis est l'amour. A San Marco, il met, comme un baiser au front du moine, une image amoureuse et blonde dans chaque cellule obscure, blanche et nue. Cercueils de religieux, toutes les cellules sont des boîtes mystérieuses et froides. Il fait sombre entre ces parois, planches de plâtre : Fra Angelico y verse une lumière de miel. Sous ses doigts, le mur est pareil au roc d'Horeb dans le désert, d'où l'homme de Dieu fait jaillir l'amour. Sa palette est ravissante de fraîcheur, de jeunesse et d'innocence. Il peint angéliquement les anges. Il en porte justement le nom. L'éternelle adolescence est le propre des anges : ils croissent sans fin en adoration et en pureté. Il faut aller à Sienne, ou chez Titien et Carpaccio à Venise, pour rencontrer en Italie des mirages qui l'égalent. Il a des inventions pareilles aux baisers d'amour, quand un amant imagine de suppléer par le cœur et les lèvres à toutes les paroles du monde, à toutes les volontés. Un amant ? sans doute, et souvent une amante. De toutes les femmes qui ont jamais peint ou chanté, Fra Beato est la plus femme ; mais la plus pure ne l'est point tant que lui : la pureté de la femme est surtout ignorance.

Fra Angelico, âme bénie, âme sauvée, qui a fait son salut en peinture, armé contre la mort d'un simple pinceau. Les grandes pensées lui viennent du cœur. Il en a de sublimes, si directes et si rares qu'on ne sait trop ce qui l'emporte de la simplicité ou de la profondeur. Parfois le sentiment fait pardonner l'erreur plastique : l'art le cède à la poésie. Jésus outragé, roi d'une farce lugubre, environné de crachats, de soufflets, de verges et d'injures, sous sa couronne dérisoire a les yeux bandés : mais il voit au travers du bandeau : ses yeux, pleins de douleur et de majesté, percent l'étoffe et contemplent les bourreaux. L'Angélique se fait de la résurrection une image digne d'Apollon vainqueur de toute nuit : Marie-Magdeleine cherche son Maître Bien-Aimé dans le sépulcre ouvert : le tombeau est vide. Jésus est devant elle ; mais il dégage une telle lumière qu'éblouie par ce soleil, Marie, la main en auvent sur ses yeux pour les garantir de cette resplendissante aurore, ne voit pas le Dieu qu'elle cherche : ainsi l'amour humain peut se faire ombre à lui-même. Une telle vision a quelque chose de divin. Ame bénie, mère de sa propre enfance.

Cet ange de l'art n'en est pas moins un chercheur de beauté que nul ne passe. Il lui faut les visages les plus purs, les formes les plus suaves, et il les trouve jusque dans les supplices et la douleur. Par là, on le dirait d'Eleusis, sinon d'Athènes : même dans les actions les plus cruelles et les plus farouches, il ne cède rien à l'horreur. Tout, dans son œuvre, porte le signe du salut, fût-ce l'extrême souffrance. Il a la sérénité qui, si elle n'ignore pas la laideur, du moins l'efface. Et ce peintre ailé, toutefois, est avec Titien le plus beau coloriste de l'Italie ; mais Titien ne quitte jamais la terre et son pays de Venise, l'humus fécond et chaud de la réalité : il trempe même le ciel dans le bain de la Reine d'Orient, mariée à saint Marc. Fra Angelico porte la terre dans l'onde aérienne et transparente de la vie céleste. Sa peinture est sans poids. La couleur, sang plastique et douce ivresse de la forme, est la fille charnelle du rêve et de la volupté ; le plus souvent, elle enveloppe la pensée de tous les prestiges du plaisir, de tous les charmes de l'appétit ; et l'âme même s'y fait corporelle. Dans les poèmes de Fra Beato, c'est la chair qui devient esprit : la couleur transpose les corps dans les tons éthérés de l'âme. La fresque n'a jamais été plus immatérielle. Les feux de l'amour prennent une fraîcheur d'oasis. La douleur et tous les supplices s'épurent dans une tendresse qui est le sourire de l'innocence accomplie. Et rien n'est puéril dans ce cœur. Ce moine béni n'est pas un enfant. Il sait le mal ; il sait les passions ; mais son imagination en est le purgatoire, et il dissipe tous les orages dans son arc-en-ciel. Il sauve la souffrance, notre damnation ; il donne aux misères de l'homme ou à quelques-uns de ses abîmes l'adorable repos du cœur innocent. Une paix incomparable règne dans ces images : les plus violentes ont le calme de la pureté parfaite. Une eau lumineuse lave tous ces visages : l'aurore, rosée du matin, efface les songes du mal, et la fièvre du péché n'est plus qu'un souvenir, un nuage qui se dissout en pleurs riants. Voici les cœurs sanglants sur la tige des heures fatales : ce sont des roses. Une paix, un repos, une douceur sans pareille, dans un arc-en-ciel des tons les plus purs et les plus vifs, mais aussi les plus tendres, c'est la couleur de cette âme, qui serait une fée si elle n'était pas si sainte.

IX. SEIGNEURIE

Capitale.

Cum spiritu tuo. — Immortelle capitale de l'esprit italien, Fiorenza était une petite ville. Et même aujourd'hui, elle n'est pas grande. Voilà pour éclairer les serfs de la masse et de la quantité, si on pouvait jamais les instruire. En son temps le plus prospère, Florence n'a pas compté plus de cent vingt à deux cent mille habitants ; mais alors Dante et Giotto, Boccace et les Villani étaient florentins ; ou Donatello, Léonard, Fra Beato, Botticelli, dix autres grands artistes, dix poètes, vingt hommes du premier rang. Reste à savoir si une ville de dix millions d'automates sans génie est plus digne d'être appelée capitale qu'une cité cent fois moins peuplée et dix fois moins étendue, où tout est qualité spirituelle, art et génie.

L'antique Fiorenza, du palais Pitti à San Marco et de Santa Maria Novella à Santa Croce, est moins vaste qu'Avignon. Il ne faut pas une heure pour en faire le tour et revenir à la Seigneurie. Car la Signoria est toujours au centre de l'Italie comme de Florence : quoi qu'on veuille dire, la grandeur de l'Italie moderne est florentine. L'esprit romain est du passé, le plus dangereux mirage. L'Italie réelle, créatrice de valeurs originales et de beauté, qui n'est pas une recherche délirante de la souveraineté, un appétit maniaque de la conquête, une rhétorique de la guerre, d'ailleurs sans soldats, et du primat sans force vitale et sans moyens, la véritable Italie vaut à la mesure où l'emporte l'esprit florentin. Rome guelfe a beau faire : elle se divise contre elle-même, entre l'Eglise et l'Etat. Les deux pouvoirs ne peuvent s'entendre que dans la fiction commune de la suprématie universelle : cette farce est la plus noire entre les bouffonnes, et la seule qui ne fasse pas rire : elle est morne, comme le roi sur l'esplanade d'Elseneur ; et un roi mitré encore, un roi coiffé de la tiare, bonnet d'Asie : elle fait un bruit insupportable ; elle ennuie. Empire, délire. Tant mieux s'ils s'unissent : ils tomberont ensemble. L'ami Malachie l'annonce. Ce bon vieil Irlandais voit tout de plain-pied : il n'est pas du tout alpiniste.

Une vie complète, propre à toutes les sortes d'action, avec tous les moyens de l'esprit, voilà ce qui a distingué Florence pendant cinq cents ans. Leurs bibliothèques sont admirables : elles sont pleines des plus beaux manuscrits et de merveilles étonnantes. Aucune ville si peu pesante en nombre et en quantité n'a de telles ressources. Leurs musées sont les plus beaux du monde, à deux ou trois près qui les égalent. Neuf mois sur douze, c'est un délice de vivre à Florence : la vie y est simple encore, et n'est pas vulgaire ; elle est élégante et ne sent pas le rat, je veux dire le riche. Les sciences et la musique n'ont pas été moins bien pourvues, pendant deux ou trois siècles. Aujourd'hui, la musique fait un peu défaut : ils n'ont plus les musiciens et les savants qui furent, avec Galilée et les créateurs de l'opéra, la gloire de Florence, après les arts plastiques. Mais que ne peut faire à Florence un homme qui a le don de connaissance, et l'amour de la beauté ? L'harmonie de la ville est une leçon de goût ; le charme vif du pays fouette l'esprit ; les fruits de la terre, l'agrément de la race, et des jeunes filles, une certaine façon railleuse de mordre et de rire ; le don de la moquerie, un rien de sarcasme ; quelque défiance de l'humeur sentimentale ; du retrait et même de la sécheresse, tout à Florence aiguise le désir de connaître et défend l'âme contre l'insensible engourdissement de la paresse. La langue qu'ils parlent a du nerf. Ils ont le sens du plus bel italien. Le peuple a le mot et le tour. Leur syntaxe est moins banale et plus pure qu'ailleurs. J'aime leur accent, assez souvent dur et âpre, moins mol et traînant qu'en d'autres provinces de l'Italie. Ils chantonnent moins. Leurs aspirations et leur rauque gutturale, qu'ils affectent de rendre plus dure encore, me réconcilient avec ce que l'italien a de monotone, dans une sonorité trop facile et trop égale. Florence, enfin, a l'élégance sans lourdeur d'une ancienne et naturelle suprématie.

Tous nos rêves d'amour nous montrent des visages.
Chacun imagine les traits des héros qu'il admire, des êtres qu'il préfère ou qu'il hait. Son nom seul *peint une image en nous de toute illustre ville.* Rien, peut-être, ne donne mieux l'idée de Fiorenza que la cour du Bargello. Les trois grands siècles de la cité s'y épousent, d'un air hardi et sombre. On ne sait quoi de rouge et de sanglant luit au tranchant de l'ombre. Le cube intérieur de la cour est d'une haute mine, sous le sourcil hérissé des créneaux, à la fois élégant et tragique. Ce bloc de pierre fait penser à une dague hors du fourreau. Quand l'histoire ressuscite le passé, elle est toujours un peu romantique. Dante a vu bâtir le palais ; il l'a hanté sans doute. On y a beaucoup jugé, condamné, torturé et tué. Que le passé est donc cruel ! Savonarole a vécu sa dernière nuit en chapelle, au fond de cette farouche demeure, avant d'aller à la mort. Donatello y règne. Giotto n'en est pas absent, non plus que Michel-Ange ; et tous les sculpteurs de Florence y sont à présent avec leurs marbres et leurs bronzes. Le musée a tout envahi, avec cette odeur lourde et froide de cadavre pétrifié qui est la sienne. Mais la cour reste à demi vivante. Elle n'est pas encombrée de toutes les œuvres que les docteurs de l'art imposent au passant : car les musées entendent toujours faire leçon, et il faut la subir, bon gré mal gré, des professeurs qui les

conservent. Antiquaires, embaumeurs : pour embaumer, il
faut d'abord tuer.

L'ordonnance est d'un goût charmant et fort, dans le
pittoresque. L'admiration ne va pas à l'architecture. Les
proportions seules, tout en l'étonnant, réussissent à satisfaire, ici, l'esprit d'équilibre et l'instinct du nombre. Une
sorte de noirceur chaude est le teint de ces pierres, la peau
qui révèle la santé ou le caractère. Ces vieilles murailles ont
bien leurs six ou sept cents ans. A ciel ouvert, la lumière y
coule et tombe en nappe rêveuse sur les dalles, répandant
sur ce grand âge dur l'enchantement de l'éternelle jeunesse.
Au Bargello, le pittoresque est la beauté même. La loi de ces
édifices est celle des paysages. L'escalier de plein air, qui
monte par vingt ou trente marches à l'étage, est fait pour un
cortège. De tous côtés, les uns contre les autres, les blasons
sculptés des podestats et des juges, les armoiries des princes et des factions ; les quartiers de la ville ont, chacun, sa
figure parlante et son écu : genre d'ornements qui, sans être
de l'art, aide à l'émotion artistique. La galerie est en forme
de tribune à cinq arcs : quelle loge pour entendre de la
musique, ou pour un entretien nocturne ou, si l'on se plaît
à cette sorte de spectacle, pour assister à la décollation de
ses ennemis. Marzocco, le lion héraldique de Fiorenza,
sculpté par Donatello, garde l'accès de l'escalier, avec son
air de vieux roi Lear, juché sur le fût d'une colonne jaillie de
la rampe ; et deux autres petits lions, également terribles et
familiers, bien assis sur leur queue, comme des juges,
veillent au plus haut de l'architrave. Un rien de plus, et
l'effet serait théâtral. Mais le goût est assez pur, dans le
respect de la mesure, pour sauver Florence de la mise en
scène.

On a partout imité ce palais, en Toscane, en Ombrie, dans
les Marches. Peut-être le palais du Podestat est-il sorti du
génie italien et de ses fatalités les plus intimes, comme le
Podestat lui-même. C'est la maison de l'Exécutif, superbe et
rigoureux, dans les républiques municipales, en proie aux
factions. Les haines de familles se confondent avec les
haines et les convulsions de l'Etat. L'ambition des uns se
heurte à l'ambition des autres, dans une envie meurtrière.
On se bat de rue à rue, de maison à maison. La Seigneurie

délègue ses pouvoirs au podestat, pour faire régner la loi au-dessus de tous les partis. Le podestat n'est pas florentin : ce capitaine vient du dehors. Lui seul peut imposer la règle de l'ordre aux citoyens ennemis. On admet qu'il reste étranger aux factions, jusqu'à ce qu'il les trahisse toutes au profit d'une seule, ou de la sienne. Il gouverne par le fer. Le gouvernement ne se distingue pas de la plus noire police. Il y a des pays où la police est tout l'Etat : dans César, ils n'ont qu'un souverain policier qui les rend dociles, et d'ailleurs qu'ils aiment.

Quitter le Bargello pour le palais Pitti ou même pour Strozzi n'est pas tant changer de style et de climat que balancer d'un temps et d'une beauté à l'autre, sans avoir la force de choisir et de se résoudre. Le puissant caractère du moyen âge ne s'impose plus assez pour ne pas faire place à l'art somptueux de la Renaissance ; et toutefois il a trop de prise encore pour s'effacer et disparaître. Le Bargello et le palais de la Seigneurie sont de la vie plus que de l'art ; ils tiennent à l'action plus qu'à l'architecture. Telle en est la beauté, qui touche le fond de l'âme, quand elle est dans ses heures tragiques. Ces monuments sont du paysage : ils sont l'être de pierre, édifié pour toujours dans le corps même de la contrée et le sol de la ville. Il est bien rare que l'art atteigne à une telle plénitude. Strozzi est le plus beau palais de Florence, son palais Farnèse ; Pitti est le plus imposant par l'idée et la masse. A Strozzi et à Pitti, le sens magnifique et le calcul des espaces, exprimés par des proportions parfaites et un équilibre clairement défini. Mais ces palais, comme tant d'églises à la Michel-Ange, et une foule de maisons princières en Italie, de Gênes à Naples et de Rome à Venise, sont les aveux que l'art de bâtir fait, malgré lui, de son impuissance : quand il arrive à la perfection, il cesse de nous émouvoir. Voilà pourquoi la Renaissance, avec cent fois plus de talent, de certitude et de science, donne cent fois moins de plaisir à l'artiste et contente moins son sentiment de la vie. Car l'artiste ne cherche profondément dans l'art qu'une forme plus passionnée, ou plus belle et plus pure de la vie. L'Académie, avec le collège des scoliastes, peut seule ne pas le croire.

Raisonnant de la sorte dans les rues de Fiorenza, ma belle fleur pensante, entre le Borgo Santi Apostoli et Sainte-Marie Nouvelle, et les rues les plus étroites sont toujours les plus chaudes, les plus propres à ailer l'imagination, je rencontrai soudain trois petites filles presque nues, en robes courtes de mousseline orangée : elles se tenaient par les mains, les bras levés en forme de berceau, et doucement elles s'avançaient en se balançant. Charmé, je suivis le rythme de leurs bras minces et dorés, de leurs petites jambes fines au galbe allongé : mon désir de la forme belle devinait leurs cuisses oblongues, montait jusqu'au tour de leurs hanches étroites et de leur ventre pur, ce disque tiède entre deux arcs tendus. J'en étais là, mon âme amoureuse de l'image ordonnant les lignes délicieuses de la vie, quand les trois petites filles me rappelèrent soudain Vicence et la Loge de Palladio. Le rythme est le maître du souvenir.

Que Palladio n'est-il florentin ? Il devrait l'être : avec lui, l'art a sa perfection. Il ne l'emporte pas sur ce que j'appelle l'architecture de la vie, le paysage de pierre humaine ; mais il en soutient la comparaison. La Renaissance n'est que le triomphe de la fausse Antiquité : une confusion essentielle en gâte même les chefs-d'œuvre. Si pourtant le monde moderne a jamais donné quelques ouvrages inspirés de l'antique et dignes de lui, s'il a réussi à mettre la beauté grecque au service d'un sentiment nouveau, c'est avec Palladio en Italie, et en France avec Gabriel. De fort loin, Palladio me paraît le plus grand architecte de l'Italie, aux siècles de l'art, comme Gabriel est le plus bel architecte de la France depuis le moyen âge. Le goût de Palladio, son génie des proportions, son imagination des espaces, voluptueuse et chaste, l'équilibre de sa mesure et de sa fantaisie, la souplesse et la rigueur exquise de son dessin architectural font de Palladio, je ne parle pas de ses églises, le maître incomparable de l'âge classique. Quant au matériau, personne n'a jamais eu la science, le sens et l'usage du marbre comme lui. Voici le point : la plus belle Fiorenza ne bâtit pas en marbre : à deux pas de Carrare, elle aime mieux la pierre et le bossage. Par là, elle tourne le dos à la Renaissance. Si prodigue de génie, elle dédaigne d'étaler ses ressources. Elle préfère un air un peu avare à l'ostentation du riche.

Le riche a grande charge d'âme : il lui faut grande vertu.
Longtemps, les riches de Fiorenza ont mérité tout l'or du
monde.

X. SEIGNEURS ET TYRANS

Le secrétaire florentin.

Machiavel au vaste front n'a pas seulement, à Florence, sa
maison où il est né, où il est mort ; et son tombeau à Santa
Croce, avec l'épitaphe fameuse : « Ce grand nom dit tout,
Tanto nomini nullum par elogium ». Il est l'un des illustres
de la ville, tantôt décrié, tantôt porté aux nues, fort à la
mode aujourd'hui. Machiavel est, avec Vico, l'esprit le plus
général qu'il y ait eu en Italie. Je laisse Galilée, homme de
science : toute science qui a du prix est universelle, par
définition : un Grec peut bien établir la table de Pythagore ;
mais l'arithmétique n'est pas plus grecque ni dorienne que
deux fois deux font quatre. Tout général qu'il soit, Machiavel est encore plus italien. Il est le réaliste et le césarien par
excellence. Nul n'est plus de son pays et de son temps.
Comme les Florentins ont toujours vécu pour la richesse,
Machiavel ne vit que pour la puissance. Par là, il est bourgeois de son quartier, comme le prêteur à la petite semaine
qui, à force d'usure, lègue trois palais, un coffre plein de
bijoux et cinq cent mille ducats d'or à ses enfants. Plus je lis
Machiavel et je l'admire, plus je m'amuse de son ridicule.
On ne peut pas être plus suranné. Le machiavélique est
l'enfance de l'art, dans l'ordre du règne : si le prince est une
canaille, qui veut régner par la violence et par la ruse, il suit
tous les conseils de Machiavel ; mais, en vérité, c'est une
canaille innocente, s'il laisse publier les maximes de sa
canaillerie ; et il est un sot, s'il les affiche. Sans le moindre
effort, on transpose la politique de Machiavel dans l'argot
des apaches et des voleurs. Quand on veut assassiner un
homme riche, il vaut beaucoup mieux s'y mettre à quatre, et

tous avec un masque ; dix contre un valent mieux que deux ;
tuer quelqu'un de nuit, et par-derrière, est beaucoup plus
sûr que lui donner un coup de couteau sur la place publique, à midi ; et mille autres axiomes de la même blanche
farine. Le grand Frédéric, ce profond politique, écrit un
« Anti-Machiavel ». Il s'amuse, sans doute ; mais, à mon
sens, il y met bien plus de raison que d'hypocrisie. On voit
qu'il est dans l'action, et non dans les livres.

Machiavel n'est tourné que vers le passé. Toutefois, au
lieu de tenir aux siècles chrétiens, il est plongé dans la Rome
antique. Lui aussi, il est atteint de cette romanité qui est la
fièvre tierce de tous les Italiens. Empire ou République,
Prince ou Pape, il n'importe : Rome, toujours Rome ; l'Italie
doit régner sur l'univers comme Rome sur l'Italie.
Là-dessus, ils sont intarissables, et monotones comme la
pluie. Il se croit très hardi de justifier la trahison, le massacre, la guerre injuste, la haine et tous les crimes au nom de
l'Etat. C'est la loi de la termitière. L'Etat et la raison d'Etat,
voilà ses dieux : il veut les rétablir sur les autels du genre
humain. Cette politique passe pour très profonde : elle me
semble naïve. Au total, Machiavel est captif de son siècle,
pour les faits, et ivre d'Antiquité, pour la doctrine. Il n'a rien
su, rien prévu du monde à venir : il n'a donc pas eu le génie
du grand homme en politique, lequel est un esprit qui
devance les temps, assez fort pour les retenir et pousser à la
roue, sur la route et dans le sens où doit aller le train de
l'espèce humaine. La découverte de l'Amérique, la puissance de l'Occident et des royaumes ouverts sur l'Océan ; la
révolte du Nord contre la monarchie catholique ; la naissance de l'industrie ; la servitude prochaine de la politique
et du spirituel sous la main innombrable de l'économique ;
le monde féodal qui meurt, pour faire place au monde
bourgeois, il ne voit rien de ces mouvements immenses, et
des translations fatales de l'Europe dans ce nouvel espace.
Rome, Rome, Rome, il ne sort pas de l'orbite romaine. Et
ceux, à présent, qui portent Machiavel si haut, font comme
lui. Cependant, Florence, si vive et si brillante jusqu'alors,
va déchoir, à la veille de périr, par les mêmes causes qui font
de Machiavel un prophète du passé. La mort de Machiavel,
le sac de Rome et la ruine de Florence s'accomplissent dans

les mêmes trente mois, de 1527 à 1530. La langue de Machiavel est factice au même titre : cet italien-là vient de Salluste ; mais il passe par une bouche toute empâtée de Tite-Live. Plus Machiavel veut être roide et concis, plus il est mou. La barre est bien forgée ; elle semble de fer ; elle est pourtant pleine de pailles. Il est long dans l'argument, et bref dans la prolixité. Ses *Décades* auraient dix fois plus de prix, si elle avaient dix fois moins de pages.

Presque à l'issue du Ponte Vecchio, au coin du Borgo San Jacopo, et de la rue qui mène à Pitti, face au palais des Guichardins, la maison de Machiavel est encore là. Je la cherche : ce n'est rien. Pas une pierre n'a plus de cent ans. Il est curieux que les deux maîtres de l'histoire à Florence, Machiavel l'aîné, pauvre et méconnu, et Guichardin son disciple, riche, célèbre, mille fois plus heureux avec cent fois moins de mérite, aient vécu l'œil et les fenêtres de l'un sur les fenêtres de l'autre.

A quelque deux ou trois lieues de la Porta Romana, sur la route de Sienne, je trouve Machiavel bien plus vivant. Près de San Casciano, gros et gras village toscan, Machiavel avait un petit bien de famille, une humble maison des champs, sans luxe et sans style, avec quelques arpents de terre, quelques ceps et un petit bois. Quand les Médicis l'ont cassé aux gages, suspect et sans emploi, sans le sou, dans l'humiliation et la gêne, il s'est réfugié à la campagne, tant pour se faire oublier que pour guérir la blessure de l'orgueil meurtri et d'une vie manquée. Il avait alors dans les quarante-cinq ans, un bon âge pour les tortures de l'ambition soufflëtée. Que faire à Sant'Andrea in Percussina ? Dans une lettre, la plus belle qu'il ait écrite, un peu gâtée toutefois par le ton trop littéraire et l'apprêt, Machiavel conte lui-même son genre de vie. C'est un grand spectacle, celui du petit Secrétaire florentin en disgrâce sur le chemin de San Casciano. Il fait deux parts de son propre personnage en cet exil : au vulgaire, il laisse son apparence la plus grossière ; et il réserve son être véritable aux dieux de l'esprit, dans cette solitude qui est leur temple. Ici, il est à lui seul et à ses pairs ; là-bas, il se fait tout à tous, le reste du temps, et d'aussi mauvais goût, aussi nul qu'il faut être pour

ne porter ombrage à personne. Le matin, aux heures fraîches du jour, il bricole sur son champ ; il prend le gibier,
lapins et grives, aux collets tendus la veille ; il coupe ses
légumes et ses salades ; il cueille les fruits, s'il y en a, toute
la nourriture de la maison. Puis, il ne quitte plus l'auberge :
à la mode italienne, un verre de vin lui donne le droit d'y
demeurer toute la journée. Il cause avec l'hôte, il cause avec
tous les passants. Curieux des caractères, avide aussi de
nouvelles, il pousse les gens ; il s'instruit, il observe et il
s'amuse. Le soleil de l'été toscan darde ses traits sur la
route ; la poussière fume. Du ciel métallique, la chaleur
tombe en nappes de plomb gris et de cuivre. Au flanc de
l'osteria, les clients sont à l'abri de quelques mûriers et de
quelques platanes, sous une treille. Le boucher et le carrier,
le roulier de passage, le menuisier sont là, et le gros fermier
du coin, le sacristain de la Misericordia et Giannozzo,
l'ivrogne du pays. Tous ensemble, ils jouent au trictrac, à la
mourre ou à la cricca. Nul plus fidèle que Machiavel à la
partie. L'enjeu est d'un liard : ils crient, ils s'injurient pour
tout l'or de Florence ; ils blasphèment, ils se menacent en
forcenés : Dieu est porc, Jésus est maudit, la Vierge est le
rebut des carrefours. Ils ont les yeux hors de la tête, il se
disputent à s'arracher la langue et le foie. Et soudain ils
éclatent de rire : ils passent de l'écume et de la convulsion à
la facétie familière ; et l'ivrogne de jouer son air de tube
digestif, pour instrument à vent. Machiavel n'est pas celui
de ces hommes qui rit le moins, et peut-être s'amuse-t-il
plus que les autres. Il ne fait pas la bête à moitié ni la petite
bouche : il est toujours tout à son fait, et il s'entend comme
pas un à être rustre avec les rustres. A l'auberge villageoise
du moins, il est ce qu'il doit être sans contrainte ; un
Machiavel, son seul désir est d'être lui-même avec plénitude. Il se détend dans le dégoût. En ce lieu bas, la vie est la
Grosse Margot, et il en jouit, n'y ayant rien de mieux à faire,
en crachant au nez des princesses, souvenirs d'avant-hier,
laissées derrière soi dans les palais des illustres villes.

Or, la journée est finie : une de moins pour la gloire, une
de plus pour la défaite et la misère. Le soleil a disparu. La
route est déserte. Machiavel pensif rentre chez lui. La
maison est silencieuse. Sa femme, lasse de travaux domes-

tiques, va se mettre au lit ; et les enfants dorment. La belle heure, l'heure noble est venue. Machiavel fait sa toilette : il se lave, il se brosse ; il dépouille la poussière et la vulgarité du jour. Il prend sa plus somptueuse robe de cour, et son linge le plus blanc, le plus fin. Il est vêtu de soie et de velours. Le voici sous les armes ou, mieux encore, sous la chape et l'étole du prêtre. Il entre dans son cabinet de travail, où l'attendent les chefs-d'œuvre des Anciens, livres et manuscrits. Plein d'une joie pieuse et grave, il allume deux flambeaux de bonne cire : il s'assied à sa table, sous cette lumière odorante. A présent, « *Tel qu'en lui-même enfin le seul esprit le change* », il prend son beau papier il choisit sa plume et la taille avec soin ; il la trempe dans une encre noire et fluide. Et il écrit. Tite-Live est à sa gauche et Virgile à sa droite. Il continue *Le Prince* : il se venge ainsi des peuples et des rois. Immobile et sans bruit, il foule aux pieds l'outrage de la fortune. En habits magnifiques, dans la société des grands esprits et des puissants qui mènent le monde, confident des vainqueurs, il se connaît victorieux, lui aussi, et puisqu'il est digne d'eux, digne de la victoire. Le voilà donc qui est enfin à sa propre ressemblance. L'homme au long nez busqué, au vaste front dégarni où les noirs cheveux frisés grisonnent, est lavé de toutes les souillures et de toute humiliation. Son œil noir cherche les images de la grandeur et s'adoucit, parce que en lui-même il les trouve. Sa grande bouche cynique a chassé les éclats de rire et le sarcasme obscène : il murmure des mots et des vers qui purifient ses lèvres boudeuses. La pensée fleurit cette moue amère. Toujours impartiale, la nuit complice l'apaise et le convie, en époux, à l'œuvre de l'esprit. Combien j'admire Machiavel à Saint-André in Percussina.

FRÈRE PLEURARD

Savonarole, maître de Florence, au temps du jeune Michel-Ange et de Botticelli, entre Laurent le Magnifique et Léon X, on se demande quel est cet absurde mystère. La Seigneurie, pleine de masques, de nymphes et de silènes, se vide soudain : un cortège funèbre en prend possession. Les chants du Carnaval, les hymnes à Vénus, à Bacchus, à la vie se taisent et tous les plaisirs fuient : l'illustre place est noire de moines et de cagoules. Ils flagellent les jeunes filles ; ils déchirent les livres ; ils brisent les statues ; ils font partout des cendres qu'ils lancent aux yeux des amants et des femmes. Plus de fêtes, plus de bonheur, plus de rire. Le temple de la République est un cimetière, le jardin lugubre des cierges et des croix, des frocs et des disciplines. Le règne de Savonarole à Florence est celui de Torquemada. Et d'abord on ne sait qu'en penser. Mais à qui pénètre mieux dans le cœur de l'admirable ville, le triomphe de ce jacobin en révèle au contraire le destin et le génie cachés. Savonarole arrive en rustre d'un lieu rustique. Gros vin de la foi, chargé de lie, violent, épais, il sort de la crasse conventuelle pour confesser et plier à la pénitence les Grâces haïes. Savonarole administre Fiorenza, à l'article de la mort. Elle ne meurt peut-être pas de lui, mais après lui elle est morte. Telle est la mission de ce prophète : il l'ignore sans doute, et n'en remplit que mieux l'office. Il frappe à tour de bras sur tout ce qu'il ne peut comprendre et qu'il déteste n'en ayant que faire : l'art, la volupté, l'esprit libre, l'ironie, le jeu de la pensée, la poésie, les fleurs, l'amour. Cette espèce de prima-tes n'a que des appétits : ou s'y vautrer, ou les maudire et les étrangler. Il invective donc contre tous les bonheurs dont il n'a pas besoin. Et toujours en geignant. Frère prêcheur, frère pleurard ; et il veut que la Toscane pleure, en attendant de faire pleurer tout le monde, et de ranger toute la terre à ce gémissement. Florence égarée s'y précipite : c'est qu'elle est malade. Elle sent les troubles du retour d'âge. Elle n'a plus l'équilibre unique et si rare qui l'attachait solidement au sol, tout en tenant les yeux en haut. Elle essaie de revivre en son ardeur passée, plus profonde et moins sensuelle. On dirait que Florence a pris peur, soudain, de ce qu'elle est. Dans son cœur mystique, elle cherche à retrouver l'inno-cence et la force pure qui firent sa grandeur. Elle a la fièvre ; elle renie la vie païenne, la seule qui lui reste. Elle croit ne plus pouvoir se passer de l'ordre qu'elle a tant aidé à faire périr. Elle a découvert la nature, elle l'adore, et tremble de s'y être asservie. Savonarole appelé par Laurent le Magni-fique à son chevet d'agonie et lui refusant l'absolution, c'est la tragédie de Fiorenza expirante.

Quand la ville de la fleur se débarrasse du dominicain, il est trop tard. A Saint-Marc, dans la peinture de Fra Bartolommeo, et dans la chambre du Bargello, les portraits de Savonarole parlent dur contre lui. Une peinture d'enseigne, barbouillée sur le moment, où l'on a figuré son supplice, le montre suspendu, en chemise blanche, par le col à un poteau : et au-dessous le bûcher flambe. Qu'il est laid, ce moine ! Toute violence dans la foi, toute volonté frénétique, nulle intelligence. Son museau gras en avant, le front bas, écrasé en arrière ; le nez énorme et mou, tout lard jaune et sans os, presque d'une caricature juive ; les plus grosses lèvres en suçons, vraies ventouses ; une sensualité de brute et un regard magnifique, si la frénésie peut avoir de la beauté. Un halluciné, voilà ce qu'il est. Le malheureux, il fait la guerre à la pensée.

Et au nom du Saint-Esprit, encore. Ce Romagnol est moins théologien que politique. Fiorenza n'eût jamais accepté la dictature du frère pleurard, s'il avait été florentin. Aux peuples les plus fins ou les plus pensants, il faut des maîtres par surprise, des tyrans venus du dehors, des bourreaux étrangers : plus ils sont brutes, plus leur audace bestiale a de succès. Fiorenza se moque du mauvais accent ; mais elle l'écoute. Du reste, elle n'en rit pas longtemps. De là, que les plus délicats ont été émus par Savonarole : avec la risible impudence des fanatiques, il a donné Florence à Jésus-Christ ; étonnés, ils sont tombés à genoux. L'homme qui fait cadeau d'un royaume à Jésus, s'en fait toujours le vicaire. Un poète de l'intelligence la plus exquise et très hardie, Botticelli, a peur de Savonarole, et cesse de peindre. Ainsi, une fille ravissante, élevée dans toutes les délicatesses, est capable, un jour d'orage, désespérant de se donner à l'amant de ses rêves, de se livrer à un charcutier, à un charretier, à un bouffon. Et elle se met nue elle-même, pour qu'il ait plus tôt fait : elle déchire les voiles charmants dont elle se parait ; elle se roule sous ces pieds sales ; elle voudrait être toute grappe d'or vierge sur le cep, pour qu'il foulât cent fois la vigne dans le sang. Grâce à Dieu, Apollon n'est pas loin, qui fait jeter le chien du Seigneur aux chiens du feu.

Que ce Savonarole a dû dégoûter Léonard ! Il est vrai

qu'en promenant dans Florence l'Ezéchiel de la Bible, Savonarole a séduit pour jamais le jeune Michel-Ange, infiniment plus biblique et plus jéhoviste que chrétien. Michel-Ange est le thaumaturge de la conciliation entre le Dieu d'Israël et Jupiter tonnant : du nu païen, Michel-Ange a fait le nu biblique. Je frappe du pied les dalles de la Seigneurie où les cendres de Savonarole ont, peut-être, laissé une trace. Piteux, tremblant, haillon d'épouvante, le pauvre misérable surgit de la poussière, avec sa trompe grasse, ses joues bistrées, sa bouche avide et gloutonne, et ses yeux de fou, ses yeux admirables, ardents, dévorants, câlins même et, qui sait ? rieurs, parmi les bons frères, au réfectoire. Moi aussi, j'ai bien ri : devant la statue de Savonarole, j'avisai un brave vieux contadin ; et comme je lui demandais s'il savait ce qu'a fait cet illustre, il m'a répondu : « Savonarole ? Celui-là ? *Non so, ma* je crois qu'il a inventé le savon. »

VISITE AU MAGE

Vinci n'est pas le nom de Léonard, mais du bourg toscan, dans la banlieue de Florence, où il a vu le jour. Au seul nom de Vinci, tant de gens écarquillent les yeux et la bouche, faisant oh ! et ah ! qui seraient plus sincères, il me semble, s'ils se donnaient la peine d'aller voir le coin de terre où le grand homme a ouvert ses paupières à la lumière bleue. Vinci est une petite ville curieusement bâtie sur l'une des collines qui descendent du Mont Albano, comme les plis d'une robe le long d'une belle dame assise. L'Arno boueux et ocre court à ses pieds, dans la plaine. Vinci regarde l'occident, vers Empoli et Pise. On part de ce bourg pour monter au plus haut de l'Albano, par l'ermitage de Sant'Alicio, à travers les mélèzes et les yeuses. Partout, les oliviers et les bosquets de lauriers. Partout, les vignes, et l'un des meilleurs vins du pays, le Carmignano, brun rubis : il sent un peu la violette, comme les vins du Rhône. Sur la plus belle et plus harmonieuse Toscane, la vue est immense. Un horizon noble et doux, sérieux et suave. Ni fadeur ni violence. La nature s'est soumise elle-même à l'ordre ; et l'homme a obéi : il a tout fait pour se plier à cette sage discipline. Pourtant le pays n'est ni déboisé ni uniforme.

Près des maisons au crépi blanc ou jaune, les hauts cyprès dressent leurs lances noires qui désignent le ciel ; et les érables pointus, ces pages minces, vont avec élégance à la rencontre des rustiques châtaigniers. Rien d'arbitraire ni de trop abstrait. L'âme du paysage est à la fois attentive et souriante, élégante et variée. Les collines sont aussi azurées que le ciel, les sourcils du même azur que les yeux. Les lignes ondulent selon un rythme précis et délicat. La douce langueur des lieux humides estompe les lointains, comme si l'eau courait sous la terre grise. Quelle harmonie vraiment florentine, avec on ne sait quoi d'un peu moins sec, d'un peu plus ému, qui vient de la campagne et du sein gonflé de verdure et de moissons. Léonard devait naître ici : la beauté idéale a ses racines dans la vie réelle ; le rêve est fondé sur la nature : il ne la quitte pas, il l'accomplit. De toutes parts, au loin, une pluie lumineuse de doux tintements : sons de cloches, sons de cloches, en avant, en arrière, au ponant, au levant : ces gouttes de bronze tombent des tours qui cousent au manteau de la plaine l'or de la clarté. L'âme ici se repose et n'oublie pas le monde.

Le Mage est l'enfant de l'amour et de la clarté. Il n'a pas été conçu dans la règle : il s'y est rangé. Voilà le génie, et sa hardiesse solitaire. Léonard est le plus libre des Italiens, le seul peut-être, et le plus digne de l'être en son temps. Il n'est asservi à rien, et il a su se soustraire aux tentations de la révolte. Il a compris que la solitude est la seule rébellion sans péché. Dans une grande âme, l'harmonie tourne en accord toute licence. Avec le sentiment juste de sa propre grandeur, il a fui toute lutte, et ce monde plein de haine, d'envie, de mensonge et de bêtise, toutes les têtes de l'hydre qui est l'amour-propre. La vanité est l'orgueil des sots ; l'orgueil, la vanité des forts. Léonard, dans son âge mûr, a vaincu l'un et l'autre.

Pensant à lui, qui n'est pas le plus puissant artiste de la Renaissance, mais sa plus grande tête, j'honore son père, Ser Piero le notaire, qui avait sa maison des champs à Vinci : homme amoureux, d'esprit juste et profond, ironique je pense, sceptique dans la foi, comme son merveilleux fils, et plein de foi dans le doute, comme lui. Et j'ai une prière aux lèvres pour la servante aux beaux yeux, au cœur tendre et docile, qui fut sa mère. Je l'imagine toute simple et toute jeune, belle et saine comme la fine paysanne en fleur d'une terre où, parmi les blés et les roses, la grappe mûrit avec l'olive. Elle aime avec respect, elle vénère son maître, trois fois plus âgé qu'elle, comme un savant et un seigneur. Pour la science et le savant, ces contadins toscans ont une révérence quasi juive. Et son beau front, cette page blanche où un si grand texte va s'inscrire, se penche avec adoration sur l'enfant miraculeux qu'elle a porté, et qui grandit en riant sous ses caresses. O beauté du grand front féminin, qui semble vide encore de toute idée apprise ; admirable désert, sa splendeur vient de son innocence et du profond sentiment qui le destine à la plus éclatante fécondité. Dans le bourg de Vinci, n'ai-je pas, chez elle, rendu visite à une Sainte Famille ? Les sites les plus beaux ne sont faits que de nous.

On ne peut penser à Léonard sans amour ; on ne peut parler de Vinci sans respect. De tous les Italiens, il est le seul universel ; et le plus vaste esprit, entre tous. D'ailleurs, comme Virgile, en dépit de son poème national, est le moins romain des poètes latins, Léonard est moins Italien qu'un autre. Ce n'est point sans raison qu'il ne peut se fixer ni à Florence où il est né, ni à Rome où il passe, ni à Milan où le prince l'emploie, où on l'admire. On ne doit pas au hasard, comme nous appelons le train des effets et des causes, que Léonard ait fini de vivre en France, plus honoré, plus goûté, mieux compris que partout ailleurs. Si la France avait eu un génie universel qui fût artiste, il eût été plus semblable à Léonard qu'à personne. Elle n'a pas un homme de cette espèce. Le seul Pascal est de ce rang ; mais il n'est pas musicien ni plastique ; et si poète qu'il soit en prose, il n'a pas l'usage de la forme poétique. Voltaire, s'il eût été vraiment poète, aurait donné à la France cet universel génie qui lui manque. L'Europe n'en a vu, jusqu'ici, que deux exemples : Goethe en Allemagne, et Léonard à Florence. Il est clair que Léonard est le Goethe de l'Italie.

Le jugement qu'on porte sur Léonard est la pierre de touche des esprits. Ceux qui lui préfèrent tel ou tel autre Italien de la Renaissance n'ont pas le sens de la grandeur spirituelle. Ceux qui l'admirent sans réserve, et qui n'en savent parler qu'à genoux, n'ont pas le sens altier des puissances souveraines. On ne rend bien justice à Léonard qu'en ne l'adorant pas. S'il est un homme qu'on ne peut honorer qu'en le comprenant, c'est celui-là : il n'a vécu, il n'a même rêvé que pour comprendre. Michel-Ange seul ne le cède pas à Léonard dans l'art et l'esprit de la Renaissance. Mais nul n'est plus Italien que Michel-Ange : il est l'homme de génie que Rome n'a pas eu dans l'art, et c'est en lui qu'elle se reconnaît. Michel-Ange est le plus grand des Romains. Chaque œuvre de Michel-Ange est un combat, une prise de possession, une action violente pour s'assurer l'empire ; et comme ce dictateur de la forme a été nourri de la Bible, austèrement, plutôt que par les Muses, son âme sombre se dégoûte du règne dès qu'il l'exerce. Michel-Ange n'achève rien, parce qu'il se lasse de tout, sauf de lui-même et de Dieu. Nul, peut-être, n'a plus méprisé les hommes. Toute œuvre de Léonard est une recherche : il veut tout achever, pour tout porter à la perfection ; et s'il n'achève point, c'est manque de temps ou doute d'y atteindre. Mais il y croit et sa mystique y trempe.

L'ANNONCIATION des Uffizi n'est plus que du blanc et noir, une ombre de bronze. L'ordonnance est d'un goût admirable ; mais là, comme partout, Léonard n'arrive pas à l'émotion. Peut-être faut-il s'en prendre au deuil de la couleur. Il veut trop prouver ; il met trop de science dans l'art, trop d'intentions dans la musique des lignes. Pour avoir de plus belles couleurs, il a fait des mélanges qui l'ont trahi. Les tons ont disparu : toutes les laques sont effacées ; il ne reste que les terres. Dans son ADORATION DES MAGES, vaste et magnifique esquisse, on surprend Léonard au travail, comme il médite, comme il imagine, comme il dessine, comme il se prépare à peindre. Léonard, tout analyse, est le contraire de Rembrandt, tout synthèse. Rembrandt invente son poème d'un seul coup ; et le feu de sa main, sans quitter le papier ou la toile, pourrait tracer tout le tableau d'une seule arabesque : tout est en place, et la couleur comme le reste. Chez Léonard, la méditation et la recherche sont continuelles ; il est capable, au milieu de l'œuvre qui l'absorbe le plus, de penser à une œuvre toute différente, et même de l'entreprendre. L'universelle curiosité et le souci de la perfection intelligente se partagent son esprit toujours en mouvement. Tout au détail de ce qu'il fait avec une attention et un scrupule extrêmes, il est pourtant prêt à passer de l'ouvrage qui l'occupe à l'œuvre nouvelle qui le tente. Il donne cinq ans, dix ans à un tableau, et ne le croit pas accompli. Toutes sortes de problèmes le sollicitent. Il ne peut venir à bout que d'un très petit nombre de toiles. Sans doute, l'art lui semble la fin de la connaissance ; mais il faut tant connaître, que l'œuvre d'art peut attendre : elle est remise à un temps qui peut ne jamais venir. Les manuscrits de Léonard ne contiennent pas du tout, comme on le dit, les découvertes sans nombre qu'il aurait faites en tout ordre de science. Je les compare aux traités d'Aristote, où Aristote souvent n'est presque pour rien. Les œuvres d'Aristote sont les cahiers du savant encyclopédiste, qui s'informe de tout ce qu'on peut connaître en son siècle ; et qui tantôt fait système de ces connaissances, tantôt les enregistre et les classe sans aller plus loin. Le mystère de Léonard est tout pareil : ses manuscrits sont le recueil de ses notes, au jour le jour, tout ce qu'il apprend, tout ce qu'on lui rapporte ; et comme il est singulièrement curieux de l'Orient, qu'il a un goût décidé pour les sciences occultes et des liens nombreux avec les docteurs du Levant, il mêle partout les secrets de mécanique et de médecine, aux expériences des physiciens, aux recettes et aux solutions des ingénieurs, Il va jusqu'à suivre le système de l'écriture orientale, de droite à gauche. Ce que Montaigne fait avec les livres, l'observation des hommes et des mœurs, Léonard le fait avec la nature, la pratique des savants et des métiers. Si l'on n'avait de Montaigne que ses brouillons et qu'il n'eût pas rédigé les ESSAIS, ils seraient dans l'art d'écrire ce que les notes de Léonard sont en science. Comme Montaigne encore et comme Goethe, Léonard n'est pas du tout géomètre. Par où pèchent ces grands esprits, et pourquoi ils ne sauraient, comme un Descartes, ouvrir une ère nouvelle à la science et lui donner les moyens d'explorer un monde nouveau.

Léonard n'est jamais simple. Avec tant de mesure dans l'esprit, il pousse à l'excès la manie de l'expression. Presque tout est forcé, chez lui. On l'admire lui-même dans ses plus beaux portraits, plus qu'on ne croit à ses modèles. Ils ont tous entre eux une étrange ressemblance. Comme ses plus nobles visages, il est curieux que les caricatures de Léonard ne révèlent que lui ; elles ne sont aucunement terribles ni comiques : elles sont trop loin de la vie, qui fait charge et obus dans Goya et Daumier. Elles se bornent à déformer les lignes : caricaturer de la sorte, c'est obéir à un canon. Un quart de siècle avant sa propre vieillesse, Léonard s'est peint lui-même, vieillard, dans la Vierge au crâne puissant et demi-chauve qui domine sur l'esquisse de l'ÉPIPHANIE. Le type de Léonard est loin de la suprême beauté qu'on lui prête. Léonard annonce déjà la vénusté ronde et tranquille de Rafaël, ces visages heureux, satisfaits de soi, ces traits un peu gros, ces figures bien nourries dont le calme étalé ne saurait impliquer la profondeur. Ce Mage de Vinci, toutefois, ne touche à rien qu'il n'en fasse jaillir l'intelligence ; et souvent l'étincelle a le jet bizarre et brisé en sens divers de la foudre. Le double regard de la bouche et des yeux est le sortilège du Mage en ses chefs-d'œuvre. Le sourire de Léonard est une formule. Si belle ou rare qu'elle soit, la formule vieillit en rides sur l'œuvre d'art. La grâce de Léonard verse dans une sorte de fadeur affectée, et sa force dans la grimace. Il n'a peut-être pas cherché le cœur ; mais il le manque. Infini contretemps : sans chercher le cœur, il faut que l'artiste le trouve : car, dans l'œuvre, on le cherche pour lui.

Cet homme admirable ne devait-il pas être le plus séduisant des peintres, en étant le plus près des fées ? un Watteau sublime, d'Athènes sous Périclès ? Il est trop lyrique pour être vrai ; et la curiosité de toute vérité l'emporte. Toujours en quête de la vie dans ses peintures, il ne la saisit presque jamais. Il est la preuve que l'artiste ne peut pas se répandre en tous sens, s'il veut s'accomplir dans une œuvre. Mais quoi ? il n'y a pas de générosité plus haute que de courir un tel risque. Ainsi Léonard est supérieur à son œuvre, ce qu'on ne peut presque jamais dire de personne. Il est lui-même ce qu'il a fait de plus beau, l'un des seuls hommes qu'on voulût bien aimer et connaître. S'il a eu la claire conscience de ce qu'il était comme de ce qu'il faisait, il a sans doute éprouvé l'humble orgueil, la magnifique humilité de tout sacrifier à la connaissance, même son œuvre, même la gloire, cette perle sinon fausse, toujours malade, toujours altérée et que travaille déjà l'oubli.

A Milan, je l'appelai l'Enchanteur Merlin. Il est bien plus encore le Mage de l'ère moderne. Il annonce les temps à venir et l'homme qu'il ne peut pas être, celui qu'il ne sera jamais. Par la mystique un peu formelle, il tient fortement au moyen âge : il est thaumaturge autant que physicien. Mais il pressent que l'art et la science ne font qu'un ; il montre le ciel de la poésie éternelle au-dessus de toutes les routes qui montent. Il sait que l'homme, pour se posséder tout entier, doit se rendre maître de la nature, et que toutes les valeurs, toutes les forces se doivent convertir en esprit. La matière a-t-elle un sens pour lui ? Il y a doute, là-dessus. Il a pénétré le secret de la connaissance : une intuition profonde, qui naît également de l'expérience et qui la fait naître. Il ne crée pas un monde, et même il ne réussit pas à faire durer le sien ; mais il indique le sens de l'invention et les sources de la vie. Rien ne lui manque, si ce n'est la puissance du cœur : homme, il l'avait sans doute, et beaucoup plus même que la plupart des grands artistes : témoin, ce génie de l'amitié qui le distingue ; mais dans l'art, elle le fuit. Il est tout analyse : il commence par où il faut finir : il est critique avant d'être poète. Il connaît les trois ordres de Pascal ; il sait même mieux que Pascal qu'au fond rien ne les sépare absolument ; mais il confond les rangs : il ne mesure pas que si l'intelligence est la flamme, elle n'est pas le feu : la flamme est à la surface de la vie. Ami, sublime ami.

DANTE, TU DUCA, TU SIGNORE

Ombre puissante et cruelle, œil et serres d'aigle, grande aile violente de la poésie ; regard du faucon qui tombe en fil à plomb sur la proie ; ardeur sans pitié contre le mensonge ; lèvres pleines d'ire, que brûle la passion de l'innocence et que cette flamme lave en l'élevant à l'amour la plus pure ; inépuisable volonté du règne, que la déception porte au délire ; lys noir de la vengeance, lance de rancune ; âme de feu qui, de toutes ses défaites, fait un encens amer ; superbe incarnée, te voici donc dans ta ville, souveraineté en exil, vainqueur de la vie dans la profonde mort. Je te trouve dans tous les coins de Fiorenza, sans te chercher. Tu es partout en Italie, quand tu n'y serais que l'enseigne et le dicton de l'orgueil national. Mais à Florence, chaque pierre de la vieille ville est ton os ; ces murs sont de ta chair ; les dalles et les tours, tout parle de toi ; et du Baptistère aux Colosses de Michel-Ange, presque tout ce qui est grandeur semble fait à ton image. Salut, Dante.

La Divine Comédie est la Somme du monde catholique, entre l'an mille et la Renaissance. Il fallait assurément une magnifique imagination pour muer la Somme de saint Thomas en cathédrale de poésie à trois nefs. D'ailleurs, l'intelligence de Dante, si forte soit-elle, est la moindre part de son génie. Pour les trois quarts, son poème est politique. La théologie y tient la place immense qu'elle avait dans le siècle. L'ordre universel du moyen âge implique une hiérarchie que la théologie couronne. L'Empire est la matière du pouvoir, le pape est l'esprit qui la dirige et la façonne. Dante est né avec une âme de pape et d'empereur. Son regret de la puissance ici-bas est une passion furieuse, que seule apaise la passion de la sainteté et du salut, dans le séjour céleste. Il est curieux que la plupart des grands poèmes soient des voyages à la découverte d'un monde, et plus volontiers encore à sa conquête. Le poëte y coule en bronze son idée, son expérience de la vie et ses passions. Ainsi le grand poème est souvent une satire enveloppée dans une oraison. Pour s'expliquer ou se défendre, on plaide contre un adversaire. Le grand orgueil blessé de Dante voyage dans les trois royaumes de la vie chrétienne : il plonge dans l'enfer des peines éternelles tous ses ennemis ; il admet au purgatoire tous ceux qu'il eût sauvés, si l'amour seul y pouvait suffire ; il élève au ciel tous ceux de sa lignée, ou qu'il tient dignes de lui. Pour damner les uns, pour sauver les autres, la théologie lui fournit toutes sortes de bonnes raisons. Au fond, elles sont toutes morales ou politiques. Dante veut qu'on pense et qu'on sente comme lui. De là, tant d'injustice, tant d'amertume et de haine féroce. Rien ne le désarme moins que la mort : il la donne et la redonne éternellement.

Dante est l'Homère de l'Italie. Tous les Italiens sont élevés dans le culte de ce poète : son poème est le rite de cette religion. Leurs dons en art et nombre de leurs travers viennent de là. Un bouffon de politique se met à l'abri de Dante, comme le pape. Bien plus que les Anglais de Shakspeare ou les Allemands de Goethe, les Italiens sont pleins de cet esprit jaloux. Quant aux Français, ils sont trop libres de toute foi et trop rebelles pour avoir un souverain spirituel : ils se reconnaissent, peut-être, dans Montaigne et Molière, mais ils n'en font pas une église. Dante n'est pourtant pas mêlé à la vie intérieure de tout Italien comme Cervantès à celle de chaque Espagnol. Il ne règle pas la conduite ; mais il donne la couleur et le ton à l'esprit.

Merveille de l'aveu, venant d'une âme si violente et si secrète. Le plus pur est le plus secret : il n'est jamais nu, de son gré. La VITA NOVA est plus près de nous que la COMÉDIE. Dans la Vie Neuve, il n'y a que de l'amour, éternelle présence. La Comédie est hérissée de malédictions et de combats : c'est l'éphémère et tout ce qui passe. Que nous importe tous ces maudits ? Le poète gueuse avec eux, tandis qu'il les torture et les exécute. Le juge tient de trop près au bourreau, et le bourreau colle au crime. On dirait que le bourreau fait l'amour avec la victime. Tous les enfers offrent de Dieu une vision basse et puérile. Le Dieu juge n'est pas le Dieu juste : il n'est que bourreau, ou vengeur, si l'on veut. Tout être qui naît à la vie est victime ; mais mille fois plus victime qu'un autre, l'être voué au crime, à la laideur, à l'ignominie. Et Dieu, après les avoir créées, se plairait à faire des victimes infinies ? Belle imagination, bien digne de ces misérables, gonflés de haine, de sottise et de vent, qui ne craignent pas d'imposer au monde des dieux à leur image. La tendresse, la beauté pure de sa vision et de sa forme font la grandeur de Dante. Ses rages, ses fureurs, ses vengeances jalouses nous ennuient. Chronique des peines, journal des supplices, nous n'en avons que faire. La poussière couvre toutes ces ombres : les meilleures et les pires sont confondues dans une poudre sans nom. Au long de son poème, c'est Dante seul qui désormais nous attache. Partout où il se montre, où il parle lui-même, où sa grande âme se laisse entendre avec cette réserve sublime, cette pudeur ardente qui ne sont qu'à lui, le chant est admirable.

Là est l'homme, le vrai et l'éternel de la vie. La suprême
beauté des derniers Cantiques du Purgatoire tient à la
présence de Dante et à sa rencontre avec Béatrice. Le poète
y est homme tout vif autant qu'Ulysse dans l'Odyssée ;
Béatrice y est femme, une fleur d'amour sans prix, une
flamme virginale qui se moque, qui blâme, qui pardonne,
qui rit, et non plus une forme abstraite. Le chant de Paolo et
Françoise, celui de saint François, quelques épisodes çà et
là dans les trois règnes, ont le même accent et la même
teneur. Puis, un peu partout, ces onze syllabes denses qui
font bas-relief et vitrail, qui enclosent la terre italienne, les
villes et les heures, les mœurs des hommes et les aspects du
ciel entre les lames des trois rimes ; ces vers qui taillent la
pensée et l'image dans le marbre, ce style enfin d'une force
et d'une rapidité incomparables, rares en tout temps, en
tous lieux, mais en Italie plus qu'ailleurs. Dante est le plus
plastique des poètes, ni peintre d'abord ni musicien : il est
sculpteur, et l'est autant que Shakspeare l'est peu. Baudelaire, lui, est graveur à l'eau-forte, comme Goya.

Toute l'intelligence de l'Alighieri est tournée vers le passé.
Ce qui dupe Dante a toujours dupé l'Italie et l'éblouit
encore. Là-bas, on feint de le prendre pour un homme des
temps nouveaux : « Il annonce la Renaissance », disent-ils.
Justement : cette Renaissance est du passé mal entendu. Il
ne s'agit toujours que de Rome et de l'Empire. Restaurer
l'Antiquité, ressusciter l'empire universel à leur profit, voilà
leur passion et leur manie. Leur mal incurable est la romanité. Chrétiens, leur Rome est catholique : l'Eglise est à la
place et le pape dans le trône de César. Rien n'est changé,
depuis Dante : aujourd'hui, les dogmes de l'Italie en politique sont ceux du superbe Florentin. Quoi de plus anachro-
nique ? L'Italie nouvelle parle toujours de monter la jument
de Roland, la Rome antique, deux mille fois morte. Comme
si l'Europe de mil neuf cent était la Rome d'Auguste ou
d'Adrien. Sous Frédéric de Souabe et sous Philippe le Bel,
on n'y voulait déjà plus croire.

J'aime le portrait de Dante, tel que Giotto l'a si noblement
peint dans la chapelle du Bargello. Il n'est pas encore la
figure de convention que les siècles nous ont léguée.
D'ailleurs, il faut avouer que le fameux buste de Naples est

une œuvre sublime : il a donné du poète chrétien une image
égale au buste d'Homère dans l'âge antique. A mon sens, le
masque d'Ancona, au Palais Vieux, est à l'origine de ce buste
monumental, moyen terme entre la vie et la mort, symbole
de toutes deux, et du poème non moins que du poète. Au
Bargello, Dante est très jeune encore. Son long visage est
uni, pas un pli, pas une ride. La joue est juste assez charnue
pour n'être ni pleine ni creuse. L'œil est tout oriental, en
longue amande. On dirait d'un prince ou d'un prêtre égyp-
tien, initié aux grands mystères, dont le profil est resté sur
les murs, dans la Vallée des Rois. Point de mépris encore sur
l'arc de cette bouche, et plutôt une invite au sage et doux
sourire : la lèvre d'en haut n'a pas d'amer retrait ; et le plus
violent dégoût ne déborde point celle d'en bas. Les coins de
la coupe aux belles paroles ne sont pas abaissés. Elle n'est ni
sèche, cette lèvre, ni amincie jusqu'au tranchant d'une
lame : elle a de la pulpe, elle goûte la vie, elle peut avoir de
la bonté. Et quelle noblesse dans toute la figure : elle semble
tout entière écouter son harmonie intérieure. Il était assez
petit et il paraissait grand. Il passa d'un seul coup, comme
le blé saisi par le torride été, de la jeunesse au temps sans
âge. Maigre alors comme le fer forgé, noir plus que brun, et
les yeux du faucon, jaunes et noirs, tantôt rapaces, tantôt
étincelants. Une extrême hauteur dans l'extrême simplicité.
Toujours triste et pensif, mélancolique et grave. Rien de
l'auteur, absolument. S'il n'eût pas été banni, au lieu de
passer sa vie en exil, s'il avait pu gouverner Florence, Dante
peut-être n'eût pas écrit. Sévère et calme en son maintien,
austère en apparence, à décourager toute familiarité, altier
et non hautain, chaste enfin de toute la personne ; et du
regard, toujours maître et profond. Jeune, il avait eu le
sourire charmant de la VITA NOVA, et l'exquise douceur d'un
baiser donné en rêve. Au retour de l'enfer, il a pris les arêtes
du roc et la couleur consumée du cep. Mais plus dur que le
bronze, il est d'or brûlant et noir là-dessous.

> *Te voici donc, Superbe entre tous les superbes,*
> *Toi que la pureté sauve seul de l'orgueil ;*
> *Puissance dédaigneuse au sourire d'accueil,*
> *Toi que le noble amour incline comme l'herbe.*

Plus amer que la mort, plus grave que le deuil,
Plus suave qu'un pleur sur l'amoureuse lèvre,
Je vois ton front de bronze et ce profil acerbe,
Et ton menton de lance et l'or noir de ton œil.

A l'ombre qu'elle fait je reconnais ton aile
Et tes yeux, feux de proue à la nef éternelle,
Tracent sur l'Océan les routes du Saint-Gral :

Le pèlerin de l'absolu, c'est toi, mon Dante,
Dur faucheur des lieux bas, ô aigle impérial,
Orageuse douceur, grande âme violente.

XI. LE PEINTRE DE VÉNUS VIERGE

Sandro Botticelli.

Comme le dos de la main offre une colombe familière, la coquille de nacre élève dans l'air marin Vénus adolescente, cent fois plus séduisante d'être si chaste. La Vénus de Botticelli, naissant de l'onde, est la plus délicieuse conquête que le sentiment chrétien ait jamais faite sur la forme païenne. Elle est candide, étonnée, ravie à son rêve innocent, surprise à l'excès d'un pouvoir qu'elle prend et qu'elle presse si doucement sur toute chose, que sa propre tiédeur lui révèle et qu'elle ignore. Son geste, qui cherche à voiler les sources de l'amour et de la maternité, semble moins les cacher que les défendre. Elle seule n'y met pas une fausse pudeur : en se cachant si peu, elle ne sait pas pourquoi elle le fait. Née pour être la volupté, cette adorable jeune fille, jusqu'ici toujours vêtue, ne peut se reconnaître dans le costume de la vérité : elle sort du flot pur comme l'autre de son puits. Mais la Vérité sait bien qu'elle ne s'expose aux regards de personne et que tout le monde la fuit. Vénus Vierge, au contraire, voit accourir tout l'univers pour la contempler. Une certaine tristesse est le premier pas de l'innocence dans les voies inconnues de la volupté. C'est pourquoi la Vénus et le Printemps de Botticelli ont de cette

douce mélancolie un peu folle que ce merveilleux poète de
la peinture a donnée, si profonde et si tendre, à la Vierge
Mère tenant sur ses genoux l'Enfant promis au supplice par
sa divinité.

Botticelli est un inventeur de beauté qui n'a pas de
maître, s'il a même un égal. On n'a pas vu beaucoup
d'artistes avoir un sens si exquis de la ligne et de la forme la
plus rare. Il a créé un des deux ou trois modèles souverains
de la personne humaine. Le type de Botticelli est d'une
séduction à nulle autre pareille : il fait rêver de l'âme à la
chair, et des lèvres à l'âme. Botticelli le premier a confondu
les deux ordres et fait sentir la sottise du préjugé qui les
oppose. Son temps n'a pu le comprendre, ni les siècles qui
l'ont suivi. Il fallait notre science et notre ironie pour nous
laisser convaincre. Peut-être notre idée de la femme ne
serait-elle pas ce qu'elle est sans Botticelli ; et moins encore,
notre amour de la jeune fille. Dans notre respect, il a glissé
une adorable convoitise. Et il a parfumé de vénération
notre désir. La grâce féminine lui doit plus qu'à personne.
Léonard, son cadet de huit ans, a pris leçon de Botticelli,
selon moi, dans l'atelier de Verocchio ; mais l'art du Vinci se
meut dans un monde théorique, où la formule règne plus
que l'imagination : la pure beauté de Léonard fait souvent
l'effet d'une grimace admirable : on sent que Léonard a déjà
le canon de la forme belle : il concerte ses émotions, et
souvent elles ne font qu'une tierce banale. Botticelli découvre la septième et la neuvième, sans les chercher. C'est
Botticelli qui nous enchaîne à la jeune fille en toute femme.
L'académicien pilier de l'Etat ou borne podagre, le Sur-
homais triomphant dans son journal et l'esclave commu-
niste, ne pourront jamais entrer dans une passion de cet
ordre ; nous avons aussi nos vengeances, nous qui vivons
dans un autre climat, et que l'injure du temps a bannis pour
un éternel exil. La ravissante Primevère de Botticelli est
enceinte sans doute, et sa ceinture ménage à l'imagination
le soupçon d'une défaite virginale. Mais si elle a conçu, c'est
tout comme la Vierge Mère de la Visitation et elle rit
doucement, à lèvres mi-closes : car elle ne sera mère, si elle
l'est, que d'une fleur. Merveille originale, la jeune fille de
Botticelli est aussi loin de la jeune femme, comme Rafaël la

dessine, que des Florentines peintes par tous les autres
Florentins. La vierge de Rafaël, il nous importe peu qu'elle
le soit, étant mère, ou ne le soit pas : elle est trop en chair,
trop passive, sans pensée et vide comme le théâtre antique,
après la mort d'Apollon et le supplice de Dionysos.

Adorable légèreté, mélancolie virginale, sourire que la
terre n'a pas enchaîné et qui fait honte à l'allégresse du rire,
le type de Botticelli n'est point né seulement de la pierre et
du soleil : il n'est guère italien. A la longue, quelques Florentines exquises ont fini par s'y modeler : pour plaire à qui
sait quels amants ? Pas à Stendhal, sans doute. Cette beauté
n'est pas du pays : on ne la rencontre pas plus à Rome ni à
Venise qu'à Florence. Et cependant, elle est ce que Fiorenza
peut nous donner de plus conforme à nos délices. Voilà
comment les amants venus du Nord ont révélé Botticelli à
Florence : les Florentins ne le connaissaient pas, et les
autres Italiens moins encore. Il n'était André del Sarto ou
della Robbia, ni Bronzino ni Carrache qu'ils ne missent
bien plus haut. A Paris, ce type plein de charme est bien
moins rare qu'au-delà des Alpes ; mais il a des traits moins
suaves ; l'âme y est, pourtant, et l'adorable élégance d'une
chair tout illuminée de tendresse et embaumée d'esprit.
L'intelligence n'y est que pour la moindre part. C'est une
fleur de la vie, fluide et caressante. Rien n'est plus loin des
diplômes et de la profession. Le sang est bleu de ciel ; au col,
autour du sein, à la saignée les veines sont des vrilles d'azur
dans la voie lactée, et les artères les mailles de la groseille.
Cette jeune fille comprend tout ce qui l'aime, sans chercher
le moins du monde à comprendre le reste : pénétrée, elle y
pénètre. Elle est mue à savoir par la seule émotion d'amour
qu'elle fait naître. Jamais la vie ne fut plus l'arc et la flèche
du sourire. Chez les jeunes Anglaises, la beauté à la Botticelli, plus commune que partout ailleurs, s'en tient à l'apparence : elle est là comme une ombre : l'âme n'y est point. Ces
filles, roses et tulipes, n'ont que le port, la couleur et le geste.
O roses sans parfum, qu'on vous en veut de n'enivrer pas.
Vous n'êtes pas capables de mourir dans la nuit, même si on
vous effeuille au crépuscule.

Ce long corps si élégant, si frêle, si souple et si nerveux, ce

roseau de volupté tendre, plus capable que le chêne de
résister aux orages de l'amour, cette grâce de toute la
créature, cette forme de femme aux seins de petite fille, aux
hanches fines de cyprès et de Ganymède, cette fausse maigre comme on dit à Paris, est bien plus d'une Irlandaise née
dans l'Ile-de-France qu'Italienne. Et même cette blonde à
reflets d'or brun, ou de cendre brune à reflets blonds, vient
d'Irlande ou de Bretagne plutôt que des Apennins.

Le Printemps excepté, et, pour le dessin, la Naissance de
Vénus, l'Italie n'a rien de Botticelli qui approche des fresques emmurées dans l'escalier du Louvre. Elles sont le
chef-d'œuvre, non pas de Botticelli seulement, mais de la
peinture italienne. Il est donc bien juste qu'elles soient à
Paris. Rien n'a la noblesse de ces images si ardentes et si
pures, ce charme tendre et grave, harmonie de la vie et de
l'intelligence. Ghirlandajo, à Santa Maria Novella, est lourd
près de cette évocation dépouillée de toute banale parure :
Ghirlandajo est l'anecdote ou l'histoire ; Botticelli est le
poème. Nulle peinture n'est aussi patricienne. O délice
d'une telle réserve, d'une ardeur si continue. Ici, la passion
murmure : *Eloigne-toi*, au rêve qu'elle appelle ; ici, les
personnes humaines peuvent s'avancer dans la vie : elles
sont enveloppées de leur propre mystère comme les dieux,
et voilées comme eux de leur perfection, quand ils voyagent
sur la terre.

Je ne puis croire que Botticelli ait jamais été marié. Son
charmant tableau de Judith me le prouve : elle vient d'en
finir avec le mari, avec Holopherne. La servante porte la tête
de l'époux, pour la jeter aux juges. Si Judith n'était pas en
procès, elle n'aurait pas besoin d'imposer à la vieille serve
l'ennui de ce fardeau, comme les jours où elle revient du
marché. Il n'y a plus de mari parmi nous, depuis le divorce.
Enfin, les femmes respirent. Seule, l'Italie s'y obstine pour
faire plaisir au vieux Caton, à Numa Pompilius, à Egérie
peut-être : depuis son mariage avec Thomas d'Aquin, cette
nonne a bien des vertus. Botticelli époux et père de famille,
traînant le pot au feu, attelé à la soupe conjugale, je ne puis
le concevoir. Nul n'est moins boucher de vierges que lui. Il
est trop chaste et trop pervers pour n'être pas innocent de

tout mariage. On appelle pervers tout homme qui a plus de sentiments que le vulgaire, plus contraires au goût commun et plus raffinés.

Quelle vie fut donc la sienne ? On voudrait le savoir. Il est triste et passionné, voluptueux et chaste. De la plus rare intelligence, il ne se soucie pas d'en faire montre : il s'applique plutôt à la cacher. Il enrobe l'esprit dans l'émotion la plus délicate et la plus pénétrante. Profond et fin, il est d'une âme si peu commune qu'il semble peindre le roman des passions : c'est pourtant le poème qu'il en caresse et qu'il médite : il tourne en rêve tout ce qu'il pense, tout ce qu'il éprouve. Comme il ne pèse jamais sur la toile ni sur l'idée, on le croit subtil plutôt qu'ardent ; mais l'ardeur nourrit la fraîche corolle, le feu est au fond du calice. Quoi qu'il fasse, il est d'une élégance sans seconde, au moins en Italie ; il adore les fleurs, la jeunesse et les formes naissantes. Toujours à demi-voix, toujours épris de délices, toujours rêvant, toujours poète. Il ne court pas les fêtes ; peu d'artistes ont mieux vécu dans la retraite : il ne sort pas de la forêt de Brocéliande, il faut l'y suivre, cet enchanteur. Sa réserve est la paupière baissée de son amour : là-dessous, que le regard est brûlant ! Les plus amoureux sont les plus secrets. Dans son âge mûr, vers cinquante-cinq ans, il succombe à l'angoisse de vivre, et le torrent de l'amour divin le ravit à lui-même comme au péché ; mais en dépit de Savonarole, il ne peut voir dans l'art une face du crime ; il ne cherche pas le ciel en tournant le dos à la beauté. Qu'il fût mystique, on n'en peut avoir le moindre doute. Il n'irait pas si loin dans le sentiment, s'il n'allait pas au-delà de soi-même et du monde visible. L'allégresse de la jeune beauté, dans Botticelli, est toute trempée de mélancolie. La fleur penche sur sa tige éphémère ; le soleil de son destin touche cette rose et, dès midi, l'incline sur son crépuscule : cet air penché est celui de l'être adorable qui sait que chaque heure l'effeuille. La vie brève chante son doux sanglot sur ces lèvres charmantes et dans ces regards, si tendres que la tendresse n'y palpite pas sans un peu de folie. Un délicieux frémissement parcourt ces formes légères, comme si elles n'étaient pas défendues par les voiles qui les couvrent, aussi fins que la brise, contre l'atteinte glacée de l'ombre et le vent souterrain de la nuit.

XII. GRANDEURS

Giotto à Santa Croce.

Giotto est grand, Giotto est plein de génie, Giotto est juste. Toute la vision sculptée du moyen âge, il la transpose en images humaines et naturelles sur les murs. Il est le plus fécond inventeur de l'Italie. Il élude les trois dimensions. Par Giotto, l'homme échappe au volume et se dérobe à la matière. Ce que les tragiques d'Athènes ont été pour l'art antique, Giotto l'est à demi pour les modernes. Quand sa peinture et sa façon de peindre n'auraient plus le moindre attrait pour nous, sa puissance ne serait pas moindre, ni moins originale sa vertu. Ses œuvres ne sont guère que l'enluminure des murailles ; mais, d'abord, il a eu l'audace et la force de porter sur les murs de pierre, à l'échelle des églises les plus vastes, les récits plastiques, ornements des manuscrits. Bien plus : il a donné le style et le sentiment de l'épopée à l'anecdote. Par la façon de conter, Giotto me rappelle Joinville ; candide et grave, son intelligence est d'une haute virilité. Il est assurément des cinq ou six Florentins à qui Florence doit son illustre maîtrise. Giotto, le premier, a été l'homme du dessin.

La puissance de Giotto est celle du dessin. Il ne voit plus les objets au miroir des formules. Qu'elles viennent de Byzance ou d'ailleurs, il les écarte toutes. Il est bien le berger de sa légende, l'enfant qui dessine sur un caillou les chèvres qu'on lui fait garder, la brebis et le bouc. Depuis des siècles, les artistes en Italie ne sont que des artisans : ils vivent sur des formes toutes faites et des idées fixées une fois pour toutes : ils se transmettent ce catéchisme de l'art comme les docteurs celui de la théologie. En art comme dans tout le reste, la scolastique est le règne absolu et mortel de l'école. Sous quelque signe que ce soit, l'école c'est la mort. Le petit chevrier toscan ne dessine pas les chèvres d'après les bas-reliefs et les mosaïques de l'église, au village, mais d'après les cabres bondissantes de son troupeau. Il regarde le monde où il vit : miracle, il le voit. Ses yeux prennent possession de tout ce qui l'entoure ; et rien ne le sépare de la nature, ni le préjugé, ni l'éducation : il ne reçoit pas d'autrui la défroque des aveugles, les recettes qui doivent nécessairement vêtir les pensées et représenter les formes. O le bon, le brave petit gars, il n'est pas, dès le premier jour, le disciple de disciples qui ont perdu jusqu'au souvenir du souverain maître, qui est l'objet vivant. Et nul n'en approche que par le dessin : dans un humble amour, avec patience, Giotto va faire en peinture ce que les grands artistes de la France ont fait dans l'architecture et la statuaire du Nord : au-delà des Alpes, la nature a été la seule institutrice : le sculpteur et l'architecte n'étaient pas enchaînés par une fausse tradition à un passé dont ils n'avaient plus le sens ni l'usage, et vide enfin de toute vie. Le petit paysan de Colle Vespignano, avide et ardent, adore tout ce qu'il regarde. Il observe les bêtes et les gens, les saisons, les objets et les heures mouvantes. Sa joie, âme de l'artiste, sa joie de voir et de connaître le porte à reproduire ce qu'il connaît, à conquérir ce qu'il voit.

Qui a dit assez la grandeur et la magie du dessin ? Elle éclate surtout dans le sculpteur, qui bâtit ce qu'il dessine et qui donne à la forme son volume. Le dessin est le langage de la vision. Le dessin est la langue universelle, bien plus que la musique. Le fond de tout art est toujours le dessin, conquête merveilleuse de la vie et de l'être par la forme. Ce que la parole est à la pensée, le dessin l'est à l'essence de l'action. S'il est le verbe, Dieu est le dessin tout autant. Dieu dessine autant qu'il pense et mesure. Le dessin est divin : il crée l'image dans le flot du mouvement ; il fixe l'objet dans les limites absolues qui lui confèrent la vie individuelle et son caractère propre. Voilà donc l'enfant Giotto que la nature enseigne sous un ciel heureux, et qui s'instruit à donner aux apparences la seconde vie de la forme. Ainsi Giotto découvre le dessin et il l'apprend à son pays, pour les siècles des siècles. Giotto, d'ailleurs, ne cherche pas la beauté, et presque jamais il ne la trouve. Son type de femme est pesant, rond et court, sans grâce et sans charme. L'homme est épais et lourd, les enfants un peu carrés. Tous, plus ou moins, sont des nonnes et des moines. C'est pourquoi les fresques où il conte la vie de saint François ont plus d'agrément que les autres. Il aime passionnément le réel, et il l'a fait aimer à tous les peintres de Florence : il le poursuit dans les caractères et les sentiments au moins autant que dans le costume, le paysage et les détails du récit. Il a beau peindre des scènes idéales, dans une pensée mystique : il s'attache à les rendre aussi vraies, aussi présentes que possible. Par là, il se sépare à jamais de Byzance. Dans ses fresques, il glisse des portraits inoubliables : combien ne regrette-t-on pas qu'il n'ait pas traité le portrait pour lui-même. A en juger par les ombres du Bargello, Dante et Brunetto Latini, de quels chefs-d'œuvre il nous a privés. Au demeurant, de ces peintures immenses qui s'étendent les unes par-dessus les autres, sur quelques lieues de murailles, à Santa Croce, à Padoue, dans les deux églises d'Assise, rien ne reste pour toujours que les figures isolées : là est le génie, la profondeur du sentiment, la force de la pensée, la convenance admirable du geste, de la vie intérieure et de l'action. Giotto a mis en scène, une fois pour toutes, l'Evangile et la légende sacrée : celle d'Assise en est la conclusion naturelle ou le commentaire. Ainsi, le plus célèbre Titien de Venise répète la PRÉSENTATION DE LA VIERGE AU TEMPLE, dans la chapelle Scrovegni de Padoue. On n'a jamais mieux représenté le MARIAGE DE LA VIERGE, ni l'ANNONCIATION, ni l'APPARITION DE JÉSUS A MAGDELEINE. Les fresques de Santa Croce sont loin de valoir celles de Padoue et quelques-unes des plus belles qui sont dans l'église supérieure d'Assise. Cependant, le portrait de Dante et François sur son lit de mort, entouré des Frères, sont au nombre de ses œuvres capitales. La grandeur de Giotto est dans son invention des sentiments et des figures qui les expriment. Aux idées les plus abstraites, celles du moins qu'il peut concevoir, il prête sans effort une apparence simple et les façons naturelles. « Ce qui manque à mon art manquait à la nature » : ces paroles, que Politien lui fait dire sur son épitaphe, sont l'hommage le plus juste. Pour la pensée plastique, peu d'artistes l'égalent ; et les plus pensants, qui l'ont dû suivre, n'ont pas été plus haut que lui. Il faut aller jusqu'à Michel-Ange, à Rembrandt et au Greco, pour rencontrer une imagination plus originale.

Ce Giotto, si sérieux, si grave dans son art, d'un ton si soutenu, qui semble ne jamais sourire, était un robuste petit homme, laid, trapu, à la mâchoire de dogue, plein de joie, vif, gai, moqueur, riche en bons mots, grand rieur, faiseur de farces à la florentine, infatigable au travail, simple comme le blé, fécond comme l'épi. Lui, le premier des peintres et l'un des cinq ou six plus grands, il en est aussi, par les mœurs, le type et l'exemple. Il a cette allégresse qui est si coutumière au métier de peindre, où il y a une telle part de plaisir et d'amusement : la palette est un des jeux les plus plaisants du monde, même quand on se fait un tourment de la recherche. Le sculpteur est un Antée qui lutte avec la terre, chair à chair, terriblement. Le poète et le musicien oublient toute matière. Le peintre joue avec les matières magiques du trait et de la couleur. A ce métier de fée, il doit son humeur heureuse. Giotto et Dante, amis et du même âge, quel contraste entre l'ardeur désespérée du poëte et la joie de vivre qui anime le peintre. Le poëte tire tout à soi, et plonge tout dans le feu rouge et noir de sa grande âme. Le peintre se perd lui-même dans l'objet, il s'oublie dans la forme ; et fût-ce la douleur, la mort et les larmes, pourvu qu'elle soit belle, il s'y complaît.

MICHEL-ANGE BUONAROTTI

Quelle vie, quelle douleur, quel éternel combat ! Et cette œuvre, soupir d'un volcan, qui est la vie cent fois plus que la vie même. Quelle misère dans la grandeur, quel jeûne farouche de tout bonheur, quel Tantale qui ne peut rien saisir des plus beaux fruits de l'âme, qu'il a semés et fait croître lui-même dans le feu de son désert ! Et partout, dans l'amour ou le sacrifice, dans la pensée et dans l'action, dans la passion de Dieu ou celle de l'empire, quelle solitude ! De tous les grands hommes, peut-être a-t-il été le plus torturé, sinon le plus malheureux. Il a fini dans la gloire, qu'il a tant désirée ; mais sa victoire ne s'est établie que dans la ruine de tout ce qu'il avait aimé, et la défaite de tout ce qu'il a voulu. Longtemps, il a supplié la mort, qui refusait de l'entendre : il ne l'a vue venir que chargé de jours, portant presque un siècle entier sur les épaules. En 1564, que reste-t-il à Michel-Ange de son art, de sa patrie, de sa Florence républicaine et libre, de l'Italie où il est né, en 1475, entre le bon duc d'Urbin, le pape Sixte IV et Savonarole ? Michel-Ange a dû survivre, dans le désespoir et les ténèbres d'un mauvais rêve, à tout ce qui fit l'ambition et l'objet de sa vie, de sa jeunesse et de son âge mûr. Mais telle est sa force qu'il en a toujours assez pour se déchirer lui-même, pour comparer le monde qui l'entoure et qui lui fait horreur, au monde qu'il a rêvé et qui le fuit. Pas un homme n'a subi comme celui-ci la torture de sa puissance déçue, de sa volonté combattue, de toute sa nature contredite. Ardente et grave, tant soit peu dépouillée, sa religion même est une arme cruelle dont il tourne la pointe contre son cœur et dont il le perce. Sa foi chrétienne, que reconnaît-elle de sa mystique juvénile dans l'Eglise de Trente, où elle va mourir ? Michel-Ange est un saint Michel qui traîne une immense agonie sur le cadavre du dragon : il a la folie de la domination et il rencontre partout la défaite, la trouvant d'abord dans ses propres contradictions. Une nature comme celle-là, il faudrait un triomphe total et continuel pour l'incliner au calme, et pour qu'elle se pacifiât. Or, quelle victoire dans un monde où rien ne dure ? Bien pis, Michel-Ange s'est heurté, de toute manière, à la négation de ses propres volontés et de ses choix. Là même où on l'accepte, où on l'admire, où l'on semble lui obéir, c'est pour ce qu'il veut le moins ou ce qu'il n'est pas, ou qu'il a cessé d'être. Si on ne lui dispute pas la matière, la pierre ou le bronze, c'est pour y tailler des statues, qu'il n'eût jamais voulu faire. A ses dieux, à ses saints, il ne lui est pas consenti de dédier un buste ; et il est forcé d'élever d'énormes monuments à tout ce qu'il méprise, à tout ce qu'il déteste. Il est l'esclave de son génie ; et nul ne l'a été plus que lui. Au-delà de Samson attelé à la meule, Michel-Ange a la figure désespérée d'un Prométhée contraint d'être le ministre de Jupiter.

Comparer pour comprendre. Parfois, d'ailleurs, les objets comparés diffèrent plus qu'ils ne se ressemblent. De toutes les comparaisons, la plus juste est celle de Beethoven avec Michel-Ange. Le Florentin est à la plastique ce que le Rhénan est à la musique. Leur grandeur, à tous deux, excède le domaine de leur art, ou lui est étrangère. Ce sont des géants : leur art est un moyen d'action et non leur fin même : ils vivent moins pour lui qu'ils ne s'en servent. Dans l'œuvre, l'un ne cherche pas plus la beauté sonore que l'autre la beauté formelle dans la sienne. Ils en faussent même toutes les conditions, sans scrupule et sans goût, le plus souvent sans même s'en douter, et quelquefois de parti pris, orgueilleusement. Tous les deux, ils ont une doctrine, une morale impérieuse, un ordre de vie qu'ils entendent imposer à leur peuple ou au genre humain, par les voies de la statuaire, de la peinture ou de la musique. Leur œuvre est une confession perpétuelle, un exploit, une vengeance héroïque. Contre le monde ingrat, monde du péché ou de l'erreur, ils dressent, Michel-Ange l'image du désespoir et du châtiment, Beethoven le chant de la douleur et d'une espérance victorieuse. L'un est l'optimiste de l'autre, qui est le pessimiste absolu. Michel-Ange mystique est le frère chrétien de Beethoven déiste, né de Rousseau, interprète de la cité humaine et fraternelle. Les poèmes de ces colosses trempent dans la politique, si le sens suprême de la politique est la création d'un ordre juste pour le genre humain. D'ailleurs, Michel-Ange est né solitaire, ni plébéien ni public, mille fois plus secret, plus triste et plus sombre, que Beethoven bien plus populaire, plus ouvert, plus porté à tout dire et à tout faire en plein jour, le cœur et la poitrine à nu. Les vers rocailleux de Michel-Ange sont la clef de son œuvre comme les cahiers et les entretiens de Beethoven éclairent la sienne. Sonnets, madrigaux, les poésies de Michel-Ange, dans leur rude et cruelle mélodie, avec ce tour torturé, ces convulsions maladroites de la matière verbale qui rappellent les traits de ses marbres, ses vers massifs, volontaires et durs, sont pourtant le miroir de la plus grande âme qui ait jamais exhalé son souffle en Italie. La grandeur du vouloir, l'instinct de la puissance les emportent l'un et l'autre. Ils s'en fient uniquement, le musicien à la loi infaillible de sa bonté ; le sculpteur, à la fureur de sa vertu. Beethoven finit par méconnaître la matière sonore et les

conditions de la beauté musicale. Michel-Ange se soucie
aussi peu de la volupté plastique. Son MOÏSE est presque
ridicule : le monument de Jules II, s'il eût été fini, aurait
paru une citadelle de marbre et d'ennui. Les TOMBEAUX DES
MÉDICIS, à Saint-Laurent, sont un défi à toute sculpture. La
symétrie y tient lieu du rythme et supplée à l'architecture.
Sauf les figures assises, rien n'est en équilibre. Les grands
corps de femme pendent à moitié dans le vide, Atlantes
couchés qui ne soutiennent rien et qui se raccrochent à leur
propre poids. Ces formes gigantesques servent de moulures
et d'accolades à un monument mesquin, qui n'est plus
qu'une console. Elles ne sont ni jeunes, ni vieilles, ni belles
ni laides : ces femmes aux seins mous en tomates, sont des
athlètes à mamelles, et les athlètes d'énormes femmes qui
n'ont pas de seins. Avec le colosse, presque toujours, hélas,
commence le règne de la quantité. Le petit Parthénon, dans
la rosée de la lumière d'or, paraît la plus grande fleur rose
qui soit éclose au monde ; l'immense Saint-Pierre du Vatican semble dix fois plus petit qu'il n'est. Assez souvent, ce
géant de Michel-Ange est le contraire d'un artiste. Au fond,
le colossal est l'ennemi de l'art. Les vrais dieux sont à
l'échelle de l'homme. Il n'y a que de la matière dans la
démesure. Mille bras, mille tentacules armés du tonnerre
me prennent moins qu'un seul regard. Quand il s'y met,
Michel-Ange manque de goût plus que personne ; mais il a
toujours son terrible style, en coups de massue. A sa suite,
tous les Italiens ont versé dans l'emphase : ces faux Michel-
Ange sont absurdes : il ne leur manque, avec le style, que le
génie. Le PLAFOND DE LA SIXTINE est une incroyable gageure
contre l'ordre et l'harmonie : la fausse architecture entraîne
ce remplissage, où pas un pouce n'échappe au pinceau. Il
n'est pas deux surfaces dans le monde, où tant de figures
admirables et de gestes sublimes fassent une si lourde et
confuse assemblée. Une si formidable énergie devrait avoir
un autre effet.

Michel-Ange est l'homme du destin. Il est le héros de
toutes les confusions. De là, toute sa douleur. Il met fin à ce
que l'âge chrétien a eu de plus pur, et il est sans doute le plus
pur chrétien de son siècle, en Italie du moins. Par amour de
l'antique, il précipite la peinture, l'architecture, la statuaire,

tout l'art italien dans l'abîme de la plus mauvaise Antiquité et de la plus artificielle : Atlas, si l'on veut ; mais il fait tourner le monde sur l'axe de la décadence, rivé à son épaule. Pour une bonne part, il a, de la sorte, corrompu l'art européen. C'est lui, sans doute, qui inspira le culte de Rome à toute la Renaissance et qui a mis toute la plastique à l'école des Romains. Toute tendue qu'elle soit vers l'invisible, une reine de Chartres est bien plus dans le sentiment d'Olympie ou d'Egine que les athlètes convulsifs du Buonarotti. Ce Toscan, frère de Dante, est le plus grand des Romains et même le seul grand artiste que la Rome antique ait eu, et qu'elle n'eut pas jusqu'à lui. Pas un, du reste, n'a vu le jour dans la Rome moderne. Son DAVID, c'est Auguste à vingt-cinq ans, ou Marcellus, ou tel héros qu'on voudra du Capitole. Michel-Ange saisit de ses mains formidables et lance en l'air le Panthéon d'Agrippa, pour le bâtir sur une basilique judiciaire en forme de croix : il n'en oublie que les chapiteaux, la seule grâce vraiment grecque. De Jésus, de l'Evangile, des Saintes Femmes, il fait un collège d'athlètes nus et d'Hercules au repos. La passion du nu va chez cet ascète à la sombre manie : loin d'être voluptueuse, si peu que ce soit, la nudité pour lui n'est même pas la mortification de la chair, mais la délectation morose de la force inutile. Idéaliste farouche, il plonge sa mystique dans le tourbillon des muscles, et l'anatomie est sa révélation. Il cherche l'amour de Dieu dans l'amour de la forme virile ; et cette sorte de culte le mène à l'amour romain des jeunes gens. Il est tout chrétien, et il noie l'Evangile dans l'Ancien Testament, tant le goût de la force l'emporte et sa violence naturelle. Son art est celui d'une Rome amère et sourcilleuse, d'où l'Hercule Jupiter, manieur de foudres et redresseur de torts, a banni Apollon, Athéna et les Grâces, pour s'entourer de Job, d'Ezéchiel et des prophètes. Et voici l'œuvre de sa plénitude, entre cinquante-cinq et soixante-six ans, ce JUGEMENT DERNIER, la fresque vert-de-gris et vapeur de soufre, vingt mètres sur dix, qui fait délirer d'admiration l'Italie et l'Europe. Cet horrible chef-d'œuvre empoisonne l'art et jusqu'au Greco même, qui ne s'en est purgé qu'à Tolède. Il est d'une laideur et d'une énergie égales, tant par la couleur que par l'ordonnance et le mauvais goût. C'est une Morgue, un musée d'anatomie et, comme disait l'autre, il faut être fait d'une certaine façon, pour se plaire à cette exposition universelle des culs. Mais tous ces torses, ces bras, ces cuisses, cris et muscles de la violence, sont admirables.

Cependant, Michel-Ange a laissé dans quelques œuvres une image exacte de sa puissance. Elles gardent une espèce de mesure qui leur est propre dans l'excès. Celles-là, comme la SYMPHONIE AVEC CHŒURS, sont colossales encore ; et, à l'ordinaire des colosses, elles sont soustraites à l'art par leurs proportions mêmes. Elles sont d'un autre ordre. Ni l'harmonie, ni le sourire des dieux ne doivent rien à Michel-Ange ; et jamais ils ne l'inspirent. Ses grandes œuvres sont des montagnes tristes et brûlées, sans un fruit pour la soif, sans un arbre. Au milieu de la Renaissance, de ses fêtes, de son luxe, de ses foules parées, ces volcans éteints se dressent déserts et pétrifiés, menaçants et arides. Ils ne semblent que plus hauts d'être si stériles, si calcinés, si ennemis de la vie. Au plafond de la Sixtine, les sublimes pendentifs inclinent ces formes prophétiques dont la tristesse passe même la force : les voyants de Dieu n'en peuvent plus de dégoût et de mépris : l'horreur de ce monde renouvelle en eux la puissance de souffrir, de mépriser ; et de porter cette charge de douleurs passe mille fois le poids des dômes et des coupoles. Et ces autres témoins de l'avenir, les Sibylles, toutes elles annoncent un désespoir sans fin, la catastrophe humaine, les éruptions de la vilenie, les tremblements du temps où s'engloutissent toutes les grandeurs et tous les honneurs de l'homme, pour ne laisser subsister que les cendres du mensonge et la vermine. Les ESCLAVES de Michel-Ange, son PENSEUR, le groupe heureusement inachevé de la PIETA, sa VIERGE MÈRE penchée sur l'Enfant avec moins de douleur que dans une horreur et une épouvante sacrées, Michel-Ange, ici, est le géant à qui on ne peut comparer personne : colosses d'idées et de sentiments, les siens, et non pas de la forme. Il n'est pas uniquement sculpteur ; il n'est pas artiste seulement, ni même poète : c'est une sorte de démiurge fatal, qui lit les registres du destin, un Prométhée mangeur de laves, Job et le terrible chroniqueur de la Genèse qui, au lieu de paroles, répand sur

le triste genre humain ses visions, ses pensées, ses menaces
en pierres taillées et en blocs de marbre.

Même en groupe, les figures de Michel-Ange sont isolées.
Sa statuaire est de fausse architecture : elle se fonde uniquement sur la pyramide et la symétrie. Il ne connaît pas
d'autre ordonnance. Et d'ailleurs, Michel-Ange architecte a
inventé les fausses fenêtres : il les multiplie comme les faux
profils, les niches au-dessus des portes, et ces lignes rigides
qu'il ne prodigue pas par amour de la beauté la plus logique
ou la plus simple, mais par une sorte de prétention jansé-
niste à l'austérité : d'où l'extrême ennui que donne son
architecture et bien plus encore celle de ses disciples. On se
demande si ce n'est pas pour animer cette sécheresse, ces
frontons boudeurs, ces cordeaux sans chaleur et sans vie
que le siècle suivant a conçu le baroque. Tout le monde
vénère le dieu Michel-Ange ; mais on n'en croit que le
Cavalier Bernin, son prophète.

Michel-Ange poursuit la lumière ; mais, comme les femmes, elle le fuit. Et qu'en ferait-il ? Tous les géants de
Michel-Ange sont dans l'ombre. La nuit est leur lieu et leur
plan : ils en viennent ou ils y vont. Tous, ils cherchent le
sommeil, ou ils en sortent. Et, qu'ils méditent sur le jour
avant de s'endormir, ou qu'ils s'épouvantent d'y rentrer
quand ils rouvrent les yeux, ils sont également dans les
ténèbres : la nuit les enveloppe. Accablés à la mesure de leur
puissance, las jusqu'à la mort, ils sont hagards et torturés.
Assis, ils ne s'élèvent pas dans la lumière : ils descendent au
contraire dans la région nocturne : loin d'y résister, ils y
aident de tout leur poids. Couchés, ils se tordent à la façon
du malade qui ne trouve plus une place calme et fraîche
dans son lit. Ces grands corps s'étirent avec une lenteur
farouche : ils ne peuvent se délivrer du mauvais rêve qui les
hante. Colosses sans emploi, ils ne savent que faire de leurs
membres : dans leurs bras, dans leurs cuisses, dans leurs
jambes, court une convulsion de refus : leur spasme rejette
le faix écrasant de la vie. Créatures de l'insomnie désespérée, ils murmurent, avec leur créateur, qu'ils envient le
sommeil de la pierre. Tous les géants de Michel-Ange sont
des Lazares qui s'enfoncent dans la tombe ou qui en res-

suscitent avec horreur. La mort est cette nuit même qui les environne et qui jette tant d'ombre sur leur redoutable nudité. D'autant plus cruelle, cette nudité, qu'elle n'est ni sauvage ni barbare : rien de trop grimaçant, rien d'échevelé : elle est policée, elle est brillante : elle est de marbre.

Lui, pourtant, n'a rien d'un athlète. Michel-Ange n'était pas d'une haute taille : assez petit, même pour un Toscan, il n'avait pas non plus cette carrure épaisse et large, ce vaste dos, ce torse énorme sur de courtes jambes qui sont propres à nombre de grands sculpteurs. Il est maigre et noir. Terriblement irascible, tout nerfs et muscles ; le foie susceptible, l'œil jaune et brun, la bile en flux pour un rien. Sa violence, son orgueil, ses transports, ses fureurs de misanthrope couvrent une âme cruellement sensible. Il aime et il déteste avec la même force : en peu de mortels, les deux natures de l'homme ont été plus affrontées, dans une lutte plus constante. Il en est de sa figure comme de son âme : tout y est contraste, et la violence désespérée de la passion fait seule l'unité. Le lien est plus solide que toutes les contradictions qu'il rassemble. Une tristesse profonde est la couleur de toutes ces lignes. Tel qu'on le voit dans son buste, il fait presque peur, il fait pitié. Ce visage est celui d'un homme au supplice : il ne grimace pas, sa dignité est trop présente ; mais la peine le convulse. Des rides et des plis le contractent, qui sont moins les sillons de l'âge que les interminables comptes de la souffrance, colères, déceptions, dépits, outrages supposés ou subis, misères imaginées ou réelles, sublimes desseins avortés, grands sentiments bafoués, par le fait avilis. La bouche, les narines et le front, les joues barbues ont les creux et les levées d'un labour : champs de laves, les bouillons de l'incendie refroidi les ont cannelés. Il penche un peu la tête et la détourne : il reste avec les créatures quasi divines qu'il a suscitées de son chaos, nébuleuse d'éléments formidables qui se condense au ciel de la Sixtine : Dieu communiquant à l'homme l'étincelle de la vie, l'Eve et l'Adam porteurs dans leurs jeunes flancs de toutes les générations et de toutes les races, les mondes et les êtres naissant de cet index dynamique, chargé de tout le potentiel de l'univers.

On revoit ses créations élémentaires, pareilles à la Genèse, on lit ses poèmes et ses lettres à l'ombre de ce buste. Et le nez cassé rappelle l'ignoble violence de l'ennemi qui l'a défiguré de la sorte, à trente ans, en lui brisant l'os à coups de poing. Il n'est en contact avec les autres que pour en venir aux mains. Toutes ses grandes œuvres sont, pour Michel-Ange, le sujet d'une nouvelle tragédie. Aussi, la Sixtine exceptée, il n'en achève aucune. Il souffre autant de ce qu'on lui fait faire que de ce qu'il ne fait pas. En tout ordre, sa vie est celle de Tantale : plus ses passions sont véhémentes, plus l'objet s'en dérobe. D'ailleurs, il se fortifie de tout ce qui le frappe et qui l'épuise. La contradiction le poursuit dans le secret de la nature, là où l'homme ne se connaît pas lui-même, quoi qu'il fasse, où il lui faut se découvrir sans cesse, avec zèle ou avec ennui, avec épouvante ou avec délices. Et toujours, le double amour le travaille.

Le voici enfin, dans une petite estampe de 1560, équipé pour la promenade. Il a bien près de quatre-vingt-dix ans. Même octogénaire, il montait encore à cheval. Indestructible, jusqu'en son âge extrême, Michel-Ange se rend à l'atelier. Il travaille la nuit, à la lampe. Et Michel-Ange a toujours été son propre praticien. Qu'il est singulier et touchant, sur cette dernière image : il a l'apparence d'un vieil homme, tel qu'un de nos grands-pères, au fond de la province, quarante ans en deçà. Il est tassé par la vieillesse dans un grand manteau long, qui ne laisse presque rien paraître du costume. Il porte un petit chapeau rond, à la mode, il me semble, de mil huit cent quatre-vingt, enfoncé sur la nuque et les sourcils. Sa barbe tordue en deux ou trois ondes et le cap de son menton le précèdent. Maigre, ratatiné, son visage est tout menu ; mais je ne sais quoi fait penser à une énergie encore vive, à un invincible entêtement. On doit être en hiver. Il a de gros gants. Va-t-il prendre le soleil ? ou voir son bien-aimé Cavalli ? ou regarder, en passant, la coupole de Saint-Pierre, sa coupole, enfin lancée dans le ciel, repère éternel de Rome. Et certes, sans elle, Rome ne serait pas Rome. Même dans cette silhouette du petit vieillard parvenu aux confins du néant, je retrouve la fureur de vouloir et le désespoir de vivre, le souffle haletant du Titan qui se bat contre un monde mauvais, sans autre assurance ni recours que de le créer et recréer dans sa beauté première. Il ne perd pas haleine sur cette pente de douleur. Rien ne décourage son ascension : il cherche Dieu dans la vie éternelle, il le porte plutôt au-dessus des abîmes. J'écoute ce cœur puissant qui ébranle les murs de la prison ; et dans cette ombre mince, qui marche à petits pas, j'entends les géants qu'il a fait naître de la pierre et, *suspiria de altis,* les soupirs de la volonté qui montent toujours de l'âme du Titan.

> *Sur la montagne énorme il promène le soc*
> *Indomptable de son désespéré courage,*
> *Le petit homme noir, l'insecte ivre de rage*
> *Qui domine le siècle à cheval sur le roc.*

> *Vole l'Alpe en éclats ! lui seul, de bloc en bloc*
> *Sans cesse s'élevant sur la cime de l'âge*
> *D'un tout-puissant mépris sur les mâts de l'outrage*
> *Hisse son pavillon et la neige du foc.*

> *O flots pétrifiés où ce marin navigue,*
> *D'un orage éternel son cœur seul est prodigue,*
> *Sa nef est de granit et de marbre le port.*

> *De la vie à la pierre il fait partout l'échange :*
> *Cet homme de douleur qui laboure la mort,*
> *Il serait Lucifer s'il n'était Michel-Ange.*

AU CARMINE, CARMES DÉCHAUX

Masaccio est le second Giotto. Il est le second héros de la peinture italienne, dans l'ordre du destin qui fait succéder la Renaissance au moyen âge. Pour qu'une époque naisse, il faut qu'une autre meure. Giotto a mis le manuscrit et ses images sur le mur. Avec Masaccio, l'enluminure est morte : la grande scène à fresque fait oublier pour jamais l'écriture, qu'elle soit chanson profane ou livre d'heures. Masaccio fait presque faire au plaisir de voir le même pas que l'imprimerie au plaisir de lire. Il n'est pas seulement le cadet de Giotto par l'esprit : il le rappelle par la figure. Le même visage volontaire, la même force simple et directe dans les traits ;

mais, comme si la nature savait dans l'homme ce que son
esprit ne peut connaître, sous l'âpre vigueur de Masaccio
perce une sorte de tristesse violente : il ignore qu'il va
mourir avant son âge de trente ans, et sa chair le sait pour
lui. Masaccio, le gros Thomas, a les angles de Giotto et n'a
pas sa rondeur : ni gaîté, ni bonhomie ; sa simplesse est
rude ; son énorme menton fait saillie de galoche ; il a les
mêmes yeux de bœuf que Giotto, ronds et myopes, à fleur de
peau. J'ai connu dans son vieil âge un magnifique assassin,
à Gênes, qui avait ce menton, ce front et ce visage : il n'avait
jamais trempé dans un meurtre crapuleux : il tuait par
frénésie et par colère ; il ne pouvait souffrir d'être contre-
dit ; et par là, il poussait lui-même le génie de la contradiction jusques au crime. La peau claire, la joue pâle, Masaccio
n'avait pas le teint de bronze aux rides de suie, ni les yeux de
mon homme, lourdes gouttes d'asphalte bouillant dans la
coupelle des orbites.

Tout dans Masaccio me révèle, avec l'énergie, la jeunesse
de l'être violent. Mais dans son art il porte une admirable
mesure. Rien n'est plus beau que la violence contenue :
ainsi, dans l'ordre de l'action, quand un homme puissant,
bravé, insulté, poussé à bout, volcan secret, rumine et
refrène soudain sa lave, avale sa vapeur, étouffe son cri dans
le silence et ne laisse plus rien percer de lui que la flamme
d'un œil où le mépris ironique bride la violence.

D'ailleurs, Masaccio invente, pour l'Italie et pour tout
l'Occident, l'ordonnance oratoire de la peinture. Il y fallait
beaucoup de génie ; mais je ne puis me rendre de tout bon
gré à cette découverte de la formule. Le Cicéron plastique
commence ici, le groupe qui se concerte, les gestes éloquents, les doigts qui parlent, les ronds de bras et les ronds
de jambe. Mantegna et Rafaël sortent de Masaccio, comme
les Bolonais et toute l'Académie sont partis de Rafaël, pour
des siècles. Les Loges et les Chambres du Vatican sont déjà
dans la Chapelle Brancacci. Toutefois, les premiers nus de
l'art moderne sont de Masaccio, et d'une beauté déjà
accomplie. Mantègne et Masaccio sont, à peu près, le même
homme qui s'attache avec force à la vie présente, aux
formes réelles, et qui interprète l'âme par le moyen des
corps. Rien n'est moins byzantin que leur art. Le fatal

Masaccio précède Mantègne de trente ans, comme la Toscane a précédé de deux siècles le reste de l'Italie. Et comme Masaccio tient, par Giotto, à la mesure antique, Mantegna sent l'Allemand : Masaccio est bien plus dans le drame, où Mantègne reste dans l'anecdote.

Ce grand vieux moine s'avance sur les degrés du Carmine. Il ressemble à la façade nue de son église : il en a la couleur et les rides. Avec Saint-Laurent, le Carmine est le plus pauvre visage religieux de Florence. Comme on avait rêvé de donner à ces temples la plus belle figure et le plus riche vêtement, ils ont maintenant l'aspect le plus misérable : des pierres et des briques inégales, jointes par une croûte brune ; et une vaste baie, une niche murée comme une fenêtre qu'on bouche, pour la soustraire à l'impôt. Le moine est un grand vieillard maigre aux longs bras effilés en longs doigts vineux et jaunes. Il a la peau tavelée des vieux. La tonsure est bien ronde dans les cheveux assez drus encore, plus gris que blancs. Pour un homme de cet âge, il n'est pas voûté ; il marche à petits pas, en traînant à ses pieds nus la sandale. Un trousseau de grosses clef lui pend aux mains. Plus brun que la brique violette, le poil noir piquant en chair de poule sa face mal rasée, les sourcils gris, il a le visage triste et calme, las et doux. Ses yeux noirs pourraient rire ; ils ont du feu encore et laissent traîner une lueur sur ces traits creusés de rudes plis. Un air d'aimable confusion dessine un sourire sur ses lèvres brunes et entr'ouvre sa bouche. Gêne ? tristesse ? non, il est absent. Voué à la présence, puisqu'il fait visiter sa maison, il est là sans y être. Qu'il me réponde ou qu'il m'écoute, j'entends son ailleurs : il est entre nous, comme s'il récitait à mi-voix les litanies. Dans le cloître où nous le suivons, il semble être seul. Ils ne sont plus que deux ou trois religieux, en qualité de gardiens et de guides.

Cependant, le vieux Carme, épanouissant son tranquille sourire, me confie que le nouveau maître de l'Italie rend les cloîtres aux moines et les moines aux antiques demeures de la religion. Ici même, ils éduquent les enfants pauvres : ils sont nombreux dans le quartier. Il me rappelle que l'asile des mendiants était dans la rue voisine. Combien de petits gamins, en haillons, j'ai vus traîner, autrefois, leur vermine sur les marches de l'église, et le long de la place, mendiant d'une main et se grattant de l'autre. Il voudrait, ce vieillard, que les cloîtres fussent bondés de moines et de Carmes :

— Au moins, dit-il, on penserait un peu au Bon Dieu.

Là-dessus, son œil s'allume : il n'est peut-être pas si pacifique ni si loin de tout qu'on le croirait, d'abord.

— Le Bon Dieu, murmure-t-il, le Bon Dieu.

Je lui demande :

— N'y pense-t-on pas à Florence ?

— Jamais assez, fait-il, jamais assez

Et il a ce large sourire, pareil à un rire muet. Puis, il me regarde longuement, comme s'il m'apercevait enfin ; il m'interroge, avec une discrétion familière et polie : il veut savoir si je suis français.

— Oui, lui dis-je.

— Vous parlez pourtant bien l'italien.

Je souris.

— Je n'en crois rien.

— Si, si !

— Je n'ai pas trop mauvais accent : c'est, lui dis-je, que ma nourrice était de Prato.

Il me contemple curieusement, non sans une attention gentille, et il dit :

— Oh ! bien, bien. Le lait, c'est la moitié du sang.

Soudain, ses yeux s'éteignent. Une sorte de cendre se répand sur son regard et sur son front. Il baisse un peu la tête ; il serre les clef entre ses doigts et ramène sa large manche jusque sur ses ongles. On dirait d'une eau qui se retire. Il n'est plus là : il a rejoint le lieu réel de la présence.

XIII. FRESQUES

Aux Offices et à Sainte-Marie Nouvelle.

En art, le singulier bonheur de l'Italie a été que tous ses grands hommes et ses plus grandes têtes, moins Dante, furent des artistes. Avec plus ou moins de vérité, la vertu plastique a rendu l'Italie au monde antique ; et le fil a paru renoué. De quoi surtout la Renaissance est faite. L'esprit des Anciens, le génie grec, y manque bien plus qu'on ne croit : il n'importe, l'apparence y est. Elle suffit à dissiper le monde attiédi de la foi. Assurément, dans le seul art ou métier de peindre, pas un peintre ne passe Vélasquès ou Goya, ni Breughel le Vieux, ni Courbet ni Corot peut-être ; mais si admirables peintres soient-ils, on sent bien qu'ils ne s'égalent pas, pour la grandeur de l'esprit, à Michel-Ange, à Léonard, ni même à Giotto. Le seul Rembrandt l'emporte sur tous : on ne le connaît pas dans toute son étendue, si on ne voit pas en lui l'un des plus grands poètes qui aient pensé pour l'espèce humaine. Je dois m'en prendre à Rembrandt et aux maîtres du tableau, à Goya, au Titien les premiers, de ne plus me plaire aux fresques sans nombre qui couvrent les murs de l'Italie. On dit toujours : admirez pourtant que cette imagerie, comme vous l'appelez, est vieille de six cents ans. N'est-elle pas bien vénérable ?

— Six cents fois, je l'accorde. Mais je ne ferai certes pas l'amour avec une vieille six fois centenaire.

— Ne faut-il pas tenir compte de l'invention ? n'est-ce rien d'avoir été les premiers à peindre l'histoire et la foi sur les murs et de les rendre visibles à tous les hommes ?

Ce mérite est immense aux yeux des érudits : il ne prête pas un atome de beauté ou d'harmonie à une œuvre. L'art et l'histoire de l'art font deux. La science de l'historien et la beauté d'une œuvre ne sont pas du même ordre. L'argument de l'ancienneté ne me touche en rien. Il peut élever très haut l'idée que je me fais de l'artiste et la grandeur de l'homme : l'œuvre n'en dépend pas. Sans doute y a-t-il eu des hommes pleins de génie et d'une imagination toute poétique avant le temps où notre français avait pris sa

forme la plus parfaite et la plus grecque. Tant pis pour eux :
ils n'ont pas eu le moyen de s'exprimer : ils avaient de la
musique dans le cœur, sans en avoir la voix ni l'instrument.
L'injustice qui fait vivre les uns à l'heure où tout est plus
aisé, et les autres à celle où rien n'est possible, cette injustice
est la pire de toutes : mais elle répond à l'inégalité universelle et fatale de la vie.

La fresque décorative, histoire ou anecdote, d'un mur
cherche à faire un missel ou un livre. Ce seul propos est déjà
pitoyable. Il a quelque raison d'être pour les enfants et les
peuples en bas âge : ceux-là ne savent pas lire, et penser
encore moins. Ils balbutient des lèvres et de l'esprit. On ne
peut leur parler qu'en leur faisant des contes, et on ne leur
fait rien comprendre qu'en leur montrant des images.
L'enfer d'Orcagna et des autres, le ciel de celui-ci, le paradis
de celui-là, les pauvres d'esprit en acceptent sans dégoût et
sans le moindre doute les incarnations ridicules, ces diables
grotesques, ces gueules, ces crocs enflammés, ces queues,
ces griffes, ces anges idiots, toutes ces formes de carnaval,
toutes plus hideuses ou plus stupides les unes que les
autres. Et par malheur, si niaises qu'elles soient, elles sont
bien plus laides encore : elles tuent l'émotion plastique.
Voilà ce qui les condamne. Les anciens peintres sont obligés
à peindre ces drames absurdes, parce qu'ils ne peuvent les
concevoir autrement. D'ailleurs, le pire d'entre eux vaut
bien les habiles de la Renaissance : ceux-là font le plus triste
métier, qui est de prêcher savamment, par la ligne et la
couleur, toutes sortes de bêtises à quoi eux-mêmes ne
croient plus. Pour sauver le niais et l'absurde, la foi est très
nécessaire.

Les peintres décorateurs n'ont pu s'en tirer que par le don
de l'émotion sentimentale et l'étude sincère de la vie
humaine. La grandeur de Giotto est là, qui l'élève tant
au-dessus, non pas seulement des conteurs à la Benozzo
Gozzoli, à l'André del Sarto, ce Casimir Delavigne, et à la
Tintoret, ce demi-Hugo, mais de Rafaël même. Pour la
même raison, Masaccio est l'un des quatre ou cinq plus
grands peintres de l'Italie. Léonard de Vinci ouvre aussi les
temps nouveaux, en ce qu'il donne à l'œuvre peinte sa
valeur singulière : il ne cherche pas l'anecdote ni même

l'histoire ; il poursuit le poème des lignes et des couleurs. Par malheur, les siens sont tous manqués : ils sont trop concertés ; le calcul visible y gâte tout. Ces œuvres sont si méditées qu'elles semblent feintes ; et le génie qu'il y veut mettre dessèche ce qu'il en peut avoir. Il tue la nature en la poursuivant. D'ailleurs le poème ne tient pas à la matière : la fresque murale en est aussi capable que tout autre mode d'expression. Mais il est vrai que le tableau de chevalet, Titien ou Rembrandt, est le héros qui sort de la foule : il nous venge de la fresque comme l'individu de la multitude.

Somme toute, à conditions égales, plus le siècle donne à la plastique, moins il vaut par la pensée. On n'a jamais mieux vérifié cette règle qu'au dix-septième siècle, en France. Le grand siècle ne l'est tout à fait que dans les grands écrivains : ni la statuaire, ni la peinture n'ont eu leur Pascal, leur Descartes, leur Racine, leur Molière, ni leur Gondi, ni La Fontaine, ni Saint-Simon. Le triomphe de la plastique est celui des époques confuses, un peu puériles, un peu plébéiennes. Partout, la plèbe est enfantine. Et tous les enfants, d'instinct, sont plébéiens comme les petits chiens ou les singes domestiques.

Les plus belles fresques de Florence sont à Santa Maria Novella. Je ne pense pas aux images de Ghirlandajo, ce Vénitien de Toscane : je parle des peintures qui font des murailles si admirables au Cloître des Espagnols. Elles s'écartent décidément du fait divers et de l'anecdote, elles vont au symbole et le révèlent. Vasari affirme qu'elles sont de Simone Martini, le Siennois : selon les docteurs, il ne sait pas ce qu'il dit : mais eux, les érudits, qui les donnent à un certain André de Florence, dont personne ne sait rien et très inconnu des trois siècles florentins, eux, ils connaissent à fond toute l'affaire. Comme je crois à ces gens-là, je pense toujours le contraire de ce qu'ils affirment : je continue à prendre les fresques de la Chapelle Espagnole pour l'œuvre des peintres nés et nourris à Sienne. Rien ne les rappelle plus que les peintures de San Gimignano et celles du Palais Public au Campo. C'est le même sublime aisé et tendre, héroïque sans dureté, le même air de quitter la terre sans la méconnaître, d'un vol pensif et rêveur. L'enluminure s'y oublie. L'ode tourne à la cantate d'orchestre. Le sujet est évoqué plutôt que décrit. La perfection de la fresque touche à l'unité du grand tableau. Si grave qu'il soit, l'art de Giotto et de son école rend un son tout contraire : il est étranger au rêve et ne cherche pas à être harmonique le moins du monde. C'est la mystique, ici, qui fait l'harmonie : elle ordonne dans le même plan la pensée, la forme et la recherche passionnée de l'expression la plus belle. L'œuvre de Giotto n'est pas une quête de la beauté.

Il y a du mystère dans la fresque. Elle ne parle pas aux yeux comme le tableau : l'entretien n'est pas tête-à-tête : l'architecture y prend part. Le tableau est un livre, la fresque est un spectacle. De là qu'elle est si italienne : on le voit bien, dès Pompéi. La fresque est le bas-relief de la couleur et des deux dimensions. La couleur est le volume de la peinture. L'harmonie ne peut naître que de l'accord si difficile et si rare des lignes, des couleurs, du chant naturel au peintre et de l'architecture où tous ces éléments ont leur espace. Le vieux dicton, qui définit si profondément l'essence de la musique : HARMONIA EST DISCORDIA CONCORS, l'harmonie est l'accord des contraires[1], s'applique aussi à la fresque. Peu d'artistes ont obtenu cette magnifique victoire ; les Siennois presque seuls et, avec eux, Paolo Uccello, Piero della Francesca et Rafaël deux ou trois fois.

Au cloître vert de Sainte-Marie Nouvelle, quelle pure vision d'un monde apaisé dans la connaissance ! Et la science est aussi la béatitude. La nef de Pierre, toutes voiles dehors, gonflée de certitude, vogue vers la parfaite joie : sa toile blanche appelle : « Embarque, prends passage pour le bienheureux au-delà. » Qu'elles sont belles, ces Muses chrétiennes, dans leur grandeur chaste, leur fierté innocente, leur absence d'elles-mêmes, toute l'élégance et la force secrète de leur candeur immaculée ! Blondes, longues, toutes ovales, leurs robes collant à leurs seins printaniers et à leurs flancs intacts, vêtues de lin fin, vert d'eau, bleu pâle, rose de rose dorée, leurs yeux immuables et tranquilles ont des regards semblables à des parfums : toutes sœurs, elles sont de grandes fleurs pensantes que l'amour divin cultive.

---

1. *En musique :* l'Harmonie fait consonner les dissonances.

Pas une peinture n'est plus digne de faire paysage aux derniers chants du Purgatoire, sommet de Dante et de la poésie du moyen âge. Et l'ordonnance musicale des lignes élève, comme une suite d'accords, un calme souverain. Ces murailles peintes, architecture en mouvement insensible, font à la rêverie un infini point d'orgue.

UN MOT SUR TITIEN

Nés entre tous pour le spectacle et l'opéra, il est naturel que les Italiens n'aient jamais eu de grand poète tragique. Ils restent à la surface. La profondeur n'est pas leur fait ; ou, s'ils y atteignent, elle est toujours lyrique : le verbe est le lieu de leurs scènes ; la tragédie italienne est verbale : Victor Hugo aurait été le roi de leur théâtre. Le grand maître du drame qu'ils n'ont pas eu en poésie, le ciel le leur a donné dans l'art de peindre : Titien est le puissant dramaturge de l'Italie, le seul qui suscite à nos yeux les passions et les caractères dans la plénitude mouvante de l'action. Plus qu'un autre, dans sa longue vie de cent ans, il est le témoin de toute la Renaissance. Et pas un, comme lui, ne fait sentir de si près l'ardeur du siècle, les mœurs sans frein, les excès et les crimes, la vertu de ces hommes débridés, cruels et superstitieux, acharnés et avides. Avant tout, la grandeur de Titien est de l'ordre dramatique. Comme si ce n'était pas assez, Titien enveloppe l'action d'une forme splendide. Il est une puissance de peintre, un génie de voir le monde, à travers le prisme de la lumière, sans en rien perdre, et le jeu des lignes, sans en altérer l'illusion ; un don de mettre toute la pensée dans la vision et de n'en avoir pas d'autre ; de vivre dans l'image de l'objet, d'être tout signe enfin avec une force et une abondance intarissables : cette puissance de peintre, nul ne l'a eue plus que Titien, ni plus pleine, ni plus riche. En lui, l'artiste est d'un miraculeux équilibre. De tous les Italiens, celui peut-être en qui le talent et le génie, l'instinct et l'étude, la matière et la forme, les sens et l'esprit se compensent le mieux. De la sorte, l'œuvre de cet artiste passionné peut paraître impassible. Tous ces moyens ensemble concourent au triomphe de la beauté charnelle, délice des yeux : non pas un rêve, mais la volupté la plus visible.

Certes, la plus belle peinture de Florence est la jeune VÉNUS couchée, toute nue, jadis à la Tribune, cent fois supérieure, du reste, à la Vénus trop mûre et trop grasse ou à la Flore que d'autres admirent. Cette merveille est l'Hélène de Titien. A Rome, au musée de la villa Borghèse, L'AMOUR PROFANE ET L'AMOUR SACRÉ me semble, à la réflexion, le dialogue inégalé du rythme féminin avec la chair féminine ; et par un sentiment de l'harmonie qui passe de beaucoup l'intelligence de l'art, Titien a voulu que la nature fît à ce double chant une basse fondamentale. Enfin, à Naples, LE PAPE FARNÈSE AVEC SES NEVEUX est tout un terrible drame, où la réalité se fait si violente et si vive, que l'effroi même y laisse percer une ombre de ricanement et de sarcasme comique.

La splendeur de Titien m'enchante à Florence et m'étonne, comme une nuit païenne dans la cour du Bargello. Fiorenza, en son fond, n'a rien de païen : la grasse facétie des Florentins elle-même sent bien moins le rire grec que la gaîté des cloîtres et les malodorantes histoires de curé. Titien, si peu anecdotique, si large de toutes façons et d'une telle maîtrise qu'elle a l'air de la facilité même, triomphe dans un art étranger à toute doctrine et à tout dogme. Cette orgie de la chair, sage et maîtresse de soi jusque dans l'excès, ou farouche ou d'une folle allégresse, allume un feu d'or dans l'atmosphère argentée de la Toscane. Florence est bien à mi-chemin de Venise et de Sienne, entre le plaisir et la passion qui prend sa volupté la plus désirée au-delà du plaisir même. Venise est deux fois la terre et le délice de vivre, puisqu'ils se mirent dans l'eau. Sienne est le rêve de la vie et ses délices spirituelles. La passion surprend à Florence, et même elle y contrarie le vœu secret d'un génie qui est tout d'équilibre et d'intelligence.

Ha, quittant Titien, cet énorme chêne viril chargé des glands du soleil, je ne puis me soustraire à la tentation de revoir LA NAISSANCE DE VÉNUS et LA PRIMEVÈRE de Botticelli : fleur, ha ! fleur, ma toute passion. Il est un autre tableau, exquis et rare, le poème peint qui va le plus loin peut-être, à Florence, dans la pure beauté, pour le charme des yeux et la volupté de l'âme : l'ANNONCIATION de Simone le Siennois. Pour que l'œuvre fût plus belle, qu'elle fît Sienne plus présente au cœur même de la Seigneurie, il semble que Lippo Memmi y a mis aussi la main. Simone de Martini est un peu plus jeune que Giotto, et Memmi le cadet de Simone. Mais entre Simone et Giotto, il y a bien plus de quinze ans : un intervalle infini les sépare : l'adorable beauté de la forme, que Giotto n'a pas connue, est la rose que le Siennois a cueillie et qui refleurit sans cesse entre ses doigts. La force cachée de cet amour, que rien n'apaise, renouvelle pourtant le rêve qui l'a fait naître et la nourrit. Une inquiétude ravissante ennoblit ces lignes qui s'élancent à la paix céleste. Tous les désirs font une seule fusée qui aspire à l'innocence, cette fleur de la beauté. La tendresse est alors la plus redoutable des puissances. Elle ravive de ses douces larmes le brasier et les tisons. Et tout, l'innocence, la volupté de l'attente, les désirs, les brûlures et les pleurs, tout est sève à la tige unique du sourire.

XIV. LA PLUS BELLE SCULPTURE

Une salle basse, au Bargello.

Dans le fond d'une petite salle obscure et longue, qui donne sur la cour du Bargello, trois figures de pierre attendent l'hommage du passant ; mais il ne vient pas : ni les guides ni les critiques n'appellent les moutons à contempler ce groupe de lions calmes. L'ombre enveloppe les trois géants de pierre sur le socle inégal et dur de la terre : la Vierge assise tient l'Enfant ; à sa droite, saint Pierre, et saint Paul, à gauche. Si cette Madone se lève de son siège, elle dominera de toute la tête sur les deux princes des Apôtres. Ils sont eux-mêmes d'un tiers plus grands que nature. Mais leur grandeur ne tient pas aux proportions : elle est d'une bien autre sorte. Ces êtres sublimes ont la force et le calme des dieux. Ils sont simples, et presque sans mouvement, d'une bonté formidable, d'une bonhomie impassible, les

gardes de l'Eternel, les deux tenants du divin. Pierre, la tête
un peu levée, largement barbu d'une barbe bouclée et ronde
autour des lèvres, regarde le monde : il lui montre, d'une
main, la clef fortement serrée contre son épaule ; et de
l'autre, le livre, comme s'il tenait un aigle prêt à s'envoler :
la clef énorme a la grosseur d'une arme ; elle doit ouvrir une
porte par où tout le genre humain peut passer. Et le regard
de Pierre sur la vie est toute sa méditation. Saint Paul, lui,
ne dresse ni ne baisse le front ; il l'offre à la lumière, et de
toute la face il fait front en effet à la nature. Sa barbe longue
descend sur sa poitrine en une pointe pareille à une flamme
renversée ; il fronce un peu le sourcil ; sa bouche commande, et la bonté des lèvres ne les empêche pas d'être
impérieuses. Ses doigts emprisonnent le livre plus qu'ils ne
lui donnent l'essor : le livre ne quittera pas la griffe de cette
main, pas plus que l'autre main ne lâchera le glaive qu'elle
tient droit si fortement serré. L'Enfant est debout sur le
genou de la Vierge qui l'entoure des deux bras. Pas un
enfant n'est plus doux, ni plus ingénu, ni plus auguste que
celui-là ; et il bénit tout ce qui l'approche. Or, saint Paul est
le Platon même et saint Pierre l'Aristote que Rafaël a placés,
deux siècles plus tard, dans L'ÉCOLE D'ATHÈNES. Mais qu'ils
sont plus forts, ici, dans l'ombre solennelle et le silence
austère ! Au prix de cette sculpture, Donatello est faible et
sans grandeur ; Michel-Ange lui-même est affecté et la
vérité la plus générale manque à sa puissance. Telle est cette
œuvre sublime. Quant à l'exécution, il n'en faut pas parler :
les draperies, les mains, les gestes, tout est d'une largeur et
d'une majesté incroyables. Rien n'est si réel et rien n'est si
peu réaliste. Tout pour la somme, rien pour le détail. Le
grand art n'a jamais usé d'une langue plus forte et plus
concise. Tout est essentiel et il n'y a que l'essentiel. C'est la
marque de l'œuvre accomplie.

    De qui enfin est ce chef-d'œuvre ? On le dirait venu de
France, en passant par l'Allemagne. Il est né de Moissac et
de Chartres. Quand on daigne le citer, on l'attribue à un
certain Paolo di maestro Giovanni, de qui nul ne fait men-
tion et que personne même ne connaît. Pas une autre
sculpture ne porte son nom. Ce qu'il fut, énigme ; mystère,
ce qu'il fit. Je révère dans la solitude, comme dans un

temple, la grandeur délaissée du génie inconnu. Nul ne
cherche les trois grandes figures qui effacent, à mes yeux,
tout ce que la statuaire de Florence offre de plus illustre à
l'admiration des hommes. Et pas un des passants, qui
s'égarent dans cette salle, n'a seulement l'air de les voir.
Inaperçues, elles n'en sont que plus belles : la profondeur
n'en est pas troublée ; le regard du vulgaire ne les a pas
ternies. Et voici que la crainte de les révéler me visite. Il faut
pourtant arracher la beauté méconnue à la poussière et à la
nuit. J'ai emporté dans mon cœur ces trois souveraines
créatures de pierre. Je les ai recueillies dans leur sublime
abandon. Elles ne sont plus, désormais, étrangères à la vie,
dans la salle basse où l'ingrate sottise des hommes les
relègue. Elle vivent en moi, comme elles ont vécu, je le sais,
dans la grande âme enthousiaste et juste de notre Bourdelle.

XV. COMPLIES

Aux jardins Boboli.

— Ha, dit-elle, *un jardin* : *enfin !*

Nous étions dans les jardins Boboli, qui sont le parc du
palais Pitti. Ils s'ouvrent sur les deux ailes, qu'ils achèvent
dans la nature, et qu'ils étendent ainsi en parfaite harmonie
avec l'architecture. Çà et là, aux flancs du palais, quelques
plans libres ménagent une admirable perspective sur Florence : le maître de la ville contemple d'ici, dans ce proche
éloignement qui rend la possession délicieuse, la tour du
Palais Vieux, les créneaux de la Seigneurie, et le dôme de la
Fleur. Les allées en pente sur la colline, un ordre savant qui
dirige les tours et les détours des chemins sinueux ; une
longue et magnifique avenue de cyprès toujours noirs ; un
cirque de pierre, à l'antique, et des statues partout ; la
charmille où une demi-obscurité couve une ombre qui ne
doit jamais être humide : c'est le plus beau jardin de l'Italie.

— Boboli, Boboli, fit-elle en riant à petits coups, Boboli, que veut dire ce nom enfantin ? le sais-tu ?

Je n'en savais rien.

— Serait-ce la maison des champs où les bébés qui ont bobo sont menés au lit ?

— Pas tout à fait. Je crois qu'en vieil italien, on appelle bobolo un petit tas de boue : il devait y avoir, par ici, un marais jaune de l'Arno.

— Et toute cette vase a fait une colline verte ? Boboli, Boboli, les petits flans de terre que font les bambins quand ils jouent : tous les bébés naissent maçons ou jardiniers : tous les bébés font Boboli.

— Si le nom du jardin est puéril, quel amoureux contraste, pourtant, entre ces belles allées fleuries et l'énorme palais Pitti, la seule caserne qui ait du style : une caserne pour les Cyclopes. Et là-dedans, ils tiennent Galathée, la peinture, captive. Je me suis toujours dit que cette demeure immense, avec ses deux cents mètres de façade et ses deux étages inégaux, a je ne sais quoi de champêtre : elle a la fureur horizontale de la plaine : elle pourrait servir à engranger des récoltes, tout le blé du pays, le maïs et l'avoine. Quel beau dépôt de grains.

— Je ne veux plus voir votre Pitti que de loin, comme un mur de prison.

— Les jeunes filles n'aiment pas l'architecture.

— Tout mon plaisir, ici, est du jardin.

— Vous êtes bien de France, et même de l'Ile.

— Je suis lasse, vois-tu, de toutes ces murailles, de ces briques, de ces marbres, de toutes ces vieilles bâtisses : tout est vieux dans une ville illustre, même les maisons neuves. Sinon à la laideur, on ne distingue pas le palais neuf de l'ancien : on restaure le vieux et on grime le neuf à s'y méprendre. Le plus vieil hier s'empare aussitôt de l'aujourd'hui.

— Mais aujourd'hui est déjà de l'hier, à chaque pas que vous faites vers demain, ma Belle Curieuse de l'instant.

— A Boboli, il me semble voir quelque père Cenci, un Tibère à cheveux gris, encore plus Médicis qu'un grand duc, faisant pousser les statues et les roses pour y guetter sa fille, le soir, quand elle fait faire les premiers pas, rêveuse, au désir d'amour de ses quinze ans.

— Laisse Béatrice et ne regarde que moi. Plus près, plus près. Entrons dans cette allée couverte, si chaude et doublée de velours d'ombre. Trop de statues, en vérité. On n'est jamais seul dans un jardin d'Italie. Ces présences immobiles sont indiscrètes : les nymphes nous épient, et les chèvre-pieds ricanant mêlent l'odeur du bouc à l'haleine de l'œillet.

— Les jardins d'Italie ne sont pas faits pour les amants, tout au plus pour les bâillements en famille et les promenades conjugales. Mais près de Bracciano, non loin d'un petit lac, il y a la Villa Lante, qui est charmante.

Léonard de Vinci n'a pas vu ces jardins : ils n'étaient pas encore tracés de son temps, et les Médicis n'ont pris possession de ce domaine qu'au milieu du seizième siècle. Mais ils semblent faits pour lui. Ils sont concertés et savants comme son art. Ils résument la nature avec trop d'artifice pour n'en pas altérer un peu les délices sensibles. Ils manquent d'eau, et les arbres y sont trop pour l'ornement. Les statues entre les hauts cyprès ; les lauriers et les pins qui font la roue ; un pré tondu ras entouré de platanes ; les allées rondes qui savent où elles vont et qui le disent ; le bronze qui fait le geste attendu au milieu de la pièce d'eau ; les terrasses ceintes de chênes verts en couronne, comme une Cybèle académique ; les Atlantes du Grand Archange, qui soutiennent les rocailles de la grotte où sainte Anne rend à Jésus sourire pour sourire ; et le charme même des fleurs au pied des marbres : tant de calcul me touche et m'enchante : ce jardin est une cantate à trois voix. L'artiste vainc la nature en l'accomplissant.

Tandis que je me promène avec ma grande fleur de vie, la Rosalinde amoureuse de tous les baisers errants dans les eaux, la lumière et les roses, je vois l'Enchanteur du Crépuscule qui mène le chant de ces jardins sur la pente de la nuit :

> *Tel qu'en soupir au soir l'adieu du jour ramage*
> *Le royal confident de l'ordre souverain*
> *Dont l'incantation mêle l'or à l'airain*
> *De l'aveugle nature et l'amour à l'hommage,*

Du sourire à la fièvre il entr'ouvre l'écrin,
Il fait naître la grâce au front du noir carnage ;
La nature par lui répare enfin l'outrage
De la douleur et de l'orage au ciel serein.

S'il évoque le soir, il fait le crépuscule.
Sa puissance en exil est l'amour qui recule
Devant l'horrible jour de la force sans cœur.

C'est vous, ô Léonard, qui vous cherchez une âme
Dans ce monde soumis au plus brutal vainqueur,
Vinci, femme de l'art, et mâle de la femme.

*
* *

J'aime me promener des jardins Boboli à San Miniato, comme les vieux Florentins pouvaient le faire, sans m'y rendre par le Vial des Colli : il sera temps de prendre cette belle route, pour redescendre en ville. Mais, quittant les jardins, je gagne la place où le David de Michel Archange veille sur Florence, à sa façon, en la menaçant de sa fronde. Cette vaste esplanade est un autel pour l'admiration et enivre d'action jusqu'à la rêverie. D'ici, le Buonarotti et Dante, peut-être, ont contemplé la ville du Lys Rouge. Le soleil qui décline lance des flèches sur la face du Dôme et les yeux du Campanile. Ni le fleuve, ni les clochers, ni les tours, Florence n'est pas une Danaé qui rit à la pluie d'or. La lumière elle-même est de cet argent blond que rayonne le vermeil qui se dédore. Une langueur sans lassitude, une allégresse vive, c'est le rythme musical de ce joyau vivant : Florence a trop d'esprit pour se livrer au repos. Dans ses humeurs noires, elle est plus près de la fureur que de la mélancolie. Elle n'est pas encore assez vulgaire pour être sentimentale. Et ses berceuses même ont une mesure rapide.

*
* *

J'adore de dormir éveillé dans le rêve, sur cette place. Il n'est pas trois sommets plus humains que celui-ci ni mieux faits pour exalter l'esprit. Florence couchée contre l'Arno est un lys que la pensée colore. Une paix à nulle autre pareille, dans ses limites brèves et son dessin un peu sec, concis et pressé, où tout est défini et sans caprice, une paix lucide s'élève sur l'aile du soir : la paix de l'intelligence, un rayon silencieux de la pensée, qu'on a peut-être cueilli au-dessus de quelque sublime solitude, mais qu'on ne respire plus aisément dans nulle autre ville qu'ici. Ce haut lieu de l'action intelligente est sacré : lui aussi, il participe du privilège divin entre tous, l'harmonie. Florence harmonieuse offre en une seule toutes les fleurs de l'Italie : son riant bonheur y prend quelque chose de grave. Je me livre à cet appel ; je me perds avec joie dans le rêve de cette sirène fiancée à l'esprit. Le parfum de ce lys intelligent, c'est Dante et Léonard, Michel-Ange et l'Angélique, des saints, des savants, dix grands artistes et le bonhomme Galilée, le dernier de tous, et qui exprime le plus clairement le génie du lieu : parfaite et un peu bornée, sans infini, sans tragique, Florence est la capitale des Eléments d'Euclide.

*
* *

O beauté de cette harmonie ! Il faut donner un baiser, tout de même, à ce peuple : tout à son fait, comme il est, il n'a pas empêché les grandes âmes d'éclore ; et s'il ne les a pas toutes servies ni cultivées, il s'est toujours cultivé en elles à la longue, et il s'y est asservi. Ville éprise de perfection, d'ici je te quitte plus aisément. Ta beauté est accomplie. Ton ordre est achevé, sans rupture et sans lacune. Tu n'es plus soumise aux hauts et aux bas, aux hasards féconds et redoutables de la vie. Je t'admire à l'égal du plus épris qui t'admira ; mais je ne suis pas forcé de t'aimer au point où l'on s'abdique. En toi, je dis adieu à ce qui fut. Ce monde florentin est l'image parfaite d'un monde aboli. Adieu, beau lys des champs, que l'art a poli, où il a mis sa prédilection, où sa vertu réside. Adieu, musée, et la merveille des musées. Mais il me faut la vie. Car ma vie cherche en tout une vie éternelle.

A Fiesole, de San Alessandro à San Francesco.

Tornabuoni, Calzajuoli, les Offices, Pitti, Saint-Marc, ce ne sont partout que des Américains, des Anglais, des Allemands, des Suédois, tout le Nord. Dans les rues de Florence, on n'entend que l'anglais ; les enseignes et les magasins parlent anglais. Les femmes blondes, grêlées de lentilles rousses, dressent une double haie de chevalets, à l'huile et à l'eau, devant les toiles de Botticelli et de l'Angélique. On ne peut voir l'ANNONCIATION du Vinci : la barrière à l'eau et à l'huile nous en sépare. Toutes ces femmes et tous les hommes sont semblables entre eux, vêtus semblablement. Ils gazouillent en « yes » et jacassent en « ia ». Plusieurs s'interrompent de barbouiller, pour manger des gâteaux et rompre de petits pains au jambon. On ne sait pas du tout pourquoi on ne leur sert pas le thé devant le PRINTEMPS et les crevettes devant la NAISSANCE DE VÉNUS. Je gage qu'avant dix ou onze ans, un traité en bonne forme, scellé dans les saintes archives de Genève, leur réservera le droit de fumer leur tabac à l'opium et la pipe en bois de bruyère au nez de Michel-Ange et de Donatello. Je n'ai rien contre ces riches barbares : il vaut encore mieux tripoter des tubes sur une palette, que d'en être à son trente-sixième divorce. Rien, sinon qu'ils sont des automates : ils sont faits en série, ils sont nés en série ; ils vivent en série ; ils s'habillent, ils mangent, ils voyagent, ils aiment l'art en série ; elles fument, elles boivent, elles étalent leurs cuisses, elles font l'amour en série. Et ce ne serait rien qu'ils fussent automates dans leur pays, et qu'au-delà des mers ou dans les glaces il y eût cent millions de Calvins, de Snowdens et de Fords. Mais ces automates automatisent l'Europe, et Florence est atteinte. Ils mécanisent les peuples qui ont gardé, jusqu'ici, leur vertu et leur beauté originale, leurs vices propres. Qu'un vice individuel a plus de prix qu'une vertu commune et machinée ! Collines de Florence, on vous a passé au cou des chaînes d'or. Les plus belles maisons, les plus vieux palais servent d'hôtels à ces Calibans de la vie mécanique. Ils se sont emparés des villas les plus charmantes, d'où la vue est enchanteresse sur le paysage toscan.

Je fuis cette élite uniforme de laiton doré, de bois clair et de fer-blanc. Je préfère la plèbe, et je la suppose étrusque pour justifier ma préférence. Je vais me mêler aux gens de la campagne, aux Florentins qui traitent de leurs affaires, sous le ciel, rue de la Vigne-Vieille et via d'Acqua, derrière la Seigneurie, entre San Firenze et le Bargello. Ventes et marchés au soleil, en plein vent. Ils montrent du grain, au creux de la main ; ils font le cours du blé, du vin et de l'huile. On ne se fait un chemin que pas à pas dans cette foule, tant elle est dense. Là, rien que des hommes : un beau peuple, fin et vif, brun et sec, les yeux brillants, le geste prompt ; tous, bien nippés, les vêtements nets, la chaussure luisante, le chapeau de feutre souple et propre. Leur parole un peu rauque chante : point de mollesse dans cet accent liquide et rond, rieur et caustique. Ces Florentins sont bien aux antipodes des Nordiques. Ils ont le mot salé, entre tous les Italiens. Ils abondent en injures pittoresques ; ils vont jusqu'à l'obscène le plus cru, ils y courent tout droit ; ils excellent à poursuivre le ridicule en mots violents et satiriques. Leur tort est de trop donner aux termes sales : ils y noient l'esprit. Mais leur tour, leurs quolibets, leurs quiproquos, leurs « riboboli », comme on dit là-bas, sont plaisants : jusqu'au moment où quelque grossier faquin, bourgeois cossu peut-être, lâche une obscénité basse et dégoûtante, toute pareille à l'incongruité excrémentielle qui l'accompagne parfois, ignoblement. Et pour qu'on n'en ignore, il lève la jambe.

Florence, admirable quand on la voit de la place où David de Michel-Ange, armé de la fronde, s'adosse à San Miniato, est plus belle encore de Fiesole. C'est de là-haut qu'elle est le plus Fiorenza, à l'aurore ou au tard du crépuscule, quand les lumières de la ville s'allument une à une. De San Miniato, Florence est une proie merveilleuse à conquérir : David va la frapper au front du Dôme, et il n'aura plus qu'à passer le pont pour la saisir et la tenir dans ses bras. Mais à Fiesole, on est plus loin, dans un amour plus pur et plus calme. On n'envie pas de dompter cette créature si belle : on n'a de bonheur qu'à la voir vivre. Ni conquête ni proie, elle n'est telle qu'elle-même, ni victorieuse, ni conquise. Elle vit dans sa pleine harmonie, et la suprême tentation est de se perdre en ce merveilleux accord, d'y entrer pour sa part. Heure passionnée où la lumière a une âme. Toute cette beauté rit à sa perfection : elle se complaît en soi, on se complaît en elle. La gloire de Fiesole est la douceur de vivre, dans la rêverie du baiser. On l'appelle « la colline de lune » : « dal colle lunato ». J'en vois deux ou trois raisons plutôt qu'une. Il y a le croissant dans son blason. Fiesole est posée en arc de Diane sur les deux seins de la hauteur, l'un penché vers l'Arno et l'autre sur le petit ru du Mugnone. Et enfin le clair de lune enchante le paysage, l'élève en hiver sur une voile bleue, et sur une aile de cendre presque rose au mois de mai. La paix de Fiesole est chaste et souriante comme une novice : elle eût été bien amoureuse, si elle n'était promise à la sainteté. Sur la route de Florence à Fiesole, je double quelques écueils de tristesse. Voici qu'il faut laisser passer une ombre lourde : lentement, dans un rite funèbre, un long cortège suit les Frères de la Miséricorde qui portent un mort : ils le hissent au-dessus de leurs cagoules blanches et de leurs masques ; d'autres Frères tiennent dans leurs poings des torches qui fument, larmes de clarté lugubre dans la lueur du crépuscule. Pourquoi ces bonnes gens n'attendent-ils pas le milieu de la nuit pour jouer leur simulacre d'autodafé ? J'ai horreur d'un tel spectacle. Qu'il serait juste de garder pour le profond silence de l'heure qui précède l'aube toutes les funérailles, et la conduite de l'infortuné au lieu de l'immuable solitude !

On passe non loin d'une ridicule citadelle en carton pierre ; et si la pierre joue le carton, qu'importe que le carton soit de la pierre. Un nigaud est venu de Laponie, qui a voulu restaurer le château des Visdomini : comme on le donne pour avoir été bâti par les barons quelque trente ou quarante ans après l'an mille, le Lapon en a fait une espèce d'énorme forteresse à créneaux, dans le goût du Castel Sforza, pour tenir en échec la plèbe de Milan. A quoi sert ce fort avec ses tours et son donjon ? à épouvanter les roses ? Son excuse est d'offrir un nid innombrable aux martinets et peut-être aux hirondelles.

Près de San Domenico, fausse ou non, la tradition qui place le DÉCAMÉRON de Boccace à la Villa Palmieri répond le mieux du monde à l'assemblée des charmantes jeunes femmes et des beaux Florentins qui devisent sur l'amour, les destins et la vie devant Florence en proie à la peste. Un peu à l'écart, toutefois, des morts et des mourants, ils peuvent se croire à l'abri du fléau ; mais l'ombre de la mort est un lac au pied des doux jardins où ils se caressent en esprit, avant de gagner les bosquets du baiser et les alcôves de l'étreinte. Là-bas, là tout près, à moins d'une petite lieue, les morts et les vivants, dans une égale agonie, mêlent leurs bubons et les masques de l'épouvante. L'amour n'en est que plus ardent, le désir plus aigu entre les amants : sans en faire l'aveu, ils se hâtent d'aimer, dans la terreur d'être rejoints par l'ennemie : l'écho de leur rire est une plainte brûlante ; et la caresse de leur sourire cherche à effacer de ces lèvres un peu tremblantes un souci trop visible au miroir de la mélancolie. Heureux amants, ils ont été sauvés par les caresses. L'air est plus pur, à mesure qu'on s'élève, de Florence à Fiesole. Mais où est-il plus voluptueux ? Et quel plaisir passe la volupté spirituelle ?

L'art se fait oublier à Fiesole. Tout le bonheur de Fiesole semble fait d'ardeur mystique et de calme tendresse. Le plaisir est ce souffle frais, cette brise qui vient aux tempes et aux joues, ce doux petit vent pareil à l'eau caressante d'une prairie aérienne. La place où l'on dîne, piquée de petites lampes versicolores, n'est point troublée par l'odieuse musique des nègres : on y échappe aux refrains écœurants qui font du monde entier une seule foire vulgaire, où l'on ne vit que pour suer son âme dans les bêlements du ventre et le roulis des fesses. Au loin, on voit Florence qui s'allume, à la façon du ciel où naissent, pâquerettes, les étoiles. Tranquille et pieuse, Fiesole, le soir, prie pour Florence en tumulte. Sur les escaliers rustiques bordés de cyprès, sur les pentes de ce lieu sacré, on s'apaise et on contemple. On se délivre de toute critique. Il n'est paysage, d'où les cyprès ne bannissent la vulgarité. La rêverie, parfum du silence, est toujours noble. Bientôt, la lune quitte l'écusson de Fiesole et monte dans le ciel.

> *Nous fûmes à Fiesole*
> *Par un soir rose et bleu :*

L'amour prend peu à peu
Tout l'univers à soi,
Mais il faut qu'il s'isole
Pour enfin qu'on ne soit
Dans sa corolle
Que deux.

Cloches, cloches, elles tintent argentines dans l'air d'argent. Ave, Ave, cloches, cloches. Celles de Florence appellent celles de Fiesole. Les petites fiesolanes chantent la villanelle aux belles de Florence. Les voix du bronze florentin arrivent bien plus pures sur la colline : elles s'accordent dans l'espace ; elles n'ont plus ces tons rouillés et un peu faux qui tombent sur la ville. Les graves contraltos roucoulent de l'Arno, et les voix enfantines de San Francesco, de Santa Maria Primerana, de Sant' Alessandro et de San Domenico, semblent rire en tintant la Salutation Angélique. Toutes les cloches chantent-elles l'Ave à Marie ou aux amours que réveille le crépuscule ? Heure trop tendre, active sur Florence, et qui se promène en rayon de langueur le long des collines. A l'appel des cloches, les belles de jour vont se faire belles de nuit. Le ciel, la ville et les coteaux s'enveloppent d'une mousseline de lumière : non pas un voile de vapeurs, même légères, mais une onde de transparente clarté. Au bord du fleuve, longue tulipe de cristal à boire, Florence tout entière se dresse en deux colombes amoureuses, qui gonflent leurs plumes roses et tendent l'une vers l'autre, dans l'heureux azur, pour s'y becqueter, les têtes bleu cendré de la Tour et du Dôme. Belle nuit au pigeon, bonne nuit à la pigeonne. Je m'en irai demain, à l'aube. La lune est au couvent depuis trois jours, et fait retraite en attendant de renaître vierge et toute neuve.

Florence, adieu. Si vous étiez encore Fiorenza, je n'aurais peut-être pas la force de vous quitter. Mais on vit moins chez vous qu'on n'y cherche les passions de ceux qui vécurent : adieu, Florence, le plus beau des musées.

FIN DU SECOND LIVRE

LIVRE TROISIÈME

SIENNE
LA BIEN-AIMÉE

A
MON TRÈS CHER
BOURDELLE

SCULPTEUR

Ton art épris de grandeur
Et d'ordre pur dans la flamme,
Fidèle reflet de l'âme,
N'est pas plus grand que ton cœur.

L'œuvre n'est pas la statue :
L'image est la noble somme
De la vie et de tout l'homme
A l'idéal qui s'évertue.

Mon ami si généreux,
Seul à me vouloir heureux
Dans ma misère laurée,

Puisse encore cette stèle,
Devoir la sainte durée
A ta présence immortelle.

Amor che nella mente mi ragiona

Amour, la raison de mon âme

DANTE

I. PIERO LE GRAND

Arezzo.

Vive, allègre et bien articulée sur sa colline ronde, Arezzo est une main qui monte et s'élargit sur la hauteur. Le gros pouce est au levant, jusqu'au stade où l'homme moderne prend tant de plaisir à jouer à la balle avec ses pieds. Le petit doigt est tendu vers Florence, à la Porte Lorentine. Au bas de la butte, le poignet mince porte la palme des rues étroites qui s'élèvent vers le Dôme et les jardins. Ni vieille ni jeune, Arezzo a l'air ancien, et je ne sais quoi de railleur, qui n'est pas du moyen âge ni de la décadence. Toute la ville a la mine intelligente de la Renaissance sur sa fin. Arezzo est spirituelle. Ici, l'action littéraire est la plus sensible : cette petite ville qui a vu naître tant d'hommes distingués en poésie et en science, n'a jamais eu de vrais artistes. Elle est moins gaie que moqueuse, et plus prompte que passionnée. Arezzo a toujours eu de l'esprit ; on doit y en avoir encore, et cela se sent, qui parfume la vie. Ce lieu vivace est toscan plutôt qu'étrusque : on y fait cercle volontiers chez l'apothicaire, j'imagine, ce cuisinier de la chimie qu'en italien on appelle un « spécial ». Dans la province italienne, les érudits, les fortes têtes de la ville s'assemblent dans l'officine, entre les purges et les bocaux : où ferait-on de plus sages commentaires sur les grands événements de ce monde et les destins de la patrie ?

A la suite de Pétrarque, né dans Arezzo de parents florentins, la manie du sonnet n'a pas manqué de s'épanouir en quatorzains innombrables, depuis six cents ans. Au fond d'un bric-à-brac, en neuf ou dix minutes, j'ai pêché onze sonnets imprimés pour les noces de Ser Antonio, la naissance du petit Gigi, et de la petite Angioletta, les fiançailles du noble Fossombroni, et la mort à jamais déplorable de la dame Accolti, que pleurent tous ceux qui la connurent, jusqu'à ses pauvres petits chiens. Mais enfin il faut se faire une raison ; et Arezzo me semble toujours aussi heureuse, quand j'y entre pour la troisième fois, en ce brillant matin de septembre. Lors de ma première visite, un soir de printemps, mon arrivée fut bien différente. J'avais vingt ans, et j'étais dénué de tout, comme il sied à un chevalier errant. J'ai dormi à la belle étoile, sous le portique de Sainte-Marie-des-Grâces. Que j'ai donc aimé, jadis, ces arcs, trois plus un plus trois, aux colonnes maigres : je les croyais de Benedetto da Majano et du quinzième siècle. Déjà, je m'inquiétais un peu d'une élégance trop facile ; mais je voulais admirer, et je me rendais plus sensible à cet art élégant qu'à sa facilité. Tout ce qui était italien et de ce temps-là me séduisait alors. Je ne vivais que pour servir ma Dame ; et cherchant l'Italie, j'étais toujours en quête de Dulcinée en Toboso. A présent, le Quatre Cent ne m'est ni plus cher ni moins qu'autrefois la Renaissance. Et la Renaissance me dépite presque autant que le baroque me répugne. Je me demande quel sens ou quelle sincérité il peut y avoir à trouver Michel-Ange et Bernin, Masaccio et Tintoret, Botticelli et le Caravage tous également admirables ? Il faut n'être pas artiste pour faire l'amateur à ce point : il faut même n'être pas dilettante. On n'aime vraiment rien où l'on se donne l'air de tout aimer. Cette prétention n'est bonne que dans le critique : c'est justement la seule qu'il n'ait pas. Un peintre ne peut tout de même pas se donner du même élan et de la même adhésion à Rembrandt et à Jules Romain, à Goya et au Pérugin ; un vrai poète ne peut pas adorer à la fois les BURGRAVES et la TEMPÊTE.

Arezzo est humide, par ce matin d'été encore brûlant ; non qu'il ait plu ; mais la ville est mouillée de la rosée nocturne ; et d'ombre en ombre, les dalles font des miroirs bleus et de frais rectangles d'une pierre qui frémit d'aise au sortir du bain.

Par les rues montantes, qui se serrent plus étroites en grimpant, va et vient un peuple aimable, d'une pétillante gentillesse : vifs, l'œil prompt, le pas alerte, je ne sais s'ils se hâtent : ils flânent moins qu'ailleurs. Les enfants, gais et rieurs, ont la mine futée et les cris aigus des moineaux : ils se poursuivent, ils glissent, ils s'arrêtent et s'enlèvent d'un coup, brusques et pleins de malice. Riantes aussi, les jeunes filles, l'air un peu narquois, on dirait qu'elles ont envie de courir : sur leurs joues et leurs nuques, les vieux murs éparpillent les lilas d'une ombre transparente. Çà et là, une porte sculptée, une voûte au ton de bronze, un détail d'architecture, comme partout en Italie, en France, en Espagne. Au haut d'une ruelle, tout à coup, le clocher à jours de Santa Maria della Pieve, une grande flûte à pans rectangulaires, cinq étages de fenêtres bifores, quatre percées de seize par étage. Où sont les cloches ? à Rome ou en visite chez les bonzes de Si Ngan Fou ? L'espace coule et joue dans ces quatre grils affrontés sur la verticale, quatre grils à faire frire les poissons bleus du ciel. L'aimable Arezzo connaît l'ardeur des étés et l'âpre violence des vents rudes, que les cimes de la Verne ont hérissés. L'air vif qui vient des montagnes prochaines fouette la curiosité. Ici, pourtant, comme en tant d'autres villes qui vivent sur une antique renommée, on n'est pas à errer depuis une heure, qu'on se lasse d'aller trop vainement à la découverte : on se demande si une belle meule en pleins champs, un sein de Cérès nourricière, ou un grave cyprès quenouillant la soie de la lumière, ou une jolie fille qui rit à son rêve d'amant, ne sont pas cent fois plus doux à regarder et plus nécessaires que tout l'inutile agrément d'un art monotone, qu'on rencontre partout et presque toujours semblable à lui-même. C'est alors, dans Arezzo, qu'il faut entrer à Saint-François.

San Francesco est une vieille église, mal remise à neuf, la plus voisine de la porte par où l'on entre dans la ville. Sans t'attarder à rien voir, cours au fond de la nef et ne lève les yeux que dans le Chœur. Là, une des plus nobles et plus fortes rencontres que l'Italie ménage à l'amoureux de la peinture, au pèlerin de la beauté. Si gâtées qu'elles soient par le temps, les fresques de Piero della Francesca nous mettent en présence d'un des trois ou quatre plus grands artistes de l'Italie, et qui garde son rang dans l'art le plus haut de l'Europe. Florence offre au passant bien des merveilles dans ses musées, ses églises et sur ses places. Rien, dans la peinture de Florence, n'a la qualité de cette LÉGENDE DE LA CROIX. Giotto est un imagier. Piero della Francesca est un peintre. Léonard est un poète tout occupé de recherches rationnelles, de secrets, de pratiques et de grimaces intellectuelles. Piero est un homme qui pense plastiquement, avec une certitude et une puissance égales. Où Masaccio s'efforce et doit recourir à l'éloquence, Piero s'établit avec une tranquille majesté. L'intelligence en lui donne des assises inébranlables à l'imagination du poète : et cette vigueur d'invention est d'autant plus originale qu'elle est moins chimérique. Piero della Francesca fait tout ce qu'il veut faire avec supériorité. Son calcul est profond et il ne semble pas calculer. Il n'affiche rien : son art est une autre nature, aussi loin de l'imitation que du caprice. Une aisance admirable, une réserve qui donne la parfaite mesure, une possession de soi et de l'objet qui font de ce peintre le plus pur des aristocrates, celui qui est toujours au-dessus de ce qu'il fait, qui suit sa propre loi et ne se soucie en rien d'y ranger les autres et qui, sans ombre de dédain, et sans vouloir s'y distinguer, se trouve toujours séparé de tous par le seul privilège d'une vertu plus haute et de sa force originale. Né d'une famille noble de Borgo San Sepolcro, à quelque neuf ou dix lieues d'Arezzo, Piero della Francesca est un grand seigneur de l'art. On ne peut le prendre en défaut : c'est l'honneur de ces puissantes natures qu'elles n'ont pas besoin de chercher la perfection : elles en portent la mesure qui leur convient et qui fait l'harmonie jusque dans les erreurs : elles ne sont pas sans excès, mais on les dirait sans défauts. Et leurs faiblesses mêmes sont souveraines. Tout ce qu'on voit au musée ou dans les églises, de Vasari et même de Signorelli, ne mérite pas un regard, quand on a longuement contemplé les fresques de Piero. L'ordonnance est incomparable. Il a le calme et l'extrême mouvement. De l'anecdote, il fait une épopée. Jamais il n'oublie les secrets essentiels et les lois qui gouvernent l'art de peindre. La magie de la peinture consiste, au départ de la nature, à fixer les volumes sur une surface de l'éternelle ondulation de la lumière, dans une harmonie des couleurs.

La matière est assez belle pour qu'on en subisse le charme et qu'on ne s'en aperçoive pas. L'art des passages lui a fait ses plus subtiles confidences, qu'il s'agisse d'aller d'un ton à un autre, d'une action à une autre action, de la couleur ou de la ligne en mouvement à quelque jeu imprévu ou à un nouveau contraste. Les cortèges, les batailles, les conciles, presque toutes les scènes de la vie présente et de l'histoire, les unes donnant une forme à l'idée qu'on se fait des autres, tout ce que la Renaissance prodigue sur dix mille murailles, Piero della Francesca l'a exprimé une fois pour toutes, dans le langage le plus savant et le style le plus viril. Son goût est unique, en Italie, si on excepte les peintres de Sienne. Il fuit toute éloquence : s'il lui arrive d'être éloquent, parce que la grandeur et l'expression l'y forcent, il n'est pas oratoire : son orchestre ignore la percussion, cette emphase de la matière sonore. Voilà un artiste en qui l'on peut voir, dans une splendide évidence, que pour faire un grand maître, il ne faut pas seulement un œil non commun et une main merveilleuse, mais une magnifique intelligence. L'arbre sans feuilles de la Croix a germé du sépulcre d'Adam : il s'est gardé intact pour porter le fruit divin de la rédemption et du sang. Cette folle légende est le triomphe de l'ordre théologique. Ici, la théologie tourne au poème : le verbe se fait chair ; les abstractions prennent corps. Une logique étrangère à la raison décrit la sphère où l'histoire du monde et le destin de l'homme sont inscrits. Dans les théologiens que j'ai lus je ne trouve pas cette légende et sa suite infaillible. Il est vrai que saint Bernard m'est plus familier que Duns Scot et saint François beaucoup plus que Thomas d'Aquin. Est-ce Piero della Francesca qui a imaginé les épisodes de cette épopée mystique ? car la théologie ne propose pas : elle impose. Quoi qu'il en soit, Piero della Francesca qui peut-être avait ses objections et ses doutes, a donné une forme vivante à ces rêveries capitales. Dans une fresque on voit la Reine de Saba visionnaire, à qui le profond mystère est révélé : trois mille ans après la mort d'Adam, et mille ans avant la naissance de Jésus, elle découvre le tombeau du premier homme, seule trace un peu certaine de son passage sur la terre : et le ciel lui inspire que l'arbre issu de cette pourriture vivra un millénaire encore pour servir de croix au Sauveur. Et si elle va rendre visite à Salomon, ce n'est pas pour être la Balkis du roi Nihil, revenu de tout sauf du plaisir et de l'heure brève : c'est pour lui faire part, dans le néant de la volupté, de la révélation sublime. Sur les fresques de Piero, la plus claire intelligence éprise d'harmonie se joue avec les formes, avec le mouvement, avec l'espace. La Reine de Saba est une inspirée : et elle ne semble pas l'être moins de la tentation amoureuse, que de la possession prophétique. Son visage est celui de la Sibylle Ardente. A toutes les Muses de l'Enigme, il faut joindre la Saba de Piero : c'est la Sibylle d'Idumée. Pas à pas, ligne par ligne, l'œuvre de Piero laisse deviner les dons du génie. Il est secret autant que les autres Italiens sont indiscrets dans leurs discours. Il fait tout comprendre : mais il ne s'adresse qu'à celui qui comprend. Ses architectures, ses plans, ses espaces sont d'une beauté accomplie. Il est l'homme qui peut, tout aussi bien, faire un tableau d'une place vide, où il n'y a que des monuments, et d'une bataille, où tout est engagé en même temps que les hommes, les armes, les lances, les chevaux, les enseignes et le paysage. Parfois, il est de tous les peintres, en Occident, le plus semblable à un grand Chinois de la vieille époque. Piero della Francesca peint comme écrivent Thucydide et La Rochefoucauld. Sa sobriété est souvent un délice, dans un art qui la comporte si peu. Tout somptueux qu'il puisse être, il est sans ostentation, comme la vraie puissance : seuls, les aventuriers étalent leurs muscles, comme ces autres ruffians de la gloire, les parvenus, exhibent leurs avantages. Quelques-unes de ses fresques enfin me font penser aux scènes de FAUST, où Goethe est purement humain : il a la même force à saisir l'objet, avec cette même volonté de toucher le fond, et cette lenteur chaude qui ne laisse rien perdre de l'essentiel. Toutefois, il est bien plus plastique, et d'une couleur que ce grand Goethe n'a pas. Goethe ne connaît que la lumière. Goethe est graveur : il n'est pas peintre.

Un dernier regard à cette Saba, la plus blanche des Reines, en visite de noces chez l'Ecclésiaste. Blanc et or, elle est toute faite de lumière, une torche de soleil sous un manteau. Et lui, énorme, cube de chair, coiffé d'une tiare, barbu, trapu, ventru dans sa robe de brocart bleu, est une espèce d'Henri VIII, tout repu de ses propres désirs digérés en dégoûts, l'œil fixe et lourd, et qui ne cesse pas de convoiter ce qu'il méprise. Il y a plus de pensée dans ces peintures que dans tout le latin de Pétrarque, le plus illustre des Arétins. Non loin de la Cathédrale, qui est gentiment seulette, bien patiente sur une place déserte, à l'ombre du jardin public, une grange de pierre brune devant une clairière, on montre via dell'Orto une vieille bâtisse où Pétrarque passe pour avoir vu le jour, voilà tantôt six siècles et demi. Le diable emporte sa maison, et l'inscription en forme de dithyrambe gravée sur la façade, plus longue, plus haute ou peu s'en faut que toute la baraque, et d'une insupportable emphase. Elle n'est pas plus de l'an 1300 qu'il n'est lui-même un grand esprit ni un grand poète. Quelques sonnets parfaits, d'une harmonieuse et ardente mélancolie, avec un cent de beaux vers politiques, est-ce assez pour justifier une renommée si éclatante ?

Politiques, tous les poètes italiens le sont, ou à peu près : de la sorte, ils ne sont grands sans conteste que pour les Italiens seulement. Car, Dante excepté, leurs passions ne sont pas assez belles pour nous faire passer sur l'objet : nous y restons indifférents. Villon, La Fontaine, Keats, Baudelaire, Heine, Goethe, Verlaine, d'autres encore ne sont pas politiques. Comme la musique, ils ont l'audience universelle. Si Pétrarque est né ici, il n'y a jamais vécu. Mais même quand il est en Avignon, qu'il y reçoit, dans un séjour de trente ans, tous les biens du ciel et de la terre, qu'il y trouve les prébendes et les honneurs, infiniment plus encore l'amour qui fait sa gloire et toute sa raison d'être, il n'en tient pas compte ; il faut qu'il fasse le Romain sur le pont d'Avignon ; il faut qu'il sauve Rome et qu'on le croie à Rome ; il pleure tant sur Rome qu'on ne sait s'il la vante, et il la vante tant qu'on ne sait plus s'il la pleure. Il n'ignore pas que Rome n'est alors qu'un village empesté de vingt mille habitants, une cour des miracles, un repaire de bandits, qu'on s'assassine dans les rues, et que le peuple crève de faim sur les ruines ; il ne l'en appelle pas moins le peuple roi : cette bourgade est la ville éternelle ou, si l'on préfère, la capitale du monde. Voilà les Italiens, et leur manie, pour ne pas dire plus. Que de souvenirs n'a-t-on pas dans Arezzo, si l'on s'y prête. Mécène m'attend au rendez-vous des beaux esprits, entre le Dôme et la Prison : Caius Cilnius Maecenas en personne. Celui-là est un héros de légende, comme Silène : il s'enivre des vins qu'il n'a pas faits et qu'on a mis en bouteilles pour lui. Homme d'Etat, il n'est pas si gai. On dit qu'il fut d'humeur sombre, sérieux, taciturne et secret. Il a pressenti les auteurs et leur ingratitude ; il a prévu les bourreaux qui porteraient son nom, à travers les siècles. Etrusque enfin, il est deux fois funéraire.

> *O Mécène, dispensateur de courts bienfaits,*
> *Toi qui mène au tombeau par la voie la plus longue*
> *Le poète innocent qui ne t'avait rien fait*
> *Sinon de croire en toi, banquier de tous mensonges.*

Il est resté, sans doute, du génie de Mécène dans le génie d'Arezzo. Vasari, le Georges à tout faire de Michel-Ange, quinze siècles après le ministre d'Auguste, est le Mécène de la Renommée. Il a fait et défait les réputations. Peintre détestable, architecte sans goût, juge sans équité, Jules Romain de la critique et de la Toscane, Vasari n'en est pas moins un des plus précieux Italiens de la Renaissance, et son livre un des trésors que l'on doit à l'Italie. Ce Vasari, qui grattait les vieux murs, effaçant les chefs-d'œuvre d'un Simone Martini, pour y barbouiller ses décors d'opéra, est pourtant le Plutarque de l'art italien. Grâce à lui, les siècles de la grandeur italienne nous sont présents. Mille artistes ne seraient plus que des noms, si Vasari n'avait décrit leurs œuvres et brossé une esquisse de leur vie. En vrai critique, il ne vaut rien quand il juge ; mais en tout ce qu'il conte, il est sans prix. Moins on tient compte de ses jugements, plus on fait cas de ses récits. Il a le ton si aisé qu'il en est véridique. On le croit même où il ment. Tout ce que Vasari nous apprend des artistes qu'il a mis dans son livre, on ne le saurait pas, on ne l'eût peut-être jamais su sans lui. Pour ma part, plus j'ai lu les érudits qui prétendent ruiner les dires de Vasari, plus il m'a paru digne de confiance. Quand on entend un critique affirmer avec un aplomb incroyable que le CONCERT DU LOUVRE n'est pas de Giorgione, et que l'Annonciation des Offices est de Verrocchio, et non de Léonard, on est tenté d'honorer dans Vasari le plus sage et le plus fidèle des chroniqueurs. Voilà du moins un journaliste qui ne se substitue pas à Jupiter, quand il tonne, sous prétexte de donner la seule bonne explication de la foudre. Vasari est plein de verve ; il écrit avec naturel, d'une plume alerte et gaie, il n'est jamais ennuyeux, et d'une conscience peu ordinaire, même quand il farde la vérité, et qu'il cède à la passion d'école. Sans doute, il est loin de l'admirable Plutarque : celui-là est unique, et sans lui la moitié de l'Antiquité nous manquerait. C'est déjà beaucoup d'y faire penser. Pour finir, Vasari est un plaisant bonhomme. Après fortune faite, il s'est retiré dans sa ville natale, il a bâti : bien pis, il a peint sa maison. Elle est bouffonne, une vraie farce : toute sorte d'allégories, de symboles, d'épisodes ; l'histoire, la philosophie. Esther dîne chez Assuérus : toute jetée de profil à gauche, à la façon de Véronèse, pour faire pendant au profil droit du despote, elle se tend à l'arme de M. Purgon. Un nain tire le manteau d'Assuérus, ivre et barbu. La salle est comble d'imbéciles en toge ; le vent de l'éloquence couche toutes les têtes du même côté. Ils font tous bomber leurs biceps, et jaillir leur torse. Tous gesticulent du front, des bras, des doigts, des jambes et des fesses. La Vertu foule aux pieds la hurlante Envie, et tenant la Fortune aux cheveux, elle bâtonne l'une et l'autre. La Générosité, la Science, la Prudence, l'Honneur, quoi encore ? toute la morale en action. Au milieu de ce bric-à-brac, Vasari, éperdu de tout le sublime qui germe dans sa citrouille, fait danser les histoires des peintres antiques, comme il s'en vante lui-même : « Apelle, Zeuxis, Parrhasios, Protogène et les autres. » Et « j'abrège », fait-il. Dans les autres chambres, Abram, la Paix, la Concorde, la Vertu encore une fois, la Modestie. La farce débridée dans le grand art tourne au délire : sans aucun doute, Vasari veut avoir son Vatican à domicile, et de sa main. A l'entrée de la chambre à coucher, « la mariée », dit-il, « tient un râteau, avec quoi elle montre qu'elle a ratissé et emporté tout ce qu'elle a pu de la maison paternelle. » Ces merveilles sont coulées dans le jus brun et la vinasse rougeâtre de Jules Romain. La couleur est si laide qu'elle arrête d'abord la gaîté. (La couleur est la joie de vivre.) Mais Abraham, qui fait bénir sa semence, Dieu le Père en vieux marchand turc qui vend du rhat-loukoum au sérail ; la mariée qui ratisse son cher père ; le festin où Esther sollicite le bouillon pointu : j'éclate de rire si follement que je dois fuir et courir dans la rue, m'asseoir sur une marche d'escalier pour rire encore. Brave Vasari, excellent Maître Georges ! Vasari déridait Michel-Ange.

II. JÉSUS AU SAINT SÉPULCRE

Piero della Francesca à San Sepolcro.

Tranquille dans la plaine, cette petite ville au nom lugubre et si grave de glas, terre à terre et cossue, Borgo San Sepolcro épouse le sillon des champs en forme de conque, non loin du Tibre à sa source, plus que rivière, encore vert et torrent. Borgo se fait gloire d'être la première villette de l'illustre vallée. Peu ancienne, elle aussi se vante de tenir à l'éternelle Rome. La petite ville est riche, agricole et sans beauté. Un peu plate, elle ne se pavoise pas de dômes et de clochers, comme tant d'autres. Une grosse tour carrée, la Berta, se dresse avec stupeur, avec ennui, à peu près seule, sur une place : elle dort debout, cette tour de guet : elle ne voit jamais rien venir ; ou bien, lourde cheminée, elle n'arrive pas à brûler l'horloge qu'elle porte en son milieu, ombilic de son ventre. Mais Piero della Francesca est né à Borgo. Après une longue absence de trente ou quarante ans, c'est là qu'il s'est fixé dans la retraite, vieillard, pour goûter les restes de sa force et pour mourir en paix. Loin d'abdiquer son art à San Sepolcro, Piero l'y a couronné de son œuvre la plus originale et la plus puissante. Elle fait la gloire du petit musée, deux salles sans apparat, qui se cache dans une vieille bâtisse, mal remise à neuf, sur une place biscornue, où l'on se rend par de sales ruelles un peu torses, où tout est réuni, un palais aux murs bariolés d'armoiries, la cathédrale et la maison commune.

Piero a peint la Résurrection, ou pour mieux dire Jésus sortant du Sépulcre. Ainsi Borgo semble tenir son nom même de l'œuvre admirable de son peintre. Cette fresque est sans doute la dernière où Piero ait mis la main. Il devait avoir alors soixante-dix ans ou davantage. Pas un tableau qui sente moins le vieillard. Tout est d'une force intacte et d'une sûreté égale. Une indomptable énergie qui se possède, et nul écart à craindre. Le génie est plus vigoureux, plus insolent même que jamais ; et la pensée, magnifique. Ce chef-d'œuvre n'a d'équivalent que la Crucifixion sublime de Grünewald à Colmar : il s'y oppose, pôle à pôle, comme le midi au nord, et le jour à la nuit. Piero est bien le fils noble de la ville du Sépulcre. Il croit à la résurrection et à l'immortalité. Sa foi paraît certaine, pleine d'autorité et de calme violence. Le Sauveur est un guerrier. A la fin de la nuit, il jaillit de la tombe, la croix au poing, comme un étendard, comme une lance. Son geste est d'un athlète ; sa taille est d'un géant. Sous le sépulcre ouvert, les soldats de garde dorment. Le plus vigilant de tous, qui dut céder à la fatigue le dernier, le torse droit, adossé au tombeau, dort la joue contre sa longue lance, qu'il serre des deux mains. Et le pied du Christ, qui monte ce premier degré de la résurrection, touche presque la pointe de la petite barbe en coin du légionnaire endormi. Leur Dieu ressuscite, et ils ne voient rien ; ils n'entendent rien. Vrais fidèles, vrais soldats.

Tout-puissant et souffrant, Jésus est terrible. Dans le JUGEMENT DERNIER, Michel-Ange s'en est souvenu. Son linceul est une armure : la foudre gonfle les plis de cette toge. Le pied gauche en l'air, foulant la margelle du sarcophage, le genou d'équerre, il va surgir au ciel d'un seul effort, s'il n'écrase d'abord tout sur la terre ; et le même élan anime son bras armé de l'étendard. Son visage a visité la mort : il garde les traces du supplice. Quelle victoire douloureuse ! Mais le mouvement total de la forme efface tout sentiment de la douleur : le corps de cet athlète est celui d'un vainqueur infaillible. Il tient tout le centre de la peinture. La figure part du sol, où le pied droit presse encore la pierre du sépulcre, pour aller jusqu'au ciel d'orage, que touche la croix de l'étendard. Tout le pays, arbres, ciel et montagnes, court derrière le Christ. Les jeux de l'ombre et de la lumière, pour la première fois peut-être dans l'art de peindre, donnent une âme et un chant à l'heure de l'aube, entre la nuit et le jour, qui est l'heure frissonnante entre toutes, l'heure irréelle et tragique de la résurrection.

Il y a dans Piero della Francesca un alliage très profond et très intime de l'intelligence et de la foi, de l'ordre et de l'instinct. Il est neuf et il est savant : ou plutôt, en lui la science est neuve. Peut-être, picturalement, est-il le plus intelligent des peintres, avec Rembrandt, celui qui conçoit le sujet et qui en établit l'ordonnance avec le plus d'esprit et de fantaisie personnelle. Et toute son invention est plastique : il trouve toujours l'harmonie des couleurs et des lignes qui convient le mieux à sa pensée. Léonard trop subtil gâte tout par la recherche. Plus peintre, Piero est bien plus direct et de plus ferme volonté. La donnée la plus commune, la légende la mieux établie, il en fait un drame du caractère, que la forme définit et que la peinture rend visible. Il n'est jamais sentimental. Piero ne cherche pas l'originalité : il l'a naturellement, parce qu'il ne pense pas comme les autres. Il a la puissance : telle est sa plus haute vertu. Il sait parfaitement toucher à la grâce, quand il veut, comme à toute autre expression, la volupté exceptée. Mais son charme même est celui de la force pleine, ni trop jeune, ni pas assez, la force telle quelle. Lui qui est, je crois, le plus moderne entre les peintres de l'Italie, il est le seul qui me fasse songer à la peinture grecque : rêverie, soit ; mais je l'imagine ainsi. Son Christ est un Jupiter. Toutefois, avant de quitter le tombeau, il faut que Jésus meure. Il ne sortira de la double nuit, la mort et le sommeil des hommes, qu'après avoir souffert la mort et les hommes.

Comme je m'en vais, sortant de la salle où Piero della Francesca a si puissamment ressuscité le Verbe Incarné, je lève les yeux : il me semble qu'un cri terrible m'arrête, qui retentit en moi. Je tremble, et peu s'en faut que je ne réponde à cette plainte par un cri de terreur : au-dessus de la porte, un Crucifié est pendu, qui n'a peut-être pas son pareil. On ne le voit pas en entrant. On ne s'avise de sa présence qu'après avoir fait le tour du petit musée, tout entier à Piero della Francesca, et lui tournant le dos, quand on sort. Une telle sculpture a la force du volume et la solidité du corps. Un trouble d'épouvante, et une ivresse de pitié saisit l'esprit et l'incline vers le cœur. Jamais la douleur n'a été rendue visible et proche de la sorte : une douleur si pleine de beauté qu'elle est tout amoureuse, et si amoureuse qu'elle inspire la douleur. La tête adorable tombe, comme une fleur tuée, d'une jeunesse éternelle, d'une inépuisable nouveauté : la bouche ouverte crie et ne s'arrête pas de pousser un cri désolé qu'exténue la souffrance. Et ce cri est aussi beau qu'un appel ou un remerciement d'amour, quand l'excès de la tendresse a ce spasme qui verse inévitablement dans la douleur.

Si jamais il fut un crucifié, c'est celui-là. Et même, il est le seul qui soit tout en croix. Les hommes le crucifient ; la nature se moque de lui, crucifié ; les puissances le crucifient ; toutes les bassesses le crucifient ; le passé et l'avenir concourent à sa crucifixion ; Dieu le crucifie et lui-même s'est voué à être crucifié. Voici le supplicié parfait, l'étant dans sa beauté parfaite, qui l'a perdu au lieu de le défendre. Que les Chinois cherchent dans leur université des tortures une douleur inédite : elle frémit déjà dans la tendre chair de ce supplicié divin. Son âme est saturée d'horreur ; et la pire horreur est la solitude infinie dans le dégoût des hommes. Comme il est seul ! Nul ne l'entend. Son cœur est écartelé à jamais, entre le doute et la certitude des ténèbres, entre l'amour et le néant. Mais le corps, ce beau, ce jeune, si jeune, si tendre corps, de quelles pointes n'est-il pas percé ? de quelles dents, de quelle rage ne subit-il pas la morsure ? Plus le corps a de beauté, et plus il souffre.

Il est nu, comme il sied à la douleur parfaite. A peine si quelques lés de linge enveloppent de trois plis son ventre en retrait, si fin et si mince. Ses pieds se tordent et se crispent : la souffrance est un feu qui les recroqueville. Les flancs s'enflent pour le cri. Il respire un déchirement intolérable. Ses jambes veulent quitter ce lit de torture ; mais elles se nouent en vain autour du mouvement : elles sont clouées au supplice, il n'est effort qui les en libère, pas même la mise en pièces, si elles avaient la force de l'arrachement : rien ne les détachera de ce bois que la pourriture. La poitrine tendue doit crever sous la poussée de l'haleine et de l'étouffement.

Ces bras, ces doux bras d'enfant, si faibles, si tendres, si brûlants, si bien faits pour entourer le cou d'une mère, à quels liens sont-ils soumis, à quel embrassement ? Pour tout finir, le Dieu géant de Piero della Francesca, viril et souverain, ne regarde même pas ce Dieu si beau, si désarmé, si mort, si Dieu pourtant. D'où vient ce chef-d'œuvre, d'une beauté par trop passionnée et trop pure ? De qui est-il ? du quatorzième ou du quinzième siècle ? C'est le mystère de ces formes sculptées, que la passion qui les a fait naître, un jour, les confond presque dans la vie et les y retient, obscurément.

III. O MA BRUNE GUERRIÈRE

Gubbio.

Toutes les petites villes d'Italie, entre la Marine de Pise et l'Apennin, sont d'abord à peu près pareilles. L'instinct de la défense les a perchées sur la colline : de là-haut, elles ont l'œil ouvert sur la vallée ; et les tours portent le regard des villes. Mille et deux mille ans veillent avec elles : leurs murailles, parfois, sont plus vieilles que l'histoire : la cita-delle, au point d'eau ; et les créneaux courent en grecque sur le mur d'enceinte. A la cime du pays, en fer de lance, le Dôme avec son campanile. De la vallée à la ville, on s'élève toujours ; des lieues, parfois, les séparent, hier encore tout un voyage. Souvent, les champs sont arides ; les sables et les pierres pavent les degrés de l'ascension. Puis, on se heurte au corset de la cité, noir ou rouge, ces vieux remparts qui cuirassent le cœur et le sein. Pour y conduire, plus ou moins haute, plus ou moins large, la porte romane s'ouvre ; et la voûte robuste est une main géante qui ploie la lumière d'or sur la terre. Tu passes, et ton âme sent un frisson de joie : nouvelle ville, nouvelle vie, nouvel amour. On entre. Dès le seuil, les ruelles escaladent la pente ; le torrent de pierres bâties sinue entre les hautes maisons : toutes vieilles, même

les neuves, toutes ardentes dans leurs chaudes couleurs,
cuites au four, elles font la rue étroite ; le velours de l'ombre
gonfle leurs larges portails. Et le pas s'assure avec une sorte
de délice sur les dalles.

O pierres tombales, si heureuses de servir toujours à la
vie, belles dalles des villes toscanes, qu'on pose avec joie un
pied amical sur votre paume lisse ; et que j'en sens ma
sandale légère. Il me semble que je cours à un rendez-vous.
Ces dalles ont pour l'ami des lèvres et des yeux : j'y vois tant
de fuites passionnées, tant de courses nocturnes. Elles me
parlent de sang et d'amour, de sérénades et de murmures,
sous une porte entre-bâillée, chuchotés dans un baiser. Et
voici la place toujours admirable, où le palais du peuple et
le palais du tyran s'affrontent, la force du prince et la
volonté de la commune. Sur les murailles, toujours les
écussons, toujours les monstres héraldiques, la guivre et le
griffon, la louve et le lion, l'aigle et la chimère. La vie
monotone du présent, loin de l'effacer, ranime aux yeux de
l'esprit la vie brûlante du passé. On ne voyage bien qu'en
imagination. Chacune de ces petites villes a été un royaume
pour elle-même : ces villages se sont pris pour des empires.
Elles ont lutté entre elles à qui serait la première, à qui
serait la plus belle. Chacune a imité les gloires de l'autre,
pour la vaincre et la passer : à qui aurait la plus vaste église,
la tour la plus haute, le plus céleste clocher. Il n'était pas
alors question de ne plus être qu'une cellule de la ruche,
quelque alvéole de la nation ; il fallait au contraire l'emporter sur le voisin et se distinguer par le génie. Belles vivantes
des vieux temps, petites villes d'or et de bronze, j'ai pour
vous l'orgueil que vous eûtes vous-mêmes. Vous le saviez, et
que le plus fastueux uniforme est la livrée de la misère ou de
la servitude.

A mesure qu'on s'éloigne de la mer et qu'on va vers
l'Apennin, à l'épine dorsale de l'Italie, les caractères communs se font plus rudes ; la tour est moins élégante ; l'église
a de moins belles proportions ; le palais est moins noble et
de moins grand air, même s'il n'est pas plus farouche. Je ne
sais d'exception qu'à Urbin. L'Ombrie, qui passe pour le
pays élu de la douceur et de l'idylle, est bien plus rustique et
plus dure que la Toscane. C'est dans l'île de Sienne que

s'accordent le mieux la grandeur et la grâce, et qu'elles atteignent à la pleine harmonie.

Gubbio est un tyran de pierre, avec son casque et son cimier, un palais et sa tour, les plus fiers et les plus sourcilleux de l'Italie entière. Deux palais même sont juchés l'un sur l'autre. Et le tyran, droit et si haut, si mince dans son armure étroite, dressé, roidi sur le roc, s'adosse à un autre rocher aigu où il appuie la tête. La colline est son unique sauvegarde : il peut faire face, on ne le poignardera pas dans le dos. Vu de profil, le palais est le heaume en lame de couteau que le seigneur oppose à l'estoc et aux flèches. Les ruelles de Gubbio sont plus escarpées que les sentiers en montagne. Les jours de tempête, elles tournent dans la pluie et le vent. L'orage, à Gubbio, est une guerre civile, une guerre de rues au feu grégeois : les drapeaux des éclairs claquent dans l'incendie ; et les flammes enfilent les carrefours par le travers. Les maisons des deux bords se montrent les dents de si près qu'elles se mordent : on peut, de l'une à l'autre, se jeter par la fenêtre à l'abordage. Il serait divin pour un amant d'enlever aux siens une jeune femme, par une nuit de grand vent, à Gubbio.

Toute la Seigneurie, place et palais, se colle au Monte Calvo, en nid de goéland ; et la masse totale porte et repose sur trois étages d'énormes voûtes. La fierté de ce palais est incomparable. Sa mine altière et tendue est celle de l'oiseau de proie qui va voler. Il se hausse roidi dans le ciel, en fer de lance ; il est presque effrayant de hauteur et de violence ; mais farouche, il n'est pas sauvage, tant il a de beauté. Jamais ce féodal italien ne fait penser au Chevalier, comme partout en France. L'armure couvre un despote : le chevalier est un tyran. Son château fort n'est pas le refuge de la plaine ; mais plutôt la citadelle qui fond sur la campagne, l'aire qui pèse sur la cité. Le palais du seigneur et la maison du peuple se regardent dans les yeux et se bravent. Leur lutte et leurs assauts font toute l'histoire de la ville, et les mille vicissitudes d'une victoire et d'une défaite également brèves ; mais les vengeances sont longues et les représailles éternelles. La haine est le champ commun des factions. A l'Italien, il faut toujours quelque ennemi à haïr.

Rues sombres, glissantes, hérissées. Au ras des dalles, après la porte d'entrée, il y a, dans les vieilles maisons, vermoulue, farouche et close, un huis aveugle, qui ne s'ouvre que pour les funérailles : la porte du mort. Grand sens de la mort et de la vie : respect de celui qui s'en va, et justes égards pour ceux qui restent, les vivants : il est trop sûr qu'ils prendront, à leur tour, la porte basse. Je pensais là-dessus, marchant dans les cendres de ces idées funestes, quand le destin m'a rendu la joie : charme juvénile de la fleur humaine, présence qui efface tout ce qui n'est pas la lumière et le parfum de l'instant : dans les rues cruelles, où l'ombre enveloppe les paupières fermées des portes du mort, via Savelli, ou Paoli, ou Baldassini, je ne me rappelle plus les noms, j'ai croisé pour le moins deux jolies filles, au visage long et pur, et aux lèvres d'œillet rouge. Elles ont ri, en me regardant.

La rue Ducale, un puits : elle mène à ce palais des Montefeltre, où le magnifique duc se fit bâtir par le même Laurana, architecte admirable, et sur le même plan, un palais semblable à celui d'Urbin. Il est plus triste qu'une ruine : car debout, solide, il ne fléchit pas dans sa carcasse. Corps sans âme, non pas en débris, il est vide, à l'abandon. Les Italiens eux-mêmes l'ont dépouillé de ses trésors : meubles, objets, statues, peintures. Eux, presque toujours si fiers et si soigneux de leurs moindres monuments, ils ont laissé celui-là en proie au temps et à l'avarice de Rome.

J'ai vu Gubbio sous la pluie et dans le soleil de mai : je ne sais lequel des deux visages je préfère, le sombre, la visière à demi baissée, méditant un coup de force et d'assouvir sa passion dans la violence ; ou la figure du bonheur, la joie printanière de la brune guerrière fiancée au silence. Peu de bruit, à Gubbio. Les sabots d'un âne, les fers d'un mulet sur les dalles ; l'appel d'un enfant. Je n'entends même pas pleurer un poupon, que sa mère nettoie, en lui changeant ses langes. Une femme aux cheveux roux parle à une bonne vieille sorcière, haute et maigre, le front et les joues serrées dans un mouchoir noir, pareille à un cep en hiver. Et la vieille répond d'une voix basse et rauque. A la nuit faite, l'œil sanglant d'une taverne m'arrête : ils sont cinq ou six buveurs autour d'une table : ils ne crient pas, ni les doigts de la mourre, ni leur bonne opinion de celui-ci, ni leur rage contre celui-là. Eux aussi, ils causent d'une voix étouffée.

Cependant, je cherche les pas de saint François dans la neige, et les molettes du Loup. Car le loup d'Agobbio, catéchisé et converti par la Petite Brebis de Dieu, est plus célèbre que Maître Georges, le fameux potier, et qu'Oderisi, l'enlumineur, vanté par Dante en Purgatoire. Saint François est entré à Gubbio par la porte Trasimène. Si je le sais, après mille ans, venant de l'Ouest, c'est que personne encore ne me l'a dit.

Au crépuscule, à l'heure du crêpe rouge, dans une rue déjà ténébreuse, faute du Petit Pauvre, j'ai rencontré le loup de saint François. Il est toujours jeune ; mais, après avoir été bien gras, pendant cinq ou six cents ans, il a beaucoup maigri. On ne le nourrit plus guère : les gens de Gubbio ne tiennent plus la parole de saint François. Il s'était d'ailleurs un peu dégoûté de son régime et des vivres, toujours les mêmes, qu'on lui servait, selon les termes du traité, aux frais de l'Etat : le vieux mouton qui sent toujours la laine, les coqs centenaires, et les os du pot-au-feu. Nous nous sommes présentés l'un à l'autre, et reconnus aussitôt.

— Quel heureux hasard, Sire Loup !

— Hé quoi, vous ici, Condottière ?

— Vous y êtes bien, mon cher Isengrin.

— Je chasse : il faut dîner.

— Vous avez donc rompu votre paix avec Gubbio ?

— Pourquoi non ? Saint François n'est plus, et je demeure : j'ai encore un estomac.

— Une convention solennelle est pour toujours.

— Erreur ! les traités ne sont pas éternels. Ils ne sont de papier que pour qu'on les déchire. J'ai été dupe de saint François, je commence à le croire. Il est venu vers moi, dans la neige. Encapuchonné de flocons et transi dans la bure, il avait l'air d'un loup pelé, lui-même ; et j'ai cru voir mes yeux dans les siens. Ses regards étaient de braise. Il m'a pris la patte, l'a serrée dans la sienne, et m'a nommé son frère. Ma foi, j'avais le ventre plein ; j'en fus attendri. A mon tour je lui serrai la main. Je me suis converti : un vieux loup n'a rien de mieux à faire.

— Sire Loup, il faut que saint François vous ait fait entendre ses prières les plus douces, pour vous toucher ainsi. Vous en souvient-il ?

— S'il m'en souvient ! « Voyez, Monseigneur, » m'a-t-il dit : « tout le monde pleure dans Gubbio, même les chats, même les chiens du bourreau, même le podestat. Tous sont tristes, même les sergents du billot, même les croque-morts, vous ne leur laissez plus rien à faire. Plus de gibet, plus de fourches, plus de paniers à vendanger les têtes : que le ciel du moins vous tienne compte, Sire Loup, d'avoir épargné à l'homme de venger tout ce sang-là. Les petites filles n'osent plus rire, quand on crie : au loup ! le loup ! Vous avez trop fait le roi, le marquis, le duc et l'empereur à Gubbio. Vous avez mangé tous les petits enfants : à peine s'il en reste quelques-uns à la mamelle, et vous les mangerez sans doute avec leurs tendres mères. Tenez-vous-en là, Monseigneur, s'il vous plaît. Je supplie Votre Majesté d'être un peu plus paternelle à mes pauvres Eugubins, ses sujets. Faites trêve, laissez-les respirer. Si vous les mangez tous, il n'y en aura plus. » Comme il pleurait à verse, je me sentis ému. Bon, lui dis-je. Demain, je quitte le pays et j'irai en France, croquer le Chaperon Rouge et l'Oiseau Bleu : ils sont à point, là-bas.

— Pour l'amour du ciel, dit François, ne dévorez pas la France à seule fin d'épargner l'Italie. Monseigneur, je suis un peu français aussi : j'ai nom François.

— Tu me donnes faim. Mais que veux-tu donc ?

— Que vous ne mangiez plus personne.

— J'ai faim, te dis-je, faim : j'ai toujours faim. Tu n'as jamais faim, toi. Et plus j'avale, plus il me semble que mes petits engraissent.

— Faisons un pacte, Sire Loup. Vous ne saignerez plus les enfants, ni les jeunes filles, ni même les vieux rentiers, qui sont si gras et si coriaces. Vous cessez de vous repaître de l'homme et de la misère humaine.

— Et de quoi donc me rassasier, si j'ai faim ? Tu es fou.

— Gubbio vous nourrira d'une chair succulente, abondante à souhait. Chaque matin et chaque soir, vous trouve-

rez la table mise à la porte du palais, et votre dîner prêt.
Vous aurez du mouton, hélas, puisque vous l'aimez si
cruellement, Monseigneur ; et des brebis, hélas, hélas, et
des agneaux, des foies, des rognons, toutes viandes à votre
goût, bien préparées, savamment cuites.

— Cuites, non. Crues, je les veux. Et les poules ?

— Quelques poules aussi, et des poulets. Ha, pourtant, si
vous vouliez vous contenter des seuls fruits de la terre, vous
iriez au paradis, avec les hirondelles.

— J'y suis.

— Vous y serez, malgré tout, avec quelques prières,
Monseigneur, si vous m'accordez ce que je vous demande
aujourd'hui : ayez pitié de ce pauvre peuple, je vous en
supplie.

C'est ainsi qu'il a parlé et que j'en ai cru ce bon frère
François. Je me suis donc laissé faire.

Se tournant alors de mon côté :

— Et toi, me dit-il brusquement, que me veux-tu,
Condottière ?

— Sire Loup, rien. Donnez-moi seulement la main
comme au Petit Pauvre.

— Tiens, voilà ma patte. Quoique j'aie repris goût à la
chair fraîche et que j'aille de nouveau à la chasse, je ne puis
résister au nom de saint François.

M'ayant mis sa patte dans la main, il m'a fait un bout de
conduite jusque sous les voûtes de la place. Nous nous
quittâmes. J'étais déjà loin quand j'entendis un petit galop
sur mes talons. C'était mon loup. Et d'une gueule bien
chaude, tirant la flamme d'une langue bien rouge, il me dit :

— M'aimes-tu ?

— O cher vieux loup de Gubbio.

IV. LA DUCHESSE CONTADINE

Entrée à Urbin.

Urbin, charme de l'Italie, plaisir des yeux, paix du cœur ;
Urbin, ville de l'aurore ou du jour qui décline, mais qui rit
encore, et que le bonheur d'être belle anime et dore. Ce doux
repaire d'Urbin, si haut perché sur la colline, si bien caché
au pli amoureux de la vallée, je le retrouve chaque fois aussi
charmant que le jour où j'en fis la découverte. Que j'arrive
d'Urbania ou de Fossombrone, Urbin sort de la blonde
vallée, pareille sur la hauteur en terrasse à une fiancée qui
attend le retour de son amant et qui, debout, du plus loin,
lui fait des signes. Je marche sur les hautes levées de terre
brune qui bordent la route. Je me fais un chemin dans cette
glèbe forte, entre les blés déjà drus et la vigne en fleur. La
campagne a ses tendres vêtements de fiançailles : le lilas
descend sur mes yeux ; le muguet se dresse vers mes lèvres.
La fleur de la vigne, ce pollen suave que j'aime tant, est
l'odeur même de la lumière à l'aube. De loin en loin, un
paysan soigne les ceps ; une paysanne coupe de l'herbe pour
les litières de sa ferme. Ce peuple est charmant. Il répond à
qui lui parle ; il est au fait, il comprend ; il n'est pas muet à
la raquette, il rend la balle. Une jeune fille, au large chapeau
de paille, me regarde avec un grand sérieux : elle veut savoir
qui je suis ; elle sent bien que mon pays n'est pas le sien.

— Devinez, ma chère, lui dis-je.

A mon grand étonnement, elle répond :

— Peut-être êtes-vous de l'Irlande ?

Je ris avec bonheur.

— Non, pas irlandais.

— Donc, fait-elle, vous êtes grec ?

Elle arrive enfin au Français. Je vois alors ses yeux qui
brillent ; son rire naît ; sa bouche se fait presque tendre.
Comme ce peuple est près du nôtre, si on ne le corrompt
pas. Comme il a naturellement envie d'aimer ce qui vient de
France : il en a même le respect. Pour qu'il haïsse ou
mésestime le Français, il faut qu'on lui apprenne à le haïr. Je
parle du peuple vrai, du petit peuple, celui des champs

plutôt que celui de la ville, celui qui ne lit pas les journaux, qui se moque de la politique, celui qui est tout au droit fil de la vie et n'est pas l'esclave des partis. Où que ce soit, un parti est un mensonge en armes. La haine est le parti des partis. Petit peuple que j'aime, fin même dans la rudesse ; intelligent, même dans l'ignorance, et toujours de niveau, si l'on sait le prendre. Il suffit d'un seul prolétaire italien qui a vécu en France, et n'y a pas été dans la misère, pour nous faire un ami. Et ceux qui n'y furent pas nous sont proches de nature, comme s'ils y avaient passé un long temps de leur âge. Cette petite a lu quelques livres : ils lui ont donné une idée merveilleuse de Paris. Elle confond d'ailleurs la Bretagne et l'Irlande, non sans beaucoup de sagesse : par quel miracle ? et qui sait d'où lui vient ce sens de l'inconnu ?

Urbin, dans sa retraite blottie au nœud de la péninsule et du continent, des monts et de la vaste plaine, entre les Marches, la Toscane et l'Ombrie, est ce qu'il y a de plus italien peut-être en Italie. Tout ce qu'on attend de l'Italie est à Urbin une fleur en bouton. Cette petite ville peut donner l'idée de cent villes plus grandes ou plus illustres, sinon plus belles. Et on en peut aimer cent autres en elle. Le paysage d'Urbin est d'une aménité délicieuse et toutefois d'une gravité pleine de grâce. Ici, la grandeur est calme et riante. L'air est vif, la lumière caressante, les lignes d'une naturelle harmonie. Elle est digne sans doute de ses fils les plus fameux, Rafaël et Bramante ; mais elle l'emporte bien sur eux. Je voudrais qu'Urbin fût la patrie de la Béatrice du Purgatoire et de ce magnifique architecte, le Dalmate Luciano de Laurana, qui l'a tant embellie.

Le palais ducal, c'est tout Urbin. Ailleurs, la ville tourne autour de la cathédrale : à Urbin, le palais n'est pas dans la ville ; mais la ville est une dépendance du palais. Ce chef-d'œuvre du quinzième siècle l'est aussi de l'architecture civile. Sans l'être pour autant, le palais paraît immense. Laurana, plus que personne, a fait des prodiges. On ne peut épouser mieux que lui les difficultés du terrain ; il sait résoudre tous les problèmes dans la science et l'art de bâtir. Le choix des matériaux est exquis : la pierre, le marbre, la brique alternent avec la mesure et le goût inimitables d'un symphoniste accompli dans l'emploi des timbres et des instruments. Les tours, hautes et sveltes à ravir, qui sortent du ravin, et qui portent au ciel les étendards des heures fixés à leurs pointes, prennent selon les moments de la saison et du jour, granit ou cristal, la mine la plus ferme ou la plus irréelle, un air de forteresse ou de minaret dans l'Orient chimérique. Plus que tout, pourtant, la beauté du palais ducal tient de la fantaisie. C'est un château des fées, et moins voisin de Venise que des Mille et Une Nuits. Au couchant, quand on le voit d'un peu loin, depuis la route des Capucins, soit que l'heure d'or l'enveloppe de la poudre de Danaé, ou que les noirs nuages poussent sur les tours leurs vagues plus tragiques, le palais est un rêve de pierre, suspendu entre le ciel et le petit jardin montant qui, par des lacets de bronze, le retient à la terre.

L'architecture règne sur toute plastique, comme la nature du site sur la cité des hommes. L'architecture est à l'art une seconde nature. Elle est l'esprit d'une époque ou d'une ère qui a trouvé sa matière et qui en a fixé la forme. On la croit abstraite ou de pierre inerte : elle révèle l'âme et les caractères ; elle en manifeste l'élément le plus durable et dans la mode même la vertu permanente. Voilà pourquoi le palais de Laurana a tant de charme. Ici, la Renaissance n'est pas asservie à la fausse Antiquité. Dans toute l'Italie, il n'y a rien de plus fin, de plus élégant ou de plus libre. Ce séjour est vraiment celui d'une race patricienne. Le duc du SOIR DES ROIS y est chez lui, au moins en octobre, aux premiers jours d'un automne encore chaud et vêtu de pampres : il y promène sa mélancolie dans le luxe harmonieux des salles qui donnent sur la calme campagne, et devant la vue passionnée que lui offre la fenêtre ouverte, il se livre aux délices de la musique.

Luciano le Dalmate vient de Laurana, joli petit havre de mer au fond du Quarnaro, près de Fiume. Ce grand architecte, d'une fantaisie si hardie et si sûre, a l'imagination sensible et la poésie, don le plus rare en architecture. Parfois, on dirait d'un Oriental qui a grandi sur les bords de la Loire. Qui aurait pu tirer parti mieux que lui du sol le plus ingrat et du terrain le plus inégal ? Il a bâti sur deux ravins et une double croupe ; il n'a rien nivelé ; il a suivi les pentes à la façon d'une eau qui coule, et de la sorte, il a fait de son édifice le chef-d'œuvre et l'âme du paysage : la nature fournit un point de vue admirable, et l'artiste le fait fleurir en palais. La Renaissance aurait dû finir en 1500, avec les incunables : la nature était rentrée dans l'art, et la vérité du sentiment n'en était pas sortie.

Comme il fait encore la fortune du pays, le Palais Ducal porte au loin dans les siècles la gloire du prince qui l'a bâti. Frédéric de Montefeltre est le bon duc aussi bien que le grand. Sa vie de soixante ans est pleine de victoires et d'œuvres. Pas une cour du temps n'égale la sienne : elle a le charme et la gravité, tout le prestige des vrais plaisirs qui sont les plus honnêtes ; elle est élégante et polie, savante et sage. Le duc réunit à Urbin les plus beaux artistes et les plus admirables livres. La passion des Anciens ne fait pas de ce noble prince et de ses amis une société de païens à la romaine ; et leur religion très ferme et très sincère n'a rien de bigot, comme partout plus tard, après le concile de Trente. Ils sont aussi loin de la pratique étroite et de la dévotion hypocrite que des mœurs cyniques. Ils veulent s'ennoblir en jouissant de la vie. Grâce aux Montefeltre, Urbin a un air de capitale, et la vie qu'on y mène lui en donne le rang. Pas une illustre cité du siècle, ni Florence ni Rome, ni même Venise ne peut se vanter de vivre sur un plan plus noble que cette villette, ou plus digne d'être en exemple. Tout dépouillé qu'il ait été plus tard par les papes, le palais d'Urbin reste le témoin de cette rare excellence.

Tout le monde connaît le portrait du duc et de la bonne duchesse Battista Sforza, sa femme, tels que Piero della Francesca les a peints et qu'ils sont à Florence. On les retrouve à Urbin dans tous les coins. Le duc étale un large visage, massif et carré, sur une grosse tête ronde, engoncée dans les épaules. Un cou énorme ; un gros nez cassé à la base, et bien rond, bien épais du bout ; une bouche très fine, dont le pli malicieux tempère la gravité du visage : cet homme-là aime rire, mais non aux éclats ; il est simple, vrai, d'une dignité parfaite, tenant toujours son rang, sans morgue et sans familiarité, modèle peu commun de la bonhomie princière. Ce duc a deux manies : l'une, de voir son nom sur tous les murs, sur toutes les portes, dans toutes les salles. On en est las pour lui. Monogrammes, inscriptions, profils, médailles, il ne peut pas s'oublier un seul instant. Et toute sorte de louanges, gravées d'ailleurs en grandes capitales d'un style admirable : il a vaincu six fois en bataille rangée ; il a fait fuir huit fois l'ennemi ; il a pris vingt châteaux et onze villes, ou le contraire. Federigo da Montefeltro, entre vingt et cinquante ans, a toujours fait la guerre : il est le meilleur capitaine de son siècle en Italie. Mais quels fastes innocents. Délicieuses petites patries : Alexandre dans un mouchoir de poche ; chaque village a son César.

Son autre travers est de porter la plus ridicule des coiffures. Ce couvre-chef est une espèce de seau à charbon pourvu d'une visière. Il donne au duc, homme de guerre, la tête d'un vieil invalide du travail, d'un souverain portier qui a une casquette à proportion de son emploi : un bouffon pourrait fort bien la donner à saint Pierre, s'il en faisait un dieu concierge. Un pareil chapeau gâte toute figure : d'autant plus celle du duc, qu'il est très laid : inscrit, gravé, en médailles, un peu partout, FED. DUX n'est certes pas le Condottière de la Beauté. Il est casse-noisette à miracle. Quel beau palais pourtant que le sien. La première Renaissance n'a rien de plus achevé. L'escalier, d'une douceur et d'un agrément uniques, les vastes salles, les chambres privées, les corniches, les frises de marbre, les bandeaux, les portes, l'ornement au-dehors et au-dedans, tout ce style est proche de la perfection. La finesse et la grandeur s'accordent. Les belles proportions font oublier le luxe et la mesure s'impose même au faste. Ici, le simple rend à la vertu le somptueux. On surprend le duc au secret de sa vie la plus intime dans quelques petites pièces, perles précieuses du logis : son oratoire, sa bibliothèque, sa petite salle d'étude. Tout est revêtu de bois marqueté. Voilà, certes, les plus belles marqueteries du monde. Ailleurs, je n'aime pas cet art. Au palais d'Urbin, la marqueterie vaut la peinture, avec je ne sais quoi de mystérieux et d'étonnant. Ces petites chambres basses, toutes faites pour la méditation, sont les boîtes chaudes de l'automne spirituel, quand l'homme penché sur lui-même, dans les pampres et les fruits de l'action, réfléchit à ce qu'il fut et à ce qui l'attend. Un goût savant et une invention toujours vive ont ordonné la couleur et les formes : cette ardeur sourde est la fin d'un après-midi d'été à travers le voile des feuilles déjà mortes : on se croirait chez le philosophe de Rembrandt. Tableaux d'architecture, de livres et de sciences, les panneaux ferment des armoires et des bibliothèques ; ils représentent tout ce qui est, tout ce qui peut être là derrière : incunables, manuscrits, instruments d'alchimie, compas, astrolabes, optique, plumes, écritoires, pupitres, sphères, enfin tout. La charmante fantaisie n'y oublie pas les bêtes de la maison, ni les animaux symboliques : des oiseaux, de grands perroquets dans leur cage, des aigles, des phénix. La couleur générale se joue dans les tons les plus chauds du bois roux, avec des tailles très noires parmi d'autres très blondes. En sorte que les parties claires chantent presque dans l'ombre comme des rouges. Le dessin est merveilleux. Il n'est pas de natures mortes plus accomplies.

Quoiqu'il soit né un an après la mort de son prince, dans l'oratoire du duc on a placé un moulage du crâne de Rafaël. L'original est au Panthéon de Rome, je crois. Ivoirin, fort poli et bien rond, ce crâne étonne par ses petites dimensions et par la pureté de la forme. Tout est à Rafaël dans Urbin ; mais il n'y a rien de lui que son nom. Quel est plus illustre ? il sonne le prodige : toute la terre en retentit. A vingt ans, une fausse idée de la perfection nous égare : on est épris de Rafaël comme de Léonard et de toute la Renaissance. Je me reproche de ne plus aimer cet art-là par-dessus tout, et même de le moins admirer aujourd'hui. Le portrait de Balthasar Castiglione, celui de Jules II sont assurément d'un grand peintre : les Vénitiens n'ont pas mieux fait. L'ÉCOLE D'ATHÈNES est un spectacle sublime. Mais l'image l'emporte trop sur la peinture, et cette musique linéaire est trop connue. Maison de verre : à travers ce cristal, il n'y a rien que ce qu'on voit. Les femmes de Rafaël n'ont pas un mot à nous dire : avec leurs grands yeux d'âne et leurs formes pleines, quelles tranquilles et spacieuses maritornes. Moins deux ou trois, qui sont jeunes filles, ses madones sont aussi lourdes et non moins vides. Admire qui voudra ces nourrices, la Vierge au Rideau, la Donna Velata, la Fornarina ; pour s'y plaire, il faut être un peu Turc ou homme d'Etat, un de ces Augustes qui se sont assigné la mission de peupler les crèches et les écoles maternelles.

Mais quoi ? Rafaël a seul du génie où les autres n'en ont pas, dans un art qui est la mort des artistes : « l'académie ». Né de lui, le grand art académique est tout en lui. Il semble que Rafaël pût être architecte, sculpteur, archéologue, érudit, aussi bien que peintre. Peut-être était-il architecte avant tout. Qu'est-ce que l'académique ? L'éclectique universel, celui qui prend et reçoit de toutes mains, pour tout soumettre au canon d'un style : il résume toutes les idées des autres, tous leurs efforts, tous leurs moyens. En chaque art et chaque pays, cette réussite ne peut guère se voir qu'une fois. Rafaël la doit à un don que personne n'a eu au même degré : le sens et la grandeur de l'ordonnance. Nul n'a su comme lui disposer des formes plastiques dans un espace. En quoi il me semble né architecte autant que Michel-Ange l'était peu. Triomphant à Rome et dans les Stances, tant qu'il donne la forme à des symboles, il finit par tomber dans la formule et n'inspire alors que l'ennui. Se peut-il que L'Incendie du Borgo soit du même homme qui a peint L'École d'Athènes, Le Parnasse et La Messe de Bolsena ? Rafaël est déjà son propre prix de Rome. Déjà on voit sortir de son atelier tous les Jules Romain, tous les exécrables Bolonais, tous les Carraches qui ont couvert l'Italie et l'Europe.

Rafaël n'est pas grec le moins du monde : tout au plus pompéien. Sa Galathée est napolitaine. Sa bible est déjà jésuite. Mais quel merveilleux jeune homme a été celui-là. D'ailleurs, Rafaël est toujours resté et il est mort jeune homme. Ce privilège efface en lui le caractère de l'académie : l'art académique semble partout une vieillesse. Quelle force en Rafaël, quelle facilité, quelle abondance miraculeuse : jamais puissance ne fut plus naturelle. Cette petite tête si bien faite comprend à peu près tout du premier coup. Il n'invente rien ; il s'approprie presque toutes les découvertes des autres. La profondeur seule lui échappe. Il divertit, il occupe : il n'est pas nourrissant. Ce n'est pas assez d'un imagier incomparable, qui doit, d'ailleurs, la plupart de ses images à Giotto et à Michel-Ange. Rafaël est tout entier sur la scène : il n'est pas derrière la toile de fond ; on n'y sent pas sa présence. Faut-il le dire ? il n'est pas assez poète.

Les papes ont dépouillé Urbin. Les plus fameux manuscrits de la Vaticane viennent de la librairie du bon duc. Quelques chefs-d'œuvre font encore du petit musée, installé au palais ducal, un des plus précieux de l'Italie. On ne sait pas tout le génie de Piero della Francesca si l'on n'a pas vu ses trois tableaux d'Urbin. Même à Rimini, même à Borgo San Sepolcro, il n'a pas la qualité où il atteint dans sa VIERGE A L'ENFANT et dans la FLAGELLATION. Cette madone est d'une puissance extraordinaire. En robe rouge, avec un manteau gris un peu conventuel, aux revers d'un bleu sombre, entre deux anges légèrement en retrait, l'ange rose à droite, l'ange bleu pâle à gauche, la divine jeune femme est une Minerve. Son visage est de l'ovale le plus parfait. Ni tendresse, ni charme aimable : la douceur des traits n'empêche pas l'expression d'être celle d'une vierge guerrière, Pallas elle-même, toute roidie d'avoir un enfant sur les genoux. On ne saurait parler de sa gravité : elle est au-delà de toute émotion passagère. Elle fait son office sublime. Elle n'est pas triste : elle a l'austère sérénité du destin. Elle ne prévoit pas son sort de mère : elle l'accomplit dans ce grand calme virginal pareil au miroir de la mer, à l'aurore. Une haleine d'indestructible volonté anime ce visage, comme ceux de l'Enfant et des deux anges, enfants de chœur farouches. Tous deux croisent les bras ; ils sont d'assez petite taille ; on ne les voit qu'à mi-cuisse. L'ange rose est presque terrible. Les yeux des quatre figures sont pour beaucoup dans le style tragique de cette œuvre, qui tient d'Eschyle. Hallucinés, ils hallucinent. Noires pupilles dans un cercle parfaitement blanc : peut-être la couleur s'est-elle effacée avec le temps, et les sclérotiques n'avaient-elles pas, d'abord, cette blancheur éclatante. On peut en penser autant des chairs ; elles sont réduites au dessin : les laques se sont volatilisées, il n'en reste pas trace ; les terres seules sont fixées sur le panneau de bois. Au visage, au col, aux mains, à la poitrine, à la moitié du ventre de l'Enfant, dans les seules parties nues, il en résulte une impression singulière de sobriété essentielle, de puissance ramenée à l'idée. Et une fois de plus, la manière de Piero, si on peut appeler manière un si grand style, fait penser à la plus belle et plus vieille peinture de la Chine.

Etrange part de l'Orient dans ce peintre unique : pas du tout le pittoresque à la Bellini ; quelque chose de profond et d'intérieur, comme chez Rembrandt, et dans un sens tout opposé : Rembrandt est souvent un Oriental par le cœur et l'émotion sensible ; tout dans Piero est de l'émotion spirituelle et de la pensée. On ne peut pas voir un dessin plus sûr et d'un œil plus personnel : il presse la réalité jusqu'au plus petit détail, et il noie tous les détails dans l'ensemble. Les mains sont incomparables. Qui a vu deux ou trois mains de Léonard les retrouve partout : ce sont toujours les mêmes. Ici, Piero donne à chaque figure la main de son emploi, de sa vie, de son destin, de sa nature. Cette Sainte Vierge du Parthénon regarde droit devant elle, non pas son Jésus, mais le monde, l'univers et cette sphère sans issue. D'ailleurs, ses mains exquises, qui n'ont jamais plus travaillé que les lys du roi Salomon, tiennent chacune un pied de l'Enfant ; et la main droite serre même le pied du Bambin avec une énergie implacable : il est engagé dans les doigts comme dans la moitié d'un bas ou d'un gant.

Reste l'Enfant Jésus. Le mystère de l'Orient dans Piero della Francesca nous murmure encore quelques rêveries. Le sage enfançon, au geste si puéril, qui lève sa menotte grasse et de l'autre tient une petite rose blanche, a proprement la tête et même la pose d'un Bouddha. Grande, calme et triste, sa bouche, ignorante du lait et de tout sourire, s'entr'ouvre mystérieusement : peut-être soupire-t-elle : ou bien elle prononce les paroles souveraines qui font écho au Lotus de la Bonne Loi plutôt qu'aux paraboles de l'Evangile.

Enfin, la FLAGELLATION. Non seulement ce tableau est le plus beau de Piero le Grand ; il est des quatre ou cinq chefs-d'œuvre qui dominent sur toute la peinture en Italie. Ce panneau de bois, qui a beaucoup souffert du temps, est plus rare encore par la nouveauté de l'expression. Parut-il extraordinaire en 1470 ? Il l'est toujours, et neuf aujourd'hui même. C'est la seule peinture italienne, avec quelques morceaux de Paolo Uccello, qu'on ne s'étonnerait pas de voir au milieu des œuvres les plus modernes. Il est d'abord prodigieux par l'invention. La scène est établie sur une double échelle. Au premier plan, à droite, sur un tiers du panneau, trois grands personnages, un de face entre deux autres de trois quarts ou de profil, sont presque deux fois plus hauts qu'au second plan le Christ à la colonne, flagellé par un bourreau ; du bras, un aide tourmenteur maintient Jésus ; et une sorte de juge assis surveille l'exécution du supplice. Il ne faut pas parler de la merveille, en tout sens, que l'art de peindre accomplit dans cette peinture : la hardiesse de l'ordonnance, le goût incomparable de l'architecte, la beauté de la nature morte, le dallage, les plafonds ; les notes bleues qui font l'harmonie générale de l'œuvre, sur des accords aériens ou puissants de rouge assourdi. Tout ce qui concerne la description d'un tableau m'a toujours paru inutile, à une réserve près : quand on met en lumière tel ou tel trait admirable qui échappe à l'attention des peintres même. Tout le miracle peint mis à part, il y a ces trois figures inoubliables, qu'on peut appeler le Grand Prêtre du Temple de Jérusalem, le Proconsul de Rome et le Prince des Pharisiens. Ils sont là, en arc tendu jusqu'à la corde, l'ancienne religion, la puissance des lois et de la conquête, le pouvoir inexplicable des Juifs. A deux pas du portique et de la colonne où Jésus est fouetté, ils font un étrange concile : étonnés et pourtant résolus, on dirait qu'ils écoutent. Ils entendent les coups de fouet, le souffle du supplice, les soupirs de la victime et l'ahan du bourreau. Ils se tiennent debout et comme exaltés dans leur silence, sur le fond du paysage, un jardin de Damas et le ciel bleu, adorable entre les fenêtres, là où les murs finissent sur l'air libre et le feuillage des orangers. Ils ne s'entretiennent pas de l'exécution qu'ils ont ordonnée, mais ils en sont obsédés. Ils ne se disent plus rien ; mais chacun d'eux est hanté de tout ce qu'il a lui-même à se dire. Ainsi commence le grand drame de cette œuvre sublime. D'une haute beauté, ardemment sensible, le grand Juif en simarre, coiffé d'un bizarre turban carré, la barbe assez longue, divisée en deux pointes, a le regard fiévreux de la haine près de l'amour, ou d'un amour qui tourne en haine : une émotion déchirante le parcourt, et d'autant plus qu'il la garde pour lui, qu'il voudrait la cacher aux deux autres, et qu'il s'irrite de la laisser paraître : car ils la voient, et il le sait. S'il n'était pas si ému, il comprendrait qu'à leur façon ses deux témoins ne le sont pas beaucoup moins que lui. D'ailleurs, l'effroi aiguise en lui l'inquiétude ; une peur presque cruelle accompagne toutes ses pensées. Sa bouche frémit ; il est près de crier : « Assez ! » ou « Tuez-le ! finissons-en ! » Il a les oreilles pleines de ces souffles torturés ; il a vu ce visage et sa douleur le poursuit. Il y tourne en vain le dos : cette misère humaine n'a pas un son qui ne retentisse en lui.

L'homme au milieu, tout de face, le plus fort, le plus large, tête nue, blond, les cheveux hérissés, rond visage solaire, en tunique rose qui a dû être rouge, brave le jour et se défie lui-même : il est hagard. Peu lui importe s'il s'est trompé ; son erreur ne compte que pour lui : il veut se le persuader et, par instants, il se le persuade. Pour Rome, il est en règle : il est la loi et il faut que la loi s'exécute. Au fond de lui, un trouble qu'il n'a jamais prévu le travaille. Se moquant de cet homme aux yeux inévitables, de ce prophète comme ils l'appellent, un fou comme ils sont tous dans ce pays, et tous rebelles, il lui a dit par dérision :

— Alors, tu es roi ? Tu es Dieu ?

Et l'autre a répondu :

— Tu l'as dit.

Jamais thaumaturge n'a eu ce visage, cette flamme pure, cette profonde et jeune majesté. Et après ? Peu importe, peu importe, peu importe. Un Juif de plus ou de moins, flagellé, torturé, mis en croix ce soir même, quel poids ce fétu peut-il avoir dans la balance de Rome ? Si ce fol est le Dieu des Juifs, que les Juifs s'en arrangent avec lui, et qu'il s'en arrange avec eux. Rome a mieux à faire que de s'en soucier. Oui, et pourtant, il se roidit. Il se tend dans une volonté implacable et qui lui coûte. Il se répète : « J'ai voulu et je veux. » Sa volonté fait en lui un tonnerre de cloche, qui doit assourdir le reproche intérieur, et qui ne parvient pas à en pacifier les ondes, à niveler ni endormir l'inquiétude.

Le troisième est un grand mandarin de la Chine, un lettré dont la drogue multiplie cent fois l'éminente littérature. Dans sa magnifique robe azur à ramages d'or, il est impas-

sible. Une ombre contre le milieu de son crâne rond fait
songer à la queue de Han. Celui-là n'est pas troublé, mais il
pèse l'œuvre du moment, et le fait politique l'inquiète quelque peu. Il est celui dont la présence force les autres à se
vaincre, dans leur angoisse ou leur doute. Lui-même,
devant les supplices, il est tranquille avec ennui, comme le
Chinois, prince de l'empire, qui fait couper la tête à cent, à
mille rebelles qui ont pillé le trésor de l'Etat et tué les agents
du fisc. Il n'y a pas à se soucier davantage : ces incidents
populaires sont dans l'ordre, comme le reste.

Cependant, le Christ est le plus petit, le plus frêle des
personnages. Il est lié à une colonne ionienne qui porte au
sommet un dieu antique ou un héros, le bras levé bien
au-dessus de Jésus ; dans la main, il a une boule, une
pomme ; est-ce l'heureux berger Pâris ? Et peut-être
montre-t-il le Calvaire.

Longtemps, longtemps, je reste debout contre la fenêtre
ouverte, à contempler l'heureux pays et la campagne
sereine dans l'ardeur et la fin lente d'un beau jour. Accoudés
au même appui, le duc et la duchesse, les seigneurs, les
artistes, Piero della Francesca, Uccello, Laurana, Balthasar
Castiglione, le parfait homme de cour qui a rédigé l'éthique
du courtisan honnête homme sous la Renaissance, tous ces
beaux esprits et toutes ces belles ont vu ce que je vois. Je n'ai
pas besoin de les appeler : elles se penchent avec moi sur la
sage contrée, ces ombres qui furent heureuses.

Urbin est une de mes plus fortes tentations : celle de
l'oubli. Qu'on est loin de tout, dans ce nid de l'Apennin.
C'est une île d'abandon tranquille, mais au milieu d'une
nature charmante et noble, où l'art reste présent et d'autant
plus vivant qu'il est méconnu. Ceux d'Urbin se plaignent
qu'on a ruiné leur ville et qu'elle est presque morte. On ne
fait rien pour elle. Toutes les routes s'en écartent, passant
plus bas ou plus haut. Elle avait une école de dessin, sous le
patronage du « divin Sanzio », comme ils le nomment : ils
ne l'ont plus. Leur petite académie s'est dispersée en poussière. On leur a pris leurs livres, leurs tableaux, leurs objets.
On a réduit leur Université aux moindres disciplines, le
droit et la pharmacie : ces bocaux mêmes sont vides de

poisons. Ils sont délaissés de toute manière. Pour ma part, je ne veux pas les plaindre. Il faudrait seulement leur rendre une ample et nombreuse librairie, et les facultés éminentes, les lettres, les études antiques, la géométrie à défaut des autres sciences qui exigent des laboratoires. De bons maîtres feraient venir à Urbin une foule d'étudiants. On devrait en faire l'université des jeunes filles, à l'abri de la cohue et des mœurs grossières. Où serait-on mieux pour apprendre, pour cultiver une fleur de gentillesse ancienne, et pour élever son esprit ?

Sur une petite place irrégulière, où confluent toutes les grosses rues de la ville, se croisent tous ceux qui ont quelque affaire ou qui ne sont pas à la maison. Aux quatre tables d'un petit café, le client fastueux peut fort bien rester assis tout l'après-midi à boire son verre de vin ou sa tasse d'eau chaude. On se rencontre devant la poste. Les rendez-vous muets se font en regards de côté, en clins d'œil sournois. Dans l'Italie présente, les jeunes hommes et les jeunes femmes sont séparés, en public, par toute la largeur de l'hypocrisie sociale. Un air empesté de fausse vertu répand l'ennui. On ne les voit jamais ensemble. Ou c'est la chiennerie du mariage, impudemment étalée, une espèce de reproducteur qui donne le bras à sa femelle enceinte, tous deux poussant du genou leur grouillante progéniture, qu'ils tiennent par les mains. Il n'est pas plus sale spectacle que cette alcôve et ce lit conjugal en promenade. Les amants sont proscrits au nom du pape, de Romulus, de Rémus, de l'Etat Civil et de Virginie. Ainsi soit-il. Comment les sexes se vengent, Vigny le sait peut-être : Auguste et Livie sont toujours dupes, et c'est bien fait : il est nécessaire qu'ils le soient. L'Etat est imbécile qui se permet de régler les mœurs ; et les hommes sont des lâches qui l'acceptent. Non plus des citoyens, mais les têtes d'un troupeau.

Jadis, avant la guerre, pas une jeune fille seule dans les quinze ou vingt rues d'Urbin, pas une qui ne fût accompagnée. Quelques-unes, à présent, vont et viennent sans chaperons ni duègnes. Elles vont par deux ou trois, des amies ou des sœurs. On m'assure que dans le petit nombre des étudiants, on compte quelques étudiantes. Ces petites

cachent leur gaîté, et les jeunes gens semblent les fuir : tout
s'explique. Ils ont une espèce d'air un peu sévère, qu'on
perce du premier regard et si affecté qu'on s'en irrite. Le
mensonge de la vertu est la pire corruption. Il n'y a aucune
vertu à ne pas faire l'amour. Si ces jeunes gens ne se
soucient pas d'aimer, à quoi donc pensent-ils ? Même dans
cet asile, où persiste une vie ancienne, à cent lieues du
Capitole et des chaises curules, les mœurs nouvelles imposent donc leur insupportable artifice ?

Urbin est plus beau qu'au temps de sa splendeur, sans
doute. Tout alors était bois, chasses, forêts sur ces collines.
A présent, tout est nu. La vigne a eu raison de la haute
futaie. Entre les boqueteaux, çà et là les yeuses et les cyprès,
les cultures qui sont si avenantes, et le sérieux patient des
éteules. Quoi de plus émouvant que le chaume roux ? et le
labour gris, peau de bœuf, les mottes dures en rouleaux,
compactes à l'égal de la pierre ? Urbin doit avoir plus de
gravité qu'autrefois. C'est la tristesse à peine murmurée de
la beauté rare, qui ne regrette pas la beauté qui fut, mais qui
y fait songer. O que cette mélancolie me retient. Le sourire
aérien d'une tristesse ardente est mon arme de jet ; et le trait
n'atteint ce que je vise qu'après m'avoir traversé. Percé, je
perce.

A quelque deux ou trois mille pas de la ville, je me suis
assis dans les sillons épais, au bas d'une vigne. J'ai toute la
capitale du bon duc, au loin, sur ma gauche, et si je me
tourne, devant moi, Urbin duchesse et villageoise. La
contrée à l'entour est une riche et féconde paysanne.
Au-dessus du ravin, le fossé d'où surgit la ville comme une
flamme, le marché est plein de paysans, de charrettes, de
bouviers, de paniers, de fruits, de bœufs et d'ânes. Un
charmant nuage lilas fait voile vers le ponant. Vermeil et
plus léger qu'un mirage, le palais ducal flotte sur une
ombre. A la crête de la hauteur qui me fait face, la même qui
porte Urbin et, d'onde en onde, va jusqu'à l'Apennin,
j'admire une blonde bâtisse qui brille. Elle semble de brique
rose et de pierre jaune. Sur un large étage carré, elle se
coiffe d'une espèce de touret ou bourrelet, comme le bonnet
de paille des enfants qui ne marchent pas encore ; et le soleil
lui donne le doux éclat du maïs doré. Est-ce une grande

ferme, cette demeure tranquille ? Je l'envie : son assiette et sa forme enclosent le calme. Une paix étonnante l'enveloppe. Il y règne sans doute un silence plein de charme, une humeur sereine, faite d'ordre, de noblesse et de pensée active : harmonie d'une mesure propice à la méditation comme à toute musique. On me dirait que cette ferme est une église délaissée et l'œuvre de Bramante, je n'en serais pas surpris : elle en a la ligne et le profil, une sorte de solennité rustique et de savante simplicité. Eglise ? elle ne parle pas de prière, mais de séparation. Elle n'invite pas seulement au repos, mais à quelque retraite féconde, dans la passion et la vie secrète. Aujourd'hui, qu'il est beau d'avoir un secret ! La séduisante demeure aux proportions assez heureuses pour purger d'ostentation un vaste espace ! Elle est vermeille ; elle semble faite d'épis mûrs et de gerbes ; elle est ardente et harmonieuse. J'en ferais bien ma maison, aux portes de cette petite ville que ne valent pas cent capitales.

V. ASSISE DU SAINT AMOUR

Est-il une autre ville qui soit pleine d'un homme et d'un seul à l'égal de celle-ci ? Jésus est de Nazareth, de Bethléem et du Golgotha en Jérusalem. Cette petite ville où j'entre précédé d'une longue émotion, est un homme et n'est plus une ville : Assise n'est pas Assise : elle est François. Que de fois j'ai rêvé d'Assise avant de la connaître ? Que de rêves j'y retrouve, chaque fois que je m'y vois ? Du plus loin, sur la route, on cherche le mont sacré de l'Ombrie, le Subasio, la masse babylonienne du cloître et de la sainte église en éperon sur la pente de l'ouest, et sur le versant désert de l'orient, le creux où se cache l'ermitage des Carceri. Et dans la lumière du matin primevère, Assise éclot, blanche et lilas, anémone d'argent. Toute une ère nous sépare de Goethe, qui peut passer par Assise sans nommer le Petit Pauvre ; et tombant en extase devant trois colonnes corinthiennes sans beauté, débris d'un temple à Minerve, n'a pas vu l'énorme couvent des frères mineurs, qui domine sur toute la vallée, comme l'Acropole d'une Athènes mystique. Ainsi, cinq cents ans avant Goethe, un pèlerin d'Occident, un croisé allant au Saint-Sépulcre, aurait pu passer par la Grèce, n'y voir que le mont Athos, et n'avoir pas un regard pour le Parthénon. Nous, désormais, il nous faut la Vierge de Périclès et celle de saint Bernard ; selon les heures, nous sommes en amour avec l'une ou avec l'autre.

Venant de Gubbio, plein de douleur et de joie, à cause de mes passions et d'un esprit qui finit toujours par les répudier toutes pour l'amour de la seule connaissance, je crois revivre à ma vie passée en découvrant Assise. Ce saint est le mien : il est toute hérésie, car il est tout amour. Au passage, dôme, clocher, orgueil et froid triomphe de Vignole, je reconnais Notre-Dame-des-Anges. Je ne veux même pas donner un instant à cette basilique éclatante : elle est la religion du Saint, son ordre victorieux, le Vatican des franciscains : elle n'est pas François.

On s'élève, on s'élève ; la plaine s'étale à perte de vue et les méandres du Tibre lent, serpent aux écailles de miroir qui rampe en S entre Assise et Pérouse. On monte. L'air est plus frais. On se persuade qu'il est plus pur et plus doux. La porte San Pietro s'ouvre qui, au-delà de l'arc, tient le lac du ciel vert suspendu. A peine sur le seuil, on se hâte vers l'église. Le voyageur se sent déjà un pèlerin. Il écoute la cloche et si François l'appelle. Un invincible élan le détourne de l'énorme ruche à moines, dont la grandeur est faite d'esclavage et d'obéissance : se défaire de la vie, grandeur inutile.

L'ÉGLISE D'AMFORTAS

Si ce n'est Saint-Marc, à Venise, pas une église, en Italie, ne se compare à celle-là. Ici, l'on peut prier et on peut croire. On peut, ici, être homme avec horreur, avec délices ; être sûr de la vie au sein de la mort ; ne pas rougir de soi, dans le rêve de la perfection ; voir enfin la voie du salut dans le chaos fatal de notre misère et de notre perte. L'église inférieure d'Assise brûle comme une braise de l'extase et du pardon, quand les vapeurs du péché retombent en rosée d'encens sur le pénitent de la vie. Car le pécheur, c'est le vivant : sans rachat, tout enchaîné à ce qui le perd, sans rachat, puisqu'il est toujours condamné à mort, et qu'il doit mourir demain, en effet. Il n'est pas jusqu'à la crypte où l'on pense avoir repéré, enseveli dans le roc, le corps mystérieux de saint François, qui ne rappelle Titurel parlant du ciel dans le sépulcre. On avait caché la dépouille du Petit Pauvre et le lieu de sa sépulture, pour dérober la plus insigne des reliques à la convoitise de Pérouse, de Spolète ou de Rome. Tels sont les hommes, et leur éternelle avarice : ils se fussent tués les uns les autres sur les restes de celui qui était tout amour et qui adorait toute vie dans la plus humble des créatures. Cette église basse d'Assise, qu'elle a dû voir de transports et de larmes ! Quelles prières n'a-t-elle pas entendues ? Quelles douleurs se sont ouvertes sur ces dalles, comme des poitrines qui veulent verser leur cœur. Et quel excès de bonheur, pour des multitudes fidèles, pour les foules de pèlerins qui ont reçu, à genoux, dans ces demi-ténèbres, l'annonce du salut, et senti sur leurs lèvres insomnieuses le goût de la résurrection. L'architecte a eu la sublime pensée de mouvoir l'homme à Dieu, en le précipitant au fond de soi-même. L'église s'ouvre sur le jour éclatant : elle est large, elle semble d'abord assez claire ; mais cette entrée n'est pas la nef : ce n'est qu'un transept étrange, un vestibule ; et comme on avance dans l'ombre plus dense, brusquement, durement, la nef véritable se creuse en abîme sombre. L'entrée n'est qu'un bras tout-puissant, qui précipite le passant ou le fidèle dans la maison de la prière, à angle droit, sans débat, sans recul, sans merci. Voici donc la basilique du Purgatoire. Les voûtes basses semblent nous tomber sur la tête, plus écrasantes et plus près de nos fronts qu'elles ne sont.

L'église du sépulcre est elle-même un sépulcre : elle a la forme d'un sarcophage ; les arcs et les piliers portent une voûte qui est le couvercle du tombeau. L'espace est vaste, et pourtant les parois, à gauche, à droite, se déplacent : on dirait que les bas-côtés taciturnes vont à la rencontre l'un de l'autre, pour nous prendre entre leurs bras de ténèbres et nous enterrer. Voûtes, piliers, arcs surbaissés, sol inégal et plein de fosses, tout nous jette à genoux ; rien ici ne nous invite, et tout nous force, mais non pas comme l'Enfer, pour désespérer à longs cris, comme le Purgatoire, pour fondre en espoir et en larmes. Et certes, de ces voûtes et de ces nids nocturnes, les oraisons, les litanies brûlantes, en nombre infini, descendent et se croisent, et se cherchent des sœurs frémissantes au plus sensible des cœurs meurtris. Tous ces appels à la vie, dans les nasses de la contrition, de la peine et des pleurs, flottent avec l'encens autour de l'autel, que les voûtes rendent aux enfants qui le balancent. Alors, un chant, l'antienne, le verset ou le répons, venu du chœur où, sans éclairer les chantres, quelques lampes d'or sèment dans l'espace une rare route étoilée, la musique pousse la porte de l'âme, et la pensée divine, rédemption ou présence éternelle d'un amour perdu à jamais, emplit toute la coupe de son onde brûlante et la fait déborder.

Cette église du Second Saint-Sépulcre est une crypte sur une crypte : sous l'église inférieure elle-même, se creuse un tombeau. Là, dit-on, dorment les restes de François. On descend un escalier noir dans la nuit. On se laisse guider par une émotion pensive et forte, l'ange invisible qui tient dans sa main la main de Tobie. Au plus bas, une sorte de grand coffre en fer forgé, des grilles ; et soulevé de terre, bien au-dessus d'une taille d'homme, le sarcophage où François est enfermé. De cette place, on a fait un temple circulaire à colonnes doriques : on les distingue à peine. On croirait voir des doigts blancs, qui font des signes dans les ténèbres. Le luminaire est rare, quelques cierges et des veilleuses disposés avec art : elles ont une pointe tournée vers le sol, et l'huile est verte. Deux yeux noirs de rapace me crochent soudain et m'attirent, me faisant frémir de peur : j'étais si loin ! ce n'est qu'un homme, un moine enseveli dans un angle de pierre et d'ombre. Cette dalle obscure, c'est saint François en cendres. Et cette poussière veille, pour ceux qui prient. François, que reste-t-il de toi ? — Rien. Un ordre immense, avec ses dix mille couvents, les vingt, les cent millions de fils, d'oblats, de fidèles qu'il a comptés depuis sept cents ans, ses quinze papes, ses trente mille évêques, tout ce qui est sorti de toi est bien ce qui te fut le plus contraire. Ainsi, tu ne vis toujours que par la négation de toi-même, de ce que tu as été et de ce que tu voulus. Et on ne dure que par là. Pourtant, quelle grandeur n'a pas une œuvre pareille, et d'un tel retentissement dans l'âme humaine ? Cela peut bien durer mille ans. Est-ce donc assez ? Ce n'est rien. Les conquérants, les maîtres du monde croient voir passer de loin les maîtres d'ordres. Il s'agit d'éternité ; et certes tu l'as su, François : mais l'as-tu conquise ? Quand on t'a couché, à même le sol, sur un lit de cendres, pour mourir, es-tu mort, phénix, ou es-tu entré dans la vie éternelle ? A-t-elle un sens pour toi ? Le feu de ton âme a-t-il été assez fort pour te ressusciter à l'infini, après t'avoir consumé ? Et enfin es-tu passé de l'instant suprême à l'instant éternel ?

Même au fond de l'ascèse, François est le contraire du saint bouddhiste. Et la preuve, ce don intarissable des larmes. Et le sang aux pieds, aux mains, au flanc : le sang, ces larmes du corps sur la vie. Les femmes le soupçonnent si elles ne le savent. Abandonné qui s'abandonne : le saint ne s'abandonne jamais. En lui, en saint François où est le lien ? Etre et vouloir, vouloir pour être. Agir pour croire, et toujours aimer. Si agir est une illusion, l'action du moins est l'illusion créatrice. — Quoi ? va-t-il falloir faire comme eux et presser de ses lèvres le pus de la lèpre ? — Oui ; et pourquoi pas ? d'où vient ce dégoût ? il est trop aveugle :

> *L'homme digne de vivre est un missionnaire*
> *Qui jusques à la mort soigne un lépreux : lui-même.*

L'ÉGLISE D'EN HAUT

Faite pour l'oraison et tous les tourments du cœur, source de la prière, l'église du bas, toujours ouverte, est celle des pèlerins et des frères mineurs. On la visite du matin au soir, et on y chante l'office divin. Tout est mort dans l'église d'en haut. Solitude et silence. Un escalier étroit de trente marches mène sur une longue place, où la porte de cette église est toujours fermée. Sur la place, l'herbe pousse, verte et courte, entre les pierres. La façade est aveugle : ou plutôt ce front triangulaire est deux fois cyclope : une rosace épaisse tourne au-dessus du portail, et un œil-de-bœuf au-dessus de la rose. Déserte la place, et l'église plus déserte encore : on n'y voit jamais personne. C'est une nef ogivale, sans chapelles, haute et large, d'un style français un peu lourd. Or cette église, toujours vide, est celle du triomphe. Claire, ample, prenant la lumière par de grandes fenêtres blanches, elle est bâtie à la gloire du saint, et tout y chante ses honneurs célestes. Du pavé aux clef de voûte, elle est entièrement peinte. Les vingt-huit fresques de Giotto passent pour son chef-d'œuvre ; elles se touchent et se superposent ; rien ne les sépare. Toute cette imagerie donne à la nef l'aspect d'une boîte coloriée ou, si l'on veut, d'un écrin. Chacune des fresques est une anecdote. Le génie de l'ordonnance, propre à Giotto, s'efface dans ce long récit sans pause ni chapitres. Les fresques mordent les unes sur les autres ; pour un peu, elles se confondent. Le détail innombrable tue l'ensemble. Dans le monument public, la peinture n'est belle que si le mur a sa beauté. Il faut qu'on puisse voir la muraille. Ici, elle disparaît.

Une telle nef, en double haie de tableaux, est une gigantesque image d'Epinal. Je ne pourrai jamais me faire à des espaces si barbouillés d'histoires en couleurs qu'on ne sait plus si les murs sont de bois ou de marbre, si les voûtes sont de pierre ou de papier peint. Tant d'abondance me dégoûte. On n'est jamais tête à tête avec cet art-là.

Mais les grands anges de Cimabué sont admirables de force et de majesté, admirables aussi de puissante indifférence, ils sont dignes de Dante. Je ne quitte pas des yeux leur bouche au souffle d'ouragan ; j'attends de les entendre chanter, d'une voix pareille à leurs trompettes d'or, les cantiques du Paradis :

Vierge mère, ô toi, fille de ton fils.

Le grand couvent d'Assise n'a pas son pareil en Europe, depuis que la Révolution et les marchands de biens ont ruiné Cluny, qui fut la plus vaste et souveraine abbaye du monde. Les soubassements cyclopéens font une montagne de pierre humaine sur la colline, dont ils suivent la pente. Deux étages d'arcs géants, deux aqueducs romains l'un sur l'autre, soutiennent le cloître et la double église. L'étage inférieur, d'une hauteur démesurée, se relie à la ville par une sorte de pont de quinze ou vingt arches aussi hautes et aussi étroites que les autres. Une galerie court en terrasse tout le long de la façade qui regarde le pays : la vue est immense sur Pérouse, sur les petites villes ombriennes, sur le Tibre, sur les monts vaporeux, la plaine, les vignes et les eaux. D'en bas, l'énorme bâtisse surprend l'esprit. On ne se croit plus en Italie. On pense à l'Asie, à quelque monastère colossal du Thibet. On dirait d'une ruche fantastique, fendue par le milieu, qui montre ses alvéoles. Les deux, trois ou quatre rangs de cellules superposées sont aussi bien faits pour des termites humains, des bonzes de Lhassa ou de la Grande Muraille que pour des moines chrétiens. On se promène dans la galerie avec l'étonnement de qui rêve et glisse sur l'air. On trempe dans l'espace. Un calme éthéré d'oiseau qui plane, doucement étalé sur l'aile. On est suspendu entre ciel et terre. Le silence est une sphère. Il m'enveloppe de ses ondes et me rend sensible au chant des astres qui est lumière, étant fait de rayons. Cette musique est celle de la sainteté. Et quand les cloches de l'église se mettent à sonner, elles retentissent dans le fond de la vie, elles l'ébranlent et la ravissent en une sorte de vol. Où l'architecture du couvent est la plus belle, c'est au bout de l'éperon : là, elle s'arc-boute d'un pied oblique sur l'extrémité de la pente, telle la patte courbe de l'éléphant et d'un donjon. Et vue du grand cloître, rien dans Assise n'est plus fort ni plus grave que cet orgue de pierre, l'abside des deux églises.

MOMENTS D'ASSISE

Une rue délicieuse sinue en lent ruisseau dans le haut d'Assise. Je n'en trouve plus le nom, si je l'ai jamais su. Je m'y suis promené le matin, dans la rosée de mai ; je m'y suis attardé, l'après-midi, en automne. Elle était orante et douce à toutes les heures : plus rêveuse que jamais et plus propre à la rêverie, un soir qu'il avait plu tièdement sur la ville, et que le soleil revenu d'un bond jouait à cache-cache avec les petits miroirs d'eau et les ombres mouillées sur les cailloux. Chaque maison de cette rue porte un petit jardin ou une corbeille de fleurs. Les balcons sont de feuilles, et des branches se penchent sur les murailles pour voir le passant. Mais il ne passe personne. J'ai toujours été seul, montant ou descendant la calme rue. Les capucines sont chez elles dans Assise. Les fleurs de la passion se promènent le long du mur, tourterelles rouges ; et entre les doigts fins des acacias, je ne sais quelles corolles dorées et vermeilles filent des rayons roses, que la brise poursuit, martins-pêcheurs qui glissent.

Comme la nature paraît doucement sourire à son saint François ! La terre et le ciel s'accordent à merveille avec lui. Ces horizons ont retenu la lumière de son âme. Les fleurettes du Petit Pauvre poussent toutes seules dans les moindres coins où l'eau chuchote. Mais les gens ne sont pas plus près de François que jadis. Il a été longtemps et cruellement maltraité dans son pays. Assise, qui lui doit tout, depuis sept cents ans, l'a d'abord renié. C'est ce qu'il faut. Aujourd'hui, il est leur richesse et leur gloire. Mais ils le repoussent encore, en esprit. Que de pauvres dans une si petite ville, et qui ont l'air si malheureux, hâves et nourris de soucis. Et surtout, comme ils sont durs avec les bêtes, avec le pauvre frère Ane et le frérot petit Chat. Les hirondelles même se défient. J'ai vu le cher frère Merle pris au piège. Tous les chats sont affamés et craintifs. Souvent, dans les ruelles montantes d'Assise, si roides et si âprement hérissées de cailloux pointus, les ânons sont battus jusqu'au sang par des brutes cruelles ; ils secouent la tête, pour la soustraire aux bourreaux, en clignant de leurs grands cils blancs, qui est la façon de pleurer des ânes. Grand saint François, ne vous mettez pas en peine d'un autre miracle : faites rire les ânes à quatre pattes ; et aux ânes qui se traînent sur deux pieds, donnez un peu de sens, ôtez-leur le bâton et le fouet.

CLAIRE A SAN DAMIANO

Dans Assise, deux lieux sont sacrés par-dessus les autres : la Parcelle, à Notre-Dame-des-Anges, qu'on appelle en italien la Portioncule ; et Saint-Damien. Ici et là, François a beaucoup vécu. Mais il a bien plus souffert sur la Parcelle, où il est mort. A Saint-Damien, il a eu son printemps et tout son bel été, les lilas de sa mission, l'enivrement de sa première intimité avec son Dieu, toutes les moissons de la douceur, toutes les roses de la consolation. Il était trop tendre, trop ardent, trop amour pour n'avoir pas besoin d'être beaucoup consolé. L'amour est une ivresse dont chaque réveil est la douleur. Dans l'ombre de Saint-Damien, Jésus parle à François jeune homme, pour la première fois : un grand Christ pleure et demande secours à celui qui va devenir le Pauvret, son petit frère. C'est dans cette triste chapelle en ruines que François fait son apprentissage de grand architecte, restaurateur de l'Eglise. A Saint-Damien et pour obéir à Jésus, il se dépouille ; il part de là pour mendier et suivre Jésus pas à pas. Quand il vacille, il reprend force et courage en touchant des genoux les pavés de Saint-Damien. C'est en sortant de Saint-Damien qu'il s'enivre assez de la misère humaine pour mourir à lui-même, pour baiser le lépreux sur la bouche ; et lui qui fut chevalier, lui, le poète et voluptueux comme ils sont tous, lui, si délicat, qu'on sent avoir toujours eu l'horreur des plaies, le dégoût de toute puanteur, l'invincible nausée de la pourriture, le voilà, après avoir pleuré d'amour dans les yeux de Jésus, qui va baiser Jésus sur les lèvres du pus.

A Saint-Damien aussi, ce merveilleux François a connu le bonheur des plus fidèles noces : là, il a épousé la Pauvreté, cette dame d'une noblesse parfaite, qui ne se vend jamais, qui jamais ne fait rien par intérêt, celle qui ne trahit jamais celui qui l'épouse et que son époux jamais ne trahit, lui étant toujours fiancé. Pauvreté parfaite, dame de tout honneur, qui peut seule donner la parfaite liberté. Car il faut n'avoir absolument rien et ne tenir absolument à rien, pour être libre de tout.

Saint-Damien lui étant si précieux et si cher, François y devait établir sainte Claire qui fut sa dame Pauvreté visible en ce monde, et pour qui il fut lui-même l'image visible de Jésus. Claire, princesse dans le royaume des saintes femmes, miracle de la profonde connaissance que l'amour seul et le zèle dévorant de servir donnent à la jeune femme, elle que la nature a faite plus fermée sur soi que l'œuf et plus égoïste que le sillon. Telle est la toute-puissance amoureuse par où la vie nécessaire et fatale de la chair est le moyen et l'encens d'une servitude idéale. Patricienne d'Assise, cette jeune fille a vu François hué dans les rues, tourné en dérision, honni, mendiant, déchaux, en loques. Et comme il n'a pas voulu d'autre épouse que la pauvreté, elle n'a pas voulu d'autre fiancé que ce fou de Petit Pauvre. Rien n'a pu les séparer. Elle a tout pris de lui, l'ordre, l'obéissance et la règle. Nul n'a su ce qu'il était ou ce qu'il voulait, comme elle. Toute sa vie s'est confondue dans la sienne. Son être n'a plus été que le sien, son écho, son miroir, le second temps du battement d'un cœur unique. Il l'avait logée à Saint-Damien avec ses premières Clarisses. De la petite terrasse, sous les yeuses et les glycines, elle pouvait voir la Parcelle, où lui-même vivait. Leurs yeux se sont dit plus que les paroles ne peuvent dire. Il n'a pas voulu mourir sans la voir une dernière fois. Elle est morte avec lui, ne lui survivant de vingt ans que pour défendre ses vœux, sa pensée, son secret le plus intime. Et rien au monde ne l'eût fait céder, force d'âme invincible. Elle ne devait pas être telle que Simone di Martini l'a peinte dans l'église d'en-bas. Elle était toujours palpitante, sinon malade. Elle vivait de rien. Ce beau visage si pur, si royal, n'est pas assez exténué. Tant de veilles, d'émotions et d'extases ont dû donner à ses traits un peu de la passion surhumaine qui effraie dans saint François. Il faut que cette chair se déchire à la claie d'un si déchirant amour. Le sourire sur la croix n'est pas tout à fait un sourire.

A SAINTE-MARIE-DES-ANGES

Dans le temps que Sainte-Marie-des-Anges, cette vaste salle des fêtes où tout invite à danser, n'était que la cabane de la Parcelle, et ce gras pays une forêt vierge, près de sa hutte, saint François avait encore un de ces antres, où il se retirait toujours si volontiers, pour être tout entier à ses visions : l'extase est sa prière. Au-dessus de la grotte, entre les chênes-lièges et les pins, poussait un bosquet d'aubépines, d'églantines et de rosiers sauvages. Un jour que le démon allumait la chair de François, le tourmentant de durs désirs et d'images impures, il courut se jeter tout nu sur les rosiers pointus, et se fit déchirer par les épines. Il les

a, de la sorte, toutes prises en lui-même ; et depuis, les roses
de ce rosier n'ont plus d'épines. Elles sont toutes petites, et
les feuilles portent toutes la marque de la sainteté, une
chaste goutte de sang.

On en donne deux ou trois aux fidèles : c'est un présent
qu'on leur fait contre deux ou trois pièces de monnoie,
comme dit Molière. Il me semble que le Malin, cette fois, a
eu raison du Pauvret : le saint a gardé dans sa chair toutes
les épines ; et il n'en reste pas une aux voluptueuses roses
pour leur faire tort seulement d'un baiser.

SON PORTRAIT, A SAINTE-MARIE-DES-ANGES

Comment était-il, pourtant ? Ni grand ni petit ; tout
nerveux, riant parfois, aimant le jeu et la plaisanterie. Une
certaine malice douce anime l'esprit franciscain. Mais par-
dessus tout, il est consumé : le teint brun, la peau cuite, la
couleur d'un grillon ; et à la fin, livide, exsangue. Il est tout
feu ; il vit dans le feu. Brûlant, insomnieux, fou d'amour,
malade, malade. Sa figure est terrible : non pas qu'elle fasse
peur ; mais il y a dans ses traits un tel excès d'émotion qu'il
fait pitié. Il ne faut pas dire qu'il est laid, ni qu'il était gai ou
comme un autre : quel que soit le rire, ou la farce même,
l'émotion à ce point, le bouleversement sensible est la
douleur même. Le visage est convulsé. Tout ce qui est des
yeux semble tiré vers le haut ; tout ce qui est de la bouche,
vers le bas. Moins de maigreur qu'une sorte d'évanescence :
faute de muscles, la chair s'en va : ni os ni tendons, tout est
nerfs et frissons. Il use du cilice : aux Carceri, on montre le
sien. Il ne mange presque rien. Les yeux sont des lampes
bouillantes dans les orbites creuses ; et les regards si fixes
qu'ils sont hagards. La barbe rare et chaude ; les lèvres
desséchées, l'haleine dévorante ; sa peau est toujours
moite, comme ceux qui passent sans cesse de la fièvre à la
rémission. Et ces mains disent aussi quelle créature dévorée il devait être.

Florence ne saurait descendre. Longue, étroite, éclatante
et si droite, la flamme de Fiorenza sera toujours ce cyprès
de lumière qui sort d'un flambeau de bronze, au plus haut

d'une colline, dans le ciel clair, sur l'horizon humain. Mais ici, sans s'éteindre, Fiorenza glisse dans l'ombre et s'efface. Elle est trop intellectuelle et trop raisonnante. Bornée par là. Elle est donc un peu sèche et toujours linéaire. Entre l'église d'Amfortas et le Petit Cloître, je n'en peux pas douter : il me faut le volume du cœur ; il me faut les trois dimensions ; et j'en veux même une autre, celle qui définit un plan éternel, un espace supérieur à toutes. La mystique est la quatrième dimension : que sont les hommes qui ne se soucient pas de Dieu ? et que savent-ils de l'Amour ?

VI. PROFONDEURS DE L'UNIQUE

Entrée de la nuit dans Assise.

La douce nuit hésite ; elle s'attarde aux caresses du crépuscule et veuve trop tendre à bercer la fin du jour. En ruisseau d'albâtre, la route sinue au flanc du Subasio, si blanche dans l'ombre venue, depuis le faîte d'Assise jusqu'à Sainte-Marie-des-Anges. Sur les pentes violettes, vaporeuse et tranquille, plane la lumière du soir. Et le ciel, de perle grise, fait point d'orgue sur la ville du Petit Pauvre. Et peu à peu la perle se fond et se dissout dans la coupe d'airain de la vallée plus sombre. Puis un pinceau d'or rouge, une aigrette se promène sur la masse énorme du Grand Monastère. Les yeux nocturnes d'Assise clignent et s'ouvrent ; les lampes s'allument une à une ; toutes les petites étoiles de l'humble durée mortelle scintillent sur la face des maisons. Bientôt, il n'est clarté que d'elles ; et de la route blanche qui toujours monte, Assise n'est plus qu'un buisson de flammes, un autel fleuri de chandeliers et de cierges, suspendu entre deux ciels diaphanes, voilés d'ombre. Et des cloches sonnent, une cloche, deux cloches, graves, lentes ; et dans l'air argentin, une cloche enfantine tinte, qui fait répons.

C'est une étrange tristesse, celle d'Assise. Ici, le pendule de l'âme oscille, avec une amplitude lente, avec une mystérieuse hésitation, d'un élan qui retombe à un repos qui s'inquiète. Sans y croire, on attend une paix qui ne doit pas venir ; et on ne peut renoncer à ce qu'on sait ne pas attendre. On cherche ce qu'on est trop sûr de ne jamais trouver ; et ce qu'on n'espère plus, on se le promet. L'église d'en bas se recueille ; elle ne se retire pas, mais on s'en éloigne : elle n'est plus que l'écho de son propre chant. On lui tourne le dos, et l'on ne pense qu'à elle : on voudrait y être avec ceux qui ne la quittent pas. On a goûté des joies exquises, qui fondent en amertume, comme si l'on venait d'éteindre soi-même une lumière dont on ne peut se passer. La tristesse d'Assise est de ne pas croire à ce qu'on a tantôt aimé le plus. C'est la mélancolie d'un crépuscule, où toute réalité s'efface ; et rien ne reste que le vertige immobile du rêve, où tout descend, où l'espérance est vêtue de regret, où l'on se confond enfin soi-même dans la plus vaine profondeur.

Sur la grand'place, les gens d'Assise vont et viennent sans hâte : il n'y a guère que des hommes ; ils sont tous là, mi-fermiers, mi-menus bourgeois ; ils se croisent, ils s'arrêtent, ils se hèlent. Se balançant un peu des épaules, le chapeau de feutre sur l'oreille, formant de petits groupes, ils se parlent. Quelques-uns sont assis à boire autour d'une table. Plus de gestes que de paroles. Les colonnes du temple antique leur font face, et la tour aux créneaux du vieux palais communal. Ce peuple a la mine assez morne et l'air soucieux. On croit d'abord qu'ils ne regardent pas l'étranger, tant ils sont faits à en voir de toute sorte ; mais si l'on tourne la tête, après s'être éloigné de quelques pas, on les surprend à rire, ou, sérieux, à se montrer du doigt ces inconnus, passants d'une heure.

Que de vieilles maisons dans les ruelles torses ! Toutes se dressent avec angoisse vers la pâle clarté d'en haut, couleur de tan, qui tourne à l'encre, posées de guingois dans le boyau de ces voies étroites et sans trottoirs. Comme il fait très chaud, les fenêtres sont ouvertes. On distingue des salles hautes, des escaliers en puits sous des voûtes ; et ces grosses chauves-souris qui tournoient, les enfants. Tout est noir. La rue empeste. Une odeur de suint, d'urine et de chou. Au croc des fers forgés pendent des linges sordides. Une obscure saleté, une pauvreté dure.

Une de ces ruelles me rappelle une rue d'Avignon ; mais la vie, là-bas, est plus gaie. Aux dernières lueurs du soleil rouge, les pots de fleurs sur les balcons ont la douceur et la grâce du rire. Les petits jardins consolent les vieilles pierres. Même en deuil, la feuille encore verte caresse la misère. Des vignes vigoureuses poussent en arbres et se couronnent d'une treille. Dans l'ombre pourpre, des noyers, des figuiers, des oliviers même se disposent au sommeil. Je ne sais pourquoi, il semble qu'on a toujours souffert dans cette ville sainte, et qu'elle a connu beaucoup de larmes.

Vers le bas de la ville, l'échappée brusque de la lumière laisse voir, au-delà des toits, une porte à créneaux qui a la couleur d'une reliure en cuir rouge. Un chœur d'hommes chante à la tierce une mélodie au rythme bien marqué, à l'emphase vulgaire. Trois femmes se disputent, malheureuses mégères : sales, encore jeunes, vieilles pourtant ; les cheveux en mèches ébouriffées, la bouche béante, sont-elles folles ? Elles crient, d'une voix rauque, elles s'étranglent. Une, le fichu noir qui lui serre la tête s'est déplacé et lui fait un bandeau sur l'œil, du front à la nuque. Muets, des enfants et des chiens assis sur leur queue les regardent hurler. Les pots de fleurs, pendus aux fenêtres dans des cercles de fer, vont-ils tomber sur les cailloux pointus ? Un âne brait de toutes ses forces. Et tout d'un coup, comme une pluie d'orage, les cloches déchaînées de San Pietro lancent sur la rue une averse de bronze.

LE PETIT CLOITRE

Quelques noirs cyprès, droits et fins, longs cris d'admiration que la terre élève à la lumière ; un petit pré d'herbes chaudes, qui ont l'odeur de la vanille et du citron ; un buisson d'églantines ; l'innocence des marguerites et des boutons-d'or ; le soleil en ruisseau de miel sur cette verdure sans péché ; le chêne vert et le figuier chargé de ses petites gourdes mûrissantes, ce rectangle champêtre qu'enferment des arcs nus aux piliers romans, sous des voûtes basses et profondes où coule la bienheureuse et blonde clarté du jour, le petit cloître d'Assise, où François ne fut jamais, est plein de lui comme de son nom. Le monastère géant et les deux églises se sont édifiés sur l'homme mort et sur sa sainteté : ils sont puissants, ils sont riches ; ils sont orgueilleux de leur éternité ; la religion n'a rien fait de plus solide. Ils contredisent à tout ce que François a voulu, à tout ce qu'il a été. Or, le Petit Cloître rachète l'erreur des monuments, l'orgueil et la puissance.

On marche sur les tombes. Qui sont-ils ? presque tous, inconnus et sans nom. Et quand le nom peut encore se lire sur la dalle funéraire, le dormeur captif n'en est pas moins obscur ni mieux connu. Au-dessus des arcs nus, les pots de fleurs allument leurs fraîches flammes, rouges et jaunes. Le ciel est du bleu le plus pur et le plus fort sur les pierres. Des moineaux se poursuivent ; un merle joue du fifre et se tait soudain ; le soleil dore quelques fûts de colonne, quelques débris, quelques moulures. Tout près parfois, et tantôt tout au loin, on entend les chœurs, les échos de Vêpres dans la sublime église. A peine si on écoute cette musique : elle fait partie du ciel, de l'air, des arcs, de la prairie. Le chant des orgues s'efface. Seules, persistent les voix d'enfants, cette eau claire, cette fontaine de sons. Et là-dessous, comme sortant d'une fosse, la pécheresse voix des hommes. Quel est le péché des hommes ? Qu'ils aiment et qu'ils vivent. Ainsi ils donnent l'aliment à la mort. Pureté des enfants, où es-tu, illusion ? innocence ? Ils ignorent l'amour et la mort. Ils sont la vie encore éphémère, l'herbe fraîche qui n'a pas senti la faux. Heureux l'enfant mort dans les bras et les baisers de sa mère, avant d'avoir grandi.

Un après-midi, en août, à l'heure la plus chaude, et le jour même de l'Assomption, je rencontrai dans le Petit Cloître le plus passionné de mes amis. Nous étions alors de jeunes hommes, l'un et l'autre. Il n'est qu'un mot pour le peindre : c'est un poète amant. Pour la musique, pour la poésie, pour la connaissance même, et pour la vie plus que pour toute chose, il a la passion sans retour ni terme où l'amant s'enferme et se déploie pour la créature de son amour. Mais il y porte une vue aussi claire que s'il était étranger à son propre destin et qu'il fût le témoin glacé de lui-même. En sorte qu'il perd bientôt tout ce que sa passion lui donne et qu'il laisse tomber tout ce qu'il tient : il ne garde entre ses mains serrées sur sa poitrine que le feu, où le divin objet de son amour prend la forme de la cire et se consume dans la fonte qui le renouvelle. Nul n'est plus que lui l'homme de désir, et que le désir seul, en l'épuisant, contente. Il n'aspire qu'à cette fleur éternelle, que ne doit jamais suivre le fruit du contentement ; et telle est sa folie. Point de délices, où il entre plus de tourment ; point de douleur, qui cherche plus assidûment une issue dans les délices. Un excès de vie qui se meut dans l'obsession du néant ; une conscience désespérée de l'infinie vanité de tout, qui s'enivre sans cesse d'une volonté éternelle, d'une promesse qui ne sera pas tenue, d'un appétit insatiable d'éternité. Quoi qu'il semble, quelles émotions plus dignes d'Assise, quand François, entre le dégoût de soi-même et l'horreur du lépreux, entendit le Christ de Saint-Damien lui parler ?

Ce jour-là mon ami était plus près de la mort et plus avide de vivre que jamais. L'ardeur bleue du ciel répandait une flamme torride. Entre les cyprès, l'air était blanc ; et toutes les pierres du cloître semblaient d'ivoire. Le buis avait son haleine amère, de sueur qui fume ; et le bois du figuier sentait la peau de femme qui s'arrête de courir. Il me parla de sa brûlante détresse et d'un désespoir désert, où je devinai une blessure amoureuse.

Que faire ici, me dit-il, sinon prendre conseil de ce François, si simple et si profond, que la vie pour lui et l'amour se confondent ? Il n'a pas vécu entre ces murs ; et pas une de ces tombes n'est la sienne. Mais ce Petit Cloître est plein de son esprit. Je l'y trouve mieux que dans les cavernes de ses extases, les antres de ses jeûnes et de ses visions. Sachant bien par où je me dérobe à toute paix, à toute espérance de repos, connaissant ma dévorante convoitise, je tâche à l'éteindre ici. J'entends ce petit pauvre si riche qui me dit : « Il faut faire don de soi-même à la mort. Quelle douceur dans une telle courtoisie. Quelle victoire si l'on peut être accueillant et poli pour une sœur si cruelle. L'oubli de soi ne peut aller plus loin ; et même on ne donne plus rien, puisqu'on a cessé de rien avoir. Il est béni de s'en aller ainsi entre les bras où l'on s'abandonne. » Hélas, amour de la vie, ma torture, que j'en suis loin. Et il me presse d'écouter encore : « Courtois et de grand cœur, celui qui a fait don de soi à la mort, il est bien sûr d'avoir accompli la vie. Il n'a pas besoin de revivre. Il n'est pas condamné, pour qui sait combien de vies encore, à reprendre l'ascension, la route qui mène à la délivrance, par les voies du combat et de la douleur. » Ainsi, ce grand amour de la vie ne se propose, dans le secret de ses propres ténèbres, que d'épuiser la vie et de ne plus vivre ? O ma peine, ma peine, penchée sur cette rose, faut-il donc que j'adore tout frémissement, tout parfum, tout atome, tout émoi de la fleur, pour mourir en chaque parcelle, mourir et remourir encore ? Que ne puis-je ne pas me disputer à la mort ? Je serais sauvé, comme Celui qui est là.

Je l'arrêtai ; et lui prenant les mains dans les miennes, je lui répondis : « A quelle morne perfection vouez-vous votre cœur insatiable et votre âme difficile ? Ne vous livrez pas à la tentation du néant, dernier refuge du feu sans aliment et de ceux que rien ne rassasie. Ami plein de beauté, ne t'égare pas. O triste saint celui qui se lance à la poursuite d'un plus beau que lui-même. Cruelle sainteté sans paradis, celle qui n'exige et ne conquiert rien qu'elle ne dédaigne. Il n'est pas de mort pour une âme toute vivante. Si tu meurs, c'est que tu ne veux pas assez vivre : tu n'es plus assez fort pour créer la vie. Tu ne succombes qu'à toi-même. Vous n'entendez pas comme il faut la voix de François. Son conseil n'est pas glacé ni de tout perdre : son renoncement ne sort pas de l'inerte Asie ni du Thibet. François fait à la mort un accueil d'amant, parce qu'il n'y croit pas : elle n'est que le manteau d'hiver de la vie : il l'en dépouillera dans la suprême étreinte, quand elle le serrera sur elle, pour embrasser à jamais, dans sa divine nudité, la vie éternelle. »

AMOUR MYSTIQUE

Sur sa petite terrasse, où un jeune cyprès et trois pots de fleurs enivrées font un jardin, Claire immobile vole à François : son regard abolit l'espace : elle est avec lui ; elle le voit dans sa hutte de feuilles aux bois de Sainte-Marie-des-

Anges. Elle distingue entre toutes cette ombre frêle et brûlante qu'entoure une auréole, l'épée mince et brune de ce corps, tison de bure, épi de feu. Elle se prosterne sur ses mains et les baise ; tête basse, les yeux baissés, elle le voit tout entier : elle le sent vivre et mourir : elle vit et meurt en lui, comme elle rêve qu'il meure en elle. Et lui, fait bien plus que de la voir : il la comble de son cœur ; il bat dans son sein, le pigeon pourpre ; il l'emplit de son âme en sang à rouges bords.

La petite demi-lieue de ciel qui palpite entre eux, cette onde bleue sous une résille d'or ne les sépare pas : elle les unit plutôt ; elle les filtre l'un à l'autre. Elle ne laisse plus en eux que l'espace comblé d'un ineffable amour.

Claire est aux pieds de cet amour comme aux pieds de la croix. Mais lui est la croix même. Tout son corps est croix : il est le bois et Jésus est dans son âme.

Ses pieds saignent, ses mains saignent, percés des clous invisibles qu'on ne retire pas. Et son flanc saigne, sous la lance. Il sue par tous les pores le mystère du sang. Ici, il faut comprendre. Claire comprend. C'est qu'elle prend ce sang : il coule de François en elle, comme de Jésus à François.

François se roule sur les épines aigres du rosier d'hiver ; il se râpe et s'étrille à ce buisson qui n'est tout que bois aigu et cruelles aiguilles. Mais de chaque égratignure naît une touffe de roses, qui sont marquées à son signe, qui parfument l'air de la vallée, et l'embaument de l'éternel encens.

Ni la distance, ni le sable du temps, ni les lois immuables qui régissent les changeantes apparences de la nature n'ont ici un souverain empire. Aveugle qui ne se rend pas à l'évidence de la puissance cachée, intérieure et divine, qui élève si haut une nature épurée et plus libre au-dessus de la matière serve, cristal de la réalité.

§

En ce qui touche la vie, la science balbutiait à peine le rudiment, et l'on croyait en tenir les lois avec l'essence. Les laboratoires de mil huit cent quatre-vingt-dix ont été plus loin de la vraie science que les orgies des sorciers noirs et le culte des fétiches dans la forêt vierge. S'ils avaient pu, les savants de ce temps-là auraient rendu à jamais ridicule la bégayante expérience qu'ils appelaient biologie. La matière a été leur fétiche et l'est encore.

La sainteté, qui est le fait humain par excellence, et sans doute le plus réel, fut alors pour les médecins une espèce de la maladie mentale, et n'a pas cessé de l'être.

Tous les grands saints sont des malades aux yeux des médecins. Pour eux, ils ne relèvent pas des autels, mais des asiles. A le bien prendre, tous les grands saints ont l'air d'être malades ; et cette apparence est la preuve même d'une santé incomparable. Parce qu'ils bravent et transcendent la matière avec une liberté héroïque et une force invincible, les grands saints semblent de grands malades et sont toujours soustraits à la maladie. Même quand elle les accable dans leurs fonctions et dans tous leurs membres, elle ne les atteint pas : leur esprit reste tout-puissant et garde la maîtrise. Leur âme n'est pas asservie par la contrainte du corps. La sainteté est un victorieux défi à toute la matière. Ce n'est donc pas du tout parce qu'ils sont malades qu'ils sont des saints ; mais parce qu'ils sont des saints, ils ont l'air d'être malades. Leur matière est sous le joug ; elle rue, elle regimbe ; et quelle qu'en soit la révolte, les sursauts, les désespoirs ou les misères, elle est serve, elle obéit. Dans le commun des hommes, elle commande. L'âme sainte est toujours la plus forte. Le saint est paralysé des quatre membres, et il vole. Il verse tout son sang, et son cœur n'en bat qu'avec plus de force, d'un rythme plus sage et plus régulier.

Certes, Catherine à Sienne ne mange rien, ne boit rien, ne dort pas ; certes, elle couche avec les lépreux ; elle réchauffe de sa chair les grelottants de la peste ; elle baise les ulcères, elle en prend le pus sur sa langue et sur ses lèvres ; elle suce à la source la pourriture des plaies. Elle échappe pourtant à la peste, à la lèpre, au typhus et aux chancres. Ce corps de pauvrette subit toute violence ; il en est exténué : la loi universelle exige qu'il succombe. Et néanmoins, la sainte petite femme de Sienne tient bon. Pas plus que le saint d'Assise, elle ne cède un atome de sa vie supérieure aux assauts ni aux tourments qui ruineraient toutes les femmes et tous les autres hommes. La sainteté fait vivre les saints au-dessus de leur propre substance charnelle, libres de leur propre fatalité et vainqueurs de la nature.

VII. DU GRIFFON À LA LOUVE

BRIQUE ET BURE
PÉROUSE

Noir et rouge.

Par la pluie, en automne, ou l'été, au tard d'une journée brûlante, quand sévit la canicule, qu'ils appellent le sollion, j'aime Pérouse, dans ses remparts haut perchés au-dessus des vallées ombriennes. Pérouse est une religieuse qui cache des meurtres sous son manteau ; ou une reine d'aventure qui, dix fois tour à tour, se fait nonne et assassine, toujours dans la violence, toujours dans le remords. A Pérouse, le rouge a des ombres noires ; et la noirceur des reflets rouges. Le couchant inonde de sang les pierres sombres. Et la pluie fait suer la noirceur aux murs sanglants. C'est une ville âpre et dure, cruelle et acharnée. Où est la mitesse ombrienne, passée en proverbe ? Un jour de pluie, en octobre, une heure ou deux avant le crépuscule, Pérouse donne envie de mourir ; et un soir d'août flambant Pérouse donne envie de tuer.

Cette petite ville, qui n'a peut-être pas trente mille habitants, compte cinquante églises. Ils sont enragés de politique ; et même condamnés au silence, aujourd'hui comme hier, pour le pape ou contre lui, pour les Oddi ou les Baglioni, ils ont la faction dans les moelles : ils sont nés pour de furieux partis. Les nobles, « beccherini », marchaient sous les enseignes du faucon ; et la plèbe, les « raspanti », sous le signe du chat. Hier encore, la guerre était assez vive entre les catholiques et ceux qui ne veulent pas l'être. Une société laïque porte un beau nom, pour rire : Cercle anticlérical Jésus-Christ : « Circolo anticlericale

Gesù Cristo ». N'est-ce pas une bonne invention ? J'espère
que le président est israélite.

Un hôtel, à Pérouse, me semble des plus plaisants qui
soient en Italie : il est bâti à pic sur la vallée, au bout de
l'ongle qui porte la ville, la griffe de la patte tendue, celle du
griffon qui tient tout le champ sur les armes de la cité, et qui
menace l'Ombrie, toujours prêt à prendre son vol de rapace,
à tomber en fil à plomb sur la proie, pour le meurtre et la
rapine. De là-haut, la vue est immense : l'Ombrie, toute
plantée de vignes, jalonnée de petites villes, chacune sur
son rocher ou sa colline, est étalée comme une peinture
chinoise, aux lointains vaporeux, aux lentes perspectives
argentines, qu'enveloppent les écharpes de la lumière
bleue. Et Trasimène, le lac fatal à la superbe de Rome, et le
Tibre étroit, et d'autres eaux renvoient au soleil ses rayons,
en les dardant, miroirs antiques.

Douce est l'Ombrie et Pérouse farouche. La chronique de
Pérouse est la plus sauvage de toutes. Il fallait bien que le
doux Petit Pauvre de Dieu naquît sur la hauteur qui fait face
à Pérouse, vers l'orient, pour racheter les violences et les
carnages de ce peuple. Il a été prophète partout avant de
l'être ici. Les BAGLIONI sont les vrais fils de Pérouse. Cette
famille terrible résume en elle les vertus et les crimes des
Malatesta, des Sforce et des Borgia. Ils sont tous frénétiques ; mais dans le nombre, il y eut de beaux esprits, des
amants, des artistes. Leurs forfaits même sont parfois
conçus en objets d'art. Il n'est pas de plus beaux crimes que
les leurs. Ils ne sont jamais comiques. Même outrée, l'éloquence de leur action est rarement théâtrale. Quand le pape
s'est rendu maître de Pérouse une fois pour toutes, et a
plongé ce peuple dans les demi-ténèbres de la servitude et
de la vie dévote, les Baîllons sont venus en France, pour ne
pas prendre l'âme des petites gens. Je pardonne tout à
Pérouse, même ses augustes titres (Augusta Perusia Colo-
nia Fasciata), en faveur des Baglioni, comme je pardonne
au misérable Mazarin et à sa vieille Espagnole en faveur de
mon Grand Cardinal, Paul de Gondi. Le jour où les Baglioni
ont fini de détruire tous leurs rivaux dans Pérouse, ils se
sont mis à s'exterminer les uns les autres : entre ces frères,
ces neveux, ces cousins, quelles haines, quelle envie ! Là, on

saisit l'Italien tout vif, dès qu'il a la force : il foule aux pieds
ce qui l'entoure. On dirait qu'il veut être seul et n'avoir
autour de lui que des esclaves. Il est jaloux des moindres
biens comme des autres. Il a l'abus et la prépotence dans le
sang. Toute la faute est à ce bon peuple, cette plèbe née pour
servir, qui laisse toujours tout faire, et qui semble adorer ses
tyrans, même quand elle les craint ou les méprise.

Une nuit d'été, en 1500, un Baglioni surprend tous les
autres réunis dans une fête nuptiale, et au dessert les fait
tous assassiner. Un seul échappe au guet-apens. Il fuit. Mais
c'est le plus hardi et le plus cruel de la portée : dès le
lendemain, il rentre dans Pérouse consternée et muette, à la
tête d'une petite armée et il massacre tous les massacreurs
de la veille. Le plus beau des Baglioni, le plus jeune, le plus
prompt au crime peut-être, cherche à fuir : toutes les voies
sont coupées ; et Gian Paolo Baglioni égorge le blond
Grifone entre les bras de sa mère. Après quoi, ce Gian Paolo
est maître de Pérouse pendant vingt ans. Il y règne, au nom
du pape, avec une inébranlable dureté. En voilà, du moins,
qui ne vivent pas pour le fétiche de l'Etat fondé sur la
morale et qui ne croient pas à la famille : ils ne font pas
semblant de professer, comme les lâches, que plus on est de
lapins dans la cage aux feuilles de choux, plus on est
homme.

J'ai cherché le palais des Baglioni et ne l'ai pas trouvé.
Selon la chronique, la grande tuerie a eu pour théâtre le
palais même des Prieurs, l'énorme et sombre édifice qui
donne à Pérouse tout son caractère : il fronce le sourcil à
l'angle de la place où une vieille fontaine de marbre répand
le frais murmure de ses eaux bleues ; où la cathédrale abrite
un assez maigre trésor derrière des murailles grossières,
non loin d'un Arc presque millénaire, qu'on appelle la
Majesté des Voûtes, reste d'une église ou d'un palais détruit,
et qui jette au plus beau de la ville une entrée d'hypogée, une
ombre de sépulcre : les soirs d'automne, sous l'averse, cette
voûte conduit, par des ruelles torses, où luisent les yeux
mauvais de quelques louches lanternes, à des repaires de
meurtre et de sordides amours, qui sont tout bonnement les
maisons déchues où, jadis, les grands logèrent et, désor-

mais, les pauvres gens. En tout, la plèbe n'a jamais que les
restes. D'ailleurs, avec le palais des Prieurs, rien n'a plus de
prix à Pérouse que ces débris des portes antiques, l'Arc du
Lys, l'Arc de Saint-Luc, et cette chevauchée de bâtisses
lépreuses qui escaladent les arches de l'aqueduc romain.

Au palais des Prieurs rude, hargneux, violent comme le
moyen âge en armes, le musée des Pérugins fait un peu rire.
Insupportable peinture, d'une écœurante fadeur : aussi loin
du grand rêve que de la saine et bonne réalité : une grande
âme est nécessaire au rêve ; et la réalité doit être une mère
laitière, solide et nourrissante : ici et là, il faut être honnête.
Ces peintres de Pérouse ne le sont pas, ou ils manquent trop
d'intelligence. Quelques jolies figures de Bonfigli sont des
images pour mener les petits garçons et les petites filles
sages à la procession du petit saint Jean. Un auteur de
Pérouse nomme cet artiste enfantin « l'Homère de la peinture ombrienne ». Sans doute, sans doute. Pérugin doit être
le nouvel Eschyle, ou quelque marmot dans ce goût-là.
Pérugin a le sens de l'espace : par là, il est bien le maître de
Rafaël. Ses vastes paysages valent mieux que ses figures ; ils
ne sont pas le miroir de la nature, encore moins sa poésie :
ils sont toujours sur le théâtre. Le mérite de Pérugin est
surtout d'un architecte. Pour le reste, son affectation est
ennuyeuse à l'excès ; et sa niaiserie sentimentale, fort triste.
Il met du sentiment partout, sans en avoir, sinon dans ses
tubes et ses recettes, comme un méchant cuisinier son
sucre ou son poivre. Tous ces airs penchés, ces cous brisés,
ces bouches gonflées qui font la moue et ne se lassent pas de
murmurer prune, pomme, pot, puce, poule, pour être plus
petites ; ces draperies uniformes qui ne couvrent que des
mannequins et n'habillent pas des corps ; toutes ces têtes
vides, ces sirops de regards, ces crèmes d'expression, Pérugin est encore une de ces gloires transmises avec audace par
la Renaissance aux époques futures, une de ces herbes
fades que le troupeau broute docilement et dont il s'enivre
à sa manière : il admire et ne regarde même pas : il lit ce
qu'on lui a prescrit de lire : il va voir ce qu'on lui a dit
d'admirer : il boit le guide.

L'ennui est la couleur même du Cambio. Cette Bourse du
Change est une salle voûtée, humide et noire. Les murs, le

plafond, les portes, le plancher peut-être, tout est couvert de peintures. Pour prendre en patience cette défroque de planètes, de prophètes, de patriarches, de Bible et d'Evangile, de vertus théologales, de vertus cardinales, de vertus épiscopales, de vertus curiales, on peut s'égayer aux portraits des héros antiques : Numa Pompilius, le mari de la Source, est là avec Pittacus en personne, ce sage de Lesbos qui sut renoncer à l'amour de Sapho, désespérant de faire illusion à une Muse si perspicace ; Socrate avec Cincinnatus, Camille avec Trajan, et le plus comique, Horace Coclès, le cyclope. Pérugin approche de Scarron ; mais ses bouffons sont sérieux comme un trou : leurs visages n'expriment rien de plus que l'absence de toute pensée et de toute action. On quitte cette peinture avec un soupir de soulagement, tout au plaisir d'en être débarrassé. Pas plus qu'on ne fait l'amour par devoir, on ne fait commerce par corvée avec les œuvres d'art. Plus à fond et plus longuement qu'à Pérouse, on ne bâille que dans le musée de Bologne, ce labyrinthe d'illustres croûtes.

Dans une salle pourtant, brillant d'un éclat charmant, les œuvres d'un peintre qu'on ne connaîtrait pas, si l'on n'avait été à Pérouse. Fiorenzo di Lorenzo est un peintre délicieux, et presque admirable, çà et là. Il n'a jamais quitté Pérouse, sinon un peu de temps pour Florence. Il a vécu plus de quatre-vingts ans, et il semble que son talent se soit perdu au cours d'une maturité qui fut une longue vieillesse. Il faut être puissant et plein de sève en ses racines, pour ne pas s'endormir ou s'étioler dans le même coin de terre, sous le même horizon. Une vie trop sage est une prison. Au musée, les tableaux de Fiorenzo, les MIRACLES DE SAINT BERNARDIN, sont d'un goût charmant. Si Neroccio et Benvenuto di Giovanni, à Sienne, ont peint pour les comédies de Shakspeare Rosalinde et Titania, Fiorenzo di Lorenzo est le petit Musset de la peinture italienne : il a donné une forme à Fantasio, à Camille, à Perdican. Il est exquis. Pas une faute de goût. Il a de la mesure dans l'éclat. Pinturricchio est vulgaire et mou près de lui. Sous les beaux costumes de Fiorenzo, les corps ne sont pas un bâti de frangipane tendu par des ficelles. Il touche à la forme. Plusieurs pourraient être nus. Les proportions de ses figures sont parfois savantes, et sa couleur est une caresse, franche et vive : le ton est chaud et doux, l'harmonie claire et riante. A lui seul, Fiorenzo di Lorenzo vaut le voyage de Pérouse. Qu'il est étrange de savoir que ce peintre rare, et de si peu d'œuvres, a vécu si longtemps. Peu d'artistes donnent la sensation de la jeunesse plus que lui. Il semble qu'il a dû paraître, montrer à la façon d'un rosier de juin son charmant génie et s'en aller, comme Ariel, par une nuit musicale, dans un souffle.

Soir rouge et lourd, le feu de juillet rampe sur l'Ombrie, et le vignoble sent déjà la cuve. On voudrait se venger de tout ce que la vie a de monotone et de vulgaire. Cette plaine basse force l'oiseau tombé à la lenteur et à la platitude.

On ne mettrait pas le feu à Rome pour passer le temps, mais pour enlever une fille adorable à sa famille, et arracher une beauté unique au chien de fiancé qui l'achète puisqu'on la lui vend.

Alors, j'aime Pérouse. C'est une Sienne de paysans : la passion y est, la terre dure et le vin rouge. Et l'âme, qui est le lys du sang.

NYMPHÉE

Source du Clitumne.

Je n'ai rien vu de si heureux, tour à tour, ni rien de si morose que ce paysage d'eaux et d'arbres solitaires. Une fois, j'étais là sur la fin du printemps, fraîche encore ; et j'y fus une autre fois, sous la pluie battante de septembre, dans le temps où l'Eglise fête l'Exaltation de la Sainte Croix.

L'heure des nymphes est celle du bain : elles ont fui sous les saules ; et c'est moi, les cherchant, qui suis trempé. Ces sources, à fleur de terre, ne donnent pas naissance à un grand fleuve, mais à un ruisseau. Les belles eaux calmes et tout étales dorment sans rêves ; elles rient doucement, si peu profondes, qu'on est tenté, pieds nus, de s'y promener. Enfantines, elles invitent aux jeux d'enfant. Elles font une

coupe, limpide et claire à ravir. Au creux du lit de cristal
bleu, la nymphe du Clitumne a laissé se rompre le fil de son
collier et a perdu ses perles : les cailloux sont des bijoux
égrenés. Tout est repos, calme sans bruit, recueillement. Un
long point d'orgue, un accord de verdure fraîche et vive
suspend le vol du grand silence sur les petits lacs de ces
eaux. Les longs arbres verts s'étirent dans les facettes du
miroir liquide. Ils vont en file, les frênes et les peupliers
minces ; et si les saules pleurent en rond, c'est qu'ils ont trop
ri. La glace des eaux reflète exactement les fuseaux grêles et
les formes longues.

En marge des sources passe la Via Flaminia. Et le petit
temple se dresse dans le feuillage, sur un tertre. Quatre
colonnes corinthiennes et un fronton, une maison muette
pour une petite fille des dieux. Je l'appelle Nymphée. S'il y
eut ici un sanctuaire de haut renom, comme on veut le dire,
il n'en reste aucune trace. On le nomme à présent Saint-
Sauveur ; il a changé de sexe. Les arbres le séparent de
quelques huttes de paysans. Au loin, des collines violettes
semblent reculer le bruit et la présence du vulgaire. Solitude charmante, d'une gravité heureuse et sans apprêt. Un
berger qui s'arrête ne la trouble pas : il la reflète, comme les
nuages lents la lumière dans le ciel. Un vaste chapeau sur la
nuque, le bâton courbe à la main, il mène ses brebis boire ;
et le chien qui les presse n'aboie pas. Ils passent. Et le beau
silence reprend sa veille, à la pure et longue haleine.

Même au soleil, ces eaux sont froides, neigeuses, d'argent
vif en écailles, aux lueurs du bleu le plus pâle. Elles s'enflent
un peu, à mesure qu'elles s'éloignent de la route. A cette
heure si chaude, il vient de ce lac paisible un souffle frais qui
charme les ardeurs du jour.

Quelques cyprès donnent à la charmante clairière la
douce gravité des nymphes, qui invitent à l'amour et ne s'y
abaissent pas. Ces vierges, qui espèrent peut-être Narcisse,
attendent la fin du crépuscule et la tendre nuit d'été, sans
témoins et sans lune. Les oiseaux dorment alors et les
feuilles, qui rêvent, murmurent des souvenirs, en soupi-
rant.

Calme profond, que nul infini ne trouble et ne tourmente.
C'est la paix antique, non pas celle des chrétiens qui hésite

entre l'attente et la résignation. Celle de l'âme païenne, qui se mêle à la nature et suit la même loi. Elle y adhère, elle y consent, elle n'a pas besoin de la comprendre : elle n'en est pas distincte. Ainsi, la lumière épouse tous les contours des objets ; et l'ombre est une lumière encore, une doublure en velours de la soie d'or.

Hormis Paestum, ses colonnes qui respirent et ses roses au soleil couchant sous le ciel tragique, rien n'est plus antique ni plus ingénument que toi, ô Nymphée du Clitumne. Tu es l'idylle latine.

LA VILLE DE LA FUGE

Fuge, fuge.

En automne, à Spolète, la pluie est un déluge. Tous les Spolétans fuient sous l'averse, brandissant leurs larges parapluies verts ou rouges : on dirait tous les champignons de coton d'un marché paysan qui s'envolent. Ils détalent au galop, et il faut garer ses yeux des baleines que vous dardent ces fuyards au passage. On glisse sur les dalles, où les ruisseaux roulent en torrents. Spolète aux rues désertes, où pleurent les lumières tristes, est une morte nocturne sous la pluie. Pourtant, il est peu de villes où l'on puisse mieux rire qu'à Spolète ; et y pensant, j'en ris encore.

O déplorable étranger, qui entres à Spolète, tu es averti dès le seuil. Devant la Porte Léonine, tu passes sur le Pont Sanglant. Pour commencer, du sang et des lions. Mots redoutables, s'il en fut. Et tu n'as pas fait cent pas, que voici la Porte de la Fuite. Lève les yeux, frémis : vois à quels lions, à quels héros invincibles, tu as à faire. L'inscription te le dit, en latin, en italien, et les deux fois en cette langue du ténor et de la basse, qui fait trembler la scène.

Porte de la Fuite et Tour de l'Huile, les oliviers ne poussent pas pour rien dans la vallée de Spolète. On fait bouillir l'huile dans la Tour, et de là-haut, on la jette fumante sur l'infâme ennemi. Qui ? An-ni-ba-lé, Annibal fils d'Hamilcar. C'est lui, le fuyard ; c'est lui, qui a pris la fuite, après avoir pris l'huile, avec ses Carthaginois ; lui, et ses soldats ridi-

cules, sur leurs risibles petits chevaux, qui n'étaient rien de
moins que les étalons arabes. Mais qu'est-ce qu'un pur-sang
de Numidie, près d'une rosse élevée par le major Caton,
dans ses herbages d'esclaves nourris au vinaigre et engrais-
sés de vieille ferraille ? Ils ont eu si peur, ces lâches Puniques, ils ont été si écrasés, si vaincus, si réduits à disparaître
qu'ils ont subi, quelques mois plus tard, cette fameuse
défaite de Cannes, après quoi ils sont restés seize ans
prisonniers en Italie. Et si, d'aventure, Annibal ne s'est pas
rendu, à Spolète, au lieu de fuir, c'est qu'il voulait aller à
Rome en curieux, et faire visite au pape.

Voilà de quoi Spolète fut capable, et sa gloire dans l'histoire. C'est ce que la ville te rappelle à chaque pas, à chaque
instant. Pour t'en mieux convaincre, va ce soir au théâtre, à
trois minutes de ton hôtel. Le rideau magnifique te conte,
une fois de plus, cette épopée. Va voir cette peinture si digne
des héros. Quatre citoyens du peuple vice-roi font les cornes
et des pieds de nez sur la Tour, tandis que les femmes
lancent l'huile. Là donc, Carthage est frite. Et les cavaliers
numides fuient éperdus, de toutes parts. Le désespoir les
éperonne, l'épouvante les disperse. Déjà, ils voient fondre
sur eux Tite-Live en personne, Auguste et Polichinelle.

Ahimé ! Hélas de nous ! Hélas de moi. Quelle panique.
Les éléphants tombent sur le dos. Ils crient grâce des quatre
fers ; ils barrissent à l'aide ; et, dans leur terreur, chacun
d'eux en avale sa trompe, voire celle du voisin. Leurs défenses suppliantes, soudain cariées par la peur, se percent d'un
trou sonore pour donner passage à leurs gémissements, et
jouent de l'oliphant bien entendu. Les chevaux galopent sur
les cavaliers ; les éléphants sur les chevaux, et les hommes
sur les genoux. Encore un pied de nez à l'huile, sur la Tour.
Sauve qui peut ! Et tous les sujets chevauchant l'un sur
l'autre, c'est la strette de la fugue.

Nous aussi, à Spolète, nous avons été mis en fuite : par la
pluie à torrents, ou par la honte des vaincus sous les flots de
l'huile bouillante ? Plein de l'innocente joie que nous donne
la vie, quand on échappe à l'histoire, je parcours Spolète,
me plaisant aux détours de l'aimable ville qui retient si bien
au filet des rues montantes tantôt le soleil et tantôt les
nuages. Certain jour, j'ai vu dans une salle du palais muni-

cipal quelques beaux incunables ; et plus d'une chaude
œillade, jeu des jeunes filles, à l'ombre des vieux murs,
partait en flèche noire de l'arc des sourcils. Spolète a un air
d'église féodale, une mine de vertu douteuse et d'aventure
épiscopale : elle me semble nue et peut-être sans chemise
sous la robe longue et les bas violets. En tous cas, elle est
serrée dans la bure. Ce soir, le cardinal Albornoz lui-même,
ce dur guerrier d'Espagne, qui a fortement enchaîné Spolète sous la citadelle bâtie au-dessus de la ville, s'il va rendre
visite à la femme du podestat, sa maîtresse, devra sortir en
litière. L'averse fouette les rues.

Je rentrai à l'hôtel, entre la porte de la Fugue et le théâtre.
J'y ai passé une soirée curieuse et une nuit à surprises. Cet
hôtel est étrange : il semble aménagé pour l'aventure. Installé dans un vieux palais, qui porte les marques de deux ou
trois siècles, il est à la fois magnifique et vieillot, fastueux et
suranné. Les vastes escaliers mènent droit à des salles où
l'on entre de plain-pied, et qu'on dirait toutes sans portes.
Des corridors bizarres se coupent en labyrinthe, selon
quelque plan mystérieux : on doit s'y rencontrer, si l'on se
fuit, et ne jamais se joindre quand on se cherche. Voilà du
moins qui sent son vieux temps, où quelque caprice donnait
de l'épice aux voyages, et aux esclaves mêmes de la mode
l'illusion d'être libres. Entre Casanova et Stendhal, on a
goûté cet imprévu.

Les pièces sont si hautes, si larges, si longues qu'on
s'attend à y trouver quelque réunion de savants, une académie de rimeurs, une société d'érudits et de sages femmes.
Il règne dans ce palais une espèce de paresse pétulante, de
torpeur qui a des éclats de promptitude, une ardeur qui dort
debout, et un air ordonné dans un étrange désordre. Les
servantes fuient effarouchées ; et à peine éloignées, elles
rient. A tout ce qu'on leur demande, et même si on ne leur
demande rien, elles répondent en indiquant « la ritirata »,
autrement dit le retrait où le roi ni la reine ne peut se faire
suppléer par personne. Partout, des tentures et des rideaux.
Mais il se pourrait qu'une fenêtre fût nue au milieu de
toutes les autres, ou jaune parmi les vertes, ou violette
parmi les rouges. On dirait qu'il y a deux ou trois tapis sur

la même table. On marche sur une laine qui crie comme un parquet, et un parquet plus mou que le feutre. D'ailleurs, les tables sont démesurées : il y en a de rondes, qu'on prendrait pour un oratoire dans une tour, et de carrées qui font l'effet de petits salons, dans les panneaux de l'ombre. Elles sont encombrées de bibelots surannés et de paperasses. On y peut lire avec un vif plaisir un journal du 7 août 1863, et la *Revue des Deux Mondes* du 15 mai 1877 : la santé de Pie IX, prisonnier au Vatican, hélas n'est pas bonne, et on a bien des inquiétudes pour cet été. Un album impayable et fort gras est farci de pensées sublimes et d'illustres signatures. Le sublime plaisante aussi, d'une légèreté toute cavalière et même ailée : les bons mots sur les truffes du pays pèsent dans les onze à cent livres, poids admirable pour une truffe, « tartuffo ». Anatole France déclare, avec la modestie délicieuse d'une escalope, que les spaghetti de la maison lui ont rendu la joie de vivre, et que le fromage rustique de la montagne vient de ressusciter en lui le chevrier des Bucoliques : il s'est retrouvé Alexis, Tityre, le nourrisson des flûtes, le fils de Pan, et le petit-neveu des Muses, *o Sicelides Musae, paulo*, etc. L'auguste signor commendatore Buffalino Buffalini dei Buffi affirme que la sauce tomate de Spolète défie tous les coulis de l'Europe : elle rappelle heureusement à l'appétit des connaisseurs les flots de sang que le peuple romain a dû tirer des veines des Barbares pour les policer, et leur apprendre à bien accommoder les pâtes.

Une foule de dames anglaises, de docteurs allemands et de jeunes époux en extase ont inscrit leurs noms sur ces pages jaunies de graisse et tavelées d'encre. Même ridicules, ils sont touchants. On les voit se faisant une fête de cette trêve unique dans leur vie, où l'Italie leur révèle le soleil, la vigne, le vin rouge, l'art, quoi encore ? L'antique et, d'un seul mot, la volupté de vivre. Si l'envie ne les bridait pas de faire croire à leur bel esprit, ils se laisseraient aller à quelque aveu sans fard, pareil à la nudité, bien charnel, bien cynique. Ha, qu'il est donc rare de voir l'âme nue. Que n'osent-ils. J'ose pour eux : un à un, je les dépouille, elle et lui, chacun seul avec moi, tout nu ; puis deux à deux, face à face, quand le mensonge de la nudité se substitue à celui de l'habit. Mais la palpitation païenne bat là-dessous : la joie des corps, qui ne craignent plus de s'épanouir, ravit à eux-mêmes ces étrangers qui, demain, auront honte de leurs cœurs et rentreront dans les glaces, où ils vivent engourdis, avant d'y être ensevelis. De Venise à Syracuse, dans cette longue chambre nuptiale, ils ont entrevu l'allégresse des Bacchantes parmi les vignes. Telle est la gloire de l'Italie, qu'elle ne remplacera pas, fût-elle hérissée de canons et d'usines. Cependant, la pluie frappe du doigt contre les vitres. Et je m'amuse.

Le dîner fut pompeux et sans goût ; le vin sans bouquet, le fruit sans fleur, comme à peu près partout, dès qu'on n'est plus en France. Mais chaque mets donnait à rire, reposant en îlot perdu au fond d'un plat abîme, aux dimensions de soupière et de muid. Le garçon, le camérier comme on dit en Italie, et chaque fois je m'attends à voir un évêque ou un cardinal camerlingue, devait sortir d'un opéra-ballet : il s'était instruit à servir Molière et Lulli. Il arrivait en glissant, sa main portant au-dessus de sa tête l'espèce de jarre où un os à moelle faisait Robinson, sans Vendredi, au milieu de la mer rousse ; il dansait, les basques de son frac volaient en triangle derrière lui ; son bras libre traçait un berceau dans l'espace, et son petit doigt tremblotait au bout de sa main, bien séparé des autres, comme celui de certains professeurs qui cherchent un argument en vilebrequin au fond de leur oreille. Posant son engin sur la nappe, il adressait aux assiettes une si large risée qu'on voyait croupir sa grosse langue jusqu'aux amygdales, un peu verte comme celle des conserves. Voilà un bon fou, pensai-je ; et comme les plus galants peuvent être les plus dangereux, si on froisse leur amour-propre, l'ayant félicité sur son élégance, je lui demandai son nom : « Asdrubalé Poponi », fit-il. C'est, en français, Asdrubal Melon.

Byrsa n'est plus Byrsa : elle est toute à Spolète.

Ma chambre me réservait des scènes moins comiques. J'y trouvai, d'abord, toute la poésie de l'espace. Elle devait bien avoir quinze mètres de long sur onze de large, et neuf ou dix de haut, plus ou moins, je ne sais. Le dôme d'ombre était

impénétrable. Une salle de bal pour un homme seul inti-
mide le sommeil. L'âme en est inquiétée. Un faible lumignon éclairait seul la tête d'un lit énorme, champ de Mars
carré, champ de Vénus, champ de bataille. Sous le règne de
l'excellent prince Casanova le Bien-Aimé, trois jeunes femmes, une jeune fille et un voyageur ignoré de toutes quatre
faisaient connaissance dans le même lit et s'en émer-
veillaient ensemble.

Vingt-quatre chaises se regardaient deux par deux, trois
par trois, dans ce lieu de repos. Les dix fauteuils, les bras
tendus, emprisonnaient des fantômes. Onze tables, petites
ou grandes, alternaient avec des consoles torses et des
commodes ventrues. Une des tables, un haricot, m'a paru,
cette nuit-là, marcheuse infatigable, se promener d'un mur
à l'autre, du pied le plus alerte. Tous ces meubles brillaient,
par éclairs, dans les ténèbres. Ils avaient des yeux, tous
marquetés de cuivre, de nacre et d'ivoire. J'allai les reconnaître et cherchai à les apaiser. Je n'y réussis pas ni à me
rassurer moi-même. L'averse continuait de lancer ses
appels d'eau et de grêle. Dans l'obscurité se gonflaient les
rideaux : on ne sait quoi respirait sous ces robes sombres.
Un souffle agitait les courtines du lit. Qu'avez-vous, meubles d'enfer, bois en peine ? Ils gémissent, ils crient, ils se
tordent les mains, ils font craquer leurs os : pourquoi pas ?
L'esprit a besoin d'un corps pour se faire connaître ; et s'il y
a des esprits dans une table, il peut bien y avoir des os dans
le pied.

Tout, dans cette chambre, est d'une fantaisie ennemie du
repos. Il me semble, en cherchant bien dans ces coins
reculés, aux frontières de l'ombre, que je trouverai à peupler ma solitude. J'explore ce noir domaine, où l'obscurité
paraît flotter. Le lit morne est inerte sous la lampe. A l'autre
pôle, un murmure lointain me guide. Je m'approche,
j'écarte une épaisse tenture qui sent le poivre. Et j'écoute.

Une voix criarde et rauque se fit entendre derrière la
cloison. A l'aigreur chaude et plaintive du ton, je reconnus
une femme. Elle dit, en italien : — Chè voi ! Qu'est-ce que tu
veux, il faut bien que je vienne, car je t'aime. — On dit ça, fit
l'homme en grognant : il beuglait sourdement, comme une

grenouille-taureau dans un coffre. On dit ça. Mais, mais, si tu m'aimais, tu me laisserais dormir. — Ivrogne, cria-t-elle, lâche ! Bon à rien ! Elle le pressait de sales injures, avec rage, et toujours en outrage à sa nudité. Elle le traitait de concombre bouilli, d'aubergine pourrie et même, singulière invective, de bas vide. Je n'ai pas su s'il était de fil ou de soie, ni de quelle couleur. — Mà, m-mà, faisait l'autre, mmmà ! lascia mi stare, laisse-moi tranquille. Excédé, reniflant de sommeil, ronflant presque, l'homme eut beau faire : il n'obtint pas la paix. La querelle s'envenime. Les voici aux menaces. Je devine que la femme a dû tirer, de toute sa force, sur les draps pour réveiller le dormeur. Mais la souche se fâche et j'entends la gifle, la double claque sur les joues. Cris, larmes, sanglots. Je laisse retomber le rideau et me hâte de refaire le voyage de mon désert, pour fuir cette canaille et les couplets de ce chant conjugal. Je m'étendis enfin, au milieu des murmures et des lueurs qui couraient dans les ténèbres de cette chambre étrange ; et bientôt, je glissai dans une profonde rêverie, pleine de brûlures rapides et de lente mélancolie.

Ha, ces déserts de la route en pays inconnu sont féconds en mirages, en oasis d'exquise volupté. Les formes charmantes de l'aventure m'entouraient. Quels amants s'étaient poursuivis de rires et de caresses dans cette chambre ? Il n'est de vrais amants que les amoureux non vulgaires. L'amour n'est rien s'il n'est rêve et beauté. Quatre murs dans une auberge, une nuit de hasard, on songe à la passion de ceux qui vécurent quelques heures ardentes où l'on vit soi-même un moment. Comme on y passe, ici ils ont passé. D'une chambre sans prestige, on fait un doux repaire. Si Casanova est venu à Spolète, et où n'a-t-il pas été ? il a sans aucun doute séjourné dans ce palais. Il a ébloui son monde ; il a conquis toute la maison, de la princesse en villégiature céans à la laveuse de vaisselle, et de l'hôte au petit chat de la fillette en ronron ; il a fait l'escamoteur et le poète ; il a tiré des horoscopes et improvisé des sonnets, qu'il sait par cœur depuis sept ans ; il a donné vingt ducats de pourboire aux servantes, et si bien triché, qu'il en a chipé trois cents au reversis. Il a dîné comme quatre, et bu du meilleur comme un marquis de France. Et dans ce lit fait à souhait, celui-là même, il a rencontré, par hasard, comme il lui arrivait chaque soir, deux jeunes femmes qui l'ont pris entre elles, et leurs trois petites sœurs qu'elles lui ont mises entre les bras, tant elles sont heureuses, pour qu'il fît aussi leur bonheur. Il ne le conte que pour être vrai : Casanova jamais ne se vante.

C'en est fait : voici un labyrinthe où se poursuivent des ombres amoureuses. Les convoitises de l'esprit passent toutes les autres. L'imagination ne craint aucun échec, aucun démenti. Stendhal paraît, la main au front, pour s'assurer de son toupet bien noir et ferme en sa place, au-dessus de l'épi ; et, d'un signe, il met Casanova en fuite. Ainsi la passion donne congé au plaisir. Le désir des caresses en fait naître un autre, bien plus suave encore. D'autant que la plus pure beauté l'emporte sur toute autre, le désir de la musique, en amour, promet une ivresse sans pareille et une nonpareille félicité. Je rêvais, me laissant aller à la plus ravissante séduction, aux délices d'une amoureuse qui aurait, dans l'amour, le chant pâmé du rossignol sur le cœur de la nuit. Une telle voix, une profondeur si brûlante, ce serait pour mourir de plaisir. Et sinon elle-même, trop perdue dans son délire pour retrouver la voix ou la conduire, si une amie de son âge, ardente et belle, chantait dans la chambre voisine, telle Brangaine sur la tour. Tristan est mort de ce délice plus que d'Isolde, et Isolde plus que de Tristan.

VIII. LE BAL D'OSTIE

Ostie était un désert malade quand j'y fus. La fièvre flottait sur les sables jaunes du Tibre et les pierres grises. Ni arbres ni ombre, ni grandeur ni beauté. On laisse les derniers pins dans un petit bois, à Castel Fusano. La pestilence règne avec les moustiques sur le marais desséché. La poussière a vaincu même les ruines.

J'ai choisi le temps d'une horreur brûlante et lumineuse. J'ai passé dans la solitude haineuse des ruines tout un après-midi de juin torride. Le pays est mort. La terre est morte ; le fleuve est mort. Et la mer basse et plate, le long de la dune, là-bas, ne vaut guère mieux. Ostie n'est plus qu'un nom. S'il est question d'en faire un port digne de Rome et qui doit, naturellement, l'emporter autant sur Londres et tous les ports du monde, que Rome sur toutes les villes de l'univers, pour le moment on ne s'en doute pas.

Comme partout, une rue des tombes ; une voie plantée de débris, quelques restes de colonnes et de sépulcres. Pas même de la poussière, le vide. Et là-dessus des étiquettes pour en bannir jusqu'à l'ombre de toute vie, jusqu'à l'illusion de toute beauté. Ces rudiments de musées en plein vent sont les plus tristes cimetières : ils sentent le rat des pierres, l'archéologue et l'érudit.

Des gradins, un tréteau qui s'effondre, les restes d'un théâtre. Des pierres grises et du marbre noir, çà et là des briques et quelques tronçons de colonnes, tout ce que le temps et la religion nouvelle ont laissé des vieux temples. Il en est un qui passe pour avoir été le sanctuaire de Mithra, à côté d'un autre dédié à Vénus. Toujours le mâle et la femelle, le taureau et la vache, le soleil et la lune. Les mystères de la nature et de l'espèce, les agapes sacrées où l'homme tente de mettre un voile mystique au délire du sexe. Et le culte du sang fume dans la pensée comme sur les autels : à l'entrée de ce temple en ruines, le trou est béant encore qui doit recevoir le sang des victimes ; et dans le fond du sanctuaire, qui aurait les yeux assez perçants verrait l'ombre de Mithra fécondant toute la terre en ricanant.

Sur un socle roide, d'un temple peut-être dédié à Vulcain, sont répandus les débris de l'ordre séculaire. Le mari forgeron travaille non loin de sa femme et du taureau qui besognent pour la nature. Les hautes murailles rouges dominent sur tout le pays. Une énorme lame de marbre noir couvre le seuil : ce noir et rouge, ces murs qui fument d'une lumière lourde, tout ce deuil est cruel, et cette cruauté triste rappelle l'Orient d'Astarté et de Bâal. Il n'y avait que des commerçants, des marins, des esclaves à Ostie, des prêtres impies, des entrepôts, des docks à filles et à ruffians. Ce port de Rome était plein de statues, portraits de marchands, de douaniers et de prostituées.

Toute cette engeance puait l'ail, l'oignon et le gros vin. On hurlait, on s'interpellait de tous les côtés. L'air épais à couper au couteau sentait la graisse, les tripes, le poisson frit et la saumure. L'odeur du bouc précédait les hommes, et celle du foie cru, du poivre pilé dans le sang suivait les femmes.

Je fuis toute cette défroque d'antiquailles.

Je cherche un pan d'ombre, pour échapper au soleil meurtrier, que les cailloux renvoient comme une balle.

Rien ne faisait tache dans ce désert éclatant ; rien même ne faisait un mouvement dans le sommeil de l'immobile paysage. Sommeil haineux, sommeil trompeur, à l'œil faux, qui darde un regard de côté par la fente des paupières, comme celui des félins au repos : ils ne dorment que d'un œil, et leur paix défiante veille.

Et voici qu'une ombre se dresse dans cette immobilité blanche, une ombre aux purs contours, rigide et souple, une chevelure de Méduse aux tresses fines, régulières et bien nattées, dont la tête serait la clarté. D'où vient cette ombre que nul objet ne projette ?

Un tas de pierres, les unes taillées, les autres retournées à la grossière inégalité de la nature, semblent frémir dans la clarté. Je les vois osciller et se mouvoir. Je vais pour me baisser et les toucher peut-être, quand un frisson me saisit, la brûlure du froid intérieur. Dans la fournaise d'Ostie, je sens le contact de la glace. J'allais porter la main dans la plus rare et furieuse merveille. Ce ne sont pas les pierres qui remuent, ni les listels de marbre noir. A un demi-mètre au-dessus de la terre, une charmille noire, d'un vert bouteille, une sorte de lanterne en treillis, pareille à son ombre plutôt qu'à elle-même, tant les lignes en sont fines et savamment entrelacées, se meut lentement, dans une agitation sans fin, pareille au mouvement brownien.

Elles forment une figure presque pure, un lampadaire gonflé en dôme au sommet.

J'assiste au bal des vipères, qui est leur rite d'amour.

Elles dansent, enlacées. Toutes les têtes triangulaires dardent les unes vers les autres, et les plus hautes ont le jet courbe des flammes. Tous ces fouets vivants vibrent dans le soleil jaune et rouge.

Elles font des pointes sur la queue, en ballerines consommées. Elles vont et viennent sur un rythme à deux temps de danse lente : toutes ensemble, elles se balancent de droite à gauche, et de gauche à droite. Elles font un berceau mouvant et acharné, la plus frémissante figure de ballet. Une sorte de musique étrange et subtile les accompagne, un léger susurrement, une obscure sifflerie, qui part doucement, en soupir, et qui finit en pointe aiguë.

Je ne sais si elles se caressent en se touchant. Elles tendent le ventre en avant, si tant est que le milieu de ce corps soit un ventre. Elles dansent ainsi, bayadères des ruines et filles du désert. De temps en temps, une tombe contre terre en spirale : elle se tord, et si c'est le spasme de la volupté ou de la mort, si elle vient d'être tuée par sa rivale, ou fécondée par le poison, femelle ou mâle, je ne sais. Elle se détache de la grappe et du faisceau mouvant ; mais elle n'en est pas séparée : elle y reste enchaînée, elle suit la danse, comme un ruban dénoué et qui palpite.

Ce petit dôme de bronze à claire-voie se balançait doucement dans la lumière jaune. Parfois, il s'abaissait d'un côté et se relevait bientôt, pour reprendre sa forme pure et son équilibre. C'était une cloche verte en treillis sombre. Avec son balancement, elle tintait à sa manière, non pas d'un coup sonore, mais d'un long susurrement, d'un sifflement musical, comme l'écho d'une cloche aiguë, précisément. Et à mesure qu'elle se balançait, elle glissait dans la clarté, sur le sol pierreux d'une blancheur osseuse et cruelle. Encore, encore !

Toutes les têtes n'en formaient qu'une, renflée de vingt bosses, piquées d'yeux fixes, chargés d'une vapeur d'ivresse. Elles dardaient vingt petites flammes de langues : et se touchaient-elles du bout acéré en trident, ou seulement se humaient-elles, je ne l'ai pas su. Mais elles frémissaient toutes, les unes vers les autres, d'une vibration voluptueuse. Elles subissaient la même incantation que le cobra du Bengale, quand le jongleur hindou l'asservit et l'enivre de musique, au son de sa petite flûte qui soupire vers le Gange un cri interminable d'adieux aux bambous.

L'amour au soleil d'été torride est le charmeur des vipères : il a sur elles la même puissance et leur verse le même enivrement que la musique du flûtiau sur les najas de l'Inde.

Que nous importe leur port ? leurs débris ? leur Antiquité vulgaire ? Tibère est-il né dans un palais d'Ostie ? ou Caligula ? Que m'importe ? Cette Antiquité-là n'est rien près de l'autre : Ostie, c'est le bal des vipères.

Le bouquet en lanterne des vipères glisse toujours en ondulant ; et plus longuement encore elles sifflent leur hyménée. Quelle belle et séduisante horreur dans l'adage pâmé de cette danse lente. Quel rythme de mortel délice et de gracieux engourdissement. Car les vipères pâment de volupté, sans jamais oublier la forme admirable que leur amour doit prendre et qui, sans doute, se termine avec le bal, quand le jour se retire et que la terre devient froide, par quelque lutte nocturne et une étreinte à mort.

IX. *STABAT* A TODI

Todi, Todi ! Depuis mon enfance, j'entends à ce nom sonner les cloches : Todi ! Todi ! Le *Stabat Mater* est né à Todi : c'est Jacopone qui a rimé cette admirable prose : Todi ! Todi !

Une abondante et grasse campagne monte du Tibre jusque sur la colline où Todi est bâtie, depuis plus de deux mille ans. Les pentes sont brodées de cultures ; les coteaux étalent une heureuse fertilité. Le Tibre n'a rien d'un bravache ni d'un conquérant. Dans cette calme vallée, des plus prospères en Italie, le Tibre est agricole. Toujours la vigne et l'olivier ; les beaux cyprès montent la garde près des fermes.

Les avoines blondes ne sont pas jeunes filles, comme en
France, mais un peu mûres et moins folles. Les ruisseaux
jasent. L'eau n'est pas rare, même dans les coins, cailloux
secs et pierraille, où la terre montre les os. Venant de
Spolète, on traverse des bois ombreux et des retraites
vertes. Les larges châtaigniers étendent leurs bras débonnaires. Le Tibre s'attarde en mille tours sur lui-même et
retours. Il semble que les fleuves sacrés aient la vocation du
méandre. Le Tibre le cède à la Seine, sans se hâter toutefois.
Il n'est pas tout à fait spiral comme la reine de France : il
cherche sa voie et se plaît, de loin en loin, à ne la pas trouver.
Peu de paysans aux champs. Quelques beaux attelages de
bœufs lourds. Le pays est riche, écarté, silencieux.

On entre à Todi par une rue qui monte et qui partage
toute la ville, en arête de poisson. Des escaliers et une église
sur le plus haut palier ; puis, on tourne et la voie étroite
s'épanouit d'un seul coup en vaste place, un long rectangle,
bordé de vieilles façades, élégantes et farouches. La plus
pure élégance ne va-t-elle pas toujours avec un certain air
de rareté cruelle, on ne sait quoi d'un peu dangereux, plutôt
qu'avec les raffinements du luxe et de la mode ?

Quel silence. Quelle bonne solitude. Pas un étranger à
Todi. Le ciel est blanc dans le soleil, et du bleu le plus cru sur
les créneaux dans l'ombre. La lumière est un lac d'or brûlant où l'on respire le souffle de l'été. Quel beau silence.
Même à Montefalco, même à Gubbio, je n'ai pas bu un si
grand silence à si longs traits. Les martinets eux-mêmes ne
crient plus, *ici, ici, par ici.* Leurs ailes filent du Dôme aux
palais publics, de la plume dans la soie. Qu'on est loin de
l'Italie banale, à l'enseigne de la lune de miel et de l'Empire ;
loin de Rome et du Lido, loin de la fausse cosmopole qu'on
retrouve partout, et certes bien plus forte à Shang-Haï que
sur les sept collines. L'Italie de Todi, sur cette place, sera
toujours chère à nos cœurs.

Est-ce une légende ? On conte de Jacopone qu'un désespoir d'amour l'a fait mystique et poète. Il avait quarante
ans. Un jour de fête, l'estrade s'est effondrée où sa jeune
femme avait pris place en riant ; et Monna Lena fut préci-
pitée sur les dalles avec ses voisines et ses amies. Jacopone

accourt. Il trouve sa très chère dans les décombres. Il la saisit ; il la prend dans ses bras ; elle respire à peine. Il déchire la robe qui la serre ; et il la voit sous le velours et les dentelles qui porte un cilice aigu à même la chair nue, sous le lin blanc. Les yeux mourants de la très chère entrent alors dans les yeux de l'amant ; et que lui ont-ils dit ? de quel espace lui ont-ils ouvert la route, ou quelle confidence de l'abîme ? Ils lui ont en tout cas révélé le monde où celui-ci ne compte plus. Et la très chère est morte. Comme elle le quittait, il commença de la connaître et dut savoir qu'il ne l'avait jamais connue. Jacopone a tout laissé. Il s'est dépouillé de toutes ses enveloppes. Ses charges d'homme de loi, ses biens qui n'étaient pas médiocres, ses honneurs et toutes ses ambitions tombent en haillons à ses pieds. Le voici nu à son tour : il a tout abandonné, avec ce corps chéri, à la poussière, pour tout reprendre en Dieu, en qui seul tout peut être repris. Ainsi, il s'est changé d'amant malheureux en amant au bonheur sans mesure et sans terme. Il errait par le pays ; il portait la besace ; il vivait d'herbes et de croûtes, et il chantait. Il enseignait le peuple avec ses chants ; il se portait lui-même, toujours chantant, avec folie. La poésie fut alors sa vie et sa fortune. Elle n'est pleine que d'amour pour les êtres éternels et le mystère divin, énigme en qui tout s'explique. Jacopone aspire au martyre qui dure. En quoi que ce soit, il ne veut pas de fin. Il fait le fou pour se faire huer : comme s'il ne suffisait pas d'être poète, de n'être pas comme les autres, et de rencontrer l'un des cent mille chiens ou l'une des hyènes qui tiennent le haut du chemin. Jacopone, Jacopone, tu manques à l'humilité que tu recherches en faisant le fol. Sois toi-même sans fard, et les huées n'en seront que plus insultantes et plus cruelles : tu ne pourras pas te dire, en secret, qu'on hue ton masque et qu'on t'applaudirait au contraire, si l'on te voyait tel que tu es.

En se faisant vieux, il cessa un peu de jouer le fou, tournant plutôt au prêcheur. Il se mit aux commentaires. On a de lui des traités insupportables, où il raisonne théologie : ce genre de folie est le plus horrible et, sans doute, damnable, car où est le théologien qui n'est pas l'ennemi de l'amour ? Mais Jacopone, malgré tout, ne renie pas la

poésie ; il ne consent pas, en lui, à la mort du poète. Le fond
de son âme est toujours le chant. Son *Stabat* est d'une
ardeur bien orante dans les larmes. Et ses vers italiens, ses
cantilènes, d'une voix naïve et forte, respirent tant de douleur riante dans une si belle langue : encore informe chez
saint François, elle est déjà près de Dante et de cette verdeur
accomplie, de cette plénitude immortelle, sans graisse et
sans bavures. Comme il aime la Femme Céleste ! Comme il
sent bien les tortures de la Mère et la compassion du Fils
qui, pourtant, ne se laisse pas vaincre et n'abdique pas le
suprême honneur d'être un Dieu. Elle gémit et Il lui parle :

MARIE.   *O fils, mon fils, mon fils,*
           O fils, d'amour mon lys,
           Quelle aide, ô mon fils,
           A mon cœur dans l'angoisse ?
           Fils, ô mes yeux de joie,
           Tu ne me réponds pas ?
           Tu te caches, pourquoi ?
           Du sein qui te fit boire.

L'ANGE.   *Madame, voici la croix.*

MARIE.   *O croix, que vas-tu faire ?*
           Vas-tu prendre à la mère
           Son fils, son fils,
           Lui qui est sans péché ?
           Vous me l'avez mis nu.
           Ha, laissez-moi le voir.
           Comme on me l'a battu !
           On me l'a tout ensanglanté.

JÉSUS.   *Maman, pourquoi es-tu venue ?*
           Tu me fais des plaies mortelles :
           Tes pleurs, maman, me tuent,
           Tes larmes éternelles.

MARIE.   *Fils, que faut-il de plus ?*
           Mon fils, père et mari,

> *Homme, qui t'a meurtri ?*
> *Mon fils, qui t'a mis nu ?*

JÉSUS.　　*Mère au cœur affligé,*
　　　　　Aux mains je te remets
　　　　　De Jean mon bien-aimé :
　　　　　Qu'il soit ton fils nommé.

MARIE.　　*Fils, ce n'est pas à dire :*
　　　　　Avec toi je veux mourir ;
　　　　　Je ne veux pas partir
　　　　　Jusqu'au dernier soupir.

Todi ! Todi ! les martinets sonnent les cloches. Todi n'est pas encore sortie de la méridienne. La chaleur est caniculaire. Bientôt pourtant la sieste va prendre fin. Déjà, le vieux homme en retraite, à la barbiche blanche, s'est assis sur le banc ; et les deux nourrices, près de lui, bavardent, chacune son bébé sur le bras ; et les deux poupons, l'un à l'autre, se rient. Ils apprennent le monde, entre les cyprès, devant l'immense paysage éployé sous leurs yeux fixes, comme un drap de verdure, de soleil et de collines.

On dit de Todi que l'antique Rome l'a vouée à Mars. Et ceux de Todi, les Tudertins comme on les nomme, sont très fiers de ce patron. Le plus bruyant des dieux, le seul rival de Crépitus, sied mal à ce beau silence. Mars est encore en honneur à Todi, parce que, en fouillant la terre, on y a trouvé un bronze guerrier. En toute hâte, on l'a transporté dans un musée de Rome : là, il pourra, nuit et jour, voler à la conquête du monde. Pourquoi Mars, cependant ? Cette brute d'airain est un bellâtre qui chante son grand air en mi bémol majeur. Casqué en point d'interrogation, son heaume, chargé de toute sa cervelle, est plus haut que sa tête. Le long des joues, il a des frisons bien bouclés en accroche-cœur. Il est en scène : encore un pas, et il va marcher sur la rampe. Sa cotte de mailles n'arrive pas au genou, et tout à l'heure, il pourra montrer, en point d'orgue, son argument péremptoire, celui que Vulcain ne conteste pas. La main droite est levée, pour persuader Vénus, la forte chanteuse ; et l'autre main cherche un miroir où le ténor puisse s'admirer. Sa grosse gueule aux lèvres épaisses, son col énorme et gras, il a tout ce qu'il faut pour pousser l'ut au-dessus de la portée, le bercer sur le trille pendant trois minutes et le lancer ensuite à l'assistance pâmée. Quel animal. Qu'on le mette au haras et qu'il y engendre douze cent mille guerriers pour la conquête de la lune ; après quoi, un trille encore, encore un ut, et il sera le maître de l'univers. Cet imbécile est un empereur rond et mou, ce fat jamais ne fut un dieu.

Aimable silence de Todi, honnête et pur, dans le fauve soleil, où ne joue même pas la brise, quel repos sur cette place. Tout ici est peuple sincère, il me semble, et sans morgue. Les palais sont les maisons de la Commune. Les prieurs sont les anciens de la ville ; le podestat, le chef de sa police, et il n'a rien à faire. La paix de Todi ne connaît même pas le Mars, qui médite d'en être le trouble-fête.

Lointaine et tranquille dans ses murailles brunes, Todi par les yeux de ses maisons rousses regarde avec tendresse, au-dessous d'elle, la Consolation de Bramante, cette blanche colombe de pierre. Le dôme pur est immobile, entre la veille et le sommeil : calme, calme, mausolée plus qu'église, il rêve posé sur ses quatre coupoles. Cette colombe ne prendra jamais plus son vol. Elle est là pour toujours. Bramante l'a placée harmonieusement sur le plateau désert : les pins la gardent avec respect, à quelque distance de la terrasse écartée où elle est seule et doit rester solitaire. Tout le pays la voit, la contemple et la vénère. Et de toute la contrée les regards se portent sur ses formes pures et cherchent sa blanche nudité.

X. ORVIÉTO LA CARDINALE

Voici le soir doré de la Toussaint. Dans la vallée, où surgit Orviéto comme ces couronnes crénelées qu'on voit au blason des villes, tout est jaune et rouge. Orviéto n'est pas de pierre : elle est d'ocre charnue sur un socle de sang caillé. La route descend rapide, en méandres de poussière rouge vers la plaine : sur un bord, les remparts sanglants de la ville ; et sur l'autre, l'à-pic de la colline. Et des traînées noires font des ruisseaux de lave verticale sur toute cette pourpre.

Le long des chemins qui montent vers la ville, les fourmis humaines grimpent lentement et se traînent sur les pentes. Au soleil couchant, elles sont noires d'un côté, et flambent sur la tranche. Les visages, les mains, les jambes nues des enfants sont de vermeil rouge. Toutes les jeunes femmes, dans leurs jupes rondes, ont un air enivré. Ces bonnes foules des petites villes italiennes sont toutes contadines : moins urbaines que paysannes, et pourtant moins paysannes que sujettes d'un municipe. A la fin du jour et du labeur quotidien, elles sont vaillantes et lasses ; elles sentent l'ail et la sueur, le tabac âcre et le bouc. Ils ne chantent pas dans les champs : ils attendent d'être rentrés dans leurs rues natales.

Or, tout là-bas, au milieu de la plaine qu'un dernier rayon illumine, une foule de petites lumières tremblent, à fleur du sol : feux follets, lucioles d'automne, quelles étranges girandoles d'une plus étrange illumination ? A mesure que l'ombre gagne sur les restes du jour, les humbles lumières qui sortent de terre se font plus palpitantes et plus claires. Ces feux follets ne volent ni ne se balancent. Ils vacillent seulement sur la pierre qui les fixe. Si loin qu'elles soient, toutes ces pierres semblent égales et sont blanches. On les reconnaît enfin : ces lumières sont des lampes ; et ces pierres blanches sont des tombes. Toute cette ville d'en bas, sans maisons ni clochers, au loin dans la vallée, est le cimetière d'Orviéto. Demain, c'est le jour des Morts. Ce soir est la veillée. Les guirlandes de lueurs sont les sillons de la fête souterraine. Tout Orviéto est descendu, cet après-midi, dans le lieu unique des réunions, au rendez-vous où l'on finit toujours par arriver, si souvent qu'on y manque. Et ceux qui tardent accomplissent le rite pour ceux qui les ont devancés. Les lampes palpitent dans la brise : les yeux sont rallumés, pour une nuit, de tous ceux qui sont couchés ou qui errent là-dessous. Orviéto, qui les a ranimés tantôt, ce soir les quitte. Tous ont repris la route en lacet, et se hâtent vers la vie. Mais, en bas, les lampes les attendent.

Grâces en soient rendues à l'oubli qui nous baigne : chaque instant de la vie est un Léthé qui nous sépare de ce qui fut et, si nous sommes sages, de ce qui suit. Penser, cette passion sans pareille, c'est oublier que nous sommes, et nous omettre nous-mêmes. J'ai ri de plaisir, ce soir-là, dans Orviéto : je n'ai plus vu la plaine. La nuit vient vite en novembre. Les Orviétans ont fait du mouvement et du bruit dans la ville jusque vers les neuf heures. Puis, toutes les rues se sont vidées : ainsi l'eau d'un bassin qu'on ne retient plus et dont on ouvre les pertuis sur les rigoles. En bas, les petites lampes tremblaient, solitaires. Cependant, je me promenais entre la Tour du More et le Dôme, cet énorme bibelot qui gagne la gageure de paraître petit. J'avais quitté l'hôtel inénarrable du Commandeur Funghi, le ventre tordu à force de rire : je dirai peut-être un jour le comique de cet hôtel, et les farces qui se jouaient dans ce vieux palais moisi : il n'existe plus, à présent. Au coin de deux ruelles, j'ai rencontré deux petites filles qui se becquetaient amoureusement les lèvres, enlacées dans l'ombre violette. L'une disait, d'une voix étouffée de colombe : « *Tesor mio*, mon trésor ! » Et l'autre soufflait tout bas : « *Zitta*, tais-toi. » J'aurais voulu leur parler en baisers : chaque nuit a son heure qui chante l'hymne à la vie. Elles ont fui soudain, au premier mot, comme des moinelles. Un baiser sous le ciel est un cas pendable en Italie : seul, l'Etat donne licence d'aimer, et la manière de s'en servir : dans ce pays austère, l'amour ne doit pas sortir de la cage à lapins.

J'ai dix souvenirs aimables d'Orviéto. Il y avait, en ce temps-là, une ostéria où l'on mangeait sainement, à la façon de l'ancienne Italie : rien n'était faux ni grossier sur la table ; les artichauts étaient aussi petits, aussi délicats qu'en Provence, une bouchée ; le fritto misto, doré dans une huile légère, était servi avec de beaux citrons ; les courgettes petites et parfumées, rien de la citrouille ; les aubergines aux pommes d'amour avaient le goût délicieux du poivre d'Asie et du piment du Mexique ; et le vin, couleur d'ambre ou d'oignon brûlé, était le meilleur qu'on pût boire en Italie, avec celui de Frascati : à Rome, alors, il y en avait encore.

Spolète, Viterbe et Orviéto, trois villes vaticanes qui sentent le cardinal et la Curie. A Spolète, le cardinal est encore assez guerrier, et sa roideur tient de la haute époque. Le dur Albornoz est un Espagnol : il règne sur Spolète comme la citadelle, avec le génie noir et or de l'Espagne, brûlant et cruel. Les plus grands Italiens, à deux ou trois exceptions près, sont de faibles acteurs, quand on les compare aux redoutables tragiques de Castille et d'Aragon. A Viterbe, le cardinal est déjà pape. Il vient, l'été, se reposer parmi les eaux ruisselantes dans les vasques et les fontaines qui babillent sous les palmiers de pierre, les lions sculptés et les sarcophages vides. Là, il se donne du bon temps entre les belles filles et les belles eaux. Et les eaux ne rient pas moins que les autres. Les eaux sont toujours nues. L'Eminentissime, à Orviéto, est un vieux politique. Il médite de calmes desseins, des encycliques au tour cicéronien et de bons dîners sous la tonnelle. De sieste en sieste, peu à peu se fait la merveilleuse encyclique : elle n'a pas le moindre sens, légiférant pour ce monde au nom de l'autre, dont elle ne sait rien ; et faisant leçon de l'autre monde à l'image de celui-ci : car il faut toujours, et malgré tout, même quand on est théologien, dire aux gens quelque chose qu'ils comprennent, et mêler un grain de vrai blé à un sac de balivernes. L'Eminentissime a fini de combattre, soit qu'il ait reçu la tiare, soit qu'il ne compte plus sur la victoire, soit qu'il la digère ou qu'il s'en moque. Orviéto, sur sa montagne jaune tigrée de pourpre, semble inaccessible et a dû l'être dans les temps où l'assaut pouvait seul rendre l'ennemi maître d'une ville. Il est vrai que la ville se rendait quelquefois. C'est la volonté de l'homme qui est inexpugnable. Et les pires engins de la science peuvent être inutiles, comme les canons de l'Eglise.

UN SOIR D'AOÛT DANS ORVIÉTO

On quitte la Grand'Rue, où les gens se pressent les uns contre les autres : les paroles se croisent et s'écrasent en vastes cercles qui grondent. L'air étouffant retentit de ce bourdonnement rond. La ruche est bruissante. Tout à côté, les ruelles sont désertes. La longue place où se dresse le

Palais du Peuple est vide : personne. Le ciel noir y tombe. Qu'elle est sombre, au crépuscule, qu'elle est triste : silencieuse comme une cloche sans battant, elle veille ce vieux palais qui fait le mort. Les rues en pente se coupent en tous sens : partout des arcs qui chevauchent, des ponts qui relient une maison à une autre. Etroites, bordées de très hautes bâtisses, ces gorges attendent le guet-apens. Trous noirs, grandes portes pleines de nuit ; fenêtres imprévues, où rampent quelques faibles lumières. On voit soudain ces villes du moyen âge sans quinquet, sans police, sans voirie. Tout est coupe-gorge. Et les remparts à pic, sur le ravin, où jeter les cadavres. Villes faites pour les factions et la guerre civile. Non pas même la grande guerre intestine, la moitié d'un peuple contre l'autre : la discorde, la haine de deux ou trois familles qui se disputent le pouvoir. Et l'on s'assassine. Le courage dans la haine efface l'ignominie.

AU DÔME, LA CHAPELLE NEUVE

Signorelli est à peine un peintre. Il abîme les murs ; il les charge d'images énormes et confuses. Sa couleur est dure, acide, criarde ; il n'a pas le moindre sentiment de l'harmonie et des valeurs ; la beauté du ton lui est tout à fait inconnue, et il semble n'avoir jamais eu l'idée des beaux accords et des passages. Ses enluminures gigantesques sont des coloriages. Son dessin n'est guère meilleur : il est roide, rude, sec, étranger à la vie. Pas le moindre frémissement de la forme. Ses nus sont incertains, car ils sont arbitraires. Si les hommes de Signorelli ont des os et des muscles, ils n'ont ni nerfs ni peau. Ses femmes ne sont pas des femmes, mais des hommes qui ont des seins. Il annonce Michel-Ange par la nudité, la grimace et une sorte de grandeur. La laideur n'en est pas absente. Quelques-uns le vantent, parce qu'à leur sens le nu est le grand art de la peinture. C'est à savoir, et ce dogme est aussi sujet à la controverse et au doute que tous les autres. La seule nudité qui importe réellement est celle du visage, et celle aussi, parfois, des mains. L'essentiel est qu'on sente un corps sous les vêtements. La grande poésie de la peinture n'est pas dans la dépendance étroite du nu ; c'est le nu qui est fonction de la grande poésie, en

peinture comme en tout art. La BETHSABÉE de Rembrandt
n'est pas un miracle parce qu'elle est nue, mais parce que en
sa nudité elle laisse entendre le chant de Rembrandt et la
profondeur de son drame. Il est autant de nus que de
vêtements : ils valent ce que vaut le peintre et ce que peut
valoir le poème coloré de sa peinture. Le nu n'a pas de
secrets pour les peintres, après la première Renaissance ; et
l'« académie » est le nom même, en art, de la nudité : mais
les peintres ont perdu tout mystère.

Signorelli est le désordre et l'excès en personne. Il ne
parle et ne chante jamais : il crie toujours. C'est un homme
plein de vaillance et de volonté ; il a des pensées robustes et
sans charme ; il lance comme au hasard et il entasse les
blocs de la forme ; il manie les masses avec la même aisance
que plus tard Tintoret. Il est impuissant à nous conquérir
comme à nous toucher. Dès lors, à quoi bon tant d'effort et
de violence ? Il met Dante en images sur les murs, et le vers
en est offensé. Il n'a ni goût ni beauté.

Il a LA FORCE ; et qui le nie ? La force n'est pas tout. Il n'est
d'ailleurs pas vrai que la force fasse plus penser que son
contraire. Dans la continuelle gesticulation de Signorelli on
ne voit pas plus d'esprit que dans la fade mollesse du
Pérugin. Le mauvais peintre de Pérouse ordonne négligem-
ment ses héros en rangs d'oignons ; Signorelli précipite les
siens en bottes d'asperges, qu'on lance du toit, après avoir
rompu le lien. Il manque assez de goût pour habiller en
arlequins tous ses personnages, les héros et les saints, les
damnés et les élus, tous reîtres : ils ont une fesse rouge et
l'autre bleue ; une jambe mi-partie verte et jaune ; les bras
verts, écarlates, en damier bleu et blanc. Sur ces parois au
blanc de chaux dans le jour éclatant et cru, ces fresques
donnent l'étrange impression des gymnastes et des acroba-
tes au cirque.

NUIT D'ÉTÉ, FOULES DANS LES RUES,
PUIS, SOLITUDE ET LA LUNE

Un premier séjour laisse d'Orviéto le souvenir de la surprise et de l'aventure. Quand on y revient, Orviéto est plus
étonnante, plus étrusque, plus papale que jamais. Quoique

le grand style soit le plus souvent refusé à l'Italie, elle y atteint par le pittoresque. Chaude et forte, Orviéto est aimable. La profusion même, cette indécence, y est plaisante. Et quel peuple agréable à vivre, plein de politesse et de zèle, tout en chansons, si on ne lui coud pas les lèvres ; vif, gai, d'une fine bonhomie qui sent son terroir antique et une origine non vulgaire. Tous les Orviétans sont fous de leur cathédrale ; ils l'aiment, ils en sont fiers, comme des fils pourraient l'être d'une mère qui serait une grande reine : ils la trouvent incomparable ; ils la chantent, ils ne parlent que d'elle. Les moins religieux croient à l'incarnation et à la présence réelle, parce qu'ils tiennent le *Corpus Domini*. (La dédicace de leur église est à ce saint nom.) A peine est-on dans Orviéto, ils guident le passant, ils le pressent : « C'est par là qu'on va droit au Dôme. Le Dôme n'est pas loin. Avez-vous vu le Dôme ? Ah, ce Dôme ! Vous êtes déjà venu à Orviéto ? Già, già ! Vous allez le revoir, toujours beau, toujours plus beau ! Suivez le corso tout droit ; et la première rue à droite : trois minutes et vous y êtes. »

Et le Palais du Peuple médite d'incendie et de vengeance sous la lune. La pierre a la couleur et le grain du vieux cuir. Orviéto reste une des personnes les plus originales de l'Italie. Elle est violente et cléricale ; assez vigoureuse pour ne pas masquer ses sentiments, pas même la dissimulation. Son palais respire l'énergie, la violence, la maîtrise des autres et, peut-être, l'aveu qu'on ne se possède pas soi-même. Qu'une telle confession, surprise sur les lèvres de la force, est donc émouvante.

Plus je vais, plus je m'attache à la vie. Si l'objet d'art n'est pas d'une beauté ou d'une rareté incomparables, qu'il le cède à l'objet vivant et ne s'y compare pas. Ne se fait-on pas de l'art une idée ridicule, quand on a l'air de croire que les chefs-d'œuvre abondent ? Impuissance et faiblesse de l'homme devant la vie : elle ne se connaît pourtant qu'en lui, et par lui. Abandon de soi, contrition même en quelque sorte. Cet infini borné à la conscience est effrayant. Plus cette énergie de la vie est créatrice et semble seule réelle, plus on la pèse en soi fragile et vaine entre les rêves. Refaire l'ongle du petit doigt, quand un choc le casse, toute la puissance de l'homme y échoue : cela n'est pas dans ses moyens. Quelle n'est pas l'humiliation d'y conclure ? Que les philosophes y pensent, avant de spéculer sur les existences futures, et les savants avant de se vanter d'avoir évalué l'atome ou le poids des étoiles. Il en va toujours ainsi quand l'homme se mesure à la vie. Elle l'accable ou le tourne en sa dérision : et puisqu'elle est son tout, sa nullité même est la pire ironie. Vous ne ferez pas cette rognure, ce bout d'ongle. C'est ainsi qu'il faut répondre aux miracles. On ne vous demande pas de ressusciter Lazare ou de guérir un infirme qui tombe du haut mal, six et sept fois par mois. Mais rendez-lui un ongle qui se casse. Et moins encore : effacez l'arête de cet ongle qui se raie. Cela n'est pas en votre pouvoir, et vous passe.

LE BEAU DIEU D'ORVIÉTO

Plus le Dôme d'Orviéto m'a déçu, plus belle est la surprise que me réserve le Musée voisin. Installé dans un palais du pape, à l'écart de la foule et du bruit, il est des plus séduisants par l'accueil du silence et la paix solitaire. Il n'a rien promis et il offre des trésors. On y accède par un de ces escaliers extérieurs, au flanc de la façade, qui donnent tant de couleur à ces vieux palais : ils sont faits pour le drame, ou la comédie au clair de lune. Comme on monte les hauts degrés, il faut avoir le bon esprit de laisser l'opinion commune en bas, sur l'herbe de la place, et se séparer enfin de tous ces moutons borgnes, les critiques. Leurs jugements sont le suint du troupeau. Ce qui a été dit une fois, tous le répètent. La sagesse est de n'en faire aucun cas. Les attributions sont leur jeu de paume : il n'intéresse qu'eux ; ils se renvoient la balle, et n'ont jamais fini de se la disputer, hués par ceux-ci, applaudis par ceux-là. Quand ils dénichent un contrat, ils poussent les cris du paon, triomphe de gloire sur la trompette guerrière. Or, qui prouve que l'œuvre, dont il s'agit aux archives, soit celle qu'on nous montre ? On sait trop qu'en trois ou quatre cents ans, le goût a changé dix fois, et dix fois proscrit ce qui fut pour ce qui est ou qui va être. A ne pas sortir de Paris, un Lebrun n'eût-il pas fait jeter aux oubliettes les roses de Notre-Dame ? et peut-on penser sans rire au dédain d'un Canova pour les reines de Chartres ? Naguère, un critique savant voulait que Giorgione et Titien fussent le même homme. Pourquoi pas ? J'y consens. Pour mon compte, je dis que Nicolas Nuti de Sienne, sculpteur à peu près inconnu, qui vivait en 1330, est l'artiste admirable qui a taillé les plus belles statues de l'Italie : celles qui, dans le petit musée d'Orviéto, dominent de si haut tout ce qu'on peut voir en Toscane et, peut-être, dans toute la péninsule.

Au fond de la salle voûtée en berceau est assis, dans une chaire, le Christ en gloire. Il lève l'index de la main droite. De l'autre bras, il maintient droit ouvert sur son genou le Livre de la Vie. A peine un peu plus grand que nature, on dirait un colosse. Ce bois sublime a été peint : il reste de l'or roux aux cheveux. Le visage est inouï. Sans douceur, sans dureté ; ni rigueur ni tendresse : il est immuable. Tout le poids de la justice tire ses traits vers la terre, et allonge l'arête de leur exquise pureté. Jamais cette figure n'a souri, et pourtant le sourire est en elle, comme la lumière derrière les nuages d'un ciel gris ; elle a beaucoup pleuré, peut-être : il lui reste de l'arc-en-ciel entre les lèvres et les paupières. Les plis de la tunique sont merveilleux de souplesse et de majesté. Un corps divin les anime. Une sorte de robe persane, ouverte sur les deux côtés, colle au bras et au torse ; la draperie se ramasse sur les jambes et les cuisses. Sublime, le geste de la main contre le livre : Dieu feuillette le destin, il tourne les pages fatales. Sa toute-puissance ne peut rien contre elle-même ; il lui faut suivre ses propres décrets. S'il se lève, nous sommes tous perdus, ou jugés : ce qui revient au même. Jamais calme souverain n'a été si chargé de la foudre. La simplification la plus solennelle, la synthèse la plus puissante de la forme et du sentiment, voilà cette figure : chaque détail est l'abrégé de l'ensemble. Comme, en ses projections, une épure formule les points et les surfaces, la grandeur des lignes exprime la grandeur de la pensée. On ne peut pas dire d'un tel art qu'il résume. Non ; il centre toutes les forces qui concourent à la beauté : il offre, avec une réserve sublime, l'essence du mouvement et de la vie, dans l'essence de la pensée et du sentiment : il transmue l'éphémère en ce qui ne peut passer.

Nicolas Nuti de Sienne, s'il a créé ce dieu, ne saurait être

le sculpteur à qui l'on assigne quelques bas-reliefs de la
façade. On ne peut, à la fois, avoir tant de génie et tant en
manquer. Je le reconnais plutôt dans les deux autres statues
en bois, qui portent si loin la splendeur du petit musée
d'Orviéto ; d'autres ont la gloire ; Orviéto la mérite. Ce
quiproquo est la règle des plus rares et plus nobles œuvres
humaines, assez souvent. L'ANNONCIATION est un groupe
fait de deux grandes figures isolées, tournées l'une vers
l'autre : à gauche, l'Ange vient du ciel, dont il a l'immatérielle légèreté : la main et l'index dressés, il salue Marie. A
droite, la Vierge tient son cœur éperdu sous le sein ; et de
l'autre main elle serre contre sa robe le livre de prières
qu'elle était en train de lire, quand l'Ange est venu l'interrompre. La confusion, l'humilité, la douceur de la Vierge
voilée ! Elle penche un peu la tête, le lys s'incline ; elle ferme
presque les yeux : elle les a baissés, et l'on dirait qu'ils sont
levés en dedans, comme ceux des mourants. Elle meurt à la
vie mortelle. O Vierge, c'est là l'unique virginité. Elle est
belle ; mais l'Ange est bien plus extraordinaire. Gabriel est
vraiment une figure de l'au-delà. Expression plus
qu'humaine, il porte la terreur, et il semble avoir grand'
peur lui-même de sa mission. Il commande inexorablement
et il est timide ; il exige et il demande pardon. La tête est très
petite et d'un ovale sans défaut. Les cheveux, d'un style
admirable, font, dénoués, trois larges ondes sur la nuque,
séparés du crâne par un ruban. Ni homme ni femme : un
être en dehors de l'espèce, trop humain pour le sembler
encore. Le cou très long, très rond, est d'un galbe adorable,
la plus douce colonne un peu gonflée pour porter le chapiteau de cette tête angélique, si émouvante et si sincère. Ces
deux chefs-d'œuvre, taillés dans le bois, comme le Christ,
doivent être également de Nicolas Nuti. Quant à moi, je les
lui donne, pour faire de lui le plus grand sculpteur de son
siècle, le seul en Italie digne de Chartres, de Vézelay et des
Grecs, fleur des Anciens.

LE DÔME D'ORVIÉTO

Toute la sève d'Orviéto s'épanouit, au plus haut de la ville,
sur la place du Dôme. Là, s'ouvre le lotus doré de la

cathédrale, large, riant, multicolore. La place est belle par les proportions et le prestige de l'espace. A gauche, de vieilles maisons, un beffroi carré avec Maurice, un homme de bronze qui pique l'heure. De vieux palais, sur le côté droit, qui ont une allure papale, une haute mine, non pas guerrière ni originale, mais fermée, sévère plutôt que dure, moins douce que méditative et calculée. D'une terrasse, qui domine sur le rempart, quelle bonne et touchante vue sur la vaste campagne, paresseuse au soleil, toute chaude du lit en été, engourdie de tiède sommeil en novembre. La place est dallée et l'herbe ourle les dalles. Les Toscans ont le goût des beaux pavés : ils en font une mosaïque et un tapis de pierres. Celui-ci est une plaisante verdure, rinceaux neufs et fond usé : les pierres rouges, les pierres jaunes et les pierres blanches sont disposées, telles des laines plates, en fleurs stylisées : bordées d'une mousse enfantine et verte, ces persanes, quand sonne l'*Ave Maria*, invitent à la prière.

Bien seul, libre de toutes parts, sur son socle de neuf lents degrés, le Dôme. C'est le plus fameux bibelot de l'Italie, qui ne se compare à rien qu'au Dôme de Milan : moins riche, moins fastueux de ses marbres, infiniment plus achevé et moins lourd de matière. Pour l'architecte du Nord, venu de France, cette merveille est la plus somptueuse des curiosités : une pièce montée peut jouer la cathédrale : mais non la cathédrale une pièce montée. Ce joyau d'orfèvrerie est, à sa façon, une œuvre parfaite. Par une singularité unique, l'excès y obéit au meilleur goût. La démesure y trouve l'équilibre : victoire paradoxale, qui est due au rythme d'une excellente symétrie. Le Dôme d'Orviéto n'est qu'une façade : tout est achevé dans ce visage sans corps, à tel point qu'on ne prête aucune attention aux détails, tant on écoute avec plaisir la musique de l'ensemble. La façade a l'aspect d'une châsse colossale. Elle n'est pas monstrueuse, parce qu'elle a son harmonie. La sensation l'accepte et la réflexion la condamne. Elle est parfaite à sa façon, qui n'est pas la bonne ; mais on ne résiste pas au contact de la perfection. La plupart des bas-reliefs sont d'une forme et d'une lourdeur pitoyables ; ils sont entassés comme dans un monument de l'Inde ; toutefois, l'entassement a l'effet de l'unité et restitue la ligne. On ne peut se faire à une architecture sans logique. Elle nous offense. Mais pareil à la danse et à l'appel de la volupté, le plaisir du pittoresque emporte l'âme même qui se refuse. La façade d'Orviéto ne répond à rien. Aucune nécessité intérieure ne la détermine. C'est une vision. Comme elle semble n'avoir que la solidité du mirage, on dirait qu'elle n'a rien de solide. Et à quelle fin des matériaux, qui ne sont pas ceux de l'édifice ? à quoi rime cette différence ? Les flancs sont blancs et noirs par bandes, comme les condamnés des prisons anglaises. Sur les côtés, d'énormes demi-piliers cylindriques ne supportent rien, pas même les maigres chapiteaux qui reposent à faux un peu plus loin. Nul souci de la pensée. La symétrie mène tout et distribue les lignes : les plans de la triple verticale se croisent sagement avec les plans horizontaux. La symétrie est l'ordre inanimé. On entend cette harmonie ; on l'écoute, elle plaît dans le vide ; mais elle est monotone et trop prévue. Tout ce chant est à la tierce. Et tout ici est pour le pittoresque. Ces architectes ne cherchent que la couleur. Les Italiens sont peu coloristes, quand ils peignent ; ils le sont à l'excès, quand ils bâtissent.

Cet art a la vertu du spectacle : elle est infaillible sur le vulgaire. Les Italiens en ont joué mieux que personne. Leur triomphe est toujours dans l'architecture civile. Au plus beau temps de leur génie, elle prête au drame, par les passions et la violence des discordes : la ville est un théâtre où se déroulent de vraies actions. Plus tard, la farce et la comédie bouffe vont avec l'architecture baroque. Le palais médiéval, tout caractère, toute énergie, voilà leur affaire. En général, il n'a rien d'aimable : il respire la haine, et comme une volonté de braver, ou de faire peur. Les fenêtres sont les ouvertures de la hargne. La force, feinte ou réelle, la tyrannie, la domination sans frein ni scrupule, ce palais est une forteresse de superbe. On ne s'est jamais tant vanté de ne tenir aucun compte des autres. Quelle grandeur dans ce mépris. Ainsi, à Orviéto, le Palais du Peuple est admirable de volonté, d'orgueil et de rage même. Il gronde, il aboie, le mâtin. Est-ce là de la beauté ? ou non ? Je ne sais ; et qu'importe ? Le style, ici, c'est le caractère.

A l'origine, le Dôme d'Orviéto est l'œuvre du Siennois

Maitani. Tout porte à croire que les plans de ce grand artiste ont été gâtés par les architectes qui ont pris la suite de la fabrique, Andréa Pisano et Andréa Orcagna, tous les deux peintres et décorateurs. La décoration est la maladie de la plastique, et le plus souvent sa mort. D'ailleurs, les mosaïques de la façade ne sont pas anciennes ; et le plus beau visage du monde serait défiguré par les fards d'une si sotte imagerie. Grâce au ciel, on ne les voit pas : l'œil se laisse ensorceler par le charme de la couleur et du rythme ; et l'esprit s'abandonne à la caresse de cette heureuse sorcellerie.

L'œuvre de la sculpture est plus absolue qu'une autre. Elle incorpore la matière et l'espace au plan idéal. La peinture a d'autres moyens et plus magiques : le peintre n'atteint pas à cette grandeur de style, où le réel est garant de la fiction, où le corps avec tout son volume est témoin du rêve.

La puissance du statuaire est définitive : il enferme dans une forme le tout de l'homme.

La couleur est une incantation. La couleur est donc un charme, un délice de volupté qui, malgré tout, distend l'énergie et l'éparpille en caresses subtiles. La grande œuvre peinte est quelque peu féminine. La grande œuvre de la statuaire est toute virile. La ligne est une intégrale, et la forme sculptée une somme.

Orviéto est le plus beau village de l'Italie et, peut-être, de la terre. Le village du Pape. Planté sur son roc jaune et rouge, couleur de sang caillé et de plaie, il fait encore écho aux haines et aux massacres farouches qui ont animé les familles et les factions. Entre eux, selon Dante, les Monaldeschi et les Filippeschi ne sont pas moins acharnés que les Capulets et les Montaigus. Ce village du Pape grouille de démons, et le diable a eu dans ce bénitier un de ses repaires favoris. La statue de Boniface VIII, sur la façade du Dôme, une des seules qui aient de l'accent dans cette immense enluminure de pierre, dit cruellement ce qu'elle veut dire, et la misère du pontife romain. Chassé de Rome par le capitaine de Philippe le Bel, souffleté sur les deux joues par Nogaret le Breton, le pape Boniface, vieillard presque centenaire, est venu mourir à Orviéto. Sa statue le montre indomptable et accablé ; il baisse la tête sous le poids de la tiare ; foulé aux pieds par un roi de l'Occident, il proclame encore sa propre suzeraineté et son droit à la monarchie universelle. Il est flétri, presque décomposé par l'humiliation. Tout son corps cède à la pesanteur et s'effondre comme un sac de reproches, de pus et de mortalité. Ce vicaire de Dieu a connu le gant et la force du Diable.

Un soir encore, dans la vallée des tombes, l'illumination des feux follets va et vient sur les pierres blanches. Au bas de la route, bien loin de me rendre à l'invitation de cette prairie funèbre, aux asphodèles de feu, je me tournai vers la ville ; et je vis Orviéto lancée de son roc sur le ciel comme une châsse d'or. Le Dôme, au soleil couchant, sur les épaules de la cité, est un autel flamboyant, un reliquaire de flammes. Jamais tant d'or au ciel du crépuscule, ni dans la campagne de Rome, ni à Venise, ni sur le port de Marseille, ni entre les colonnes de Paestum. La coupole du firmament s'arrondit en bouclier d'or, que borde un cercle de bleu profond et métallique. C'est d'un brasier d'or que surgit cette cathédrale de toutes les couleurs, lingot mystique. Voilà bien l'église triomphante, dans son armure de soleil : pareille à la cuirasse d'un archange qui ouvre ses ailes d'or, et qui va prendre l'essor, peut-être, pour gagner le zénith, elle frémit de joie, elle s'apprête à chanter son hymne, et à retrouver son rang parmi les Trônes du Paradis, les Splendeurs et les Dominations.

XI. *COR MAGIS TIBI SENA PANDIT*

Ecce Dea
*Entrée du Condottière
à Sienne.*

Enfin, je vous ai vue, ma fiancée toute vierge et toute passion. Enfin, je vous ai trouvée, ô ville tant cherchée, et vous m'avez accueilli, comme si vous m'eussiez attendu, comme si vous m'aviez souhaité. Un soir de printemps, le dernier entre mai l'œillet et juin la rose, à la fin d'une journée ardente, je suis entré dans la ville rouge, qui se retranche et se dresse sur un socle de terre chaude, pétrie dans le sang et veinée d'or. Le désert m'a porté jusqu'à vous, oasis. Avant de passer le seuil de Sienne, qu'on vienne du sud ou du nord, on chemine dans une vallée lunaire ; les longs cierges noirs des cyprès veillent éteints sur les cendres, les uns en files de deuil, les autres en cercle, formant un concile pensif ; et les sables gris ondulent sous le ciel comme des dos d'éléphants qui marchent sous terre, ne laissant affleurer que leur échine.

Soudain, la ravissante ville, la plus près du ciel que je sache, surgit en corbeille, d'où s'élance le plus haut et le plus svelte des lys. Sienne, ville du Magnificat, tu mérites un si doux nom. Je te le donne.

Plus tard, je saluerai les aurores de Sienne. Je veux bénir, ce soir, le crépuscule qui m'attend sur la porte, et qui fait deux pas à ma rencontre. Les heures de l'aube sont les plus heureuses, peut-être ; mais les heures passionnées du crépuscule sont au-dessus du bonheur : l'archange révèle à la Vierge son destin d'un éternel amour.

Rouge de cet amour qui renouvelle l'être qu'il consume, et rouge de pudeur à la caresse qui s'attarde sur son front et sur ses lèvres, la ville ardente est un baiser dans un sourire mystique. Les dalles des rues montantes sont brûlantes. Les murs des hautes maisons pourpres ont des regards brûlants. Et chaque maison semble un palais qui brûle en dedans, une flamme étroite et mince qui cherche à s'envoler. Aux angles des ruelles, aux fenêtres, sur les portes, brûlants sont les fers forgés. Et le bleu du ciel brûle en cierge au sommet des rues en pente.

Après un long voyage, il me semble que je rentre dans ma maison natale, que je plane sur la terrasse pour ne plus reprendre un essor désiré. Je ne suis pas ici depuis un quart d'heure, je tiens tous les fils de brique et de pierre de la Cité. Je l'aime, et la respire et la baise dans tous ses pores. Sans l'avoir jamais vue, je la reconnais. Sans y pouvoir nommer personne, chaque pas semble me conduire à quelque tendre bien-venue.

Que rien ne m'échappe d'elle et ne me soit soustrait. Comme en amour, je la voudrais toute, et d'un seul coup, et d'une telle et si parfaite étreinte, que pas un de ses coins ne me fût défendu, pas un de ses replis ne me fût étranger.

J'erre en possédant, je possède cette ville adorable en errant. Je cours et je m'arrête. Je m'attarde et je vole. Je reviens sur mes pas, et me jette en avant à la découverte. Je monte, je descends. Ces rues sont des échelles merveilleuses où la douce obscurité montre au passage des fenêtres tragiques ou charmantes, des portes, des balcons pour les amants, des lanternes : cette ombre a des formes claires, ainsi un beau corps tout nu sous un manteau entr'ouvert.

Et n'est-ce pas un des songes que je fais le plus souvent ? Je monte des degrés ; je me sens porté par une ivresse ; je n'ai ni poids ni densité. Puis je tombe, hélas, soudain, plein d'une douleur ineffable, pourtant encore légère, car je me reprends aussitôt à gravir ces marches pareilles à des aimants, où l'on ne pose la pointe du pied que pour s'élever sur une autre marche plus haute. Ce soir, ici, je ne suis point rejeté : il ne faut plus tomber, il ne faut plus descendre. Et même si je descends, je vole encore. Toutes les rues en échelle se sont mêlées derrière moi, et leurs rubans dénoués traînent à terre, quand je me vois par magie dans un lieu incomparable.

C'est la conque d'Aphrodite ou le bénitier de Marie : elle est rose sous la lune, et partagée en longs pétales de marbre. Immense et déserte à cette heure, elle est toute à moi comme au silence. Son ovale exquis, à la suave pente, est le sexe brûlant et clos de l'adorable ville. Voilà bien le Campo, la plus belle des places en Italie, toute bordée de palais rouges : et le plus vaste, le plus hardi de tous, qui en occupe tout un côté, est le palais de la République. Le doux ventre de la place s'incline avec langueur vers le palais illustre. Et lancé au fond du ciel, cherchant la lune, la plus ravissante et la plus haute des tours se dresse d'un seul jet, si robuste et si fin, si fort et si léger qu'il est l'essor d'un lys rose à la corolle de neige, le beffroi de Sienne, un lys qui serait une flèche.

Du ciel infiniment haut, des souffles frais déjà descendent, la promesse du doux éventail que le silence ouvre lentement sur le visage de la nuit. Je baise les pierres. Place Pustierla, j'embrasse une colonne tiède où veille une lionne, qui me tend la patte, ou une louve.

Je ne dormirai pas cette nuit. Je ne puis m'arracher de cette ville avant le jour : je ne veux pas la quitter jusqu'à l'aube, au chant de l'alouette. O Condottière, tu es en amour avec Sienne. Je suis en amour.

SIENNE T'OUVRE UN CŒUR PLUS GRAND

Quelle ville est plus femme que Sienne ? A l'égal de Florence, à l'égal de Paris, tout y parle de l'homme. Tout y est de lui, sa volonté, sa foi, ses passions, ses furies. Chaque pierre a une histoire. De rue en rue, les siècles se touchent et se racontent. Sans effort, toute maison est un palais. Ce qu'on ne sait plus, on l'imagine. La ville de la Vierge est pleine d'églises : on en visite trente ; on en connaît cinquante ; peut-être sont-elles plus de cent. L'art qui est la marque du poète et de l'homme sur le flot, le sceau de la durée sur ce qui passe, l'art a pris possession de Sienne comme d'aucun autre lieu du monde. La cité même est petite. S'il ne fallait tant monter et descendre, de porte en porte, autour de ses trois collines, Sienne tiendrait dans le creux de la main ; mais les hauts et les bas de sa chair rouge lui font onze petites vallées, où le sang circule par les rues étroites, tout le réseau serré des côtes roides, des sentiers bâtis qui se chevauchent et s'enchevêtrent : deux rues font le pont sur une troisième ; elles tournent sur elles-mêmes, elles s'étranglent ou se dilatent, vraies artères, chaudes veines, avec la liberté nécessaire de la vie, cette œuvre en perpétuel changement. Où que l'on soit à Sienne, et quand on s'y attend le moins, la perspective change. On se croyait loin du Campo, ce nombril rose de la Cité ; et tout d'un coup, au bout d'une rue qui fait lunette, on voit la tour sublime du Palais qui se balance, couleur d'or blanc et de mandarine, dans le ciel. L'objet d'art est, ici, l'objet de la vie commune : les lanternes, les torchères, les portes, les marteaux, les seaux de cuivre, le bois, le fer, la pierre, toutes ces fleurs qui durent, traces de la volonté humaine. Chefs-d'œuvre ou non, les palais sont pleins de tableaux, de sculptures, de meubles ornés ; les églises sont des musées qui veillent : l'art ne dort pas à Sienne ; à Florence, il est quelque peu embaumé, ou endormi ; il est humilié à Venise, vendu à toutes les lunes de miel qui s'écornent dans les auberges.

Sienne est urbaine à ce point qu'hier encore le charroi y semblait impossible. Dans les rues de Sienne, une voiture faisait événement. Quantité de ruelles sont à peu près inaccessibles aux charrettes : trop étroites pour leur donner passage, ou, si elles passent, obstruées au plus mince incident. A Sienne, il faut aller à pied, ou monter à cheval : ni trot, d'ailleurs, ni galop ; un amble soigneux et paisible. Pour les fardeaux, l'âne avec ses bâts est l'unique véhicule. Sauf aux portes de la ville, où les admirables attelages de bœufs révèlent le caractère antique de la contrée et qui la rend si originale. Cette ville entre les villes, Sienne est de toutes, en effet, celle que la nature pénètre le plus. La campagne l'envahit de tous côtés : les vallons finissent en ruelles jusqu'au cœur de la ville : les arbres et les buissons, les oliviers, les cyprès, la vigne et les yeuses ne s'arrêtent qu'au seuil même des portes. Comme de dix lieues à la ronde, dans le val d'Orcia, ou la Crête, ou la Montagnette, on découvre la Tour de la République et le clocher du Dôme, on aperçoit avec bonheur, de cent et cent fenêtres, loges ou terrasses des maisons, les olivaies et les vergers, les vignes, les figuiers et les branches vertes. Il est des matins où la brise porte à la ville l'odeur du buis ; et il y a des midis où Sienne sent la pêche. Un jour, du haut de la cathédrale inachevée, cette hune de pierre d'où la vue est si belle, j'ai compris la vivante architecture de la Ville Bien-Aimée : elle est toute pareille à la cellule la plus noble, qui est la cellule nerveuse de la substance grise. Faite comme elle, et de la même forme, longue et fine, elle semble frémir ; elle s'allonge en tentacules délicats, en filaments subtils, qui vont se nourrir au milieu du tissu plus large et plus robuste qui l'entoure, la bonne campagne, verte et dorée, qui fructifie sur la terre rouge. Et les bœufs merveilleux, dans leur blanche majesté, énormes, puissants et calmes, couronnés de leurs cornes immenses et roulées en trident de lyre, montent vers la ville, traînant des chars antiques, simples comme un berceau, vermillon comme le sang, chargés de bois, de vin, de fruits et de farine.

A qui vient de Rome, ou la fuit comme moi, à qui serait tenté de passer outre et, tournant Sienne, de prendre la route de Florence, la ville au seuil de sa Porte Camullia, fait un appel charmant et tend les bras. Son salut est inscrit autour de l'arc plein cintre : on lit sur l'archivolte : SIENNE PLUS GRAND T'OUVRE SON CŒUR. Elle est célèbre, la belle et douce bienvenue. L'âme antique de Sienne y chante : elle est passion, elle est amour. La vierge seule peut offrir ainsi sa fleur sans péché dans un sourire. Et le nom de Camullia même sur la porte ne sied-il pas à la ville de la Vierge mieux qu'un autre ? Là, dans les temps les plus anciens, les femmes eurent une maison à elles, jeunes filles ou jeunes veuves : le lieu fut dit Casa Mulierum, la Camulierum, enfin Camullia, comme qui dirait, en français, la Porte Cadame.

AU CAMPO, MATIN DE MAI

O matin bleu et blond et frais de mai. J'ai veillé dans la plus douce ivresse : qui donc est fait pour le sommeil ? J'ai vu les lucioles s'endormir, et la lune se coucher au lit des collines, tandis que l'aurore naissait, sourire du sourire. Je descends de Stalloreggi ; et si je marche ou je vole sur la conque rose du Campo, je ne sais. Je n'ai plus de poids, je n'ai plus de liens. L'oiseau de la joie est toute aile ; et même posé, il est plus rapide que l'hirondelle. On glisse sur les plis humides de la coquille, cette place de Sienne, la plus charmante du monde, sinon la plus belle, celle où la grâce ne voile pas la grandeur, mais l'illumine pour en faire une fiancée à l'esprit. Jamais la Tour sans pareille n'a plus été un lys au pollen d'or rose que ce matin : il se balance sur le ciel ; sa collerette de pierre frémit à la brise ; il mouille le ciel bleu de sa rosée. En vérité, cette Tour oscille sur sa tige. O matin blond et bleu et si frais. Je le goûte comme une source. Il me baigne ; il a la fraîcheur de la jeune fille qui sort de l'eau et qui entoure de ses bras nus le cou de son amant, et qui appuie ses joues glacées d'enfant contre la bouche chaude

qui la cherche. La même fraîcheur encore me caresse, celle
du sein virginal, qui vient de quitter le bain, quand il est si
blanc que son ombre est lilas contre le pli du bras. Et devant
le palais de la République, deux chats sont assis : l'un, tout
noir, contre la porte qui mène à la cour du Podestat ; l'autre,
tout blanc, contre la porte symétrique. Blanc et noir, partout les couleurs de Sienne. Jamais couleurs ne furent
mieux parlantes. Voilà bien la lumière et la nuit de la
passion, l'avers et le revers d'une âme qui brûle. Si on
retourne le blason, le champ est rouge. Noir et blanc aussi,
l'étendard de Sienne, la Balzana ; et tous les murs où il
flotte, sont rouges. Point de gris, point de mélange fade.
Cette vie ramassée et puissante, les racines enfoncées dans
trois vallées profondes, et qui prend son vol sur trois collines, irait peut-être de violence en violence, de crime en
folie, et de folie en crimes, si elle ne faisait pas sans cesse un
bond vers le ciel. Sienne n'est pas toujours si sûre de ne pas
se livrer au démon : mais elle s'est vouée à l'infaillible
douceur qui met le talon sur la tête du diable. Quand elle est
près de plonger dans les flammes de la haine, et de mêler
son sang au sang sulfureux de l'enfer, toujours l'amour
divin se réveille en elle. Sienne sait-elle, alors, si elle appelle
Marie ou si Marie l'appelle ? Elle s'élance vers sa Reine ;
pénitente, elle tombe à ses pieds et pleure sur son cœur.
Plaçant sa tête sur les genoux de la Mère très pure, et
trempant de ses larmes heureuses les divines mains, qui
effacent le mal des yeux qu'elles caressent, Sienne est moins
riche de pénitence que d'amour. C'est là qu'elle revient
toujours, amoureuse et confiante. Partout, sous les images,
dans les palais, dans les églises, l'enfant appelle la mère, et
Sienne invoque la Vierge. Ainsi, la Madone veille au coin de
toutes les rues. La ville est pleine d'églises, de confréries,
d'oratoires, de chapelles : les lieux de prière se touchent. A
l'ombre de ses murs Sienne est un buisson de cierges ; et
toute la vie du peuple s'illumine. Plus les Siennois se déchirent et s'exterminent en factions implacables, les gros marchands écrasant les nobles, les petits bourgeois écrasant les
grands, les pauvres écrasant les riches et la plèbe à la fin
s'emparant du pouvoir pour proscrire tout ce qui n'est pas
d'elle ; plus ils se livrent à la discorde, et plus la Sienne

secrète, pour son salut, suscite des saints. Sienne jamais ne chôme de saints et de saintes. Ils se succèdent, ils se poussent ; ils se passent, l'un à l'autre, les tisons du sacrifice, de l'oraison, du miracle et des extases, chacun dans la bienheureuse mort de soi-même. Et l'amour a toujours raison de la haine. Sienne brûle d'amour, toute blanche de la plus éclatante lumière, sur son abîme de violence et de noirceurs.

CONDOTTIÈRE, TE VOICI DONC

Campo. Palais Public.

GUIDO RICCIO est le Condottière des Condottières. Qu'il soit Guido Riccio da Fogliano, petit bourg près de Sienne, ou de Rome ou de Venise ou d'ailleurs ; qu'il ait pris d'assaut une bicoque dans le Val d'Orcia ou qu'il ait conquis la Toscane, l'Egypte, les Indes ou les Allemagnes ; qu'il soit un petit chef de bandes inconnu ou le plus illustre des capitaines, il est le Condottière. Je ne savais pas qu'il fût à Sienne : à présent, je crois n'y être venu que pour lui.

Il tient tout le mur de la plus grande salle dans le palais de la République, le plus beau de Sienne, de toute l'Italie, de tout le moyen âge. On ne peut pas avoir plus grand air. A cheval, il ne fait qu'un avec sa monture ; il est l'homme qui veut et qui agit, celui qui commande et qui conduit. D'or clair et de sinople en brocart, il va l'amble aux couleurs de Sienne, sous le ciel noir, de l'azur le plus sombre. Avec un goût incomparable, Simone di Martini n'a pas mis une seule figure humaine dans ce plan immense, où le Chef est seul. Mais pour qu'on n'oublie pas l'homme de guerre, aux deux bords de la colline où la ville assiégée va subir le sort des vaincus, il place deux rangs de piques et de lances : elles sortent de la terre, flore de la tranchée. On ne voit pas les soldats qui les portent. Souterraines, et placées plus bas que les sabots du cheval, elles font la haie ; et le Condottière s'avance, entre ces armes mystérieuses et les écussons de Sienne. Il est calme, infaillible et sûr comme le destin. Sa tête seule est nue, sous la cape ronde. Il est presque vêtu aux armes de sa ville. Le même brocart enveloppe le cavalier et le cheval, où court dans l'or mat une bande de noirs losanges qui font damier, de l'œil du cheval au bout de sa queue, et du col du Condottière à la croupe de sa monture nerveuse, élégante et si fine.

Le visage de ce guerrier est-il épais et brutal, obtus et boudeur, comme j'ai cru le voir un jour que, sur un échafaud, je le regardai de près ? Je ne sais plus. Il n'est pas fait pour qu'on le surprenne ou qu'on l'épluche. Il passe seul, dans le val, sur le sentier de la guerre, implacable et tel que rien ne pourrait l'arrêter. Ni beau, ni laid, ni César ni Du Guesclin ni même Guido Riccio, c'est le Condottière.

XII. HARMONIE ET PASSION

Noir et blanc.

On incline d'abord à croire que Sienne est toute franciscaine. Parfois même on voudrait qu'elle fût à François. Non, elle est bien plutôt à Dominique. Elle est trop amoureuse pour être sous la seule loi de l'amour. Elle a besoin d'une règle plus ferme. Si femme, il lui faut une main virile. C'est pour une raison analogue et contraire que le triomphe de Dominique et celui de François se confondent en Espagne. Avant tout, en Espagne, il faut brider la terrible indépendance de la volonté espagnole et sa violence sans frein. Par nature, l'Espagnol est un rebelle qui finit par accepter la plus dure discipline ; l'Italien, un sujet qui se révolte quelquefois. A Madrid, à Tolède, à Ségovie, avec ces natures de fer rouge, il ne faut pas tout pardonner, ni tout permettre. La bonne règle est de donner un baiser de feu à l'homme de qui on va couper la tête. Ainsi faisait Catherine de Sienne, la dominicaine entre toutes les filles de Dominique, ce bourreau du pape, à l'énorme front nu. Cafarelli dit, avec un grand sens : « De vrai, Dominique et François ont été les deux colonnes de la Sainte Eglise : François par la pauvreté, et Dominique par la science. » Il s'agit de serrer les rênes à l'esprit et au cœur, en muselant les sens. D'ailleurs, Dominique est le fils préféré du Saint-Siège : les Dominicains sont la milice de choix : avant les Jésuites, ils ont été les soldats du pape. L'armée de Dominique est plus papale et catholique ; l'armée de François, plus chrétienne. Dominique est tout contre l'hérésie ; François est tout pour l'Evangile. Les dominicains sont bien plus temporels que les fils de François : ils sont donc bien plus de Rome.

Blanc et Noir, les deux couleurs de Sienne : blanc comme la Vierge ; noir, comme la pénitence. Et le champ de l'écu est rouge comme le sang des passions. Le Dôme, le Campanile, noir et blanc. Rouges, le Campo, la terre de Sienne et le palais de la République. Le brasier mystique donne à tout ce noir et blanc les vibrations de la lumière. Les deux diamants sont translucides et non opaques. Le blanc et noir de Sienne n'est pas du tout la couleur du deuil. Devant le Dôme, on ne pense pas au zèbre de pierre, comme devant tant d'églises toscanes et italiennes, de Côme à Grosseto et de Pise à Pavie. Remarque : à Sienne, saint Paul ne compte pas.

Par-dessus Fonte Branda, la cathédrale de la Blanche Reine donne la main à Saint-Dominique. Et Catherine, la Sainte de Sienne, va et vient sous cet arc-en-ciel. De Camporeggi, où San Domenico se dresse sur la hauteur, la flèche du regard touche toutes les cimes de Sienne et toutes les profondeurs : le Dôme, Toloméi, la cathédrale dell'Oca, la rue de Catherine Belcaro et la Sainte Maison de la Scala. Si le palais de la République lui-même n'est pas visible, on voit du moins le haut de la Tour, le pistil dentelé du lys inimitable. Et le clocher du Dôme donne le branle aux cloches mêmes de Saint-Dominique. San Francesco, au contraire, est à l'écart, dans le bas, à l'autre bout de la ville. Il regarde l'orient, la campagne ; les coteaux plantés de vigne ; peut-être cherche-t-il Assise, comme Assise cherche Sion. Mais il n'a la vue ni de la cathédrale, ni de la Scala, ni de l'antique réduit de Sienne, où la tête penchée de la ville s'abîme dans le cœur, tandis que les belles artères portent le cours rapide du sang le long des flancs svelte et juvéniles. La douceur ombrienne est un peu molle, un peu lente, et parfois vide au prix de la tendresse siennoise, si aiguë et si chaude. Il est vrai que les saints et les saintes de Sienne aiment le prêche et raisonnent beaucoup. Ils ont besoin, je crois, de ce garde-fou pour ne pas outrer la sainteté même. Ils préfèrent lui donner les bornes de ce qu'ils jugent être le bon sens, et même de la compromettre. La raison toscane entend ne pas être absente. Saint Bernardin la mêle bizarrement à l'extase. Enfin, François n'a pas pu naître à Fontebranda, et il fallait sans doute que le grand saint de Sienne, ville de la Vierge, fût une Sainte : elle seule pouvait se livrer assez à Jésus et se fiancer à son Dieu. La passion chrétienne a donc bien fait tout ce qu'elle fit, au plus beau temps de la foi : François, plus femme que Catherine, est né dans la rude Assise ; et à Sienne la passionnée, Catherine parfois plus homme que François.

RÊVE ET PASSION

La passion les emporte à toutes les sortes d'excès et de violence. Mais ni l'ambition, ni la soif des richesses, ni la manie de l'empire ne leur suffit. Au fond de ses fièvres, Sienne ne vit que pour l'amour. C'est pourquoi, même s'il lui arrive, çà et là, de poursuivre les avantages de la fortune ou de la domination, elle ne s'y intéresse pas longtemps : bientôt, elle les abdique. Une passion plus impérieuse la sollicite ; une douceur plus forte que la toute-puissance la détourne en chemin. L'amour lui fait oublier l'empire. Elle s'y élance toujours, que ce soit d'un vol qui la précipite ensuite sur la terre, ou dans son sang qui coule pour la rendre plus légère. Sienne saisit la réalité pour s'en défaire. Ainsi, sainte Catherine, si réaliste en actes, si folle en sentiments, est faite de victoires inutiles, qu'elle dissipe de ses propres mains. Sienne ne calcule pas. Jamais ville ne fut plus idéaliste. Et comme l'amour à ce point d'ardeur est le contraire de la vie réelle et du fait quotidien, Sienne semble ne vivre que dans le rêve : c'est pour accomplir le rêve qu'elle combat, qu'elle s'agite, qu'elle jeûne ou se déchire : elle a ses cauchemars comme elle a ses extases. Voilà ce que Dante n'a pas compris : il est trop florentin et trop jaloux pour n'être pas ennemi. Il diffame amèrement les Siennois. Il se moque de leur goût du plaisir et de leur tête folle ; il leur reproche, en somme, de ne pas vivre assez gravement ; et pour blâme suprême, il les accuse d'être légers comme les Français. Un autre Italien appelle aussi les Siennois les Français de l'Italie. D'une injure, ils font ainsi une louange aux uns et aux autres. Dante, par là, croit avoir tout dit : il éclaire seulement, d'une lueur étrange autant qu'involontaire, le génie de Sienne : il rappelle, dans cette ville de l'amour passionné, l'origine celte, le sang antiquement français qui n'est sans doute pas une légende. Le nom même de Sienne est celui de la tribu gauloise qui l'a peut-être fondée, au temps de la fameuse invasion qui finit par la prise de Rome. Légers ils sont, répète Dante : il ne sait donc pas que les plus passionnés sont parfois les plus versatiles : ils se déjugent, ils changent de pied sans cesse ; mais ils ne quittent pas d'une ligne le lieu ardent de leur passion, et ses racines sont leurs racines.

LE DÔME

Sainte-Marie-de-l'Assomption est l'une des trois plus belles églises de l'Italie. Saint-Marc de Venise en est une autre. Je laisse la troisième au goût de chacun. Qu'on ne juge pas du Dôme de Sienne sur la façade : en Italie, il faut toujours aller au-delà. Les façades font du bruit : la musique des espaces est à l'intérieur. Le génie de l'architecte est absent des façades italiennes. Sur la place du Dôme, on se laisse aller au charme de l'heure, du lieu et du sentiment : l'imagination est l'architecte. Il en est de cette cathédrale, comme du Campanile de Giotto à Florence. Le style se justifie par le plaisir : la joie qu'il donne est sa raison. Enfin la vie nous dupe : elle est l'art plus que l'art, elle l'achève, tandis qu'en Grèce et en France l'art accomplit la vie.

Quand on veut comparer la façade de Sienne à une cathédrale de France, on met en parallèle une délicieuse nuit de Sérénades à la Mozart, dans un jardin de fête, au second acte de TRISTAN ou au PROMÉTHÉE d'Eschyle : œuvres incommensurables, objets qui ne sont pas du même ordre.

A Sienne pourtant, comme dans l'église de l'ombre, aux ténèbres d'Assise, un souffle de feu, un vent de lumière emporte. l'assentiment : l'élan de l'amour mystique renvoie à demain toute critique, toute réflexion. Il devient une joie, à Sienne, et un sourire : c'est que la religion n'est plus de Dieu seul : elle est de la déesse. Elle est l'amour de l'homme pour la jeune fille, pour la beauté qui va concevoir de l'amour. Cette foi s'élance en fraîche flamme vers le ciel, avec ce qu'elle implique de promesse de salut et de bonheur.

Contraste singulier : à Sienne, l'intérieur de l'église l'emporte cent fois par la beauté sur la façade ; mais cette façade, d'un art presque absurde, est très supérieure, pour l'émotion religieuse, à la magnificence de la cathédrale, au-dedans. Entrons, pourtant : il faut prendre cette basilique pour ce qu'elle est, dans son luxe inouï, sa splendeur, sa parure, ses marbres et la profusion infinie de ses objets d'art : c'est la plus belle maison que les hommes aient offerte à la Vierge, Reine des cieux. Les Siennois l'ont voulue merveilleuse, pour que leur Reine l'estimât digne d'elle. Et le pape siennois Pie II Piccolomini, qui en est le majordome, y reçoit la Mère de Dieu. Princesse, voici votre palais : daignez vous croire ici chez vous.

Pas une église, ni à Florence, ni à Rome, ni même à Venise, ne parle si haut pour le peuple qui l'a conçue et qui l'a bâtie. L'incroyable richesse de cette cathédrale n'est pas un signe du faste des citoyens, ni de la prospérité de l'Etat ; elle n'est pas le luxe de la foi. La splendeur du Dôme, la Métropolitaine comme ils l'appellent là-bas, est l'œuvre de l'amour. Ils ont rêvé, d'abord, que leur église de la Vierge fût la plus grande et la plus monumentale de l'Italie ; ils rêvaient de l'emporter sur leur rivale, Florence. Quand ils ont dû renoncer à élever la cathédrale géante conçue par Lando di Pietro, celle dont le magnifique architecte d'Orviéto, le Siennois Maitani, disait « que, ne pouvant avoir l'église la plus vaste, ils ont voulu que ce fût la plus belle », ils y ont réussi. Avec Saint-Marc de Venise, la merveille byzantine ; avec l'église grecque de Ravenne et l'Inférieure d'Assise, le Dôme de Sienne est la basilique la plus originale. On y voit comme à Orviéto, œuvre siennoise entre toutes, ce que l'Italie a pu faire du grand style français, trop pur, trop logique, trop idéal pour elle.

Une ville comme Sienne, toute en échelles, en montées, en descentes, en rues étroites perchées les unes en travers ou au-dessus des autres, rien n'y est plus rare que les vastes espaces, plans et libres. On n'en trouve qu'aux portes, là où la ville s'abaisse vers les champs, et où la campagne commence. Cependant, il est à Sienne deux grandes places, l'ovale admirable du Campo, creusé en forme de conque ; et au plus haut de la cité, la magnifique esplanade où s'étale la cathédrale, que veille dressé le campanile. Rouge et rose, le Campo est un lieu de féerie : faite d'un étrange porphyre, en fleur, c'est une vasque incomparable pour un concile des fées, pour une fête où les hommes ont rendez-vous avec les puissances du bonheur. La place du Dôme n'évoque pas les triomphes de la vie, la gloire des fêtes, les heures étincelantes de la victoire et de la volupté. Elle nous fait entrer, dès le premier pas, dans le royaume de la plus blanche magie. Ni ici, ni là, ni ailleurs. Ni hier, ni demain. On se croit dans un paysage d'architecture à la façon de Piero della Francesca. Cette immense église est peut-être bien le palais de l'Immaculée dans les cieux. Et le Campanile est le chandelier de la lune, du soleil et des étoiles. Pas un arbre, pas une fleur, pas un brin d'herbe. La nuit seule est végétale : les étoiles font la prairie. Au plein jour, le Dôme, le Campanile, l'hôpital de la Scala, les restes de la cathédrale inachevée, tout ce damier s'irise des nuances les plus diverses dans la lumière, des plus tendres reflets entre le bleu éclatant du ciel et le bleu rieur des dalles : car elles font miroir au firmament et lui renvoient en longs échos l'azur prodigue. Toujours pleine d'hommes qui s'y pressent, qui s'arrêtent, qui flânent, qui traitent de leurs affaires, la rue qui tourne autour du Campo est le forum de Sienne : sur cet ourlet qui palpite au bord de la coupe, la foule est toujours présente, il y règne un perpétuel mouvement, du matin au milieu de la nuit. Une voiture dans Sienne est un objet rare, aussi gênant que ridicule, mais dans cette rue, elle fait barricade en plein corps du peuple et semble un engin de guerre. La place du Dôme, au contraire, est presque toujours déserte. Mais la lumière y fait sortir une présence mystique. Dans le grand feu blond du jour, les murs, le pavé, les arcs immenses, les escaliers obliques qui descendent au Baptistère, tout l'espace flambe au soleil. La noire et blanche place s'embrase à la flamme des cierges invisibles en nombre infini : on dirait qu'elle fume, et qu'elle se meut, qu'elle va prendre son vol dans cet embrasement. On est plongé dans une clarté dont le ciel garde le secret, dont on reçoit les ondes, sans en voir la source ni l'origine. Le silence, la vaste étendue, la solitude de ce lieu retiré, tout ce feu solitaire enfin ébranle dans l'âme une fontaine de musique brûlante et fait jaillir le flot d'une mystique harmonie.

Qui sait ? Le pittoresque est le contraire de l'art, et souvent le scandale de la plastique. Les cortèges et les costumes de l'ancien temps, les fêtes et spectacles, toutes ces mascarades font tort à la beauté des villes merveilleuses où on les ressuscite. Il ne faut pas farder le visage des déesses antiques : car on ne les rajeunit pas, on leur donne des rides. Une certaine beauté accomplie n'a pas d'âge. Elle est toujours jeune dans la lumière, et son innocence ne craint que l'artifice. L'âme de Sienne la sauve du pittoresque : c'est ce qui fait son génie et qu'on ne trouve même pas à Venise. Une telle force d'amour, qui cherche toujours la plus vive et plus pure beauté, tant de passion à être, tant de puissance à mettre le plus beau rêve dans la vie, voilà par où Sienne s'élève si fort au-dessus du pittoresque et s'est installée dans l'art, pour jamais et tout entière. Le pittoresque c'est la mode dans l'espace. Les mascarades ressuscitent la mode dans le temps. Quoi de plus démodé, quand il faut compter par siècles ? A Sienne, sans le moindre effort, tout me semble toujours présent.

A L'OPÉRA DEL DUOMO
GRANDEUR DE DUCCIO

Sienne a précédé Florence de cent ans dans la beauté, dans le génie de vivre et dans la gloire. On n'a jamais vu qu'une fois tout un peuple se lever, un jour de printemps, pour faire escorte à une œuvre d'art, et marcher comme un seul homme derrière une peinture : l'évêque en tête et le clergé, les seigneurs de la République, les magistrats, les gens d'armes, le petit peuple et les gros marchands, les nobles et la plèbe, les maigres et les gras, tous, ils sont à

Stalloreggi, le 9 juin 1310, devant l'atelier du peintre Duccio di Boninsegna : ils y prennent l'image de la Vierge protectrice de la cité, et la portent au Dôme en pompe solennelle. Fête mystique et populaire à la fois : ils adorent la Madone dans son image peinte ; et ils adorent l'art dans la beauté de la Madone. Duccio est le grand homme de Sienne, ce jour-là. Jamais artiste ne fut moins méconnu : il est honoré comme un prêtre suprême. Il a mis plus de trois ans à peindre cette vierge majesté : il l'entoure de tous les saints chers aux Siennois ; et il narre la vie et la mort d'un fils divin au revers de la mère. A elle comme à lui, à tous les épisodes du sacrifice d'un Dieu, qui rachète l'homme, Duccio a donné toute la beauté possible. Et le peuple reconnaît son rêve de splendeur et de grâce dans l'œuvre de l'artiste. La beauté seule accomplit l'amour, après l'avoir fait naître. C'est pourquoi ce peuple, aujourd'hui, confond dans la même piété la Vierge, son portrait et son peintre. Duccio, pour tous, doit avoir de cinquante à soixante ans. Il est un peu plus âgé que Giotto, un peu plus jeune que Cimabué. A mes yeux, il va bien au-delà de l'un, et il est plus beau que l'autre. On ne rend pas à Duccio tout l'honneur qui lui est dû. Plus peintre que Giotto, il n'a pas moins de grandeur dans l'esprit. Et même, il est moins enlumineur ; il reste moins dans le récit et l'anecdote. La peinture est née à Sienne plus tôt qu'à Florence. Du premier coup, elle y a été moins narrative et rationnelle. Duccio cherche en tout une expression idéale. Il ne lui suffit pas de concevoir les héros du drame et les faits de la scène : il veut pour eux la beauté qui les rend seuls dignes de mémoire. Cette peinture est bien plus émue, dès l'origine, et plus intérieure que la florentine. Si Giotto est un merveilleux analyste, un historien de la vie et de la foi, Duccio en est le poète. Telles scènes de l'Ancône, Passion de Jésus ou douleur de la Mère, sont traduites par Duccio dans un esprit qui n'a pas été dépassé jusqu'à Rembrandt. Il conçoit le drame avec une intelligence de la grandeur divine que Giotto, toujours réel, ne saurait atteindre. Et l'émotion, douloureuse ou tendre, sourd de la pensée profonde. Dans le calme et le sérieux de Giotto, il n'y a souvent que la maîtrise d'un esprit que le mystère ne trouble pas, car il le voit toujours à l'échelle de l'homme. Duccio, lui, vole au-delà. L'amour parcourt, cet oiseau palpitant, les ténèbres et les frissons de l'esprit. Les Trois Maries, au sépulcre, ont une beauté si grave, une tristesse si immortelle que la résurrection de la chair s'en oublie et qu'on croit reconnaître cette douleur du cœur transpercé que la béatitude céleste compensera, sans jamais en effacer la cicatrice, peut-être. « Mon âme a trop aimé, dit-elle : sans doute, la voici en paradis ; mais l'eau des pleurs, les diamants de son purgatoire ne seront jamais taris même dans le sourire de la présence céleste. » Sur la route d'Emmaüs, ni l'auréole du pèlerin, ni les splendeurs du couchant, ni les prestiges du songe ne rendent le Sauveur à ses disciples : mais tous trois ils Le reconnaissent à l'ombre brûlante et silencieuse de tendresse qui va de l'un aux autres : elle les enveloppe, elle les inonde ; et dans cet embrassement, ils sont trois frères qui ne font qu'une seule vie. Et puis, sans s'arrêter à tant d'autres beautés, voici la merveille : la figure de la Vierge qui s'évanouit, devant la Crucifixion. Par la beauté du pâle visage, par l'adorable douceur du désespoir, par l'abandon de toute la créature aux prises de la douleur, cette image de Marie est un des plus rares chefs-d'œuvre qu'un peintre ait donnés à l'art. O Duccio, grand homme plein d'amour, vrai fils de Sienne.

PALAZZO TOLOMÉI

Toloméi est le plus vieux palais de Sienne. Il a dans les sept cents ans. Non plus de briques, comme les autres, il est en pierres de taille. On le sait et, d'abord, on ne s'en doute pas. Il semble fait de terre et de nuages, d'orages et de fumée ; de la matière la plus pesante, quand on le regarde au plus bas contre le sol ; et en dépit de la lourdeur, si on lève les yeux au-dessus de l'étage, il va prendre son vol. Jamais palais n'a eu l'air, comme celui-ci, d'un oiseau de proie : l'aigle est lié à la terre, soit qu'on lui ait coupé les ailes, ou qu'il les ait collées contre les flancs ; soit qu'on le tienne enchaîné. Il en a le plumage, cette couleur de chemineau et d'ouragan, fauve et noir, de vieux cuir encore, qui fait de la pierre une peau avec ses ombres, son duvet et son grain.

Toloméi est unique. Rien n'est beau comme son port

svelte et son élan sauvage. Plus que l'orgueil, il respire la
distance et la solitude. Il crie : « Je suis différent. Vous me
détruirez de fond en comble, avant de m'empêcher d'être
moi-même et non pareil à vous. »

Au vrai, Toloméi n'a qu'un étage, entre une base énorme
et une corniche qui vole. Il est seul de ce type à Sienne et
dans toute l'Italie. Le rez-de-chaussée prend à peu près la
moitié de la hauteur de tout l'édifice, qui est prodigieuse, et
le double peut-être de l'espace horizontal. Cette vie verticale
est le style de l'orgueil. L'étage unique est de cinq fenêtres
bifores, à l'arc aigu ; il n'est pas du tout, comme en général
à Sienne, la réplique et la suite des portes, un nombre pair
au centre, et deux impairs sur les flancs, l'ordre des fenêtres
continuant et répétant, trait pour trait, l'ordre des portes.
Ici, la fantaisie du génie rompt l'anneau des usages. Toloméi ouvre une porte énorme en hauteur pour une largeur
modérée, au centre de la bâtisse. Et tout le reste, jusqu'au
rebord de l'étage, est un mur nu, d'une grandeur, d'un vide
et d'une solitude sublimes.

Ce Toloméi ressemble au corps central du Palais Public.
Mais il est bien plus hautain, et bien plus pur de toute
complaisance. Il ne cherche pas le peuple, en bas, ni pour
lui plaire, ni même pour le braver : il l'ignore. Il reste seul,
au milieu de la rue et du quartier le plus grouillant de
Sienne, pressé de toutes parts, entre deux ruelles, par la
foule des passants, le commerce et tous les intérêts de la vie
ordinaire. La petite place qu'il domine de si haut, et qu'il
écraserait en la comblant, s'il tombait, est l'ancienne cour
du palais. Qu'est-il lui-même, ce monstre de superbe, sinon
le donjon de la forteresse qui fut le château des Toloméi en
pleine ville, au moyen âge ?

Tout le quartier fut leur fief, pendant trois siècles ; l'église
de Saint-Christophe était leur paroisse ; à eux, les maisons
et les rues en impasse à l'entour. Une telle demeure est le
chef-d'œuvre et le repaire de la faction. Toutes les tyrannies
sont possibles, et elles sont toutes condamnées dans une
ville où les citoyens peuvent avoir de tels palais ; et un
rempart de clients leur fait une citadelle de dévouements
armés. Beaux Etats, petits par l'étendue, grands par la
volonté, où la souveraineté se fait et se défait sans cesse,

pour se refaire. Les Toloméi, si j'en crois leur nom, devaient être des Grecs, à l'origine : Tolomée, Ptolémée. Ils ont toujours été guelfes, dans une ville gibeline, Les saints, les tyrans, les moines, les amants, les assassins et les ascètes, les tragédies, les honneurs et les misères des Toloméi, comme ceux des Salimbeni leurs ennemis héréditaires, marquent toutes les pages de Sienne. Et aujourd'hui, en pleine marée de la foule anonyme, et indifférente, ce palais se dresse invaincu, d'un si haut dédain et d'une noblesse si altière que près de lui on ne voit rien et il n'y a plus rien.

Rien que la louve hurlante qui, face à la porte, gronde contre le siècle et va lui sauter à la gorge, s'il ose franchir le seuil, ou seulement si, au lieu de couler comme le flot, il insiste et s'arrête. Toloméi, le plus beau palais de l'Italie.

XIII. EN DOUCE SIENNE

Io son la Pia.

Tandis que, chevauchant sur les cendres et les écheveaux de serpents gris que font les plis de la terre, le Condottière poursuivait la quête de Sienne, dans le désert du Val d'Orcia, il fit la rencontre à Montisi, petit castel au bord de la route, une tour et trois rues, d'une vierge voilée, à l'ombre d'un autel. Elle songe mystérieusement, au fond de la Piève, l'église du pays, dédiée à l'Ave Maria, où Neroccio de Sienne, qui l'a peinte, l'a placée. C'est une longue jeune femme, que ne peut alourdir son large manteau, ni le voile qui, lui serrant la tête à ne laisser passer qu'une dentelle de cheveux dorés, rejoint l'ample draperie sur les épaules. La jeune femme est toujours jeune fille, même avec l'enfant tout nu, droit sur son genou : l'index en l'air, il bénit comme on joue à pigeon vole. Elle, cependant, d'une main tient l'enfant à la taille, et de l'autre lui touche doucement le cœur, pour l'assurer en équilibre. Cette main nue, un peu grande, parle seule au Jésus ; et seule, elle semble avoir souci de sa présence. Pour le reste, toute cette Vierge est ailleurs : elle rêve. Elle n'a de regards ni pour le Bambin, ni pour les saints qui montent, deux à deux, la garde autour d'elle. Son grand front pur est un peu penché sur sa rêverie. Son col est nu, avec la courbe délicieuse de la tige qui porte la corolle de la violette : lisse et fin, il soutient la charmante tête avec une sorte d'amoureux souci ; et le haut de la gorge, un peu au-dessous des épaules, rayonne aussi d'une chaste et tendre nudité. Tout est nacre en elle. Mais le regard absent, qui plane on ne sait où, bien loin de cette assemblée sainte, la bouche si petite, si mince qu'à peine suffit-elle à l'invincible souffle, d'où leur vient tant d'impalpable gravité, de tristesse muette et de pensive indifférence ? Vierge, à quoi donc êtes-vous plus que résignée, étant déjà tout absente ? Votre songe intérieur ne dit même pas le regret : votre exquise douleur est sans larmes : tout est mélancolie en vous, et c'est que vous vivez. Vous êtes trop charmante pour ce monde-ci : le sort commun vous guette. Ainsi le soir attend la vie embaumée de la fleur. Le destin est le noir époux, votre bourreau, douce innocente : il médite, pour vous punir d'être vous-même, un long supplice. Il vous tire de Sienne et de votre beau palais ; il va vous mener dans les marais ; il vous tiendra captive dans les miasmes de son repaire, jusqu'à ce que vous soyez morte ; il vous mettra la fièvre de la solitude au fond du cœur, et les glaces de l'âge :

> ... *C'est moi la Pia :*
> *Sienne me fit ; me défit la maremme.*

Voilà donc pourquoi toutes les femmes de Sienne s'appellent Pia, ou pour le moins une sur deux ? Ha, le jour où la Pia ne sera plus la Siennoise, dans les humbles maisons de Fonte Branda et de la Galuzza comme dans les palais, Sienne aura cessé d'être Sienne.

LORENZETTI AU PALAIS PUBLIC

Pensée, ordonnance et peinture même, si les Lorenzetti n'égalent pas Simone Martini, ils sont de beaucoup supérieurs à tout ce que font les Florentins du même temps, et même à ce qu'ont fait Benozzo Gozzoli et Ghirlandajo cent ans après. Ils sont les magnifiques historiens de Sienne, au palais de la République. Dans leurs chroniques peintes, ils ont laissé aux siècles l'épopée de la discorde et l'épopée de la paix. Leur conception de la vie est pleine de noblesse. Ils ont l'âme grande et juste. Dans l'artiste se fait connaître l'homme d'une haute qualité. Ils ont le sens le plus élevé de l'ordre et cet instinct de la liberté qui fait seul des hommes : faute de quoi, la cité n'est qu'un parc à bétail et un troupeau d'esclaves. Le fort Lorenzetti a inscrit lui-même les sages devises de sa loi sous les fresques du Mal Governe. I. Pour faire son propre bien sur la terre, la Tyrannie s'est soumis la Justice : nul ne passe par là sans risque de la mort. II. Où est Tyrannie, Guerre, Vol et Dol prennent force près d'elle. III. La Tyrannie s'accorde avec tous les vices liés à la nature. Elle appelle à soi tout ce qui veut le mal. Elle couvre toujours les violents, les voleurs et les ennemis de la paix. Et bien d'autres sentences qu'illumine le même esprit. Les figures des Lorenzetti sont dignes de leur politique. Elles se déroulent dans l'ordre et le calme immuables d'un jugement dernier. Leur certitude générale et tranquille a la vertu de la grande sculpture. Le dessin est large, précis pourtant, d'une force et d'une autorité singulières : çà et là, il y a même des corps sous les draperies. Ambrogio Lorenzetti a été plus loin encore. Deux fresques, à S. Francesco, sont d'une beauté unique. Je ne sais si l'art de fixer une image sur un mur a jamais pris un vol plus haut. Saint François aux pieds du pape, saint François chez le Sultan du Maroc, ces visions sont éternelles : seule, une puissante intelligence en a conçu les types et trouvé l'ordonnance. Saint François à genoux est la sainteté qui implore sa grâce : elle ne sait pas combien près elle est de l'hérésie ; mais son humilité, sa chaste obéissance ont le soupçon du danger qu'elle court de l'être. Et un frisson de désespoir la traverse de sentir qu'elle fait scandale. Ces cardinaux si durs, si amers, si fermés, si en chair ou en arêtes de fer, et le Pauvret qui implore, voilà bien la mystique et la politique en présence, Jésus et l'Eglise, le ciel et l'empire qui s'affrontent. La couleur générale, dans les blancs et les verts pâles, que parcourent quelques traits d'or et des bleus exquis, me fait penser aux Concerts Brandebourgeois, pour la pureté, la plénitude et l'économie sonore du langage. Rien n'est plus harmonieux dans un ton plus uni. L'ÉCOLE D'ATHÈNES est bien moins concertante. Le sérieux de ces visions ne le cède pas au charme qu'elles répandent. Sans être réaliste, Ambrogio Lorenzetti est le maître peintre de la réalité siennoise : il fixe l'immuable sur tout ce qui passe : ses paysages sont le miroir du pays qui ne change pas. Il ne quitte pas la nature, il la suit pas à pas ; il la porte seulement au plan supérieur où elle se dépouille de la mode, où elle trouve le calme, où elle est capable de conscience, enfin où elle dure. Ainsi, la Madone de Lorenzetti, au Séminaire de saint François, est la plus siennoise des saintes images. Elle donne le sein, comme si elle rêvait sa propre présence, plutôt qu'elle n'est là. L'Enfant Jésus la presse de sa petite main, aussi avide que sa bouche, et boit. La mère et l'enfant ont tous les caractères des petits et des femmes qu'on rencontre partout dans les quartiers populaires. Ils sont seulement élevés au point où la beauté accomplit la vie, en efface les hasards changeants et la mobilité trop vaine.

AU DÔME

Dans le siècle qui a vu le génie et la vie de Sienne portés au comble de la force, de l'espoir et de toutes les épreuves, les Siennois ont voulu faire de leur cathédrale la plus grande et plus splendide église de l'Italie, voire de la chrétienté. Ils ont alors conçu cette bâtisse colossale que la peste et la guerre civile ont interrompue, au milieu du quatorzième siècle, mais dont les restes, au flanc droit du Dôme, ont une telle majesté, une telle ampleur qu'ils font penser à quelque ruine antique. Lando di Pietro, vers 1330, a fait le plan d'une basilique immense, dont le Dôme actuel, dès lors achevé, eût été seulement le transept. On ne sait rien de ce Lando mais on a sous les yeux son plan, cette porte et ces arcs superbes, d'une élégance et d'une grandeur égales, qui sur la place même du Dôme font tout oublier. Son émule ou son maître, le Siennois Lorenzo Maitani, l'architecte fameux d'Orviéto, a parlé lui-même aux Siennois de bâtir ainsi « une église si belle, si grande, d'une parure si magnifique, qu'elle dût vous bénir et vous louer en même temps que faire la gloire du Christ et de sa mère, pour le perpétuel honneur et protection de Sienne ».

Lando di Pietro a dû travailler en France, il me semble. Son plan, qu'on peut étudier au Musée du Dôme, le fait penser. Il a du moins connu Cluny, métropole géante des églises chrétiennes.

Quelle grandeur, quelle flamme d'amour dans ces petits Siennois. Si ardents, si riches qu'ils fussent au début du quatorzième siècle, il leur faut une audace passionnée pour oser concevoir, au plus haut d'une ville et d'un terrain si difficiles, l'exaltation d'un tel colosse.

Voilà donc le grand style de la France entre les mains des sensibles et merveilleux artistes de Sienne, de bien loin les premiers de l'Italie entre treize et quatorze cent. On n'a jamais dit le rang et la puissance des peintres Simone di Martini, de Duccio, de Lorenzetti. Et quant aux architectes, nul ne passe Maitani et Lando di Pietro. Qu'on aime ou non ce qu'ils ont fait du grand style de la France, il faut reconnaître en eux les maîtres inventeurs de la Renaissance. Gothique tant qu'on voudra dans son plan et ses voûtes, le Dôme de Sienne est la Renaissance même. L'originalité des Siennois, ici, est surprenante. Ils ont plié le style ogival aux besoins de leur climat et de leur propre tempérament. Ils l'ont gâté en lui-même, tout en rendant l'œuvre bien plus riche, plus éclatante et plus conforme à leurs goûts. D'une maison divine, ils ont fait une maison royale. Même dans leur architecture, il leur faut être gibelins et travailler à l'Empire. Nul peuple plus mystique ou plus épris de la Madone que les Siennois : ils la traitent pourtant en souveraine impératrice. Ils lui font un palais éblouissant, où ils réunissent tout ce que les métiers ont de plus précieux et de plus beau. Ils n'ont pas besoin d'excuse. S'il leur en fallait une, seuls, en Italie, ils ont été à l'extrême limite du luxe, sans donner dans le faste exubérant. Ils portent la parure et l'ornement au point où l'excès et la surcharge commencent. Ils n'y cèdent que sur la façade, où pas une ligne n'est pure ni seulement achevée en logique, où l'œil ne peut saisir que des fragments, où un immense ensemble n'a que l'effet d'un bibelot. Ainsi, en architecture, toute la grandeur n'étant que dans les proportions, un petit objet peut sembler d'une majesté géante, et un colosse paraître médiocre ou petit.

LE PAVÉ DU DÔME

Splendide église, où tout est fait pour ravir le fidèle à la triste prose des jours. Quand il a fini de lever les yeux, de se laisser éblouir par tout ce qu'ils rencontrent, les chefs-d'œuvre peints et sculptés, le luxe des orfèvreries et des émaux, les mille et mille objets en toute matière qui sollicitent l'admiration, s'il regarde le sol où il s'avance, il marche sur une Bible gravée dans la pierre, en miraculeuses images. Un art est là, plus fin que la mosaïque, plus touchant aussi en ce que sa plus rare beauté se voue elle-même à disparaître. Serait-elle la plus parfaite du monde, elle ne compte pas sans la durée. Les dalles sont gravées ; un dessin admirable raconte, sous les pieds du passant, les épisodes illustres et les symboles du Vieux Testament. Tous ces chefs-d'œuvre condamnés sont dus aux artistes de Sienne et à eux seuls. Ce pavé n'est pas le témoin d'une ardeur éphémère : on y a travaillé pendant plus de deux cents ans. Quelques-uns des artistes qui ont enluminé ces dalles, ont réussi à s'y surpasser eux-mêmes : Beccafumi n'a jamais eu un dessin plus élégant, plus noble et plus hardi. L'allégorie de la Fortune, par le Pinturricchio, est ce que ce fameux virtuose a peut-être conçu de plus sobre, de plus harmonieux et de plus intelligent. Absalon pendu par les cheveux est digne de faire toile de fond à une comédie de Shakspeare. Les Sibylles du Pavé, à Sienne, l'emportent de loin sur les figures symboliques de Rafaël : Michel-Ange seul les enlève, d'un vol plus puissant, au plafond de la Sixtine.

Et partout, une grâce exquise, une fantaisie romanesque, un souci unique de la forme belle, celle qui se dérobe le mieux à l'habitude et qui laisse, le plus loin derrière elle, les lourdes chaînes de la vie commune.

Le pavé du Dôme donne la mesure de l'amour infini que Sienne nourrit pour la Vierge et de sa passion pour la beauté. Elle compte pour rien la dépense et le génie, cette prodigalité naturelle. Sienne consent à ce qu'on efface du pied les chefs-d'œuvre qu'elle consacre à sa Reine. Sienne cherche la beauté en toute chose pour mieux aimer ; et c'est son insatiable amour qui cherche en tout la forme la plus belle.

SODOMA

Sodoma est ennuyeux comme la chair. Sa peinture est une fille. Que ce soit dans un palais ou dans un bouge, qu'on lui donne le nom le plus grossier ou le plus ridicule de courtisane, qu'elle soit en haillons ou parée, quel métier ! Le Sodoma est magnifique, une Imperia, la mule de Borgia, la maîtresse du Pape. Mais quel métier, celui de la volupté : plus assommant, plus fastidieux pour les témoins que pour les acteurs sans doute, et plus monotone encore.

Sodoma est-il un grand peintre pour peintres, comme Rubens et quelques autres ? Je le crois. En général, ces grands peintres-là n'auraient jamais vécu, on se passerait bien d'eux. Et s'il n'y avait que des peintres comme eux, on se passerait de la peinture.

Le fameux ÉVANOUISSEMENT DE SAINTE CATHERINE, à Saint-Dominique, est son chef-d'œuvre, et de bien loin. Il n'a pas la fadeur et l'ignoble fatuité du SAINT SÉBASTIEN. Catherine pâme et s'affaisse dans le spasme de sa chair amoureuse. Telle est la sainteté pour une courtisane. Il va de soi qu'une telle image comble les vœux de nos mystiques de mardi-gras et de nos Pascals à deux sous. Ce faux sublime et cette pureté d'hôpital sont bien à leur mesure. C'est ainsi que ces affranchis de Néron vont chercher leur village à Tolède et le retrouvent dans Athènes. Mais Sophocle a toujours le tort de ne pas parler le patois si ailé, si fin de la Lorraine. Pour leur faire aimer les dieux, il faut à ces gens-là que l'Olympe soit à Epinal.

Sodoma a-t-il les mœurs de son nom ? Ma foi non, pas même en peinture. Sa Sainte Catherine veut un mari ; et comme elle a beaucoup d'imagination, sans dormir, en plein midi, elle ne rêve pas d'un amant : elle est toute à lui. Dans le même esprit, Bernin est bien plus froid.

De presque tous nos auteurs à la mode, et qui méritent le plus le nom de Sodoma, je dirai qu'ils sont tous plus ou moins ses fils et ses disciples.

Sodoma est le Corrège de Léonard, comme Corrège est le Sodoma de Rafaël.

FONTE BRANDA

Gracieuse et sans seconde, je crois, dans la rue des Belle Arti ni dans la ville, ma maison, au flanc de Saint-Dominique, s'élance au-dessus de Fonte Branda : si elle a deux ou trois ouvertures sur la chaussée, elle n'a qu'une large porte-fenêtre sur le val sacré de Sienne. Elle est de briques rouges, du même ton que la terre du pays, et faite à la façon d'une commode dont les tiroirs, inégalement ouverts, sont tous en retrait les uns sur les autres : trois tiroirs, trois étages, le plus avancé en bas, et en haut le plus poussé dans le meuble. Au rez-de-chaussée, si l'on vient de la rue, une chambre est à pic sur Fonte Branda ; de l'autre côté, deux petites terrasses rouges la précèdent, en guise de salons, l'une couverte, l'autre en plein air : sur les deux, j'ai des lauriers-roses et trois pots de cassis. Je vis sur ces terrasses : je rêve et je contemple Sienne ; je dîne et je passe la moitié de la nuit sur la première. Et, à l'aurore, sur la seconde, je regarde venir le jour, ce parterre de roses en marche, qui descend du ciel sur l'escalier de l'orient. Le soir, au crépuscule, sous notre table, les chats de Campo-reggi s'assemblent, les chats du peuple innombrable de Sienne, les chats caressants, les chats sultans et odalisques, les chats doux errants, les chats délicieux qui viennent dîner avec nous. Se saluant de l'œil au passage, silencieux et distants, comme si chacun était seul, ils se réunissent, assis en cercle, au-dessous de la terrasse, bien calmes, sur leur queue. Ils sont neuf, ils sont dix, ils sont onze. Parfois, ils amènent un invité. Un blanc, trois noirs, deux ou trois tigrés, un gris, un rouge. Messieurs, ravi de vous voir. Quand ils sont sûrs que nous avons pris place, ils lèvent le nez tous ensemble ; et sans trop de bonds ni de coups de coude, ils happent, chacun à son tour, le bonnet d'évêque, le gésier, la patte, le petit morceau de foie du fritto misto, ou la rondelle de volaille, parfumée à la pomme d'amour et au parmesan du risotto. Il y en a un, à la tête carrée, couvert de bosses et d'ecchymoses, le podestat du quartier, qui arrive le plus souvent en retard. Celui-là, chat masqué, il porte un large loup blanc sur sa face noire, m'appelle fortement, d'un mia-ô plein de violence câline et de caresses imprécises. Il cherche à bondir d'en bas et à nous joindre : il se dresse ; il prend en vain son élan, il retombe. Mais on s'écarte : Messieurs les chats, ses administrés, ne se moquent pas de lui : loin de là, ils font semblant de n'avoir pas vu la tentative et l'insuccès.

Du fond de la Combe, dans la rue qui sent le charnier, tandis que l'eau très pure de Camporeggi coule en chantant sous les trois ogives de Fonte Branda, quelle vue pour celui qui se retourne, le dos à la campagne ; quelle vue sur l'adorable Sienne : les rues et les sentiers se rencontrent ici, au confluent de Benincasa, de Fonte Branda et des chemins sans nom qui descendent herbus de San Domenico. Ce sont les miens. J'aime m'y engager, à l'heure la plus chaude, en août, et le soir, à l'angélus.

D'en bas, au-dessus des buissons toujours riants de fleurs agrestes, au-dessus des jardins jaunes et rouges qui font la rampe des deux côtés, la masse énorme de Saint-Dominique pèse sur la gauche en forteresse ; et bien plus haut, sur le bord opposé, le dôme et le clocher, la maison de la Vierge, blanche et noire, brûle là-haut, là-haut. Je ne puis la voir qu'elle ne semble embrasée : un feu intérieur dont les murs s'illuminent, lumière plus que flammes. En face, par-delà les maisons étagées les unes sur les autres, la corniche de Toloméi. Avec sa tour carrée à créneaux, son grand corps de briques nu, son abside aveugle et ingrate, ses bas-côtés informes, ce monstrueux San Domenico est une prison, la citadelle de la foi. On entend rire les femmes au lavoir, dans la belle ombre bleue de Fonte Branda. Et quand elles se disputent, à l'italienne, avec les cris et les yeux hagards des folles, leurs clameurs se mêlent à la huée tranquille de l'eau. Des vieilles en ceps et des petites filles en bonds de vrilles, les cheveux dénoués, viennent à la fontaine ; et quelques jeunes femmes vont du même pas que Rébecca ou Rachel. Toutes, elles ont au pli du bras, ou sur l'épaule, ces nobles cruches de Sienne en forme de vase antique, svelte amphore de cuivre rouge, ansée, couronnée et ceinte de cuivre jaune. Derrière Fonte Branda, sur le sentier en pente, si je glisse, je me raccroche à un olivier. Et quand je tourne au plus bas de la sente, que je m'engage dans la rue, je peux me pencher sur un brin de menthe, pour ne pas sentir encore l'épouvantable odeur qui vient à ma rencontre : la moindre haleine de vent m'en soufflette le visage. C'est le charnier qui respire et qui pousse son souffle brûlant. Çà et là, les débris de viande pourrie, les morceaux de peaux en putréfaction, toutes les pâtes où le soleil brasse la vermine, travaillent dans les caves, dans les vieux magasins abandonnés, dans les espèces de réduits ténébreux, où l'on entasse les reliefs des tanneries. Les grosses mouches se croisent, ces fileuses bleues et noires de la pourriture : en grondant, elles rasent le passant. Elles m'épouvantent : en chacune, je vois le charbon, comme j'ai vu, enfant, un homme qui allait mourir, la tête empestée d'une piqûre, gonflée et tendue à crever de cette lèpre noire. Ardente et fade, écœurante et cruelle, la puanteur des tanneurs couvre Fonte Branda et la Contrada dell'Oca. Toutes les maisons sont couronnées de galeries, greniers ouverts à tous les soleils, à tous les vents. Dix arcs, quinze parfois et souvent deux étages de ces loges, l'un sur l'autre : là-dessous, les peaux sont pendues, brunes ou jaunes, grises aussi, livides, au ton de lilas fané. Ainsi finissent les grands bœufs blancs, amis du laboureur, si beaux, si magnifiques, si doux, si pacifiques, les grands bœufs de marbre blanc, qui marchent chauds et lents, bons à tout service, ces forts serviteurs dociles, qui ont tant travaillé pour l'homme et que l'homme trahit toujours : car l'homme est le dieu de la trahison pour tous les animaux. Ils se vengent par la puanteur de leur dépouille. Qu'importe au plus avare des maîtres, au plus ingrat ? Il en fera tous ces cuirs, qui, sous toutes les formes, souliers, reliures, courroies, sacs, objets de mille sortes, sont la plus vieille industrie de Sienne. Dans les séchoirs, les peaux pendues comme des habits gardent la forme de l'animal : telles les empreintes des fossiles, ou la trace d'un corps à jamais dissous sur un suaire. J'erre dans ce charnier. La senteur astringente du tanin, âpre et vireuse, pique les narines. Il me semble qu'ils font tout, ici, comme il y a mille ans : point de machines ; tout le travail est à la main.

Leurs pères peinaient au moyen âge sur les mêmes établis.
Ils ont les mêmes couteaux qu'en France, à raser, à écorner,
à racler la bête. Ils placent la dépouille, encore garnie de
chair, sur le cylindre du chevalet, ils la grattent, ils la
raclent. Près d'eux luit la vieille pierre cintrée à aiguiser, cet
outil au nom étrange qu'en France on appelle la queurce.
Dans les caves, en bas, on empile les peaux à s'échauffer, en
pourrissant un peu, pour les façonner plus aisément, quand
on les débourre et les écharne. Il y a des fossés où chaque
peau alterne avec une couette de tan. Car le cuir n'est rien
qu'une peau morte que le tanin a rendu imperméable et non
plus putrescible. La tannée est le tan qui a servi à préparer
le cuir, quand il a perdu son tanin. On le met en mottes
qu'on fait sécher, pour tenir lieu de combustible. Les murs
de Fonte Branda sont couverts de ces mottes brunes : on
dirait les disques de liège qu'on voit aux filets de pêche
étalés sur les quais des ports. Le soleil couchant dore les
nuques, empourpre tous les visages. Le sang court sur les
jambes des enfants. Les maisons de Fonte Branda sont de
cuivre et une chaleur vermeille emplit les galeries. Les chats
fuient, en bondissant, une bande de gamins criards. Les
femmes baisent ardemment des petits qui rient sur leurs
bras. L'heureuse fumée du repas du soir porte l'odeur de
l'ail et de la pomme d'amour dans l'huile frite. Et tout se tait
un instant : voici que tinte l'angélus, en haut, en bas, à
droite, à gauche, en face ; de toutes parts, graves ou légères,
sonnent les cloches.

PEINTRE DES FÉES

Matteo et Benvenuto di Giovanni ont fait bien des fois le
portrait de mon adorable Sienne. Toutes ces images ne sont
plus dans la ville de la Vierge. Il en reste pourtant deux ou
trois des plus ravissantes. Ravissement, ravissant, ravissante, c'est mon thème de Sienne : celui de la passion et du
feu de la vie virginale. Une beauté à ravir, celle qui vous
prend au lieu et à l'heure où vous êtes, pour vous élever
ailleurs, pour voler où l'on voudrait être, où l'on ne savait
pas qu'on pût jamais se voir, où l'on sourit de se reconnaître
comme si on y eût toujours été. *Violenti rapiunt illud* : les

violents font rapt de ce trésor ; mais lequel ? Ce que la beauté de Sienne nous ravit, c'est le cœur : les amants de l'âme vierge et des beautés en fleur sont ravis de la joindre à Sienne. Il est, dans la Contrada della Selva, une Sainte Marie qui tient sur ses genoux l'Enfant tout nu. Jamais peintre n'a dessiné un plus adorable visage : et le cou, la main sont charmants à l'égal de la figure. L'Enfant est tout à fait divin : son front est vraiment celui du génie qui conçoit toute la nature. Tout ce qui est de la matière, en lui, est réduit à la plus faible proportion. Sa bouche est si petite qu'elle est pareille à l'un des yeux et qu'elle sourit en dedans : elle se déchirerait si le rire en voulait écarter les coins menus. Ce dieu enfançon joue avec la main gauche de sa mère : il lui passe un anneau d'or au petit doigt ; et certes il a bien choisi son jeu : il se marie à la plus exquise des fleurs, la plus tendre, la plus candide, un narcisse de paradis, qui a tendu ses pétales en cinq doigts. Cette Marie est d'une grâce sublime. Le volume de sa tête est si pur, d'une forme si parfaite, qu'on ne mesure pas, d'abord, la grandeur du crâne sous l'onde dorée des cheveux, sages comme le calme de la mer, et qu'un voile du tulle le plus fin orne encore d'une lumière plus délicate. La pensée de tout l'univers peut loger dans cette tête penchée qui ne pense peut-être à rien. Les yeux baissés contemplent le cœur. Et sur la bouche close passe, presque invisible, le frisson ou plutôt le souvenir d'un sourire. Voilà pour faire pleurer tous les démons de la terre, dans leur feu triste. Ils pourront envier éternellement un signe de ces lèvres, un mot, un soupir de cette bouche : ils ne l'obtiendront jamais, pas plus qu'on ne saurait retenir sur le sourire de la mer, à l'aurore, l'ombre de l'aile rose qui passe au bord du ciel. Il nous faut le rêve, une pure beauté qui part de la nature, comme tout le reste, mais qui l'accomplit en la purgeant de l'anecdote, et presque en la niant. Don Quichotte et Prospero sont les héros de l'art, comme les sublimes modèles du genre humain. Sors de l'espèce si tu veux être homme. Et sors d'où tu viens si tu veux t'élever au-dessus de la misère originelle. La nature n'est que le prétexte de l'art. L'extrême désir de la beauté passe toutes les autres convoitises et toutes les nécessités naturelles.

Benvenuto di Giovanni est le Botticelli de Sienne. Botticelli est plus près de l'intelligence ; Benvenuto plus près du cœur. Botticelli parle ; Benvenuto chante. Comme on voudrait savoir qui fut ce Benvenuto : *Senæ vixit et pinxit*, rien de plus. Il était d'une famille où l'on naissait le pinceau à la main : père, fils, frère, petits-enfants, ils sont tous peintres et tirent leur nom de Giovanni. Je les vois dans leurs ateliers, au plus haut d'une haute maison, à Stalloreggi ou à Castel-Vecchio. Quelles bonnes gens, quelle finesse de cœur, et quelle élyséenne idée de l'art dut ennoblir cette vieille demeure. Benvenuto di Giovanni ne triomphe pas le moins du monde pour l'invention du sujet, ni par l'ordonnance. Il n'a certes pas la science d'un Mantegna ni d'un Léonard. Encore moins la maîtrise souveraine de Titien, cette puissance qui sert le réel, avec un tact infaillible de la ligne et des couleurs pour rendre la nature. Et pourtant l'œuvre de Benvenuto est des plus originales qu'on sache dans toute la peinture. Il a, d'abord, un sens de l'harmonie que bien peu d'autres égalent. Et son harmonie colorée n'est pas inférieure à l'harmonie des lignes, là où l'abandon, les murs humides, le temps et la fumée n'ont pas gâté les fresques. L'originalité de son génie est d'un ordre plus rare : Benvenuto accomplit la poésie et l'art de Sienne dans la beauté. Quel artiste, s'il n'était pas si cruellement inégal ! Peut-être a-t-il souffert du doute et de l'indifférence : on l'aura méconnu, on l'aura dédaigné. Ame tendre, on l'aura découragé et dépris de lui-même, réduit, qui sait, à la gêne ou à l'indigence. Une volonté puissante peut seule se nourrir de soi et poursuivre sa route au milieu de ces chiens, la canaille du temps. Benvenuto est ivre de beauté, de la moins réelle, de la plus rêvée, de la plus exquise. Dans cet esprit, l'art est la fleur de la vie, et non par image, par vocation et par le fait. Il cherche une forme adorable, et parfois il la trouve. La première belle fille venue n'est pas pour lui la Vierge du ciel, ni la jeune fille, ni la jeune épousée qu'on admire : ce que le monde lui offre n'est pas assez beau. Il lui faut une douceur qui désarme tout mal, qui apaise toute violence ; une jeunesse éternelle, une matière sans poids qui soit un accord délicieux de suavité, d'innocence et de frémissement ; je ne sais quoi d'unique ; un chant qui serait une rose, un parfum qui serait un concert des anges. Ce front si pur et si haut est le portique à tout génie : soit ; mais l'esprit y réside à la façon de la lumière : il n'a que faire de s'exprimer. Les mains sont des corolles. Si petit dans son riche dessin, qui enferme à la fois le sourire, l'amour, le secret, l'adieu, le baiser non éclos et près d'éclore, la tendre bouche est le miroir des yeux, et les yeux le miroir du ciel en deux gouttes caressantes. Tant de chasteté émeut dans l'âme un désir de paradis. Voilà bien la fleur de l'art et de la forme, une ravissante beauté que le rêve seul suscite de ce qu'on appelle la vie. Jamais peinture ne fut plus musique : ainsi cette peinture est-elle tout idéale. Et si quelqu'un me dit : « Trop d'aile, trop d'amour immatériel, trop de suavité, trop d'impalpable : l'art veut plus de solidité », je ne sais ce que l'art exige, s'il n'est pas satisfait d'une telle réponse à sa soif de délice.

XIV. AMOURS DU CONDOTTIÈRE AVEC LA VILLE

Colloque avec le Condottière.

Toujours calme et d'un train irrésistible, il doit être immuable : il chevauche le destin. Il faut que je lui parle.

CONDOTTIÈRE

Comme vous êtes noble et seul, Guido Riccio, noble et beau. Et si vous n'étiez pas si seul, vous ne seriez pas si noble. Pour un chef de guerre, vous semblez un héros. On vous croirait sans armée, sans soldats. Vous n'avez que vous. Il vous a donc fallu la solitude d'un tel espace pour prendre à jamais une allure si calme et garder une âme si tranquille. Je ne sais pas de simplicité plus altière que la vôtre.

GUIDO RICCIO

Si elle n'est solitaire, nulle grandeur ne sera sereine. Et il faut que la puissance du feu, en nous, se fasse sérénité, ou nous sommes vaincus.

CONDOTTIÈRE

Ardente sérénité, de quel prix faut-il donc te payer ? Se vaincre, est-ce tout condamner en soi, et y tout racheter ?

GUIDO RICCIO

Je n'ai que moi, il est vrai. Je fais corps avec le cheval que je monte : c'est mon désir, l'étalon idéal qui me porte. Ma vitesse est mon moyen ; et telle, que je semble immobile. Je me confie à cette aile.

CONDOTTIÈRE

Hélas, elle aussi, elle isole.

GUIDO RICCIO

Mon ardeur ne peut pas se séparer de mon vol.

CONDOTTIÈRE

Au bout du compte, mon héros, votre nom même est inconnu. Est-ce là le bonheur et la récompense de la gloire ?

GUIDO RICCIO

Quoi, mon fils ! Te prends-tu à ces jeux d'ombres, les cris, l'ovation de la foule et ses huées, toujours du bruit, un vent qui a l'odeur de la vase et du marais ? Considère les bas-fonds d'où il souffle et les hôtes qu'il comble. Ce sont tous tes ennemis. En mon temps, ils furent les miens. Je ne suis pas connu, immortel néanmoins. Guido Riccio est à peine un nom : cependant, sur ce mur, je suis la présence éternelle du triomphe solitaire, de la seule victoire qui en vaille la peine.

CONDOTTIÈRE

Quelle victoire, Père ? Un triomphe ignoré, au soir d'une bataille sans témoins, de quel rire moqueur faut-il saluer ce laurier desséché ?

GUIDO RICCIO

Fût-il foudroyé, c'est lui qui éclaire. Je te veux enseigner la victoire.

CONDOTTIÈRE

Père, vous me sauvez.

GUIDO RICCIO

Plus magnifique et plus lourd que César, plus flatteur, plus tonnant qu'Alexandre, ce Guido Riccio qui te parle, là, sur le plan de l'égale muraille que tout sépare du monde, le Condottière est un miroir de beauté.

CONDOTTIÈRE

Il est brisé, Seigneur. Ne le fût-il pas, ses reflets ne sont qu'illusion ; et que mire-t-il ?

GUIDO RICCIO

La victoire sur soi-même : elle se passe de vos acclamations. Une action qui dédaigne tous les gestes désordonnés, qui refuse de se perdre dans les orages de la poussière et les remuements des dunes ; une action qui s'en tient à l'essence de nous-même, aux soins de la racine, à la culture profonde de notre vigne, à la santé du cep, voilà, mon fils, l'acte qui compte. Le seul orgueil d'en avoir fini avec toutes les ambitions vaines, et d'être le feu qui fait oraison à la lumière. Se conquérir sans cesse, pour atteindre à la connaissance suprême dans le suprême amour. Et, dans le rien de tout, faire porter à ce néant la fleur d'un sourire qui ne doit pas se flétrir, voilà des conquêtes.

CONDOTTIÈRE

Qui croirait, Guido Riccio, que votre force guerrière ne dût conclure qu'à tout abdiquer ?

GUIDO RICCIO

Tu te trompes. Rien n'égale cette force et ce succès : être au monde un miroir de beauté, et faire que le monde soit le miroir de ta beauté même.

CONDOTTIÈRE

A quoi bon, cependant, cet appareil d'infaillible violence ? Les piques de la guerre ? les tranchées ? ce cheval, cette armure, tout ce déguisement ?

GUIDO RICCIO

Il faut, d'abord, des masques à la puissance ; et tu sais bien qu'en une nuit ils tombent. Nul ne sait qui je suis ; mais je suis : c'est le point.

CONDOTTIÈRE

En effet, voilà un mot dru, une parole. Eux, ils savent tous quels ils sont, ils le proclament et se renvoient nuit et jour les échos de la louange : mais ils n'ont pas été et ils ne sont point.

GUIDO RICCIO

Heureux qui touche sans effort à une grandeur familière, à la plus simple et secrète majesté. Qu'on proclame sa gloire, ou que tout l'univers l'ignore, celui-là triomphe.

CONDOTTIÈRE

Je n'ai pas voulu être le second dans Rome, où les chiens donnent les rangs. Et je suis venu vers vous pour apprendre, du moins, à être le premier, ici.

GUIDO RICCIO

Tu n'en sais pas assez, encore. Je ne t'instruirai pas à être ici le premier non plus qu'ailleurs. Et qu'importe d'être le premier, même à Rome ?

CONDOTTIÈRE

Il ne m'importe en rien, à moi, de l'être ; mais il m'importe beaucoup qu'un autre ne le soit pas.

GUIDO RICCIO

Non, tu te méconnais. Laisse là ces mépris : ils font vivre en nous la vermine, dont ils veulent nous venger. Défais-toi de ces colères puériles. Purge ces flammes trop lourdes de fumée. Réserve ta puissance à d'autres entreprises. Garde-toi pour le feu, toi qui es tout feu. Et ton sang même est feu. Tourne-toi, désormais, vers les seuls objets qui te sollicitent, où tout aspire à la beauté. Pour l'étincelle de l'instant comme pour le temps éternel, ta passion est là uniquement.

CONDOTTIÈRE

Père, c'est vrai.

ÇÀ ET LÀ — SIENNOIS

Sainte-Marie de la Scala est l'Hôtel-Dieu de Sienne, et peut-être le plus vieil hospice de l'Italie. Peinte ou sculptée, en bois, en fer forgé, brodée en soie ou en laine, la simple échelle de deux ou trois degrés surmontés d'une croix, cet emblème fait signe au souvenir sur tous les murs de Sienne. Jamais la vie chrétienne, jamais le lien des cœurs et la chaîne des destins n'ont eu plus d'ardeur qu'en cette maison de la charité. Les malades et les pauvres, les orphelins, les pèlerins, les vieillards, toutes les misères ont ici leur asile depuis sept cents ans ; elles sont toutes secourues, et un règlement admirable entend pourvoir à toutes ; plein de sagesse et de bonté, il vient du fond de sept siècles pour rappeler aux hommes d'à présent l'un des plus étonnants entre les miracles humains : la communion des souffrants qui fait équilibre dans l'enfer de la vie à la communion des saints. Et peut-être la seconde reçoit-elle de la première l'élan qui la porte au-dessus de la terre. Sienne ne serait pas tout ce qu'elle est sans cette petite échelle : avec quelle ardeur elle élève ce peuple, face à la cathédrale même, et comme ce jet de l'âme est digne d'une ville si belle, et qu'il va haut.

Adorable ville. Il y a bien cent rues ou ruelles qui valent la peine d'être vues ; et pas une, sauf les nouvelles, qui donne le regret d'y avoir perdu un instant. Les maisons, par centaines, sont toutes belles ou touchantes, toutes les maisons peut-être, moins celles bâties d'hier, en très petit nombre d'ailleurs. Que de palais, d'églises, de chapelles méritent le regard. Même après les grandes merveilles, toute pierre est plaisante aux yeux et parle à la pensée. Tout est souvenir à Sienne, présence du passé, occasion de rêve, charme et magie, caresse pour le cœur : car tout est désir ou trace de beauté.

Ardeurs trempées de pleurs ; allégresse qui frissonne, folle joie pleine de transes ; douleurs, fontaines de sourires : ô Sienne, ma douce Sienne ! Quel génie de la vie en tes fils et tes filles, au temps de ta splendeur ! où chaque jour était une œuvre : comme ils savent aimer ! comme ils savent pleurer ! quel goût de feu ont tes larmes et quel goût des larmes dans ta rage de joie et ta fureur d'aimer !

Quoi qu'elle dise, Catherine imite François plus que Jésus. Elle aime trop Jésus pour l'imiter ou le suivre : il lui faut se jeter en lui, s'y confondre, s'y perdre en toute félicité. Elle est la fiancée ; elle est l'épouse. François ne peut être que beaucoup plus ou beaucoup moins : le cœur même, la plaie vive, Jésus en croix.

Catherine n'a pas reçu les stigmates : elle les imite.

L'homme éperdu d'amour ne se donne pas ni ne se livre : il s'anéantit pour être un autre.

Douce et passionnée, c'est elle. Et si elle est plus passionnée dans la douceur, cette Sienne, ou plus douce dans la passion, on ne sait. Douce Sienne. La manie de sainte Catherine qui appelle douce et doux tout ce qu'elle aime, même les plus terribles tyrans.

Catherine dit sans cesse : doux et douce, et sans cesse : je veux ! avec une violence despotique. Voilà Sienne, dans le jeune âge de ses passions.

Ils sont sages désormais à la façon des pions sur l'échiquier ; mais qui joue la partie ? O bon sens et sagesse de Vaucanson !

Que leur reste-t-il, à Sienne, de ce qui fut la fièvre miraculeuse et la fraîcheur de leurs pères, voilà six et sept cents ans ? Une certaine paix apparente.

Est-ce la passion qui nous importe seule ? Non, il faut qu'elle soit belle. Une beauté pleine d'amour, amoureuse et qui se fait aimer, c'est là notre vœu. Ainsi l'art accomplit la nature. Pour l'âme, la grandeur est de la qualité. Pour la qualité, il vaut la peine de vivre.

Parfois, pour mieux se plaire à l'objet qu'on préfère et pour l'aimer incomparable, on lui cherche quelque ressemblance. Ce soir, dans les cloches de Sienne, je pense à Pérouse sur ses cinq collines et j'aime Pérouse de m'y faire penser. En plan, les deux villes ont des traits analogues ; mais tout à Sienne est infiniment plus nerveux, plus fin, plus frémissant. Pérouse est une Sienne rustique, une Sienne de paysans et de vieux soldats en retraite. La passion y est comme la terre. La suprême qualité manque : la beauté.

PEINTRES DE SIENNE

Un vieil auteur, de Florence je crois, dit de la peinture siennoise : *Lieta scuola fra lieto popolo*. Ce jugement est bien ridicule. Non pas la joie, la tendresse est l'haleine de Sienne. L'amour, non le plaisir.

L'amour n'est pas la joie. Il est l'émotion même.

Avec Duccio, Sienne est fort en avance sur Florence. Il paraît que les érudits donnent à Duccio nombre des belles œuvres attribuées à Cimabué.

Les peintres de Sienne sont ailés de fantaisie. Leur piété, leur mystique même s'achève en fantaisie tendre. Ils sont persans à leur manière. Mais tandis que l'art persan fixe les formes de l'oisiveté voluptueuse dans la gracieuse élégance du plaisir, les Siennois arrêtent toutes les actions et même tous les drames dans le rêve du sentiment. La passion n'est pas absente de leur vie : ils en font un encens. Ils sont tout âme, jusque dans les supplices, jusque dans les folies secrètes où l'innocence touche de si près à la recherche perverse qu'elle en est, peut-être, le plus exquis et le plus rare attrait. Tout, chez eux, est un sourire non pas à ce que le monde leur offre et qu'ils ne veulent pas dire, mais à l'émotion qu'ils en éprouvent. Ils ne seraient pas délicieux s'ils n'étaient penchés sur leurs propres délices : ils les écoutent chanter et ils y répondent par cette peinture qui est un chant. Leur musique est toujours amoureuse. C'est l'amour qui infléchit ces lèvres et courbe ces fronts charmants. Ces corps d'anémones pensantes et de roses au cœur mouillé s'alanguissent ; ils cèdent à l'enchantement d'une mélodie dont la langueur même est un vœu d'éternelle tendresse. A Sienne, l'amour prépare la palette, ce jeu des couleurs les plus vives, où la matière se dissimule sous un voile ; où, sans usage du clair-obscur, tous les feux s'atténuent en nuances exquises. Dans les peintres italiens, il n'est d'harmonie véritable que chez les trois ou quatre grands maîtres de Venise et chez les Siennois. Mais de Venise à Sienne, il y a le même abîme qu'entre l'Arétin et sainte Catherine. La grâce toute-puissante de Sienne n'est pas du même ordre que la grâce persane ; la plus légère bayadère est plus charnelle que la Vierge Fleur de qui le corps matinal est un rêve du cœur. Les peintres de Sienne ont été ses grands poètes.

§

LE JOUR DE SAINT ANTIMO

SAINT-ANTIMO, AU VAL D' ORCIA, FIN AVRIL

Un soir elle m'avait dit :

— Vous connaissez mon bon vieux grand-père, notre Capoccio ? Si ! rappelez-vous : ce vieillard aux cheveux de neige, à l'œil de chèvre, qui me serrait contre lui, quand vous m'avez vue sortir, l'autre matin, de l'église après la messe. Et même vous avez ri et vous vous êtes moqué de moi, mon amour. Vous n'avez pas de mémoire ; vous oubliez tout, même le grand-père. Le Capoccio m'aime de tout son cœur, vous savez.

— Ce n'est pas comme moi, Vanna ?

— Ce n'est pas comme vous. O baiser très suave et si doux. Je veux vous dire qu'il est né à Montalcino, au Val d'Orcia.

— Mon baiser ?

— Non, ma beauté, non, ma vie, le grand-père.

— Qu'y faire, mon cœur ?

— Amour, mon cœur, vous souriez toujours. Vous l'avez vu : n'est-ce pas un bien beau vieux ?

— Il est admirable, et je l'aime aussi d'être né à Montalcino.

— Vrai ? La grand'mère aussi était de ce pays-là. Ils se sont mariés tout jeunes, et ils ont été, par piété et par plaisir, à deux pas de leur ville, prier dans l'église de saint-Antimo, pour se vouer à la Vierge, à fin de vivre toujours ensemble et de mourir le même jour.

— J'ai vu le Capoccio. Mais où est la grand'mère ?

— Hélas, elle ne l'a pas attendu.

— Pourquoi veux-tu que je m'attriste ?

— Le grand-père nous répète toujours : quand irez-vous à Saint-Antimo ? Parlez-lui de moi et de vous. Il fera vivre l'amour dans votre cœur. O mon amour, je voudrais partir avec vous pour Saint-Antimo, et voir l'église avec vous. On dit qu'elle est si belle !

Nous fûmes à Saint-Antimo, en passant par Montalcino, où le bon vieillard a vu le jour. Tout ce pays désert a l'attrait des solitudes où flotte encore la flamme des grandes âmes qui s'y retirèrent et y vécurent. On voyage dans le passé comme on visite un volcan qui s'est tu : rien n'est plus présent que les laves, et si on met la main sur le sol, on sent la chaleur de ces ondes fixées.

Nous avons quitté la maison de Stalloreggi au premier clin de l'aube. Tout dormait dans Sienne ; et nous nous vîmes absolument seuls sur le Campo. Je la priai d'aller au bord de Fonte Gaja qui regarde vers le Terzo de San Martino et je restai sur le bord opposé... puis, nous vînmes à la rencontre l'un de l'autre ; et nous saluant d'un sourire, nous nous reconnûmes d'un baiser. Pas une âme sur la paume du Campo ; un ou deux pigeons seulement et là-haut les hirondelles. Une telle aube est délicieuse.

Elle riait. Elle a trempé le bout des doigts dans l'eau de la fontaine et m'a lancé ces gouttes sur le nez : « Brûle, brûle », faisait-elle en riant.

Elle avait une robe couleur de mandarine, rayée de fines bandes, une bleue et deux blanches. Elle était si longue et si svelte que jamais, depuis, je n'ai vu sa pareille en Italie. On la disait un peu maigre, là-bas : ils disent et ne savent pas. Si jeune elle était qu'elle pouvait encore porter des jupes fort courtes, en ce temps-là. Où êtes-vous, aurore ? Elle avait le teint de la fleur de magnolia naissante ; à peine si une touche d'ivoire rose avivait au bord de la longue joue tout l'ivoire pur de ce visage, et si les petites lèvres rouges y faisaient un œillet. Petites lèvres et long sourire. Toute cette candeur brûlait : on n'en voyait d'abord que le feu : ces yeux de tisons rêveurs, plus noirs que les gouttes de bitume bouillant, pleins d'étincelles d'or et tout pupilles. Mais à tout, en elle, je préférais ses paupières, de cette courbe adorable qui tient de la gorge et du calice où se gonfle la fleur. Elle était donc à mes côtés cette douceur vivante, cette jeune fille qui eût été enfant sans les ondes de son cœur. Cette grande anémone, elle marche près de moi, sur l'herbe, d'un pas qui vole.

A Montalcino, il faisait gris. J'avais promis de lui montrer son portrait dans la chapelle du Corpus Domini. Je l'y menai.

— Est-ce bien moi ? fit-elle ; je suis maigre, pauvrette et bien moins belle.

Je la rassurai.

— La Madone de l'Aide est un peu plus âgée que toi ; elle est moins frêle, mais c'est ton visage et ton col et ta si pure et tendre bouche.

— O cher amour, je ne le crois pas. C'est votre bonté seule qui vous le fait dire, pour me rendre heureuse. Mais voyez : la Madone est blonde et je ne la suis pas.

— Où trouvez-vous qu'elle soit blonde, ma petite belle ? Tout au plus, elle est dorée.

— Ahimè ! je n'apprendrai jamais à joindre ainsi les mains.

— Ce sont les anges qui lui tiennent les coudes.

— Je saurai, pourtant, dit-elle en riant, les mettre en bandeau, mon amour, autour de votre visage.

Nous tournions dans la merveilleuse église, loin de tout et parfois de nous-mêmes. Elle se fit soudain si obscure, que nous dûmes nous retrouver dans cette demi-nuit. L'amour aime les claires ténèbres. Debout, pensif sur le seuil de la basilique, je regardais le ciel. Elle était près de moi et me tenait la main. Dans l'espace obscurci, un vent bas et tiède poussait à l'assaut du mont Amiata les violents escadrons des nuages ; la noire chevauchée galopait, toujours plus épaisse. Et la montagne tournoyait dans cette fumée sombre. Il fallait craindre un de ces orages sans mesure qui inondent de torrents un pays dévoré jusqu'à l'os par la sécheresse. Nous sommes rentrés dans l'église.

Solitude sacrée, où toute passion se trouve un temple. Nous allions et venions comme les enfants de chœur autour de l'autel. De larges et lents éclairs promenaient la faux dans les sillons noirs de l'orage. Las d'errer et las de consulter l'horizon, nous nous sommes assis devant une fenêtre ouverte sur l'espace, et bientôt nous fûmes couchés l'un contre l'autre dans la mélancolie du désir et de l'âme rêvante. Je la tenais sur mon cœur ; et mes doigts comptaient les ondes du sien : ils l'écoutaient battre. Serré contre elle, je rêvais d'elle serrée contre moi. Rien de si près, rien de si loin. Voilà le cœur à cœur. Ses yeux pailletés d'or dardaient des flèches tendres. Elle plongeait dans mon âme : elle y cherchait l'anneau de l'éternel bonheur, à l'hameçon de l'instant. Et j'avais peur, délicieusement, de cette pêche miraculeuse. Je l'appelais au fond de moi-même, et je fuyais le dard qui afferre et qui prend. Je sais cette mélancolie divine du feu qui brûle et de la félicité qui espère.

Les diamants noirs de ses yeux ont alors la lueur de la lavande au crépuscule. Une telle ardeur en émane que la béatitude est près des pleurs. Elle les consume dans ses tisons ; mais elle ne les tarit pas. Et moi, je suis toujours prêt aux larmes, quand la beauté les appelle ou l'excès de l'amour, cette exquise douleur. Toutes celles qui sont suspendues aux yeux de ce que j'aime, elles coulent en moi, et c'est mon âme qu'elles cherchent. Je suis une bouche passionnée à boire tous ces pleurs. Je fermais donc les yeux et elle-même les ferma sous mes lèvres ; je sentais ces plus petits des oiseaux palpiter, si chauds, dans le nid des caresses. Puis, je les devinais se rouvrir et les tisons percer de flammes cette cendre légère.

Quelques coups de tonnerre, au loin, annoncèrent l'entrée de la tragédie. Je n'entends jamais la sommation de la foudre, sans penser à mourir. Mais elle était là, cette jeunesse, ma jeunesse. Toujours clos sur moi-même, je la tenais de plus près que ma propre chair, mes lèvres errant avec délices de ses paupières à ses lèvres.

Et tout à coup, comme j'étais moins loin de tout que de moi-même, elle fit un grand soupir :

— *O bello !* dit-elle, *bello !* Que c'est beau !

Je voulus voir alors, et sortis de mes songes. L'église d'albâtre resplendissait d'une lumière surnaturelle. Notre vie était la clarté de ce vaisseau sublime, si ténébreux tout à l'heure. Nous étions la lueur du dedans qui rend la veilleuse transparente et lumineuse. La basilique semblait ne vivre et ne transparaître que de nous. En rêve, il n'est pas de ruines. Le rêve accomplit tout désir et ne le déflore pas. Rien ne séparait plus, enfin, la réalité du rêve ; ou plutôt tout ce qui est rêve avait cessé de s'opposer à ce qui est réalité. L'église était l'incomparable lanterne où nous étions allumés. O merveilleux arc-en-ciel des amants.

— Va, lui dis-je, va, je t'en prie, au fond de la nef ; puis viens-t'en, sans hâte et sans geste, viens-t'en vers moi.

Et je fermai les yeux encore. Elle avait compris, comme l'âme aimante saisit tout de l'esprit, et même ce qu'elle ignore. Elle s'en fut, par un des bas-côtés, si sage et subtile que je n'aurais pu la suivre du regard. Et quand je rouvris les paupières, je la vis qui venait si légère et si vive à la fois que les âmes sauvées n'ont pas un vol ni un pas plus suave sur la prairie du Purgatoire qui mène au Paradis. Elle semblait transparente à elle-même, dans la basilique translucide. *Ave*, Douceur, à Saint-Antimo, *ave*, toi qui es de Sienne.

SAINT-ANTIMO

L'extraordinaire, l'inoubliable église ! Loin de tout, cachée au fin fond du désert, dans une vasque d'arbres, l'abbatiale bientôt vieille de mille ans, élève sa masse énorme, face à une autre hauteur où quelques pauvres masures jouent le village de Castelnuovo, Château Neuf de l'Abbé. Là, depuis Charlemagne, un moine fut souverain pendant des siècles. Le couvent n'est plus : les ruines branlent parmi les ronces ; l'ortie et la folle-avoine poussent dans la salle du chapitre, le lierre mange et désunit le reste des arcs.

Mais quelle église ! Du roman le plus grave et le plus fort, toute française par le plan, et les formes austères, elle développe ses thèmes de proportions, et ses trois nefs avec une infaillible majesté. Les pleins cintres des arcs alternent avec les fenêtres et les portes carrées ; les chapiteaux, de bêtes et de plantes vivaces à jamais, sont taillés avec ce goût unique de la vision primitive, où rien n'est laissé même au talent, où tout est fait pour servir d'organe à l'ensemble. Avec les Grecs, une seule architecture est vraiment classique : la romane de France. Je ne me lasse pas de cette grandeur dans cette nudité.

Les nefs latérales distillent une nuit à demi claire semblable à la conscience qui médite. Et la nef centrale, plus large, comble d'ombre pourtant, pressée par l'instance des bas-côtés, déroule les strophes de ses grands arcs sévères, pour finir sur la puissante épode de l'abside nue, portée sur cinq arcs du même ordre. Une lumière sans pareille règne dans cet espace : elle tient aux matériaux dont l'église est bâtie : l'énorme vaisseau est tout d'albâtre, un albâtre à veine d'agate, translucide à la fois et vaporeux comme un banc de brumes. Si l'ombre se fait entre ces murs d'ambre et de lait, le passant solitaire se croit un feu qui s'éteint ; et si le soleil y répand le lac de la lumière, le passant se prend pour une flamme.

Solitude plus belle d'être si étrange. Tout est vision d'un autre monde dans cette basilique. A Vézelay, je rêve d'entendre les chœurs et les archets du Paradis. A Saint-Antimo, j'écoute les orgues du Purgatoire. Cloué sur une porte, un Christ de bois me surprend, comme s'il allait me tomber sur les lèvres et les épaules. Immense, plus haut que la porte même, il barre les deux battants de ses bras désespérés. Il s'abandonne ; ce cadavre est celui de la douleur universelle et de l'universel amour. Que fait-il pourtant dans cette ombre et ce dépeuplement ? L'isolement est le sépulcre du sépulcre ; et la désolation de ce Christ est un autre sépulcre qu'il s'ouvre à lui-même. C'est le Dieu sublime et misérable, la tête pendante sur le creux de l'aisselle droite. Vrai comme la mort, et comme elle, de la terre et du ciel, de tous délaissé.

PEINTURE ET PORTRAIT
DURER POUR ÊTRE JEUNE

Les fils de Sienne sont trop lyriques pour peindre des portraits. Ils ne donnent pas tant de prix aux apparences de la vie ; une autre beauté les sollicite. Et d'ailleurs ils n'ont pas assez le goût et le sens des caractères pour donner au réel la forme et la valeur d'un beau poème. Leur façon d'imaginer est encore trop religieuse. Leur poésie a besoin du ciel. La fantaisie même en eux a quelque chose d'aérien et d'éthéré. S'ils content, ils s'en tiennent à l'épopée et ne vont pas jusqu'au roman.

Il est rare qu'un portrait soit une œuvre d'art : il en va du portrait comme du paysage : l'art ne consiste pas à contrefaire la nature ; elle se passe bien de lui. Rien ne nous prouve que les plus beaux portraits sont les plus ressemblants : on peut même supposer le contraire. C'est aux hommes de ressembler à leurs portraits quand ils sont admirables : Othello n'est qu'un nègre au service de Venise : le plus sûr pour lui est de se rendre pareil, en tous points, au More de Shakspeare.

Dans le portrait, il y a le roman du modèle et le poème du peintre. Le portrait n'est de l'art qu'à cette condition. Si l'âme du peintre, sa vision, sa pensée, son génie ne sont pas toujours présents dans l'image du modèle, l'œuvre a bien peu d'intérêt pour nous : elle ne nous parle pas, même si le modèle bavarde. On reconnaît le grand peintre au caractère et à la beauté propres de ses portraits : tous, ils sont de la même famille : pour divers qu'ils semblent, on les dirait parents : ils sont bien sortis de la même main. Tels les portraits que l'on doit à Rembrandt, à Goya, à Clouet ou Holbein, à Ingres, au Titien. Le cas de Vélasquez est le plus singulier : ce peintre merveilleux est absent de toutes ses peintures ; on est tenté de le prendre pour un miroir, le plus désintéressé de l'objet que l'on ait jamais vu. On s'étonne qu'un si grand artiste puisse être si impassible. Il ne l'est pas. Il a beau s'effacer, il est toujours là ; et c'est précisément dans ses portraits qu'on le saisit le mieux. Si divers soient-ils, d'Innocent X à Gongora, et des nains aux infantes, ils parlent tous, non pas seulement d'un œil prodigieux et d'une main magique, mais plus encore d'un terrible esprit, aigu comme Saint-Simon, profond à la Pascal, ironique et brûlant à la façon de tous les grands Espagnols : ils ont en propre cette ironie corrosive qui ronge le modèle en dedans, tout en le flattant dans ses habits, ses dignités et ses apparences. Leur raillerie égale leur sens du réel et leur force à le pétrir ; elle finit par en être une forme presque familière, comme on le voit dans ce divin Quichotte, où sait-on jamais qui de Sancho ou du Chevalier se moque de l'autre, tout en laissant Cervantès se moquer des deux, et chacun des trois, sans compter le lecteur, se moquer de lui-même.

Vélasquez domine sur tous ses dons et tous ses sentiments avec une maîtrise, une absence de soi qui est sa plus rare vertu et que nul ne possède au même degré. Vélasquez, le Greco, Goya, Rembrandt, ont l'air d'avoir toujours eu de quarante à soixante-dix ans. Tout en eux est marqué de la grandeur virile, dans la pleine possession de soi. Ce trait est celui de toutes les œuvres capitales et des plus grands hommes. Que seraient Goethe, Wagner, Stendhal, Molière, Cervantès, Rabelais, Dostoïevski et les autres, s'ils étaient morts avant leurs quarante ans ? Je ne veux pas dire que les œuvres du génie soient celles du vieil âge. Elles le sont, pourtant, et bien plutôt que l'ouvrage de la jeunesse. A cet égard, les portraits de Rafaël sont d'une indiscrétion cruelle. Voulût-on y voir les plus belles peintures du monde, ce qu'ils ne sont pas, la beauté en est assez pauvre, étant toute en surface : l'effigie ne dépasse pas le modèle : belles têtes, mais de cervelle peu ou point. Belles soies, beaux velours, beaux atours, très bel arrangement : mais où est l'homme intérieur ? et où le poète ? Rafaël est une vive intelligence, souple, prompte, éclatante parfois, douée à merveille pour le spectacle : il n'a aucune profondeur. Devant un Rafaël, on ne rêve ni ne médite. Sa peinture est une peinture de jeune homme, comme la poésie de Byron et de Shelley, comme la musique de Mozart. L'intelligence, l'œuvre et les miracles d'un jeune dieu, soit. Je l'accorde, s'ils veulent, aux fidèles de ce culte. Mais le tragique de la vie n'est pas là, ni la conscience de l'universelle et fatale tragédie. Eût-il vécu longtemps, Rafaël eût été l'éternel jeune homme, comme Mozart et Shelley sans doute. Cette sorte de génie n'a aucun besoin de vaincre ni de se posséder soi-même à poings fermés sur la proie. Le conflit de l'univers et de la conscience n'est pas leur fait. Ils n'ont pas et n'auraient jamais eu l'originalité profonde, qui est d'avoir justement consumé dans le feu des passions, au vent des vicissitudes, leur jeunesse et même leur propre vie.

HEURES DE LA VIERGE

Sienne, ville aux douces lèvres, est la ville de l'*Ave Maria*. Au début du printemps ou de l'automne, quand l'angélus sonne aussi la fin du jour, les cloches de l'*Ave Maria* enveloppent Sienne d'un encens sonore. La ville va prendre son vol dans le ciel. Les martinets et les hirondelles s'élancent de toutes parts : ils sortent des battants et sont, ivres d'espace, les propres ailes des sons. Alors, dans l'air si tendrement veiné de la plus passionnée des heures, je vois toujours que Sienne est la ville de l'Annonciation : la Tour du Mangia est l'ange qui offre son lys à la Vierge et le Campanile du Dôme est Marie qui rayonne en silence d'entendre la salutation angélique.

Que de femmes, chez elles ou à l'église, se signent encore dans les trois tercets de la ville, pour dire, avec Gabriel aux ailes qui palpitent : « Je vous salue, Marie. »

Ave Maria, gratia plena. Or, il y a le répons.

Et toutes ces cloches sonnent aussi : « *Ave Sena, plena gratia.* »

> *Je te salue, Sienne,*
> *De grâce, toute pleine.*

VIE DE SIENNE

Comme une œuvre que l'art a reçue de la vie pour la rendre parfaite, Sienne en son plan est immuable. On n'y peut rien changer, ou il faut la détruire. Du haut de la cathédrale non bâtie ou du Mangia, son étoile à trois pointes, qui descendent vers les champs, offre aux yeux une forme vivante. Les trois collines en trois vallons se rencontrent un peu au-dessus du Campo, à la Croix du Travers ; là, elles s'épousent dans une sorte d'abandon ravi, qui mène à la merveilleuse place ; et Sienne ainsi, au centre de son étoile, se creuse en façon de coupe. Qui la tend, d'un bras si fort, au-dessus de l'heureuse campagne, fertile en blé, en olives et en vignes ? Les bords de la coupe sont ciselés de palais et de créneaux : avec les tours, toute Sienne, de partout, prend son élan vers le ciel. Sienne est une fleur de feu ; Sienne est une flamme, un incendie qui veut voler. Même aujourd'hui où la meule de l'Etat efface toutes les formes originales, pour tout réduire à la même bouillie vulgaire et morne, Sienne obéit au rythme ancien. A la Croce del Travaglio, tout le peuple passe, repasse, s'assemble, trafique et bavarde. Le plus souvent, la foule est dense à n'y pouvoir circuler que pas à pas. La loge des marchands ouvre ses trois arcs sur la trivoie, et leurs fenêtres les grands palais qui sont au dos du Campo. Les Piccolomini règnent encore sur le présent, par tous les dons qu'ils ont prodigués au passé. La Loge du pape, si noblement dédiée par Pie II « A sa gent », semble fermer la rue où se profile le vaste palais, dont ils ont fait présent à la République. Et lancée de ce cœur battant de la cité, la flamme de la Tour du Campo fait flèche vers l'azur. Ici, François d'Assise s'est jeté à genoux entre les factions en armes : ne fût-ce que pour un jour, il a réconcilié de mortels ennemis : il obtint de Sienne ce qu'il n'a pas obtenu de Pérouse. Peu de miracles sont aussi vrais que celui-ci.

ÇÀ ET LÀ

Les bonnes guerres, s'il en est, se font de maison à maison. Au moins sait-on pourquoi l'on se bat. La vie des passions est la vie dangereuse : elles font jaillir la violence ou la ruse de l'homme, qui veut être le maître à qui tous les moyens sont bons ; et les pires sont les plus sûrs, dans les siècles où l'Etat n'est pas encore la machine à broyer les individus. La politique est alors une espèce sanglante de l'amour. Les forts individus luttent entre eux pour la puissance et se tuent à qui sera le prince. Vainqueurs, ils font largesses au peuple. Ils bâtissent des églises et des palais : leur gloire est celle de la ville, leur prospérité fait la sienne ; c'est en elle qu'elle doit durer. Ils ornent leur quartier et du leur ils passent aux autres : à Sienne, Piccolomini est partout. Pour eux, pour cette famille de diplomates et de papes, travaillent les peintres, les sculpteurs, les architectes. Ils donnent des fêtes : leurs noces, leurs baptêmes, leurs festins, leurs funérailles, sont des spectacles. Et vaincus, ils se vengent sur la plèbe qui les a laissé vaincre : à la première occasion, ils la massacrent et ils pillent leurs rivaux. Chaque seigneur de cette espèce est le César de sa république, celui qui, selon l'adage, aime mieux être le premier dans son trou que le second dans Rome. Cette Italie-là est la bonne et la belle, la vraie, en tout cas. C'est à elle que les Italiens doivent leur prestige, et tout ce qu'ils montrent aux étrangers avec tant de légitime orgueil. Cette Italie de la qualité est le contraire de l'autre, qui singe la romaine et les légions, qui veut faire croire que les volailles du Capitole sont des aigles et qui ne peut pas hoqueter, après avoir bu du gros vin, sans prétendre, en hurlant, à l'empire.

Pourquoi croient-ils tous, et même les Italiens, que Fonte Gaja veut dire la Gaie Fontaine ? Les Siennois, eux aussi, ont perdu le sens de la vieille langue : Fonte Gaja, c'est Font Vive. Et que la vie soit le bonheur, et la gaîté le jet même, bon ; mais le corollaire n'est pas le théorème. En vieil italien, comme en provençal, gai a le sens de vif. Et Gai Savoir ne signifie pas la science allègre, mais celle qui coule de source, par opposition à la théologie, la science qui vient de l'Eglise et que la foi impose. Sienne, la moins théologale des villes du moyen âge, et la plus religieuse avec Paris. La place de Fonte Gaja est bien au milieu du Campo : entre les figures de Jacopo della Quercia, l'eau chante le palais de la République et le soleil chante sur l'eau.

Des deux patrons que Sienne vénère, l'un, saint Ansano, passe pour être venu de Rome subir le martyre dans la ville des trois collines ; l'autre, san Galgano, est indigène. Mais Galgano n'est pas un nom latin. Il sonne étrangement le flot sur le granit : Galgan est celtique. Saint Galgan est un saint de Bretagne, et même de Cornouailles.

On voit tant de chats, à Sienne, qu'il semble ne point y avoir de chiens, ou les chiens se sont faits chats, peut-être. J'en avais neuf, disais-je, sous ma terrasse rouge ; et deux étaient si hauts sur pattes, qu'après tout c'était sans doute d'anciens lévriers qui s'étaient chattés pour vivre à Fonte Branda. Tout le monde, à Sienne, aime les chats. Il en est deux, aux couleurs de la ville, qui sont nourris aux frais de l'Etat, dans le palais de la République. Je n'en suis pas sûr, et je n'ai pas consulté les Olims de la Cité, au palais Piccolomini ; mais j'espère qu'il en est ainsi. Messieurs les Chats ont leurs marchands qui pourvoient à les satisfaire : tous les matins et parfois le soir, le bonhomme passe dans la rue, portant de la rate, du foie, du mou, du gras-double et d'autres morceaux de choix sur une espèce de tréteau en forme d'échelle. Il appelle, il fait tinter son grelot ou une crécelle. Les fenêtres s'ouvrent à tous les étages : un petit panier descend au bout de la corde, avec la monnaie nécessaire ; et le vieux barbu de blanc, l'Hébé des minets, échange contre les sous le foie ou la rate, qu'on attend là-haut avec impatience. J'entends parfois un mia-ou qui module, où le râle du désir se confond avec le ronron de la joie. Sienne est la ville des chats. Ainsi pas une beauté ne lui manque.

Ils sont libres, les Siennois, ils ne se sont pas laissé faire, ni par le pape, guelfes, ni gibelins par l'empereur ; ni plus tard par les Médicis, ni par Dante même. Tout au contraire, ils ont imposé leur grande sainte, Catherine, à toute l'Italie ; et Bernardin, leur grand saint, ne le cède qu'au seul François, en Ombrie et en Toscane. Ils ne cherchent pas à être les rivaux de Florence ; mais presque toujours ils le sont naturellement. Sienne est originale, même dans le long sommeil de la servitude et de la décadence. Seule peut-être, entre toutes les villes soumises par le pape ou le grand-duc, de Gênes à Naples, une citadelle hargneuse et brutale ne domine pas sur Sienne. Même vaincue et réduite au silence, Sienne n'est pas serve : elle ne saurait l'être : elle rêve.

LIED FÜR ALLE ZEITEN. — SIENNE, *merveille ancienne, tu vis, parée de neuf siècles, toujours pareille à tes vingt ans. Je vais, je viens, entre tes mains, entre tes bras, je ne sais où m'arrêter et je brûle de ne pas quitter un seul de tes membres que je touche. Tes rues nocturnes sont tes veines que je goûte. Et l'air que je respire ici est ta peau que cherche ma bouche. Je te veux toute. Chacune de tes pierres grises m'appelle, chacune de tes briques rouges. Je te poursuis, et ne me lasse pas de toi. Je n'ai jamais fini de te trouver tout entière en chacun de tes traits et de m'en faire un délice. Un doux délire prend le cœur dans cette ville où tout est beauté, où chaque pas est une récompense. Bien plus encore, la promesse du paradis est partout : à Sienne, la passion est l'intelligence d'amour, que le noir Florentin aux yeux de griffon n'a jamais crue de ce monde. Je vais, enivré ; et chaque regard s'arrête à un bel objet dont il fait la découverte : je lui reconnais une beauté qu'il n'a peut-être pas, mais qui n'en est que plus réelle et plus présente,*

puisque je la lui donne. Ainsi l'amant passionné qui parcourt
des caresses et des yeux la Bien-Aimée, après une longue
attente.

Est-il un autre Donatello, ce Federighi qui a prodigué ses
œuvres aux quatre coins de la ville, sculpteur, graveur,
architecte, et qui a laissé, au musée du Dôme, une si grande
tête de Moïse, entre toutes les pierres de l'Italie, celle qui fait
le plus penser à un buste de Rodin ? Il se pourrait. Et le
Cozzarelli a-t-il le génie de la statuaire ? Qu'importe : je ne
vois que ces bagues en fer forgé, au palais du Magnifique, tel
admirable anneau à porter les bannières, ou le charmant
bas-relief, si féminin, du séminaire Saint-François. De tous
les côtés, l'art de Sienne m'assiège et achève la vie. Tout le
reste s'efface : je n'en ai plus besoin. Notre félicité consiste
à nous faire un monde tout à nous, au sein de l'infini, de
l'inutile univers. Je n'ai que faire de ce qui me nie. Je
n'aspire qu'à ce qui me certifie et m'assure.

A Sienne, la Vierge est ma reine, comme elle l'est de la
ville. Je lui offre ma terre, et j'attends qu'elle me donne le
ciel. Athènes ne s'éloigne pas de mon horizon : elle me
sourit en silence, et j'ai rendez-vous avec elle pour l'heure
déserte de la pleine lumière. D'ici là, elle condescend à la
passion ; elle a changé de forme et d'hymne ; elle n'est plus
statue : elle est musique. Il s'agit de vivre assez, pour n'avoir
plus à vivre. J'égrènerais bien le rosaire avec les bonnes
vieilles, si seulement elles me faisaient place près d'elles,
devant la grille de leur chapelle. Je m'enchante à la symphonie de tous ces rêves.

Quelle ville pour le chant, Sienne amour, Sienne harmonie ! La fureur de la musique m'y saisit, ce besoin de
possession spirituelle que rien n'apaise. La cloche qui
sonne à San Domenico m'appelle à cette ardeur dévorante,
au bonheur de tenir l'âme dans sa profonde nudité, à se
perdre en elle, à la perdre en soi. Je ne sépare plus Sienne de
mon amour.

Et je pense : qui séparera l'amant de ce qu'il aime ? En cet
instant, sainte Catherine inondée d'amour, évanouie, dans
la syncope de sa plénitude, la Catherine de Sodoma ne m'est
plus si étrangère.

La musique est un amour où toute chair se possède dans l'âme. Voilà pourquoi la musique n'est ni triste ni allègre : elle est une tendresse ardente, où l'on rend sur-le-champ en délice de se perdre tout ce qu'on vient de recevoir en passion. Une musique où l'on ne s'oublie pas soi-même n'est pas musicale.

Bien des fois, j'ai été avec ma jeune fille de Stalloreggi sur la Loge du Palais Public. En ce lieu d'azur, la contemplation est si heureuse, si aiguë qu'elle est comme un fruit, telle une pensée qui serait une fondante pêche. Toute la jeunesse du monde était en nous, qui étions le rêve de notre amour, en regardant la campagne, qui sur la place du marché vient mourir jusqu'au seuil du palais, onde verte. Parfois, un troupeau bat du sabot sur les dalles, et l'on entend le grelot des sonnailles. Les chèvres barbues, aux pupilles horizontales, allaient par bonds ; et les grands bœufs blancs, conjugués aux chars rouges, barraient parfois les rues en pente. L'air fleurait le poisson de Massa et d'Orbitello, dont les Siennois sont si friands, l'algue et les débris de la marée. L'âcre odeur d'iode montait dans la chaleur. Et le songe du cœur prenait passage sur la mer.

Un jour, à l'heure safran qui suit l'aurore, nous fûmes à Marciano. Passé le palais des Diables, où Federighi a bâti une chapelle dans le goût le plus fin de la Renaissance, à faire envie aux œuvres parfaites de Florence, nous avons cheminé sur une route montante, invités à tout bonheur, à tout espoir, par une inscription qui est du soleil sur un mur : VIVAT FELIX ! Vis heureux. J'aurais voulu que le latin sût dire : Vis heureuse. Car c'est aux femmes qu'il faut faire un si fol et si doux vœu. L'homme a de quoi tenir haut et bon contre le malheur. Les oliviers et les cyprès alternaient dans leurs danses delphiques, la grandeur du masque noir avec la douceur du masque d'argent. Nous nous assîmes sous le dôme d'un pin, plus incliné sur nos têtes qu'une mère. Sienne merveilleuse rêvait sous nos yeux, blanche, noire et rouge dans la fraîche lumière. Carina Vanna de Stalloreggi a mis sa fine joue sur mes genoux. Je frémissais. J'ai un tel don de sentir ce que coûte toute victoire. Il me semblait entendre ses tempes battre au propre centre de ma vie. Je me déteste alors de n'être pas un parfum, bien plus ou bien moins, une mélodie, un accord, je ne sais quoi où tout est contenu, un souffle unique où tout s'arrête dans une onde éternelle. Que rien ne se mesure plus. Elle pleurait devant Sienne, et sur mes mains.

— Ha, pourquoi pleures-tu, fille de Sienne ?

— De joie, dit-elle, de joie.

— Il ne faut pas pleurer de joie : nul ne rit de douleur.

— De joie, mon bien-aimé, de joie.

Peu à peu, elle s'est dressée, comme l'herbe en rosée à la brise du matin ; et sans quitter mes genoux, bientôt ses paupières ont été sous mes lèvres, et ses lèvres sur mon col ; là où la gorge bat le temps chaque fois que la vie respire. Ma bouche s'altérait à ces fraîches larmes, parce que en les buvant mon cœur les brûlait. Et je murmurai une autre fois :

— Pourquoi, très chère, pleures-tu ?

— De joie parce que je t'aime ; de douleur parce que tu me quitteras.

Et je n'ai rien osé répondre. O Sienne, Sienne, fin de toute action, et qui rends toute vanité plus vaine, chère cité de rêve, garde-moi. Ne souffre pas que je te quitte. Fixe-moi, toi, qui peux pleurer de me perdre. Tisse mes pas à tes racines, comme mon cœur est tissu à ton cœur, et puissé-je du moins ne pas me déserter en te laissant.

XV. SAINTE TERRIBLE

Sainte Catherine.

Un buste admirable fait revivre sainte Catherine sous nos yeux, à la bibliothèque de Sienne. L'art, ici, le cède à la vie : on ne cherche plus si l'œuvre est belle, si le sculpteur inconnu était un grand artiste. Le caractère emporte tout. Sainte Catherine est si vraie, si présente dans cette image, qu'elle ne peut pas avoir été autrement. Cette fois, l'art ne cherche pas la ressemblance : il force la vie à se confondre

avec l'œuvre et à lui ressembler. La certitude est si forte
qu'on retrouve le buste dans le crâne desséché, qu'on montre en relique dans une chapelle de S. Domenico. C'est la
petite tête d'une femme petite : bien moins maigre qu'on
n'eût cru, bien moins exténuée. Elle est jeune encore, dans
les trente ans. La beauté de son visage est populaire ; mais
de ce peuple que la vie spirituelle lime à l'intérieur et affine
si bien qu'elle l'élève à la dignité patricienne. Voilà des traits
que jamais ne modèle le commerce ni la boutique. Elle n'a
pas l'air fort intelligente ; une telle passion lie en faisceau
toutes les lignes de la figure qu'elle a l'air d'une flèche. Le
front menu fuit sous un voile à deux plis, d'un goût exquis,
le plus large et le plus haut sur le crâne tombant en coiffe et
clos dans le manteau qui couvre les épaules ; le plus près des
sourcils et le plus mince serre tout le visage, l'enveloppe aux
joues, presque au ras des lèvres et des yeux ; il borde le petit
menton rond. Contre le nez fin, droit, mutin, les deux yeux
à fleur de tête sont de grands yeux ronds d'épervier, ardents,
fixes, oiseaux de proie. Avec ces yeux-là, dardés sur l'ouaille,
elle perçait les cœurs ; elle jetait l'hameçon au fond de
l'âme ; elle tirait à elle toutes ces faibles vies, la femme sans
joie, le jeune homme dans l'angoisse, le moine tiède, le
pécheur qui s'ennuie ou se dégoûte de soi. Mais sa petite
bouche a toutes les moues, flèches inflexibles de la passion :
bouche de petite fille, qui se met à parler au nom de Dieu ;
bouche d'enfant qui prophétise, qui bénit et qui menace.
L'angélique sourire, qui a conquis tant de fidèles, est l'amitié et la gaieté naturelles de cette bouche à demi ouverte,
sérieuse, comme le petit enfant seul peut l'être, lui qui
semble ne tout voir et ne tout savoir encore qu'au ventre de
sa mère : elle rit aux anges, quand elle est contente. Les
deux lèvres ne sont pas jointes : il faut que cette petite
femme parle ; elle est la parole même : soit qu'elle s'entre-
tienne avec Jésus ; soit qu'elle enseigne les hommes ; soit
qu'elle rappelle au bercail les méchants, les loups, les chiens
penchés sur leur vomissement, ou les brebis perdues. La
lèvre supérieure est fine, aiguë ; la lèvre d'en bas, un peu en
retrait, tendre et finement charnue. Que de baisers au
Crucifix ou à la vision de l'Epoux, que de baisers passionnés, parmi les pleurs d'attente et les sanglots d'amour, que

de baisers ces chastes lèvres donnent et versent en torrent, dans la solitude des heures nocturnes.

Catherine était brune, à ce qu'il semble. Elle avait de longs cils, en pluie d'été, sur le feu de ses étincelants yeux noirs. Un petit point de braise rougeoyait à ses joues, dans son visage ardent et si pâle. Les veilles, l'oraison, toutes les fatigues d'une nature qui s'épuise sans se lasser, avaient bleui ses paupières d'une lueur violette. Comme elle était toute en feu, en se consumant elle-même elle attirait les éphémères, et les brûlait.

Mince et frêle, sans teneur et sans poids, invincible pourtant à la fatigue, jouant avec l'insomnie et le jeûne, morte en extase, debout sur-le-champ s'il faut courir à l'appel de Jésus, servir les mourants de la peste, les condamnés à mort ou l'Eglise, ce pauvre petit corps de fillette poitrinaire et peut-être atteinte du mal sacré, cette petite forme de chair sert de gaine à une âme inviolable que rien ne peut abattre, que rien ne peut lasser, que rien ne peut interrompre. Et quand elle tombe contre terre, déjà morte, la flamme de la sainteté s'exhale de tous ses membres, et cadavre pour tous, elle est déjà ressuscitée.

PASSION MYSTIQUE

Sainte Catherine est sans cesse en extase ou en syncope ; ou bien, comme une petite fille despotique commande aux jeux des autres enfants, elle donne des ordres aux papes et aux rois : elle meut les républiques ; elle absout ou condamne les puissants de la terre ; elle vit sans manger ni boire ; elle ne quitte pas Jésus : il est toujours avec elle, dans sa cellule. Ses amis s'épuisent sur ses pas, à vouloir être comme elle. Saint Bonaventure est un ascète décharné, qui va sans repos de la terre à l'enfer, et de la terre au ciel, toujours enseignant, et toujours menaçant avec une espèce de douceur solennelle et de glaciale ardeur. Le béat Colombini, les saintes et les saints qui poussent dans les illustres familles de Sienne, les Toloméi et les Salimbeni, épis de blé céleste parmi les loups, tous ils ont un peuple de bonnes gens derrière eux, des femmes qui les soignent, des hommes qui les suivent. Plus on se tue et on s'extermine dans

Sienne, plus on y ferme les yeux au monde et on y prie. Les passions mortelles et les extases s'y croisent et semblent même se répondre, deux chœurs de la même tragédie, l'un dans la rue, l'autre dans le ciel. Tous, ils ont des visions, des pleurs qui les comblent, des cris qui les nourrissent. Au milieu d'un peuple qui se dévore, haine ou amour, dans les embrassements, ils s'élèvent sur une échelle sans fin qui monte en paradis. Ils voient à merveille tout ce qui les entoure : rien ne les y retient ; la vie qui les presse ne les enferme pas : elle ne leur sert qu'à monter plus légèrement dans leur flamme, qu'à mieux planer dans le rêve où ils veulent vivre.

Sont-ils donc fous ? le sont-ils tous, comme on prétend le dire ? une folie qui fait vivre au seuil d'une beauté et d'un amour éternels, une folie qui empêche de mourir est la sagesse suprême.

SAINTE CATHERINE DE LA BONNE MORT

Niccolo di Toldo, dans l'infect cachot où les magistrats de Sienne l'ont fait descendre, se désespère : demain, il va mourir ; et il a vingt ans. C'est demain que le bourreau lui coupera la tête, sur le tertre infâme du Pecorile. Demain qu'à vingt ans, vingt ans ! lui, plein de joie, plein de vie, un jeune seigneur, il va falloir quitter l'amour, le bonheur de la lumière, l'ivresse de vivre, l'ardeur d'être soi-même. C'en sera fait, demain. Il ne sera plus qu'un corps tronqué, une charogne qui pourrit, lui, lui qui sent le beau sang chaud courir dans ses veines. Plus de femmes, plus d'amis ! Et son père, et sa mère, et ses frères à Pérouse, où il devait rentrer à la fin du mois. Car il n'est même pas de Sienne. Gentil-homme, il est venu servir dans la suite du Podestat, qui le protège ; mais ce lâche tuteur n'a pas osé parler pour lui, tant il craint la République. Les Seigneurs de Sienne sont plus cruels, plus méchants, plus injustes que des loups, les maudits. Ils se font appeler Magnifiques, Pères du Peuple, Défenseurs de la Cité : assassins, bien plutôt, diamants du démon et joyaux de l'enfer. Et quel est son crime pourtant, à lui, le beau, le cher jeune homme, qui n'a jamais pensé qu'à faire l'amour, à danser dans les fêtes, à boire avec ses amis, à se parer et à rire ? Qu'a-t-il fait pour subir un supplice ignoble et pour être jeté, en deux morceaux, dans le charnier de la mort, à vingt-trois ans ? N'est-il pas incroyable déjà, la méchanceté n'est-elle pas inouïe d'avoir condamné à mort son ami, Agnolo d'Andrea, le charmant garçon, pour ce seul crime d'avoir donné un festin sans y prier aucun des membres du Governe ? Ainsi, boire et manger entre soi, un jour de fête, est un crime capital à Sienne. Et lui, pour avoir défendu son ami et son hôte, pour s'être laissé aller à quelques injures, à quelques violentes paroles, on lui inflige la mort ? on le précipite dans la tombe de ce cachot ? On a tranché la tête d'Agnolo, ce matin même ; on lui coupera la sienne, demain. O pourquoi est-il venu dans cette ville folle, trop belle, trop changeante, où il est si doux de vivre et si dur de mourir ? O rage. Il crie, il écume, il blasphème. Un à un et tous ensemble, il voudrait égorger et déchirer ses juges. Il hurle contre le ciel et la terre. Il donne du front contre les murs.

Une fureur le saisit et le tord comme un linge au lavoir. Il chasse le vieux confesseur, que la république lui envoie pour le réconcilier avec Dieu : il l'épouvante et le poursuit de malédictions, d'atroces anathèmes. Si Dieu permet de tels attentats à toute justice, que Dieu soit maudit. Et maudite la Vierge, maudits soient tous les saints que les prêtres et les moines invoquent, les fourbes, vile canaille aux ordres de la plus vile tyrannie. Mais pourquoi maudire le ciel ? Il est vide. Il n'y a ni Dieu, ni justice, ni rien. Rien que des seigneurs infâmes, démons sur la terre, maîtres de tout, qui tuent pour se venger, qui égorgent l'innocent par jeu de tigre et pour faire sentir leur force. O douleur, mourir déjà, mourir ainsi. Moi, si vif, si fort, si beau, aimé de Vanna, chéri de Bice, si bien fait pour la vie, épi de rires et de plaisirs ; moi, moi, Niccolo di Toldo, vingt ans gonflés de joie et d'espérance, mourir un jour de printemps, quand sonnent les cloches de Pâques ? Et dans sa rage, il recommence à donner de la tête contre la porte de fer et le granit des murailles ; il se roule de désespoir sur la boue puante du cachot ; il vocifère des sanglots ; il se mord les bras ; il déchire ses mains aux clous de la cellule et aux barreaux.

Avant d'être mené à la mort, il agonise de douleur, ce soir,
veillée funèbre.

Or, Catherine est entrée dans la bauge aux blasphèmes.
Peu s'en faut, d'abord, que le désespéré ne l'ait battue. Elle
lui a pris les mains et les a baisées. Elle a parlé ; elle l'a
réduit à l'entendre : il s'est tu ; il a frémi ; il est tombé à ses
pieds. Elle s'est assise dans la fange près de lui ; elle a placé
la tête condamnée sur ses genoux ; elle a caressé de la main
le front brûlant, les cheveux en sueur, les yeux et les joues
humides ; elle a scellé de ses doigts minces les lèvres et les
cris. Niccolo pleure doucement et Catherine le fait prier
avec elle qui prie. Il répète les mots qu'elle murmure, et il
entre dans son extase ; il n'est que sur le seuil encore :
jusqu'à demain la route est longue. Sa vie n'est pas résignée,
mais déjà son esprit cède et sa volonté s'incline. Niccolo a
maudit Dieu et le monde. Il s'épouvante à l'idée que la
présence de la mort renouvellera dans son cœur toutes les
malédictions. Il tremble de prendre le bourreau pour Dieu
et Dieu pour le bourreau. Il fait donc promettre à Catherine
qu'elle ne le quittera pas ; qu'elle le suivra jusqu'au lieu du
supplice ; qu'elle sera là pour lui, la main dans la main, les
yeux dans les yeux ; et près de lui, front contre front, quand
on lui coupera la tête. O, qu'elle lui soit le saint billot de son
âme, jouxte l'infâme billot. Mais quoi, n'appelle-t-elle pas ce
moment affreux l'heure de la justice ? Tout se révolte en lui,
à le nommer ainsi : il ne comprend pas cette folie ; mais il
veut qu'elle le gagne ; tout son être s'y élance, sur la voie du
salut, pourvu qu'elle, Catherine, soit là, « pourvu, Catherine, que tu y sois ! » Et hier encore ne la tenait-il pas pour
une folle, n'en riait-il pas avec ses amis ? « Aide-moi, au
nom du Christ ! pour l'amour de Jésus et de sa Mère,
assiste-moi dans l'agonie. »

Elle le fait, et ne se dérobe pas un instant. « Il m'a dit :
Reste avec moi ; ne m'abandonne pas : alors tout ira bien et
je mourrai content. »

Sur le char où on le hisse, pour le porter à l'Albergaccio,
elle prend place à son côté. La Malauberge était une espèce
de relais, à quelque deux ou trois cents pas du lieu patibulaire : le condamné y passait sa dernière nuit avant d'être

décollé. De là, après bien des oraisons, des confessions et parfois des tortures, on le traînait pantelant à la butte du Pecorile et, les mains liées dans le dos, on le jetait sous la hache.

Catherine veille avec lui, le pauvre, dans la nuit de la Malauberge. Elle le tient sans cesse contre elle, la tête sur son sein. « Je sentis alors une joie et le parfum de son sang : il était comme mêlé au mien, que je brûle de répandre pour le doux époux Jésus. » Il tremble pourtant, il frémit encore ; les éclairs de l'horreur le traversent, et sortis de lui, c'est la passion de Catherine qu'ils ébranlent et transpercent : mêler son sang à celui-là, verser tout son sang : « Ce désir croissait dans son âme. Voyant comme il tremblait d'angoisse, je lui murmurai : "Courage, mon doux frère ! Tout à l'heure, nous serons aux noces éternelles : tu iras baigné dans le doux sang du Fils de Dieu." » Et toujours, elle presse cette tête sur son sein. Elle la mûrit contre sa poitrine, pour qu'elle tombe sans peine et se laisse cueillir au matin. Ses lèvres versent les plus douces paroles à cette vie en amertume, en grande peine. Elle ne tarit pas. Elle s'exténue à lui souffler l'espoir ; mais Catherine est inépuisable, comme la vie est insatiable d'aliment. Et que l'espoir soit la respiration même de l'âme, ce Niccolo l'a su dans son agonie.

« Toute crainte s'est alors effacée de son cœur. La tristesse s'est changée en joie sur son visage ; et dans son allégresse, il disait : "D'où me vient une si grande grâce que la douceur de mon âme m'attende au lieu saint de la justice ?" » Au petit jour, elle le quitte enfin, tandis qu'il entend sa dernière messe et reçoit le viatique. Elle le précède au lieu du supplice : elle l'essaie, elle le goûte ; elle s'initie à la mort. « Devant qu'il ne fût là, je me baissai, je mis ma tête sur le billot ; mais je n'obtins pas ce que je désirais. Je priais ; je faisais violence au ciel, disant et redisant : "Marie !" Je voulais que la Vierge lui donnât la paix du cœur à ses derniers moments. » C'est un matin d'avril ; les oiseaux chantent sur le nid, les alouettes s'élèvent en un cri de bonheur ; les fleurs du printemps ouvrent leurs yeux dans l'herbe que tu foules, Niccolo, le coucou et la pâquerette, la primevère et la jonquille.

Le voici : elle va rayonnante au-devant de lui. « Il est enfin
venu comme un agneau tranquille ; et me voyant, il a souri.
Il a voulu que je fisse le signe de la croix sur lui. Je lui dis,
tout bas : "Va, mon doux fils ; tu vas être aux noces éternelles." Il se plaça lui-même avec douceur. Je lui ai mis le cou
à nu ; et penchée sur lui, je lui rappelai le sang de l'Agneau.
Ses lèvres ne répétaient que : "Jésus ! Jésus ! Catherine !" Je
fermai les yeux et je dis : "Je veux !" Et j'ai reçu sa tête dans
mes mains. »

Elle est inondée de sang. Et l'extase la saisit : elle voit
l'âme du supplicié entrer dans le cœur de Jésus.

Et comme cette âme commençait de goûter la suavité
divine, elle se retourna : « Ainsi l'Epouse, quand elle arrive
au seuil de la maison de l'Epoux, elle regarde une dernière
fois en arrière, et incline la tête pour saluer et remercier
ceux qui l'ont accompagnée. » La tâche est accomplie ; le
bourreau et les fossoyeurs masqués l'achèvent. « Le cadavre emporté, mon âme s'est reposée dans une paix délicieuse. Et tant je jouissais du parfum de ce sang, que je n'ai
pas voulu qu'on lavât tout ce qui en avait jailli sur mes
vêtements. » A l'entour, tout le bonheur de vivre balbutie
amen à la lumière. Catherine vacille dans le sang. Elle
pâme ; et quand elle sort de la pâmoison, elle soupire :
« Hélas, pauvre de moi, je ne veux plus rien dire : comment
supporter de continuer à vivre ici-bas ? »

VIA DEL TIRATOIO

Ses reliques me parlent de plus près, entre les murs de sa
maison à Fonte Branda, que ses os et sa momie, si on l'eût
conservée. Quoi de plus anonyme qu'un squelette ? Les
restes de Catherine vivante m'attirent dans sa petite chambre obscure qui est aussi, comme elle dit, la cellule de la
connaissance de soi : « *Entriamo*, fait-elle, *nella cella del
cognoscimento di noi*. » Entrons donc. Elle ne croit pas si
bien dire : cette laure est un cachot. Ses restes sont les
tisons noirs de sa vie : ils brûlent sous leur écorce calcinée
de charbon. Une marche de pierre, à même le plancher, lui
servait d'oreiller : « *Ecce in quo jacebat loco sponsa Catha-*

rina Christi », dit l'inscription ; « *en cervical ipsum.* » C'est ici le lit de Catherine épouse du Christ.

Dans la petite armoire, en l'air contre la paroi, comme les panetières en Provence, on voit : la lanterne de fer qui la guidait dans ses sorties nocturnes, quand elle allait à la prière ou aux malades ; son bâton à pomme de bois ; un flacon de sels, une mince fiole, qu'elle plaçait sous ses narines, quand elle entrait chez les mourants et qu'elle allait s'asseoir au chevet de la peste. Aux siècles du bon vieux temps, la peste est la visiteuse assidue, celle qu'on est sûr de voir venir pour deux, trois ou dix ans, pendant les absences de la famine et de la guerre. Quel sépulcre, cette petite chambre sans lumière qu'un jour de souffrance dans le mur qui donne sur l'impasse, vraie cellule de condamné à mort. Mais Catherine, qu'elle reste un mois sans manger, en oraison à genoux, toujours vêtue sur son grabat et la pierre froide, même s'il neige et s'il gèle, non, elle n'est pas dans ce cachot, dans la nuit, dans le froid : le brasier, l'immense espace et la lumière sont en elle. « *Padre, in te sono, in te mi muoio e vivo, se veglio o dormo, se favello o scrivo* » : « Père, en toi je suis, je meurs et vis en toi, si je veille ou dors, si je parle, si j'écris. » Ces mots sont-ils d'elle ? ou les lui prête-t-on ? Je n'ai pu le savoir. On les lit dans une autre prison noire, où elle passait souvent les jours et les nuits, à l'hôpital de la Scala.

Fureur d'être à l'époux, et même malgré lui : du moins elle le dit ; mais elle ne le pense pas : elle l'insinue avec audace, pour s'en faire un mérite : farouche coquetterie de sainte. « A la fin, me mît-il en enfer, je n'en voudrai pas moins servir mon Créateur. » Elle sait bien qu'on n'est pas damné pour trop aimer Dieu. Elle avait un refrain, qu'elle chantait sans cesse : « Je suis l'épouse de Dieu, en virginité. » Elle entend mystérieusement que Jésus l'a faite sa femme et laissée vierge en même temps. De quoi elle s'enivre. Il faut être folle femme pour sentir cet excès. Elle est éperdue d'amour, cherche l'amour partout et met partout l'amour. Dans les méandres de ses raisonnements, où il y a un tel mélange d'absurde assurance, de radotage scolastique et de profondeur sentimentale, quand elle s'y perd, elle revient à l'amour : ce nom seul la secourt et l'assure : il justifie ce qui n'a pas de sens ; il est la vraie raison de tous ces vains raisonnages, où elle fait la philosophe, tandis qu'elle rapetasse tant bien que mal les restes de ses lectures, les bribes de la doctrine et les mots des sermons qu'elle a entendus. « La volonté n'est rien qu'amour », dit-elle. Ou bien : « L'âme ne vit pas sans aimer. » Ou encore : « Vous n'êtes faits que d'amour. » Elle ne se lasse pas de nommer l'amour, et ses fidèles ne sont jamais las de l'entendre. « *Amore, amore !* » fait-elle ; « *babbo, amore ! babbo !* » Et son ridicule « *dolce, dolce* », le mot tendre dont elle orne, chaque fois qu'elle les nomme, les papes, les cardinaux, tous les hommes d'Eglise, les pires et les meilleurs, comme la Vierge en personne et Jésus même. Il est pourtant bouffon de l'entendre invoquer : « Mon doux saint Paul », ou comme elle dit aussi : « L'amoureux Paul, *questo inamorato Pavolo* ».

Moyennant qu'elle répète, crie ou murmure sans répit : « Amour, amour », qu'elle appelle : « Papa, mon doux papa, mon cher doux papa », les plus exécrables tyrans de l'Eglise, ou les plus imbéciles, le plus humble moine ou le cardinal le plus orgueilleux, Catherine se croit tout permis. Elle commande, elle exige. Comme elle règne sur Rome tombée en quenouille de sacristie, elle entend que Rome règne sur tout l'univers. Ce bout de femme ne doute de rien, n'ayant jamais douté un seul instant d'elle-même. On ne peut pas être plus Italienne : « *Tu regere* », c'est la base de son credo et de son catéchisme, comme à tous ces hérédos de l'Empire. Que sa douceur ne trompe pas : cette douceur est frénétique. Ce petit bout de femme est forcené. Son humilité est un excès d'orgueil : bien pis, elle n'est pas feinte. L'orgueil est le mouvement naturel de cette femme-lette, qui se donne pour la voix même de Dieu : l'orgueil prophétique, le plus implacable et le plus entêté de tous. C'est pour Dieu qu'elle parle ; et Dieu ne parle que par elle : il est tout Italien, comme elle est toute Italienne. « Je veux, moi je veux, je dis que je veux. » Elle n'a que ce mot et cet ordre à la bouche. Elle est d'une obstination sans pareille, d'un invincible entêtement. Comme elle est la confidente de Dieu, elle n'écoute que Lui, c'est-à-dire elle-même : elle a toujours raison. Elle n'entend rien qu'à sa propre logique :

on dirait qu'elle parle toujours seule. Sous cette pauvre chair exténuée de phtisie, réduite à rien par le jeûne, les pertes de sang et toute sorte de maladies, Catherine est de fer.

« Il faut, il ne faut pas », et « je veux, je ne veux pas », elle est sourde à tout argument : elle est inexorable, en vertu d'une volonté que nulle force ne désarme : rien ne la rebute, rien ne l'abat. Elle avale le pus des plus immondes ulcères. Elle lèche les plus hideuses plaies sans vomir ; elle se frotte à la lèpre ; elle se couche dans les draps et les bubons de la peste : tout pourvu qu'on lui obéisse. A Rome, elle n'a jamais rencontré l'homme puissant, qui l'eût fait rentrer sous terre d'un regard et d'un sourire. Mais il y a une femme cruelle et violente, qui se rit d'elle : la reine Jeanne de Naples, haute en mépris, en luxure et en indifférence, n'est pas sensible aux prestiges de la petite sainte : elle ne répond pas à ses lettres ; elle se moque de ses ordres et de ses sommations. Tant et si bien que la « *carissima e veneranda e reverenda madre* » invoquée par Catherine pour sauver Rome, l'Italie et l'Eglise, finit par ne plus être que « *questa femina* ». Muette et consternée, Catherine a dû fuir quand elle s'est heurtée à quelques maîtres de l'action : ils n'étaient pas de sa qualité, mais elle n'était pas de leur ordre, dans la violence. Le dur Hackwood, chef de bandes, le massacreur du Nord, qui marche dans le feu et le sang ; ou Charles V, le sage roi, attentif et rusé, aux longs calculs, à l'œil profond, ceux-là ne se laissent pas manier. Et l'ambitieuse sainteté de Catherine est sans prise sur ces princes de la politique et de la force.

Hommes, ils sont : et c'est homme que Catherine voudrait être. Pas une femme n'a mis plus haut la qualité d'homme, ni plus bas celle de femme. « Viril, virilité, » voilà un de ses refrains favoris : viril, virilité, Jésus, le bien, le ciel, l'esprit ; et le bon pape. Féminin, dit-elle, le diable, les démons, l'enfer, la chair : le plaisir est féminin, fait-elle avec horreur : « *il piacere femminile* ». Elle est homme et se veut homme. Au fond, ne pouvant être pape sous la tiare, elle est la tiare sur le pape. Jamais sainte n'a tant prêché l'Eglise ; jamais saint ne fut si peu hérétique. Elle n'est pas moins le bouclier de l'Eglise que l'épouse du Christ. Sa société est toujours avec les hommes ; elle ne vit pas volontiers parmi les femmes. Dès l'enfance, elle veut aller dans un couvent d'hommes ; ses voisins de San Domenico l'ont pour jamais séduite. Elle a réussi, petite fille, à s'introduire dans une maison de dominicains.

Son énergie est presque aveugle ; elle supprime les obstacles, parce qu'elle n'en tient aucun compte : elle ne les voit pas. Pour elle, le pape en Avignon était un scandale, un sacrilège plus affreux que la captivité de Babylone ; elle s'est donné la mission de le ramener à Rome ; et comme on sait, elle y a réussi. Elle a été prendre Grégoire XI sur les bords du Rhône ; elle a troublé cet homme faible, irrésolu, pieux et bon ; elle ne lui a plus laissé de repos qu'il n'eût quitté l'admirable, heureuse et savante Avignon de 1350 pour la Rome barbare du quatorzième siècle.

A cent reprises, elle affirme que Jésus lui rend visite, qu'Il lui parle et qu'elle s'entretient avec Lui, « comme vous avec moi, fait-elle à son confesseur, et moi avec vous ». Elle se bat contre l'enfer pour Jésus. « Je veux, Seigneur, que tu aies tout et ton ennemi, rien ! » Elle accepte d'être damnée si par là elle sauve tous les autres pécheurs et force l'enfer à se vider. Plus tard, elle prend de la même façon l'Eglise et le pape en tutelle. Ses fidèles admettent pour cette petite femme ce rôle inouï ; et l'un d'eux la nomme « l'organe du Saint-Esprit, *organum Spiritus Sancti* ». Un des soupirs qu'elle pousse le plus volontiers entre ses extases : « Misérable que je suis, cause de tout mal ! » Quelle prétention. Toutefois, elle est miraculée Jésus lui impose ses propres stigmates, la plus divine faveur qui puisse être faite à la créature humaine. Et elle ose avouer un jour à Raymond de Capoue : « Je ne puis m'entretenir avec des créatures mortelles, car je sens mon Sauveur me tirer sans cesse à Lui. »

Elle est bien vraie, pourtant, quand elle se définit et qu'elle dit d'elle-même : Je suis feu, et ma nature est de feu, *la mia natura è fuoco*. Or, le Christ lui a dit une fois : « Je suis le feu, et vous êtes les étincelles. » Mais voici la lumière où toutes les ombres s'effacent, où les ténèbres resplendissent d'ardeur. A maintes reprises, elle a montré comme le désir la travaille de quitter le rêve obscur de cette vie, quelle passion la ronge de la vie éternelle. Et, de plus en plus, avant d'expirer à trente-quatre ans, elle a le brûlant appétit de la mort : elle appelle Jésus pour mourir en Lui ; pour vivre infiniment en Dieu, elle appelle la mort.

§

En pente sur Fonte Branda, la rue Benincasa, qui porte à présent le nom de Catherine, est l'antique rue des Teinturiers, via de, Tintori, où elle est née. Et l'autre côté de la maison, que la différence de niveau élève d'un étage, donne sur une sorte d'impasse étroite, la via del Tiratoio. Le père de Catherine, le bon, patient, juste et brave Benincasa, était teinturier. Il avait une excellente femme, criarde, violente, bavarde, tout en excès : l'un à l'autre, ils se sont donné vingt-trois ou vingt-quatre enfants, les deux douzaines. Et Catherine fut la petite dernière.

Saint-Dominique est leur paroisse.

Dans ce quartier de tanneurs, il y a foule de frères prêcheurs. Blancs et noirs, ils vont et viennent.

La petite Catherine les voit passer, et les suit des yeux avec passion. Dès son plus jeune âge, elle est folle des frères prêcheurs, cette sage petite. Elle rêve de déguiser assez bien son sexe et sa condition pour être l'un d'eux et vivre dans leur couvent.

Enfant, elle mène la vie de la nonne et de la sainte. Elle passe les jours et les nuits en oraisons et en extases. Chez elle, la prière est vision. Elle ne s'adresse pas mentalement à Jésus, à la Vierge et aux saints ; elle leur parle, et ils répondent. Elle s'abîme dans la joie : ils lui parlent, elle leur répond.

Un jour, à quatorze ans, elle prie, à genoux dans sa chambrette, un petit cachot noir et nu. Sans qu'elle s'en doute, son père vient la surprendre. Il va pour l'interrompre, pour la gronder peut-être, quand il voit une colombe sur sa tête. Stupéfait, il lui dit :

— Où as-tu pris cette colombe ?

Et la petite étonnée :

— Quelle colombe ? Je prie.

Que ces histoires sont charmantes, si on y croit.

Et si on n'y peut croire, plus charmantes encore : dans le charme, il entre du désir et du regret.

« De nature, dit le bienheureux Raymond de Capoue, son confesseur et son témoin, elle n'était pas des belles. » Ce saint et sage chroniqueur semble ne jamais mentir. Il fait entendre ce qu'on devine : Catherine est belle dans le feu de la sainteté. Son âme alors brûle l'enveloppe.

La petite fille héroïque, si hardie et si naïve à la fois, si ignorante et si profonde dans la science qui reste à jamais un mystère inconcevable aux autres hommes, cette petite qui ne craint rien, qui ne sait même pas lire, et qui est prête à mener le monde, c'est la sainte.

Sainte Catherine a eu deux vies, en somme, fort diverses et presque contraires. La première, de trente ans, toute secrète, tout ignorée, qui prépare l'autre ; la seconde, de quatre ans, toute action et politique. La petite femme inconnue, dévorée de visions, qui sert les malades et les pauvres, qui n'a jamais quitté sa ville, sa maison et sa rue, qui semble n'être jamais sortie de sa cellule, même quand elle se promène, cette demi-nonne dirige soudain le pape et l'Italie. Elle parle pour Rome, pour l'Eglise et l'Empire. Sa politique est italienne, jusqu'à la fureur. De là que les Italiens en ont plein la bouche. Catherine de Sienne est la Jeanne d'Arc de l'Italie.

Rien ne montrerait mieux ce qui sépare à jamais la France de l'Italie, qu'une vie parallèle de Jeanne et de Catherine. Jeanne est bien moins passionnée, peut-être, mais infiniment plus humaine et plus universelle. Qui écoute et qui voit Jeanne dans son ingénuité s'étonne de trouver en Catherine un docteur en théologie.

Catherine imite saint François et Jésus. Jeanne n'a jamais eu la moindre idée d'imiter qui que ce soit.

Jeanne est sublime comme le soleil sur la mer, comme une rose est une rose. Catherine a quelquefois le sublime d'un livre.

A SAN DOMENICO
LA FRESQUE D'ANDREA VANNI

Douceur de cette sainte, encens de Passion,
Grand murmure d'amour, violence voilée,
Cette vigne de sang mûrit dans la vallée
Pour noyer tous les cœurs dans l'inondation

De sa fureur suave et de sa mission.
O brûlure des nuits où l'âme descellée
Perce de ses clous d'or la ténèbre étoilée,
Tendre enfer dont les pleurs sont la rémission.

Ha, si la mort en Dieu est la vie éternelle,
De quel enivré ciel s'aurore ta prunelle,
Petite fille en deuil qui portes le soleil.

La sueur de l'amour, cette sueur est sienne.
L'agonie a conquis le ciel sur le sommeil,
Catherine de feu, flamme fille de Sienne.

XVI. BOURG TRAGIQUE

San Gimignano.

Peut-être n'y a-t-il pas, dans toute l'Italie, de ville plus originale que San Gimignano. Si elle n'est pas des plus belles, elle est la plus étrange. Pas une autre ne rend aussi fortement le visiteur à la vie du moyen âge. Elle est plus étrusque même que Volterra, sa rivale, dont le Comte Evêque lui a fait, pendant des siècles, porter le joug. A Volterra, l'ordre florentin, un plus large destin et plus opulent, n'ont pas pétrifié le temps. Puis à Volterra, l'industrie a l'albâtre. Au deuil noir de l'âme étrusque, l'albâtre mêle du blanc. San Gimignano n'a rien des siècles modernes. Ce petit bourg n'est pas une ruine ; encore moins, du vieux neuf : San Gimignano est du passé vivant. Voilà le lieu, tout brûlant de factions, partagé entre la foi mystique et les discordes civiles, qui n'arrivent pas à se noyer dans le sang, voilà le lieu où Dante, en 1300, vient prêcher le devoir d'être Guelfe. Aussi bien, le même Dante, de qui l'on veut faire aujourd'hui le prince du conseil et de la pensée, quand il lui suffit d'être le plus âpre et le plus acharné des poètes, était-il Gibelin, dix ans après avoir fait d'être Guelfe un article de foi. Quand cessera-t-on de prendre la flamme pour la chandelle ? et la loi du poète pour une loi universelle ? Loi du vulgaire, elle ne serait pas si belle.

Vu de la route, au retour de Volterra, San Gimignano pavoisé par le soleil couchant est un mirage de magie. Quel est ce grand navire rond à quinze ou seize mâts rouges qui flotte entre le ciel et la terre ? Il a cargué toutes ses voiles, mais son filin et ses vergues restent pourpres. Puis, quand l'heure du crépuscule se fait plus longue, San Gimignano semble la couronne de fer que le dieu de la Toscane a posée là, sur une éminence, entre Sienne, Volterra et le Val d'Elsa.

Une autre fois, par un ciel d'automne taciturne et sombre, toute la suie des nuages se mit à fondre en roide pluie. San Gimignano alors prend une figure terrible : les quatorze ou quinze tours qui hérissent la ville, denses et dures, dressent des pans carrés, de longs rectangles noirs qui fument. Un ténébreux mystère les habite. Que brûle-t-on dans ces funestes cheminées ? Tous les morts de la Toscane, peut-être ? Est-ce le four crématoire de l'enfer étrusque ? Une noirceur si cruelle cache quelque secret sinistre. Dans la vallée heureuse de l'Else, si riante, si douce à l'ordinaire et si calme, il n'y a que ces noires cheminées pour faire tomber du ciel une pluie. Et quand tu entres par la porte San Mateo, tu es Orphée tremblant qui cherche Eurydice.

Cent pas dans la rue qui mène de la porte romane à l'arc de la Chancellerie et personne. Dans cette ville singulière, l'enfer est désert. Et plus j'avance, plus je me laisse aller à la douceur de la paix et du silence. J'ai parcouru San Gimignano un matin de mai : il me semblait prendre possession d'un parc de vieilles pierres, où je m'attendais à rencontrer des jeunes filles, revenant en chœur de l'Angélus, tièdes fleurs des cloches qui se promènent, au-dessus des rues bleues, dans l'air rose. Si j'avais de meilleurs yeux, je trou-

verais des anges sous l'Arc des Becci, et dans la petite place
de la Prévôté, derrière le Dôme.

Le petit palais du Prévôt Doyen, le pape de ce clergé, est
la plus belle maison de San Gimignano : romane, deux
fenêtres bifores, sur un rez-de-chaussée si haut qu'il fait la
moitié de la bâtisse, elle a je ne sais quoi d'innocent et de
triste, de pur et d'achevé : la belle petite aïeule, qui dure au-
delà de son âge, même après six cents ans.

Dans le jour, on s'étonne de ne voir à San Gimignano que
de bonnes gens comme partout ailleurs, dans les villes de
Toscane. Le soir est si gros de drame, le matin est si tendre
d'accueil mystique, le temps est si aboli dans cette ville
singulière, qu'on est infiniment plus exigeant pour elle que
les citadins ne pensent à l'être. Ils ont l'habitude, eux, d'être
à San Gimignano. Et je n'y suis que d'hier ; et il faut bien
que tout San Gimignano soit en moi.

La paix, le calme, le vide même règnent dans le rude
repaire. San Gimignano est un brasier d'hommes violents
et de femmes qui rêvent. Il semble que le sang et les baisers
sont le gain et le regain de cette ville passionnée. Elle lance
toutes ses tours, comme des bras ; elle les darde, comme des
dents. Elles sont quatorze ou quinze encore, et la plus haute
a cinquante-trois mètres ; elles furent, dit-on, plus de
soixante. Les unes sont droites encore ; les autres, décapi-
tées. Elles ne sont ni belles, ni filles de l'art. Elles gardent
une sorte de vie, et cette beauté est la plus précieuse de
toutes. C'est à elle que San Gimignano aux belles tours doit
son caractère. Partout, on les rencontre ; on en reçoit la
masse ou l'ombre, on en sent l'élan ou le poids. Elles barrent
le ciel, elles coupent l'horizon ; elles font hart et gibet sur les
places, où elles attendent qu'on pende à leur poteau l'église
voisine, dont la face patibulaire a tous les tons de la terreur.

Au long des rues tortueuses, et qui s'étranglent en nœuds
de serpent, les petits palais se regardent haineusement les
yeux dans les yeux : en bas, une porte énorme ; et le premier
étage, haut perché sur une voûte, niche d'encre. Impasse,
traquenard, guet-apens, toutes les formes de la ruse et du
meurtre croisent aux quelques rues de San Gimignano un
filet d'aventures, que l'imagination peuple de tumultes et de

violences. Le passant qui rêve de la sorte ne fait pas de roman : guelfes et gibelins, clan contre clan, se sont rués les uns sur les autres, tour à tour vaincus et massacrés, pendant trois ou quatre siècles ; et tout le peuple entrait dans l'une des deux factions. Sur la grande place, à l'orifice commun des rues, chacune était fermée par des chaînes épaisses, pour retarder un peu les rixes, les corps à corps et les batailles des partisans. Quand les hommes mènent une telle vie au crépuscule, il faut bien que les femmes aillent, toutes blanches, à la messe de l'Angélus, dans le sourire innocent du matin. Ainsi, San Gimignano fut vraiment, dans les vieux temps, ce qu'il paraît être.

Tout est calme et sommeil, à présent. Les enfants, moineaux et criards, sont moins bruyants qu'ailleurs ; les mendiants, plus rares. Dans les rues, de bonnes gens débonnaires s'abordent paisiblement. Les vieux sont endormis et tranquilles ; les femmes, timides et discrètes. J'en ai pourtant vu deux ou trois qui riaient sur le pas de leur porte, avec l'air heureux de la jeunesse et de la chair satisfaite. Et nous nous sommes longtemps regardés, une belle jeune fille et moi, non sans sourire à la fin : elle était haute et hardie, sûre de son pouvoir, et d'être, quand il lui plaisait, une source de volupté, et d'y boire elle-même.

Un grand Z de trois places, qui donnent l'une sur l'autre, et la place du Dôme est entre les deux. La dernière place della Cisterna est la plus curieuse. Irrégulière, en fer de hache, elle finit dans une rue étroite, la via del Castello, qui en est le manche tordu ; ou si la place est une cornue, la via Castello est le goulot. J'aime cette place, et la rude citerne, montée sur un socle de cinq marches, qui en rompt la symétrie : elle n'est pas au milieu ; rien ne l'orne ; elle invite l'œil à fuir l'axe, pour s'engager plus vite dans la rue mystérieuse du Château, ou du Puits. Cette tranchée de pierres jaunes, rouges et noires est un aimant pour mon désir. Elle m'attire à je ne sais quoi de suave et de cruel. La citerne, au milieu de la place pacifique, me rappelle le puits, dans la cour du Bargello. Qu'une jeune femme nue, baisant aux lèvres un amant qu'on poignarde, serait belle ici : et ses cheveux épars trempent dans le sang par où l'amour avec la vie s'écoule. On a besoin de se faire un roman et un drame dans une ville pareille, pour croire qu'elle n'est pas plantée là en décor de théâtre : faute de quoi, la scène est vide. Un tel excès dans le pittoresque fait douter de la réalité.

A San Gimignano, l'art est partout ; et la grande œuvre d'art, nulle part. Les dix-sept peintures de Benozzo à Saint-Augustin, sont du meilleur Gozzoli, avec celles du palais Riccardi. Et Ghirlandajo n'a rien fait de mieux que l'une des deux fresques de Santa Fina, à la Collégiale : celle où Fine est sur son lit de mort ; l'autre est gâtée par une absurde vision, un saint Grégoire pape, qui, portant la tiare, est lui-même porté par des anges : rien n'est moins plastique. La Chapelle de Santa Fina est, d'ailleurs, le modèle achevé, statuaire et peinture, du chef-d'œuvre, au plus beau temps de la Renaissance, tel qu'on l'a refait mille fois, des Alpes à la Sicile, et que l'Italie l'a imposé à l'Europe. Le même tombeau, le même dais, les mêmes anges qui relèvent une draperie où le marbre joue le velours et la dentelle ; les mêmes angelots, plus bas, à genoux, de part et d'autre, tenant des candélabres ou offrant des couronnes ; le même sarcophage. Toute cette imagerie m'assomme : je ne la regarde même plus. Parfaite ou d'une moindre qualité, elle semble une œuvre mécanique : on la doit à de merveilleux ouvriers, soit ; mais ils travaillent en série. C'est ce qui rend les della Robbia insupportables. Cette peinture murale est morte. Les murs de l'église sont les pages d'un missel. C'est ce que notre amour du tableau ne peut admettre. La fresque des obsèques de Santa Fina n'en est pas moins aimable ; et l'œuvre de Ghirlandajo n'est pas indigne de la légende.

Cette charmante fillette s'est vouée à Dieu dès la naissance, et peut-être même avant. Les saintes sont précoces entre toutes les femmes. Quand elle a l'âge de raison, elle se donne à Jésus et l'épouse. A dix ans, elle s'enferme dans une boîte de chêne, ou s'installe sur une table du même bois, et n'en bouge plus. Elle passe le temps en prière et en extase. Puis, elle meurt tout doucement à quinze ans, en bénissant le Seigneur, la ravissante petite fille. Voilà donc comme un enfant des pays classiques peut être anachorète dans sa maison, vivre en stylite, tel que le plus hagard des gourous dans une forêt du Gange. Quelle façon délicieuse d'en finir avec la vie. Qui est la plus sage, de Fine ou de Ninon ? Elles vont toutes les deux de joie en joie ; mais Fine court de bien moindres hasards et il faut quatre-vingts ans de plus à Ninon de Lenclos pour goûter le bonheur suprême : ne plus être avec délices, et quitter les incertaines délices de ce monde, dans la plénitude d'un cœur délicieux. O Fine, que j'envie ton repos, ta petite robe bien serrée sur ton corps d'enfant, ta chemise de bure sur tes petits seins maigres comme les hirondelles épuisées par la tempête, et ces yeux qui n'ont rien vu de tout ce qui me fait tant et toujours souffrir. Tu n'as connu la vie que pour bénir et ne rien connaître. J'envie tes gouttes de sang, ma chérie, et cette faveur de les verser pour rien, délicieusement.

Tout de son long couchée sur le catafalque, Fina peinte par Ghirlandajo a le visage le plus calme, le plus vide même qu'ait jamais eu jeune fille. Tu me dis : Elle dort. Elle rêve. Elle voit. Non. Le rêve est fini : c'est l'ombre d'une aile blanche sur l'eau.

Autour de la dormeuse, calmes et doux, des pages qui sont des anges ou des anges vêtus en pages : tous frais comme la cerise à l'aube, tous blonds, et cet air absent qui est celui de l'innocence. Jeunes archers qui font leurs premiers pas dans l'Eden, ou jeunes filles ? Un d'eux, le plus clair et le plus brillant, est tout le portrait d'une créature bien chère qui le regarde, comme moi, à mon côté. Nous sourions : il est très doux de rire aux anges.

PETITES HEURES

Au matin, dans l'ombre bleue, de bonnes femmes, le visage serré dans un fichu noir ou jaune, portent sur la tête une longue planche chargée de pains. Ils sont dorés, ils sont chauds, ils sortent du four. Elles assurent, du bras levé et de la main, les pains et la planche en équilibre sur leur tête. Elles marchent avec lenteur et un peu gravement. Maigres et brunes, on dirait qu'elles sortent d'un vase étrusque.

La Maesta de Lippo Memmi. — Dans la salle du palais public, où Dante harangua les pouvoirs de San Gimignano, pour les convaincre de s'allier à la faction guelfe, Lippo Memmi a peint une grande fresque : sous un dais somptueux, la Vierge trône, entre deux files de saintes et de saints. A ses pieds, le donateur. Cette peinture est la réplique de la Majesté qu'on voit dans le palais de la République à Sienne : l'œuvre de Simone di Martini est le modèle de toutes celles qui ont suivi ; et la première reste la plus belle. La Maesta de San Gimignano n'en est pas moins d'une magnifique beauté. Il n'en faut pas juger sur notre goût et notre idée du tableau, pas plus qu'à l'échelle des imageries primitives qui couvrent tous les murs de l'Italie. La splendeur de ces deux œuvres, à Sienne et à San Gimignano, tient tout entière à un caractère unique et commun à l'une comme à l'autre : ni le sujet, ni les types, ni les formes même ne comptent dans ces vastes fresques : elles ne sont ni des histoires, ni des enluminures : toutes deux sont de magnifiques tapisseries. Le dais, les draperies, l'or semé de la main la plus savante, avec une exquise mesure, tout se confond dans une harmonie qui exalte l'âme par la couleur. A Sienne, Simone di Martini nous mène plus haut : son orchestre est plus puissant à la fois et plus subtil. Celui de Lippo Memmi à San Gimignano, avec un peu moins de force, touche à la même élégance, à la même chaleur dans l'harmonie.

Les bleus si doux, les rouges, les jaunes striés de noir, les flûtes et les violons, les clarinettes et les cors, tous les timbres qui caressent l'œil et le séduisent, avec un art merveilleux se cherchent, se rencontrent, se mêlent et se répondent.

Quant à cette salle, où Dante se montre aussi violemment guelfe qu'il devait être plus tard férocement gibelin, on y mesure l'injustice et la haine qui font les deux tiers de ce génie tout italien. Or il avait trente-six ans, ce jour-là. Il ne fallait que la fureur de la défaite ou l'ivresse de la victoire pour l'attacher, avec la même violence outrageante et sûre de soi, à l'un ou l'autre parti. Mais de quel amour n'est-il pas capable dans le ciel ?

L'ordonnance de ces admirables tapisseries peintes

vient, selon moi, de Ravenne. Je l'ai dit, vingt ans avant tous ces habiles qui le découvrent aujourd'hui, sans daigner même y faire allusion : l'art de Ravenne et de Byzance n'est pas une décadence ni une fin, mais une naissance : l'art chrétien et l'art moderne y ont toutes leurs origines.

Pages de Ghirlandajo. — Presque toutes les figures qui entourent la civière de Santa Fina ont un caractère ambigu qui est pour beaucoup dans leur charme léger. Pas une femme, ce sont tous des pages, et on ne sait trop s'ils sont des garçons ou des filles en travesti. Ils ont de la gorge. Et des hanches. Leurs blonds cheveux roulés court sur l'oreille, à la façon des femmes aujourd'hui, encadrent des visages glabres. Une de ces figures est la sœur à peine un peu plus dure et plus carrée de la jeune femme qui m'accompagne. Et comme les tableaux de sainteté l'ennuient à la longue, et même l'agacent, elle me fait observer que ce page blond est bien sa sœur, par le peu d'attention qu'il accorde à toute cette sainte baliverne, et l'indifférence qu'il témoigne. Elle rit ; et j'en fais bien autant.

Si le monde redevient païen, si l'esprit grec l'emporte, on ne voudra même plus voir ces peintures. On sera tout injuste pour l'art qui les a produites, comme au moyen âge on avait horreur des statues antiques.

On m'a vu si longtemps, ce jour-là, aller et venir sur la place du Dôme, que je ne suis déjà plus un inconnu pour les rares oisifs et les patrons des boutiques. Je me suis même assis et j'ai bu de la grappe. Pas deux étrangers, dans ce bel après-midi d'août, languissant et torride : un seul est sorti du Musée, un grand, gros Allemand ossu, vaste et charnu, mais de chair dure.

Comme je m'arrête à regarder des cartes postales, devant la porte ouverte d'un étroit magasin, que le rideau de perles multicolores défend des mouches, une forte voix retentit contre mon coude : « Beau, San Gimignano, bien beau, n'est-ce pas ? » Un tout petit homme, maigre et plus sec qu'un sarment, bien serré dans un vêtement noir, usé et net, lève vers moi une tête toute blême : il ressemble à un mince salsifis, dont on a épluché le bout. Mais quels bons yeux, pleins de sérieux et de malice. Et sa bouche sans lèvres est bonne, grâce à la lueur d'un aimable sourire. Il a la passion de sa petite ville. A son : « *Bello, bello !* » je réponds naturellement : « Bellissime ! » Nous causons longuement. Ou plutôt, je l'écoute. Comme tous les Italiens, il est ivre de l'Italie ; et en Italie, il a ses raisons pour mettre sa ville au-dessus de tout. D'ailleurs, il rêve de Paris. En pareil cas, on se fait des cadeaux : il m'offre la gloire de Paris, je la lui rends en admiration de San Gimignano. Il en connaît la légende et l'histoire ; mais l'histoire n'est là que pour donner à la légende tous les sceaux de la vérité.

Il m'interroge : ai-je bien tout vu ? L'Insigne Collégiale, comme il appelle l'église qui nous fait face, et qui au-dessus d'un vaste escalier n'a qu'un mur d'argile brune et mal cuite pour façade, revient dans tous ses propos, plus souvent même que les tours. Il a le goût classique de la Renaissance : au fond, tous les Italiens et neuf étrangers sur dix préfèrent Rome à Sienne, et le temps de Rafaël à celui de Duccio. Je ne suis pas sûr qu'ils ne voient pas Dante donnant la main à Michel-Ange et à Machiavel.

Pour lui faire plaisir, je ne parle pas de la Maesta de Lippo Memmi, et je vante les fresques de Ghirlandajo. Il triomphe, il pétille. Mais comme je lui dis :

— Vous avez là une bien grande sainte, votre sainte Fine.

Il observe :

— Nous n'avons pas qu'elle ; nous avons aussi un grand saint.

— Qui donc ?

— Saint Bartolo.

A peine si je me tiens de rire :

— Le père de Fine, sans doute, sainte Rosine ?

— Ma chè ! fait-il. Non, saint Bartolo est mort cinquante ans après la Fina.

Je le regardais, enthousiaste et malin. Je n'ai pu savoir tout à fait s'il était un petit dévot à tout croire, ou s'il n'y avait pas, dans sa religion, une bonne dose de raillerie. Presque tous les Italiens ont la foi des bonnes gens et une aptitude païenne à la concilier avec ce qui lui est le plus contraire. En eux, le sentiment est assez païen quand la pensée est chrétienne ; et bien plus souvent encore, le sentiment est chrétien, quand l'intelligence est païenne. Ils ne vont au fond ni de l'un ni de l'autre : ils s'en accommodent à merveille : c'est le miracle catholique. Je suis tout de même ravi de savoir que saint Bartolo, patron des tuteurs, est sur les autels dans la même ville que sainte Rosine, entre les fines mouches la plus fine.

La nuit, sous les étoiles, tout est gouffre et deuil dans Gimignano. Alors, la ville est une ruine, qui montre les dents : les tours ne sont plus que les crocs d'un monstre fabuleux qui dresse encore une tête infernale. Mais au clair de lune, San Gimignano prend une figure et une vie enchantées. Le banal encens de la lune est ici un office de magie. Ni voile ni brouillard pâle, la lumière de la pleine lune fait à San Gimignano une robe de bal, ou la toilette vaporeuse d'une amoureuse qui ferme les yeux, immobile, et qui retient son cri dans la caresse. La clarté subtile est plus pure qu'au fort du jour. Sur le bord obscur, les tours se doublent de leur ombre, et sur les plans éclairés, elles se redressent, elles portent la lumière, elles servent de flambeau complice aux ruelles, aux fenêtres, aux arcs profonds, aux voûtes attentives. Je vais m'asseoir sur les degrés de la Collégiale ; la vieille place est muette. Tout est silence. La Rognosa, la plus haute tour, escale de la lune, oscille dans la tiède clarté ; je rêve un autre jour de ma vie, qui prend passage sur le navire gréé de ce mât lunaire. Puis, je fais vingt et vingt fois le tour du puits, dans la place de la Citerne, où l'enchantement de la nuit d'été met un sourire au visage de l'étendue déserte. Je tourne encore autour du puits, et jette enfin dans le trou le sou qui tombe et dont le léger bruit, comme à la fontaine de Trevi, n'est pas un adieu, mais la promesse sonore du retour.

XVII. BEAUTÉS DE LA PIA

Peintres à l'Académie.

Les peintres de Sienne sont les mystiques de la beauté. Ils ne peignent que des anges passionnés. L'amour les possède ; mais c'est un amour de la grâce ; pour eux, elle est toute la vertu d'un corps, toute la vie d'un visage. Ils ne conçoivent rien, ni la tendresse, ni la foi, ni le ciel, ni le crime même sans la beauté. D'ailleurs, ils l'imaginent toujours virginale. Ils vont très loin, par là, dans le sentiment. Leur candeur appelle ou pressent toutes les volupté ; ainsi leur innocence est presque perverse ; c'est une aile légère qui fait prendre son vol au désir. Elle a cette grâce du sourire, qui couvre toutes les énigmes et qui semble les montrer pour en garder le secret. Le sourire a le mot ; il pourrait le dire, mais il le retient, comme s'il s'en caressait. Jusqu'à Shakspeare et Watteau, il n'est art qui sourie comme celui de Sienne. Si Rosalinde et Titania avaient du génie et le don de peindre, si Ariel était une jeune femme éprise de la forme et dont la palette fût aussi riche de poésie et de caprice que l'esprit, Ariel, Viola et Rosalinde seraient peintres siennois. La plus exquise beauté fait le plus oublier la matière dont elle est faite, et son caprice le plus suave est d'inspirer un désir si délicieux qu'on mette à ne pas l'épuiser son plus vif délice. Il faut qu'on touche dans la beauté à quelque élément moins beau qu'elle-même, pour qu'on s'en puisse faire un plaisir. Tel est le sens suprême de la pureté : le plus pur n'est pas le plus moral, mais le plus beau, de cette beauté qui ne souffre pas plus que la fleur d'être cueillie : car la cueillir, c'est la tuer. A Sienne, comme au paradis, le caractère même le plus puissant le cède à la grâce.

LE SALON DU PAPE ÉNÉE

Au Dôme, dans la nef de gauche, presque à l'angle du transept, une porte mène à la Librairie Piccolomini. Ce n'est pas une boutique, mais une bibliothèque, comme Montaigne l'entend de la sienne. Pie III l'a fait bâtir et orner en mémoire de son oncle, Pie II, le pape : on y devait placer les œuvres d'Ænéas Sylvius et les livres de chœur. Ils y sont encore, sur des pupitres sculptés, au milieu de boiseries d'une richesse incroyable, travail d'Antoine Barili, le Boulle de la Renaissance. Toute la salle est d'un luxe qu'on ne peut guère dépasser. Pas un détail n'y est négligé : les portes, pareilles à un autel de marbre ; les dalles, le plafond, les stalles, le faste est ici d'un tel élan, d'une telle abondance qu'il joue la simplicité : l'unité de l'ensemble en fait une seconde nature. Même sans en avoir le goût ; même si on a l'amour contraire des murailles nues, on admire l'œuvre accomplie. Les fresques du Pinturricchio ont rendu cette salle illustre. Dix grands tableaux racontent la vie glorieuse du pape Enée, ses ambassades, ses triomphes, comme il enseigne l'Empereur, comme il reçoit la tiare, comme il met sainte Catherine sur les autels, comme il restaure les lettres antiques, comme il prétend armer les peuples et les mener contre les Turcs à la Croisade ; et comme il meurt dans le port d'Ancône au moment de hisser la voile. Ces fresques sont d'énormes enluminures : elles en ont tout l'éclat et l'aimable puérilité. C'est l'épopée d'Epinal, peinte avec un soin, une richesse et une splendeur qui n'ont rien de populaire. Les costumes achèvent l'impression de spectacle, que donne ce conte bleu. Ænéas Sylvius a l'air d'un mage. Autour de lui, toute une armée de pages, de chevaliers, de pontifes ; des chevaux, des galères, des cortèges, font une suite de fêtes, dans une sphère de joie. Les couleurs sont éclatantes, l'or, le rouge font retentir leurs trompettes. L'œil touche le velours, le brocart et la soie. On marie devant le pape un empereur et une illustre princesse, l'empereur de la terre, sans doute, et la filleule des fées, Eléonor, souveraine de la mer et des îles, reine du Portugal. Les évêques font les plus ronds effets de torse ; les gens de guerre tendent à l'envi l'arc double de leurs fesses ; tous vont et viennent avec un égal contentement d'être sur le théâtre. On ne peut s'empêcher de sourire à les suivre de scène en scène, si merveilleusement contents d'eux-mêmes. On ne prend rien au sérieux, peut-être ; tout est trop somptueux pour insinuer l'ivresse d'une vie légère. L'origine de l'opéra, qu'on ne la cherche pas ailleurs. Et, je m'en assure toujours davantage, l'opéra est bien la vraie création de la Renaissance, en tout art : le

poème de Tasse, opéra ; Véronèse, opéra de la peinture ;
Saint-Pierre de Rome, l'opéra de l'Eglise ; opéra la plupart
des œuvres et des artistes. Dans cette librairie, je m'amuse
de tout ce que j'admire. Il faut avouer qu'on y prend une
leçon de goût fort imprévue. Tous ces costumes, tant regret-
tés par les romantiques, font rire : ils donnent l'horreur du
clinquant et de l'oripeau. Tout cela est un carnaval : les
hauts-de-chausses à trois ou quatre pièces, les pourpoints,
les maillots mi-partis verts et rouges, ou jaunes et roses,
bleus et blancs ; les colliers, les toques, les fourrures, les
plumes, les aigrettes, quelle mascarade. A-t-on jamais vécu
dans une telle orgie de la défroque ? Je reconnais la garde
noble et les soldats du pape qui m'ont, à Rome, fait passer
malgré moi de l'éclat de rire à une sorte de gêne consternée.
Quand je les vis pour la première fois, derrière la Porte de
Bronze, je retrouvai les singes de la comédie italienne dans
ces Arlequins à hallebardes. J'avais honte pour eux de ces
accoutrements. On ne veut plus croire ni se prêter au
costume. L'antique et les draperies de Chartres ne nous
choquent en rien : la ligne est simple, la forme est pure ; le
bariolage ne les gâte pas. Le costume du vingtième siècle est
fort laid ; celui de la Renaissance est bouffon, et d'une
fatuité absurde. Voyant débarquer saint François-Xavier et
les guerriers de l'Occident, les petits Japonais mouraient de
rire. Non, je n'irai pas voir courir le « palio » sur la conque
du Campo. Que cette heureuse et magnifique salle achève
bien, pourtant, la splendeur de la cathédrale. Elle est digne
des admirables antiphonaires ouverts sur les lutrins. La
pourpre et l'or font un concert éblouissant. La librairie du
Pape Enée est le salon d'attente où la cour de la Reine des
Cieux espère sa douce souveraine ; les chantres vont venir
lire les hymnes dans les heures étincelantes ; et certes il ne
faut pas moins que le plus lettré, le plus sage et plus aimable
des papes pour recevoir, Siennois, l'Impératrice du ciel et la
conduire sur l'autel, dans son palais de Sienne, qui est la
cathédrale.

§

Cette nuit qui pétille de lucioles enivre Sienne endormie dans ses roses, et rend la lune folle. N'est-elle pas, la lune, le nid des lucioles ? La lune est folle d'amour : elle se balance au-dessus de l'adorable Tour ; elle se désespère d'être fixée à son grand cercle céleste, et de ne pouvoir descendre. La lune tremble de convoitise : elle voudrait être femme et mortelle ; elle brûle de s'ouvrir et d'être prise ; elle rêve de se donner au plus beau des lotus, à Mangia le puissant. Mais soudain, au-dessus des buissons, parmi les arbres de la Lice, le bal des étoiles tourne à la folie. Le feu d'artifice des atomes éparpille en tous sens sa poussière d'astres. Il délire : il a une voix divine qui remplit la nuit et l'inonde de musique. Elle tombe d'en haut, du dôme frais où le plus large des pins appuie sa tête ronde, à l'oreiller de la lumière. Le chant éperdu module, trille et roule comme l'onde : il est la voix de la lune, l'âme de l'ombre qu'elle laisse après soi. Ce rossignol me fera mourir de plaisir.

VIERGE ET ANARCHIE

Aux grands siècles de Sienne, entre le douzième et le quinzième, les révolutions se renouvellent, se répondent et se détruisent les unes les autres, tous les dix ou quinze ans. Elles alternent avec les guerres et les pestes ; et la famine achève le cycle. Les révolutions de Sienne portent au pouvoir des chefs, bourgeois ou populaires, qui exercent, au nom de la plèbe, une autorité despotique. Le régime de Sienne est une anarchie essentielle tempérée par la tyrannie ; ou une tyrannie provisoire que tempèrent des tumultes anarchiques. L'intérêt de la plèbe couvre tout. Les tyrans tyrannisent les nobles et les riches, pour contenter les pauvres et le nombre. Chaque mouvement populaire est l'occasion de dures représailles : les vengeances privées sont les principes de l'ordre public. Là même où il paraît le moins, les factions mènent toute la politique. Elle est donc originale, passionnée et jamais monotone. Puis, la mystique toujours présente prête aux plus bas intérêts et au crime même une sorte de couleur exaltée et d'ivresse noble. Car la plèbe est à Marie ; et, avec elle, toute la ville : dès lors, il n'est si haut seigneur qui ne soit de la plèbe à ses heures, ni mendiant qui ne puisse être de la seigneurie. La folie de la croix n'adoucit pas les partis ; mais elle aide les vaincus à ne pas trop souffrir de leur défaite, ni trop bassement : elle les défend de s'avilir, elle les élève au-dessus de leurs plus amères rancunes. La présence mystique est une de ces Majestés qui couvrent un peuple de leur manteau : elle se jette entre les factions écumantes de haine, prenant tantôt l'une, tantôt l'autre dans ses bras. Un grand Etat anonyme et morne, trop de ventre, et peu d'âme, meurt de ces fièvres : Sienne en vit dix fois plus et d'une vie plus intense et plus belle que si elle ne les eût pas connues. Le temps où Catherine a vécu est celui des troubles continuels, de la guerre civile qui jamais ne s'apaise, guerre de quartier à quartier, les Salimbeni contre les Toloméi, les Scotti contre les Sarracini, les Piccolomini contre les Malavolti. C'est l'époque aussi des fléaux les plus horribles. Un an après la naissance de Catherine, la peste de 1348 a été la plus cruelle et la plus funeste qu'on ait vue en Toscane : Sienne a été réduite de cent mille habitants à soixante : il est mort un Siennois sur trois. Or, cet âge épouvantable a donné tout ce que Sienne a eu de plus beau, de plus pur et de plus saint. Ils ont alors excellé, en tout, dans l'art et dans l'action, dans la guerre et la banque, dans l'amour de Dieu et les passions. Séduisant mystère. Et l'orgueil du tyran y a sa source. Qu'il est doux, qu'il est passionnant d'être le maître de la Vierge et de régner sur l'anarchie avec elle ou près d'elle. A Sienne, le tyran règne par l'amour et la beauté : même s'il n'est pas le moins du monde parti de là, il faut qu'il y vienne : il livre d'abord au peuple les riches, les égoïstes et les méchants. Les artistes sont ses amis. L'art est l'affaire de tous : il est le spectacle que le tyran offre à tous les citoyens, et qui peut combler leurs rêves. Partout, dans la ville, dans les églises, les rues et les palais, les belles œuvres flattent les yeux et séduisent les cœurs. Jamais la déesse de Sienne, sa patronne au ciel, n'est oubliée : elle est la reine de toutes les fêtes. Catherine est bien la sainte de ce régime : elle n'y est pour rien ; mais elle en est le témoin brûlant, une des voix qui chante au chœur, avec le plus d'exaltation, la mélodie de la ville. Dans cette Sienne, où l'on a le meilleur accent de l'Italie et la plus belle langue, personne n'a mieux parlé l'italien qu'elle. Le siège du Condottière de la beauté est vraiment à Sienne, où l'excellence, en tout, se cherche dans la pureté.

SCULPTEURS

Trois sculptures, à Sienne, l'emportent de loin sur toutes les autres. La ville de la Vierge n'est pas une ville de sculpteurs. La sculpture est nudité, même sous le vêtement. Jacopo della Quercia, Federighi, Cozzarelli, à San Francesco, le Vecchietta sont d'excellents sculpteurs, sans aucun doute : ils n'ont pas ce génie de la forme qui incarne une pensée originale ou un grand sentiment à un bloc de pierre : Michel-Ange en jugeait là-dessus. De beaucoup, la plus belle œuvre de Jacopo est sa CHARITÉ, au Palais Public. Il n'a rien fait de mieux, avec le tombeau d'Ilaria del Carretto, à Lucques. La figure nue jusqu'à la taille, le visage baissé, la douceur de la forme jusqu'à l'épuisement, la jeunesse usée par les dons d'une générosité que rien ne lasse, image maternelle, la CHARITÉ est bien celle qui donne le sein à un enfant, tandis que de la main elle en retient un autre, qui se presse contre elle. Peu de sculptures ont un air si voisin de nos sentiments. La Renaissance y est moins atteinte que dépassée. D'ailleurs le grand style sacré du moyen âge est déjà perdu. Il en reste pourtant un reflet, tant l'œuvre est grave, tant elle s'enveloppe de cette mélancolie calme et fatale, qui écarte le modèle. Jacopo della Quercia est un vrai Siennois. Au quinzième siècle son accent n'est celui de personne. Il a une façon de sentir et de penser bien à lui. Il est entre les deux mondes, celui qui meurt et celui qui doit naître : il garde pieusement de la grandeur simple de l'ère qui s'en va, dans les formes plus faciles et plus vaines des temps qui viennent. Voilà ce que cette CHARITÉ m'inspire, quand je la contemple de côté, et que je regarde son profil gauche ; et de face, la prenant pour ce qu'elle est, je n'en pense plus un mot, quelques fois.

Sur la porte latérale du Dôme, à la base du Campanile, un haut-relief de Donatello est une des œuvres les plus pensives et les plus sculpturales de ce peintre exalté de la statuaire. Dans un cadre rond, en forme de niche, la Vierge à mi-corps, entre profil et trois-quarts, tient l'Enfant, vu de face. C'est une figure étrange, d'une beauté sans grâce, d'une force calme et pesante. Nulle élégance ; les mains robustes, les doigts osseux, le visage est presque dur, sans lieu, sans âge : de grands traits, un menton rude, un très grand nez, roide et droit, de jeune homme. Cette vierge virile rappelle quelque héros antique, vêtu en femme et ceint de voiles. Elle est si ferme qu'on ne voit pas, d'abord, combien elle est triste ; et si douloureuse, qu'elle est bonne : il arrive que la douleur soit la bonté. La tragédie de la mère est modelée dans cette pierre. Cette vierge grave est Niobé. On l'ôte depuis peu à Donatello, pour l'attribuer à je ne sais qui. Il faut bien que les érudits fassent croire qu'ils servent à quelque chose.

Il y a des louves dans toutes les rues de Sienne, dans tous les coins. La tradition romaine le veut ainsi. Presque toutes sont féroces, elles aboient, elles mordent ; on s'étonne de ces chiennes enragées. Une pourtant est très belle, digne d'un maître animalier. Tendue de toute sa longueur, les pattes écartées, les mamelles gonflées, elle donne son lait aux deux fameux jumeaux. La tête pointue en avant, surveillant la route, un peu penchée sur la gauche, elle a l'expression heureuse et douce de la volupté maternelle : sa longue gueule semble rire ; elle aime ses petits d'homme ; elle jouit d'être tétée. Sur sa colonne de granit à l'angle du Palais Public, cette belle louve de bronze est l'œuvre de Giovanni Turini, vieux Siennois.

Le Moïse de Federighi, à l'Opéra del Duomo, est un buste du plus violent caractère. Erigée sur un socle ou, jadis, au-dessus d'un puits, à l'entrée du ghetto, au flanc de la République, la puissante tête de pierre parle aux puissants. La vaste bouche ouverte dans l'ample barbe, à qui s'adresse-t-elle ? Aux juifs du quartier ? ou à tous les citoyens, peuple de Sienne ? Une inscription, en lignes inégales, porte des avis rudes et menaçants : « *Rappelez-vous*, dit-elle, *qu'il vous faut mourir. Pour vous, rien d'autre que le paradis ou l'enfer. A vous le paradis, si vous faites le bien. A vous l'enfer, si vous faites le mal.* » Sa barbe immense est un torrent qui couvre la poitrine et les épaules. La bouche, aux lèvres bonnes, a le caractère sacré de l'au-delà : elle révèle l'apocalypse des destinées. Les yeux larges, à demi fermés sous les gros sourcils, ne voient ce monde-ci qu'au fond de l'autre. Un peu renversée en arrière, c'est la tête du prophète et du poète aveugle, à la fois. Il est tout aux hommes par ce qu'il leur dit ; et pourtant, sa présence est une fiction : il est absent du combat qu'il livre. Sa pensée l'absorbe ; toute sa vie est intérieure. Ce buste porte encore quelques traces de peinture, un reste d'or et de rouge, qui lui donnent le ton sanguin d'une peau vivante. Je ne sais pas une œuvre ancienne, en Italie, qui soit plus proche de Rodin. Et c'est à la tête même de Rodin que ce Moïse ressemble, un Rodin qui eût fait pénitence, en qui le voyant plus pur eût pris la place du satyre et du faune.

Madones de Sienne, vierges de l'amoureux vouloir ! et peut-être à ce point qu'elles se soucient peu d'aimer, tant elles veulent qu'on les aime. Laquelle n'attend pas l'Archange ? Il va venir la saluer avec les lys du paradis ; et elle lui répondra : « C'est donc vous, Gabriel, beau jeune homme du ciel ? » Elles sont toutes princesses. On le voit à leurs adorables mains. Les madones de Sienne ont les plus charmantes mains de l'art ; elles ne peuvent rien tenir, ni rien prendre : elles se laissent respirer : ce sont les lys du roi Salomon, qui ne filent ni ne tissent. Leurs doigts sont des pétales. Au bout des bras, les madones de Sienne ouvrent, candides, une fleur de jasmin. Aux yeux, elles n'ont point de larmes ; mais leur sourire a peut-être traversé des pleurs. Une douce pluie d'avril, des pleurs sans amertume et qui font éclore toute une prairie de promesses. Plus tard, sans doute elles connaîtront d'autres orages ou bien feront-elles pleurer d'autres yeux. Pour l'instant, dans leur primevère, elles sont des fleurs offertes à la rosée comme au soleil. Elles sont parfumées et jusqu'où, je voudrais le dire avec des mots pareils au murmure des corolles que le pollen avive. Il est rare qu'une image fasse naître une odeur : c'est la senteur plutôt qui évoque une figure ou un paysage. Pourtant, il est des peintures embaumées : Botticelli sent le narcisse ; Benvenuto di Giovanni, la violette et la rose.

Comme les parfums, les madones de Sienne sont pleines de souvenirs. Toutes sont des enfants avec des corps d'adolescentes ; elles n'ont jamais plus de vingt-trois ans, mais elles les ont ; et quelle aventure est plus fleurie de poésie qu'une Rosalinde à l'heure où son âme vient d'éclore ? Cette grâce est si parfaite qu'elle semble perverse. La grâce perverse est le fait de l'innocence : une exquise dissonance nous touche de l'archet au fond des moelles : le contraste de cet air tranquille, d'une vêture somptueuse et stricte, et des délices qui brûlent doucement au feu secret de la vie voilée, en impalpable et subtil encens. Cette peinture est musique. Elle nous dérobe à ce monde si lourd, qui est plus réel à mesure qu'il est plus pesant. Elle est ravissante, en ce qu'elle nous ravit en effet à toutes les chaînes, et qu'elle réussit à nous en délivrer. Les fées du Nord ont toute sorte de prestiges ; mais leur vie n'est pas un vœu unique à la beauté. Leur vaste front, si haut, si bombé, les yeux baissés, sont l'espace où les grandeurs de l'âme, un jour, pourront être à l'aise : une de ces Notre-Dame fera, peut-être, un puissant philosophe, ou un profond poète. Les grands fronts de Sienne sont plus ardents, et ces yeux plus beaux encore, ouverts sans pensée sur le monde, quel merveilleux domaine pour toutes les sagesses et toutes les folies de l'amour. La passion est une eau souterraine derrière ces tempes de nacre, où passent les nuages de l'aurore et du rêve. Il naîtra d'elle un grand saint ou un sublime amant. La Madone de Sienne, avec l'Enfant sur son sein, est l'image de cette incarnation spirituelle, celle d'un Dieu qui naît d'une calme et docile vierge. Vase d'élection, elle n'aime peut-être pas ; et pour elle on voudrait mourir d'amour.

CONTRE LE BAROQUE

Ce qu'on nomme le baroque en art, au fond c'est la littérature ; et par là, il faut entendre la mauvaise : le baroque est l'affectation du génie. Baroque, royauté du détail et fausse vue de l'ensemble, ou même le mensonge de l'unité absente. Le baroque est arbitraire ou incohérent jusque dans la symétrie. Il n'a pas de beauté, car il n'a jamais la pudeur du style. C'est un grand orchestre qui donne de tous ses cuivres, là où un hautbois suffit. Le baroque cherche l'original dans l'outré et le désordre. Bref, le baroque est l'individu moins le génie. Rembrandt et Goya ne sont pas baroques le moins du monde : car tout, en eux, vise l'unité et la façonne ; ligne et couleur, forme et pensée ne font qu'un, le réel et l'idéal, le rêve et la vie. L'unité est ce qui manque le plus au baroque. Si l'admirable Gabriel, au milieu du dix-huitième, siècle, se montre le plus grand des architectes depuis Michel-Ange, c'est qu'il est l'ennemi né du baroque, comme un Grec pourrait l'être. Moins de baroque à Sienne qu'en toute autre ville d'Italie : encore une des raisons qui me rendent Sienne si chère. Rome est une ville baroque. D'ailleurs, l'antique de Rome est le baroque des Grecs. Florence même est un peu gâtée de baroque dans les églises et les musées. L'horreur du baroque est le commencement du goût. Au plus beau baroque je préfère la nudité d'une chapelle rustique, en Bretagne, et l'absence de tout art. Le baroque a perdu l'Italie et corrompu l'art commun de l'Europe, pour deux siècles. Ce géant de la matière, Rubens, a l'esprit baroque. On pardonne tout à David, quand on se rend compte que son génie va droit contre cette riche facilité. En tout art, le baroque est le style d'opéra, l'emphase et l'enflure de théâtre. Quand l'éloquence tourne au drame, la beauté est bien malade. Le baroque est le style de Rome et du concile de Trente : il commence à l'ombre du Vatican, dès la Renaissance, avec les élèves de Rafaël et les imitateurs de Michel-Ange. Un véritable virtuose, comme Jules Romain, le composé de toutes les impudences et de toutes les prétentions, est déjà tout baroque : il ment dans tout ce qu'il fait, dans tout ce qu'il pense, dans tout ce qu'il veut faire croire de lui : il se dupe lui-même autant qu'il mystifie les autres. Il n'est plaisant que dans le rôle du bouffon. Il faut être un esprit à la suite, comme ils sont tous, dès qu'ils rient à la mode, pour faire de Goya un peintre baroque. Où Goya est baroque, il n'est pas Goya. Il n'y en a pas la moindre trace dans le pathétique terrible des eaux-fortes, si chargé d'ironie. Le souffle du néant est l'air de la suprême tragédie. La profonde amertume, celle qui tourne en dérision l'objet, parce qu'elle le saisit tout entier dans sa vaine relation avec la vanité universelle, est l'envers du profond amour et presque aussi pure que lui. Le génie ne peut pas être baroque. Et qui, en peignant, a plus de génie que Goya ?

Les Siennois ne sont pas naturellement sculpteurs ; leur plastique est trop musicienne. En somme, les Italiens qui abondent en sculptures, sont bien moins sculpteurs que modeleurs. Et les Florentins eux-mêmes : toute matière leur est argile. Leur extrême habileté dans le métier les éloigne de la grande statuaire : là plus elle est nécessaire, moins elle se fait sentir. Les Egyptiens, les Grecs, les Français, voilà les sculpteurs. Et ils sont moins musiciens dans l'âme que tels autres peuples. La musique des Français, c'est l'architecture. Et l'architecture est aussi la musique de la statuaire.

Devant les restes de la Cathédrale non bâtie, je ne puis rassasier mon admiration d'une défaite sublime. Quelle grandeur sur cette place. Qu'elle me touche, et plus encore d'avoir été brisée, œuvre souveraine et par la bassesse du destin trop tôt interrompue. Le destin, c'est la politique, disait l'autre, qui s'y entendait et se donnait lui-même pour l'homme du destin. Et la politique, c'est presque toujours la bassesse de l'événement contre le plus noble essor de l'âme. Le temporel est toujours là qui épie le moment de se venger, et d'immoler à l'Etat les conquêtes de la puissance idéale. L'Etat sacrifie tout à l'hygiène et à la voirie.

Cette place, je l'appelle le plan d'Icare. Au plus haut de la ville et des trois collines, le Dôme, ce plus lourd que l'air, est la grande sphère ailée qui va prendre son vol, pour se porter aux pieds de la Vierge. Mais il a perdu son train d'arrière, on l'a retenu contre le sol, il n'a pu s'envoler.

Et tout y est, pourtant. La maison des pauvres et des malades, l'hôpital est une échelle, et d'une rare beauté. Et la rue du Capitaine, je la prends toute d'un regard sur la place. Et derrière la masse de la puissante cathédrale, cette église inférieure qui la porte, si belle, si pleine de rêves, comme un songe de Jacob sur son escalier, un palier entre les degrés qui vont à la terre et ceux qui s'élèvent au ciel.

Je voudrais vivre quelques jours, ou tout le reste de ma vie sur ce plan, ou sur l'échelle.

Au-delà du Bargel siennois, je ne cherche pas des yeux le berceau du ciel, mais je les ferme sur Stalloreggi. Je reconnais la haute maison étroite, toute purpurine au couchant, tout orange à l'aurore, où ma ravissante petite fille m'a reçu, sur la paille, quand j'avais vingt ans. Et j'aurais bien mieux fait de mourir entre ses bras, que de la quitter pleurante en pleurant.

Toute la beauté du monde dans la pascale beauté d'une amante qui se donne ; et qui, doux sourire de sang qui pleure ses délices, vient de l'aurore à l'amour, comme la vie à son divin seigneur. Et c'est pour jamais que la ville t'est chère, ô toi qui as un cœur d'homme, où s'est livrée celle qui te fit don de toute sa beauté. Il n'est cœur d'homme qu'un grand cœur.

La grandeur dans l'harmonie. Encore et toujours cette place : toute l'admirable Italie des trois grands siècles (douze, treize et quatorze, je compte 1200, 1300, 1400) a voulu la faire et ne l'a pas faite : Florence même n'y a pas réussi. Mais Sienne l'a presque accomplie. Des quatre chefs-d'œuvre immortels de l'Italie au moyen âge, deux sont à Sienne : le Campo et la place du Dôme. Les deux autres, la Signoria à Florence, et la Placette à Venise. Mais Venise est plus fantaisie, plus caprice, plus acoquinée au pittoresque ; et Florence, plus concertée, moins passionnée, moins vive de génie. Voilà ce qu'un petit peuple, sur un petit territoire, peut faire pour être grand entre les plus grands.

Au temps de sa puissance la plus étendue, deux cent ou trois cent mille Siennois ont régné, d'assez loin, sur quelque vingt petites villes, un demi-million de paysans, et une province moins vaste que la cinquantième partie de l'Italie, le tiers de la Toscane, à peine.

Rome impériale, depuis le temps où elle fut la plus forte, et mit d'abord en ruines Syracuse, Corinthe, Carthage et cent autres cités admirables, pour marquer sa force, Rome a été presque seule dans l'Empire. Tout ce qui fut beau sous les Césars datait des siècles qui ont devancé Rome. Tout a été fait, dans les villes grecques, en Sicile, en Asie, dans les temps plus anciens et plus libres. Et même en Italie, Naples, Tarente, les grandes cités du Midi au talon de la botte, étaient toutes grecques. Rome n'est pour rien dans la beauté que par les ruines.

Hors de Rome, il n'est pas de belle antiquité qui soit romaine en Italie.

Il a fallu la chute et l'agonie de Rome pour que naisse Ravenne. Et elle est toute grecque.

La grandeur du moyen âge italien vient de ce que Rome est à demi anéantie, et que l'Italie respire ; elle n'est plus un Etat. Elle est une vie, pleine de feu et de rêve, de joie et de passion.

L'Italie n'est plus un Etat il n'y a plus d'unité italienne, au sens de la contrainte, des impôts, de l'administration, de la politique enfin. Mais il y a bien mieux : une puissante unité de sentiment, l'unité spirituelle. Rome était matière : c'est pourquoi elle est si médiocre, devant Athènes. L'Italie du moyen âge est toute qualité.

Rien ne le montre plus clairement que la figure de Rome, aujourd'hui même, ou plutôt hier encore. Car Rome va perdre tout son caractère. Et peut-être même va-t-on lui ôter la splendeur de la beauté naturelle, en voulant en faire une capitale d'Amérique. Hier, Rome était restée une ville antique au milieu d'une ville baroque.

L'entre-deux n'est pas romain.

Ce n'est pas à Rome qu'on doit une Venise, une Florence ni les cent autres villes qui font la gloire de l'Italie. Et Sienne est un miracle qui n'a rien de romain. Admirez qu'en dix siècles au moyen âge, Rome n'a pas un grand poète, ni un grand artiste, ni même un grand saint.

SIMON L'ADMIRABLE

Il se pourrait que Simon Martini fût le plus grand peintre de l'Italie chrétienne : en tous cas, il est la plus belle œuvre de Duccio, son maître. Sa grâce égale sa gravité. Il faut aller jusqu'à Piero della Francesca et à Venise pour trouver un sens de la couleur pareil au sien. Entre tous, il est l'homme de Sienne. En 1330, pas une œuvre peinte ne saurait l'emporter sur ses fresques. Une recherche ardente de la forme la plus belle, un désir de la beauté que rien ne lasse, parce que rien sans doute ne le contente, voilà ce qui fait

l'unité de l'art à Sienne. Nulle part, en Italie, on n'admire
tant de suite dans l'effort, tant de fidélité à une cause idéale.
Si la passion de la beauté est le génie même des peintres
siennois, en aucun elle n'est plus intense et plus intime
qu'en Simon. Cette sainte folie est la flamme au brasier de
l'amour. Certes, la passion de la beauté est toujours amoureuse, que l'amour soit la fleur ou la racine. Simon est un
aristocrate, Giotto un bourgeois. Giotto manque souvent de
goût, il est alors vulgaire : il se sauve par la force et le sérieux
de l'imagination. Le tact de Simon est d'une délicatesse et
d'un raffinement extrêmes : le charme en lui ne fait aucun
tort à la puissance. Il ne s'interdit volontiers que la crudité
trop visible de l'expression. Giotto est le conteur et Simon le
poète lyrique. Les fresques de Simon, au cloître de Santa
Maria Novella, sont une merveille de grave vénusté : on
dirait, dans leur calme si chaste, les oraisons de l'immobilité sereine. Certes, il n'a pas l'invention prodigue de
Giotto ; il n'est pas capable de peindre les immenses
romans plastiques de l'illustre Florentin ; mais il a plus de
choix, un sentiment plus rare et des pensées plus profondes : car sa forme est bien plus belle. Sous les voûtes
d'Assise, aux demi-ténèbres de l'église inférieure, ses portraits montrent qu'il a été loin dans la connaissance mystique. Le triomphe de Simon est dans cet ordre de visions. Sa
grande et noble nature domine sur tout l'art de Sienne. Son
cœur puissant et doux prend les conseils de la pensée : il ne
lui cède rien de sa vigueur ardente ; il ne l'abaisse jamais
aux sentiments communs ; et sans raideur ni sécheresse,
elle le guide au plus haut et ne le diminue jamais. Pas la
moindre ostentation et, pourtant, dans Simon il y a toujours de l'extraordinaire. La salle du Palais est sans pareille
où le Condottière fait face à la Madone de Majesté : ici, la
grande âme de Sienne respire, et l'âme de Sienne est celle de
ce Simon qui donne un air si calme à sa recherche passionnée. Il a été longtemps en Avignon, où il est mort à quelque
soixante-dix ans. Pour Pétrarque, il y a peint le portrait de la
fameuse Laure. Dans un de ses plus beaux sonnets, où il ne
ressasse pas ses perpétuelles variations d'amour courtoise
et verbale, Pétrarque chante la louange de Simon, et lui dit

> *Certes, mon Simon fut en paradis...*
> *Son œuvre est de celles qu'aux cieux*
> *On imagine, mais non ici*
> *Où notre chair fait voile aux yeux.*

La Majesté, qui voit passer à cheval devant elle Guido Riccio, est bien la Reine des Reines, qui trône dans le ciel. Et pourtant elle est douce, elle est tutélaire et tendre non moins que souveraine. Dans l'or pâle et les rouges, c'est une splendeur délicate, le plus rare des luxes, celui qui ne fait pas violence à la pureté ; ce qu'il y a de plus somptueux, qui se fait sentir et ne s'affiche pas ; les suaves accords d'un orchestre où les trompettes sonnent sous bois, comme des violons d'or ; une harmonie miraculeuse enveloppe toutes les figures, sous le dais de soie, d'or vert et de pourpre rose : à ne s'en tenir qu'à la couleur, cette fresque est une des plus royales tapisseries du monde. Mais elle est bien plus encore : l'Enfant, debout sur le genou de la Vierge, tout enfançon qu'il soit, est souverain à la ressemblance de sa mère. Quant au peuple des saintes et des saints, des prophètes et des docteurs, qui se presse autour d'elle, l'ordre s'élève bien au-dessus de la symétrie : on pourrait faire, un à un, le point de toutes ces figures et de ces caractères. Simon est le seul Italien qui ait mis dans une cour céleste le roi de France, saint Louis ; et il a voulu que le roi, arbitre de la chrétienté, fît resplendir en lui la sainteté d'une humilité royale. Pétrarque a raison, pour louer le peintre siennois, de vanter « l'alto concetto » de Simon. Oui, il a mis partout la marque d'une haute pensée. Pour être digne de l'art, elle est d'ailleurs toujours plastique. Chaque fresque de Simon est un poème de la couleur ; plus d'un est incomparable de charme et de grâce. Sa splendeur peut être tendre et il y a de la tendresse dans sa grandeur. La vertu suprême de Simon est l'harmonie, qui manque le plus à Giotto. De Simon, je sais une figure admirable dans le coin d'une fresque : un homme entre deux âges, c'est lui, j'en suis sûr, vêtu sobrement d'un long manteau noir, où court un fil d'or rouge. Il est mince sans être maigre, plein de noblesse sans morgue ni hauteur. Les yeux voient au fond de ce qu'ils regardent et pourtant vont au-delà. Tout ce visage agit et médite dans le va-et-vient de la même onde. Et la belle bouche un peu serrée n'est close que sur des émotions trop intenses pour n'être pas secrètes : elle en retient les soupirs. Bien passé le milieu de la vie, qu'elle est touchante, cette bouche, d'être toujours pure. Qui répond mieux que Simon, notre Simon, aux statuts de la confrérie siennoise des artistes : « Rien ne peut avoir principe ni fin sans ces trois causes : le pouvoir, le savoir et le vouloir d'amour » ? Le nom qui sied entre tous à ce grand maître de l'art est celui que Pétrarque lui donne : Simon de Sienne.

XVIII. ENFER PASSIONNÉ, DOUX ENFER

Route de Sienne à Volterra.

On ne va pas sans quelque aventure, de Sienne à Volterra. C'est un pays plein de spectres. Les images de l'enfer y croisent, sur le sable jaune aux ombres noires, des fantômes passionnés. On monte toujours, de dune en dune, en descendant au creux de la vague, pour s'élever à la crête sableuse, descendre et monter encore. L'horizon est immense, et le pays désert. A droite, on laisse la plaine heureuse et, dans le lointain, San Gimignano, avec son aigrette de minarets, telles à Monteriggioni et si souvent ailleurs, aux alentours de Sienne, ces terrasses rondes ceintes de cyprès en concile ; San Gimignano est une couronne de tours, qui brillent au soleil, posée sur un tertre. La houle des dunes se gonfle, en gradins fauves, et s'élève lentement vers Volterra. On n'a jamais fini d'arriver. J'aime cette solitude, cette mer muette et pétrifiée, qui a la couleur de la peau du lion. Et à l'ouest, je sais que l'autre mer, la voluptueuse, la mouvante, doit finir par paraître, cerne à la paupière du ciel, ardent et bleu. Volterra m'attire ; j'y ai fait trois visites à de longs intervalles. C'est une ville mystérieuse, dans une lumière frémissante et pensive, qui invite la réalité à quelque rêve tragique. Elle semble ne devoir jamais changer, elle reste, de toutes les cités, celle où l'on voit le mieux l'âpre Dante contempler l'action, consulter les destins et sculpter son poème. Elle est étrusque et sombre comme lui ; Dante est blanc, noir et or comme Volterra. Mais patience, je parlerai de Volterra plus tard : je n'y suis pas encore.

La seconde fois que je fus à Volterra, vers le soir, deux ou trois heures avant le coucher du soleil, je trempais dans la chaleur cuisante, sur le chemin qui monte, une route infernale, de la beauté la plus dure et la plus cruelle. Pareille à celle du désert, une telle beauté fait horreur à la plupart des hommes. On ne rencontre personne sur cette piste entre les dunes ; et sans autre raison, comme on envie de boire, on se met à désirer Volterra et on en aime le nom. La chaleur qui tombe du ciel embrasé sur la poussière d'août dessèche ; pas un arbre, durant des lieues ; pas même un buisson. La lumière est si crue, elle est réverbérée si rudement par les sables qu'à tout instant elle encercle la vision dans une orbite noire, et que cette clarté est ténébreuse. Dans ma voiture, j'ouvrais et je fermais les yeux en mesure, plus avant dans le songe les yeux ouverts, que sous le voile des paupières : un trait de basalte, un orbe d'encre cernait l'incendie de toutes les formes. Or, je fus hélé tout à coup sur le bord d'une butte poudreuse ; et je vis surgir devant moi un tout jeune homme, un enfant ravissant plutôt. Il pouvait avoir d'onze à treize ans. De la tête aux pieds, il était vêtu de velours blanc, et portait sur de noirs cheveux, un peu longs, aux reflets brillants de soie indigo, un chapeau de feutre blanc, en forme de casque, enfoncé sur la nuque. Une petite cravache dans le gant de la main gauche achevait de signer l'habit de cheval. Il mit la main à son chapeau ; je l'empêchai de me saluer pour défendre du soleil meurtrier cette tête charmante.

— J'ai perdu ma trace, me dit-il. Mon cheval a pris peur ; j'ai craint qu'il n'eût le mors aux dents ; il ne m'a pas désarçonné, non, non ; j'ai mis pied à terre. J'allais lui parler, et lui faire entendre raison ; il m'aime, sachez-le, il m'aime ! C'est un pur-sang ; mais aujourd'hui, il est fou, je crois ; il a tiré soudain sur la bride, et il a fui au galop, je ne sais où.

L'enfant serrait des lèvres palpitantes. Il retenait des larmes, et j'ai cru que le dépit allait rompre sa peine en sanglots. Je devais feindre de n'y pas prendre garde.

— Mais d'où venez-vous ?

Il hésite un instant ; une rougeur légère passe sur ses joues pâles.

— J'étais à San Gimignano, il y a deux heures ; et je dois rentrer avant la nuit, à Marciano.

— Près de Sienne ?

— Oui, monsieur. Vous êtes du pays ?

— Vous ne le croyez pas.

— Tant mieux. Il faut me reconduire à Colle, sans tarder, sans perdre un moment, je vous en prie.

Ce ton impérieux, cet ordre qui s'achève en prière, me ravit.

— Non, mon cher petit homme. (Il a un geste de colère et de révolte.) Je n'ai rien à faire à Marciano, et je n'ai pas quitté Sienne ce matin, pour y rentrer ce soir. Je vous rendrai à vos parents, demain. Ce soir, vous dînez avec moi à Volterra. Il sera temps encore, quand nous arriverons : vous enverrez une dépêche à votre père, ou je vous ferai reconduire en voiture, si vous le préférez.

— Je n'ai plus de père. Ma mère ne s'inquiète jamais de moi, si ce n'est pour me brimer. Tout ce que je veux, elle ne le veut pas ; et tout ce qu'elle veut, je ne le veux jamais.

— Puisque vous le savez, vous pourriez vous entendre. (Il sourit.) Il faut faire à sa guise et ne pas se livrer.

— Ha, c'est le sang qui est rebelle. Je n'ai plus de père, répéta d'un air sombre le petit cavalier de velours blanc.

Ses yeux noirs pétillaient de flammes violettes, à la façon de l'eau-de-vie qui brûle.

Il ne me supplia pas, comme je m'y attendais avec ennui. Et je fus sur le point de satisfaire à son désir, de tourner le dos à Volterra et de rentrer à Sienne. Ce bel enfant, apparition d'une heure romanesque, venu à moi comme un lotus soudain poussé devant le promeneur dans un jardin de l'Inde, me plaisait trop et j'ai voulu garder, un peu de temps encore, cet être charmant. Je l'appelais en moi-même Pio Toloméi, Vanni di Fonte Branda ou de quelque autre nom bien siennois. Il ne fit pas la moindre résistance. Sans paraître déçu, ni fâché, souriant même et d'une résolution prompte, aussi légère que sa forme adolescente, il prit place dans la voiture, à mes côtés. Je ne l'interrogeai pas. Nous parlions du paysage, et de San Gimignano. Il aimait par-dessus tout les fleurs et les chevaux. « J'entrerais tout de suite dans les ordres, fit-il, s'il y avait des bénédictins à cheval. » Je lui promis d'en faire autant, quand cette religion sera fondée et cette règle admise. Il me dit quelques mots de sa maison à Marciano, d'où la vue est si rêveuse sur Sienne et si tendre. En chacune de ses paroles, un mélange exquis de passion et de réserve flattait toutes mes prédilections. J'ai toujours rêvé d'une fleur dont le calice est un feu non visible, qui ne se fait connaître qu'en se consumant. Je ne lui demandai même pas son nom ; je soupçonnais, pourtant, quel il pouvait être entre trois ou quatre qui ne m'étaient pas inconnus : j'ai passé quelques jours à Marciano, et j'ai osé parler d'une jeune veuve qui pouvait être la mère encore printanière de ce petit prince, moins enfant que printanier. Il avait vu San Gimignano le matin même ; il y allait souvent. Il me dit :

— J'adore le Palais du Podestat.

— Adorer, c'est beaucoup. Il est bien vieux ; la cour tourne à la ruine.

— Et le petit Palais Priani, au coin de la place et de la rue del Pozzo, face à la Grosse Tour, si retiré, si secret. Ha, je voudrais y vivre, qu'il fût à moi, y être seul, toujours.

— Toujours ? même l'hiver, quand il fait nuit si tôt, quand il pleut et que les tours de San Gimignano sont des mâts à nuages ?

— Seul ; avec une sœur, belle comme la Madone de Lippo Memmi.

— Cette Majesté est la cadette : celle de Simon Martini, à Sienne, est l'aînée, bien plus pure et plus noble.

— Ne trouvez-vous pas cette figure merveilleuse ?

— Elle est un peu grave pour vous. Je vous choisirais une sœur plus charmante.

— Ne suis-je donc pas digne d'être pris au sérieux ?

— Ne vous irritez pas. Cette vierge est admirable, si vous le voulez ; mais elle n'est pas de votre âge : elle n'est pas assez jeune.

— Qu'elle soit ma grande amie, sinon ma mère, celle avec qui je voudrais vivre. Personne, personne, et nous deux, rien que nous.

— A Marciano, il y a pourtant beaucoup de solitude et de silence. Les bœufs sont muets ; et les chats ne parlent que la nuit, sur les toits.

— On n'est jamais seul dans sa famille.

— Cher enfant, on n'est jamais seul avec soi.

— O comme on doit être délicieusement seul, dans la plus adorable solitude, avec un être qu'on aime.

— Deux pour n'être qu'un ? Une sœur ? vous êtes un cruel ambitieux. Vous voudriez être le maître de votre vie et de tout ce qui vous entoure. Avouez-le. Et qui sait, maître de Marciano, maître de San Gimignano, maître de Sienne ?

— Non, non.

— Il est plus beau de ne pas s'en défendre. J'ai fait ce rêve dans le temps. Je le fais peut-être encore.

— Non, je vous le jure. Non, maître seulement d'un cœur.

— Seulement ?

— O, je ne sais pas pourquoi, j'ai envie de tout vous dire. Mais je vous détesterai, si je le fais ; et je descends de voiture aussitôt, je vous quitte.

— Cher petit, confessez-vous. Je suis un bon prêtre, celui qu'on ne revoit plus. Et demain, vous m'aurez oublié.

— Jamais.

— Je n'ai pas dit demain matin : demain soir.

Il eut un geste charmant de retenue : mettant l'index sur ses lèvres, comme pour les sceller, il porta sa main sur ses yeux, et rit doucement. Puis, grave et doux :

— Je voudrais être aimé de Béatrice.

— Celle qui n'est plus depuis sept cents ans ?

— Elle est toujours.

— Vous ne dites pas, vous, si vous l'aimez.

— O ne m'humiliez pas, je l'adore.

— Pour l'amour, il faut se rencontrer.

— Pour l'amour, il suffit de s'appeler. Etre aimé de Béatrice, et partir pour la retrouver en Paradis.

— A cheval ?

Le cavalier de velours blanc rit un peu ; son œil brille d'une douce colère et sa joue pâle se colore.

— Vous êtes français, j'en suis sûr, fait-il ; ou grec ?

— Tous les deux. Mais grec, pourquoi ?

— Je ne sais : l'air, les façons, une idée.

— Vous avez donc connu bien des Grecs.

— Moi ? non, pas un.

Nous rions ensemble. Il lève la main, comme pour prêter serment, et murmure :

— Français, vous êtes français : mais pourquoi jouez-vous ainsi avec moi ?

— Parce que vous êtes charmant : j'aime les petits princes, les tiercelets, les petits faucons à qui l'on n'a pas rogné les ailes : ils sont si rares dans les villes, et même sur les routes.

Il bat des mains, enfantinement : un seul coup, paume contre paume, et s'arrête aussitôt.

— O quelle beauté, s'écrie-t-il, quelle vraie beauté.

— Quoi donc ? un merle blanc sur le chemin de Volterra ?

— Ce n'est pas la peine de vivre, si l'on n'est prince.

— Au moins une fois dans sa vie, mon cher enfant.

— Je ne suis pas un enfant. Ahimé, sachez-le, je suis vieux, beaucoup plus vieux que mon âge.

— Si vous ne voulez pas être mon fils, pour une heure vous serez mon beau, mon cher petit frère. Donnez-moi votre main. L'autre encore. (Il a des mains ravissantes. Elles brûlent.) Oui, il faut être prince et n'en pas rougir, ou ne pas vivre. Mais il faut s'attendre et se résigner à le payer bien cher. Il n'est presque plus personne pour le savoir, encore moins pour le croire ou s'y résoudre.

— O, je le crois, moi, de toute mon âme. Comment faire, pourtant ?

— Il y a plus d'une façon de jouer le rôle ; mais une seule est bonne : l'être né et le rester, sans en avoir honte. On achète un titre à Rome ou ailleurs, dans quelque tripot de la renommée, l'on s'affuble d'une couronne prise chez le fripier : cette parodie est la plus vulgaire : au fond, c'est toujours un marchand qui vante sa denrée sur le pas de sa boutique. Etre toujours plus beau, fuir la laideur, et craindre toutes les pensées basses : comme les actions viles, elles s'inscrivent sur les visages et on peut les lire dans les traits.

Il faut aussi ne jamais se vanter et ne pas se soucier de soi. Puis, mon beau faucon blanc, ne point s'irriter contre sa mère et surtout ne pas s'aigrir dans l'irritation.

— Une mère jeune, murmura-t-il, une jeune mère, ah, on n'est plus son enfant.

Je lui pris la main, à demi sortie du gant, qui tenait la badine. Elle était froide et fine, presque glacée à présent. Quelle créature sensible, quelle peau passionnée. Doucement, je lui dis, en feignant de ne pas le regarder :

— Vous aimiez beaucoup votre père ?

— Tant, tant ! (Il y avait de l'orgueil dans sa voix, et comme l'approche d'un doux sanglot. Puis, *con passione* :) A peine si je l'ai bien connu. Il était très savant. Il vivait dans notre parc et dans ses livres. Tous les soirs et tous les matins, il faisait une si belle musique. Il m'apprenait le violon. Et depuis !... Je suis plus habile ; mais il me semble que le violon est plus musicien que moi.

— Où est la musique ?

— Avec lui, avec lui !

— Il en reste dans le monde.

— Mais dites, puisque vous le savez, où est la musique ?

— Dans le cœur, mon charmant enfant.

Tout en devisant, voici, d'un seul coup, la déesse étrusque surgir sur la route sanglante : Volterra est là. Ce grand corps de pierres géantes se lève droit, au plus haut du pays. Je cherche dans le ciel la tête de cette forme ardente et hiératique. Volterra est un créneau cyclopéen. En éperon, un chien de garde monstrueux, le donjon bâti par Gautier de Brienne, duc d'Athènes, veille sur l'entrée ; et les contreforts de la tour, ce rang puissant et régulier d'alvéoles et de saillies rocheuses, montrent, gueule ouverte, de terribles dents. Je retrouve Volterra et le noir sourcil de ses murailles. Je me rappelle la Porte de l'Arc, avec les trois têtes, une au sommet du cintre, les deux autres aux angles : têtes coupées de gorgones et pétrifiées ? têtes d'ennemis, comme sur les portes chinoises ? ou les trois gueules endormies de Cerbère ? Et telle est Volterra, pénitente et infernale que je crois voir à l'autre bout de la ville les Balze qui se profilent, les Balze, sœurs de nos Baux, les Balze qui sont un précipice en hémicycle de terre jaune aux ombres bilieuses, aux croûtes vertes, une maladie de la montagne qui se carie. Trempées de sang au soleil couchant, pente farouche et sinistre, descente de l'Enfer, je ne donnerai pourtant pas aux Balze l'heure de ce crépuscule pensif et calme. A demain les Balze, et cette tragédie de la terre. L'entrée de Volterra est trop belle par la Place des Ponts. Suave solitude de ces villes désertes repliées sur leurs trésors, dans l'air des hauteurs. Silence musical qui fait entendre à qui l'écoute sa rare mélodie. Volterra s'ouvre devant nous, d'or rose et vert au soleil qui descend. Rien sur la gauche, rien qu'un horizon immense. On est là suspendu dans une lumière de cristal doré, au-dessus du précipice qui porte Volterra dans les airs. La vue infinie court sur une campagne qui ne semble pas bâtie, la plaine métallique où les salines dorment dans leurs écailles d'argent, où les sources bouillantes fusent du sol volcanique, où les vapeurs de soufre passent en feux follets sur des lèvres violettes. Quelles âmes en peine vont et viennent sous cette argile fauve ? Quels damnés se promènent là-dessous, qui envoient leurs souffles brûlants à la surface, dans l'atmosphère où respirent les hommes ? La Place des Ponts est aussi la rue de Tous Vents. Quand le vent de terre souffle, on ne sait s'il n'emporte pas le passant jusqu'en Corse : elle est là-bas, l'Ile qui sent le myrte et le cédrat : on la reconnaît, couchée en flèche sur la mer, une ombre de navette qui tisse le ciel bleu avec la mer violette. Ce soir, ni vent à l'entrée de Volterra, ni spectres dans la plaine. Sur les ponts et les tours de la ville planait un calme divin, sourire de la brise. Les cloches sonnaient au Campanile : je les voyais, ces colombes immortelles, danser gravement dans leur nid à jour.

Accueillant et tout proche, l'hôtel, par une rue étroite, jaune et noire, est à deux pas de cette place Majeure, qui a peu d'égales en Italie, un vaste champ clos où les palais et les tours dressent en caractères de pierre, une fois pour toutes, l'histoire de la ville et de ses vicissitudes. La Seigneurie de Volterra est la sœur farouche du Palais Vieux de Florence : elle est l'Electre de cet Oreste. Brandi droit de bas en haut, c'est un poignard court dans un poing énorme. A la lueur oblique du crépuscule agonisant, cette masse prend une forme triangulaire. Elle doit faire peur aux paisibles Volterrans et les troubler d'une sourde inquiétude : la place est vide, le mouvement de la ville est ailleurs. Sauf les jours de foire, on la trouve à chaque instant plus vaste d'être si désertée : la solitude multiplie l'espace. Le passé de ces petites villes est trop lourd pour les gens : ils ne l'acceptent que s'ils l'oublient. Ils le vantent pour mieux l'enterrer ; et les grands discours sont les pelletées de l'oubli.

L'hôtesse de bon augure, une forte femme, avenante et charnue, nous reçoit comme des visiteurs attendus, avec une dignité familière, une amicale sollicitude. Un brouhaha de paroles, un tintement d'assiettes et de verres venait de la salle commune. Toutes les tables occupées ; et autour de la plus grande, au milieu, un essaim de convives : tous animés, le verbe haut, parlant à la fois, moins gais peut-être que réjouis de dîner ensemble. Pas une femme ; et présidant le repas, un homme large, trapu, la barbe carrée, brun, poilu, épais et solide, le maire du pays, le syndic comme on les appelle, le comte Inghirami, le propre descendant du secrétaire aux commandements de Léon X, celui dont Rafaël a fait ce portrait inquiétant d'homme gras et glabre, qui lève une tête cireuse et ronde ; et l'œil un peu louche quitte l'écritoire où la main bouffie, la plume aux doigts, est posée.

— Il n'y a plus qu'une chambre à deux lits, dit l'hôtesse. La plus belle du palais, s'empresse-t-elle d'ajouter ; la chambre du Seigneur, comme on dit en Italie.

J'ai horreur de ne pas être seul, pour le sommeil et pour la nuit. Mon petit page le sent, et nous en éprouvons un égal embarras. Avec une fine gentillesse, il me prend à part :

— Je vais vous gêner, fait-il.

Je souris.

— On dort peu, en cette saison. Peut-être ne me coucherai-je pas. Du moins, vous pourrez dormir, vous-même, et je ne vous serai pas une gêne.

J'accepte donc la chambre du Seigneur.

— Mon frère, dis-je, passera la nuit avec moi.

On nous introduit dans une vaste pièce, haute et fraîche. Quelques meubles s'y cherchent le long des murs et n'arrivent pas à se rencontrer, de ces meubles familiers aux amis de la vieille Italie, qui sont ornés et lourds, toujours marquetés, d'acajou à deux tons, le jaune sur le brun. On dirait qu'il y a cent trente ans, les sages, les bons, les aimables Italiens de ce temps-là ont meublé toute l'Italie, et pour toujours. Le beau petit cavalier de velours blanc ne veut pas dîner plus que moi. Qu'on nous donne seulement de la glace et de l'Asti, puisqu'on ne peut avoir, des Alpes à Syracuse, une eau-de-vie qui vaille. Qu'importe ? Ici, on se désaltère de rêverie et l'on se nourrit de paysages. Ce soir, le songe de la vie a l'air enivré du printemps qui expire. De la fenêtre, je touche le ciel de Volterra et l'horizon de l'heureux incendie. Un reste de clarté illumine l'espace et fleurit de roses pourpres le front et le profil des pierres. La brise tiède, encore fraîche en ses retours, fait passer et repasser sur les yeux, sur la joue, sur le cou, les jeux de la caresse. Devant l'autre fenêtre, le petit page s'était assis dans un large fauteuil, avec une grâce de chatte. Je lui proposai de sortir et de faire une de ces promenades nocturnes qui nous déguisent, dans une ville où l'on passe, en héros d'un rare roman, celui où, sans qu'il puisse rien arriver, on s'attend à ce que tout arrive. Il me répondit qu'il me suivrait volontiers, mais qu'il ne tenait pas à marcher davantage ; et comme il soupirait doucement, je pensai à sa fatigue : son aventure, depuis le matin, lui faisait une journée assez rude. Je l'invite donc à prendre ses aises, et à se coucher, s'il le désire. La nuit était venue ; au temps de la Saint-Jean, la nuit latine est un crépuscule étoilé, où les fleurs se promènent à la recherche des rossignols et des fraises. L'ombre faite, je pensais qu'il dût se déshabiller, pudiquement comme un enfant de bon lieu et de race noble. Jusque- là, il n'avait pas retiré son feutre blanc, qui semblait le céder, dans la lueur incertaine, à la pâleur de son visage.

— Vous dormez avec votre petit chapeau blanc ? lui dis-je en riant. Soit. Je vous ferai mes adieux tout à l'heure.

— Vos adieux ? vous me laissez ?

— Jusqu'à demain. Et je ne vais pas loin, à l'autre bout de la chambre. Vous avez besoin de dormir. Prenez un bon repos. Nous partirons à la première heure. Pour nous rendre à Sienne, la route est trop dure au grand soleil d'été.

Je lui tourne le dos, et je me retire, un instant, dans un

coin de la chambre, derrière le paravent tendu pour cacher la toilette. A peine si j'entends le plus faible frisson d'étoffe qu'on froisse. Quand je reviens, l'enfant n'est pas couché. Debout, près du fauteuil, il avait ôté son vêtement et ses souliers. Je m'approche :

— Hé bien, lui dis-je, que faites-vous ainsi ? Vous voulez dormir tout debout ?

Il balbutie. Je lui prends la main : elle est brûlante. Il baisse le front, je lui relève doucement le menton, et le regarde.

Quelques larmes en rosée sont suspendues aux violettes étincelantes de ses yeux. Je m'inquiète sans trop de hâte et l'interroge : il ne répond pas. Il vacille, comme s'il allait fléchir sur les jarrets et sa tête alanguie penche sur son épaule. Je ne le presse pas. Je le trouve si beau, cette forme pure respire tant d'âme et d'une essence si exquise, si nouvelle, que la tendresse l'emporte. Je le prends dans mes bras ; et assis dans le fauteuil, je le berce sur mes genoux.

— Qu'avez-vous ? lui dis-je ; vous n'êtes pas malade ?

Il secoue la tête :

— Non, murmure-t-il dans un souffle.

— Qu'as-tu ? dis-je plus bas encore, presque à l'oreille.

Il fait non du geste. Mais comme il hoche du front, son chapeau tombe et le décoiffe. D'admirables cheveux noirs se déroulent et se répandent en deux ondes de laque parfumées autour du virginal visage. Un doux sourire fleurit ses lèvres. Sa peau candide est si blanche, si lumineuse, que je crois tenir un grand narcisse entre mes bras.

— O ravissante petite fille.

— Je suis Nella, me dit-elle.

— Tu es Nella Narcisse.

— Je ne suis pas une petite fille : j'ai seize ans.

— Ou quinze ?

— Nella, fait-elle en secouant la tête, Nella de seize ans. (Et une longue boucle de sa bruyère chaude me caresse les yeux.) Nella, répète-t-elle.

— Je le savais bien, délicieuse ; mais je ne savais pas ton nom.

— Se peut-il ? Oh, depuis quand ?

— Presque aussitôt vue. Je le savais sans le savoir : je le désirais, peut-être.

Ses petits seins palpitaient, deux petites mouettes qui veulent quitter le nid, deux fleurs dures de magnolia non écloses, de la neige la plus pure, nouées d'un fil de vivante soie bleue. Elle avait l'odeur d'un banc de jacinthes et de violettes, à la veille de l'orage.

— Et toi, qui es-tu ?

— O Nella, Nella, je ne le dirai qu'à tes lèvres.

NOIR ET OR
VOLTERRA

Le Balze.

C'est la pente de l'Enfer, un lieu magnifique et sinistre pour tuer, pour engloutir les coupables et se perdre. Tout ici peut se faire au nom de la haine. Quel crime plus irréparable que d'être haï ? Nulle part, la forte Italie du moyen âge ne parle plus férocement qu'ici. Leurs gloires et leurs fastes ne valent pas cet horizon, ce haut lieu désert et tragique. Un vent de four, chaud et sournois, souffle dans cette gorge, éparpillant une poussière jaune, une espèce d'eau infernale qui brûle et qui ensevelit. Cette poudre d'os sent le sépulcre, et fait penser à l'albâtre de la ville, pierre cadavérique.

Et la mer, là-bas, à l'occident, sur l'horizon opposé, s'illumine.

Volterra est vraiment la capitale de la funèbre Etrurie. Pas une ville qui soit plus étrusque : Volterra est le flambeau du pays funéraire, hanté de la mort, obsédé par les visions des ténèbres, et du rêve ou de la vie que l'homme dépouillé du jour mène sous terre. Le vent de l'abîme poussiéreux a une voix : elle est avide et chaude, à la façon d'une flamme qui court à ras de terre, qui lèche les buissons et, sans lumière, brûle en rampant les broussailles et les taillis. Voix basse du vent des Balze, aimant de la solitude : elle l'attire au précipice dans une ivresse de mélancolie. Le dégoût même du présent n'a plus de lassitude ; il est pris d'une fièvre morne. On se laisserait glisser dans ce ravin comme les églises et les cloîtres qui, peu à peu, s'y effondrent. Et ils s'y dissolvent, ils y fondent.

Je me promène, dans le vent chaud de la descente infernale, à pas larges et lents sur ce chemin de ronde. Je n'irais pas d'une autre allure, par les sentiers du souvenir, dans l'infini désert de la déception. J'aspire sans le vouloir une haleine étouffante, et du sable craque sous ma langue. Le souffle de l'abîme a je ne sais quelle persuasion funeste. Des amants, s'ils errent sur ce bord, au crépuscule, doivent se sentir adultères. Pas un être vivant pour rassurer en soi celui qui vit trop impérieux pour ne pas douter de la vie. Je ne serais pas surpris de me heurter soudain à quelque fantôme cruel et triste. Comme les Méduses à la gueule béante où s'enroulent les serpents, comme les figures diaboliques imaginées par les Etrusques, ce paysage me rappelle le Mexique éclatant et lugubre. Je m'attends à rencontrer les dieux funestes des Incas, ces bouffons de l'horreur aux grimaces qui effraient et ne font pas rire. Qui sait si ces étranges Etrusques, indéchiffrables jusqu'ici, ne sont pas les Incas de l'Occident ?

LE VENT DU SUD REDIT SA COMPLAINTE

Volterra est vraiment la capitale de la funèbre Etrurie. Pas une ville qui soit plus étrusque : Volterra est la torche du pays funéraire, hanté de la mort, obsédé par la vision des ténèbres, les spectres du rêve ou de la vie. On se laisserait glisser dans ce ravin comme les églises et les cloîtres qui, peu à peu, s'y effondrent et y demeurent ensevelis. Où sont-ils, même ? Ils s'y dissolvent, ils y fondent. Point de boue, point de vase : poussière sur poussière. Le vent sur le sable a sa musique ; la sécheresse a sa poésie.

ANGÉLIQUE SAUVE L'ENFER A SAN GIROLAMO

Il est tant d'églises perdues dans la campagne, au pli du coude que fait un grand chemin de Toscane, ou dans le fond d'une allée de majestueux cyprès, calme sérénité de la tristesse, qu'on ne les compte plus, à peine si l'on y prend garde. Il en est peu qui me soient aussi chères que la petite chapelle de San Girolamo. Elle est seulette dans son coin, assez loin de la ville, à la descente de Volterra. Ni bourg, ni village, ni même une ferme : la maison des fous est le seul voisinage. O menez-les en visite, quelques fois, à San Girolamo, rafraîchir leur âme desséchée, qui fume sur un feu fétide. C'est la retraite d'une adorable Reine, une demeure modeste d'un seul étage, que précède un portique de six arches rondes. S'il y a, là derrière, un clocher, ce ne peut être qu'une tour villageoise, un colombier ceint à la pointe d'un balcon à jour. Et la cloche au-dessous sonne les heures du paradis.

Sous le soleil de trois heures, en août, j'ai fait route le long d'un ruban de cuivre chauffé au rouge. Le grès jaune de Volterra, la serpentine, les blocs et les parois aux reflets noirs, tout se brouille dans l'éblouissement sanglant de la lumière. Après bien des instances, je suis admis dans la chapelle. Elle est aimable d'être à l'abri de la canicule, un peu froide, encore un peu trop claire, ornée de bas-reliefs, enguirlandée de toutes les couleurs pieuses, ciselée de candeur niaise et de minauderie sentimentale par l'un de ces della Robbia qui ont répandu partout leur évangile des bergères. Cette grande salle n'aurait rien pour retenir les yeux si, dans un angle, en forme de petit salon, on ne trouvait enfin l'adorable ANNONCIATION de Benvenuto di Giovanni.

Ces créatures ravissantes n'ont plus rien de réel. Le corps humain, en elles, n'est qu'un prétexte à la fleur. On a vu des bals où les jeunes gens se déguisent en héros de la fable, en allégories des saisons. Les formes de Benvenuto di Giovanni sont des fleurs qui se déguisent en jeunes archanges et en jeunes femmes. Le lys s'est vêtu en Gabriel, et le narcisse en sainte Vierge. Sainte Catherine est la plus belle, plus longue et plus somptueuse des anémones. Ils sont tous si longs, si fins, si sveltes qu'ils se balancent un peu au souffle de la musique. Pourtant, ils ne sont pas maigres. Une fleur n'a jamais de maigreur : les courbes de son être charmant, la suavité du parfum et le sourire du désir les gonflent et leur tiennent lieu de chair mortelle. Enfin, la soie, le velours, les étoffes somptueuses et toutefois si légères qui les enveloppent ont un frémissement de ramages et d'ailes. Ces êtres délicieux, tout comme ils en semblent peints, sont sans doute faits de plumes.

A l'heure où naît le printemps, dans le berceau des lilas et des violettes, la pieuse Princesse, la fille merveilleuse du Roi des Hespérides, rêve assise sur un banc. Elle n'est pas prisonnière ; son père ne la tient pas recluse dans le palais ; mais il est jaloux de l'air qu'elle respire, et il pense avoir assez fait en lui laissant les jardins de Bulbul, où elle parle aux oiseaux, songe et cueille la primevère. Près d'elle, le beau Pâris, qui s'est évadé de Troie, penche la tête et n'ose la regarder, tant il l'admire, en écuyer très fidèle. A ses côtés, l'Impératrice Imogène, en robe de brocart et manteau de cour, lui offre une palme : velours rouge rubis, robe de soie turquoise, du bleu le plus éthéré, brodée d'or et de vert feuillage, que cette sainte est somptueuse

Jamais ange ne fut plus jeune fille que Gabriel. Il faut qu'il soit amoureux comme une rose, pour respirer en tous ses traits, en tous ses gestes, tant de grâce amoureuse. Il a plié un genou ; son col est nu et le haut de sa gorge. Nues l'épaule et l'attache du bras : cette neige est tiède et garde en son tissu de corolle un rayon d'or. *Dic nobis, o Gabriel*, dis-nous, Gabriel, si les archanges sont des femmes ou s'il y a une femme aussi dans chaque archange ?

N'est-ce pas le miracle de l'élégance et de la chimère, ce privilège d'une fantaisie qui ne veut rien connaître dans la beauté que la grâce souveraine ? De toutes ces créatures, on ne peut dire si elles sont des hommes ou des femmes : on ne s'en soucie pas : elles sont la jeunesse et la fleur de la chair : l'amour est leur parfum ; et leur courbe, le sourire de l'esprit. La tragédie même en eux n'est que le silence de la mélancolie ; et leur allégresse, un sérieux tendre qui réfléchit les devoirs de la grâce envers elle-même. Çà et là, les anges font à ces princes et ces princesses un petit concert d'une discrétion suave : ils vocalisent le silence. Et le lys qui sépare l'adorable vierge du messager céleste à genoux est aussi un contre-chant, un doux Ave en si mineur, dont le sol est parfois dièse : telle est, à San Girolamo, cette comédie inédite de Shakspeare : Angélique la fée sauve l'enfer.

XIX. ARIEL ET ROSALINDE AMOUREUX
DE LA VIERGE

Danse des étoiles. Nuit, à la Lizza.

Soir de mai, tendres délices, à Sienne la terre et le ciel célèbrent la fête de la primevère : si antique ou si jeune qu'elle soit, la primevère a toujours l'âge de Juliette. Le crépuscule est si lent à finir qu'on le retient dans la nuit même. On l'appelle, dans l'espoir étrange du rêve éveillé de minuit : on veut la voir venir, et pourtant on l'éloigne des yeux, pour que l'instant dure, point d'orgue du désir. Je m'attarde lentement, d'abord, sur la terrasse de mon petit palais au-dessus de Fonte Branda ; mes neuf chats, tantôt assis en cercle sur la queue, très noble conseil de soufis astronomes, tantôt allongeant leur pas de velours, la tête toujours en l'air à m'épier, car pourquoi ne pas dîner une autre fois ? Et voici les hirondelles du Dôme, qui pour un dernier tour sortent soudain du campanile, en fusées noires : elles cousent le ciel de leur vol, et leurs cris sont les aiguilles. C'est quand elles ont fini, et qu'elles rentrent dans le damier noir et blanc des cloches, en ramenant sous leur ventre le dernier rayon rose, comme un brin de paille pour leur nid, c'est alors que je quitte ma niche de briques et ma langueur, entre le laurier rouge et les œillets de ma terrasse. Les chats s'en vont et je m'en vais.

Presque chaque soir, j'attends le milieu de la nuit dans le jardin de la Lizza. De toutes les rues de Sienne, je prends l'une de celles que je préfère, la si joliment nommée rue du Paradis. Ce petit parc de la Lice, au-dessus des remparts, en ces temps de mai, n'est qu'une haleine de feuilles, un souffle de fleurs. Quelle hâte à vivre, quel élan au suprême bonheur. L'ombre donne aux arbres de la grandeur. Les allées minces se déguisent en charmilles. Une fée touche de l'ongle toute cette vie végétale qui brûle, tour à tour, d'un feu nocturne et se délecte de fraîcheur. Il y a des coins, où les douces ténèbres se pressent comme des lèvres ; et le mystère qui rôde se livre à leurs caresses. Penchant l'un vers l'autre leurs avides fantômes, on ne voit pourtant pas des amants unir leurs regards et leurs mains. Il n'est pas plus d'amants, le soir, dans la Lice de Sienne que dans le reste de l'Italie. Et même les promeneurs sont rares. Tous s'en sont allés. A peine si un passant marche à petits pas sur l'ourlet de l'ombre, au pied des buis et des cytises.

Or, je suis assis sur un banc que le lierre enlace avec le chèvrefeuille ; au-dessus de ma tête, un haut berceau de parfums voûte la nuit : les roses de mai, les petites roses d'amour, cette multitude est éclose, et répand son âme innombrable dans l'air immobile. Et voici qu'à ce prodige embaumé répond un autre sortilège : toutes les étoiles du ciel tombent sur le jardin, pétillant au milieu des arbres sombres et des branches. Elles sont mille fois mille. Il n'y a pas de feu plus vif et plus étincelant. Toutes ces étoiles dansent. Et de tous les côtés, en haut, en bas, dans les buissons, sur les fleurs, à la cime des pins, à droite, à gauche, c'est une pluie d'étoiles bondissantes : elles se croisent, elles volent ; on dirait des atomes soudain révélés et qui montrent que chacun est un soleil, noyau d'autres soleils encore. Qui donc, quelle fée, quel génie joue à la balle ainsi avec les molécules de la lumière ? Le ciel dansant n'est plus inaccessible : on le dirait qui naît de la terre. Cette poussière sublime emplit l'espace ; mes doigts la sèment ; elle s'élève de mes pas ; et comme je me penche sur le rempart, je vois ces petits soleils bondissants, en nombre infini, qui sautent dans les fossés et qui pétillent autour de Sienne, jusqu'au fond des vallons et au creux de la campagne. Cette danse des étoiles, c'est le bal des lucioles. Et mon âme éblouie, éperdue à la poursuite de ce rythme, cherche à cette féerie une juste musique.

Ni l'art, ni les souvenirs de l'enfance heureuse, ni la joie de vaincre et d'être jeune, rien ne se compare à l'ivresse sans âge de la vie, quand ce philtre soudain coule à flots dans notre âme et qu'on s'enivre à la fois, sans calcul, sans raisons, de chaque goutte du torrent inépuisable. Une beauté d'amour seule verse miraculeusement ce philtre. Sienne tant désirée m'a fait sentir, du premier coup, cette union qui comble la longue attente : fiançailles et noces dans le même embrassement, félicité qu'on n'épuise pas en la goûtant et qui se renouvelle plus ardente et plus tendre à mesure qu'on la reçoit, à mesure qu'on la donne. Baladin, horloge humaine à compter le temps, toi qui sonnes les heures en ricanant, qu'est-ce que la jeunesse dont tu te vantes ? — L'ivresse de vivre, il n'est pas d'autre jeunesse que celle-là. Sienne est une des amours et des puissances divines qui t'ont fait jeune pour toujours.

QUÊTE DE LA VIERGE
MONTALCINO — VAL D'ORCIA

Sur l'une des crêtes que les vagues des collines déroulent entre Sienne et Radicofani, où chaque mouton d'écume est une petite ville, et, comme ils disent en Toscane, un château, Montalcino domine tout le val d'Orcia. La villette est plus peuplée que le reste de ce désert, et bien plus riche en souvenirs. Rustique et douce, elle s'élève en oasis, au milieu des cyprès et des cèdres ; et les oliviers la pressent de toutes parts, source de l'huile. Montalcino est un lieu sacré à tous les fils de Sienne. En pays siennois, il est beau d'être de Montalcino. Là, dans les jours les plus noirs de la ville adorable, les Siennois ont eu leur suprême espoir et leur dernier refuge. Les cœurs passionnés, qui désespèrent le plus violemment, sont ceux qui espèrent le plus. Sienne vaincue par les armes conjurées du Pape et de l'Empereur, aux temps maudits des tyrans absolus, Charles Quint et les Médicis, en vain défendue par la France et les soldats du magnifique Montluc, tombe sur les genoux. La mort, la famine, la peste et la guerre l'ont réduite à l'ombre d'elle-même. La France envahie ne peut plus la secourir, et elle abandonne Montluc. Et Sienne capitule. Son agonie est indomptée.

Les derniers Siennois, puisqu'ils ne sont pas morts, veulent garder l'espoir de vivre libres. Sous la protection des troupes françaises et les enseignes de Montluc, qui ont obtenu tous les honneurs de la guerre, les Siennois du dernier jour sortent de la ville chérie ; ils vont, avec Montluc lui-même, chercher un asile au fond du désert, où le val d'Orcia se serre contre le mont Amiata. Ils se retirent à Montalcino, antique colonie de leurs pères. Ils s'y retranchent et quand l'horrible vainqueur veut aussi les réduire, ils résistent pendant des mois encore. Les femmes s'y mettent : elles soignent les blessés, et servent sur les remparts. Montluc a dit de ce peuple qu'il a défendu sa liberté avec le courage d'un seigneur et que les femmes y ont été braves comme des chevaliers. Enfin, tout est perdu ; parce qu'il faut toujours que le plus rare et le plus beau se perde. Montluc reprend le chemin de la France avec ses blessés et le reste de ses soldats ; ils s'en vont sur cette route même que tout le moyen âge a connue sous le nom de la route de France : *Via Francigena*. Les Siennois de Montalcino se rendent aux Impériaux comme ceux de Sienne se sont rendus, la veille. Sur la grand'place de Montalcino, ils brisent le coin où l'on frappait les écus d'un peuple libre, et ils brûlent l'étendard de la République : ô rites douloureux du culte le plus funèbre. Finis Senae, en voilà pour jamais.

Montalcino est une petite Sienne, une Sienne rustique, qui est à l'autre ce qu'une bergère peut être à une reine admirable, sa sœur de lait. Tout est de Sienne, à Montalcino : les noms, les gens, les visages, les pierres, les rues. Ils ont une tour qui semble le Mangia même, en miniature. Leurs petits palais font penser à Sansedoni et à Buonsignori. Çà et là, dans leurs églises qui, pourtant, sont laides, on retrouve une ombre de S. Domenico, des Servi ou même du Dôme. Leurs confréries rappellent celles des Contrade et de la Scala. Puis, à la Compagnie du Corpus Domini, ils gardent un vieux tableau d'un peintre inconnu, une Majesté à la façon du quatorzième siècle, peinte au quinzième toutefois, qui n'est sans doute pas un chef-d'œuvre : mais le visage de cette Madone de l'Aide (Madonna del Soccorso) est celui d'une jeune fille presque adorable ; les mains d'enfant jointes par le bout des doigts, comme si elles allaient donner le vol à une alouette, elle prie sans paroles, je crois, sans pensée ; la prière est simplement l'haleine de sa petite bouche si fraîche, si innocente, le calme élan de sa candeur ovale et de ses traits exquis.

MUSIQUE DE SIENNE

Cent fois, je me suis étonné que Sienne n'ait pas donné le jour à un seul des grands musiciens de l'Italie. Rome déserte, et toute à la splendide mélancolie du ciel sur son silence et sa campagne ; Venise voluptueuse et le pays vénitien ont été musicales entre toutes les villes italiennes. Il semble que Sienne aurait dû l'être plus harmonieusement encore. Les pierres même y sont une chair vivante, où le sang circule ; et nulle part, des Alpes à la mer mal sûre de Sicile, les grands sentiments n'ont plus de force ni plus de suite, nulle part leur rythme n'a plus longtemps réglé la vie. La beauté de Sienne s'est accomplie trop tôt, sans doute. Elle a mis la musique dans sa vie, dans ses maisons et sa peinture. Quand les temps de la musique sont venus, Sienne déchue, pauvre et dépeuplée n'avait plus les moyens du théâtre et de l'orchestre. Il faut une ville riche à un peuple musicien. La musique est un art somptueux, ou tout solitaire.

Tout art tend à la musique, dès qu'il cherche à se passer lui-même. Au-delà de ses moyens propres, chaque art a une expression musicale, par où l'artiste aspire à donner aux autres l'émotion pure qui l'anime.

Un langage est d'autant plus celui de l'art que le concept inerte en est absent : tout ainsi qu'un objet est d'autant plus vivant qu'il s'éloigne plus du cristal. Le concept n'est jamais tout à fait banni : comme le cristal, il peut ne plus être que le squelette invisible et le plan.

Voilà tel vers, telles chansons de Shakspeare qui restent suspendus pour le sens : l'idée se retire et tout s'achève en émotion. Voilà Baudelaire et Verlaine, et les petits airs de Goethe, parfois si grands.

La poétique de Mallarmé est toute contraire, quoi qu'il semble : elle est intellectuelle au degré le plus rare, et bien moins musicale qu'une algèbre d'images. L'ellipse continue de Mallarmé est le système poétique le plus original de la poésie, et le moins chantant.

La symphonie de Sienne est une musique des Lignes, une harmonie de la grâce, de la tendresse et de la rêverie.

MUSIQUE DES PEINTRES

Sienne aime trop la beauté, pour se satisfaire d'une vénusté matérielle et d'une grâce facile. Elle seule, en Italie, cherche cette pureté de la ligne, ces traits d'où toute lourdeur s'efface, cette forme à peine charnelle qui est si séduisante pour le poète, et la poésie même des corps : ils se font adorer quand on les oublie. Ou plutôt la chair est le parfum d'une vie exquise. A Florence, Botticelli est unique par là, et certes le plus poète des peintres toscans. Vinci, malgré tout, y réussit moins : son type est affecté ; il montre trop ce qu'il veut être. Quant à fra Angelico, cet ange est si loin de la vie, que la vie même dans son œuvre est un missel.

Rafaël, grand artiste sans doute et tête excellente, des mieux faites qu'il y ait eu, ne rêve pas la beauté ; il ne l'invente pas : il la rassemble, cueillant son bouquet dans l'antique, dans les rues d'Urbin et de Rome, et peignant le modèle à l'atelier. Son type de beauté féminine est d'une étrange nullité individuelle. Cette femme est trop femelle. Elle est grosse de toutes parts ; elle a de trop gros seins ; elle a de trop grosses fesses ; et ses grands yeux d'ânesse, si admirables qu'ils soient, répandent l'ennui. Infiniment plus belles, sans doute, les femmes de Rafaël sont toutes un peu sœurs de Mme de Staël, et parfois même elles en ont le turban. Ces bonnes Transtévérines, si bien en chair, n'émeuvent rien en moi : il faudrait être muletier, à tout le moins Casanova, quand il n'a rien à se mettre sous la dent, vers minuit, dans une auberge. Les femmes de Rafaël sont si peu des personnes qu'on désigne les plus jolies elles-mêmes par l'objet qui les touche : la Vierge au rideau, la Vierge au chardonneret, la Vierge à la chaise, la Vierge au turban. Madame la fille à Necker se lève, en plein soleil, sur l'horizon : fuyons.

SANO DI PIETRO

A Sienne, ils disent : Sano di Pietro est notre fra Angelico. On ne voit pas trop pourquoi. Sano est pieux, il a l'âme et la vision dévote ; mais pas une fois on ne le trouve en extase, comme fra Beato. L'Angélique vit et peint en paradis ; Sano, dans une sacristie ou une chapelle. Les couleurs de l'Angélique sont de l'arc-en-ciel après une petite pluie d'avril ; celles de Sano n'ont rien qui ne soit de la terre. Son tableau de Pienza et celui de San Quirico sont ce que Sano di Pietro a fait de mieux. Ils sont très près l'un de l'autre ; et le type de la Vierge est exquis. Le charme de la couleur manque. S'il y était, Sano l'emporterait sur le frère Angélique. Il était architecte, et bien plus qu'enlumineur. Ainsi, un siècle plus tôt, Lando di Pietro, petit orfèvre, avait conçu en architecte de génie la cathédrale colossale, dont on voit encore les restes, et que la peste, les guerres civiles, les invasions, tous les fléaux ont empêché Sienne de lancer au plus haut de sa colline, une église qui n'eût pas eu sa pareille en Italie, seule égale à Cluny, pour la grandeur et la hardiesse.

Avec Duccio et Simone Martini, les Madones prennent part au drame : elles le contemplent d'ailleurs autant qu'elles le jouent. Leur grave douceur les éloigne de leur propre destin. Leur émotion n'est pas cachée ; mais elle semble presque immobile sur le trône d'une dignité souveraine. Elles la portent comme la couronne, assises sous un dais royal, ou droites devant le sceptre sublime de la Croix. Elles offrent leur douleur aux yeux du monde, sans voir un seul de tous les vivants qui les voient. On ne peut pas se tromper sur leur caractère : elles n'ont rien d'inerte ; leur splendeur est bien d'être rituelle ou passive. Tout montre leur grandeur et leur qualité ; mais elles sont dans la solitude d'une nature trop haute et d'un sentiment trop profond pour que la foule puisse y entrer : elle en est seulement émue et frappée comme, à l'autel, de la présence divine.

Les autres Madones, au contraire, semblent d'abord un peu indifférentes à ce qui les entoure et même à l'enfant divin qu'elles ont sur les bras. Elles sont toutes à leur seule beauté. C'est pour la beauté qu'elles sont visibles et qu'elles ouvrent au peuple les portes du paradis. Le salut par la beauté est aussi une mystique, et la mystique de Sienne en effet.

Toutes les promenades sont belles ou charmantes autour de Sienne. Non pas s'éloigner, il faut tourner de porte en porte aux pieds de la ville, et la ceindre peu à peu de ses pas. Ainsi l'on embrasse une créature chérie et l'on monte de ses genoux à ses yeux, à ses lèvres. Une flânerie, en douce errance, est plus séduisante encore : sur deux ou trois côtés de Sienne, on suit les vieux remparts ; on va, suspendu entre la ville et les jardins à pic qui la bordent. On ne passe pas aisément partout : les rues en échelle s'interrompent ; et les petits jardins privés, clos de murs, forcent le promeneur à revenir sur ses pas. Sans être sorti de la ville, on y rentre. Mais de Castel Vecchio à San Domenico, le merveilleux chemin. Sous la masse énorme de la Scala, rampant le long de cette citadelle de douleur, descend la Fosse de San Ansano. Là-haut, planant, vont et viennent, entre les arcs de la galerie, les bonnes hirondelles bleues aux battantes cornettes blanches, les sœurs de saint Vincent de Paul. Voilà un autre clin d'œil, un sourire d'intelligence, qui de France vient à Sienne.

Ici, la ville ravissante se précipite et tombe à genoux dans le Val de Fonte Branda : une ivresse la pousse, un tendre délire, le désir de se prosterner dans la verdure. La Vallepiatta est plus agreste que toute campagne à dix lieues d'une cité, ruche d'hommes, à cellules de brique, aux rayons et aux alvéoles de pierre. La vasque profonde est un lac d'herbes et de verte ramure. Verte et claire du vert le plus vert, elle l'est, cette faille de Fonte Branda, jusqu'aux bords de figuiers, d'oliviers et de vignes aux larges feuilles. Mon ami, le Commandeur Massimi, au visage si fin, aux façons si courtoises, aux regards apaisés et toujours humains, m'attend sous la tonnelle. Sans être vieux, il a l'amène bienveillance du vieillard ; sans être jeune, il garde la chaleur d'une nature vive. Il n'a point abdiqué. J'admire ses traits délicats et limpides, sa peau non plissée, mate et unie. Il est mon aîné de quelque vingt ans ; mais nous sommes du même âge dans l'amour de Sienne, et d'une Italie qui fait fi de la mode et du changement. Son jardin domine sur Fonte Branda. Contre la tonnelle, deux ou trois noyers s'arrondissent, qui font frais en été, et que j'ai vus, en mai, illuminés d'or pâle aux cils vermeils par leurs primes feuilles. Les fleurs rient à foison, les soleils, les marguerites et la foule des lauriers-roses qui sont la procession des jeunes femmes en visite chez Adonis. O fleurs délicieuses, qu'il vous est naturel d'être brèves, et de vous user en un jour, vous qui n'êtes qu'amour.

Dans les grands pots de terre rouge, à l'air ancien, les citrons déjà formés verdissent contre les feuilles laquées de vert. Les corolles de pourpre suspendent un sang qui ne veut pas couler entre les poignards verts des lauriers, blessure et volupté.

Fonte Branda s'agite dans le fond du val. Les greniers des tanneurs fument de chaleur, au-dessus des volets verts, dans les façades rouges. La contrada dell'Oca, pleine de femmes, d'enfants et de chats, prépare le repas du soir. Les feux s'allument. Les filles vont à la fontaine, le beau seau de cuivre siennois, celles-ci sur l'épaule, celles-là sur la hanche. Pas une porte, où les enfants frisés, les enfants rieurs, les enfants criards ne jouent, sous l'œil de côté et la patte attentive des chats. Et sur la marche de l'escalier, le vieil homme attend, les mains pendantes entre les jambes écartées.

Et, sur Campo Reggi d'argile rouge, striée de caillots noirs, Saint-Dominique, l'église de Catherine, dresse son mur et son dos sanglant, déchiré peut-être par le cilice de ces rares fenêtres qui ouvrent de longues plaies ogivales dans ce corps géant.

En haut, en bas, sur les côtés, là derrière, en face, la cloche tinte de l'Ave Maria. Impérieuses et grêles, toutes ensemble elles font concert à Marie, et chacune chante à sa façon, avec sa voix, celle-ci toute jeune, celle-là plus ancienne comme la mère, tremblante et pieuse, de Villon.

Que j'aime l'angélus de Sienne.

On est pris dans les rets de ces ondes sonores. On vole avec elles ; on se laisse porter ; on plane au-dessus de Fonte Branda, jusqu'au Dôme. Or, c'est l'heure aussi où toutes les hirondelles sortent des tours et des clochers : elles sont ivres de jeu et de lumière. Le couchant dore leurs têtes et teint de pourpre la navette de leurs ventres. Ce sont elles qui filent dans le ciel les cordes qui mettent toutes les cloches en branle. Sienne, ma belle, chez toi, l'Ave Maria est sonné par les hirondelles.

XX. LE COUVENT DE LA LUNE

Route de Monte Oliveto, en août.

Quatre ou cinq lieues, et l'on passe de l'Assomption à la cellule, de la Cathédrale enivrée à la retraite qui se cache, de la ville ravissante à l'antichambre de la mort : les formes de la vie une à une s'effacent ; les plus séduisantes se dépouillent, elles s'écaillent du bonheur comme d'une écorce, et l'on tombe aux chaînes et à la pesanteur du sépulcre. Quand le bienheureux Bernard Toloméi, avec deux jeunes gentilshommes, Patrizio Patrizi et Piccolomini, des plus nobles comme lui, las de tous les plaisirs et de toute ambition, s'en fut de Sienne, au temps le plus glorieux de la République, il prit la route du désert. A quelque trois heures de son palais, Toloméi avait une maison de chasse, au milieu des buissons et de la plus âpre solitude. Ils s'y fixèrent ; d'autres Siennois les y suivirent. Ils défrichèrent, ils semèrent ; et le pavillon devint, en un quart de siècle, l'illustre abbaye de Monte Oliveto Maggiore, une forteresse bénédictine de travail et d'oraisons.

Si du haut de la ville, on contemple la campagne de Sienne, ou si l'on fait quelques pas vers les portes, par les chemins fleuris de Fonte Branda ou de la Fontanelle, tout bruissants de feuilles et d'oiseaux, on ne pourrait jamais croire qu'on dût être si tôt dans une contrée dure, si hostile à l'homme et si triste. On quitte les cultures. Les maisons et les fermes se font plus rares. Au-delà d'Asciano ou de Bonconvento, elles disparaissent. A peine un arbre maigre et tordu, de loin en loin, un bras levé sur l'étendue, un signe de détresse. L'herbe rase rampe sous terre. S'il y a des récoltes, on dirait du maquis. On monte, on descend, on remonte. Les plis de la terre se creusent, et se gonflent en cloques d'énormes brûlures. Les dunes lentes se succèdent, une morne mer pétrifiée. Cependant, de descentes en montées, de montées en descentes, on s'élève toujours.

Pas une goutte d'eau. Souvent, il ne pleut pas de cinq mois. Une grosse ride, vert-de-gris, vert de fiel, plus sèche qu'un cep, c'est le lit osseux d'un torrent. La terre calcinée, d'argile ocre et grise, en mottes dures, est bouillue, et tous les bouillons de cette onde épaisse se sont solidifiés. La contrée, boursouflée de ce feu mort, est infernale. Longtemps, rien ne se dresse sur l'étendue : elle est immense par le ciel qui l'emplit et l'accable ; mais les mouvements du terrain cachent l'horizon. Une horreur magnifique, propre à tous les fantômes de la conscience, pèse comme le ciel sur l'espace. On songe avec amertume qu'on voyage peut-être dans une région défendue. Les bosses de cette terre bise font penser à des troupeaux de pachydermes monstrueux qui marchent là-dessous, en cachant leurs défenses, et leurs têtes. Ou bien serait-ce, ici, les tanneries de la Fonte Branda maudite, les peaux qui sèchent étendues pour les corroyeurs de l'enfer ?

Mais plutôt encore, ce pays est une vallée de la lune, gonflée de cette sévérité stérile qui interdit la vie. Et comme on songe à fuir, pour la première fois on aperçoit au loin, sur une butte, entre des ravines et des précipices, un clocher, une bâtisse rouge dans les cyprès noirs et la cendre pâle des oliviers. Ce lieu est le Mont Olivet Majeur, un autel de la vie ascétique, une des capitales, repliées sur elles-mêmes, de la pénitence et de la prière. Elle paraît, elle disparaît, à vingt reprises : parfois, elle est au fond d'un trou, avalée par l'énorme mâchoire de l'abîme ; et parfois, l'abbaye jaillit comme un feu sur une cime. Elle sort de la crevasse, et elle y rentre.

On approche ; et merveille, au haut d'une montée légère, si l'on se tourne, là-bas, là-bas, dans la lumière, comme il serait permis au pécheur de revoir la cité céleste, tandis qu'il purge sa peine au séjour pénitent des regrets et du remords, la Tour du Palais Public, le lys de Sienne brille sur le ciel. Mais il ne s'agit pas de rebrousser chemin. On avance. Des arcs, deux ou trois ordres de fenêtres, les bâtiments rouges de l'abbaye surgissent des cyprès, des oliviers et des vignes qui couvrent les pentes. Longs et vastes, ils rampent, ils s'étirent sur le versant déclive, le campanile au sommet, et la queue beaucoup plus bas, déjà dans le ravin. Les cyprès, garde noire, vont et viennent quand un nuage passe. Deux attelages de grands bœufs blancs de la maremme défilent, en se balançant entre les cornes immenses, sur un chemin jaune et rose. Une dernière fois, Monte Oliveto s'éclipse, happé par le désert fauve, pour s'établir enfin devant le pèlerin, dans toute sa masse tenace et longue qui triomphe du sable et s'agrippe à la terre.

LE SOIR, DANS L'ALLÉE

Le jour tombe et le ciel s'élève. Il faut partir. Aux flancs du cloître, l'allée qui monte et l'allée qui descend, ici dédiée à saint Bernard et là à Françoise Romaine, traîne entre les cyprès un chemin de pourpre. La terre rouge est couleur de tan. L'incendie de l'espace rougeoie à travers les clochers fins des arbres ; et tant ils sont hauts, que l'allée semble tout étroite. Sur le ruban de sombre écarlate, glissent deux ombres de moines blancs : ils ne voient rien, ils baissent la tête et leurs mains sont rentrées sous leurs manches. Peut-être vivent-ils ? ou ont-ils vécu il y a très longtemps ? Ce silence dans l'heure passionnée, cette onde d'or céleste et de sang pacifique au secret du désert, l'étroit resserrement d'une immense solitude, tout me retient un instant et tout aussitôt me chasse. La paix de ce lieu solitaire me donne la nostalgie de Sienne enchantée ; et si je ferme les yeux au moment de passer le seuil, je sens déjà, comme si j'étais à demain entre les lèvres avides de la vie, la nostalgie de cette paix parfaite. Jeu perpétuel des apparences, perfection de ce qui n'est pas ; évanouissement de tout ce qu'on tient, écoulement comme d'une eau entre les doigts, illusion égale de la possession et de la perte. Il faut venir ici pour y faire oraison à soi-même et à ses dieux ; mais on n'y peut demeurer. Le passionné désir,

Le désir est encor le plus sûr de nos rêves.

Le vivier a ce douloureux sourire de l'eau, qui semble confesser à la lumière du soir on ne sait quel féminin martyre. Les oliviers cachent leurs têtes sous leurs bras. Est-ce la tristesse qui le cède à la douceur, ou la douceur à la tristesse ? Je suis le chemin montant de terre rouge entre les noirs guerriers. Partons pour ne jamais plus revenir sans doute.

PEINTURE DU CLOITRE

Ce qui fait la gloire de Monte Oliveto me touche peu. Signorelli et le Sodoma ont couvert les murs des cloîtres d'illustres fresques. Le rude Toscan et le voluptueux Lombard ont peint, l'un et l'autre, l'histoire de saint Benoît. Si différents soient-ils de nature, ils l'ont voulu faire dans le même esprit. Ils n'ont pas eu la moindre idée de retracer la vie profonde et le caractère du puissant religieux, qui a donné la règle de la vérité monastique à tous les moines de l'Occident. Car on retrouve la règle de saint Benoît dans tous les ordres. Cénobite ou non, le bénédictin est le religieux par essence. Toutes les religions sont filles de la bénédictine. Saint Benoît est l'un des trois ou quatre grands hommes qui ont modelé la forme de la chrétienté, en Europe. Saint Bernard et saint François sont les deux autres ; et saint Louis peut-être, dans les racines de la loi politique. Signorelli ni Sodoma n'en ont aucun souci. A quinze siècles de saint Benoît, la force de ce confesseur frappe toujours l'esprit : nul n'a connu plus à fond les besoins de l'âme chrétienne et de la fuite en Dieu. Sa règle est l'œuvre d'un confident parfois incomparable de la nature humaine, quand elle se sépare de la matière, et qu'elle se voue à la recherche d'une société idéale. Ici, l'Eglise est accomplie. Elle est la société parfaite, au-dessus de tout ce qui attache les hommes à leur condition mortelle et de ce qui les enchaîne à la terre. Le sens de l'action n'est pas moins aigu dans saint Benoît que celui de la quête divine. S'il contraint la nature humaine de toutes parts, il est loin de la méconnaître : il en a, bien au contraire, une claire connaissance. Pour tout dire, saint Benoît est le Bouddha de l'Occident. On chercherait vainement une

trace de cette grandeur dans les fresques des deux peintres.
Ils s'en tiennent à la plus banale des légendes ; ils enlumi-
nent une suite d'anecdotes si sottes et si niaises qu'on
s'étonne, qu'on a même honte pour eux qu'ils aient pu s'y
soumettre. Il ne s'agit pas de trois ou quatre tableaux, mais
de quelque soixante peintures. Les œuvres de ce saint
immense consistent à faire revivre un vase, qui est en
morceaux par la faute d'une servante ; à raccommoder une
petite cloche, qu'un diable a rompue d'un jet de pierre ; à
deviner qu'on lui sert du poison dans sa soupe ; à gifler un
mauvais moine, pour en faire sortir un petit démon griffu ;
à faire revenir sur l'eau le fer d'un outil cassé, dont l'ouvrier
ne tenait plus que le manche : voilà, entre autres, les miracles qui sont les hauts faits d'un homme à qui l'on doit cent
mille couvents à travers l'Europe, et de qui la volonté
spirituelle agit encore. Je sens une espèce de dégoût à suivre
les heures de cette hagiographie. Elle est par trop stupide.
Signorelli et le Sodoma y croyaient-ils ? Qu'on ne les
prenne pas alors pour de grands artistes. Quand il ne
saurait ni lire, ni écrire, le grand artiste a l'âme grande ; et
dans la foi, il va toujours au-delà de l'anecdote. N'y
croyaient-ils pas ? Ils ne devaient pas se charger d'un
ouvrage si ridicule. Ou bien pouvaient-ils s'en venger. C'est
ce que le Sodoma s'est permis, çà et là. On voit qu'il
s'amuse ; il se moque du saint et des sanctifiés. Pour la
tentation de Benoît, il avait peint, dit-on, des femmes nues,
au scandale du Père Abbé. Et, selon Vasari, il aurait été
forcé de les vêtir. Rien, dans la peinture, ne le prouve : les
figures ne sont pas doublées par un vêtement peint après
coup : ou elles furent toujours voilées comme elles sont, ou
toute la scène a été refaite. A Monte Oliveto, tandis qu'il
travaillait, Sodoma fort jeune faisait le bouffon et passait
pour un peu timbré. Le Père Abbé l'appelait « mataccio », le
gros fou. Ses fresques sont pourtant d'un autre prix que
celles de Signorelli ; et précisément parce qu'on ne les
prend pas au sérieux. D'ailleurs, elles sont plus agréables.
La plupart des paysages sont aimables, presque charmants : je les compte même parmi les meilleurs ou les
moins faux de la Renaissance : ils sont vrais, sensibles et
d'une couleur vaporeuse qui a dû être séduisante. Le

charme de la couleur ne rachète certes pas la raideur pesante de Signorelli : ses fresques sont lourdement ennuyeuses. On ne s'intéresse à rien, là-dedans. Signorelli, contant des anecdotes enfantines, fait penser à un Hegel écrivant des contes à la manière d'Andersen pour les petites filles. Dirai-je tout ? Il le faut, à fin de mesurer tout ce qui nous sépare de cette Italie, bientôt reculée dans le temps d'un demi-millénaire. Le Christ à la colonne de Sodoma, son Jésus portant la croix valent à peu près son fameux saint Sébastien de Florence et sa sainte Catherine en syncope de Sienne. Même beauté flatteuse, même mollesse des formes ; même vie sensuelle toute en émotion de la peau ; même fadeur romanesque et voluptueuse, propre à faire découcher les gens de lettres, sans aller hélas jusqu'à les damner. Or, je ne puis donner plus d'un regard à ces chefs-d'œuvre : j'en suis las avant d'en avoir usé. J'y trouve la façon la plus vénale d'être vain : cette peinture est le lupanar spirituel des honnêtes gens et des dévotes. Quant au portrait si célèbre de Sodoma par lui-même, dans la fresque de saint Benoît raccommodeur de vases, pour bien campé qu'il soit, il me fait une sorte d'horreur : la fatuité, le goût théâtral, coq, paon ou dindon, le mâle qui s'admire, l'élégance vulgaire, tous les parfums à bon marché, le bellâtre est écœurant. Cette peinture dandine des fesses, et danse du membre sous le manteau de théâtre : « Travadja, Sodoma, travadja, lou pittor. » Fi ! pouah ! C'est alors qu'on se sent le désir de voir, je ne dis pas un Botticelli, un Fouquet, ni un Rembrandt, ni un Vélasquès, mais un Toulouse-Lautrec. La fausse beauté reste fort en deçà de la laideur vraie et vivante.

FIN DU JOUR

Encore un moment : la lumière aussi s'attarde. Qu'il est amer et qu'il est doux de ne pas marchander les instants à ce qu'on ne verra plus. Sur le plan de la beauté, entre les coordonnées du désir et de la mort, partout et toujours on pense et l'on parle en amant. Et même si on se baisse sur une pierre, on l'entretient d'amour et on lui dit : Amour. Un dernier regard à cette demeure séduisante où la paix rêvée est une sainte Armide. J'ai cru l'entendre qui m'appelle et suis venu à sa rencontre. Où est-elle ? De nous deux, lequel n'est pas fidèle au rendez-vous ? Me l'a-t-elle donné, ou moi seul à moi-même ? Quelle ne serait pas la douceur de cet asile, si la Vierge y était encore, si la musique de la fée s'élevait dans les salles et faisait battre les tempes de la voûte. L'enchanteresse a fui. Il ne reste rien d'elle, pas un écho, pas une trace. Que ces grands murs semblent sourds. Que ce cloître est taciturne. Le ciel est si pur, les arbres si confidents et si amis, la nature fait une si consolante promesse de bonheur à ce vallon, qu'on ne peut se résoudre à la croire inutile. Une certaine tranquillité muette et morne paraît souvent le contraire du calme. Il est si beau, le calme, il est si plein qu'il se confond avec l'harmonie. Comme si je devais le rencontrer ici, j'erre dans les couloirs de Mont Olivet, du cloître aux portes, du seuil inerte aux cyprès que la brise caresse, et des cyprès au porche. Je n'entends pas le divin silence de l'âme qui s'évade, ravie en extase, entre les strophes du chant désiré. C'est la torpeur sans voix ni timbre de la boîte à violon, d'où le stradivarius s'est évanoui : qui l'a retiré ? où est-il ? serait-ce, par hasard, cette pincée de poussière dans un coin de l'étui noir, cercueil de la mélodie ?

Plus rien. Ces bâtiments, qui résistent aux siècles, s'écroulent dans notre esprit : ils n'ont plus d'objet ; leur matière ne paraît plus réelle. Soudain, il me semble qu'en les touchant du doigt, ils vont se dissiper comme une haleine, un jour d'hiver, et qu'il n'en faut pas plus pour qu'ils s'éparpillent.

Plus rien. De tous les lieux humains, les abbayes désertes sont les plus hantées de fantômes. Les murailles de granit sont moins présentes que les spectres. Dans ce magnifique château de la foi et de l'ordre, l'esprit ne joue plus qu'avec l'ombre : il a fini de tricher avec le feu, ce bonheur le plus durable qui soit offert à la convoitise de l'homme. Plus d'amour. Ou, du moins, il n'est qu'en moi : je le donne, il ne m'est pas rendu. J'appelle amour une présence suprême, qui est la mélancolie de la joie et la joie dans la souffrance : la présence de Dieu, en somme, au centre de l'universel néant, le bonheur d'être enfin, pour combler une pensée et un cœur d'homme.

On ne peut se fixer dans une tombe. Sortons. La porte, dans mon dos, se referme pour toujours, avec un bruit long et sourd de soupir. Les grands cyprès s'allument de quelques flammes d'or, au-dessus de l'allée rouge : entre les cailloux et les ornières, les creux sont des flaques de sang. Mont Olivet, berceau de la vie d'hier, désormais tombeau. Tout y sent le sépulcre. Et pourtant, quelle allégresse j'éprouve de ma visite : je me défais d'un monde mort qui ne voulait pas me quitter. Il me fallait venir à Sienne, pour apurer ces vieux comptes.

Un ordre qui se répète immuablement est une prison, une maison de force ou une maison de fous. Il a perdu le pouvoir de créer. Ce n'est plus le désert et son austère puissance, mais le vide. Le désert est puissant par le rêve et l'ardeur : il brûle et fait éclore les mirages. La vie n'est plus ici : l'âme est morte ; elle n'a plus de sens. Plus beau est le corps, plus la douleur se fait sentir de l'âme absente. Il faut plus de vie profonde à la solitude qu'à la foule et au tumulte des cités. Si encore, dans un Mont Olivet, on touchait la chaleur des passions qui se survivent, comme les nuages d'encens sous les voûtes basses d'Assise. Par ce que la pensée est à peine une vapeur à la surface des âmes simples, leur ardeur peut suffire. François le Pauvret anime toujours les vocations. Les novices au front bas, les moinillons à la tête étroite, les pèlerins viennent à lui : du fond des Calabres, ils se traînent sur les genoux jusqu'à la pierre qui porte son nom, qui le couvre selon la légende, et où il n'est même pas. Mais il y a loin d'Assise, rendez-vous d'amour, au Mont Olivet délaissé, morne et froid. Le cloître est un cimetière dont on a dispersé les cendres. Les peintures de Signorelli et du Sodoma, les unes roides, les autres molles et fades, respirent l'ennui du conte qu'elles récitent à des auditeurs qui n'y croient plus. Une librairie sans livres, il n'est pas d'image qui rende plus égale et plus cruelle à l'esprit la misère d'un grand moutier sans liturgie et sans moines. Voilà Monte Oliveto Maggiore : les rayons sont là, et les livres n'y sont plus. Les pupitres attendent. Les bancs déserts ont l'air d'un champ du repos où toutes les dalles sont de bois. A quoi bon ces voûtes si bien faites pour élever la contemplation et pour rendre, à la retombée, l'homme qui médite à la connaissance de soi ? Si loin de tout, si fortement séparé du siècle qu'on puisse être, dès que la puissance de l'âme ne trouve plus son aliment dans un lieu nourri de solitude comme celui-ci, il faut qu'elle le transforme et l'accommode à son propre appétit.

Nul, à travers un pays lunaire, n'est venu à ce Couvent de la Lune plus décidé que moi à la retraite. Elle seule semble suffire à une soif insatiable de conquête. Mais si cette orante allée de cyprès, sur une terre en sang, ne mène pas au Dieu qu'on a tant adoré dans cet asile, me voici l'homme d'avant Jésus, et c'est celui qui lui succède : l'homme qui conquiert la nature et qui n'est pas conquis. Notre croix est en nous et nous y naissons cloués pour la vie. A nous de nous en défaire. D'une telle demeure, qui fut un sanctuaire, puisqu'elle est déserte de ses hôtes célestes, je veux faire un château de la grandeur humaine, ou ne m'y revoir jamais. Quelle cellule merveilleuse pour la passion, que ce soit celle de Tristan ou celle de son poète. Qu'il ferait beau porter entre ces murs, comme dans une aire, une beauté passionnée, celle pour qui l'on peut vivre ou mourir, avec une égale plénitude, l'espace d'une saison. Qu'il ferait beau encore, et plus beau peut-être, faire ici de la musique et mesurer, entre deux victoires, la vanité de vaincre, pour nourrir enfin les pensées qui délivrent même de la puissance, même de l'empire et qui sait, même de l'amour. Quand je serai duc de Sienne, je ferai de Monte Oliveto Maggiore ma salle de concert pour les nuits d'été.

Allons, il est temps de quitter le Couvent de la Lune et d'en laisser les cendres à cette contrée de laves. Je rentre à Sienne, parce que Sienne est la vie et que le Mont Olivet est vide : sans vie, il n'est pas de beauté.

RETOUR A SIENNE

Avant de rentrer dans la très chère ville, qui lève en flambeaux ses deux bras vers le ciel, à quelque cinq ou six cents pas de la Porte Camullia le Condottière a pris la route étroite qui mène à Marciano. C'est un chemin creux, montant et secret. Des oliviers, des vignes, des mûres, et la terre rouge qui est si vivante. Et bientôt, derrière les haies, un tertre boisé, une campagne en esplanade, suspendue sur la plaine et les plis de la vallée, l'immense paix de la vie rustique fait point d'orgue au chant passionné qui vient de l'adorable ville. Car de ce tertre élevé, comme d'une terrasse, toute Sienne se dévoile : on la découvre moins qu'elle n'appelle et se fait voir, telle Isolde qui attend et qui fait des signes. Jamais l'accueil d'une ville ne fut plus semblable à un brûlant sourire. Toute la douceur et la paix où je suis s'élance et vole à la rencontre de la félicité où l'on veut être et de l'ardeur où l'on va. Et pourtant le calme de Marciano enveloppe la vie et la berce. Les grandes meules blondes sont là ; on les touche de la main ; on peut s'y coucher dans les odeurs de l'épouse féconde, la terre. La figue mûre et le raisin cherchent la bouche. Le puissant parfum du blé, qui sent déjà le four ; le silence des nids qui s'enchantent d'une seule voix ; l'âne qui tire de ses longues lèvres grises une pousse fraîche ; le jeune paysan qui engrange du foin, ce vaste repos est le berceau de Sienne : mais la ville est la plus forte ; elle dissipe toutes les tentations, celle de la rêverie et celle du sommeil. Et les flèches d'or rouge que le couchant lance sur le Dôme, les tisons qui miroitent aux vitres des fenêtres, allument dans les veines du Condottière, qui vient de laisser derrière soi le désert de la contemplation, les roses du feu, les roses vives du sang.

Qui est né passionné, jamais ne perd le goût de la passion. Elle est le besoin de sa vie, à la fois, et l'aliment. Le Condottière est ainsi fait. Pour lui, comme pour les Saints, l'absence du feu est l'agonie même, la voie déserte où le désespoir chemine sur son ombre, dans les ténèbres de la dévorante sécheresse.

La passion exclut tout ennui. Sienne rend l'allégresse de la passion à l'homme qui en subit les transes ou même qui en souffre les plus longues douleurs.

L'ambition paraît alors pleine de dégoûts comme le reste.

Quoi de plus fastidieux que la promesse d'une élévation où l'on ne se doit pas tout ? Et les autres font tant qu'on y reste étranger à soi-même.

Dans la plénitude de soi et d'un total oubli du reste, il faut se hâter de jouir de la seule conquête qui ne lasse point et qui ne trompe pas. Que l'heure et pleine, qui consume le temps jusques en ses cendres, et qu'elle est belle.

Cor Magis, Sienne m'ouvre ses portes. La couleur de la ville, les murailles vivantes, le style du doux incendie, quelques peintures qu'on chérit au passage, comme on verrait venir à soi la caresse des fleurs, il n'en faut pas plus : Sienne rend le sourire à la Rose Ardente, et à la vie la magie d'un nouveau charme.

Loin du siècle, hors de toute attache, la passion est la forme la plus réelle du rêve et plus pressante que toute action. Le génie de Sienne est vivant comme nul autre. Il n'est pourtant que l'incantation de ceux qui ne sont plus, mon retour parmi eux, et ma plus vraie présence.

C'est que j'ai comme eux, dit le Condottière, j'ai la fureur de la beauté.

XXI. LE CONDOTTIÈRE COURONNE LA VILLE

Amour, qui sait ce que tu veux du Condottière ?
De lui qui sait, Amour, ce que tu as voulu ?
Le plus profond amour en tout le plus préfère.
Il n'est tout qu'un seul mot : toujours et toujours plus.

Il se peut que la plus grande beauté ne soit pas où il la trouve : c'est pourtant là qu'elle est pour lui. Comme il lui parle, elle répond. L'entretien est infini que la passion nourrit, après l'avoir fait naître. La fringale des fauves ne désarme jamais, pas plus que leur prudence, mais il vient un temps où l'on ne dévore qu'en esprit. Comme un enfant, il a voulu toute l'Italie : il a bientôt compris qu'une telle convoitise est abstraite autant qu'elle est esclave : elle n'est pas de l'amour ni de l'art, elle est de la politique. Un pays fait masse et nombre : la passion comme l'art ne vit que de choix. La poésie est la partialité suprême. Je veux, dit le

Condottière, que ma vie se prête à la vie de tout l'univers, et qu'elle y aide. Mais je ne donne mon âme qu'à l'objet unique entre tous les objets.

Ce monde marche par nous et marchera bien sans nous. Que l'esprit persévère dans son combat pour l'harmonie et la beauté. Mais nous n'avons que faire de jeter encore un geste discordant au milieu de la cohue, une autre vague dans le désordre de cette mer orpheline du calme. Bienheureuse l'action qui défend les hommes de se faire machines. Mais la pensée, en lutte perpétuelle avec le train mécanique de la vie, est une action suprême : l'esprit de beauté est l'arme divine qui défend l'homme de l'automate.

Si ce n'en est pas une de le croire, je dépouille ici toute vanité. O Sienne, vivons ensemble. Souffre que je t'aide à être toujours toi-même. Et daigne m'aider à m'accomplir. Tout est génie à qui sait voir l'harmonie de l'ensemble. Une paix admirable et point de tiédeur. Un adieu sans regret à tout ce qui est vain ; un brûlant repos et point de sommeil. Quelle émotion plus morale que de se sentir grand et beau ? Quel plus pur devoir que de l'être toujours davantage ? La vie ne se justifie que par la grandeur et la beauté. Tout le reste est bassesse et sombre farce.

Pour retrouver son chemin dans la forêt du monstre qui doit lui dévorer ses frères, le Poucet le plus frêle de tous, mais qui voit le plus loin, sème des cailloux tout le long de la route. Pierres de beauté, qu'on laisse tomber, qu'on égrène dans la nuit et qu'on reconnaît le matin, pour s'éloigner toujours plus sûrement de l'ogresse opinion et du monstre vulgarité.

Dans le désert qui sépare Sienne de Monte Oliveto, j'ai marqué chaque pas d'un adieu à quelque vanité. Cet espace lunaire, où le doux mensonge des arbres ne tend plus les verts feuillages de l'illusion, ne laisse place qu'au sable et à la lumière. Clarté de l'aridité à nulle autre pareille. A chaque halte de la soif, je rejette une de ces réponses qui passent pour résoudre l'énigme du monde et qui ne sont que du vent sur la poussière : on déplace la dune, et celle qui était en arrière se pousse en avant. Et toujours le sable avance, à mesure qu'on fait un pas de plus. Moins la couleur qui change avec les heures, ce sable est toujours le même. A la fin du jour, il semble qu'on a perdu tout l'espace parcouru et qu'on recule. O désert du mystère, plan fatal de l'univers, le seul où notre esprit se meut, et le seul qu'animent nos passions : sans elles, le vide est l'envers des ténèbres. Rien ne peuple le désert ; rien ne comble l'abîme que notre pensée, le rêve renouvelé de notre vie intérieure.

Voilà ce que j'ai nourri sur la route de Sienne au Mont Olivet, de la ville conquise à son plus haut lieu de renoncement. J'ai refait les mêmes calculs, plus dépouillés encore, sur le chemin du retour, de Monte Oliveto à Sienne. Le renoncement même n'a pas de valeur, sinon celle que l'amour lui prête. La vie religieuse de l'ancien temps est vide comme le reste : rien n'en demeure que les murs, et les peintures, les visions sans corps, et qui déjà s'effacent, de ce qui fut la vie. C'est le plus noble, le plus merveilleux tombeau ; mais un tombeau, puisque le Dieu n'y est plus. *Dic nobis, Maria*. Je suis l'une des Maries, celle qu'on interroge et qui a vu. *J'ai vu* l'ombre divine de ce qui fut ; mais non pas *Lui*. Et le sépulcre est vide. Pourquoi le douzième siècle ? ou le quinzième, ou tel autre ? Le Condottière est l'homme de tous les temps.

César est plus que mort : un cadavre qui pourrit toujours et qui ne veut pas finir d'aller en pourriture. Cette putréfaction continue est insupportable. Son Empire est un joujou ; sa Rome, un guignol. Le Styx est un Rubicon sans bords, qu'on ne repasse pas. Qu'on nous laisse tranquille avec la pourpre de cette vermine impériale. Ni le ciel ni la terre, ni Jésus ni l'Empire : il ne reste à l'homme que l'homme. Et si ce n'est rien, tant pis. Lui seul peut tout faire pour lui. Il faut tout conquérir, pour tout rejeter ; et tout rejeter pour conquérir la plénitude de soi, le seul réel des royaumes. Ce sens d'éternité au milieu du torrent qui emporte toutes choses, tel est l'unique empire. Il est vrai en ce qu'il nous doit tout. Ils y viendront, ces pauvres enfants, quand ils auront fini de jouer à l'action avec leur boîte à joujoux, de barbouiller leurs polichinelles de confiture, et d'en lécher les stalactites sucrées en se suçant le pouce. Rien n'a un semblant d'être que ce qu'une âme forte se donne l'illusion d'avoir créé, en se passant elle-même. Voilà peut-être le principe d'une religion nouvelle. C'est en tout cas la mienne.

Madone Impératrice, aussi ingénue sur son trône que dans sa petite chambre de Galilée avant la visite de l'Ange, la jeune Vierge de Sainte-Marie-des-Neiges, ma voisine, me parle d'un triomphe sans violence et d'une royauté parfaite, sans combat ni malice. Elle règne par la Grâce ; et son sourire intérieur est irrésistible. Qui peut se soustraire à un pouvoir qu'on invite soi-même à tout prendre, parce qu'on désire tout lui donner ? Nulle force ne se compare à cet invincible attrait : la possession d'une beauté qui s'empare du cœur, à la façon de la plus suave musique. Une ivresse d'amour et de pensée ne passe-t-elle pas infiniment toutes les conquêtes de la terre ? Il faut seulement qu'elle dure. Béni soit le lieu où elle peut durer : présentement, pour moi, il est à Sienne. Quelle action ne semble pas, alors, le geste vain d'une bête que traque le destin ou que la faim agite ? Si je me trompe, une erreur qui sonne la plénitude intense de la vie et qui efface absolument la mort, est la vérité même : celle de TRISTAN, celle de Béatrice : celle enfin de l'artiste. Le point est d'y adhérer de tout son être. Le corps même se plierait à l'âme, si elle était assez puissante. Les stigmates de saint François ne sont pas les seuls. Une âme toute libre peut être présente, à la fois, en plus d'un lieu. Et la mort, ce masque hideux du temps, sans prise sur sa proie, serait vaincue, comme l'entend saint Paul. Ha, les tristes pécheurs que nous sommes, qui n'avons pas encore réussi à dissiper le temps, ni à vaincre la mort. Cette double poussière ne couvre tout que du fait de notre faiblesse. Quelle misérable paresse de vivre fait de nous sa litière, que nous donnons tant au sommeil, que nous dormons avec plaisir, et que nous n'avons pas trouvé les moyens d'une vie éternelle ? Et même nous en doutons, lâches esclaves qui consentons à mourir. On n'aime pas assez la vie pour toujours vivre. L'amour est l'éternel et seul moyen de l'œuvre. Les grands poèmes en portent tous la marque. C'en est un aussi, l'amour du Condottière avec la Ville. Qui ressemble plus à la Sainte en extase avec son Dieu, que l'artiste en passion avec son œuvre ?

Il nous faut être à ce qui est : faute de quoi, qu'est-ce que nous avons ? Le réel n'est rien ; mais il nous tient. La matière est puissante : elle se fait croire. La nature est matérialiste, comme toutes les plèbes. Toutes les forces sont charnelles, d'abord. En nous, l'idéal tend à être ; mais il nous fuit à tout moment.

A Sienne je respire dans un petit monde clos, qui a sa perfection. Rien n'est plus semblable à la vie que la passion : Sienne est la capitale de l'amour. Or, il faut aller d'une sphère à une autre, toujours plus étendue, toujours plus haute. La connaissance est faite de ce développement. Je ne m'appartiens plus, si je n'appartiens à ce que je dois être. Se surpasser est la seule loi. Elle est la morale et l'ordre divin donnés à l'individu. L'âme ne se surpasse qu'en connaissance. La connaissance ne se surpasse qu'en amour.

Il n'y a que des individus. Hélas ? Peut-être. Rien ne compte que la grandeur, la patience et la beauté qu'ils mettent à se surpasser pour être enfin eux-mêmes. On ne se trouve pas : on se cherche sans cesse. Les plus grands, du reste, ont besoin de l'univers et des autres hommes : c'est leur matière. Et ils leur sont un exemple et un guide, à leur tour : ils sont leur esprit.

Se surpasser, aller au-delà de soi, et toujours au-delà de son bonheur même : la seule idée d'une telle croissance ruine la croyance et le goût qu'on a de ce bonheur-là. Le sourire est la suprême récompense : il efface les contradictions de l'effort, et le sillon des pleurs.

Le Condottière se délivre, même de la conquête. « Je respire fortement, dit-il. J'ai conquis cette heure pleine, cette halte, cette ville. Je les couronne. Ma victoire sera d'y renoncer, demain. Je rentrerai dans Paris, où mon destin m'exerce : mais sans plus te quitter jamais, Sienne. Tu as effacé, dans mon âme, la vaine tentation de la puissance. A Sienne, j'ai connu la beauté d'être tenté par la passion d'une harmonie plus rare et d'une bien autre plénitude. » O Siennois, que faites-vous ? Pourquoi dormez-vous ? Que faites-vous du feu et de l'amour, dans votre adorable ville, la fleur rouge ?

Je m'arrête encore ici, dans l'amoureuse Sienne, comme dans le lieu le plus propre à incarner le plus beau rêve, et à sublimer la matière de notre action. J'épuiserai cette source aussi ; elle se troublera comme une autre. Il me faudra, je le sais, rentrer parmi les hommes : comme j'ai laissé Monte Oliveto pour Sienne, je devrai quitter Sienne pour Paris. Ce n'est qu'une halte enchanteresse dans le fatal mouvement. Le torrent emporte tout : il n'y a que des stations, il n'y a que des relais. A l'âme d'être assez puissante pour se fixer, au moins pour un temps : à elle de se donner un lieu d'asile dans le tourbillon, et quelque trêve au milieu du cyclone : elle trouve une vie contemplative dans la mystique de la passion. Jamais réponse ne fut plus heureuse à l'énigme de la vie : passion et salut, l'un par l'autre, et celui-ci en celle-là. L'esprit païen épouse peut-être ici la folie chrétienne. Il est donc un amour qui donne le ciel aux délices douloureuses de la terre ? L'éprouver, c'est avoir la clef du paradis, et le voir qui s'ouvre de lui-même, quand on est sur le seuil. Y croire est déjà la guérison de l'incurable maladie qui naît avec nous, quand nous venons au monde.

Nuits de printemps, sur les remparts de Sienne, dans les jardins de la Lice, ou sur les routes silencieuses, où la lune chante, de vallon en vallon, au pied de la ville. J'ai été de Fonte Branda à San Marco, de San Marco à San Viene ou Pispini. Nuits de printemps, palpitantes d'étoiles qui volent : j'en ai eu dans la main et dans les cheveux de ma jeune fille. Les lucioles dansent. Les étoiles filantes ne tombent pas de Sirius et des Léonides, comme ailleurs dans la canicule : elles sortent de la terre en travail ; elles sautent des buissons et des haies. Un peu partout, il est sans doute des lucioles : elles ne sont des étoiles qu'à Sienne, seulement. Dans les allées de la Lizza, j'en étais entouré ; je m'arrêtais. éperdu, au centre de ce cercle magique. En elles, j'éprouvais le doux volcan d'avril, le feu qui dévore délicieusement la moelle des tiges, qui pousse une onde brûlante dans les feuilles nouvelles et qui va des branches fraîches aux veines de la nuit. Que sont alors tous ces astres pétillants, près des cœurs qui bondissent sous le sein des jeunes filles ? En vérité, c'est une ivresse qui donne des ailes à la pensée. Il n'est pas de poésie sans vertige. Pense, si tu veux, avec un sourire, que le vertige est le branle de l'univers.

O nuits des lucioles à Sienne, où tout est amour, tout est lumière, tout est jeunesse. La ville du rêve est levée par la puissante main de la terre, vers le ciel, en calice d'ardeur. Toute nécessité, alors, s'efface : la vie passionnée est la vie nécessaire. Tout ce qui est médiocre ou nul, ici comme ailleurs, se retire dans les fossés, et n'est plus que les ténèbres d'en bas, d'où la gerbe de feu s'envole, d'où les lucioles s'élancent.

GUAI A CHI LA TOCCA
GARE A QUI LA TOUCHE

Ma jeune fille sans péché, quand elle est venue à ma rencontre, j'ai cru voir toute ma douleur de quitter Sienne, et le reproche de me trahir à jamais en la trahissant. Elle était toute pareille à la Madone des Madones, celle qu'ont rêvée tous les siècles de Sienne, mais que l'art n'a pu enclore dans une œuvre seule, par ce que la palpitation en est réservée uniquement à un éclair de la vie. L'âme efface alors les traits changeants du visage et les faux semblants. L'âme n'a pas d'âge, non plus que la lumière. Elle n'avait plus dix-neuf ans, et moins de vingt : toute sa jeunesse de femme était liée en un seul faisceau de grâce, comme toute une prairie en une seule gerbe. Elle allait succomber ; puis, elle m'a souri ; et me prenant la main, elle l'a promenée sur sa bouche et sur ses yeux, pour la garder enfin sur ses lèvres. Le cher visage s'est peu à peu délivré de l'étau que serre la passion, et qui met le sceau de la vie ou de la mort sur chaque ligne de la chair tendue à se fondre, à disparaître. Elle a repris son air tendre et sa délicieuse allégresse. C'était la princesse de Benvenuto, que j'ai toujours aimée, en petite robe d'indienne et sans bijoux, la Reine qui voyage parmi les chefs-d'œuvre, et qui, le soir, dort chez les pauvres gens qui voient Dieu, pour que leur vie soit bénie de quelque beauté.

T'ai-je quittée ? Aurais-je pu m'y résoudre ? Et se peut-il, un jour, que m'éloignant de la porte aux deux louves, je me dise : « Est-ce toi que je perds ? et Sienne en toi, perdue pour moi-même ? » Je ne veux plus partir. Je veux avoir, ici,

ma retraite ou mon palais. A Sienne, je me ferai un palais de
la plus chaste retraite.

Il tient sur ses genoux, le Condottière, il tient contre son
cœur la jeune fille née de Sienne, et qui est toute sienne : ce
jeu de sons le fait rire de bonheur. Il la respire. Quelle
femme lui est de rien, si elle n'est une fleur ? Elle est la ville
même de la Vierge, à jamais conquise. Il la couronne, et
gare à qui la lui dispute, gare à qui la touche.

Les voilà sur leur terrasse. Quelle nuit enchantée pour
n'avoir plus du monde que la vision d'un universel mirage.
ils entendent le bruit nocturne de la ville, une rumeur de
joie tranquille, d'ardeur vite endormie, dans l'habitude et
les heures paisibles. Quel délice d'être seuls à veiller dans le
feu, au milieu de cette Sienne au bois dormant. Tant de
beauté qui palpite pour moi seul dans le silence d'une gloire
apaisée. Amante très aimée, tu serais trop ingrate, Sienne,
si tu ne m'aimais.

Si je te quitte, Sienne Amour, quitte-moi. Une telle tendresse est à jamais fidèle. La tendresse passionnée est la
plus haute passion. Tu ne seras jamais loin, Sienne : je
t'emporte. Je ne serai jamais absent : tu me retiens.

Une force monte de la terre où l'on aime et gonfle la sève
dans le cœur de l'homme. Il rend alors en émotion ce qu'il
a reçu en puissance ; et ses regards font de la lumière à tout
ce qu'il voit. Les saints, les artistes, les amants connaissent
cet échange. Comme les hirondelles, quand elles se forment
en triangle de voile, et prennent le départ, mes heures
suprêmes de Sienne rappellent les premières dans ces rues
où j'errais enivré, voulant tout saisir du même coup, tout
connaître de la ville, sans me résoudre à laisser ce que je
venais d'atteindre, à m'en séparer d'un seul pas. Le pavé de
Sienne est une onde élastique où je glisse. Les talons volent
sur ces belles dalles. Même les plus usées me font sentir
l'espèce de luxe que je préfère. Qu'elles sont nobles et
plaisantes à l'œil, ces grandes plaques de pierre, toujours si
bien ajustées, qui semblent les unes de marbre, les autres de
porphyre ou de travertin : on marche dans les rues comme
dans un temple. Elles sont toujours nettes et polies. Tantôt
elles mirent le soleil avec une lueur complice, pareille à

quelque rire de la terre ; tantôt, elles ont un regard bleu dans la fraîcheur du matin. J'aime les dalles de Sienne.

Ce soir, il faut pourtant que je te dise adieu : pour quelques jours ? pour quelques mois ? Que sais-je ? L'hiver va venir. Je serai de retour avant Pâques, et la fin de la froidure claire. Car janvier même est solaire sur tes collines ; et les Rois Mages, à Sienne, guidés par l'étoile, adorent l'Enfant au soleil. Je sais que tu es parfois frileuse. Parfois sur ta robe rouge et ton chaperon bleu, le Nord faufile une frange d'hermine. Ha, Chérie, je t'aime vêtue comme je t'aime nue. Tous les Siennois, alors, portent fourrure et font mine longue à la neige ; mais la neige rit, comme un enfant trop blond qui s'éveille ; et le soleil dissipe cette haleine des monts. Regagne, neige, tes perchoirs de la Suisse. Les bonnes vieilles tiennent les pieds sur les chaufferettes, et leurs doigts roidis sur le petit chauffe-mains de terre brune, où brûlent les tisons pris au four du boulanger. Et chacune est pareille à ma grand'mère, qui me nichait les mains, l'hiver, sous son tablier. La neige s'en va de Sienne en riant. La vierge n'a pas besoin de cette blancheur froide. Le ciel de Noël est si pur et si bleu ! Sa tendresse est assez candide sur le front de Marie en Assomption, et sur le cierge du Campanile.

Déjà, s'avance la saison de la lumière brève. Sur le front doré de Belcaro, le soir a ceint un bandeau de mélancolie. La fièvre des caresses s'allume plus tôt, et vacille enivrée dans les yeux des demeures. Et les hirondelles sont parties. La fin du jour, plus secrète, n'est plus si languissamment rêveuse ; le sang de l'été s'abîme dans une extase de douceur. Le soleil se couche en amant, toujours plus près, contre la terre ; il donne tout son sang, d'un seul coup, aux murailles et aux collines ; il ne le mesure plus. La vendange est faite. Les pampres pourpres font un suave incendie le long des monts et des sillons.

Sienne, je ne retiens plus, dans l'ombre grandissante, les plus illustres merveilles qui font ta gloire et ta beauté. Je n'irai pas te chercher, comme la première nuit où je t'ai connue, sur la place sublime en forme de conque, où la sainte Vierge est Anadyomène, ni à Toloméi, ni dans tes plus fameux palais.

Une dernière fois, je vais et viens dans la rue du Paradis, ma voisine la plus proche, toujours extatique et déserte. En pente douce, elle descend vers Saint-Dominique, comme si elle menait à la mer. Si tranquille et si parée de ses seules couleurs, qu'elle semble, même la nuit, bâtie de pierres lumineuses et dallée de porphyre. Elle porte la solitude à l'amour, comme on voit une statuette sur la main déclive du sculpteur. Ici, je ne sais plus si j'ai vu des amants confondre leurs haleines dans l'ombre. Mais certes, il en est une qui m'a donné rendez-vous, qui vint à ma rencontre, comme la fleur d'avril au ciel de Pâques, et que je baisai aux yeux, dans la rue du Paradis.

Puisque Toloméi n'est pas à moi et que le palais de la République ne peut l'être, je veux revoir le petit palais aux trois fenêtres qui, d'abord, m'a tant séduit. Il est toujours dans la rue sombre qui coule vers le Campo en torrent ; toujours clos, les belles fenêtres toujours verrouillées, le visage fermé, dans une attente déserte. Qu'attend-il ? quel retour ? quelle fête ? quelle ardente complicité ? Je ne suis pas sorti de Sienne qu'il me parle, en silence, de ma rentrée. Ses paupières closes sont ouvertes au-dedans et me contemplent. La passion nie toute absence ; et même si elle meurt, elle force la vie à la présence.

Voici l'ombre faite, et tissé le premier voile de la nuit. Tous les Siennois sont rentrés, chacun chez soi. Je passe et je repasse sur la place du Dôme, le haut lieu de Sienne, le socle de son tabernacle. C'est bien le saint des saints, le Temple, le Clocher, la Grandeur Mutilée et l'Hôtel-Dieu.

Personne ici, personne, pas même un chat qui miaule. Avec quelle joie douloureuse je m'attarde.

Quelques lampes clignent de l'œil dans la façade muette de la Scala, la maison où l'on souffre, où l'on meurt, où l'on soigne et guérit depuis sept cents ans. Qu'elle est profonde et bonne, la pensée qui a mis la Maison de la Mère Eternelle et l'église des malades face à face : les grandes portes s'ouvrent droit dans l'axe l'une de l'autre, pour l'une et l'autre guérison.

Gloire, conquête, empire, domination, tout s'ordonne et s'élève dans une possession suprême. En ce lieu, la sublime parole de l'homme maigre aux yeux puissants qui voit au-delà des heures et du monde, chante éolienne, frémissement infini du silence. La parole qu'Athènes a tant cherchée avec Antigone et que le Voyant seul a trouvée, le poète de la vie, lui donnant la forme immortelle : « Tout passe et doit passer. Les prophéties ont une fin. Les langues ne se parlent plus. Les peuples disparaissent. Et même la connaissance. Seul, l'Amour ne cesse pas et seul il est sans fin. »

Je ne me lasse pas, méditant, d'aller et de venir sur cette place. Je sais que la plus belle vue de Sienne est aussi la plus sainte et la plus réservée : il faut asservir, le long de ces murs, les pas insidieux de la mort. Je voudrais avoir un étage sur le toit de la Scala, au-dessus de la Fosse San Ansano : de là-haut, on tiendrait dans les yeux toute la ville et la douce contrée.

La lune tourne avec moi autour du Campanile. Tout est suspendu comme la mélodie aux cordes d'une harpe d'argent. Tout vole, aérien, entre les deux espaces, les bulles sans poids du ciel et de la terre. Et moi-même, je suis plus léger que mon ombre. Et peut-être ne suis-je aussi que l'ombre de mon ombre.

Toute la noirceur est du vide. Le chant l'emporte, le chant peuple la nuit : elle ne sera pas la plus forte. Nullitude du monde, cette fange éphémère, il n'est qu'un seul vainqueur pour la rendre féconde : dans l'infini néant de tout, l'âme est créatrice qui conçoit de l'amour. Un pur rêve sourit qui surgit de l'abîme. Et la plus belle rose a fleuri des ténèbres. J'attends le point du jour. Je suis sûr de l'aurore.

Sienne, je t'emporte. Tu ne me quittes pas. Il n'importe plus que je t'aie : celui-là possède le plus qui le plus aime. C'est lui qui a. Pour jamais, Sienne est avec moi, Sienne la Douce, l'ardente Sienne, Sienne la mienne, Sienne la Bien-Aimée.

FIN DU TROISIÈME LIVRE

TU DUCA, TU SIGNORE ED ELLA ELETTA

FINI LE
XXI MARS
M CM XXXI

Table

VERS VENISE

FIORENZA

SIENNE LA BIEN-AIMÉE

Table 563

PRÉCISIONS SUR L'HISTORIQUE
DU *VOYAGE DU CONDOTTIÈRE*

Le meilleur de lui-même, Suarès nous l'a laissé dans *Voyage du Condottière*. Cette œuvre de toute une vie, qu'il commença à vingt-sept ans et acheva à soixante et un ans, nous livre à la fois ses méditations passionnées sur l'Italie et son itinéraire secret vers la grandeur.

Suarès s'est rendu cinq fois en Italie. Il y accomplit d'abord, de juin à septembre 1895, un long voyage à pied qui le mène jusqu'en Sicile et en rapporte d'abondantes notes : deux importants manuscrits (*Italie-1895*, 432 folios, Bibliothêque Doucet, ms. 1810 ; *Italie-Rome*, 186 folios, Bib. Doucet, ms. 1137), un cahier de sonnets sur Florence et plusieurs carnets. Il y retourne de septembre à novembre 1902, comme nous l'indiquent les deux lettres à Romain Rolland (n°s 671 et 672, du 25 septembre et du 7 octobre 1902). Son troisième séjour a lieu de mai à août 1909 ; ainsi écrit-il à Claudel, le 19 mai : « Vous le voyez, cher Claudel, je suis en Italie, pour la troisième fois. J'y viens finir un livre qu'on me demande, et que j'ai entrepris voilà bientôt quinze ans. Mon second voyage avait détruit les vues enfantines du premier. Il faut maintenant les accorder entre eux, tous trois. » (*Correspondance Claudel-Suarès*, p. 149.) Ce que confirme la lettre envoyée à Gide le 21 août 1909 : « Je rentre d'un long voyage en Italie, le troisième que j'y fais depuis mon enfance. » (*Correspondance Gide-Suarès*, p. 35.) Dès son retour, il publie un premier volume : *Voyage du Condottière. Vers Venise* (Paris, Ed. Cornély, 1910, 246 p.) dont d'importants fragments ont paru dans la *Grande*

Revue du 10 avril au 10 septembre. En 1913, Jacques Doucet emmène Suarès pour un quatrième voyage en Italie (lettre à Doucet du 21 février 1929). Il y revient enfin en septembre 1928 en compagnie d'Emile-Paul et de Daragnès : « Il s'agit, à présent comme alors, de finir le *Condottière*. Toutefois, je demeure plus longtemps en certains lieux essentiels où je compare mes impressions à mes souvenirs : j'essaie de tout mettre au point, le présent et le passé, dans une vision assez harmonieuse pour impliquer aussi l'avenir. Il y a une Italie éternelle » (lettre à Doucet du 23 septembre 1928). Suarès achève alors les deux autres volumes de *Voyage du Condottière*, en publie quelques extraits dans *Commerce* (XIX, printemps 1929 ; XXII, hiver 1929). Mais, obligé de quitter son appartement de la rue Cassette et de se réfugier en Provence, il reste plusieurs mois éloigné de Paris ; les deux volumes restent en attente et ne voient le jour qu'en 1932 *Voyage du Condottière. II. Fiorenza*, Paris. Emile-Paul, 1932, 254 p. ; *Voyage Condottière. III. Sienne la bien-aimée*, Paris, Emile-Paul, 1932, 396 p.). Après sa mort, les trois tomes de *Voyage du Condottière* sont réédités en un seul volume (Paris, Emile-Paul, 1954, 600 p.).

Une difficulté subsiste, qui réclame certaines précisions. La préface de *Fiorenza*, deuxième tome du *Voyage*, comporte en effet quelques obscurités. Suarès y affirme que ce livre « est le troisième et dernier Chant du Condottière », et plus loin il ajoute : « Dans le tiers livre et dernier, qui est celui-ci... ». En outre, il annonce, pour l'an suivant, la publication du deuxième livre, où il contera ses « Campagnes en Italie » ; il en indique sommairement le contenu : il parlera de Naples et de la Sicile, de la région située entre Ostie et Ravenne, de Rome enfin. Deux remarques s'imposent : d'une part, cette préface conviendrait mieux au tome III, *Sienne la bien-aimée* ; d'autre part, le contenu annoncé pour le tome II ne correspond pas aux pages publiées qui portent uniquement sur Florence et la Toscane ; on n'y trouve aucun chapitre sur Rome, aucune ligne sur Naples et l'Italie du Sud, aucune évocation de la Sicile. Certes, on pourrait supposer que Suarès n'ait finalement rien rédigé sur Rome qu'il n'aimait guère et sur Naples qu'il appréciait encore moins, mais il admirait fort la Sicile et ses temples et l'on s'expliquerait mal qu'il n'en parlât pas. La première difficulté est d'ordre purement chronologique : dans l'édition séparée des volumes, la préface fut effectivement écrite pour le tome III, primitivement destiné à paraître le premier ; mais, dans l'édition complète, où cette place ne se justifiait plus, elle figure avant le tome II, ce qui d'ailleurs ne se justifie pas davantage.

Quatre hypothèses se présentent donc. Suarès aurait pu se repentir et se refuser à publier le deuxième livre ; il aurait alors ajouté un nouveau volume sur Sienne, transformant le tome III en tome II et ce tome IV en tome III. Mais, dans ce cas, Sienne, qu'il aime tant, n'aurait pas figuré dans le projet primitif du *Voyage*, ce qui ne tient pas. Deuxième hypothèse : Suarès n'aurait pas publié le deuxième livre ; il en aurait supprimé certaines pages et n'aurait retenu que celles qu'il consacre à Sienne ; dans ce cas, le tome III serait devenu le deuxième, et les extraits du tome II auraient constitué le livre III ; cette solution se révèle invraisemblable, en raison de l'importance du livre III : il comporte en effet un nombre de pages très nettement supérieur aux deux autres et ne saurait donc être formé d'extraits. On éliminera aussi la solution qui consisterait à penser que Suarès a modifié le plan prévu dans la préface en intervertissant les tomes II et III car le contenu du tome III ne correspondrait plus du tout à ce qui a été annoncé. Reste alors la quatrième hypothèse : Suarès a amputé le livre II de certains chapitres et a dû en modifier le titre pour qu'il s'accorde avec le contenu. Là-dessus, une lettre à Doucet nous apporte quelque éclairage : « En ce moment, je suis tout à la suite du *Condottière*. Comme vous le savez, je vais publier le troisième et dernier livre avant le second : *Campagne d'Italie* ne viendra qu'après *Sienne la Belle*. Vous avez les deux titres. Pourquoi cet ordre à rebours ? pour deux raisons : l'une, que *Sienne* est une œuvre plus difficile que l'autre : et la seconde, que je cours le risque de ne plus pouvoir voyager là-bas quand j'aurai publié *Campagne d'Italie*. J'y suis beaucoup trop libre pour les Italiens de l'heure actuelle » (lettre du 21 février 1929). Suarès a donc retiré du tome II les pages sur Rome et la Campagne romaine, où avec sévérité il critiquait l'Italie contemporaine ; le régime de Mussolini lui déplaisait fortement et il n'admettait pas son aspect totalitaire ; en outre, l'industrialisation et l'influence américaine corrompaient et altéraient la beauté de la Ville et de ses environs. L'unité du livre étant rompue, il en retira aussi ce qui touchait à la Sicile : à n'en pas douter, ces textes formeront plus tard *Temples grecs, maisons des dieux* (Paris, Matossy, 1937. Réédition, Paris, Granit, 1980). Et il concentra tout autour de Florence. De fait, *Fiorenza*, réduction de *Campagne d'Italie*, comporte nettement moins de pages que les deux autres volumes.

Ainsi, s'appuyant sur trois villes, l'architecture de l'œuvre devient plus nette : « Prenez Venise comme le premier chant vers la volupté et le bonheur de vivre : vous y reconnaîtrez des sentiments qui vous ont comblé. Fiorenza est l'arrêt pensif devant les merveilles et les trahisons bien cachées, bien secrètes de l'Intelligence. Sienne est le but et le terme du voyage : l'Amour et l'intuition sainte qui élève le mortel au-delà de lui-même. » (Carnet 214, pp. 5-6.) Et encore : « Des trois tomes du *Condottière*, ou si l'on veut des trois chants, le premier, *Venise*, est la sensation, dans toute son allégresse ; le second, *Fiorenza*, est le monde de l'Intelligence, et le dernier, *Sienne la bien-aimée*, est l'Amour. Ces trois âges de la passion vont dans une ascension infaillible, j'espère, et continuelle. » (Carnet 214, p. 56.) Dans *Voyage du Condottière* se superposent ainsi trois itinéraires : l'un, purement géographique, mène Suarès dans les plus belles villes de l'Italie, l'autre lui en fait revivre à travers le temps les diverses époques, le dernier retrace les étapes d'une âme en quête de la véritable grandeur, toujours recherchée, jamais atteinte.

Yves-Alain Favre

ŒUVRES D'ANDRÉ SUARÈS

(1868-1948)

Les Pèlerins d'Emmaüs. Vanier, 1893.

Lettre d'André de Seipse, solitaire, sur les anarchistes. Librairie de l'Art indépendant, 1894.

Tolstoï. Union pour l'Action morale, 1899.

Pensées d'un inconnu. Ollendorff, 1899.

Wagner. Revue d'Art dramatique, 1899.

Lettres d'un solitaire sur les maux du temps, par André de Seipse. I. *Barrès.* Ollendorff, 1899 ; II. *Jules Lemaître.* Ollendorff, 1899 ; III. *Lettre sur la soi-disant Ligue de la patrie.* Librairie de l'Art indépendant, 1899.

Cinquième lettre. Que le véritable honneur est dans la vérité. Ollendorff, 1900.

Airs. Mercure de France, 1900.

Images de la Grandeur. Jouaust-Cerf, 1901.

Le Livre de l'Emeraude. Calmann-Lévy, 1902 ; Société du Livre d'art, 1914 ; Emile-Paul, 1919, 1924 ; Devambez, 1927 ; préface de Bernard Duchatelet, Christian Pirot, 1991.

Sur la mort de mon frère. Hébert, 1904 ; Emile-Paul, 1917.

La Tragédie d'Elektre et Oreste. Cahiers de la Quinzaine, 1905.

Voici l'Homme. L'Occident, 1906 ; extraits, Stock, 1922 ; Albin Michel, 1948.

Bouclier du Zodiaque. L'Occident, 1907 ; Gallimard, 1920 ; Le Cherche-Midi, 1993.

Le Portrait d'Ibsen. Cahiers de la Quinzaine, 1908.

Sur la vie. I. Grande Revue, 1909 ; Emile-Paul, 1925. II. Grande Revue, Cornély, 1910 ; Emile-Paul, 1925. III. Emile-Paul, 1912, 1928.

Visite à Pascal. Cahiers de la Quinzaine, 1909.

Lais et Sônes. L'Occident, 1909.

Voyage du Condottière. I. *Vers Venise.* Cornély, 1910 ; Emile-Paul, 1914, 1922 ; avec des pointes sèches et des bois de Louis Jou, Devambez, 1930. II. *Fiorenza,* Emile-Paul, 1932. III. *Sienne la bien-aimée.* Emile-Paul. 1932 ; *Sienne,* avec des burins de Trémois, Les Francs Bibliophiles, 1963. Edition collective : Emile-Paul, 1949, 1954, 1956, 1964 ; postface d'Yves-Alain Favre, Granit, 1984, 1985, 1986, 1993.

Dostoïevski. Cahiers de la Quinzaine, 1911.

Tolstoï vivant. Cahiers de la Quinzaine, 1911.

De Napoléon. Cahiers de la Quinzaine, 1912.

Cressida. Emile-Paul, 1913, 1924,1926.

Idées et visions. Emile-Paul, 1913, 1920.

Trois hommes. Pascal, Ibsen, Dostoïevski. Gallimard, 1913, 1935, 1950.

Chronique de Caërdal. I. *Essais.* Gallimard, 1913, 1919.

Chronique de Caërdal. II. *Portraits.* Gallimard, 1914, 1923.

François Villon. Cahiers de la Quinzaine, 1914.

Nous et eux. Emile-Paul, 1915.

C'est la guerre. Emile-Paul, 1915.

Occident. Emile-Paul, 1915.

Italie, Italie ! Emile-Paul, 1915.

Péguy. Emile-Paul, 1915.

Ceux de Verdun. Emile-Paul, 1916.

La Nation contre la race, deux volumes. Emile-Paul, 1916-1917.

Angleterre. Emile-Paul, 1916.

Cervantès. Emile-Paul, 1916.

Amour, par Félix Bangor. Avec des gravures de Louis Jou, Emile-Paul, 1917.

Les bourdons sont en fleur. Emile-Paul, 1917.

Remarques. Gallimard, douze fascicules. 1917-1918.

Tombeau de Jean Letellier. Emile-Paul, 1920.

Poète tragique. Emile-Paul, 1921 ; François Bourin, 1990.

Debussy. Emile-Paul, 1922 ; édition complétée, 1936, 1949.

Trois témoins de la Bièvre. Gilles Corrozet, 1922.

Puissances de Pascal. Emile-Paul, 1923.

Xénies. Emile-Paul, 1923.

Alfred de Musset au théâtre. Champion, 1923.

Gustave Fayet et ses tapis. S.l.n.d., 1923.

Présences. Mornay, 1925 ; Emile-Paul, 1926, 1936.

Polyxène. Claude Aveline, Les Cahiers de Paris, 1925.

Sous le pont de la lune. Emile-Paul, 1925.

Louis Jou, un architecte du livre. Au Sans Pareil, 1925.

Provence. Avec des eaux-fortes de Maurice Achener et Henry Cheller, et des bois de Louis Jou, Le Goupy, 1925.

Saint Juin de la Primevère. Jo Fabre, Cahiers du capricorne, 1926.

Haï-kaï d'Occident. Marcelle Lesage, 1926 ; Le Balancier, 1928.

Clowns. Edouard Champion, Les 49 Ronins du quai Mala-quais, 1927.

Soleil de jade. Poèmes du Japon. Léon Pichon, 1928.

Musique et poésie. Claude Aveline, 1928.

Atlas. Avec des gravures de Joseph Hecht, 1928.

Art du livre. Avec des gravures de Louis Jou, 1928.

Poème du temps qui meurt. Avec 20 dessins d'Antoine Bour-delle, Au Sans Pareil, 1929.

Martyre de saint Augustin. Le Balancier, 1929.

Variables. Emile-Paul, 1929.

Portrait de Daragnès. Manuel Brucker, 1929.

Sur un vieil air. Claude Aveline, 1930.

Marsiho. Avec des gravures de Louis Jou, Trémois, 1931 ; Grasset, 1933 ; Jeanne Laffitte, 1976, 1977.

Musiciens. Avec des gravures de Louis Jou, 1931 ; Editions du Pavois, 1945 ; postface de Michel Drouin, Granit, 1986.

Goethe le grand Européen. Emile-Paul, 1932 ; Méridiens Klincksieck, 1990.

Vues sur Napoléon. Grasset, 1933 ; Allia, 1988.

Le Crépuscule sur la mer. Avec des illustrations de Maurice Denis gravées par Jacques Beltrand, 1933.

Cité, nef de Paris. Avec des gravures de Daragnès, Les Bibliophiles du Palais, 1933 ; Grasset, 1934 ; avec des pointes sèches de Maxime Juan, Les Bibliophiles du faubourg et du papier, 1967.

Le Petit Enfer du Palais. Les Bibliophiles du Palais, 1933.

La Samar du Pont Neuf. Avec des gravures de Louis Jou, 1934.

Portraits sans modèles. Grasset, 1935.

Valeurs. Grasset, 1936.

Vues sur l'Europe. Grasset, hors commerce, 1936 ; Editions « France », Alger, s.d. ; Grasset, 1939 ; Editions de la France libre, 1943 ; Grasset, Les Cahiers rouges, 1991.

Rêves de l'Ombre. Grasset, 1937.

Temples grecs, maisons des dieux. Avec 14 eaux-fortes de Pierre Matossy, Dantan, 1937 ; portrait et préface par Jean de Boschère, postface d'Yves-Alain Favre, Granit, 1980, 1993.

Trois grands vivants. Cervantès, Tolstoï, Baudelaire. Grasset, 1937.

Traduction du *Cantique des cantiques.* Avec des gravures de Louis Jou, Les Médecins bibliophiles, 1938.

Passion. Avec des eaux-fortes en couleurs et des bois de Georges Rouault, Ambroise Vollard, 1939 ; avec 54 peintures de Georges Rouault, Iwanami Shoten, Tokyo-Paris, 1975.

En marge d'un livre, par Caërdal. Hors commerce, 1939.

Pages, anthologie. Editions du Pavois, 1948.

Hélène chez Archimède. Gallimard, 1949, avec des illustrations de Pablo Picasso, Nouveau Cercle parisien du livre, 1955.

Rosalinde sur l'eau. Avec des gravures de Jacques Beltrand, Imprimerie Nationale, 1949, 1960. *Poèmes de Rosalinde sur l'eau,* Les Cahiers du Confluent, 1984.

Minos et Pasiphaé. Avec un portrait par Georges Rouault, La Table Ronde 1950.

Paris. Avec des burins d'Albert Decaris, Creuzevault, 1950.

Présentation de la France 1940-1944. Avec des eaux-fortes d'André Jacquemin, Manuel Brucker, 1951.

Correspondance avec Paul Claudel. Préface et notes de Robert Mallet, Gallimard, 1951.

Portrait de Paul Léautaud. Avec une lettre de Paul Léautaud, La Librairie universelle, 1951.

Croquis de Provence. Avec des bois en couleurs de Paul Welsch, Les Francs Bibliophiles, 1952.

Cette âme ardente. Choix de lettres à Romain Rolland. Préface de Maurice Pottecher, avant-propos et notes de Pierre Sipriot, Albin Michel, Cahiers Romain, Rolland, 1954.

Ignorées du destinataire. Préface d'Armand Roumanet, Gallimard, 1955.

Correspondance avec Georges Rouault. Préface de Marcel Arland, Gallimard, 1960, 1991.

Correspondance avec Antoine Bourdelle. Plon, 1961; sous le titre *De l'amitié*, présentation de Michel Dufet, Arted, 1977.

Correspondance avec Charles Péguy. Présentation d'Alfred Saffrey, Cahiers de l'amitié Charles Péguy, 1961.

Correspondance avec André Gide. Préface et notes de Sidney D. Braun, Gallimard, 1963.

Antiennes du Paraclet. Rougerie, 1976.

Vita Nova, suivi de *Fragments des chroniques de Caërdal.* Rougerie, 1977.

Caprices. Minard, Les Lettres modernes, 1977.

Ellys et Thanatos. Préface d'Yves-Alain Favre, Rougerie, 1978.

Poétique. Rougerie, 1980.

Talisman d'Avila. Avec une aquatinte de J.J.J.Rigal, Rougerie, 1980.

Ce monde doux-amer. Le Temps singulier/Plasma, 1980.

Pour un portrait de Goya. Rougerie, 1983.

L'Art et la Vie. Lettres inédites d'André Suarès et de Romain Rolland, Francis Jammes, Miguel de Unamuno, Henri Bergson, Stefan Zweig, Roger Martin du Gard, Jean Giraudoux, Jean Paulhan, Gabriel Bounoure, Henry de

Montherlant, etc. Textes établis et présentés par Yves-Alain Favre, Rougerie, 1984.

Cette chère Bretagne. Correspondance d'Yves Le Febvre et d'André Suarès (1912-1939), préface et notes de Bernard Duchatelet, *Cahiers de Bretagne occidentale*, n° 5, Centre de recherche bretonne et celtique, Faculté des lettres et sciences sociales de Brest, 1986.

Don Guan. Rougerie, 1987.

Correspondance avec Jean Paulhan 1925-1940. Gallimard, Cahiers Jean Paulhan, 1987.

Ames et visages. De Joinville à Sade. Edition de Michel Drouin, Grand Prix de la critique littéraire, Gallimard, 1989.

Portraits et préférences. De Benjamin Constant à Arthur Rimbaud. Edition de Michel Drouin, Gallimard, 1991.

Landes et marines. Préface d'Yves-Alain Favre, Christian Pirot, 1991.

Correspondance avec Jean Paulhan 1940-1948. Préface d'Yves-Alain Favre, Rougerie, 1992.

QUELQUES PUBLICATIONS RÉCENTES EN REVUES

Lettres à Maurice Pottecher. N.R.F., octobre à décembre 1964.

Lettres à son père. N.R.F., juillet 1966.

Correspondance. N R F., novembre 1968.

Bouclier du Zodiaque (fragments). Métamorphoses, Rougerie, 1969.

Carnets. N.R.F., février 1972.

Deux lettres à Jean Denoël. Volontés. N.R.F., avril 1972.

Poèmes de la brume. Points et Contrepoints, mars 1973.

Solstitial. Le Nouveau Commerce, 29, automne 1974.

Titan se fâche. Création, VII, 1975.

Lettres à Marie Dormoy. N.R.F., octobre 1976.

Carnet 180. Le Nouveau Commerce, 39-40, printemps 1978.

Lames de fond. Création, XIV, décembre 1978.

Prisons de femmes. Obsidiane, 11, juin 1980.

Correspondance avec Jacques Copeau. Choix de lettres 1912-1913, présenté par Michel Drouin, *Australian Journal of French Studies*, volume XIX, n° 1, 1982.

SUR ANDRÉ SUARÈS

François Chapon, *Mystère et splendeurs de Jacques Doucet*. Lattès, 1984.

Marcel Diestchy, *Le Cas André Suarès*. La Baconnière, Neuchâtel, 1967.

Yves-Alain Favre, *Rêverie et grandeur dans la poésie de Suarès*. Minard, Les Lettres modernes, 1972.

Yves-Alain Favre, *La Recherche de la grandeur dans l'œuvre de Suarès*. Klincksieck, 1978.

Robert Parienté, *André Suarès, l'Insurgé*. François Bourin, 1990.

Suarès et le Symbolisme, ouvrage collectif. Minard, Les Lettres modernes, 1973.

Suarès et l'Allemagne, ouvrage collectif. Minard, Les Lettres modernes, 1977.

Colloque André Suarès, ouvrage collectif. Klincksieck, *Cahiers du XXe siècle*, 8, 1978.

André Suarès. L'Etoile Absinthe, 7/8, décembre 1980.

André Suarès. Interférences, Université de Haute-Bretagne, 14, juillet-décembre 1981.

André Suarès, Inspirations méditerranéennes. Sud, 43, 1982.

Suarès, l'univers mythique, ouvrage collectif. Minard, Les Lettres modernes, 1983.

Colloque Valery Larbaud/André Suarès. Centre culturel de Cerisy-la-Salle, Aux amateurs de livres, 1987.

Saint-Pol-Roux/André Suarès. Europe, 709, mai 1988.

Composition réalisée par JOUVE

IMPRIMÉ EN FRANCE PAR BRODARD ET TAUPIN
Usine de La Flèche (Sarthe).
LIBRAIRIE GÉNÉRALE FRANÇAISE - 43, quai de Grenelle - 75015 Paris.

ISBN : 2 - 253 - 93259 - 0   ◈ 42/3259/1